I. STROHFEUER

Wie dürre Reiser gleich angezündt
und gleich verbrennt.

WILLIAM SHAKESPEARE

1

Gefangen im Fadenkreuz des Windes über den Bitterroot Mountains, tat sich das Flugzeug schwer, die richtige Strömung zu erwischen. Flammen loderten aus dichten Rauchsäulen empor, als würden sie drohend die Faust heben und zum finalen K.-o.-Schlag ansetzen.

Rowan Tripp beugte sich vor, um das Schauspiel einer schwer erzürnten Mutter Natur zu betrachten. In wenigen Minuten würde sie sich mittendrin befinden, umzingelt von sengender Hitze, lodernden Flammen und beißendem Rauch. Mit nichts als Schaufel und Säge, Mut und klugen Manövern würde sie in den Krieg ziehen, einen Krieg, den sie auf keinen Fall verlieren wollte.

Ihr Magen hüpfte mit dem Flugzeug auf und ab, ein Gefühl, das sie inzwischen ignorieren konnte. Sie war mit Flugzeugen groß geworden und bekämpfte seit ihrem achtzehnten Lebensjahr Waldbrände. Acht Jahre war das her, und seit vier Jahren arbeitete sie als Feuerspringerin.

Sie hatte gebüffelt, geblutet, sich gequält und sich verbrannt, Schmerz und Erschöpfung getrotzt, um eine der Zulies zu werden, der Feuerspringer von Missoula, Montana.

Sie streckte ihre langen Beine aus, so gut es ging, und ließ die Schultern unter dem Fallschirmrucksack kreisen, um sie zu lockern. Ihr Kollege ließ sie nicht aus den Augen. Seine Finger vollführten einen wilden Stepptanz auf seinen Oberschenkeln.

»Das sieht schlimm aus.«

»Wir sind noch schlimmer.«

Er grinste sie breit an. »Worauf du einen lassen kannst!«

Seine Nerven. Sie spürte regelrecht, wie sie unter seiner Haut zuckten.

Seine erste Saison neigt sich dem Ende zu, dachte Rowan. Jim Brayner musste sich vor dem Sprung noch etwas Mut machen. Manche brauchen das, überlegte sie, während andere ein kurzes Nickerchen machten, um dem drohenden Schlafmangel etwas entgegensetzen zu können.

Sie würde heute als Erste springen, Jim direkt nach ihr. Wenn er ein wenig Aufmunterung gebrauchen konnte, wollte sie ihm die nicht vorenthalten.

»Hauptsache, du machst dir nicht in die Hosen. Das ist der erste richtig böse Brand seit einer Woche.« Sie stupste ihn aufmunternd an. »Hast du nicht immer behauptet, die Saison wäre vorbei?«

Er fuhr damit fort, sich auf die Oberschenkel zu trommeln. »Nö, das war Matt«, korrigierte er sie mit nach wie vor breitem Grinsen und schob die Behauptung damit seinem Bruder in die Schuhe.

»Das ist wieder typisch für euch Bauernlümmel aus Nebraska. Hast du morgen Abend nicht ein heißes Date?«

»Meine Dates sind immer heiß.«

Das ließ sich nicht leugnen, sie selbst hatte schon oft miterlebt, dass Jim Frauen an Land zog wie Regenbogenforellen, sobald er seine Angel auswarf – und das jedes Mal, wenn ihre Einheit in der Stadt einen draufmachte. Auch sie hatte er angemacht, keine zwei Sekunden, nachdem er den Fliegerhorst betreten hatte. Trotzdem hatte er gut auf ihren Korb reagiert. Sie hatte strenge Prinzipien, was Kollegen anging.

Ansonsten hätte er sie durchaus reizen können. Er besaß ein offenes, unschuldiges Gesicht, das sein Grinsen und sein provozierender Blick etwas kaschieren sollten. Nur so zum Spaß, dachte sie. Um es mal wieder so richtig krachen zu lassen. Für etwas Ernsteres käme er sowieso nicht infrage – falls sie so etwas angestrebt hätte. Obwohl gleichaltrig, war er ihr zu jung und viel zu grün hinter den Ohren. Vielleicht war er auch etwas zu nett für sie.

»Und welches Mädchen muss dann traurig und allein ins Bett gehen, falls du immer noch den Feuerdrachen reiten solltest?«, fragte sie.

»Lucille.«

»Die Kleine, die so gern kichert?«

Seine Finger hörten gar nicht mehr auf, sein Knie zu bearbeiten. »Sie kann mehr als nur kichern.«

»Du bist ein Schwein, Romeo.«

Er legte den Kopf in den Nacken und grunzte mehrmals, woraufhin sie lachen musste.

»Hauptsache, Dolly bekommt nicht mit, wo du dich überall herumwälzt«, bemerkte sie. Es war ein offenes Geheimnis, dass er eine der Köchinnen des Fliegerhorsts den ganzen Sommer lang genagelt hatte.

»Mit Dolly komme ich klar.« Das Trommeln wurde schneller. »Das kriege ich schon hin.«

Aha, dachte Rowan, da gab es anscheinend Probleme. Und genau deshalb fing man als einigermaßen intelligenter Mensch nichts mit Kollegen an.

Sie gab ihm einen sanften Stups, denn das nervöse Trommeln machte ihr Sorgen. »Alles okay, Kumpel?«

Seine hellblauen Augen sahen kurz in die ihren, dann schaute er wieder weg, während sein Knie zu zucken begann. »Alles bestens. Das Ding hier werden wir locker durchziehen. Hauptsache, ich kann endlich da runter.«

Sie legte ihre Hand auf die seine und hielt sie fest. »Du solltest ganz bei der Sache sein, Jim.«

»Da ist er! Schau nur, wie der Feuerdrache seinen Schwanz durch die Luft peitscht«, sagte er. »Aber wenn wir erst bei ihm sind, wird er nicht mehr aufmucken. Wir werden ihn zur Strecke bringen, und morgen Abend feiere ich mit Lucille.«

Das dürfte sehr unwahrscheinlich sein, dachte Rowan. Wenn sie sich das Feuer so ansah, lagen bestimmt zwei Tage harter, schweißtreibender Arbeit vor ihnen – wenn alles glattlief.

Rowan griff nach ihrem Helm und nickte ihrem Absetzer zu. »Ich bin so weit. Bleib cool, Kumpel.«

»Ich bin so cool wie ein Eisblock.«

Cards bahnte sich seinen Weg durch die zehn Feuerspringer und die Ausrüstung bis ins Heck des Flugzeugs. Dort verband er seinen Haupttragegurt mit der Fangleine. Er hieß so, weil er ständig Spielkarten in der Tasche hatte.

Bevor Cards rief, sie sollten gut auf ihren Reserveschirm aufpassen, legte Rowan bereits schützend den Arm darüber. Cards, ein zäher Bursche, riss die Tür auf. Rauch und Treibstoffwolken wehten herein. Als er nach dem ersten Set Winddrifter griff, drückte Rowan den Helm auf ihre blonden Haare, schloss den Kinnriemen und rückte ihre Schutzmaske zurecht.

Sie sah zu, wie die Winddrifter einen farbenfrohen Tanz am rauchgeschwängerten Himmel aufführten. Ihre langen Papierstreifen flatterten wild inmitten der Turbulenzen, drehten sich nach Südwesten, stiegen sich überschlagend in die Höhe, zuckten im Fallen ein letztes Mal nach oben, bevor sie sich in den Bäumen verfingen.

»Weiter nach rechts«, rief Cards in sein Headset, und der Pilot gehorchte.

Das zweite Set Winddrifter wurde nach draußen gerissen und kreiselte wie das Jo-Jo eines Kindes. Die vormals aufgerollten Papierstreifen folgten dem Wind und fielen dann auf das von Bäumen gesäumte Zielgebiet.

»Die Windachse verläuft quer über diesen Bach, dann runter bis zu den Bäumen und dem Zielpunkt«, sagte Rowan zu Jim.

Über ihr nahmen Absetzer und Pilot weitere Anpassungen vor, und ein weiteres Set Winddrifter wurde von der Strömung fortgerissen.

»Der Wind ist ganz schön böig.«

»Ja, das ist mir auch schon aufgefallen.« Jim fuhr sich mit dem Handrücken über den Mund, bevor er Helm und Schutzmaske fixierte.

»Bring sie auf neunhundert Meter«, rief Cards.

Das war die Absetzhöhe. Als erste Springerin stand Rowan auf, um ihre Position einzunehmen.

»Etwa dreihundert Meter Abdrift«, rief sie Jim zu und wiederholte damit, was Cards dem Piloten gesagt hatte. »Aber der Wind ist böig. Lass dich nicht vom Fallwind erwischen!«

»Das ist schließlich nicht mein erster Sprung.«

Sie sah, wie er selbstbewusst hinter seiner Schutzmaske grinste, fast so, als könnte er es kaum erwarten. Aber für den Bruchteil einer Sekunde war da so ein merkwürdiger Ausdruck in seinen Augen … Sie wollte ihm noch etwas sagen, doch Cards hatte bereits seine Position rechts von der Tür eingenommen und rief: »Seid ihr so weit?«

»Wir sind so weit«, antwortete sie.

»Einhaken!«

Rowan hakte die Aufziehleine ein.

»In die Tür!«

Sie setzte sich, hielt die Beine in den tückischen Luftstrom und lehnte den Oberkörper zurück. In ihren Ohren dröhnte es. Unter ihren Beinen wütete rotgolden das Feuer.

In diesem Moment gab es nichts außer dem Wind, dem Feuer und dieser Mischung aus Angst und Aufregung, die sie immer wieder aufs Neue überraschte.

»Hast du die Drifter gesehen?«

»Ja.«

»Siehst du das Zielgebiet?«

Sie nickte, vergegenwärtigte sich beides und sah zu, wie die bunten Papierstreifen ihr Ziel erreichten.

Cards wiederholte beinahe Wort für Wort, was sie Jim bereits gesagt hatte. Sie nickte noch einmal, den Blick fest auf den Horizont geheftet, und atmete tief durch. Sie stellte sich vor, wie sie fliegen, fallen, die Mitte des Zielgebiets ansteuern würde.

Während das Flugzeug einen Kreis beschrieb, bis die Schnauze wieder nach vorn zeigte, ging sie ruhig noch einmal alle vier Punkte auf der Checkliste durch.

Cards zog seinen Kopf zurück. »Macht euch bereit.«

Auf die Plätze, fertig … hörte sie ihren Vater sagen. Sie hielt sich am Türrahmen fest und atmete tief ein.

Als ihr der Absetzer auf die Schulter klopfte, ließ sie sich hinausfallen.

Nichts sonst konnte diesen verrückten Moment toppen, in dem sie ins Leere sprang. Sie begann lautlos zu zählen, was genauso automatisch ging wie das Atmen, vertraute sich dem rauchgeschwängerten Himmel an und sah das Flugzeug abdrehen. Dann geriet Jim in ihr Blickfeld, der sich hinter ihr aus dem Flugzeug gestürzt hatte.

Wieder drehte sie sich in der Luft, kämpfte gegen den Wind an, bis ihre Füße nach unten zeigten. Mit einem Ruck öffnete sich ihr Fallschirm. Sie sah sich nach Jim um und war erleichtert, als sich sein Schirm vor dem leeren Himmel abhob. In diesem Moment unheimlicher Stille, jenseits von Flugzeuglärm und Feuerbrausen, griff sie nach ihren Steuerleinen.

Der Wind wollte sie hartnäckig nach Norden zerren, doch Rowan hielt genauso hartnäckig jenen Kurs, den sie sich bereits im Vorfeld zurechtgelegt hatte. Sie sah nach unten, während sie der heftigen Gegenströmung Widerstand leistete.

Die Turbulenzen, die schon die Drifter erfasst hatten, begegneten ihr als stürmische Böen, gleichzeitig schlug ihr von unten die Hitze des Brandes entgegen. Behielt der Wind die Oberhand, würde sie über das Zielgebiet hinausschießen, in den Bäumen landen und riskieren, sich darin zu verfangen. Oder aber er trieb sie nach Westen, direkt in die Flammen hinein.

Sie riss an ihrer Steuerleine und sah gerade noch rechtzeitig, wie Jim in den Fallwind und damit ins Trudeln geriet.

»Rechts ziehen. Rechts ziehen!«

»Verstanden, ich habe verstanden.«

Aber zu ihrem Entsetzen zog er links.

»Ich habe rechts gesagt, verdammt noch mal!«

Sie musste sich ein letztes Mal drehen, und die Freude über den fast ungetrübten Gleitflug wich nackter Angst:

Jim hing hilflos an seinem Fallschirm und segelte nach Westen.

Rowan landete im Zielgebiet und rollte sich ab. Sie kam gleich wieder auf die Beine und trennte den Hauptschirm ab. Dann hörte sie ihn, inmitten der Feuersbrunst.

Den Schrei ihres Sprungpartners.

Der Schrei verfolgte Rowan, wenn sie im Bett hochschreckte, hallte in ihrem Kopf wider, wenn sie zusammengekauert im Dunkeln saß.

Stopp, stopp, stopp, befahl sie sich und ließ ihren Kopf auf den angezogenen Knien ruhen, bis sie wieder zu Atem gekommen war.

Das ist so sinnlos, dachte sie. Es bringt nichts, das Ganze noch mal zu durchleben – jedes einzelne Detail, jede Sekunde – und sich dabei zu fragen, ob sie etwas hätte ändern können. Dass Jim ihr nicht zum Zielgebiet gefolgt war, zum Beispiel. Dass er an der falschen Steuerleine gezogen hatte. Denn er hatte an der falschen Steuerleine gezogen! Und war direkt in die todbringenden Zweige der sich vor ihm auftürmenden, brennenden Bäume geflogen.

Das Ganze lag bereits Monate zurück, machte sie sich klar. Ein langer Winter lag hinter ihr, der ihr helfen sollte, darüber hinwegzukommen. Was sie im Grunde auch geschafft hatte. Ihre Rückkehr zum Fliegerhorst musste die Albträume ausgelöst haben. Sie fuhr sich mit beiden Händen über das Gesicht und die pflegeleichte Kurzhaarfrisur, die sie sich erst vor wenigen Tagen hatte schneiden lassen.

Die Waldbrandsaison stand kurz bevor. In wenigen Stunden begann das Auffrischungstraining. Erinnerungen,

Selbstvorwürfe, Trauer – all das würde sie erneut heimsuchen. Aber sie musste schlafen, denn in einer Stunde klingelte der Wecker. Ein anstrengender Fünfkilometerlauf stand ihr bevor.

Normalerweise konnte sie überall und jederzeit schlafen, wenn es sein musste: An einem geschützten Ort während eines Brandes, in einem wackeligen Flugzeug. Sie konnte essen und schlafen, wenn es nötig war und sich die Möglichkeit ergab.

Aber als sie erneut die Augen schloss, sah sie wieder Jims Grinsen im Flugzeug vor sich.

Sie wusste, dass sie es verdrängen musste, und kletterte aus dem Bett. Sie würde duschen, sich Koffein und Kohlenhydrate zuführen und dann ein kleines Work-out machen, um sich auf den Fitnesstest vorzubereiten.

Ihre Kollegen wunderten sich, dass sie nur dann Kaffee trank, wenn ihr nichts anderes übrig blieb. Sie mochte kalte, süße Getränke. Nachdem sie sich angezogen hatte, nahm sich Rowan eine Cola und gönnte sich einen Energieriegel. Sie trug beides nach draußen, wo die Morgendämmerung noch nicht hereingebrochen war. Die Luft im Westen Montanas war zu Beginn des Frühlings noch kühl.

Am weiten Himmelszelt erloschen Sterne wie Kerzen, die ausgeblasen werden. Sie konzentrierte sich auf die Dunkelheit und die Stille und fand ein wenig Trost darin. In etwa einer Stunde würde der Fliegerhorst zum Leben erwachen, und die Luft wäre testosterongeschwängert.

Da sie sich unter Männern wohlfühlte, machte es ihr nichts aus, als Frau zur Minderheit zu gehören. Trotzdem genoss sie die seltenen Augenblicke, in denen sie allein sein konnte. Diese Momente wurden in der Hauptsaison immer seltener und kostbarer. Sie waren als Vorbereitung auf einen anstrengenden Tag das Zweitbeste nach Schlaf, dachte sie.

Sie brauchte sich keine Sorgen um den Morgenlauf zu machen, redete sie sich gut zu. Schließlich hatte sie den ganzen Winter streng auf ihre Fitness geachtet. Sie war so gut in Form wie noch nie in ihrem Leben. Doch das musste nichts heißen, es konnte alles Mögliche passieren: Sie konnte sich den Knöchel verknacksen, einen Aussetzer haben, einen Krampf bekommen. Oder einfach eine schlechte Zeit laufen. Das war anderen auch schon passiert. Manchmal erholten sie sich davon, manchmal nicht.

Aber eine negative Einstellung half ihr sicher nicht weiter. Sie knabberte am Energieriegel, führte ihrem Körper Koffein zu und beobachtete, wie das erste Tageslicht über die gezackten, schneebedeckten Gipfel im Westen kroch.

Als sie Minuten später in den Kraftraum schlich, merkte sie, dass ihre Zeit des Alleinseins vorbei war.

»Hallo, Trigger.« Sie nickte dem Mann zu, der Bauchpressen auf einer Matte absolvierte. »Was gibt's Neues?«

»Nichts, außer dass wir alle komplett verrückt sind. Was zum Teufel mache ich hier eigentlich, Ro? Ich bin stolze dreiundvierzig.«

Sie rollte eine Matte aus und begann mit den Dehnübungen. »Wenn du nicht verrückt wärst, wärst du nicht da. Aber dreiundvierzig wärst du immer noch.«

Mit seinen einen Meter fünfundneunzig blieb Trigger Gulch knapp unter der maximal erlaubten Körpergröße. Er war ein taffer Typ mit einem texanischen Akzent und einer Vorliebe für Cowboystiefel.

Er absolvierte ein Set schneller Bauchpressen. »Ich könnte auch in Waikiki am Strand liegen.«

»Du könntest als Immobilienmakler in Amarillo arbeiten.«

»Ja, das könnte ich.« Er wischte sich übers Gesicht und zeigte auf sie. »Ein Bürojob für die nächsten fünfzehn Jahre, und danach ziehe ich mich an diesen Strand von Waikiki zurück.«

»In Waikiki soll es nur so von Leuten wimmeln, habe ich gehört.«

»Ja, das ist ja das Problem.« Er setzte sich auf.

Trigger war ein gut aussehender Mann mit grauen Schläfen und einer gezackten Narbe am linken Knie, die von einer Meniskusoperation herrührte. Er lächelte ihr zu, als sie sich auf den Rücken legte und ihr rechtes Bein zur Nase brachte. »Du siehst gut aus, Ro. Wie war die Winterspeck-Saison?«

»Stressig.« Sie wiederholte die Dehnung mit dem linken Bein. »Ich freue mich, dass ich wieder hier bin, damit ich mich endlich ein bisschen erholen kann.«

Er musste lachen. »Wie geht es deinem Dad?«

»Bestens.« Rowan setzte sich auf. »Zu dieser Jahreszeit wird er immer melancholisch.« Sie schloss die eisblauen Augen und zog ihre angewinkelten Beine in Richtung Scheitel. »Er vermisst den Beginn der Saison, das Wiedersehen mit den Kollegen. Aber seine Firma lässt ihm nicht viel Zeit zum Grübeln.«

»Sogar Leute, die nicht so sind wie wir, springen gern aus Flugzeugen.«

»Und zahlen dafür sogar gutes Geld. Letzte Woche hatten wir super Kunden.« Sie grätschte die Beine, beugte sich vor und griff nach ihren Zehen. »Ein Paar hat seinen fünfzigsten Hochzeitstag mit einem Fallschirmsprung gefeiert. Statt Trinkgeld habe ich eine Flasche französischen Champagner bekommen.«

Trigger blieb sitzen und sah zu, wie sie aufstand, um mit ihrem ersten Sonnengruß zu beginnen. »Unterrichtest du noch diese Hippies?«

Rowan ging aus dem aufschauenden in den herabschauenden Hund und drehte dann den Kopf, um Trigger einen mitleidigen Blick zuzuwerfen. »Das ist Yoga, alter Knabe, und ja, in der Nebensaison arbeite ich nach wie vor als Personal Trainer. Das hilft mir dabei, kein Fett anzusetzen. Und du?«

»Ich lege mir ein paar Speckröllchen zu, damit ich mehr zu verbrennen habe, wenn die eigentliche Arbeit wieder losgeht.«

»Wenn diese Saison genauso langsam beginnt wie die letzte, haben wir bald alle einen fetten Hintern. Hast du Cards gesehen? Der scheint in diesem Winter keine Mahlzeit ausgelassen zu haben.«

»Er hat eine Neue.«

»Echt?« Schon etwas lockerer, erhöhte sie das Tempo und fügte Ausfallschritte hinzu.

»Er hat sie im Oktober in der Tiefkühlabteilung eines Supermarkts kennengelernt. An Silvester ist er bei ihr eingezogen. Sie hat Kinder und ist Lehrerin.«

»Lehrerin? Kinder? Cards?« Rowan schüttelte den Kopf. »Das muss Liebe sein.«

»So was in der Art. Die Frau und die Kinder besuchen ihn vielleicht Ende Juli und bleiben dann für den Rest des Sommers, hat er erzählt.«

»Das hört sich nach was Ernstem an.« Sie ging in eine Drehhaltung und ließ Trigger dabei nicht aus den Augen.

»Die muss etwas ganz Besonderes sein. Trotzdem sollte er abwarten, wie sie mit der Arbeitssaison klarkommt. Im Winter ist es leicht, mit einem Feuerspringer zusammen zu sein, aber im Sommer? Da zerbrechen die Familien reihenweise«, fügte sie hinzu, bereute es aber sofort, da Matt Brayner hereingekommen war.

Sie hatte ihn seit Jims Beerdigung nicht mehr gesehen. Obwohl sie ein paarmal mit seiner Mutter gesprochen hatte, war sie sich nicht sicher gewesen, ob er zurückkehren würde.

Er war gealtert, dachte sie, außerdem hatte er einen müden Zug um Augen und Mund.

Dass er seinem Bruder mit dem blonden Strubbelkopf und den hellblauen Augen so ähnlich sah, brach ihr fast das Herz. Sein Blick löste sich von Trigger und fand den ihren. Sie fragte sich, wie viel Überwindung es ihn wohl kostete, sie anzulächeln.

»Wie geht's?«

»Ganz gut.« Sie richtete sich auf und wischte die Handinnenflächen an ihren Oberschenkeln ab. »Ich versuche nur, meine Nervosität vor dem Fitnesstest zu bekämpfen.«

»Ich hatte genau dieselbe Idee. Man könnte es auch bleiben lassen, einfach in die Stadt gehen und sich einen Berg Pfannkuchen bestellen.«

»Die gönnen wir uns nach dem Lauf.« Trigger ging zu ihm und gab ihm die Hand. »Schön, dass du da bist, Landei.«

»Gleichfalls.«

»Ich gehe einen Kaffee trinken. Bald werden wir ohnehin eingesammelt.«

Als Trigger ging, nahm sich Matt eine Zehn-Kilo-Hantel. Und legte sie wieder auf den Boden. »Es wird sich merkwürdig anfühlen. Alle, die mich sehen, denken …«

»Niemand wird ihn je vergessen. Ich bin froh, dass du wieder da bist.«

»Noch bin ich mir nicht sicher, ob es richtig ist. Aber zu etwas anderem war ich auch nicht in der Lage. Wie dem auch sei, ich möchte dir danken, dass du dich so lieb um meine Ma kümmerst. Das bedeutet ihr viel.«

»Ich wünschte … Na ja, wenn das Wünschen helfen würde, würde ich gar nicht mehr damit aufhören. Ich bin froh, dass du wieder da bist. Wir sehen uns am Wagen.«

Sie verstand sehr gut, dass Matt glaubte, nichts anderes tun zu können. Das galt auch für die Männer und die insgesamt vier Frauen, die sich in die Kleinbusse quetschten, um dorthin zu fahren, wo sie um ihre Jobs laufen würden. Sie lehnte sich zurück und ließ das Geblödel und Geprahle an sich abperlen.

Es fielen zahlreiche Bemerkungen über Winterspeck. Sie schloss die Augen und hing ihren Gedanken nach, spürte die unterschwellige Nervosität im ganzen Bus.

Janis Petrie, eine der vier Frauen der Einheit, ließ sich neben sie fallen. Ihre kleine, zierliche Figur hatte ihr den Spitznamen Elfe eingebracht, und sie sah aus wie eine kecke Cheerleaderin.

An diesem Morgen hatte sie knallrosa Fingernägel. Ihr glänzendes braunes Haar war mit einem Schmetterlingshaargummi zu einem wippenden Pferdeschwanz zusammengebunden.

Sie war hübsch, lachte gern und konnte vierzehn Stunden am Stück Bäume umsägen.

»Na, bist du bereit, Wikingerbraut?«

»Und ob! Wozu schminkst du dich vor diesem bescheuerten Fitnesstest?«

Janis klimperte mit ihren langen, dichten Wimpern. »Damit die Jungs was zu gucken haben, wenn sie über die Ziellinie laufen. Denn ich werde natürlich die Erste sein.«

»Du bist verdammt schnell.«

»Klein, aber zäh. Hast du die Neuen schon ausgecheckt?«

»Noch nicht.«

»Sechs von uns sind dabei. Vielleicht kriegen wir genug Frauen für einen kleinen Nähzirkel zusammen. Oder für einen Literaturkreis.«

Rowan lachte. »Und anschließend backen wir Kuchen für wohltätige Zwecke.«

»Cupcakes. Ich habe eine Schwäche für Cupcakes.« Janis beugte sich ein Stück weit vor, um besser aus dem Fenster schauen zu können. »Ich vermisse das hier, sobald ich weg bin, und frage mich, was ich eigentlich in der Stadt will, wenn ich mit Country-Club-Typen Krankengymnastik gegen ihren Tennisarm mache.« Sie seufzte. »Und im Juli frage ich mich dann, was ich eigentlich hier will, wenn ich an Schlafentzug leide und mir alles wehtut, wo ich doch meine Mittagspause am Pool verbringen könnte.«

»Zwischen Missoula und San Diego liegen Welten.«

»Allerdings. Du fühlst dich nicht so hin- und hergerissen. Du lebst hier. Für die meisten von uns ist das ihr Zuhause – so lange, bis die Saison vorbei ist. Dann ist unser Zuhause in der alten Heimat. Das kann einen schon ganz schön durcheinanderbringen.«

Als der Kleinbus hielt, sah sie Rowan mit ihren warmen braunen Augen an: »Da wären wir wieder.«

Rowan kletterte aus dem Bus und sog gierig die frische Luft ein. Der Frühling mit seinen grünen Wiesen, Wildblumen und sanften Brisen würde nicht mehr lange auf sich warten lassen. Sie entdeckte die Fähnchen, die die Strecke markierten. Der Leiter des Fliegerhorsts, Michael Little Bear, erklärte die Vorgaben.

Sein langer schwarzer Zopf fiel auf seine knallrote Jacke. Rowan wusste, dass als Ersatz für die Zigaretten eine Packung Bonbons in seiner Tasche steckte, da er sich über den Winter das Rauchen abgewöhnt hatte.

L. B. und seine Familie wohnten nur einen Steinwurf vom Fliegerhorst entfernt, und seine Frau arbeitete für Rowans Vater.

Jeder kannte die Vorgaben: Den Parcours ablaufen, und zwar unter zweiundzwanzig Minuten und dreißig Sekunden. Sonst konnte man gleich wieder kehrtmachen und es eine Woche später noch einmal probieren. Ging es erneut schief, musste man sich nach einem neuen Sommerjob umsehen.

Rowan machte Dehnübungen für Oberschenkel und Waden.

»Ich hasse diesen Mist.«

»Du schaffst es.« Sie rammte Trigger spaßeshalber den Ellbogen in den Bauch. »Stell dir vor, hinter der Ziellinie wartet eine fette Pizza auf dich.«

Er lachte schnaubend, während sie sich in die Startaufstellung begaben.

Sie machte sich Mut und konzentrierte sich, während L. B. zum Kleinbus zurückging. Als der losfuhr, rannten auch sie los. Rowan drückte auf den Startknopf der Stoppuhr und mischte sich unter die anderen. Sie kannte jeden Einzelnen, schließlich hatten sie gemeinsam geschuftet, geschwitzt, ja füreinander ihr Leben riskiert. Sie wünschte allen von Herzen viel Glück bei dem Lauf. Doch in den nächsten zweiundzwanzig Minuten und dreißig Sekunden war jeder Mann und jede Frau auf sich selbst angewiesen.

Sie rannte los, steigerte ihr Tempo und lief um das, was im Grunde ihr Leben ausmachte. Sie bahnte sich einen Weg durch die Menge und rief anderen ermutigende Worte oder Sticheleien zu – je nachdem, was den Betreffenden mehr anfeuerte. Sie wusste, dass viele Knieschmerzen, einen rasenden Puls oder Seitenstechen hatten. Das Frühlingstraining hatte manche fit gemacht, andere jedoch mit Verletzungen entlassen.

Aber an so etwas durfte sie jetzt gar nicht denken. Sie konzentrierte sich auf die ersten anderthalb Kilometer. Als sie die Markierung passiert hatte, sah sie auf ihre Uhr: vier Minuten und zwölf Sekunden.

Jetzt die nächsten anderthalb Kilometer, befahl sie sich und lief bewusst locker, mit gleichmäßigen Schritten – auch noch, als Janis sie grinsend überholte. Ein Brennen erfasste ihre Zehen, Knöchel und Waden. Schweiß lief ihr über den Rücken, die Brust, über ihr wild schlagendes Herz.

Sie hätte ihr Tempo drosseln können, denn sie lag gut in der Zeit, aber die Vorstellung, zu stürzen oder sich den Knöchel zu verstauchen, trieb sie weiter an.

Nur nicht nachlassen!

Nachdem sie die nächsten anderthalb Kilometer hinter sich gebracht hatte, ließ sie auch das Brennen und den Schweiß hinter sich. Ihr Kopf war vollkommen leer. Noch zwei Kilometer. Sie überholte einige und wurde von anderen überholt, während ihr das Blut in den Ohren pochte. Wie vor einem Fallschirmsprung hatte sie den Blick fest auf den Horizont gerichtet, dorthin, wo sich Himmel und Erde berühren. Ihre Begeisterung half ihr, auf den letzten Metern durchzuhalten.

Sie sauste durchs Ziel, hörte, wie L.B. ihren Namen und ihre Zeit rief. »Tripp, fünfzehn Minuten und zwanzig Sekunden.«

Rowan taumelte gut zwanzig Meter weiter, bevor sie ihren Beinen Einhalt gebieten konnte. Sie beugte sich weit vor und versuchte, wieder zu Atem zu kommen. Dabei kniff sie die Augen zusammen. Wie immer nach dem Fitnesstest hätte sie am liebsten geweint. Nicht vor Anstrengung – sie hatte weiß Gott Schlimmeres erlebt. Sondern vor Erleichterung, dass der Druck langsam nachließ.

Auch dieses Jahr konnte sie das tun, was sie tun wollte.

Sie verließ den Parcours und hörte, wie andere Namen und Zeiten gerufen wurden. Sie klatschte sich mit Trigger ab, der die Strecke ebenfalls hinter sich gebracht hatte.

Alle, die bestanden hatten, blieben in der Nähe. Sie bildeten wieder eine Einheit, und jeder Einzelne von ihnen war fest entschlossen, es zu schaffen. Sie sah auf die Uhr. Die Deadline rückte näher – vier von ihnen mussten noch durchs Ziel laufen.

Cards, Matt, Yangtree, der einen Monat zuvor seinen vierundfünfzigsten Geburtstag gefeiert hatte, sowie Gibbons mit einer Knieverletzung, die ihn auf den letzten Metern mehr humpeln als laufen ließ. Cards lief in den letzten drei Sekunden durchs Ziel, Yangtree folgte ihm auf dem Fuß. In Gibbons' schweißgebadetem Gesicht stand nichts als Schmerz und Durchhaltewillen, aber Matt? Rowan kam es so vor, als würde er sich keine Mühe geben.

Ihre Blicke trafen sich. Sie ballte die Faust, wollte ihn und Gibbons über die Ziellinie zerren, während der

Countdown lief. Sie hätte schwören können, dass in Matts Augen ein Funke aufglomm, dass er noch einmal alles gab.

Er lief nach zweiundzwanzig Minuten und achtundzwanzig Sekunden durchs Ziel, Gibbons eine halbe Sekunde nach ihm. Danach erhob sich ein Jubel, sie feierten eine weitere gemeinsame Saison.

»Wahrscheinlich wolltet ihr es nur besonders spannend machen.« L. B. ließ sein Klemmbrett sinken. »Willkommen daheim. Ruht euch eine Minute aus und kommt dann zum Bus.«

»Hallo, Ro.« Sie drehte sich zu Cards um, nur um zu sehen, wie er sich vorbeugte und seine Hose herunterließ.

Jedes Jahr derselbe Zirkus, dachte sie.

2

Gulliver Curry kroch aus seinem Schlafsack und zog Bilanz: Alles tat weh. Aber das wenigstens überall.

Es roch nach Schnee, und ein Blick aus dem Zelt zeigte ihm, dass über Nacht tatsächlich ein paar Zentimeter Neuschnee gefallen waren. Als er in seine Hose schlüpfte, bildete sein Atem dichte Wolken. Die Blasen an seinen Fingern machten das Ankleiden zu einer Herausforderung.

Doch er liebte Herausforderungen.

Am Vortag hatte er gemeinsam mit fünfundzwanzig anderen Rekruten vierzehn Stunden lang Feuergräben ausgehoben. Danach gab es einen Fünfkilometermarsch, bei dem jeder zweiundvierzig Kilo im Gepäck hatte.

Sie hatten Bäume mit Zweimannsägen gefällt, waren marschiert, hatten gegraben, das Werkzeug geschärft, gegraben, waren marschiert, auf riesige Kiefern geklettert und hatten wieder gegraben.

Ein Sommercamp für Masochisten, dachte er, doch eigentlich war es das Anfängertraining für Feuerspringer. Vier Rekruten waren bereits ausgeschieden – zwei von ihnen hatten den vorgeschalteten Fitnesstest nicht bestanden. Seine siebenjährige Erfahrung als Feuerwehrmann, davon die letzten vier als Teil eines Bodentrupps zur Waldbrandbekämpfung, verschafften Gull einen gewissen Vorsprung.

Aber das hieß nicht, dass er sich taufrisch fühlte.

Er fuhr sich mit einer Hand über das Gesicht und spürte die Bartstoppeln. Kein Wunder, er hatte sich seit einer Woche nicht rasiert. Meine Güte, wie sehr er sich nach einer Dusche, einer Rasur und einem eiskalten Bier sehnte! Heute Abend, nach einem fröhlichen Marsch durch die Bitterroot Mountains mit diesmal fünfundfünfzig Kilo Marschgepäck, würde er gleich alles drei bekommen.

Und morgen begann die nächste Phase. Morgen würde er Fliegen lernen.

Feuerwehr-Bodentrupps trainieren unglaublich hart. Sie schuften wie Tiere, vor allem bei gefährlichen Flächenbränden. Aber sie springen nicht aus Flugzeugen. Das war eine ganz neue Erfahrung. Er fuhr sich durch sein dichtes, dunkles Haar und kroch dann kurz vor Tagesanbruch aus dem Zelt hinaus in die kristallklare Schneelandschaft.

Seine katzengrünen Augen wanderten nach oben, warfen einen prüfenden Blick in den Himmel. Kurz verharrte er so, groß und taff in seiner braunen Hose und dem knallgelben Hemd. Das war fast alles, was er brauchte, und bald würde er tun können, wofür er hergekommen war.

Er schätzte die Höhe der Goldkiefer zu seiner Linken. So um die dreißig Meter. Er war am Vortag hinaufgeklettert, hatte seine Haken in ihre Rinde geschlagen und aus der Höhe über den Wald hinweggesehen, mit Steigeisen gesichtert und angeseilt.

Eine Herausforderung.

Durch den Schnee- und Kieferndurft lief er zum Verpflegungszelt, während das Lager langsam zu neuem Leben erwachte. Und trotz seiner Schmerzen und Blasen freute er sich auf das, was vor ihm lag.

Kurz nach Mittag sah Gull zu, wie die Drehkiefer umfiel. Er schob seinen Helm so weit zurück, dass er sich den Schweiß von der Stirn wischen konnte, und nickte seinem Partner an der Ziehsäge zu.

»Wieder eine, die ins Gras beißt.«

Dobie Karstain brachte gerade so die geforderte Mindestgröße von einem Meter siebenundsechzig zusammen. Mit dem Bart und seinem braunen Haar sah er aus wie ein Waldschrat. Die Sicherheitsbrille ließ seine funkelnden Augen noch größer wirken.

Dobie fuchtelte mit der Kettensäge. »Komm, lass uns Kleinholz aus ihr machen.«

Sie arbeiteten im Gleichklang. Gull hatte Dobie für einen Wackelkandidaten gehalten, aber der Bursche aus Kentucky war kräftiger und zäher als gedacht. Er mochte ihn, obwohl der eine ziemlich rustikale und konservative Weltanschauung hatte, und bemühte sich um ein freundschaftliches Verhältnis.

Wenn Dobie das Aufnahmetraining bestand, war es nicht unwahrscheinlich, dass sie in Zukunft wieder gemeinsam mit Säge und Schaufel arbeiten würden. Und zwar nicht an einem klaren, strahlenden Frühlingsmorgen, sondern inmitten eines Feuers, wo Vertrauen und Teamwork genauso unverzichtbar sind wie eine scharfe Pulaski – ein Werkzeug, Axt und Querbeil in einem.

»An die würde ich mich gern heranmachen, bevor sie uns zusammenklappt.«

Gull sah zu einer der Rekrutinnen hinüber. »Wie kommst du darauf, dass sie zusammenklappt?«

»Frauen sind für so eine Arbeit nicht geschaffen, Kumpel.«

Gull zog das Sägeblatt durch die Kiefer. »Die sind nur fürs Kinderkriegen da, meinst du?«

Dobie grinste in seinen Bart hinein. »Ich habe das nicht erfunden. Ich reite sie nur gern.«

»Du bist ein Arschloch, Dobie.«

»Mit dieser Meinung bist du nicht der Einzige«, gab Dobie gut gelaunt zu.

Gull musterte die Frau, eine kecke Blondine, vielleicht zwei, drei Zentimeter kleiner als Dobie. Aus seiner Sicht hatte sie sich genauso wacker geschlagen wie alle anderen. Libby, Skilehrerin aus Colorado, fiel ihm wieder ein. Er hatte gesehen, wie sie am Morgen ihre Blasen verarztete.

»Ich wette zwanzig Dollar mit dir, dass sie durchhält.«

Dobie lachte, während ein weiteres Stück Stamm davonrollte. »Ich nehme die Wette an, Kumpel.«

Nachdem ihr Job erledigt war, verarztete Gull seine eigenen Blasen. Als die Ausbilder gerade nicht hinsahen, kümmerte er sich auch noch um die von Dobie.

Sie liefen durchs Lager zu ihrem Marschgepäck. Noch ein Fünfkilometermarsch, dachte Gull, und dann würde er diesen schönen Tag mit einer Rasur, einer Dusche und einem kalten Bier abrunden.

Er setzte sich, schnallte sein Marschgepäck um, zog eine Packung Kaugummi hervor und bot Dobie davon an.

»Danke, gern.«

Gemeinsam gingen sie auf alle viere und erhoben sich anschließend.

»Stell dir einfach vor, du würdest ein hübsches Mädel tragen«, riet ihm Dobie und schielte zu Libby hinüber.

»Bei diesem Gewicht wäre sie mir etwas zu zierlich.«

»Wenn wir den Marsch erst hinter uns haben, wird sie dir schwerer vorkommen.«

Das mit Sicherheit, dachte Gull, während der Ausbilder auf dem felsigen, steilen Weg ein alles andere als gemütliches Tempo anschlug.

Sie feuerten sich gegenseitig an, das gehörte dazu. Sie nahmen sich gegenseitig auf den Arm, machten sich Mut, beleidigten sich, um die Gruppe noch einen Schritt, den entscheidenden Meter weiterzubringen. Bis zum ersten Ernstfall waren es nur noch ein paar Wochen. Und bei einem Waldbrand muss sich jeder auf den anderen verlassen können, ihr aller Leben hing davon ab.

»Und was machst du so in Kentucky?«, wollte Gull von Dobie wissen, während ein Habicht über ihnen schrie und sich Männerschweiß mit Kieferngeruch mischte.

»Mal dies, mal jenes. In den letzten drei Sommern habe ich Waldbrände im Nationalpark bekämpft. Nachdem wir eines Nachts ein Feuer gelöscht hatten, habe ich mir einen eingemützt und gewettet, dass ich mich zum Feuerspringer ausbilden lasse. Also habe ich mich beworben, und hier bin ich.«

»Du machst das nur wegen einer Wette?« Allein der Gedanke erschien ihm lächerlich.

»Es ging um hundert Dollar, Kumpel. Und meine Ehre ist mir viel wert. Bist du jemals aus einem Flugzeug gesprungen?«

»Ja.«

»Dazu muss man ziemlich verrückt sein.«

»Allerdings.«

»Und wie fühlt er sich an, der freie Fall?«

»So wie scharfer fantastischer Sex mit einer schönen Frau.«

»Genau so etwas habe ich mir erhofft.« Dobie rückte sein Marschgepäck zurecht und zuckte zusammen. »Denn dieses beschissene Training sollte es schon wert sein.«

»Libby hält durch.«

»Wer?«

Gull hob das Kinn. »Deine letzte Wette.«

Dobie biss die Zähne zusammen, während sie eine weitere Steigung nahmen. »Der Tag ist noch lange nicht vorbei.«

Doch am Ende bekam Gull seine Dusche und seine Rasur. Er schaffte es sogar noch, ein Bier zu trinken, bevor er wie ein Stein in sein Stockbett fiel.

Michael Little Bear passte Rowan auf dem Weg in den Kraftraum ab. »Ich brauche deine Hilfe beim Anfängertraining. Eigentlich sollte das Cards machen, aber der kotzt sich gerade die Seele aus dem Leib.«

»Kater?«

»Nein. Magen-Darm-Grippe oder so. Du musst mit ihnen laufen, geht das?«

»Klar. Ich trainiere mit Yangtree am Landesimulator. Da scheuche ich gern mal einen Tag lang die Anfänger vor mir her. Wie viele sind es?«

»Fünfundzwanzig, und die machen einen ziemlich guten Eindruck. Einer hat unseren Rekord beim Zweikilometermarsch gebrochen. Er hat ihn in sechs Minuten und neununddreißig Sekunden geschafft.«

»Ein echter Speedy Gonzalez! Mal sehen, wie er sich heute anstellt.«

Sie strich eine halbe Stunde von den geplanten anderthalb Stunden im Kraftraum. Wenn sie gemeinsam mit den Rekruten den Hindernisparcours absolvierte, wäre das genug Ausgleich. Außerdem konnte sie sich so davor drücken, Namensetiketten auf die Fallschirmtaschen zu nähen.

Ein echt guter Deal, dachte Rowan, als sie ihre Stiefel anzog. Sie griff nach den Unterlagen, einem Klemmbrett, einer Wasserflasche, setzte eine blaue Baseballkappe auf und lief nach draußen.

Über Nacht hatte sich der Himmel bewölkt, die Wolken sorgten dafür, dass es angenehm warm blieb. Auf dem Fliegerhorst herrschte reges Treiben, Läufer trainierten auf der Tartanbahn oder auf den Wegen, Laster lieferten Vorräte, Männer und Frauen eilten zwischen den Gebäuden hin und her. Ein Flugzeug startete und nahm eine Gruppe zu einem Übungssprung mit.

Lange bevor es den ersten Feueralarm gab, musste man sich auf seine Arbeit konzentrieren. Man musste nähen, Ausrüstung sortieren, Sprunggurtzeug auseinandernehmen, trainieren, Fallschirme packen.

Sie lief zum Trainingsgelände und blieb kurz stehen, als sie Matt begegnete.

»Was hast du vor?«, fragte er.

»Ich kümmere mich um die Neulinge. Cards liegt mit einem Magen-Darm-Virus flach. Und du?«

»Ich bin heute Nachmittag da oben.« Er sah zum Himmel auf, während das Flugzeug höher stieg. »Heute Vormittag bin ich noch beim Transportflugzeug.« Er lächelte. »Willst du tauschen?«

»Hm, ich soll Ausrüstung einladen statt Neulinge quälen? Kommt gar nicht infrage.«

»Das habe ich mir bereits gedacht.«

Rowan lief weiter und sah, dass sich ihre Schützlinge bereits versammelten. Sie hatten eine Woche im Zelt und mit dem Ausheben von Feuergräben hinter sich. Wenn sie nur einen Funken Verstand besaßen, hatten sie versucht, heute Nacht eine gehörige Portion Schlaf zu bekommen. Sie würde schon dafür sorgen, dass sich bald niemand mehr frisch und ausgeruht fühlte.

Einige sahen sich den Hindernisparcours an, um sich einen ersten Eindruck zu verschaffen. Clever, dachte sie. Man soll seinem Feind stets ins Gesicht sehen. Der Wind wehte Stimmen und Gelächter zu ihr herüber. Sie machten sich Mut. Auch das fand sie gut.

Der Hindernisparcours war eine echte Zumutung am Anfang eines langen, harten Tages. Sie sah auf die Uhr, während sie zwischen den hölzernen Plattformen hindurchging, und nahm ihre Position ein. Nach einem Schluck aus der Wasserflasche stieß sie einen langen, schrillen Pfiff aus.

»Antreten«, rief sie. »Ich bin Rowan Tripp, eure Ausbilderin bei unserem heutigen Spaziergang. Jeder von euch muss diesen Hindernisparcours absolvieren, bevor wir uns an die nächste Übung machen. Mit Singen und Marshmallowrösten am Lagerfeuer so wie letzte Woche ist es endgültig vorbei. Wir machen Ernst.«

Sie erntete Stöhnen, Gelächter und einige nervöse Blicke. Einundzwanzig Männer und vier Frauen verschiedenen Alters von unterschiedlicher Größe, Statur, Hautfarbe. Ihr Job bestand darin, sie auf ihre Aufgaben einzuschwören.

Sie mussten durch den Schmerz hindurchgehen.

Sie warf einen Blick auf ihr Klemmbrett und rief alle namentlich auf. »Wie ich hörte, hat einer von euch unseren Rekord beim Zweikilometerlauf gebrochen. Wer war das?«

»Gull«, rief jemand. Sie sah, wie der kleine Kerl den Mann neben sich in die Rippen stieß.

Etwa eins achtundachtzig, schätzte sie, frisch gewaschenes, zerzaustes dunkles Haar, ein freches Grinsen und eine lässige Haltung. »Gull Curry«, sagte er. »Laufen macht mir Spaß.«

»Schön für dich. Aber aufs Tempo allein kommt es nicht an. Dehnen, Leute! Ich will nicht, dass mir später jemand was vorjammert.«

Sie bildeten bereits eine Einheit, erkannte sie, und hatten erste Beziehungen geknüpft. Freundschaften, Rivalitäten – beides konnte nützlich sein.

»Fünfzig Liegestützen«, befahl sie und hakte sie ab, nachdem sie erledigt waren. »Ich werde euch durch diesen Hindernisparcours führen. Wir beginnen dort.« Sie zeigte auf niedrige Tunnel aus Draht, durch die sie kriechen, die senkrechten Stahlwände, die sie überwinden, die Seile, an denen sie hochklettern, und die Stangen, an denen sie sich entlanghangeln mussten. Zum Schluss kamen das Trampolin für die Saltos und der Auslauf.

»Jedes dieser Hindernisse simuliert eine Situation bei einem Waldbrand. Habt ihr eines überwunden, geht sofort das nächste an! Wer scheitert, ist draußen. Wenn ihr den Parcours absolviert habt, seid ihr eventuell gut genug, um als Feuerspringer zu arbeiten.«

»Nicht gerade ein Zuckerschlecken.«

»Was?«, fragte Dobie auf Gulls Gemurmel hin.

Der zuckte nur mit den Schultern und sah an dem Seitenblick, den ihm die scharfe Blondine zuwarf, dass sie seine Bemerkung gehört hatte.

»He, du da, Speedy Gonzalez! Du fängst an. Der Rest folgt im Gänsemarsch. Wenn ihr stürzt, dann seht zu, dass ihr den Weg frei macht. Stellt euch hinten an und versucht es noch einmal.«

Sie zog eine Stoppuhr aus ihrer Tasche. »Seid ihr so weit?«

Die Gruppe antwortete, und Rowan drückte auf den Knopf. »Los.«

Gut, dachte Rowan, lauter Leute, die gut zu Fuß waren.

»Die Knie hochziehen«, rief sie. »Ein bisschen energischer, wenn es geht. Meine Güte, ihr seht aus wie eine Mädchenclique beim Sonntagsspaziergang.«

»Ich bin ein Mädchen«, erwiderte eine Blondine mit knallblauen Augen, und Rowan musste grinsen.

»Dann zieh die Knie hoch. Tu so, als würdest du diesen Typen einen Tritt in die Eier verpassen.«

Sie lief neben Gull her und joggte wieder zurück, während er nach vorn rannte, Anlauf nahm und das erste Hindernis überwand. Dann überraschte sie der kleine Typ damit, dass er wie eine Kanonenkugel darüberschoss. Sie kletterten, sprangen, krochen und zogen sich an den Hindernissen hoch. L.B. hatte recht: Das war eine verdammt gute Truppe.

Sie sah zu, wie Gull die erforderlichen Saltos auf dem Trampolin absolvierte. Sein kleiner Kumpel stieß ein wildes Kriegsgeheul aus, in das er einfiel. Ein echter Speedy Gonzalez, dachte sie, während sie nach wie vor vornweg lief. Mit Sicherheit würde er das Seil hochklettern wie ein Affe eine Liane.

Die Blondine holte auf, aber als sie zum Seil kam, rutschte sie schon in geringer Höhe ab.

»Nicht runterrutschen«, rief Rowan mit einer Stimme wie ein Peitschenhieb. »Mach mir bloß keine Schande, Barbie! Willst du das Ganze wiederholen?«

»Nein, bloß nicht.«

»Möchtest du Feuerspringerin werden oder dich lieber zu Hause beim Shoppen verausgaben?«

»Beides.«

»Dann hoch mit dir.« Rowan sah das Blut am Seil. Es war rau, riss beim Abrutschen die Handflächen auf, und das tat verdammt weh. »Klettere das Seil hoch!«

Sie kletterte grausame zwölf Meter.

»Runter da, los, weiter, los!«

Sie rutschte herunter und hinterließ einen blutigen Fleck auf dem nächsten Hindernis. Aber sie schaffte es.

Alle hatten es geschafft, stellte Rowan fest und ließ ihnen einen Moment Zeit, um zu verschnaufen, zu stöhnen und sich die schmerzenden Muskeln zu massieren.

»Gar nicht so schlecht. Wenn ihr das nächste Mal ein Seil oder eine Wand hoch müsst, hat sich der Wind gedreht und ein Lauffeuer euren Sicherheitsbereich erfasst. Da müsst ihr mehr bringen als das. Wie heißt du, Barbie?«

»Libby.« Die Blondine hatte ihre blutenden Hände mit den Handflächen nach oben auf die Oberschenkel gestützt.

»Libby Rydor.«

»Jeder, der mit blutigen Händen ein Seil hochklettert, schafft das.« Rowan klappte den Erste-Hilfe-Koffer auf. »Komm, verbinden wir die Hände. Versorgt eure Wehwehchen und holt euch dann eure Ausrüstung. Die volle Ausrüstung«, fügte sie hinzu, »um das Landen zu üben. Die wiegt fünfzehn Kilo.«

Gull sah zu, wie sie Libbys Handflächen mit Salbe einstrich und geschickt verband. Sie sagte etwas, das Libby zum Lachen brache, obwohl ihre Hände höllisch wehtun mussten.

Sie hatte diese Gruppe über den Hindernisparcours gejagt, mit genau der richtigen Mischung aus wüsten Beleidigungen und Scherzen. Außerdem konzentrierte sie sich auf diejenigen, die Probleme hatten, und fand das rechte Wort zur rechten Zeit. Beeindruckende Fähigkeiten, die er sehr zu schätzen wusste.

Auch ansonsten war er beeindruckt.

Diese Blondine hatte eine tolle Figur und war bestimmt einen Meter achtundsiebzig groß. Sein Onkel hätte sie als stattlich bezeichnet. Und er? Jedenfalls hatte sie eine Figur zum Reinbeißen. Dazu die blauen Augen mit den schweren Lidern und das Gesicht – alles in allem eine ziemlich unschlagbare Mischung. Selbstbewusst war sie noch dazu. Und er fand nichts attraktiver als Selbstbewusstsein. Also wartete er, bis sie das Trainingsgelände überquerte, und lief dann neben ihr her.

»Wie geht es Libbys Händen?«

»Das wird schon wieder. Auf diesem Spielplatz kommt kaum einer ohne Abschürfungen davon.«

»Du auch nicht?«

»Wenn man nicht blutet, woher will man dann wissen, ob man überhaupt dabei war?« Sie legte den Kopf schräg und musterte ihn mit Augen, die ihn an das Eisblau der Arktis erinnerten. »Wo hast du dich bisher rumgetrieben?«

»Kalifornien.«

»In Kalifornien gibt es eine tolle Feuerspringereinheit.«

»Ja, das stimmt. Die kenne ich sogar. Ich war fünf Jahre bei der Feuerwehr von Redding.«

»So was Ähnliches habe ich mir bereits gedacht. Wirst du in Kalifornien polizeilich gesucht, oder warum bist du nach Missoula gekommen?«

»Die Anzeige wurde zurückgezogen«, sagte er, woraufhin sie lachen musste. »Ich bin wegen ›Iron Man‹ Tripp nach Missoula gekommen.« Als sie stehen blieb, blieb er auch stehen. »Ich nehme an, er ist dein Vater.«

»Stimmt genau. Kennst du ihn?«

»Natürlich. Lucas ›Iron Man‹ Tripp ist eine lebende Legende. Ihr hattet im Jahr 2000 einen schlimmen Brand hier.«

»Ja.«

»Ich ging damals noch aufs College. Ich sah in einer Nachrichtensendung ein Interview mit Iron Man, aufgenommen auf dem Fliegerhorst, direkt nach vier Tagen in der Feuerhölle.«

Gull sah ihn wieder genau vor sich. »Sein Gesicht war rußgeschwärzt, seine Haare waren aschebedeckt und seine Augen blutunterlaufen. Er sah aus, als käme er aus einer Schlacht, was ja in gewisser Weise auch stimmte. Der Reporter stellte die üblichen idiotischen Fragen. ›Wie haben Sie sich in dieser Hölle gefühlt? Hatten Sie Angst?‹ Doch er blieb die Ruhe selbst. Man konnte sehen, wie erschöpft er war, aber er antwortete: ›Lassen Sie es mich so sagen: Der Feuerdrache wollte uns verschlingen, aber wir haben ihm gehörig in den Hintern getreten.‹ Mit diesen Worten ließ er ihn stehen.«

Sie sah die Szene ebenfalls vor sich und konnte sich an weitere Details erinnern. »Das treibt dich nach Missoula? Deswegen willst du Feuerspringer werden?«

»Das war erst der Anfang. Die restliche Geschichte erzähle ich dir gern ein andermal bei einem Glas Bier.«

»Du wirst viel zu beschäftigt sein, um Bier zu trinken und mir deine Lebensgeschichte zu erzählen. Kümmere dich lieber um deine Ausrüstung. Du hast noch einen weiten Weg vor dir.«

»Meine Einladung auf ein Bier gilt jedenfalls. Ob ich dir dann meine Lebensgeschichte erzähle, bleibt abzuwarten.«

Sie sah ihn wieder mit diesem schräg gelegten Kopf an. Ein leichtes Grinsen spielte um ihre Mundwinkel, was er unheimlich sexy fand. »Du solltest mich lieber nicht anmachen, Feuerwehrmann. Ich lasse mich generell nicht mit Kollegen ein und schon gar nicht mit Anfängern. Wenn ich Zeit und Lust habe, mich ein bisschen zu amüsieren, halte ich lieber nach einem Außenstehenden Ausschau, mit dem ich ein bisschen spielen kann, wenn mir die langen Winternächte zu einsam werden. Und den ich dann wieder ablege, sobald die Saison beginnt.«

Dieses Selbstbewusstsein! »Vielleicht brauchst du ja mal Tapetenwechsel.«

»Du verschwendest nur deine Zeit, Grünschnabel.«

Als sie mit ihrem Klemmbrett davonstolzierte, musste er grinsen. Es war schließlich seine Zeit, die er da verschwendete, und sie war das wert.

Gull ertrug stoisch das Hochziehen und den Aufprall auf den Boden. Dieser Landesimulator schaffte es, die Belastungen für Knöchel und Knie bei einer Fallschirmlandung täuschend echt nachzuahmen.

Er schlug auf, wurde zusammengestaucht, rollte sich ab und zog sich dabei Beulen, blaue Flecke und Prellungen zu. So lernte er, Kopf und Körper zu schützen. Nun wusste er, was einem so durch den Kopf geht, wenn der Boden in einem Wahnsinnstempo näher kommt.

Der Sprungturm war die nächste Herausforderung. Er kletterte mit seiner Partnerin mörderische fünfzehn Meter nach oben.

»Wie läuft's?«, fragte er Libby.

»Ich komm mir vor, als wäre ich über eine Felswand abgestürzt. Dafür geht's ganz gut. Und dir?«

»Ich weiß nicht so recht, ob ich vom Felsen oder auf Felsen gefallen bin.« Auf der Plattform angekommen, grinste er Rowan an. »Macht das so viel Spaß, wie es aussieht?«

»Oh, deutlich mehr Spaß.« Sarkasmus schwang in Rowans Stimme mit, als sie ihn am Seilzug befestigte. »Da unten ist dein Zielpunkt.« Sie zeigte auf einen Berg Sägemehl tief unter ihnen. »Du wirst einen gewissen Schwung mitbekommen, den du beim Landen spüren wirst. Roll dich zusammen und schütze deinen Kopf.«

Er musterte den Sägemehlhaufen. Von hier oben sah er verdammt klein aus. »Verstehe.«

»Seid ihr so weit?«, fragt Rowan beide.

Libby atmete tief durch. »Wir sind so weit.«

»In die Tür!«

Das ist schnell, dachte Gull, als er auf das Trainingsgelände zuraste. Sehr schnell sogar.

Ihm blieb kaum Zeit, seine Checkliste für die Landung durchzugehen, als er auch schon das Sägemehl vor Augen hatte. Er landete und rollte sich zusammen, während er mit beiden Händen seinen Helm festhielt. Mühsam nach Luft ringend sah er zu Libby hinüber. »Alles in Ordnung?«

»Diesmal bin ich definitiv auf dem Berg aufgeschlagen. Aber soll ich dir was sagen? Das hat Spaß gemacht. Ich will gleich noch mal.«

»Der Tag ist ja noch jung.« Er kam auf die Beine und streckte die Hand aus, um sie hochzuziehen.

Nach dem Sprungturm wartete das Klassenzimmer auf sie. Da er viele Jahre Feuerwehrmann gewesen war, frischten die Bücher und Lektionen im Grunde nur das auf, was er bereits wusste. Andererseits: Etwas lernte man immer dazu.

Nach dem Unterricht hatten sie dann endlich Gelegenheit, ihre Prellungen und blauen Flecken zu verarzten, eine heiße Mahlzeit zu sich zu nehmen und ein wenig Zeit mit den anderen Frischlingen zu verbringen. Zweiundzwanzig waren noch übrig, stellte Gull fest. Beim Landesimulator und beim Sprungturm waren drei Leute ausgeschieden.

Mehr als die Hälfte der Auszubildenden strebte direkt dem Bett zu, was Gull eigentlich auch vorhatte. Doch eine gerade begonnene Partie Poker reizte ihn, sodass er beschloss, kurz frische Luft zu schnappen und dann ein paar Runden mitzuspielen.

»Nimm dir einen Stuhl, Kumpel«, lud Dobie ihn ein, als er am Tisch vorbeiging. »Ich tu gerade was für meine Rentenkasse.«

»Wenn du noch ein paarmal auf dem Kopf landest, kannst du gleich in Frührente gehen.«

Draußen fiel endlich der Regen, der sich schon den ganzen Tag über angekündigt hatte. Mit den Händen in den Hosentaschen trat Gull hinaus in die Nässe und steuerte den Hangar in der Ferne an. Vielleicht konnte er einen Blick auf das Flugzeug werfen, aus dem er bald springen würde.

Drei Sprünge hatte er bereits absolviert, bevor er sich für die Ausbildung bewarb. Nur um sich zu vergewissern, dass er die Nerven dafür besaß. Im Augenblick konnte er es kaum erwarten, dieses Gefühl noch einmal zu erleben, seinen Instinkten zu trotzen und hoch oben am Himmel ins Leere zu springen.

Er hatte sich mit den Flugzeugen beschäftigt, die beim Feuerspringen überwiegend zum Einsatz kommen, und spielte mit der Idee, in der Nebensaison Flugstunden zu nehmen und vielleicht einen Pilotenschein zu machen. Es konnte nicht schaden, im Ernstfall die Kontrolle übernehmen zu können.

Dann sah er, wie sie im Regen auf ihn zukam. Dunkelheit und Abenddämmerung konnten ihre Schönheit nicht schmälern. Er verlangsamte seine Schritte. Vielleicht musste er heute Abend nicht pokern, um sein Glück zu machen.

»Ein schöner Abend«, sagte er.

»Für Otter vielleicht.« Regen tropfte vom Schirm von Rowans Kappe, während sie ihn musterte. »Gehst du laufen?«

»Spazieren. Aber ich habe ein Auto, falls ich dich irgendwohin mitnehmen soll.«

»Ich habe selbst einen Wagen, vielen Dank. Aber ich verlasse das Gelände nicht. Du hast dich heute gut geschlagen.«

»Danke.«

»Zu schade, das mit Doggett. Er ist blöd gelandet und scheidet wegen eines Ermüdungsbruches aus. Vermutlich probiert er es nächstes Jahr wieder.«

»Er ist wild entschlossen«, bestätigte Gull ihr.

»Man braucht mehr als das, aber ohne Entschlossenheit kommt man nicht ans Ziel.«

»Dasselbe habe ich auch gerade gedacht.«

Belustigt schüttelte Rowan den Kopf. »Gibt es eigentlich Frauen, die dir einen Korb geben?«

»Leider, ja. Andererseits: Wer nicht spielt, der nicht gewinnt.«

»Glaub mir, ich bin kein Volltreffer.«

»Du hast eine Mähne wie ein römischer Zentaur, den Körper einer Göttin und das Gesicht einer Elfe. Das ist eine ziemlich gefährliche Mischung.«

»Das ist nur die Verpackung.«

»Ja, da hast du auch wieder recht. Aber man bekommt große Lust zu gucken, was sich hinter der Verpackung verbirgt.«

»Ein launisches, aufbrausendes Temperament und eine geringe Toleranzschwelle gegenüber gequirltem Scheißdreck. Tu dir selbst einen Gefallen, Feuerwehrmann, und zieh an einem anderen Geschenkband.«

»Wenn ich mich für etwas interessiere, lasse ich nicht eher davon ab, bis ich weiß, wie es funktioniert.«

Sie zuckte nur mit den Schultern, ließ ihn aber nicht aus den Augen. »Da gibt es nicht viel zu erfahren.«

»Oh, da wäre ich mir nicht so sicher«, sagte er, als sie Anstalten machte, zum Schlaftrakt zu gehen. »Zumindest habe ich dich schon dazu gebracht, einen Regenspaziergang mit mir zu machen.«

Mit einer Hand am Türknauf drehte sie sich um und schenkte ihm ein mitleidiges Lächeln: »Erzähl mir nicht, du bist ein heimlicher Romantiker.«

»Vielleicht.«

»Dann pass gut auf dich auf, denn sonst könnte es sein, dass ich dich einfach nur benutze und dir dein romantisches Herz breche.«

»Gehen wir zu mir oder zu dir?«

Rowan lachte – ein raues, verruchtes Lachen, das ihm direkt in die Lenden fuhr. Damit ließ sie ihn im wahrsten Sinne des Wortes im Regen stehen

Wenn sie ehrlich war, fand sie Gull durchaus attraktiv.

Sie mochte selbstbewusste Männer, Männer mit Mumm in den Knochen, intelligente Männer. Und wie er sie angesehen hatte. Wie ein Kater das Mauseloch. Sehnsüchtig und doch endlos geduldig. Sie spürte ein gewisses Prickeln. Aber es wäre ein Fehler, dem nachzugeben, ermahnte sie sich und klopfte dann leise an Cards' Tür. Sie interpretierte sein Grunzen als Zustimmung und streckte den Kopf ins Zimmer. Er sah ein wenig blass, wahnsinnig gelangweilt und ziemlich genervt aus.

»Wie geht es dir?«

»Scheiße, es geht mir gut. Ich hab mir einen Virus eingefangen und mir fast die Seele aus dem Leib gekotzt.« Er setzte sich auf und hatte ein Blatt Karten vor sich liegen. »Ich habe ein bisschen in der Werkstatt mitgeholfen und mein Abendessen bei mir behalten. Morgen werde ich es langsam angehen lassen. Danke, dass du für mich eingesprungen bist.«

»Kein Problem. Es sind zweiundzwanzig Mann übrig. Einer ist wegen einer Verletzung ausgeschieden. Ich glaube, den sehen wir wieder. Bis morgen also.«

»He, soll ich dir einen Kartentrick zeigen? Der ist echt gut«, sagte er, bevor sie Nein sagen konnte.

Er langweilt sich, dachte sie und setzte sich aus alter Freundschaft zu ihm ans Bett.

Außerdem war es besser, sich vor dem Schlafengehen ein paar lahme Kartentricks anzusehen, als über den Regenspaziergang mit Gulliver Curry nachzudenken.

3

Gull stellte sich in die Reihe mit den anderen Rekruten. Gegenüber stand mit dröhnendem Motor das Flugzeug, das sie zu ihrem ersten Sprung mitnehmen würde. Sämtliche Nerven lagen blank. Die Ausbilder gingen die Reihe entlang und kontrollierten. Gull freute sich, als Rowan auf ihn zutrat.

»Wurdest du bereits kontrolliert?«

»Nein.«

Sie kniete sich vor ihn hin, sodass er sehen konnte, wie ihr sonnenblondes Haar ihren Kopf umhüllte. Sie kontrollierte seine Stiefel und arbeitete sich hoch bis zu den Beintaschen und Beingurten. Sie kontrollierte das Packdatum des Reserveschirms und die Sicherung.

»Du riechst nach Pfirsich.« Ihre Blicke kreuzten sich. »Ein angenehmer Duft.«

»Der Brustgurt sitzt«, sagte sie und setzte die Kontrolle kommentarlos fort. »Konzentrier dich, Speedy. Wenn einer von uns auch nur eine Kleinigkeit übersieht, ist er vielleicht bald nur noch ein Fettfleck auf dem Boden. Helm, Handschuhe. Hast du deine Abseilleine?«

»Jawohl.«

»Du bist startklar.«

»Und was ist mit dir?«

»Danke, ich wurde bereits kontrolliert. Du kannst an Bord gehen.« Sie widmete sich dem nächsten Rekruten.

Gull bestieg das Flugzeug und setzte sich neben Dobie auf den Boden. »Baggerst du die Blondine an?«, fragte Dobie. »Die von allen nur Wikingerbraut genannt wird?«

»Jeder Mann braucht einen Traum. Es dauert nicht mehr lange, und du schuldest mir zwanzig Dollar«, fügte Gull hinzu, als Libby hereinkam.

»Mist! Aber noch ist sie nicht gesprungen. Ich wette mit dir um zehn Dollar, dass sie einen Rückzieher macht.«

»Ich kann zehn Dollar gut gebrauchen.«

»Willkommen an Bord«, verkündete Rowan. »Bitte bringt die Sitzlehnen in eine aufrechte Position. Unsere Flugzeit hängt ganz davon ab, wie viele von euch rumheulen werden, wenn sie in der Tür stehen. Gibbons ist euer Absetzer. Passt auf, konzentriert euch. Seid ihr bereit für den Sprung?«

Die Antwort war ein lautes Johlen.

»Also dann los!«

Das Flugzeug rollte los, wurde schneller, hob die Nase. Gull spürte, wie sein Magen nach unten sackte, als sie abhoben. Er ließ Rowan nicht aus den Augen, die in ihrer Fallschirmspringerkombi ziemlich sexy aussah. Sie übertönte den Motorenlärm und ging noch einmal Schritt für Schritt den bevorstehenden Sprung durch.

Gibbons übergab ihr einen Zettel aus dem Cockpit.

»Dort ist euer Zielpunkt«, sagte sie, und alle Rekruten schielten aus dem Fenster.

Gull prägte sich die Lage des idyllischen Wiesenhangs ein. Er sah den mit Douglasien bewaldeten Kamm, die Schonung mit Küstenkiefern und den glitzernden Bach dicht daneben. Wenn er erst einmal in der Luft war, bestand seine Aufgabe darin, auf der Wiese zu landen und die Bäume sowie das Wasser zu meiden. Wie ein Pfeil würde er auf sein Ziel zufliegen und mitten ins Schwarze treffen.

Gibbons stellte sich in Position. Rowan forderte alle

dazu auf, auf die Reserveschirme zu achten. Gibbons packte den Türgriff, riss daran, und kühle süße Frühlingsduft strömte herein.

»Schöne Scheiße.« Dobie pfiff zwischen den Zähnen hindurch. »Wir gehen da wirklich raus.«

Gibbons streckte den Kopf in den Luftstrom und beratschlagte sich über Funk mit dem Cockpit. Das Flugzeug neigte sich nach rechts in eine Kurve, buckelte kurz und lag wieder stabil.

»Achtet auf die Drifter«, rief Rowan. »Das seid ihr.«

Die bunten Bänder überschlugen und drehten sich, flogen in den endlos weiten blauen Himmel hinein, um dann von dichtem Wald verschluckt zu werden.

Gull legte sich seinen Sprung gedanklich zurecht, zog insgeheim an seinen Steuerleinen und versuchte, die Winddrift richtig einzuschätzen. Während er zusah, wie das zweite Set Drifter fiel, nahm er Korrekturen vor.

»Zieh sie hoch«, rief Gibbons.

Dobie steckte sich einen Kaugummi in den Mund, bevor er seinen Helm aufsetzte. Gull bot er auch einen an. Hinter seiner Schutzmaske waren Dobies Augen groß wie Untertassen. »Mir ist ein bisschen mulmig.«

»Warte bitte, bis du unten bist, bevor du kotzt«, bat ihn Gull.

»Libby, du bist als Zweite dran.« Rowan setzte ihren Helm auf. »Und du springst mir einfach hinterher, okay?«

»Okay.«

Als Gibbons das Signal gab, setzte sich Rowan in die Tür und wappnete sich innerlich. Alle im Flugzeug riefen Libbys Namen, und behandschuhte Hände klatschten sich ermutigend ab, während sie ihre Position hinter Rowan einnahm.

Dann klopfte Gibbons auf Rowans Schulter, und weg war sie.

Gull verfolgte ihren Flug, konnte den Blick einfach nicht von ihr abwenden. Der blau-weiße Fallschirm öffnete sich: ein schöner Anblick vor dem Blau des Himmels, dem vielen Grün und Braun und dem glitzernden Wasser.

Die Schreie holten ihn in die Gegenwart zurück. Er hatte Libbys Sprung verpasst, sah aber, wie sich ihr Schirm entfaltete, und machte einen Schritt zur Seite, um beide Schirme im Auge zu behalten, während das Flugzeug über sie hinwegflog.

»Sieht ganz so aus, als würdest du mir zehn Dollar schulden.«

Dobies Augen lachten. »Leg noch einen Kasten Bier obendrauf, und ich bin besser als sie. Besser als du.«

Nachdem das Flugzeug einen Kreis beschrieben hatte, sah Gibbons Gull in die Augen und hielt seinen Blick fest. »Seid ihr so weit?«

»Wir sind so weit.«

»Einhaken!«

Gull trat vor und hakte seine Leine ein.

»In die Tür!«

Gull atmete tief durch und stellte sich in die Tür.

Er lauschte den Anweisungen des Absetzers, dem Luftstrom, dem Wind. Seine Hose flatterte. Er kontrollierte noch einmal alles, bevor das Flugzeug den Absetzpunkt erneut erreicht hatte, und behielt den Horizont im Auge.

»Macht euch bereit«, befahl Gibbons.

Oh, er war bereit. Jede Prellung, jeder blaue Fleck, jede Blase der letzten Wochen hatten ihn auf diesen Moment vorbereitet. Als er den Schlag auf seiner Schulter spürte, sprang er mitten in den Moment hinein.

Da waren nichts als der Wind und der Himmel und die heftige atemlose Aufregung. Der freie Fall war wie eine Droge. Ja, guter Gott, ja! Genau dafür war er gemacht, dachte er, bevor er mit dem Countdown begann, sich in der Luft drehte, bis er zwischen seinen Füßen den Boden sehen konnte.

Der Schirm ging auf, zog ihn nach oben. Er sah nach rechts, nach links und entdeckte endlich Dobie, hörte das laute, wilde Gelächter seines Sprungpartners.

»Genau so habe ich mir das vorgestellt.«

Gull lächelte und sah sich um.

Wie vielen so ein Anblick wohl vergönnt war?, dachte er. Auf die überwältigenden Wälder und Berge, diesen endlos weiten Himmel?

Er ließ den Blick über die schneebedeckten Gipfel und Täler gleiten. Weiter unten spross das erste Grün. Auch wenn das nicht sehr wahrscheinlich war, bildete er sich ein, beides riechen zu können, den Winter und den Frühling, während er so schwebte. Er zog an seinen Steuerleinen, verließ sich auf seinen Instinkt und darauf, was er gelernt hatte, trotzte den Launen des Windes. Da war Rowan. Er sah, wie die Sonne auf ihr helles Haar fiel, wie sie dastand – mit gegrätschten Beinen, die Hände in die Hüften gestemmt. Und ihn beobachtete, so wie er sie beobachtete.

Er steuerte sie an, versuchte den Wind einzuschätzen und merkte, dass die Richtung stimmte. Er atmete bewusst ruhig und gleichmäßig, während er sich auf den Aufprall vorbereitete.

Erneut warf er einen Blick auf Dobie und sah, dass sein Partner über den Zielpunkt hinauszuschießen drohte. Dann hatte er Bodenkontakt und rollte sich ab. Er ließ sein Sprunggurtzeug fallen und begann, den Schirm einzusammeln.

Rowan rief etwas, und er sah, wie sie zu den Bäumen rannte. Alles um ihn herum erstarrte und bewegte sich erst wieder, als er Dobie fluchen hörte.

Über ihnen ging das Flugzeug in die Kurve und begann mit einem neuen Rundflug, um die nächsten Springer freizugeben. Er nahm sein Sprunggurtzeug und ging grinsend dorthin, wo Dobie seines aus den Bäumen zerrte.

»Ich hatte es fast geschafft, doch dann hat der Wind mich in die Bäume gedrückt. Trotzdem, das war ein toller Flug. Nur leider habe ich meinen Kaugummi verschluckt.«

»Ihr seid gelandet«, sagte Rowan. »Ohne euch etwas dabei zu brechen. Das ist nicht schlecht.« Sie öffnete ihre Fallschirmtasche und holte Energieriegel heraus. »Ich gratuliere.«

»Es gibt nichts Vergleichbares.« Libby strahlte, als sie in den Himmel schaute. »Nichts, was auch nur annähernd daran herankommt.«

»Du bist noch nicht über Feuer abgesprungen.« Rowan setzte sich und streckte sich auf der Wiese aus. »Das ist eine ganz andere Erfahrung.« Sie sah in den Himmel, wartete, bis das Flugzeug zurückkehrte, und warf dann einen Blick auf Gull, der sich neben sie fallen ließ. »Du bist sehr sanft gelandet.«

»Ich habe mich an dir orientiert. An der Sonne auf deinem Haar«, fügte er hinzu, als sie die Stirn runzelte.

»Meine Güte, Gull, du bist tatsächlich ein Romantiker. Gott schütze dich!«

Er hatte sie eindeutig aus dem Konzept gebracht und klopfte sich insgeheim dafür auf die Schulter. Da er seinen Kaugummi nicht verschluckt hatte, hob er sich den Energieriegel für später auf. »Was machst du, wenn du nicht als Feuerspringerin arbeitest?«

»Dann widme ich mich der Firma meines Vaters, springe mit Touristen, die eine aufregende Erfahrung machen wollen, und unterrichte Leute, die das Fallschirmspringen zu ihrem Hobby machen möchten. Ansonsten unterrichte ich als Personal Trainer.« Sie spannte ihren Bizeps an.

»Darin bist du bestimmt gut.«

»Als Fitnesstrainerin bleibe ich in Form und verdiene Geld. Und du?«

»Ich spiele, um mir den Lebensunterhalt zu verdienen. Im Fun World, einer großen Spielhalle mit Videospielkonsolen, Bowlingbahn, Autoscooter, Skee-Ball.«

»Du arbeitest in einer Spielhalle?«

Er verschränkte die Arme hinter dem Kopf. »Das ist keine Arbeit, sondern pures Vergnügen.«

»Du wirkst nicht so wie jemand, dem es Spaß macht, sich den ganzen Tag um Kids und Spielautomaten zu kümmern.«

»Ich mag Kinder. Sie sind überwiegend angstfrei und offen für Neues. Erwachsene haben das oft verlernt.« Er zuckte mit den Schultern. »Du bringst dafür Sesselfurzer richtig ins Schwitzen.«

»Nicht alle meine Kunden sind Sesselfurzer. Erst recht nicht, nachdem ich mit ihnen fertig bin.« Sie setzte sich auf. »Da kommt die nächste Gruppe.«

Nachdem sie die erste Sprungübung absolviert hatten, trugen sie ihre Ausrüstung zurück zum Fliegerhorst. Nach einem weiteren Fitnesstraining und einer Unterrichtseinheit folgte der zweite Sprung des Tages.

Sie übten das Herunterklettern von Bäumen mit voller Ausrüstung, sprachen über Brandbekämpfungsstrategien, studierten Karten, machten unzählige Bauchpressen, Klimmzüge, Liegestützen, rannten kilometerweit und warfen sich aus Flugzeugen. Am Ende anstrengender vier Wochen traten nur noch sechzehn von ihnen zum Appell an.

Als Libby »Ja« rief, drückte Dobie Gull einen Zwanzigdollarschein in die Hand. »Die Feuerspringer-Barbie. Eines muss man ihr lassen: Das zierliche Persönchen hat durchgehalten, während ein so grober Klotz wie McGinty schlappmacht.«

»Aber wir haben nicht schlappgemacht«, rief ihm Gull in Erinnerung.

»Scheiße, nein, wir nicht.« Als sie sich abklatschten, wurden sie von eiskaltem Wasser durchnässt.

»Das ist gegen den Anfängermief«, rief jemand. Unter lautem Gejohle schütteten die Männer und Frauen auf dem Dach weitere Eimer Wasser auf sie.

»Von nun an gehört ihr zu uns.« Von seiner Position, die außerhalb der Reichweite des Wassers lag, übertönte L. B. das Gelächter und die Flüche. »Räumt euer Zeug auf und packt es in die Busse. Wir fahren in die Stadt, Jungs und Mädels. Ihr habt den Abend frei zum Feiern und zum Besaufen. Morgen beginnt euer erster Tag als Feuerspringer, als Zulie.«

Als Gull den nassen Zwanziger auswrang, lachte Dobie so sehr, dass er sich setzen musste. »Die erste Runde geht auf mich. Du bist eingeladen, Libby.«

»Danke.«

Grinsend steckte Gull den nassen Schein in seine nasse Hosentasche. »Den habe ich allein dir zu verdanken.«

Im Gebäude schlüpfte Gull aus seinen klatschnassen Klamotten. Er kontrollierte seine blauen Flecken und nahm sich zum ersten Mal seit einer Woche wieder Zeit zum Rasieren. Nachdem er ein sauberes Hemd und eine saubere Hose gefunden hatte, schrieb er eine kurze E-Mail an seine Familie, um ihnen zu sagen, dass er es geschafft hatte. Eine Nachricht, die sicherlich gemischte Gefühle hervorrufen würde, auch wenn alle so taten, als freuten sie sich mit ihm.

Zur Feier des Tages steckte er eine Zigarre in die Hemdtasche und ging nach draußen. Wegen der E-Mail war er spät dran, sodass er in einem der letzten Busse mitfuhr. Er fand einen Platz zwischen Neulingen und Veteranen.

»Na, Lust auf eine Party?«, fragte Trigger.

»Klar, und das nicht erst seit heute.«

»Aber nicht vergessen: Niemand spielt den Babysitter. Hast du den Bus verpasst, musst du selbst sehen, wie du zum Fliegerhorst kommst. Falls du heute Abend jemanden aufreißt, dann am besten eine mit eigenem Wagen.«

»Ich werd's mir merken.«

»Tanzt du?«

»Was soll die Frage?«

Trigger stieß ein lautes Lachen hervor. »Vielleicht finde ich dich ja attraktiv. Dort, wo wir hinfahren, gibt es eine Tanzfläche. Und beim Tanzen solltest du dich lieber geschickt anstellen, denn mit einer Frau zu tanzen, ist fast so was wie ein Vorspiel.«

»Ach, so ist das?«

»O ja, kleiner Jedi-Ritter. So ist das!«

»Interessant. Tanzt Rowan gern?«

Trigger zog die Brauen hoch. »So was nennen wir: ›Den falschen Baum anpeilen.‹«

»Es ist der einzige Baum, der mein Interesse geweckt hat.«

»Dann wirst du einen langen, trockenen Sommer erleben.« Er klopfte Gull auf die Schulter. »Und eines lass dir gesagt sein, wobei ich wieder aus Erfahrung spreche: Wenn du Hornhaut auf der Hornhaut und darauf Blasen hast, macht das Wichsen auch nicht mehr so viel Spaß.«

»Ich war fünf Jahre bei der Feuerwehr«, rief ihm Gull wieder in Erinnerung. »Wenn es ein langer trockener Sommer wird, halten meine Hände bestimmt durch.«

»Vielleicht. Aber mit einer Frau ist es besser.«

»O ja, Master Jedi, o ja.«

»Hast du eine, die zu Hause auf dich wartet?«

»Nein. Und du?«

»Ich hatte eine. Zweimal. Eine davon habe ich geheiratet, aber es hat einfach nicht funktioniert. Matt hat eine. Du hast eine Freundin daheim in Nebraska, stimmt's, Matt?«

Matt rutschte unruhig auf seinem Sitz hin und her und warf einen Blick über seine Schulter. »Annie.«

»Seine Highschool-Liebe«, erklärte Trigger. »Sie ist aufs College gegangen, aber danach kamen die beiden wieder zusammen. Ein Herz und eine Seele. Matt wird also nicht tanzen, wenn du verstehst, was ich meine.«

»Verstehe. Das ist doch schön«, fuhr Gull fort. »Jemanden zu haben, meine ich.«

»Sonst macht das alles keinen Sinn.« Matt zuckte mit den Schultern. »Wozu das Ganze, wenn zu Hause niemand auf dich wartet?«

»Das versüßt einem das Leben«, pflichtete Trigger bei. »Aber so manch einer von uns muss ab und an das Tanzbein schwingen.« Er rieb sich die Hände, während der

Bus auf einem vollen Parkplatz hielt. »Meine Füße fangen schon an zu zucken.«

Beim Verlassen des Busses warf Gull einen Blick auf das lang gestreckte niedrige Gebäude und musterte das blinkende Neonschild.

»Lasso-Bar«, las er. »Ist das euer Ernst?«

»Lass den Cowboy in dir raus, Kumpel.« Trigger klopfte ihm auf die Schulter und schlenderte dann mit seinen Schlangenlederstiefeln hinein.

Noch eine Herausforderung, dachte Gull.

Er tauchte ein in den Lärmbrei der übersteuerten, echt schlechten Countrymusik, die von vier schmuddelig wirkenden Jungs in einer Art wackeligem Hühnergehege zum Besten gegeben wurde. Noch flogen nur Beleidigungen durch die Luft, aber die Nacht war ja noch jung. Trotzdem war die Tanzfläche voll. Fliegende Beine, wackelnde Ärsche. Andere saßen an der langen Bar oder quetschten sich auf wackligen Stühlen an winzige Tische, wo sie Nachos aßen und an merkwürdig knallorangen Hähnchenflügeln knabberten. Die meisten beschlossen, diese Mischung mit einem Bier hinunterzuspülen, das in schmutzigen Plastikbechern serviert wurde.

Das Licht war gnädigerweise gedimmt, und trotz des Rauchverbots hing blauer Dunst in der Luft, die nach Schweiß, Frittierfett und vollen Aschenbechern roch. Das einzig Vernünftige würde sein, sich das Lokal schönzutrinken, dachte Gull. Er ging zur Bar, erkämpfte sich einen Platz und bestellte ein Bitter Root Beer. Dobie quetschte sich neben ihn und boxte gegen seinen Arm. »Warum trinkst du dieses exotische Zeug?«

»Gebraut in Montana.« Er gab die Flasche an Dobie weiter und bestellte ein neues.

»Ziemlich gut, das Bier«, beschloss Dobie nach einem Schluck. »Aber es ist nun mal kein Lager.«

»Da hast du nicht ganz unrecht.« Amüsiert stieß Gull mit Dobie an und trank. »Bier. Die Antwort auf so viele Fragen.«

»Ich werde mir das hinter die Binde kippen, mir dann eine von den Frauen aus dieser Herde einfangen und sie auf die Tanzfläche treiben.«

Gull nippte erneut an seinem Bier und musterte den Leadgitarristen mit den Wurstfingern. »Wie soll man bloß auf so eine Scheißmusik tanzen?«

Dobie zog seine Augen zu schmalen Schlitzen zusammen und bohrte einen Finger in Gulls Brust. »Hast du was gegen Countrymusik?«

»Wenn du das als Musik bezeichnest, muss dir beim letzten Sprung ein Trommelfell geplatzt sein. Ich mag Bluegrass«, fügte er hinzu. »Wenn er richtig gespielt wird.«

»Mach mir nichts vor, du Großstadtcowboy. Du kannst doch Gras nicht von einer Ackerwinde unterscheiden.«

Gull nahm noch einen Schluck Bier. *»I am a man of constant sorrow«*, sang er mit einer kräftigen, weichen Tenorstimme. *»I've seen trouble all my days.«*

Dobie versetzte ihm einen Schlag vor die Brust, aber einen liebevollen. »Du überraschst mich stets aufs Neue, Gulliver. Du kannst ja singen. Du solltest da raufgehen und diesen Hosenscheißern zeigen, wie es geht.«

»Ich glaube, ich trinke lieber mein Bier.«

»Na gut.« Dobie prostete ihm zu und leerte seine Flasche. »Ich mach mich auf die Suche nach einer Frau.«

»Na, dann viel Glück!«

»Mit Glück hat das nichts zu tun. Sondern mit Stil.«

Gull sah zu, wie Dobie zu einem Tisch mit vier Frauen ging. Der Mann hatte wirklich einen sehr eigenen Stil. Er genoss den Moment, stützte sich mit einem Ellbogen auf die Theke und schlug die Beine übereinander.

Trigger hatte, wie bereits angekündigt, eine Partnerin auf die Tanzfläche gezogen. Matt, der seiner Annie treu blieb, saß mit Little Bear, einem der Frischlinge namens Stovic und einem der Piloten zusammen, der wegen eines verkrumpelten, heiß geliebten Hutes nur Stetson hieß.

Rowan war auch da. Sie knabberte Nachos und saß mit Janis Petrie, Gibbons und Yangtree an einem Tisch. Ein enges blaues T-Shirt mit U-Boot-Ausschnitt betonte ihre Brüste. Zum ersten Mal, seit er sie kannte, trug sie Ohrringe, die glitzerten und an ihren Ohren schaukelten, wenn sie den Kopf lachend in den Nacken warf. Sie hatte auch irgendwas mit ihren Augen und Lippen angestellt, merkte Gull, die viel mehr zur Geltung kamen. Und als sie Cards einen Tanz gewährte, sah er, dass ihre Jeans genauso eng saßen wie ihr T-Shirt.

Als Cards sie herumwirbelte, erwiderte sie seinen Blick, sodass ihm fast das Herz stehen blieb, so breit und provozierend grinste sie ihn an. Wenn sie ihn ruinieren wollte, dachte er, konnte sie das genauso gut aus nächster Nähe tun. Er bestellte noch ein Bier und trug es an ihren Tisch.

»Hallo, Frischfleisch.« Janis prostete ihm mit einem triefenden Nacho zu. »Willst du tanzen?«

»Ich habe noch nicht genügend Bier intus, um zu dieser Pseudomusik zu tanzen.«

»Die spielen so schlecht, dass es schon fast wieder gut ist.« Janis klopfte auf Rowans leeren Stuhl. »Noch ein paar Drinks, und sie werden so gut, dass mir schlecht wird.«

»Ich entnehme deiner Aussage, dass du schon öfter das Vergnügen hattest.«

»Wer nicht wenigstens einen Abend in der Lasso-Bar überlebt hat, ist kein richtiger Zulie.« Sie sah zur Tür, als gerade drei Männer hereinwankten.

»Sind die von hier?«

»Ich glaube nicht. Die tragen alle neue Stiefel. Teure.« Sie schenkte sich Bier aus dem Krug auf dem Tisch nach. »Wahrscheinlich Großstadttypen, die gekommen sind, um ein bisschen Landluft zu schnuppern.«

Die Männer gingen zur Bar, und ihr Anführer drängelte sich bis zur Theke vor. Dann knallte er einen Schein auf den Tresen.

»Whiskey und eine Frau.« Er sprach bewusst laut, damit ihn auch ja alle hörten. Das Gejohle und Gelächter seiner Freunde legte nahe, dass sie nicht ihren ersten Drink bestellten.

Ein paar Leute an der Bar rückten zusammen, um dem Trio Platz zu machen, während der Barmann einschenkte. Der Anführer kippte seinen Drink auf einmal herunter, knallte das Glas auf den Tresen und zeigte darauf.

»Wir brauchen ein paar Weiber.«

Weitere Heiterkeitsausbrüche. Der Typ sucht eindeutig Ärger, dachte Gull. Er aber nicht, und so widmete er seine Aufmerksamkeit erneut Rowan und der Tanzfläche.

Als die Band gerade eine nervenzermürbende Coverversion von *When the sun goes down* spielte, beugte sich Janis zu ihm vor. »Ro hat mir erzählt, dass du in einer Spielhalle arbeitest.«

»Sie hat von mir gesprochen?«

»Klar. Wir tauschen uns jeden Tag aus. Ich mag Spielhallen. Habt ihr Flipperautomaten? Ich bin super im Flippern.«

»Ja, neue und alte.«

»Alte?« Sie zog die Augen zu schmalen Schlitzen zusammen. »Ihr habt aber nicht zufällig einen High Speed, oder?«

»Das ist nicht umsonst ein Klassiker.«

»Den liebe ich!« Ihre Hand schlug auf den Tisch. »Als ich noch ein Kind war, hatten sie diesen alten, fertigen Automaten in unserer Spielhalle. Ich wurde so gut, dass ich mit einer Münze den ganzen Tag spielen konnte. Ich hab dem Typen fünf Freispiele abgeluchst, bevor ich meinen ersten Zungenkuss bekam.« Seufzend lehnte sie sich zurück. »Das war eine schöne Zeit.«

Gull folgte ihrem Blick zur Bar und sah gerade noch rechtzeitig, wie einer der Whiskeytrinker der mit einem vollen Tablett vorbeigehenden Kellnerin einen Klaps auf den Po gab. Als sich die Frau umsah, hob er grinsend beide Hände.

»So ein Arsch! Man kann wirklich nirgendwo mehr hingehen, ohne Arschlöchern zu begegnen«, sage Janis.

»So schaut's aus.« Gull rutschte nervös auf seinem Stuhl herum, als Rowan von der Tanzfläche zurückkehrte.

»Das ist mein Platz.«

»Ich habe ihn nur für dich freigehalten.« Er klopfte auf sein Knie. Sie überraschte ihn, indem sie sich auf seinen Schoß setzte, nach seinem Bier griff und einen großen Schluck nahm.

»Du musst ja Geld haben, wenn du Spezialbier aus der Flasche kaufst. Tanzt du nicht, Geldscheißer?«

»Vielleicht, falls die zur Abwechslung mal etwas spielen, von dem mir nicht die Ohren bluten.«

»Echt, du kannst sie noch hören? Das lässt sich ändern. Höchste Zeit für ein paar Schnäpse.«

»Ohne mich«, sagte Gibbons sofort. »Als du mich das letzte Mal überredet hast, hatte ich danach eine Woche lang kein Gefühl mehr in den Fingern.«

»Vergiss es, Gull«, warnte ihn Yangtree. »Die Wikingerbraut hat einen eisernen Magen. Von ihrem alten Herrn geerbt.«

Rowan brachte ihr Gesicht ganz nah an das von Gull heran und grinste. »Oh, du hast einen empfindlichen Magen, Feuerwehrmann?«

Er stellte sich vor, wie es wäre, in ihre pralle Oberlippe zu beißen, nur einmal, schnell und fest.

»Von welchem Schnaps redest du?«

»Innen gut, außen mit Hut: Te-qui-la«, trällerte sie und schlug dabei zu jeder Silbe mit der flachen Hand auf den Tisch. »Aber nur, falls du das Zeug dazu hast.«

»Du sitzt auf meinen Kronjuwelen, also müsstest du es eigentlich wissen.«

Sie legte den Kopf in den Nacken und ließ dieses sexy Saloon-Girl-Lachen ertönen. »Behalte sie noch eine Weile im Safe. Ich geh uns was holen.« Sie sprang auf und drehte sich ein paarmal, als Dobie ihre Hand nahm und sie herumwirbelte.

Titania und Puck, dachte Gull.

Dann steckte sie ihre Daumen in die vorderen Hosentaschen und tanzte eine Art Stepptanz mit ihm, was die anderen Tänzer zum Pfeifen und Klatschen brachte. Sie zielte mit dem Finger auf Gull und tat so, als würde sie abdrücken, und tanzte dann in Richtung Bar. Sein Herz klopfte vernehmlich.

»Hey, Big Nate.« Rowan beugte sich vor und schnappte sich den Chefbarmann. »Ich hätte gern ein Dutzend Tequilas, zwei Salzstreuer und ein paar Limettenschnitze.« Sie sah den Mann neben sich, der sich gerade an den Eiern kratzte, gelangweilt an und rückte von ihm ab. »Ich kann sie selbst tragen, wenn Molly beschäftigt ist.«

Der Eierkratzer knallte einen Hundertdollarschein vor ihr auf den Tresen. »Ich kauf dir die Tequilas, einschließlich zehn Minuten mit dir draußen vor der Tür.«

Bevor der Barmann irgendetwas sagen konnte, schüttelte Rowan kurz den Kopf. Dann drehte sie sich um und sah dem betrunkenen, unverschämten Mistkerl direkt in die Augen. »Da dir jeglicher Charme abgeht und du wohl nur an eine Frau kommst, wenn du dafür zahlst, hältst du anscheinend alle für Nutten.«

»Du wackelst mit deinem Arsch und deinen Titten, seit ich hier drin bin. Ich biete dir Bezahlung für das, wofür du Werbung gemacht hast. Aber vorher lade ich dich auf einen Drink ein.«

Am Tisch dachte Gull nur »Mist!« und stand auf. Gibbons legte ihm eine Hand auf den Arm. »Misch dich da lieber nicht ein, glaub mir.«

»Ich mag es nicht, wenn Betrunkene Frauen belästigen.«

Er kam näher und hörte trotz des Lärmpegels, wie Rowan mit zuckersüßer Stimme sagte: »Oh, wenn das so ist und du mich vorher auf einen Drink einlädst – ist das dein Bierkrug?«

Sie griff danach und hatte bei ihrer Größe kein Problem damit, ihn dem Mann über den Kopf zu schütten. »Da hast du was zu trinken, du Witzfigur.«

Der Mann reagierte recht geistesgegenwärtig für einen Betrunkenen. Er drückte Rowan gegen die Bar und packte ihre Brüste. Doch bevor Gull den Raum halb durchquert hatte, rammte sie dem Mann ihren Stiefel in den Spann und ihr Knie in die Eier. Dann verpasste sie ihm einen perfekten Kinnhaken. Der Betrunkene ging zu Boden. Als Nächster war einer seiner Kumpel dran, der so dumm gewesen war, sie anzufassen. Sie packte seinen Arm, zerrte ihn an sich vorbei nach vorn. Der Stiefel, den sie in seinen Hintern rammte, beförderte ihn auf seinen Freund, der gerade versuchte, sich wieder aufzurappeln. Sie wirbelte herum, um sich der Nummer drei zu widmen. »Willst du dich auch mit mir anlegen?«

»Nein.« Nummer drei hob ergeben die Hände. »Nein, Ma'am, ich verzichte.«

»Wenn du noch einen Funken Verstand übrig hast, solltest du ihn dafür benutzen, deine bescheuerten Freunde nach draußen zu befördern, bevor ich richtig ausflippe.«

»Keine Hilfestellung notwendig«, bemerkte Dobie.

»Das gibt mir den Rest.« Gull legte eine Hand auf sein Herz. »Ich bin verknallt.«

»Ich möchte mich eher nicht in eine Frau verlieben, die einen so zusammenfalten kann.«

»No risk, no fun.«

Er hielt sich im Hintergrund, während ein halbes Dutzend Zulies half, die drei Männer vor die Tür zu setzen. Rowan zupfte ihr T-Shirt zurecht. »Wo bleiben die Schnäpse, Big Nate?«

»Kommt sofort. Die gehen aufs Haus.«

Gull nahm wieder Platz und wartete, bis Rowan das Tablett hergetragen hatte. »Bist du bereit?«, fragte sie.

»Stell sie hin, Süße. Brauchst du ein bisschen Eis für deine malträtierten Fingerknöchel?«

Sie schüttelte die Hand. »Die sind okay. Das fühlte sich an, als hätte ich in ein lasches Aufbackbrötchen geschlagen.«

»Das soll ja Alkohol gut aufsaugen.«

Sie lachte und ließ sich dann auf einen Stuhl fallen, den Gibbons ihr hingestellt hatte.

»Dann lass mal sehen, wie viel du so verträgst.«

4

Beide kippten den ersten Schnaps, der Tequila kam mit seiner Zunge in Berührung und rutschte dann schnell und heiß seine Kehle hinunter. Gull sah Rowan in die Augen. Sie faszinierten ihn am meisten. Diese klaren, kühlen blauen Augen sprühten nur so vor Leben. Sie funkelten provozierend, frech. Er fühlte sich ihr ganz nahe – so nahe wie dem Tequila, der in seinen Eingeweiden brannte. Um nicht ins Hintertreffen zu geraten, griff er wie sie sofort nach dem nächsten Glas. Und dann war da ihr breiter Mund mit der vollen Unterlippe und diesem Grinsen. Kein Wunder, dass er sich wünschte, diese Lippen einmal genauer erkunden zu dürfen.

»Wie läuft's, Feuerwehrmann?«

»Gut. Und bei dir, Wikingerbraut?«

Anstelle einer Antwort stieß sie mit ihrem dritten Glas gegen das seine, bevor sie den Inhalt gleichzeitig hinunterkippten. Sie führte den Limettenschnitz an ihre Lippen.

»Weißt du, was ich an Tequila so liebe?«

»Nein, was denn?«

»Alles.« Nach einem dreckigen Lachen trank sie den vierten Kurzen mit derselben Lässigkeit wie die ersten drei. Gemeinsam stellten sie die leeren Gläser mit einem lauten Knall auf dem Tisch ab.

»Und was liebst du noch?«, fragte er.

»Hm.« Sie überlegte, während sie den fünften Schnaps vernichteten. »Meine Arbeit als Feuerspringerin und alle, die diese verrückte Leidenschaft mit mir teilen.« Sie hob ihr Glas, woraufhin Applaus und zweideutige Bemerkungen laut wurden, und lehnte sich dann zurück. »Feuer und das Gefühl, es zu beherrschen, meinen Dad, laute Rockmusik an einem warmen Sommerabend und winzige Welpen. Und du?«

Auch er lehnte sich mit seinem Schnaps zurück. »Das alles liebe ich auch, mit Ausnahme deines Dads, den ich nicht kenne.«

»Als Feuerspringer warst du auch noch nicht aktiv.«

»Stimmt, aber ich bin mir sicher, dass ich es lieben werde. Ich habe ebenfalls eine Vorliebe für laute Rockmusik und winzige Welpen, würde beidem aber wilden Sex und große Köter vorziehen.«

»Interessant.« Sie kippten gleichzeitig den letzten Kurzen hinunter, während noch mehr Applaus aufbrandete. »Ich hätte eher gedacht, du bevorzugst Katzen.«

»Ich habe nichts gegen Katzen, aber ein Köter wird sein Herrchen immer brauchen.«

Ihre Ohrringe schaukelten hin und her, als sie den Kopf schräg legte. »Du wirst also gern gebraucht?«

»Ich denke schon.«

Sie zeigte auf ihn und sagte: »Aha, da ist er ja wieder, der Romantiker.«

»Na klar. Hast du Lust auf wilden Sex, um die heiße Sommernacht etwas vorzuverlegen?«

Sie warf den Kopf in den Nacken und lachte. »Das ist wirklich ein großzügiges Angebot, aber nein, danke.« Sie schlug mit der Hand auf den Tisch. »Aber dafür lade ich dich auf sechs weitere Kurze ein.«

Gott bewahre! Er klopfte auf seine Tasche. »Ich mache nur eine kurze Zigarrenpause, bevor die nächste Runde kommt.«

»Zehn Minuten«, verkündete Rowan. »Hey, Big Nate,

wie wär's mit etwas Salsa und Chips, als Unterlage für den Tequila? Aber bitte nicht dieses fade Zeug.«

Das war sie, die Frau seiner Träume, dachte Gull, als er durch die Hintertür hinausging, um seine Zigarre zu rauchen. Eine Salsa verschlingende, Tequila trinkende, feuerspringende Wikingerbraut mit richtig was auf dem Kasten und einem gemeinen Kinnhaken. Jetzt musste er sie nur noch davon überzeugen, mit ihm ins Bett zu gehen.

In der kühlen Dunkelheit zündete er seine Zigarre an und blies den Rauch in den bestirnten Nachthimmel. Dieser Abend war einfach perfekt. Grottige Musik in einer Countrykaschemme, billiger Tequila, die Gesellschaft Gleichgesinnter und eine faszinierende Frau, die ihn an- und erregte.

Er dachte an zu Hause und die langen Winter. Aber die machten ihm nichts aus, er genoss sie sogar. Wenn er in den letzten Jahren etwas gelernt hatte, dann, dass er die Hitze und die Hektik der Sommer bei der Brandbekämpfung und die damit verbundenen Risiken brauchte. Vielleicht war es genau das: Diese Mischung aus Stolz auf das, was er zu Hause erreicht hatte, und der Vorfreude auf das, was er hier leisten könnte. Diese Mischung, die es ihm erlaubte, in einer kühlen Frühlingsnacht mitten im Nirgendwo zu stehen und sein Leben als perfekte Balance zu empfinden.

Er schlenderte einmal um das Gebäude, genoss seine Zigarre und dachte daran, dass er es gleich mit Rowan und den sechs Kurzen aufnehmen musste. Beim nächsten Mal, wenn es denn ein nächstes Mal gab, wollte er dafür sorgen, dass er eine Flasche Premiumtequila dabeihatte. Das würde ihn in Bezug auf die Folgen für seinen Magen beruhigen.

Amüsiert erreichte er die Längsseite des Gebäudes. Erst hörte er ein Stöhnen, dann das unangenehme Geräusch einer Faust, die auf Fleisch trifft. Er ging weiter auf den Lärm zu und ließ den Blick über die dunklen Ecken des Parkplatzes schweifen. Zwei der Männer, die Rowan in der Bar fertiggemacht hatte, hielten Dobie fest, während ihr Anführer sich auf ihn warf.

»Mist«, murmelte Gull, ließ seine Zigarre fallen und rannte los.

Über das Brausen in seinen Ohren hinweg hörte Gull einen der Männer etwas rufen. Der Anführer wirbelte herum und sah ihn verschlagen an. Gull ließ seine Faust auf ihn zusausen. Er dachte nicht nach, musste nicht nachdenken. Er reagierte rein instinktiv, als die anderen beiden von Dobie abließen und auf ihn losgingen. Er nutzte seine Wut, schlug, trat um sich und fuhr die Ellbogen aus, während er Blut schmeckte, sein eigenes Blut. Er spürte, wie etwas krachend unter seiner Faust nachgab, hörte ein lautes Keuchen, als sein Fuß in der Wampe des Anführers landete. Jemand fiel auf die Knie und würgte, nachdem sein Ellbogen einen ungeschützten Hals erwischt hatte.

Aus den Augenwinkeln sah Gull, dass Dobie es geschafft hatte, sich wieder aufzurappeln. Er humpelte auf den würgenden Mann zu, um ihm ein paar Tritte zwischen die Rippen zu verpassen. Einer der anderen versuchte zu fliehen. Doch Gull erwischte ihn und warf sich auf ihn, sodass er mit dem Gesicht voran in den Kies fiel.

Er konnte sich nicht mehr daran erinnern, den Anführer ausgeknockt und sich auf ihn gesetzt zu haben, aber drei seiner Kollegen waren nötig, um ihn wieder von ihm herunterzuzerren.

»Er hat genug eingesteckt. Er ist k.o.« Little Bears Stimme durchdrang das wütende Brausen in seinen Ohren. »Beruhige dich, Gull.«

»Gut. Ich höre auf.« Gull hob ergeben die Hand. Während sich der Griff seiner Kollegen lockerte, sah er zu Dobie hinüber. Der saß umringt von anderen Feuerspringern und ein paar Frauen auf dem Boden. Sein Gesicht und die Vorderseite seines T-Shirts waren blutig, sein rechtes Auge war zugeschwollen.

»Die haben dir aber ganz schön eingeheizt, Kumpel«, bemerkte Gull. Dann sah er den dunklen Fleck auf Dobies rechtem Hosenbein und die große Pfütze. »Meine Güte! Sind die mit dem Messer auf dich losgegangen?«

Noch bevor Gull zu ihm rennen konnte, zog Dobie eine zerbrochene Tabasco-Flasche aus seiner Tasche. »Nö. Die ist zerbrochen, als ich zu Boden ging. Das sind nur ein paar Schrammen. Schade um den Tabasco.«

L. B. ging in die Hocke, um sich Dobie genauer anzusehen. »Du trägst Tabasco in deiner Hosentasche herum?«

»Wo sollte ich ihn sonst herumtragen?«

Kopfschüttelnd ging auch Gull in die Hocke. »Er kippt das Zeug überall drüber.«

»Allerdings.« Wie um es zu beweisen, goss Dobie den letzten Rest über dem Hintern eines der halb bewusstlosen Männer aus. »Ich wollte ein bisschen frische Luft schnappen, als die drei auf mich losgegangen sind. Sie haben gewartet, dass einer von uns rauskommt. Du bist auf jeden Fall genau im richtigen Moment aufgetaucht«, sagte er zu Gull. »Kannst du Kung-Fu oder so?«

»So was Ähnliches. Lass dich lieber verarzten.«

»Oh, mir geht es gut.«

Rowan bahnte sich einen Weg durch die Menge und ging vor Dobie in die Hocke. »Sie wären nie auf dich losgegangen, wenn sie nicht so sauer auf mich gewesen wären. Tu mir einen Gefallen. Lass dich vom Arzt ansehen, damit ich kein so schlechtes Gewissen haben muss.« Dann beugte sie sich vor und küsste ihn auf die blaue, blutige Wange. »Ich bin dir was schuldig.«

»Na, wenn es dir dann besser geht.«

»Soll ich die Polizei rufen?«, fragte Big Nate.

Dobie musterte die drei Männer achselzuckend. »Die brauchen vermutlich eher einen Krankenwagen.« Er zuckte erneut die Schultern. »Mir egal, ob sie in den Bau wandern, zur Hölle fahren oder dorthin verschwinden, wo sie hergekommen sind.«

»Na gut.« Big Nate machte einen Schritt auf sie zu und stupste den Mann, der mit dem Gesicht in den Händen dasaß, mit dem Fuß an. »Kannst du noch fahren?« Als der Mann ein Nicken zuwege brachte, verlieh Big Nate seiner Forderung mit dem Fuß etwas mehr Nachdruck. »Du steigst mit diesen Volltrotteln in deinen Truck und haust ab. Wenn ich dich noch einmal in meinem oder einem anderen Lokal erwische, wirst du dir wünschen, ich hätte die Polizei gerufen. Und jetzt verschwindet von meinem Privatgrund.«

Um die Sache zu beschleunigen, schleiften einige Männer den Anführer, der noch nicht wieder richtig zu sich gekommen war, samt seinen stöhnenden Kumpanen zum Wagen. Sie standen Spalier, bis er davonfuhr.

Gull erntete jede Menge Schulterklopfen und zahlreiche Einladungen auf einen Drink. Er akzeptierte sie alle, um Streit zu vermeiden, und sah zu, wie Libby, Cards und Gibbons Dobie in einen der Busse verfrachteten.

»Willst du zum Arzt?«, fragte Little Bear.

»Nein, ich hab mich beim Rasieren schon schlimmer verletzt.«

Little Bear ließ ihn wie Gull nicht aus den Augen. »Es geht ihm gut. Da müssen schon mehr als drei Arschlöcher kommen, um einen Feuerspringer fertigzumachen.« Er klopfte Gull ein letztes Mal auf die Schulter und drehte sich dann zur Bar, während der Bus mit Dobie den Parkplatz verließ.

Gull blieb, wo er war, und versuchte, sich wieder zu beruhigen.

»Gehört die dir?«

Er drehte sich um und sah, dass Rowan seine Zigarre in der Hand hielt. »Ja, die habe ich anscheinend fallen lassen.«

»Butterfinger.« Sie nahm ein paar Züge, bis die Spitze wieder richtig aufglomm. Dann inhalierte sie einmal tief. »Noch dazu eine teure«, sagt sie und gab sie ihm zurück. »Es wäre zu schade, sie so zu verschwenden.«

Gull nahm die Zigarre und musterte sie. »Stimmt«, sagte er.

Daraufhin warf er sie erneut zu Boden, packte Rowan und riss sie an sich. »Stimmt«, wiederholte er, bevor er seine Lippen auf die ihren legte.

Sie trommelte mit beiden Händen gegen seine Brust und stieß ihn fort. »He!«

Kurz musste er befürchten, ebenfalls in den Genuss ihres Kinnhakens zu kommen. Doch dann imitierte sie ihn, indem sie ihn wieder an sich riss.

Ihr Mund schmeckte so, wie er sich das vorgestellt hatte. Heiß, weich und gierig. Ihre Lippen trafen sich mit einer solchen Wucht, als wäre bei ihnen beiden ein Schalter umgelegt worden. Sie schmiegte ihren Wahnsinnskörper vollkommen schamlos an ihn, bis die kühle Luft unter den funkelnden Sternen in Flammen zu stehen schien.

Er schmeckte den scharfen Tequila auf ihrer Zunge, der einen faszinierenden Kontrast zu ihrem Pfirsichduft bildete. Er spürte ihren galoppierenden Herzschlag, der sich dem seinen anpasste. Dann löste sie sich von ihm, sah ihm in die Augen und verharrte in dieser Position, bis sie sich ihm ganz entzog. »Du hast wirklich was drauf.«

»Dito.«

Sie atmete lange und hörbar aus. »Du bist eine echte Versuchung, Gull, das will ich gar nicht leugnen.« Sie leckte sich über die Lippen, so als wollte sie ihn noch einmal schmecken. »Doch sobald Sex ins Spiel kommt, können sogar sehr intelligente Menschen den Verstand verlieren. So gesehen sollten wir es lieber bleiben lassen.«

»Das ist deine Entscheidung. Ich werde jedenfalls nicht aufgeben.«

»Das kann ich dir schlecht vorwerfen.« Sie lächelte ihn an, und es war kein Grinsen wie sonst, sondern ein warmes Lächeln. »Du kämpfst wie ein Besessener.«

»Ich neige dazu, mich von meinen Gefühlen fortreißen zu lassen. Deshalb versuche ich, Kämpfe möglichst zu vermeiden.«

»Eine intelligente Entscheidung. Na, was meinst du, sollen wir die Tequila-Schlacht auf ein andermal verschieben und deinen Kiefer mit Eis versorgen?«

»Das geht schon.«

Während sie zur Kneipe zurückgingen, musterte sie ihn kurz von der Seite. »Welche Kampftechnik hast du bei diesen Mistkerlen angewandt?«

»Eine ganz alte Kampfkunst: Jemandem so richtig in den Arsch treten, nennt man das.«

Sie lachte und stupste ihn kameradschaftlich an. »Beeindruckend!«

Er erwiderte die kameradschaftliche Geste. »Schlaf mit mir, dann gebe ich dir Unterricht.«

Sie lachte erneut. »Streng dich ein bisschen an, dir fällt bestimmt ein besserer Spruch ein.«

»Ich muss mich erst aufwärmen«, meinte er und öffnete die Tür zur überhitzten Bar, aus der grauenhafte Musik drang.

Rowan zog den Reißverschluss ihrer warmen Jacke bis obenhin zu und trat ins Freie. Sie war im Kraftraum gewesen und hatte die Sprungliste am Schwarzen Brett kontrolliert. Sie gehörte zur ersten Gruppe und würde als Vierte springen. Doch zuvor wollte sie eine Runde joggen, vielleicht noch etwas essen. Ihr Sprunggurtzeug hatte sie bereits mehrfach kontrolliert. Wenn die Sirene losging, wäre sie bereit.

Ansonsten …

Ansonsten, dachte sie, während sie einem der Mechaniker zuwinkte, wartete auch so stets genügend Arbeit, genügend Training auf sie. Aber sie war tatsächlich bereit, in das erste Feuer der Saison zu springen. Sie warf einen Blick in den Himmel, als sie zur Laufbahn ging. Er war klar und wolkenlos, der perfekte Frühlingshimmel.

Auf dem Fliegerhorst ging alles seinen gewohnten Gang. Die Feuerspringer und ihre Zuarbeiter wuschen Fahrzeuge, erledigten Wartungsarbeiten und machten Trainingsläufe. Nach dem Besäufnis der vergangenen

Nacht waren einige nur schwer aus dem Bett gekommen – sie war da nicht die Einzige.

Sie erkannte Gull nicht nur an seiner Statur, sondern auch an seinem Tempo. Ganz schön flott, dachte sie erneut. Tequilas und eine Kneipenrauferei schienen ihn nicht einbremsen zu können. Sie bewunderte ihn dafür.

Als sie näher joggte, sah sie, dass er trotz der kühlen Außentemperatur gehörig schwitzte. Ein dunkles V zierte sein verwaschenes T-Shirt. Auch das bewunderte sie. Sie mochte Männer, die ihre Grenzen austesteten und überwanden, auch wenn keiner sie sah.

Obwohl sie bereits Lockerungsübungen gemacht hatte, absolvierte sie noch ein paar Dehnungen, bevor sie sich aus ihrer Jacke schälte. Sie achtete darauf, die Laufbahn genau in dem Moment zu betreten, als er vorbeikam.

»Wie viel hast du schon?«

Anstelle einer Antwort hielt er zwei Finger hoch.

»Als Nächstes Runde drei?« Als er nickte, fragte sie sich, ob er dieses mörderische Tempo wohl durchhalten konnte. »Das habe ich mir auch vorgenommen. Saus los, ich kann nicht mithalten.«

Sie fiel in ihr eigenes Tempo, fand ihren eigenen Rhythmus, vergaß ihn und konzentrierte sich ganz auf ihren Körper. Sie machte ihren Kopf ganz leer, damit er sich erneut mit Gedankenfetzen füllen konnte.

Eine Einkaufsliste schreiben, die Zeit finden, ein paar Fallschirmtaschen zu nähen, Gulls Mund, Dobie. Sie sollte ihren Vater anrufen. Wenn sie Bereitschaftsdienst hatte, konnte sie ihn nicht besuchen. Warum lackierte sich Janis die Zehennägel, wo sie doch ohnehin niemand sehen konnte? Gulls Zähne, die ihre Unterlippe streifen.

Arschlöcher, die auf einen kleinen Kerl losgehen. Gull, der ihnen auf einem dunklen Parkplatz gehörig in den Arsch tritt.

Gulls Arsch. Schön knackig.

Sie ermahnte sich, an etwas anderes zu denken, die erste Runde lag bereits hinter ihr. Aber nichts fesselte sie so wie er. Außerdem war Denken ja noch nicht gleich Handeln.

Wie alle anderen Feuerspringer wünschte sie sich, dass die Sirene losging. Dann wäre sie zu beschäftigt, um sich ihren Fantasien hinzugeben. Denn es waren bloße Fantasien, schließlich hatte sie nicht vor, sich mit einem Kollegen einzulassen.

Schade, dass sie ihn nicht im Winter kennengelernt hatte. Aber wie hätte das gehen sollen, er lebte schließlich in Kalifornien. Mal angenommen, sie hätte dort Urlaub gemacht, wäre in der Spielhalle gewesen. Hätte es dort auch zwischen ihnen gefunkt, wenn sie sich auf einer Bowlingbahn oder bei einem spannenden Ballerspiel begegnet wären?

Schwer zu sagen.

Ausgesehen hätte er dort genauso gut. Aber ob sie Schmetterlinge im Bauch gehabt hätte, wenn sie beim Kauf von Spielmünzen in seine Augen gesehen hätte?

Hatte es nicht auch deshalb zwischen ihnen gefunkt, weil sie zusammen als Feuerspringer arbeiteten und trainierten? Weil sie gemeinsam schufteten, dieselbe Vorfreude, dieselbe tiefe Befriedigung darüber empfanden, dass sie die harte Ausbildung geschafft hatten, zu einer Elitetruppe gehörten?

Aber hallo! War das nicht genau der Grund, warum sie sich Sex oder eine Affäre mit anderen Feuerspringern verbot? Denn wie kann man sich noch auf sein Gefühl verlassen, wenn man sich im Liebesrausch befindet? Und wenn es aus war, was mit Sicherheit passieren würde, was dann? Dann musste man weiterhin zusammenarbeiten, vielleicht sogar dem anderen sein Leben anvertrauen. Jemandem, mit dem man geschlafen hatte, aber mit dem man nicht mehr zusammen war. Und einer von beiden würde bestimmt ziemlich wütend darüber sein. Nein, da war es doch deutlich besser, eine unkomplizierte, zeitlich begrenzte Beziehung mit einem Außenstehenden einzugehen. Zum Beispiel mit jemandem, der in einer Spielhalle arbeitete. Und sich anschließend wieder dem zu widmen, was wirklich wichtig ist.

Sie steigerte ihr Tempo bei der letzten Runde und lief dann noch langsam weiter, um sich abzukühlen. Als Gull neben ihr hertrabte, hob sie fragend die Brauen. »Bist du immer noch da?«

»Ich bin fünf Runden gelaufen. Das hat gutgetan.«

»Hast du keinen Kater?«

»Ich bekomme nie einen Kater.«

»Niemals? Was ist dein Geheimnis?« Als er nur lächelte, schüttelte sie den Kopf.

»Ja, ja, wenn ich mit dir schlafe, verrätst du es mir. Wie geht's dem Kiefer und so?«

»Gut.« Er pochte zwar wie wild nach den fünf Runden, aber das würde bald wieder nachlassen.

»Wie ich hörte, steht Dobie unter Beobachtung. L. B. hat ihn von der Sprungliste genommen, bis er wieder fit ist.«

Gull nickte. Er hatte sich die Liste selbst angesehen. »Aber das dürfte nicht allzu lange dauern. Er ist ein zäher kleiner Bursche.«

Sie blieb stehen, um sich zu dehnen. »Welche Musik hast du gehört?«, fragte sie und zeigte auf den MP3-Player, den er sich um den Arm geschnallt hatte.

»Laute Rockmusik«, sagte er grinsend. »Ich leih sie dir, wenn du das nächste Mal laufen gehst.«

»Ich höre beim Laufen nicht gern Musik. Ich denke lieber nach.«

»Das Beste am Laufen ist doch, dass man dabei nicht nachdenkt.«

Bei ihren Dehnübungen musterte sie den Körper, über den sie fantasiert hatte. »Wahrscheinlich hast du recht.«

Gemeinsam machten sie sich auf den Rückweg.

»Ich bin nicht joggen gegangen, weil du auf der Bahn warst.«

»Enttäusch mich nicht. Jetzt ist mein Tag ruiniert.«

»Dafür habe ich deinen Hintern bewundert, als du an mir vorbeigezischt bist.«

»Das stellt mich nur sehr marginal zufrieden«, bemerkte er. »Echte Befriedigung ist was anderes.«

»Du bist ein komischer Kerl, Gull. Du benutzt ausgefallene Wörter und liest ausgefallene Bücher, wie ich gehört habe. Gehst ab wie ein wilder Stier, wenn du kämpfst, bist schnell wie ein Gepard und verbringst den Winter mit Tischfußball.«

Er beugte sich vor, um ihre Jacke aufzuheben. »Ich mag kickern.«

Sie band die Jackenärmel um ihre Taille und sah ihm forschend ins Gesicht. »Du bist schwer zu durchschauen.«

»Aber nur, wenn du nach einem Durchschnittsmann suchst.«

»Kann sein.« Sie verstummte, als sie den Truck sah, der vor dem Büro hielt. »He«, rief sie, winkte und rannte los.

Gull sah, wie ein Mann aus dem Wagen stieg, groß und kräftig, in einer alten schwarzen Lederjacke und mit zerschrammten Stiefeln. Der Wind wehte silbergraues Haar aus einem gebräunten, markanten Gesicht. Der Mann drehte sich um und breitete dann die Arme aus, sodass Rowan sich hineinwerfen konnte. Gull wäre eifersüchtig geworden, hätte er nicht Lucas »Iron Man« Tripp erkannt.

Außerdem war es schön mit anzusehen, wie ein Mann seine erwachsene Tochter herumwirbelt.

»Eben erst habe ich an dich gedacht«, sagte Rowan zu ihrem Vater. »Ich wollte dich gleich anrufen. Ich bin in der zweiten Gruppe, deshalb konnte ich nicht vorbeikommen.«

»Ich habe dich vermisst und dachte, ich schau mal nach dem Rechten.« Er nahm die Sonnenbrille ab und steckte sie in seine Jackentasche. »Die Greenhorns von diesem Jahr sollen ziemlich fit sein.«

»Ja.« Rowan sah sich um und bedeutete Gull, ruhig näher zu kommen. »Er hier hat unsere Bestzeit über fünf Kilometer unterboten, ein Feuerwehrmann aus Kalifornien.« Sie hatte den Arm um die Taille ihres Vaters gelegt, als Gull auf sie zuging.

»Gulliver Curry, Lucas Tripp.«

»Ich freue mich aufrichtig, Sie kennenzulernen, Mr. Tripp«, sagte Gull und gab ihm die Hand.

»Nennen Sie mich einfach Tripp. Ich gratuliere zu Ihrem Rekord und der bestandenen Ausbildung.«

»Danke.«

Sie hatte die Augen ihres Vaters geerbt, sah Gull, als sie sich unterhielten. Und seine Statur. Aber am meisten beeindruckte ihn die Körpersprache. Sie bewies eindeutig, dass die beiden unzertrennlich waren.

»Da ist ja der Mistkerl.« Yangtree ließ die Tür des Büros ins Schloss fallen und umarmte Lucas zur Begrüßung. »Schön, dich zu sehen, Mann! Du darfst die Jungs also dieses Jahr wieder schleifen?«

»Verdammt, einer muss die Idioten ja auf Vordermann bringen.«

»Wenn du die Kids leid bist – ich kann durchaus noch einen Ausbilder gebrauchen.«

»Damit ich verwöhnten Söhnchen beibringe, wie man aus einem Flugzeug springt?«

»Und reichen Mädchen«, fügte Lucas hinzu. »Man lebt nicht schlecht davon.«

»Kein Ein- und Auspacken, keine Zwanzigstundenschichten. Gib's zu, du vermisst das jeden Tag«, sagte Yangtree.

»Vor allem sonntags.« Tripp strich Rowan über den Rücken. »Aber das gilt nicht für meine Knie.«

»Ich weiß.«

»Wir kaufen dir einen Schaukelstuhl«, schlug Rowan vor. »Und eine hübsche Kanne für Kamillentee.«

Lucas zog an ihrem Ohrläppchen. »Mach ein Bier draus, dann würde ich es mir glatt überlegen. Wie ich hörte, habt ihr gestern Abend einige Biere gekippt und wurdet in eine kleine Auseinandersetzung verwickelt.«

»Nichts, womit wir nicht klargekommen wären«, behauptete Yangtree und zwinkerte Gull zu. »Beziehungsweise nichts, womit du nicht klargekommen wärst. Stimmt's, Kung-Fu-Meister?«

»Ich war nur kurz abgelenkt.«

»Ach, daher kommt der Bluterguss an Ihrem Kiefer«, sagte Lucas.

Gull fuhr mit der Hand darüber. »Da sollten Sie mal

die anderen Kerle sehen. Wobei sich nur schwer sagen lässt, wie sie eigentlich aussehen, weil sie mit eingekniffenem Schwanz über alle Berge sind.«

»Weil Sie ihnen eine gehörige Abreibung verpasst haben.« Lucas wies mit dem Kinn auf Gulls aufgeschürfte, geschwollene Fingerknöchel. »Und wie geht es dem Kerl, auf den die Kerle losgegangen sind?«

»Du weißt Bescheid?«, fragte Rowan.

»Ich habe meine Informanten, Schätzchen.« Lucas küsste ihre Schläfe.

»Dobie ist klein, aber taff.« Yangtree drehte den Kopf und spuckte aus. »Die haben ihn ganz schön vermöbelt, bis unser Kung-Fu-Meister vorbeikam. Aber vorher hatte Ihre Tochter schon dafür gesorgt, dass die Kerle auf dem Hosenboden gelandet sind.«

»Ja, auch davon habe ich gehört.«

»Ich habe nicht damit angefangen.«

»Ich weiß. Wer Raufereien anfängt, ist dumm«, sagte Lucas. »Aber manchmal muss man sich wehren.«

Rowan zog die Augen zu schmalen Schlitzen zusammen. »Du bist nicht gekommen, um nach dem Rechten zu sehen. Du bist gekommen, um nach mir zu sehen.«

»Vielleicht. Willst du deswegen eine Rauferei vom Zaun brechen?«

Sie gab ihrem Vater einen Stups und grinste.

In diesem Augenblick heulte die Sirene los.

Rowan küsste ihren Vater auf die Wange. »Bis später«, sagte sie und sauste davon. Yangtree klopfte Lucas auf die Schulter und tat es ihr gleich.

»Schön, dich gesehen zu haben.«

Tripp schüttelte Gulls Hand und musterte seine Fingerknöchel. »Sie stehen deswegen nicht auf der Liste.«

»Aber nur für heute.«

»Morgen ist auch noch ein Tag.«

»Mit Sicherheit.«

Gull ging in den Bereitschaftsraum. Er war nicht für die Sprünge eingeteilt, konnte aber seine Kollegen unterstützen. Die Feuerspringer nahmen ihre Ausrüstung aus den großen Spinden. Sie zogen Kevlarkombis über ihre feuerabweisende Unterwäsche. Als Gull sie sah, hatte sich Rowan gerade in einen der Klappstühle fallen lassen, um ihre Stiefel anzuziehen.

Er half mit der Ausrüstung, bis er sich einen Weg zu ihr bahnen konnte. Über den Motorenlärm und die allgemeine Unruhe hinweg rief er: »Wo?«

»Bitterroot Mountains, unweit von Bass Creek.«

Ein kurzer Flug, dachte er, der einen Partnercheck vor dem Einsteigen rechtfertigte. Er musterte ihre Bootstraps und ließ den Blick langsam nach oben wandern. Seine Knöchelverletzungen und sein dadurch bedingtes Ausfallen waren vergessen. Was man nicht ändern kann, darüber braucht man sich auch nicht aufzuregen.

»Du bis bereit.« Gull legte ihr kurz die Hand auf die Schulter und sah ihr in die Augen. »Pass auf dich auf.«

»Klar.«

Er schaute ihr nach und fand, dass sie sogar noch in der ziemlich unförmigen Kombi samt Sprunggurtzeug sexy aussah.

Als er weiterging, um den Rest der Truppe zu begutachten, sah er, wie Dobie auf ihn zuhumpelte. In der Ferne stand Lucas Iron Man Tripp mit den Händen in den Hosentaschen.

»Die Arschlöcher haben uns den Einsatz versaut.« Ein wenig außer Atem und mit einem violetten Veilchen und einigen Schrammen im Gesicht kam Dobie neben Gull zu stehen.

»Es wird noch andere Brände geben.«

»Ja. Scheiße! Libby ist mit von der Partie. Nie hätte ich gedacht, dass sie vor mir drankommt.«

Gemeinsam sahen sie zu, wie sich das Flugzeug in Bewegung setzte und die Nase in den Himmel hob. Gull schaute zu Lucas hinüber. Der wandte das Gesicht zum Himmel empor und beobachtete, wie seine Tochter auf die Flammen zuflog.

5

Das heiße Herz des Waldbrandes schlug heftig. Während sie Brandschneisen anlegte, rannen Rowan Schweißbäche über den Rücken. Ihre Kettensäge glitt kreischend durch Rinde und Holz, spuckte Späne und Staub, die Kleider, Handschuhe und Helm bedeckten. Das Heulen und Kreischen der Sägen, das Knacken von Holz, das Donnern fallender Bäume – all das diente dazu, jenes heftige, heiße Schlagen zu dämpfen.

Sie hielt nur inne, um gierig Wasser zu trinken, sich Staub und Asche abzuwischen oder ihre Schutzbrille zu putzen, wenn ihr Schweiß die Gläser beschlagen ließ.

Als die Goldkiefer, die sie geopfert hatte, um andere zu retten, auf den Waldboden zuraste, trat sie einen Schritt zurück.

»Hallo, Wikingerbraut«, begrüßte Gibbons sie über den Lärm hinweg. Er führte die Einheit an. Ruß schwärzte sein Gesicht, und der Rauch hatte seine Augen gerötet. »Ich nehme dich, Matt und Yangtree aus dem Sägeteam. Das Feuer hat sich gedreht. Es kommt den Berg herauf und wird immer heftiger. Überall neue kleine Brandinseln. Wir müssen es zur Umkehr zwingen, solange es noch geht.«

Er zog seine Karte hervor: »Hier haben wir Bodentrupps eingesetzt, Janis, Trigger und zwei von den Neulingen verstärken sie dort. Eine weitere Einheit ist im Anmarsch. Die schlagen weitere Brandschneisen und machen Jagd auf neue Brandherde. Löschgel ist auch unterwegs, es dürfte in etwa zehn Minuten abgeworfen werden, also mach dich bereit.«

»Alles klar.«

»Bring sie da hoch und pass auf dich auf.«

Sie griff nach ihrer Ausrüstung, rief ihre Kollegen zusammen und begann mit dem achthundert Meter langen Aufstieg durch Rauch und Hitze.

Währenddessen überlegte sie sich Fluchtwege, berechnete die Lage und Entfernung der Sicherheitszone. Kleine, muntere Flammen züngelten entlang der steilen Route, und sie traten sie aus, löschten sie, bevor sie weiter angeschürt werden konnten. Zu ihrer Linken pulsierte heiß und grell die orange lodernde Feuerfront. Sie entzog der Luft Sauerstoff, um sich zu nähren, und bahnte sich fauchend wie ein Drache den Weg durch den Wald. Sie sah, wie hohe Rauchsäulen aufstiegen und in der Luft stehen blieben.

Ein Teil des Feuers brach aus, hüpfte und sprang über den Pfad vor ihnen und loderte lichterloh. Sie eilte nach vorn, schob Erde darüber und benutzte ihre Pulaski, um es zu löschen, während Yangtree mit einem Kiefernast darauf einschlug.

Sie knüppelten, schaufelten und gruben sich den Hang hoch.

Über den Lärm hinweg hörte sie das Dröhnen des Löschflugzeugs und zog ihr Funkgerät hervor, um das Signal zu beantworten. »Geht in Deckung«, rief sie ihrem Team zu. »Alles klar. Gibbons, sag ihnen, sie sollen das Gel abwerfen. Wir sind so weit.«

Durch den Rauch hindurch sah sie, wie das Löschflugzeug über dem Grat drehte. Donnernd sprangen die Luken auf, und laut brausend fiel ein dickflüssiger rosa Regen vom Himmel.

Wer sich näher am Brandherd befand, musste ebenfalls

in Deckung gehen, würde aber trotzdem etwas von dem Gel abbekommen, das auf der nackten Haut brannte.

»Wir sind in der Abdeckung«, sagte sie zu ihrem Team, während Yangtree in einen Energieriegel biss. »Wir werden ein wenig weiter nach Osten gehen, den Kopf des Feuers umrunden und uns mit Janis und den anderen treffen. Gibbons meint, dass es ziemlich schnell vorankommt. Wir müssen schneller sein, um es zu überholen. Los, Bewegung! Beeilt euch, vor allem bei kleineren neuen Brandherden.«

Sie behielt die Karte in der Hand, spürte die Kapriolen des Feuers bis in ihre Eingeweide. Sie fuhren damit fort, neue Brandherde zu löschen, einige davon kaum größer als ein Teller, andere so riesig wie ein Kinderplanschbecken. Und währenddessen kämpften sie sich den Hang hoch.

Sie hörte das Feuer, noch bevor sie es sah. Es bellte und fauchte und ließ ein an- und abschwellendes, hinterhältiges Brüllen ertönen. Noch bevor sie es sah, fühlte sie es: die heiße Luft, die über ihr Gesicht glitt, in ihre Lunge drang. Dann waren die Flammen überall. Sie befanden sich in einer Welt aus lebhaft züngelnden, orangegoldenen, gefährlich roten und Rauch spuckenden Flammen. Durch die Rauchwolken und die bedrohliche Glut sah sie die Umrisse, die gelben Hemden und Helme der dagegen ankämpfenden Feuerspringer.

Sie rückte ihr Marschgepäck zurecht und zwang sich, weiter hinaufzusteigen, den wild züngelnden Flammen entgegen. »Schließ dich mit Gibbons kurz«, rief sie Matt zu. »Sag ihm, dass wir es geschafft haben. Hallo, Elfe«, begrüßte Rowan Janis, während sie winkend weitereilte. »Verstärkung ist eingetroffen!«

»Die können wir gut gebrauchen. Wir haben Gräben um den gefährlichsten Teil des Feuers gezogen. Der Schaum hat es ein wenig eingedämmt, und wir sind dabei, einen Graben bis an den Endpunkt zu graben. Meine Güte!« Sie nahm sich kurz Zeit, Wasser zu trinken und sich den Schweiß abzuwischen, der ihr in die Augen lief. Rosa Löschgel bedeckte Helm und Hemd. »Das ist der erste Brand der Saison, dafür ist er echt heftig. Gibbons hat mir gerade gesagt, dass sie noch eine Einheit Feuerspringer schicken, außerdem wurde Idaho alarmiert. Wir müssen dem Feuer den Weg abschneiden, Rowan.«

»Wir können damit beginnen, den Graben zu verbreitern und das Totholz zu entfernen. Auf dem Herweg haben wir einige kleinere Brandinseln gelöscht. Das Feuer versucht, auf weitere Teile überzugreifen.«

»Wem sagst du das! Dann leg los. Libby und Stovic sind auch hier, pass auf sie auf.«

»Klar.«

Rowan grub, hackte, schlug, fällte und schwitzte. Die Stunden vergingen wie im Flug. Sie beseitigte Totholz, jene abgestorbenen Bäume, von denen sich das Feuer sonst nähren würde. Als sie spürte, wie ihre Kräfte nachließen, rastete sie nur so lange, wie sie brauchte, um sich den Mund mit Erdnusskeksen vollzustopfen und sie mit der einzigen, inzwischen heißen Cola aus ihrem Marschgepäck herunterzuspülen. Ihre Kleider waren mittlerweile mit rosa Löschgel verschmiert, und darunter brannten Rücken, Beine und Schultern von der Hitze und der Anstrengung.

Die heftigen Rauchschwaden dünnten ein wenig aus, und dahinter blinzelte ihr aufmunternd der Polarstern zu. Während sie gekämpft hatten, war es Nacht geworden. Sie richtete sich auf, machte ein Hohlkreuz und drehte sich um. Nichts als Schwärze, so weit ihr Blick reichte, verkohlte Stämme, gespenstische Baumstümpfe, tote Aschehäufchen. Da gab es nichts mehr, was das Feuer nähren konnte, dachte sie, und vorn hatten sie ihm ebenfalls den Weg abgeschnitten.

Ihre Kräfte kehrten zurück. Es war noch nicht vorbei, aber sie hatten es besiegt. Der Feuerdrache begann, sich zu ergeben. Sie fällte eine tote Kiefer und nahm dann einen ihrer Äste, um einen kleinen, hinterhältigen neuen Brandherd damit zu ersticken. Ein entsetzter, schmerzerfüllter Schrei ließ sie gerade noch rechtzeitig herumwirbeln, um zu sehen, wie Stovic zu Boden ging. Seine Kettensäge sprang ihm aus der Hand, und von den messerscharfen Zähnen tropfte Blut auf den platt getrampelten Boden. Rowan ließ alles fallen und rannte zu ihm. Sie erreichte ihn, als er gerade versuchte, sich aufzusetzen, und sich an den Oberschenkel fasste.

»Stopp, stopp.« Sie stieß seine Hände weg und zerrte an seiner Hose, um den Riss im Stoff zu vergrößern.

»Keine Ahnung, wie das passiert ist. Ich habe mich geschnitten!« Unter dem Ruß und der Asche war sein Gesicht gespenstisch weiß.

Sie wusste wie: Die Erschöpfung hatte ihn unaufmerksam gemacht und dafür gesorgt, dass er seinen Griff gelockert oder eine Sekunde lang unvorsichtig mit der Säge umgegangen war. Eine Sekunde nur, in der sie einen Satz zurück gemacht hatte.

»Wie schlimm ist es?«, fragte er, als sie ein Messer aus ihrem Gepäck nahm und noch mehr Stoff entfernte. »Sehr schlimm?«

»Kopf hoch, Junge, bloß ein Kratzer.« Sie konnte nicht

wirklich etwas dazu sagen, noch nicht. »Hol die Erste-Hilfe-Ausrüstung«, sagte Rowan zu Libby, die neben ihr in die Hocke gegangen war. »Ich muss die Wunde säubern, Stovic, und sie mir genauer ansehen.«

Er war geschockt, hielt aber durch. Seine laute Litanei an Flüchen – einige davon auf Russisch, wenn auch mit Brooklyner Akzent – machte ihr wieder Hoffnung, als sie die Wunde säuberte.

»Eine hübsche Schnittwunde«, sagte sie bewusst fröhlich, während sie dachte: Meine Güte, hätte er sich nur ein bisschen tiefer und ein Stück weiter links geschnitten, dann adieu, Stovic! »Das Sägeblatt hat vor allem deine Hose erwischt.«

Sie hätte ihn auch belogen. Ihr Magen flatterte vor Erleichterung, dass sie zu keiner Notlüge gezwungen war. »Du wirst sechs Stiche brauchen, aber das dürfte dich nicht lange aus dem Rennen werfen. Ich werde dir einen Verband anlegen, der hält, bis du zum Fliegerhorst zurückgebracht wirst.«

Er rang sich ein zittriges Lächeln ab, doch sie hörte, wie er laut schluckte. »Es ist nichts Wesentliches abgetrennt worden, oder?«

»Deine Kronjuwelen sind noch da, Mr. Kettensägenmassaker.«

»Es tut höllisch weh.«

»Das kann ich mir vorstellen.«

Er riss sich zusammen und atmete ein paarmal kurz durch. Erneut war Rowan erleichtert, als sein Gesicht wieder ein bisschen Farbe bekam. »Das ist mein erster Einsatz als Feuerspringer, und ich stelle mich gleich so dämlich an. Aber ich muss nicht lange ausscheiden, oder?«

»Nö.« Schnell und kompetent verarztete sie die Wunde. »Dafür wirst du eine sexy Narbe zurückbehalten, mit der du die Frauen beeindrucken kannst.« Sie setzte sich auf die Fersen und lächelte ihn an. »Frauen können verwundeten Kriegern einfach nicht widerstehen, stimmt's, Lib?«

»Allerdings. Ich kann mich gerade noch beherrschen, nicht sofort über dich herzufallen, Stovic.«

Er grinste schmerzverzerrt. »Wir haben das Feuer besiegt, oder, Rowan?«

»Ja, das haben wir.« Sie tätschelte sein Knie und stand auf. Während Libby sich um ihn kümmerte, ging sie ein Stück beiseite, um Gibbons zu kontaktieren und Stovics Abtransport zu organisieren.

Achtzehn Stunden nach dem Absprung kletterte Rowan wieder ins Flugzeug und trat den kurzen Rückflug zum Fliegerhorst an. Sie benutzte ihr Gepäck als Kissen, streckte sich auf dem Boden aus und schloss die Augen. »Ein Steak«, sagte sie. »Rosa gebraten. Eine fußballgroße Ofenkartoffel, schwimmend in Butter, ein Berg süßer Karotten, gefolgt von einem riesigen Stück Schokokuchen mit einer Tonne Eiscreme dazu.«

»Hackbraten.« Yangtree ließ sich neben sie fallen, während andere schnarchten wie Motorsägen. »Einen ganzen Hackbraten für mich allein, dazu ein Berg Kartoffelbrei und ein Fass Bratensoße. Apfelkuchen und zwei Tonnen Eiscreme.«

Rowan öffnete die Augen und sah, dass Matt sie mit einem schläfrigen Lächeln musterte. »Und du, Matt?«

»Hühnchen mit Klößen, nach dem Rezept meiner Mutter. Es gibt nichts Besseres. So viel, dass ich meinen Kopf reinstecken und alles auf einmal hinunterschlingen kann. Zum Schluss ein Kirsch-Crumble mit frischer Schlagsahne.«

»Schlagsahne kommt aus der Dose.«

»Nicht bei meiner Mutter. Aber bei dem Hunger, den ich gerade habe, könnte ich genauso gut eine fünf Tage alte Pizza verschlingen, mitsamt Karton.«

»Pizza«, stöhnte Libby und versuchte eine bequemere Sitzposition einzunehmen. »Nie hätte ich gedacht, dass man mit einem dermaßen leeren Magen überleben kann.«

»Achtzehn Stunden nonstop im Einsatz fühlen sich nun mal so an.« Rowan gähnte und drehte sich um. Dann ließ sie sich von den Stimmen, dem Schnarchen und dem Motorenlärm einlullen.

»Gehen wir gemeinsam in die Kantine, sobald wir wieder zurück sind, Ro?«, fragte Matt.

»Hm. Ich muss dringend etwas essen. Aber zuerst muss ich mir den Dreck und Gestank abwaschen.«

Dann kam die Landung. Völlig erschöpft wankte sie aus dem Flugzeug. Kaum hatte sie ihre Ausrüstung fallen gelassen, taumelte sie auf ihr Zimmer und riss einen Schokoriegel aus der Verpackung. Sie inhalierte ihn förmlich, während sie aus ihren schmutzigen Kleidern schlüpfte.

Fast schon im Halbschlaf steuerte sie die Dusche an und wimmerte kurz, als das warme Wasser über sie strömte. Benommen nahm sie wahr, wie es dunkelgrau im Abfluss verschwand. Sie seifte sich ein, wusch sich die Haare, den Körper, das Gesicht und sog den Pfirsichduft ein, der Gull so fasziniert hatte. Abbrausen und das Ganze noch mal von vorn, befahl sie sich. Und dann noch mal. Als das Wasser schließlich sauber in den Abfluss rann, unternahm sie einen halbherzigen Versuch, sich abzutrocknen. Noch in das feuchte Handtuch gewickelt, ließ sie sich aufs Bett fallen.

Der Traum überfiel sie im Dämmerschlaf, als sie aus dem tiefen Abgrund der Erschöpfung zurückkehrte.

Donnernde Motoren, peitschender Wind, der erregende Sprung ins Leere. Aus der Aufregung wurde Panik, das wilde Schlagen ihres Herzens, als sie hilflos mit ansehen musste, wie Jim in die Flammen stürzte.

»He, he, aufwachen!«

Die Stimme, die den Schrei in ihrem Kopf übertönte, und ein Rütteln an ihrer Schulter ließen sie hochfahren.

»Was ist? Ist die Sirene losgegangen? Was ist denn?« Sie starrte in Gulls Gesicht und fuhr sich mit einer Hand über das ihre.

»Nein. Du hattest einen Albtraum.«

Sie atmete langsam ein und dann wieder aus, zog ihre Augen zu schmalen Schlitzen zusammen. Es war früher Morgen – vielleicht auch schon später. Und Gulliver Curry war in ihrem Zimmer, ohne dass sie es ihm erlaubt hatte.

»Was zum Teufel machst du hier?«

»Vielleicht möchtest du das Handtuch ein wenig höher ziehen? Nicht, dass mich der Anblick stört. Ehrlich gesagt hätte ich nichts dagegen, ihn für den Rest des Tages zu bewundern.«

Sie sah nach unten. Sie war bis zur Taille nackt, und das verrutschte Handtuch verdeckte wenig. Mit zusammengebissenen Zähnen riss sie es hoch und wickelte sich darin ein. »Beantworte meine Frage, bevor ich dir in den Hintern trete!«

»Du bist nicht zum Frühstück erschienen und hättest das Mittagessen auch beinahe verpasst.«

»Wir haben achtzehn Stunden gegen das Feuer gekämpft. Ich bin erst um drei Uhr morgens ins Bett.«

»Das habe ich gehört. Gut gemacht! Aber irgendjemand meinte, du hättest noch nichts gegessen und eine Vorliebe für Sandwiches mit Käserührei und Speck.« Er zeigte auf den Nachttisch. »Ich hab dir was mitgebracht und wollte es einfach stehen lassen, aber du hattest einen schlimmen Albtraum. Also habe ich dich geweckt. Wobei ich sagen muss, dass du wirklich die tollste Figur hast, die ich je gesehen habe. Und damit dürften wir wieder in der Gegenwart angelangt sein.«

Sie musterte das Sandwich und die Mineralwasserflasche daneben. Als sie dieses Mal einatmete, rührte sie der Duft beinahe zu Tränen. »Du hast mir ein Sandwich mit Rührei und Speck gebracht?«

»Eines mit Käserührei und Speck.«

»Dann hast du dir den Anblick verdient.«

»Ich hol dir gern noch eines, wenn du willst.«

Sie lachte, gähnte und steckte das Handtuch gut fest, bevor sie nach dem Teller griff. Nach dem ersten Bissen schloss sie verzückt die Augen. Da sie auf Wolke Nummer sieben schwebte, befahl sie ihm nicht, vom Bett aufzustehen, das unter seinem Gewicht nachgab. »Danke«, sagte sie mit vollem Mund. »Ich danke dir von Herzen.«

»Das, was ich jetzt sage, kommt auch von Herzen: Das war es wert.«

»Ich habe fantastische Titten.« Sie griff nach dem Wasser und öffnete den Schraubverschluss. »Das Feuer hat ständig die Richtung gewechselt und neue Brandherde entfacht. Kaum hatten wir einen Graben ausgehoben, schien es zu sagen: Ach, so habt ihr euch das gedacht? Dann schaut mal her! Aber letztlich ist es einfach nicht gegen uns Zulies angekommen. Hast du schon mit Stovic gesprochen?«

»Du meinst, mit Mr. Kettensägenmassaker? Er wurde mit siebenundzwanzig Stichen genäht, aber es geht ihm gut.«

»Ich hätte besser auf ihn aufpassen müssen.«

»Er hat die Ausbildung bestanden, Rowan. Unfälle kommen vor. Das gehört zum Job.«

»Stimmt, aber er war in meinem Team, und ich war seine Vorgesetzte.« Sie zuckte mit den Schultern. »Trotzdem, ich bin froh, dass es ihm gut geht.«

Sie ließ den Blick schweifen. »Deine Hände sehen besser aus.«

»Es geht ihnen gut.« Er bewegte die Finger. »Ich stehe wieder auf der Sprungliste.«

»Und Dobie?«

»Der berappelt sich, braucht aber noch ein paar Tage. Little Bear hat festgestellt, dass Dobie nähen kann, also hat er ihn an die Nähmaschine gefesselt. Ich habe gestern Abend sechsundfünfzig Dollar beim Pokern gewonnen, und Bicardi, einer der Mechaniker, hat halb besoffen italienische Opern gesungen. Das waren die neuesten Nachrichten.«

»Danke für die Info und das Sandwich. Aber jetzt verschwinde gefälligst, damit ich mich anziehen kann.«

»Ich habe dich bereits nackt gesehen.«

»Es wird dich mehr als ein Frühstückssandwich kosten, dass das noch einmal passiert.«

»Wie wär's mit einem Abendessen?«

Meine Güte, er brachte sie wirklich zum Lachen. »Vergiss es, Feuerwehrmann! Ich muss in den Kraftraum, um ein paar Verspannungen loszuwerden.«

»Um dir zu beweisen, was für ein Gentleman ich bin, werde ich davon absehen, dir andere Entspannungstechniken vorzuschlagen.« Er stand auf und griff nach dem leeren Teller. »Du bist eine Traumfrau, Rowan«, sagte er im Gehen. »Ich habe schlaflose Nächte deinetwegen.«

»Und du bist echt sexy, Gull«, murmelte sie, nachdem er gegangen war. »Ich kriege dich einfach nicht aus dem Kopf.«

Sie legte anderthalb Stunden im Kraftraum ein, übertrieb es aber nicht, um ihren Körper nicht zu sehr zu beanspruchen. Dann ging sie in die Kantine.

Als sie sich wieder fühlte wie ein normaler Mensch, schrieb sie folgende kurze E-Mail an ihren Vater:

Der Brand ist gelöscht. Mir geht es gut. Liebe Dich, Ro

Sie eilte ins Loft, um den Fallschirm zu kontrollieren, den sie dort in der Nacht aufgehängt hatte. Sie begann, ihn auf Löcher, Schlitze und andere Defekte zu untersuchen. Als Matt und Libby hereinkamen, sah sie auf.

»Ihr seht aber fertig aus.«

»Bitte erinnere mich das nächste Mal daran, kein ganzes Schwein zu verspeisen, bevor ich ins Bett gehe.« Libby legte eine Hand auf ihren Bauch. »Ich konnte bis fünf nicht einschlafen und lag da wie ein gestrandeter Wal.«

»Du hast es gar nicht mehr bis in die Kantine geschafft«, bemerkte Matt, als er seinen Fallschirm hinübertrug.

»Nachdem ich mir den Dreck abgeduscht hatte, bin ich aufs Bett gefallen. Ich habe geschlafen wie ein Stein«, fügte sie hinzu und lächelte Libby an. »Ich hatte sogar schon Zimmerservice, habe neunzig Minuten trainiert, noch mal etwas gegessen und bin bereit, von vorn anzufangen.«

»Toll!« Libby breitete ihren Fallschirm aus. »Zimmerservice?«

»Gull hat mir ein Frühstückssandwich gebracht.«

»Nennt man das so in Missoula?«

Rowan hob warnend den Finger. »Es war nur ein Sandwich, aber damit hat er bei mir durchaus einen Stein im Brett. Hat einer von euch Mr. Kettensägenmassaker gesehen?«

»Ja, ich habe nach ihm geschaut, bevor ich Matt getroffen habe. Er hat mir seine Stiche gezeigt.«

»Nennt man das so in Kalifornien?«

»Volltreffer!«

»Er hat Glück gehabt«, meinte Matt. »Die Säge hat nur Fleisch erwischt. Ein Zentimeter mehr nach links oder nach rechts, und die Sache hätte anders ausgesehen.«

»Es kommt auf jeden Zentimeter an, was?« Libby fuhr mit den Fingern über ihren Schirm. »Oder auf jede Sekunde. Eine winzige Unachtsamkeit kann darüber entscheiden, ob man nur eine interessante Narbe zurückbehält oder …« Sie verstummte, leicht blass geworden. »Tut mir leid, Matt. Ich habe nicht nachgedacht.«

»Ist schon gut. Du hast ihn ja nicht mal gekannt.« Er fuhr mit seiner Inspektion fort und räusperte sich. »Ehrlich gesagt war ich mir bis gestern nicht sicher, ob ich es noch kann. Noch als ich in der Tür stand und auf das Feuer hinuntersah, darauf wartete, dass der Absetzer mir die Hand auf die Schulter legt, wusste ich nicht, ob ich je wieder als Feuerspringer arbeiten könnte.«

»Aber du hast es getan«, murmelte Rowan.

»Ja. Ich habe mir eingeredet, dass ich es für ihn tue. Aber du hast recht, Libby. Es geht um Zentimeter, um

Sekunden. Das ist Schicksal. Und deshalb darf unsere Konzentration niemals nachlassen.« Er atmete hörbar aus. »Hast du gehört, dass Dolly wieder da ist?«, fragte er Rowan.

»Nein.« Überrascht hielt Rowan inne. »Seit wann denn? Ich habe sie gar nicht gesehen.«

»Sie ist gestern angekommen, als wir mit dem Brand beschäftigt waren. Und heute Morgen nach dem Frühstück hat sie bei mir vorbeigeschaut.« Er starrte auf seinen Schirm. »Sie macht einen ganz vernünftigen Eindruck. Sie wollte sich für ihre Reaktion auf Jims Tod entschuldigen.«

»Das freut mich.« Trotzdem versetzte die Nachricht Rowan einen Stich, während sie ihre Fallschirminspektion beendete.

»Ich habe ihr gesagt, dass sie sich auch bei dir entschuldigen soll.«

»Egal.«

»Nein, das ist nicht egal.«

»Darf ich fragen, wer Dolly ist?«, sagte Libby. »Oder soll ich mich lieber um meine eigenen Angelegenheiten kümmern?«

»Sie war eine unserer Köchinnen«, sagte Rowan. »Jim und sie waren liiert. Eigentlich war sie mit mehreren liiert, aber in der letzten Saison hatte sie sich auf Jim beschränkt. Sie hat die Nachricht von seinem Tod gar nicht gut aufgenommen, was nur verständlich ist.«

»Sie ist mit dem Küchenmesser auf dich losgegangen«, rief ihr Matt wieder in Erinnerung. »Das ist überhaupt nicht verständlich.«

»Ach du lieber Himmel!«

»Sie ist einfach auf mich losgegangen«, verbesserte ihn Rowan, als Libby sie mit offenem Mund anstarrte.

»Warum?«

»Ich war Jims Sprungpartnerin an jenem Tag. Irgendjemandem musste sie die Schuld geben. Sie ist ein bisschen ausgeflippt, hat mit einem Messer vor meiner Nase herumgefuchtelt. Aber im Grunde hat sie uns allen die Schuld gegeben und behauptet, wir hätten ihn umgebracht.« Rowan wartete kurz, ob Matt das kommentieren wollte, doch der schwieg. »Gleich darauf war sie weg. Niemand von uns hätte gedacht, dass sie wieder eingestellt wird.«

Matt trat unruhig von einem Bein aufs andere und sah sie an. »Kommst du damit klar?«

Rowan rieb sich den Nacken. »Wenn sie nicht mit scharfen Gegenständen vor mir herumfuchtelt oder versucht, mich zu vergiften, habe ich kein Problem damit.«

»Sie hat ein Baby.«

Jetzt stand Rowan der Mund offen. »Wie bitte?«

»Sie hat mir erzählt, dass sie im April ein kleines Mädchen bekommen hat.« Seine Augen füllten sich mit Tränen, und er wandte den Blick ab. »Dolly hat sie Shiloh genannt. Ihre Ma kümmert sich um sie, während Dolly arbeitet. Sie sagt, das Kind sei von Jim.«

»Meine Güte, und das erfährst du erst jetzt? Deine Familie weiß nichts davon?«

Er schüttelte den Kopf. »Dafür hat sie sich entschuldigt. Sie bat mich, meiner Mutter, meiner Familie Bescheid zu geben, und hat mir ein paar Fotos gezeigt. Sie meinte, ich könne das Baby sehen.«

»Wusste Jim davon?«

Matt wurde erst rot und dann blass. »Sie meinte, sie hätte es ihm am Morgen vor dem Sprung gesagt. Er hätte sich sehr gefreut und den Namen ausgesucht. Egal, ob es ein Junge oder ein Mädchen würde – das Kind sollte Shiloh heißen. Sie wollten im Herbst heiraten.«

Er zog ein kleines Foto aus seiner Tasche. »Das ist sie. Das ist Shiloh.«

Libby nahm das Foto. »Sie ist wunderschön, Matt.«

Seine Augen wurden wieder klar, als sie das sagte, und er lächelte. »Kahl wie eine Billardkugel. Jim, meine Schwester und ich hatten auch keine Haare. Ich muss meine Mutter anrufen«, sagte er, während Libby Rowan das Foto reichte. »Keine Ahnung, wie ich ihr das beibringen soll.«

Rowan musterte das Kleinkind mit den Pausbäckchen und den glänzenden Augen, bevor sie ihm das Foto zurückgab. »Geh eine Runde spazieren, leg dir was zurecht. Und dann ruf deine Mutter an. Sie wird sich freuen. Vielleicht wird sie sich auch aufregen, dass sie es erst jetzt erfährt, aber im Großen und Ganzen wird sie sich freuen. Los, lauf. Ich kümmere mich um deinen Schirm.«

»Ich kann gerade sowieso an nichts anderes denken. Den Schirm kann ich auch nachher fertig kontrollieren.«

»Ich kümmere mich drum.«

»Danke. Danke«, wiederholte er und ging hinaus wie in Trance.

»Das ist heftig«, sagte Libby.

»Allerdings.«

Sie versuchte den Gedanken daran bei der Arbeit zu verdrängen. Andere kamen herein, und da sich Dolly Brakemans Rückkehr herumgesprochen hatte, war sie das Thema des Tages.

»Hast du sie schon gesehen?«

Rowan schüttelte den Kopf auf Triggers Frage hin. Da sie ihren eigenen Schirm gewartet hatte, konzentrierte sie sich jetzt auf den von Matt.

»Angeblich soll sie gestern Nachmittag mit ihrer Mutter und ihrem Priester gekommen sein.«

»Mit ihrem was?«

»Ja.« Trigger verdrehte die Augen. »Mit einem gewissen Reverend Latterly. Dem Priester ihrer Mutter. Dolly geht jetzt regelmäßig in die Kirche. Die beiden haben sich eine Stunde lang mit L. B. eingeschlossen. Und heute Morgen stand Dolly mit Lynn und Marge in der Küche und hat Speck gebraten.«

»Kochen kann sie ja.«

»Ja, aber das war nie ihr Problem.«

Sie begegnete Triggers Blick und schüttelte noch einmal kurz den Kopf. »Sie hat ein Kind.« Rowan sprach leise. »Da sollte man die Vergangenheit lieber ruhen lassen.«

»Glaubst du, das Kind ist wirklich von Jim, wie sie behauptet?«

»Die haben gevögelt wie die Karnickel, also warum nicht?« Dass sie die Angewohnheit hatte, jede Menge Männer zu vögeln, sagte niemand. »Wie dem auch sei, uns geht das nichts an.«

»Er war einer von uns, also geht uns das sehr wohl was an.«

Auch sie konnte das nicht leugnen, beteiligte sich aber nicht weiter an dem Klatsch und den Spekulationen, bis sie die Fallschirme gepackt hatte. Dann machte sie sich auf die Suche nach Little Bear. Er saß über seinen Schreibtisch gebeugt, richtete sich auf und bedeutete ihr, die Tür zu schließen. »Ich habe mir schon gedacht, dass du vorbeischaust.«

»Ich möchte nur wissen, ob ich mich in Acht nehmen muss. Ich möchte ungern mit einem Brotmesser zwischen den Schulterblättern enden.«

Er massierte sich die Nasenwurzel. »Glaubst du, ich würde sie auf dem Fliegerhorst dulden, wenn ich vermuten müsste, dass sie dir Schwierigkeiten macht?«

»Nein. Aber das würde ich gern von ihr hören.«

»Sie war drei Jahre länger hier als Jim. Das einzige Problem, das wir mit ihr hatten, war ihre Neigung, das Höschen fallen zu lassen. Falls das für die anderen überhaupt ein Problem war. Eher nicht.«

»Es ist mir egal, ob sie jedem Greenhorn, Veteranen, Feuerspringer und Mechaniker einen geblasen hat.« Rowan steckte die Hände in die Hosentaschen. »Sie ist eine gute Köchin.«

»Das stimmt. Soweit ich gehört habe, haben viele ihre Blowjobs schmerzlich vermisst, nachdem sie sich mit Jim zusammentat. Und jetzt hat sie ein Kind. Rein zeitlich dürfte das hinkommen, und sie sagt selbst, dass es von ihm ist.« L. B. blies die Backen auf. »Sie hatte ihren Priester mitgebracht. Ihre Mutter hat sie dazu gebracht, in die Kirche zu gehen. Sie braucht die Stelle, möchte sich bessern.«

Er machte eine wegwerfende Geste. »Ich will gar nicht leugnen, dass sie mir leidgetan hat. Aber wenn ich nicht aufrichtig davon überzeugt wäre, dass sie für sich und ihr Kind einen Neuanfang wünscht, hätte ich ihre Bewerbung abgelehnt. Sie weiß, dass sie fliegt, sobald sie dir oder sonst wem Ärger macht.«

»Darum kann ich mich nicht auch noch kümmern, L. B.«

Er sah Rowan mit seinen braunen Augen ernst an. »Ich kümmere mich darum, wenn es dir nichts ausmacht.«

»Mist.«

»Sie singt im Kirchenchor.«

»Gib mir etwas Zeit.« Sie steckte erneut die Hände in die Hosentaschen, während L. B. sie angrinste. »Gut, gern.« Trotzdem ließ sie sich auf einen Stuhl fallen.

»Doch nicht gut?«

»Hat sie dir erzählt, dass Jim und sie heiraten wollten? Wie sehr er sich über das Kind gefreut hat?«

»Ja.«

»Es ist nur so, L. B., dass er nachweislich eine andere hatte. Wir haben letztes Jahr diesen Brand in St. Joe gelöscht und waren drei Tage vor Ort. Jim hat dort was mit einer der Köchinnen angefangen, er schien eine Schwäche für Köchinnen zu haben. Und ich weiß, dass sie sich ein paarmal auf halber Strecke in einem Motel getroffen haben, wenn er keinen Dienst hatte. Und da bin ich nicht die Einzige.«

»Ich hab so was läuten hören. Ich musste sogar ein ernstes Wort mit ihm reden und ihm beibringen, dass ich Dolly nicht für ihn anlüge.«

»Am Tag seines Unfalls war er auffällig nervös im Flugzeug. Nicht aufgeregt, sondern nervös, fahrig. Wenn Dolly ihm kurz vor unserem Einsatz gesagt hat, dass sie schwanger ist, war das wahrscheinlich der Grund. Unter anderem.«

Er klopfte mit einem Stift auf den Tisch. »Ich wüsste nicht, warum Dolly davon erfahren sollte. Du?«

»Nein. Vielleicht hat sie ja tatsächlich zu Gott gefunden. Vielleicht tröstet sie es auch, im Kirchenchor zu singen. Aber entweder lügt sie, oder sie täuscht sich in Bezug auf Jim. Solange das klar ist, habe ich nichts gegen ihre Rückkehr einzuwenden.«

»Ich habe Marge gebeten, sie im Auge zu behalten und mir zu sagen, wie sie sich macht.«

Zufrieden stand Rowan wieder auf. »Das genügt mir.«

»Im Norden ist ein Gewitter aufgezogen«, sagte L. B., als sie den Raum verlassen wollte.

»Ja? Vielleicht haben wir Glück und müssen ausrücken. Dann können wir endlich aufhören, über Dollys Rückkehr zu reden.«

Bestimmt konnte es nicht schaden, die Sache ein für alle Mal zu klären, dachte Rowan und schaute in der Kantine vorbei. Erwartungsgemäß wurde gerade das Abendessen vorbereitet. Marge, die Kantinenkönigin, die dort seit zwölf Jahren regierte, stand an der Theke und viertelte rotschalige Kartoffeln. Sie trug ihre übliche Schürze über der Jeans und dem T-Shirt und hatte ihren braunen Haarschopf mit einem rosa Gummiband gebändigt. Dampf stieg aus den Töpfen auf dem Herd, während Lady Gagas *Speechless* aus Marges MP3-Player dröhnte.

Niemand außer Marge bestimmte, welche Musik in der Küche lief. Sie sang laut mit einer kräftigen, verrauchten Altstimme mit, ohne den Rhythmus ihres Messers zu verlangsamen. Ihr Indianerblut, das sie von ihrer Urgroßmutter geerbt hatte, zeigte sich in den hohen Wangenknochen. Aber ihre irische Abstammung dominierte mit der hellen, sommersprossigen Haut und den lebhaften haselnussbraunen Augen. Diese Augen sahen nun in die von Rowan und wanderten zu der Frau, die gerade an der Spüle stand und Gemüse wusch.

Rowan hob die Schultern und ließ sie wieder fallen. »Gut riecht's hier.« Sie sprach bewusst laut, um die Musik zu übertönen.

An der Spüle erstarrte Dolly, stellte dann langsam das Wasser ab und drehte sich um. Ihr Gesicht war ein wenig voller geworden, sah Rowan, dasselbe galt für ihre Brüste.

Ihr blondes Haar war zu einem hohen, wippenden Pferdeschwanz gebunden, und sie musste sich dringend den Haaransatz nachfärben lassen. Kaum hatte Rowan das gedacht, schämte sie sich auch schon dafür. Eine frischgebackene Mutter hatte bestimmt andere Prioritäten. Dollys rosige Wangen waren eher ihren Gefühlen geschuldet, als sie den Blick senkte und die Hände an einem Geschirrtuch abwischte.

»Es gibt Schweinebraten mit Rosmarinkartoffeln, Bohnen und Karotten. Vegetarier bekommen Ravioli mit Käsesoße. Außerdem werde ich einen riesigen mediterranen Salat zaubern. Zum Nachtisch gibt's Sandkuchen und Blaubeer-Crumble.«

»Von Letzterem möchte ich mir ein Stück reservieren.« Rowan öffnete den Kühlschrank und nahm ein Mineralwasser heraus, während Marge wieder zu ihren Kartoffeln zurückkehrte.

»Hallo, Dolly, wie geht's?«

»Gut, und dir?« Der Tonfall war affektiert, das Kinn gereckt.

»Ganz okay. Vielleicht möchtest du eine kleine Pause einlegen?«

»Wir haben zu tun. Lynn …«

»Die sollte ihren dürren Arsch schleunigst wieder hierherbewegen«, mischte sich Marge ein. »Wenn ihr rausgeht und sie seht, schickt sie bitte wieder rein.«

»Ich muss das Gemüse abtupfen«, hob Dolly an, zuckte aber unter Marges stählernem Blick zusammen. »Na gut.« Sie warf das Geschirrtuch beiseite und ging zur Tür.

Rowan tauschte einen Blick mit Marge und folgte ihr. »Ich habe ein Foto von deinem Baby gesehen. Es sieht entzückend aus.«

»Es ist Jims Baby.«

»Entzückend«, wiederholte Rowan.

»Meine Tochter ist ein Geschenk Gottes.« Dolly hatte die Arme verschränkt. »Ich brauche diesen Job, um sie zu ernähren. Ich hoffe, du besitzt so viel christliche Nächstenliebe, mich nicht wieder um meinen Job zu bringen.«

»Für mich hat das nichts mit christlicher Nächstenliebe zu tun, Dolly. Für mich ist das einfach ein Gebot der Menschlichkeit. Ich hatte nie Probleme mit dir und will mir auch jetzt keine einhandeln.«

»Ich koche für dich wie für alle anderen auch. Ich hoffe, dass du mich respektierst, indem du mir aus dem Weg gehst. Ich werde dasselbe tun. Reverend Latterly sagt, dass ich dir vergeben muss, um mich mit dem Herrn auszusöhnen. Aber das tue ich nicht.«

»Was sollst du mir vergeben?«

»Du bist schuld, dass dieses Kind ohne Vater aufwachsen muss.«

Rowan schwieg einen Moment. »Vielleicht musst du das glauben, um darüber hinwegzukommen. Also tu, was du nicht lassen kannst.«

»Von dir habe ich keine andere Reaktion erwartet.«

»Wie schön, dass ich dich nicht enttäuscht habe. Von mir aus kannst du gern überall herumerzählen, dass du zu Gott gefunden hast oder wiedergeboren wurdest. Du hast ein Baby und du brauchst Arbeit. Du bist gut in deinem Job. Du musst aber mit mir auskommen, wenn du diesen Job behalten willst. Das sollte dir klar sein, Dolly. Wenn ich in die Küche kommen will, werde ich das auch tun, egal, ob du gerade da bist oder nicht. Ich werde mein Leben nicht wegen ungerechtfertigter Vorwürfe ändern.« Sie hob eine Hand, bevor Dolly etwas sagen konnte.

»Und noch etwas: Als du mich letztes Jahr angegriffen hast, bist du damit davongekommen. Ein zweites Mal wird dir das nicht gelingen. Egal, ob du ein Kind hast oder nicht – ich werde dich anzeigen. Ansonsten gibt es kein Problem für mich.«

»Du bist eine herzlose Schlampe, und eines Tages wirst du für das, was du getan hast, bezahlen müssen. Dich und nicht Jim hätte es an jenem Tag treffen müssen! Du hättest schreiend in die Tiefe stürzen sollen.« Mit diesen Worten eilte Dolly zurück in die Küche.

»Na toll«, murmelte Rowan. »Das hat ja hervorragend funktioniert.«

6

Rowan schlief schlecht, was allein Dolly zuzuschreiben war. Sie hatte vor dem Zubettgehen den Radar, die Logbücher und die Karten kontrolliert. Feuer flammten unweit des Denali in Alaska und in den Marble Mountains Nordkaliforniens auf. Sie hoffte schon halb, angefordert zu werden und die Nacht in einem Transportflugzeug verbringen zu dürfen. Aber keine Sirene ertönte, und niemand klopfte an ihre Tür.

Stattdessen träumte sie schon die zweite Nacht in Folge von Jim. Sie wachte gereizt auf und ärgerte sich, dass sich ihr Unterbewusstsein provozieren ließ. Das reicht, schwor sie sich und beschloss, den Tag mit einem guten, anstrengenden Lauf zu beginnen, um die schlechte Laune zu verscheuchen.

Als sie sich auf den ersten vierhundert Metern aufwärmte, gesellte sich Gull zu ihr. Sie musterte ihn. »Wird das zur Gewohnheit?«

»Ich war gestern zuerst auf der Laufbahn«, rief er ihr wieder ins Gedächtnis. »Ich laufe frühmorgens gern ein paar Runden. Das macht mich wach.« Er hatte sie ebenfalls gemustert und sah, dass sie ziemlich genervt aussah und Ringe unter den Augen hatte. »Läufst du auf Zeit oder auf Distanz?«

»Ich laufe nur um des Laufens willen.«

»Na, dann Distanz, würde ich sagen. Ich mag es, wenn man sich Ziele setzt.«

»Das ist mir auch schon aufgefallen. Drei Runden.«

Er schnaubte. »Du schaffst mehr. Sagen wir fünf.«

»Vier«, erwiderte sie, damit er nicht das letzte Wort hatte. »Und sprich bitte nicht. Ich hänge beim Laufen gern meinen Gedanken nach.«

Gehorsam drückte er auf den MP3-Player an seinem Arm und lief zum Rhythmus seiner Musik. Während der ersten Runde legten sie ein ziemlich flottes Tempo vor. Sie spürte ihn neben sich und stellte fest, dass es ihr nichts ausmachte. Sie überlegte, zu welcher Musik er wohl lief, welche Ziele er sich gesteckt hatte und wie sie über den Haufen geworfen würden, wenn es Feueralarm gab. Sie standen beide auf der Sprungliste.

Als sie die zweite Runde hinter sich hatten, hörte sie Motorenlärm über sich und sah, wie eines der Flugzeuge ihres Vaters über den blauen Himmel glitt. Eine Flugstunde, dachte sie, die Geschäfte gehen gut. Sie fragte sich, ob wohl ihr Vater oder einer seiner drei Piloten die Anweisungen gab, und sah dann, wie der rechte Flügel zweimal kurz nach unten ging und der linke einmal. Es war ihr Dad!

Sie hob das Gesicht, streckte den Arm und winkte ihm. Damit war auch der letzte Rest Ärger verflogen, den weder der Lauf noch Gulls Anwesenheit hatten verscheuchen können.

Plötzlich steigerte ihr Laufpartner das Tempo. Sie beschleunigte ihre Schritte, um mit ihm gleichzuziehen, wohl wissend, dass er sie auf die Probe stellte. Andererseits liebte sie Wettkämpfe und ging keinem aus dem Weg.

In der dritten Runde wurden ihre Schritte länger. Sie nahm die Arme mit, und ihr Atem ging stoßweise. Die Sonne, die laut Wetterbericht noch für Temperaturen um siebenundzwanzig Grad sorgen würde, brachte sie ins

Schwitzen. Sie fühlte sich lebendig, gefordert, glücklich. Dann zwinkerte ihr Gull zu und ließ sie in einer Staubwolke zurück. Er schien eine Art Extragang zu besitzen, dachte sie. Das war sein Geheimnis. Wenn er den einlegte, war er sofort über alle Berge.

Sie legte ebenfalls einen Zahn zu, merkte aber, dass sie ihn nicht mehr einholen konnte. Doch sie war schnell genug, um sich nicht zu blamieren. Die Anstrengung auf den letzten achthundert Metern machte sie ein wenig schwindelig, und ihr Atem ging pfeifend, als sie sich in das Gras neben der Laufbahn warf.

»Du holst dir einen Krampf. Los, Ro, du weißt es doch besser.« Er war außer Atem. Nicht so wie sie, aber er war außer Atem, und das tröstete sie ein wenig.

»Nur eine Minute«, stieß sie hervor, doch er packte sie an den Händen und zog sie hoch.

»Gehen, Ro!«

Sie ging langsam geradeaus, bis sich ihr Puls beruhigt hatte, und schüttete sich Wasser aus der mitgebrachten Flasche direkt in die Kehle. Dann balancierte sie auf einem Bein und dehnte die Oberschenkel, wobei sie ihn nicht aus den Augen ließ. Er hatte geschwitzt, was ihm verdammt gut stand. »Sieht ganz so aus, als hättest du einen Motor in deine Nikes einbauen lassen.«

»Dein Motor ist auch nicht ohne. Außerdem bist du nicht mehr sauer oder deprimiert. War das dein Vater, der uns gerade überflogen hat?«

»Ja. Woher weißt du, dass ich genervt und deprimiert war?«

»Es stand dir ins Gesicht geschrieben. Ich brauchte dich nur anzusehen und wusste, wie du dich fühlst.«

»Ich geh in den Kraftraum.«

»Dehn lieber deine Oberschenkel noch ein wenig.«

Wieder wurde sie langsam gereizt. »Wer bist du? Mein Lauftrainer?«

»Jetzt werd nicht gleich sauer, bloß weil ich gemerkt habe, dass du sauer bist.«

»Von mir aus, aber nur weil du ausnahmsweise mal recht hast.« Sie dehnte einen Oberschenkel.

»Nach dem, was ich so gehört habe, hast du allen Grund dazu.«

Sie hob den Kopf und sah ihn eisig an.

»Ich darf das mal kurz zusammenfassen.« Er öffnete die Tasche, die er am Rand der Laufbahn liegen gelassen hatte, und nahm eine Flasche Wasser heraus. »Matts Bruder und die blonde Köchin sind letzten Sommer häufiger zusammen in die Kiste gehüpft. Angeblich soll die diesbezüglich begabte Köchin das auch mit anderen getan haben.«

»Überaus begabte.«

»Was eine Umschreibung dafür ist, dass sie ziemlich wahllos herumgevögelt hat.«

»Höflich ausgedrückt.«

»Ich bin gut erzogen. Aber auch Jim scheint seine Zuneigung großzügig verteilt zu haben.«

»Ich weiß, worauf du hinauswillst.«

»Trotzdem«, fuhr Gull fort, »hat die Köchin festgestellt, dass sie in Jim verliebt ist – das weiß ich zumindest von Lynn, die es wiederum von Dolly weiß. Die hat so einige Herzen gebrochen, als sie ihre Gunst nur noch Jim widmete. Dabei scheint sie Augen und Ohren vor der Erkenntnis verschlossen zu haben, dass ihre Gefühle nicht auf Gegenseitigkeit beruhten.«

»Du solltest einen Roman schreiben.«

»Den Gedanken hatte ich auch schon. Gegen Ende eines langen heißen Sommers wird die Köchin schwanger, was kein Zufall war, den Gerüchten zufolge, da sie bis dahin stets entsprechende Vorkehrungen getroffen hatte.«

»Gut möglich.« Auch diese Möglichkeit hatte sie bereits in Betracht gezogen, was sie nur zusätzlich deprimierte.

»Traurig«, sagte er nur. »Die Köchin behauptet, Jim von ihrer Schwangerschaft erzählt zu haben. Dieser hätte sich riesig über die Nachricht gefreut. Obwohl ich ihn nicht gekannt habe, kommt mir das merkwürdig vor. Sofort wurden Heiratspläne geschmiedet. Noch merkwürdiger. Am allertraurigsten ist jedoch, dass Jim bei einem Fallschirmsprung ums Leben kommt, wofür er nachweislich ganz allein verantwortlich war. Die Köchin gibt jedoch der Sprungpartnerin, sprich dir, die Schuld und versucht, dich mit einem Küchenmesser zu erstechen.«

»Sie wollte mich nicht wirklich erstechen.« Verrückt, dachte Rowan. Keine Ahnung, warum ich diese Irre auch noch verteidige. »Sie hatte gar nicht die Zeit dazu, weil Marge ihr das Messer entwand.«

»Eins zu null für Marge.« Er ließ sie nicht aus den Augen, in seinen Katzenaugen standen Ruhe und Geduld. »Trauer kann sich sehr unterschiedlich äußern, auch auf eine sehr hässliche Weise. Aber dich oder andere aus eurer Einheit für Jims Unfall verantwortlich zu machen, ist einfach nur dumm. Diese Einschätzung im Nachhinein nicht zu korrigieren, ist hinterhältig und dumm. Außerdem nichts weiter als Selbstbetrug.«

Rowan wollte nicht darüber reden. Warum auch? Doch irgendwie konnte sie gar nicht anders, weil er sie so aufmerksam ansah und so besonnen mit ihr sprach. »Woher weißt du, dass sie mir nach wie vor die Schuld gibt?«

Die Sonne glänzte golden auf seinem Haar, als er noch mehr Wasser trank. »Um dem Ganzen die Krone aufzusetzen, verschwindet die Köchin und wird zu Gott bekehrt, zumindest behauptet sie das oder glaubt sogar selbst daran. Trotzdem erzählt sie den trauernden Angehörigen des Kindsvaters nichts von dem Baby. Das geschieht erst, als sie sich erneut beim Fliegerhorst bewirbt. So gesehen halte ich diese Bekehrung für ziemlichen Unsinn.«

»Einverstanden.« Vielleicht konnte sie deswegen nicht anders, weil er die Dinge einfach beim Namen nannte. »Wow.«

»Ich bin noch nicht fertig: Du gehst zur Köchin und suchst ein Gespräch unter vier Augen. Unter vier Augen geschieht hier allerdings nur wenig, und während des nicht allzu privaten Gespräches regt sich die Köchin gehörig auf, wird ziemlich unverschämt und zeigt mit dem Finger auf eine gewisse Person, um dann davonzustürmen. Woraus ich schließe, dass ihre Bekehrung nicht mit Vergebung, Nächstenliebe oder gesundem Menschenverstand einhergeht.«

»Woher weißt du das alles?«

»Ich bin ein guter Zuhörer. Die Meinung der meisten ist, dass sie Jims Kind, also Matts Nichte, aus reiner Geldgier bekommen hat. Cards sammelt nämlich schon Geld für eine College-Ausbildung.«

»Ja«, erwiderte Rowan. »Das ist typisch Cards.«

»Die meisten finden außerdem, dass sie eine Abmahnung bekommen sollte, sobald sie dir Schwierigkeiten macht oder hinter deinem Rücken Lügengeschichten verbreitet. Sollte noch etwas vorfallen, gehen wir zu L. B., und Dolly fliegt. Du hast dabei nicht das Geringste zu melden.«

»Ich ...«

»Nicht das Geringste.« Die letzten beiden Worte wurden mit derselben Besonnenheit wie zuvor ausgesprochen, und sie waren endgültig. »So gut wie alle möchten, dass sie den Job behält. Aber nicht, wenn sie Ärger macht. Solltest du nicht damit einverstanden sein, bist du überstimmt. So gesehen kannst du aufhören, genervt und deprimiert zu sein, denn das hilft dir auch nicht weiter.«

»Ich fürchte, ich bin nicht einverstanden, weil es um mich geht. Sonst wäre ich derselben Meinung wie ihr.«

»Verstehe.«

»Es gibt da ein paar Dinge, über die ich nicht reden will. Meine Mutter starb, als ich zwölf war.«

»Das ist hart.«

»Meine Eltern waren nicht mehr zusammen – und genau darüber möchte ich nicht reden. Mein Vater hat mich allein großgezogen. Wenn er in der Hauptsaison als Feuerspringer gearbeitet hat, sind seine Eltern eingesprungen. Was ich damit sagen will: Es ist nicht leicht, ein Kind allein großzuziehen. Auch nicht, wenn man Unterstützung bekommt. Deshalb bin ich bereit, ihr ein wenig entgegenzukommen.«

»Das tun andere auch, Rowan. Sie arbeitet in der Küche. Ob sie den Job behält, liegt einzig und allein an ihr.« Gull zeigte auf den Kraftraum. »Wie wär's mit ein bisschen Gewichtestemmen?«

»Ja. Darf ich mir den ausleihen?« Sie zeigte auf den MP3-Player. »Ich bin neugierig auf deine Playlist.«

»Ein Work-out ohne Musik ist eine Zumutung.« Er schnallte ihn ab und gab ihn ihr. »Vergiss nicht, das bei deiner Entscheidung darüber zu berücksichtigen, ob du mit mir ins Bett gehst oder nicht.«

»Diesen Punkt setze ich ganz oben auf meine Liste.«

»Schön. Welch anderen Punkt hat er verdrängt?«

Sie lachte und betrat vor ihm den Kraftraum.

Nachdem sie ihr tägliches Training absolviert und alle Gewichte wieder aufgeräumt hatte, ging sie in die Kantine, um sich mit Kohlehydraten zu stärken.

Im Speisesaal kaute Stovic auf Rührei mit Speck und Brötchen herum, während Cards ihn zwischen einzelnen Bissen in seine Pfannkuchen damit aufzog, ein Simulant zu sein. Gull stand vor ihr am Frühstücksbüfett und bediente sich großzügig.

Rowan nahm sich einen Teller. Sie ließ einen Pfannkuchen daraufgleiten, legte zwei Scheiben Speck darauf, dann noch einen Pfannkuchen und zwei weitere Scheiben Speck. Das Ganze wurde von einem dritten Pfannkuchen und einem großzügigen Löffel Beeren gekrönt.

»Lecker!« Rowan goss Sirup über ihre Pfannkuchen mit Speck. »Wie geht's dem Bein, Mr. Kettensägenmassaker?«

»Die Naht juckt.« Er grinste, als Dobie hereinkam. »Aber zum Glück entstellt sie nicht mein Gesicht.«

»Zum Glück habe ich mir meine Verletzung nicht selbst beigebracht«, erwiderte Dobie und musterte das Frühstücksangebot. »Hätte ich diese Wette nicht verloren, hätte ich mich nur wegen des Frühstücks als Feuerspringer beworben.« Wie um das zu beweisen, nahm er sich von allem etwas.

»Dein Auge sieht besser aus«, meinte Rowan.

Er konnte wieder beide Augen öffnen, und an den regenbogenfarbenen Veilchen erkannte sie, dass er sich bereits auf dem Weg der Besserung befand.

»Und wie sehen deine Rippen aus?«

»Bunt, aber sie tun nicht besonders weh. L. B. lässt mich jede Menge sitzende Tätigkeiten verrichten.« Er zog eine Flasche Tabasco hervor und würzte sein Rührei. »Ich habe ihn gefragt, ob ich heute freibekomme. Ich würde mich gern ein wenig umschauen und mir die Firma deines Vaters ansehen. Zusehen, wie sich diese Leute so anstellen, die fürs Fallschirmspringen bezahlen.«

»Mach das. Manche verbinden das gern mit einem Picknick. Marge packt dir bestimmt was ein«, meinte Rowan.

»Vielleicht begleite ich euch.«

Dobie fuchtelte mit einer blassen Wurst vor Stovic herum. »Du hast ein kaputtes Bein.«

»Der Spaziergang wird mich von dem Jucken ablenken.«

Und ob, dachte Rowan, sagte aber zur Sicherheit: »Ich gebe euch die Nummer vom Empfang. Wenn du es nicht schaffst, Stovic, schicken sie jemanden, der dich abholt.«

Marge kam herein und stellte Rowan ein großes Glas Saft hin. »Habt ihr vor, heute den ganzen Tag bei mir in der Kantine herumzuhängen? Was euch fehlt, ist ein anständiges Feuer.«

»Ich hätte nichts dagegen.« Rowan griff nach dem Glas und kostete von dem Saft. »Karotten, denn die sind immer drin, Sellerie und bestimmt ein paar Orangen. Und Mangos.«

»Der wird dir guttun. Trink aus.«

»Marge, du siehst heute Morgen besser aus denn je.«

Marge musterte Dobie argwöhnisch. »Was willst du, Greenhorn?«

»Ich habe gehört, du würdest uns vielleicht einen Picknickkorb mitgeben, wenn mein Mitgefangener hier und ich später zu Rowans Dad gehen und uns seine Firma aus der Nähe ansehen.«

»Gut möglich. Sag Lucas, dass er mich längst mal wieder besuchen wollte, wenn du ihn siehst.«

»Abgemacht.«

Da ihm vor einem Tandemsprung noch etwas Zeit blieb, wollte Lucas gerade kurz verschwinden, als er hörte, dass ein paar Neulinge vom Fliegerhorst gekommen waren.

Viele Touristen und Einheimische schauten vorbei, um den Flugzeugen und Fallschirmspringern zuzusehen. Viele verbanden diesen Ausflug mit einer Besichtigung des Feuerspringer-Fliegerhorsts, was sich auch positiv auf sein Geschäft auswirkte.

Er hatte mit einem Flugzeug, einem Teilzeitpiloten und Fluglehrer angefangen, während seine Mutter die Telefone bediente. Falls sie denn klingelten. Sein Vater kümmerte sich um den Schriftverkehr und half bei der Buchhaltung. Damals hatte er sich natürlich nur in der Nebensaison um seine Firma kümmern können oder wenn er gerade keinen Dienst hatte.

Aber er musste etwas für seine Tochter aufbauen, etwas Solides. Und genau das hatte er getan. Er war stolz auf seine Flugzeugflotte, seine fünfundzwanzig Vollzeitangestellten. Es war ein gutes Gefühl, dass Rowan eines Tages ernten konnte, was er gesät hatte. Trotzdem gab es Tage, an denen er ein Flugzeug mit Feuerspringern abheben sah und sich fühlte wie amputiert, so sehr vermisste er seinen alten Job.

Er wusste, wie es sich anfühlte, am Boden zu bleiben

und zu wissen, dass gerade der Mensch sein Leben riskierte, den er mehr liebte als alles auf der Welt. Er fragte sich, wie seine Eltern, seine Tochter, ja sogar die Frau, die er kurz gehabt hatte, diese Mischung aus Angst und Resignation bloß ausgehalten hatten. Aber heute hatte es noch keinen Feueralarm gegeben. Er blieb kurz stehen, um einen seiner Schüler beim freien Fall zu beobachten. Der dreiundsechzigjährige Großstadtbanker war soeben aus dem Flugzeug gesprungen. Als sich der Fallschirm öffnete, brandete Applaus auf.

Zeke war schon seit vierzig Jahren Lucas' Banker, also sah Lucas einen Moment länger hin als sonst und nickte anerkennend, bevor er zu der Picknickdecke lief, auf der zwei Männer vom Fliegerhorst lagen und einen von Marges berühmten Picknickkörben dabeihatten.

»Wie läuft's?«, fragte er und ging neben ihnen in die Hocke. »Lucas Tripp, und du musst Dobie sein. Ich habe schon gehört, dass du neulich in der Lasso-Bar in eine Rauferei geraten bist.«

»Ja. Normalerweise sehe ich besser aus. Schön, Sie kennenzulernen«, fügte Dobie hinzu und gab ihm die Hand. »Und das ist Mr. Kettensägenmassaker, er pflegt sich nämlich damit die Beine zu rasieren.«

»Auch davon habe ich gehört. Besser, man verletzt sich gleich zu Saisonbeginn, bevor die heiße Phase beginnt.«

»Sie haben da wirklich ein tolles Unternehmen, Mr. Tripp«, meinte Stovic.

Die formelle Anrede sorgte dafür, dass sich Lucas auf einmal uralt vorkam. »Das Siezen kannst du dir für meinen Vater aufheben. Ja, wir können nicht klagen. Schaut euch den an.« Er zeigte dorthin, wo Zeke gerade landete. »Der Mann ist über sechzig, ein Banker aus Missoula und

Großvater von acht Enkeln. Zwei weitere sind gerade unterwegs. Ich kenne ihn schon eine Ewigkeit, und bis vor wenigen Monaten hat er nie den Wunsch geäußert, Fallschirm zu springen. Aber das stand wohl noch auf der Liste«, sagte Lucas grinsend. »Seit dem Film *Das Beste kommt zum Schluss* haben wir zahlreiche ältere Kunden. Gleich erwartet mich ein Tandemsprung. Die Kundin kommt in einer Viertelstunde. Sie ist siebenundfünfzig und Direktorin einer Highschool. Man weiß nie, wer alles vom Fliegen träumt.«

»Vermisst du deinen alten Job?«, fragte Dobie.

»Jeden Tag«, sagte Lucas achselzuckend und sah zu, wie sein Banker dreien seiner Enkel zuwinkte. »Aber so alte Knacker wie ich müssen irgendwann euch Jungs Platz machen.«

»Sie können bestimmt jede Menge Geschichten erzählen.«

»Wenn ich ein paar Bier intus habe, erzähle ich sie alle, ob ihr sie nun hören wollt oder nicht.«

»Gern«, sagte Dobie. »Jederzeit.«

»Ich werde dich noch daran erinnern. Aber jetzt muss ich los und der Schuldirektorin ein unvergessliches Erlebnis bescheren.« Lucas erhob sich. »Genießt euren freien Tag. Ihr werdet nicht mehr besonders viele davon haben.«

»Ich verstehe nicht, warum er ausgeschieden ist«, bemerkte Dobie. »Ich würde das wahrscheinlich nicht fertigbringen.«

»Du warst noch nicht mal als Feuerspringer aktiv«, rief ihm Stovic in Erinnerung.

»In Gedanken schon.« Dobie biss in einen Hähnchenschenkel, den Marge knusprig frittiert hatte. »Ich habe auch nicht versucht, mich mit einer Kettensäge zu kastrieren.«

Stovic versetzte ihm einen gutmütigen Klaps. »Das hat immerhin dazu geführt, dass die Wikingerbraut eine Hand auf meinen Oberschenkel gelegt hat, und war jeden einzelnen Stich wert.«

»Wenn du in diese Richtung weiterbaggerst, wird Gull dafür sorgen, dass du noch an ganz anderen Stellen genäht werden musst. Er hat bereits ein Auge auf sie geworfen.«

»Ich bin nicht blind. Trotzdem hat sich das wirklich gut angefühlt.« Stovic fiel über den Kartoffelsalat her, und sie beobachteten den nächsten Fallschirmspringer.

Lucas kontrollierte seine Pilotenbücher und das Flugzeug, unterhielt sich kurz mit dem Mechaniker und mit dem Piloten für den Tandemsprung. Marcie, seine Assistentin, würde seiner Kundin erst einmal alles erklären und die Formulare mit ihr ausfüllen. Da sie das DVD-Paket gebucht hatte, machte er sich auf die Suche nach dem Mann mit der Digitalkamera.

Als er das Büro betrat, sah er Marcie und die Kundin an einem der Tische sitzen und die Formalien erledigen. Er staunte: Solche Direktorinnen hatte es zu seiner Schulzeit nicht gegeben, mit dichter roter Mähne und knallgrünen Augen. Als sie über eine Bemerkung Marcies lächelte, bildeten sich entzückende Grübchen in ihren Wangen.

Er war nur schüchtern in Gegenwart von Frauen, wenn er sie attraktiv fand. Lucas spürte, wie ihm ganz warm wurde vor Verlegenheit, als er auf den Tisch zuging.

»Und das ist ihr Lehrer«, verkündete Marcie, »der Eigentümer von *Zulie Skydiving*. Lucas, ich habe Mrs.

Frazier gerade erzählt, dass ihr ein unvergessliches Erlebnis bevorsteht – und das sogar mit dem Chef.«

»Na ja«, brachte Lucas gerade noch heraus und bekam einen ganz heißen Kopf.

»Oh, da bin ich aber froh.« Sie gab ihm eine schmale, zierliche Hand. Lucas erwiderte ihren Händedruck, ließ die Hand aber schnell wieder los, aus Angst, sie zu zerquetschen.

»Mrs. Fraziers Sohn hat ihr den Sprung zu Weihnachten geschenkt«, fügte Marcie hinzu.

»Bitte nennen Sie mich Ella, schließlich werden wir gemeinsam aus einem Flugzeug springen. Mein Sohn hörte, wie ich sagte, ich würde gern mal Fallschirm springen, und hat es doch tatsächlich für bare Münze genommen, obwohl ich damals bestimmt mehrere Gläser Wein intus hatte.« Wieder verzog sich der Mund zu einem Lächeln, und die Wangen bekamen Grübchen. »Er schaut sich gerade mit seiner Familie draußen um, meine Tochter und ihre Familie sind auch gekommen. Alle sind schon ganz aufgeregt.«

»Wie nett. Das freut mich.«

»Also«, Ella machte eine kurze, abwartende Pause. »Wann geht es los?«

»Erst stecken wir Sie in den Anzug.« Obwohl sie lächelte, warf Marcie Lucas einen besorgten Blick zu. »Währenddessen schauen Sie sich ein kurzes Einführungsvideo an. Anschließend bekommen Sie eine kleine Einweisung vom Chef und können Fragen stellen. Das dauert etwa eine halbe Stunde, anschließend sind Sie mit dem Gurtzeug vertraut und wissen, wie man landet.«

»Eine richtige Landung wäre schön. Ich möchte meine Enkel schließlich nicht traumatisieren«, sagte sie mit einem schalkhaften Funkeln in den Augen.

Sie war also verheiratet. So langsam konnte Lucas wieder klar denken. Kinder. Enkelkinder. Dass sie verheiratet war, verscheuchte seine Schüchternheit. Nun konnte er sie aus der Ferne bewundern, schließlich war sie tabu.

»Keine Sorge.« Es gelang ihm, sie anzugrinsen. »Sie werden diesen Tag immer in Erinnerung behalten, an dem ihre Großmutter Fallschirm gesprungen ist. Sobald Sie die Formulare ausgefüllt haben, werden Sie in die Kombi gesteckt.«

Er schlüpfte in die seine, während Marcie die Kundin ausrüstete. Normalerweise genoss er es, Tandemflüge mit absoluten Neulingen zu machen, ihnen über ihre Nervosität hinwegzuhelfen, ihre Fragen zu beantworten und ihnen ein möglichst perfektes Erlebnis zu verschaffen – eines, an das sie sich für den Rest ihres Lebens erinnern würden. Und diese Kundin würde da keine Ausnahme sein. Sie sah fit aus, was ein Vorteil war. Er warf einen Blick auf seine Kopie des Formulars und sah, dass er sich nicht in ihr getäuscht hatte: eins fünfundsechzig groß, zweiundsechzig Kilo, keinerlei körperliche Einschränkungen. Er ging hinaus und wartete auf sie.

»Ich fühle mich schon wie eine richtige Fallschirmspringerin.« Lachend drehte sie sich in ihrer Kombi und den Stiefeln einmal um die eigene Achse.

»Das steht Ihnen gut. Ich weiß, dass Marcie Ihnen den Ablauf erklärt hat, tue es aber gern noch einmal und beantworte etwaige Fragen.«

»Marcie hat mir alles gründlich erklärt, und das Video war toll. Mein Gurtzeug ist mit dem Ihren verbunden, und zwar von Anfang bis Ende, was ich sehr beruhigend finde.«

»Das ist eine gute Methode für den ersten Sprung. Dann ist der Stress nicht so groß.«

Sie musste lachen. »Sie haben leicht reden! Ich nehme an, Sie sind laute Schreie gewohnt.«

»Machen Sie sich deswegen keine Sorgen. Wetten, Sie sind viel zu begeistert von der Aussicht, um zu schreien?« Er führte sie zu einem kleinen Trainingsgelände. »Wir werden bis auf viertausend Meter hochgehen. Wenn Sie dazu bereit sind, nehme ich Sie mit auf eine Reise durch den Himmel. Der freie Fall ist wie ein überwältigender Rausch. Es dauert etwa eine Minute, bis sich der Schirm öffnet. Danach schweben Sie und hören jene Stille, die nur ein Fallschirmspringer hört.«

»Sie lieben das.«

»Allerdings!«

»Ich mache das aus mehreren Gründen. Zum einen für meinen Sohn. Ich möchte ihn einfach nicht enttäuschen. Zum anderen, um mich wieder daran zu erinnern, wie furchtlos ich bin. Sagen Sie, Mr. Tripp …«

»Lucas.«

»Sagen Sie, Lucas, wie viele machen da oben einen Rückzieher?«

»Oh, so etwas kommt natürlich vor. Normalerweise weiß ich schon, wer zu den Wackelkandidaten gehört, bevor wir abheben.« Er lächelte sie entspannt an. »Sie gehören eindeutig nicht dazu.«

»Warum?«

»Weil Sie furchtlos sind. Und so etwas vergisst man nicht. Man verdrängt es höchstens.«

Die Grübchen waren wieder da. »Da haben Sie recht. Diese Lektion habe ich in den letzten Jahren gelernt.«

Er zeigte ihr, wie sie sich auf ihn und auf ihren Körper

verlassen sollte, um weich zu landen. Er legte ihr das Gurtzeug um, damit sie sich daran und an das Gefühl gewöhnen konnte, seinen Körper an dem ihren zu spüren. Das kleine Flattern im Magen zwang ihn, sich daran zu erinnern, dass sie verheiratet war.

»Sonst noch Fragen? Sorgen?«

»Ich glaube, ich habe alles verstanden. Ich soll mich entspannen und es einfach genießen. Hoffentlich schreie ich nicht die ganze Zeit, sodass ich auf der DVD einen weit aufgerissenen Mund und zugekniffene Augen habe.«

»Hallo, Mom!«

Sie sahen zu dem Grüppchen hinüber, das am Rand des Trainingsgeländes stand.

»Die Familie. Haben Sie noch Zeit, sie zu begrüßen, bevor es losgeht?«

»Aber natürlich.«

Er begleitete sie zu ihrem Sohn, der etwas blass und nervös aussah, jetzt, wo es ernst wurde. Er sprach mit ihm, mit ihrer Tochter und den drei Enkelkindern, von denen das kleinste auf der Hüfte seines Vaters saß und ihn mit großen Augen ansah.

»Bist du dir auch wirklich sicher?«

»Tyler.« Ella stellte sich in ihren Stiefeln auf die Zehenspitzen und küsste ihren Sohn auf die Wange. »Ich bin bereit. Das war das beste Weihnachtsgeschenk überhaupt.«

»Oma schafft das.« Ein etwa fünfjähriger Junge warf den Spielzeugfallschirmspringer aus ihrem Geschenkeshop in die Luft. Er segelte an einem knallroten Schirm nach unten.

»Und ob! Schaut aufmerksam zu!«

Nach Küssen und Umarmungen ging sie mit Lucas zu

der wartenden Maschine. »Ich bin nicht nervös. Ich werde nicht nervös sein. Ich werde nicht schreien. Ich werde mich nicht übergeben.«

»Sehen Sie sich diesen Himmel an. Besser geht's nicht. Nur der Sprung selbst ist noch besser. Und das ist Chuck. Er wird ihr Erlebnis im Film festhalten.«

»Chuck.« Sie gaben sich die Hand. »Sie wissen, von welcher Seite ich fotogener bin?«

»Aber sicher doch! Niemand kann Ihnen einen so tollen Tandemflug bescheren wie Iron Man, Ma'am. Sie werden butterweich landen.«

»Gut.« Sie atmete hörbar aus. »Auf geht's, Iron Man.«

Sie drehte sich um, winkte ihrer Familie zu und ging an Bord. Sie gab dem Piloten die Hand und machte während des Flugs einen gefassten, konzentrierten Eindruck. Lucas rechnete mit weiteren Fragen zum Flugzeug, zum Sprunggurtzeug oder zu seinen Erfahrungen, doch stattdessen setzte sie sich vor der Kamera in Szene, fest entschlossen, ihrer Familie ein perfektes Souvenir zu hinterlassen.

Sie zog eine Grimasse, tat so, als fiele sie in Ohnmacht und überraschte Lucas damit, dass sie auf seinen Schoß kletterte und ihren Kindern sagte, sie würde mit dem Fluglehrer auf die Fidschi-Inseln abhauen.

»Wir sollten umkehren und ein größeres Flugzeug nehmen«, meinte er, woraufhin sie lachen musste.

Als sie die Absetzhöhe erreicht hatten, zwinkerte er ihr zu. »Bereit zum Einhängen?«

Ihre Lippen verzogen sich zu einem Lächeln, zitterten aber leicht. »Los geht's!«

Er ging noch einmal den genauen Ablauf mit ihr durch, seine Stimme war beruhigend und entspannt, als er sie einhängte.

»Sie werden einen Luftzug spüren, lauten Motorlärm hören, wenn wir die Tür öffnen. Wir haben Mikrofone im Anzug, Chuck bekommt also mit, was wir sagen, für die DVD.«

Er spürte, wie sich ihre Atmung beschleunigte. Als die Tür aufging, zuckte sie zusammen und zitterte.

»Wir springen erst, wenn Sie es sagen.«

»Ich bin nackt im Golf von Mexiko geschwommen. Ich kann das. Jetzt!«

»Also los.« Er nickte Chuck zu, der als Erster sprang. »Achten Sie auf den Himmel, Ella«, murmelte er und sprang mit ihr ins Leere.

Sie schrie nicht, aber nach einem erstickten Stöhnen hörte er, wie sie laut »Verdammte Scheiße!« rief. Ob das der Enkel wegen lieber zensiert werden sollte?

Dann lachte sie und breitete ihre Arme aus wie Flügel.

»O mein Gott, o mein Gott, o mein Gott. Ich habe es getan. Lucas!«

Sie zitterte an seinem Körper, und er spürte, dass es Aufregung war und keine Angst. Der Schirm öffnete sich, ein Flügelrauschen, und aus dem atemberaubenden Fall wurde ein elegantes Schweben.

»Das ging zu schnell, viel zu schnell! Aber Sie hatten wirklich recht. Das ist wunderschön. Geradezu eine religiöse Offenbarung.«

»Mit den Händen die Steuerleinen umfassen. Sie dürfen eine Weile steuern.«

»Gut. Wow! Schau dir die Oma an, Owen. Ich bin eine Fallschirmspringerin. Dank dir, Tyler! Hallo Melly, hallo. Hi Addy, hi Sam.« Sie legte den Kopf in den Nacken. »Ich schwebe im Himmel, und er ist wie blaue Seide.« Sie verstummte und seufzte anschließend. »Sie hatten recht, was die Stille angeht. Sie hatten in jedem einzelnen Punkt recht. Ich werde das niemals vergessen. Oh, sie winken. Am besten, Sie übernehmen, damit ich zurückwinken kann.«

»Sie haben eine wunderbare Familie.«

»Ja, das stimmt. Oh, Hilfe, Hilfe, der Boden kommt näher.«

»Vertrauen Sie mir, Vertrauen Sie sich selbst, bleiben Sie locker.« Er brachte sie sanft zur Landung.

Aufgeregte Schreie und wilde Jubelrufe ausstoßend, sprang ihre Familie winkend auf und ab. Als Lucas sie aushängte, machte sie einen übertriebenen Hofknicks und warf ihm Küsschen zu. Dann wirbelte sie mit rosigen Wangen herum und überraschte Lucas damit, dass sie die Arme um ihn schlang und ihn mitten auf den Mund küsste.

»Das hätte ich am liebsten schon in der Luft getan, wenn ich gekonnt hätte, denn das war weiß Gott eine orgiastische Erfahrung. Ich weiß gar nicht, wie ich Ihnen danken soll.«

»Das haben Sie gerade getan.«

Sie lachte, brachte ihn zum Lachen, indem sie einen Freudentanz aufführte. »Ich bin aus einem verdammten Flugzeug gesprungen. Mein grässlicher Exmann meinte, ich sei verrückt. Und ich fühle mich auch verrückt und werde es bestimmt noch einmal tun.« Immer noch lachend lief sie mit ausgebreiteten Armen auf ihre Familie zu.

»Exmann«, murmelte Lucas. Dann wurde ihm wieder ganz heiß.

7

Da die Sirene schwieg, verbrachte Rowan die Zeit überwiegend im Loft, kontrollierte, wartete und reparierte Fallschirme. Sie erledigte Papierkram, packte ihre Fallschirmtasche neu, kontrollierte mehrmals ihren eigenen Fallschirm und legte ihre Ausrüstung zurecht. Sie war nach wie vor die erste Feuerspringerin der ersten Gruppe.

»Ich werde noch verrückt«, sagte Cards, als er sich vom Gewichtestemmen erhob.

»Wer wird das nicht? Und heute soll es …«

»… genauso weitergehen. Wir haben bisher nichts getan, als aufgeräumt und organisiert. Es ist überall so sauber und ordentlich, dass sogar die beängstigend strengen Standards meiner Mutter erfüllt werden.«

»Ich halte das nicht mehr lange aus.«

»Ich musste mich gestern schon zwingen, beim Solitaire zu schummeln. Und dann habe ich damit angefangen, mir ein Handarbeitsprojekt zu überlegen. Wenn das so weitergeht, sitzen bald alle hier und stricken.«

»Ich hätte gern einen schönen Schal, der zu meiner Augenfarbe passt.«

»Vielleicht bekommst du tatsächlich einen«, sagte er düster. »Wenigstens hatte ich heute Nacht Telefonsex mit Vicki.« Er zog das Kartenspiel aus seiner Hemdtasche und mischte es. »Das ist besser als nichts, aber echter Sex geht anders.«

»Und die Tage, an denen du dir eine Bettgefährtin gesucht hast, sind endgültig vorbei?«

»Schon lange. Sie ist es wert. Habe ich euch erzählt, dass sie und die Kinder nächsten Monat zu Besuch kommen?«

»Du hast so was erwähnt.« Bestimmt ein- oder zweitausend Mal, dachte Rowan.

»Ich muss ein bisschen vorarbeiten, damit ich nächsten Monat ein paar Tage freibekomme. Ich muss arbeiten, ich brauche das Geld, ich brauche … hast du was zu lesen? Gibbons hat bloß Bücher, von denen ich Kopfschmerzen bekomme. Ich habe schon einen von Janis' Liebesromanen gelesen, aber das ist auch nicht gerade hilfreich, wenn man nicht ständig an Sex denken will.«

»Nichts Tiefschürfendes, nichts mit Sex. Verstehe.« Sie versah das Etikett des reparierten Fallschirms mit ihrer Unterschrift und dem Datum. »Was hättest du denn gern?«

»Ich will was Gruseliges, wo Leute durch die Hand eines Wahnsinnigen eines grausamen Todes sterben.«

»Vielleicht habe ich tatsächlich was für dich. Los, komm, schauen wir uns meine Bibliothek an.«

»Dobie ist bei Marge in der Küche«, sagte Cards, strich über Rowans Kopf und zauberte ein Pikass hervor. »Er hat irgendein Rezept von seiner Mutter dabei und backt einen Kuchen oder so.«

Kochen, Stricken – bald würden sie noch Kuchen für wohltätige Zwecke verkaufen. Doch dann hielt Rowan überrascht inne. »Hat es Dobie auf Marge abgesehen?«

Cards schüttelte nur den Kopf. »Sie ist zwanzig Jahre älter als er.«

»Normalerweise stehen Männer eher auf Frauen, die zwanzig Jahre jünger sind als sie.«

»Ich langweile mich zwar, Ro, aber nicht so sehr, um mich mit dir anzulegen.«

»Feigling.« Aber als sie ins Freie traten, hielt sie erneut inne. »Schau nur diese Wolken.«

»Das sind erste Vorboten.« Sein Gesicht hellte sich deutlich auf, als er die Wolken über den Bergen musterte. »Eine ganze Menge sogar.«

»Das könnte auf einen Brand hinauslaufen. Mit etwas Glück wird der Bereitschaftsraum bis heute Nachmittag auf den Kopf gestellt. Möchtest du das Buch immer noch?«

»Ja. Ich werde mich so richtig darauf stürzen: auf ein gutes Buch, ein gutes Essen. Dann werden wir heute bestimmt fliegen.«

»So langsam hat die Saison noch nie begonnen. Aber mein Vater hat immer gesagt: je kühler der Anfang, desto heißer das Ende. Vielleicht sollten wir gar nicht so scharf auf einen Einsatz sein.«

»Wenn es keinen Einsatz gibt, warum sind wir dann hier?«

»Tja, keine Ahnung. Sag mal«, sie versuchte ganz lässig zu klingen, als sie den Eingang zu ihrer Schlafbaracke erreichten. »Hast du Gull heute Morgen schon gesehen?«

»Im Kartenraum. Er lernt. Zumindest war er vor einer Stunde noch dort.«

»Er lernt. Aha.« Sie hatte keine Lust, sich mit einem Lehrbuch hinzusetzen, aber ein kleines Geplänkel mit Gull wäre genau das Richtige gegen die Langeweile.

Innerhalb des Gebäudes führte sie ihn zu ihrem Zimmer. »Ein brutaler Krimi also«, hob sie an. »Möchtest du nur Gewalt oder Sex und Gewalt? Als Kontrast zu einem erotischen Liebesroman.«

»Sex ist immer gut.«

»Noch einmal, es …« Sie verstummte in dem Moment, als sie die Tür öffnete. Der Schlachthausgestank schnürte ihr die Kehle zu.

Eine Blutlache war über das Bett verteilt. Dunkelrot rann sie auf die Kleider, die auf den Boden geworfen worden waren. Nass glänzende Buchstaben an der Wand bildeten folgenden Satz:

Schmor in der Hölle!

Inmitten dieser Sauerei wirbelte Dolly herum und sah zur Tür. Etwas von dem Blut in ihrem Kanister war auf ihre Bluse gespritzt.

»Du widerliche Schlampe!« Rowan sah nur noch Rot und ging blind vor Wut mit den Fäusten auf sie los. Eine Kriegsbemalung aus Schweineblut verzierte ihr Gesicht, als Dolly schreiend zu Boden ging, wenige Sekunden bevor Cards Rowans Arme festhielt.

»Warte, warte!«

»Du kannst mich mal!« Rowan sprang hoch und löste weiteres Blutvergießen aus, als ihr Hinterkopf heftig mit Cards' Nase in Berührung kam. Er schrie auf und schaffte es trotzdem, sie noch ein, zwei Sekunden länger festzuhalten.

»Du bist so gut wie tot«, rief Rowan Dolly zu. Blind vor Rache rammte sie ihren Ellbogen in Cards' Seite und riss sich los. Die kreischende, schon auf dem Rückzug befindliche Dolly holte mit dem Kanister Schwung. Als Rowan ihn ihr aus der Hand schlug, spritzte dickflüssiges Blut auf Wände, Decke und Möbel. »Du willst Blut sehen? Dann wollen wir doch mal ein bisschen von deinem verspritzen, du gestörte Irre.«

Als Dolly versuchte, unters Bett zu kriechen, umklammerte Rowan ihre Knöchel. Sie war gerade dabei, Dolly über den blutbeschmierten Boden zu schleifen, als durch den Tumult hellhörig gewordene Männer hereineilten und versuchten, Rowan erneut festzuhalten.

Rowan verschwendete keine Zeit: Sie schlug und trat um sich, verpasste Kinnhaken und stieß mit dem Knie zu. Wen ihre Attacken trafen, war ihr egal, bis sie mit dem Gesicht nach unten auf den Boden gedrückt wurde.

»Bleib liegen«, flüsterte Gull ihr ins Ohr.

»Geh von mir runter. Geh verdammt noch mal von mir runter! Hast du gesehen, was sie getan hat?«

»Alle haben das gesehen. Meine Güte, bringt bitte irgendwer diese kreischende Idiotin raus, bevor ich sie umhaue?«

»Ich mach sie fertig. Lass mich los! Hast du das gehört, du blöde Kuh? Sobald ich die Chance dazu habe, wird kein Schweineblut fließen, sondern dein eigenes. Lass mich verdammt noch mal los!«

»Du bleibst unten, bis du dich beruhigt hast.«

»Prima. Ich bin ganz ruhig.«

»Von wegen.«

»Jims Blut klebt an ihren Händen«, jammerte Dolly, als Yangtree und Matt sie aus dem Zimmer zerrten. »Jims Blut klebt an euren Händen. Ich kann nur hoffen, dass ihr alle umkommt, bei lebendigem Leib verbrennt.«

»Ich glaube, jetzt ist sie vom Glauben abgefallen«, meinte Gull. »Hör mir gut zu, Rowan: Sie ist weg, und wenn du versuchst, ihr zu folgen und sie anzugreifen, werden wir dich wieder ruhigstellen. Du hast Cards die Nase blutig geschlagen, und Janis dürfte ebenfalls ein blaues Auge davongetragen haben.«

»Sie hätten mir eben nicht in die Quere kommen dürfen.«

»Wären wir nicht zur Stelle gewesen, hättest du diese Irre zu Brei geschlagen und wärst so lange von der Sprungliste gestrichen worden, bis die Sache aufgeklärt sein würde.«

Er merkte, dass sie danach zum ersten Mal ruhiger atmete, und gab Libby und Tiger ein Zeichen, ihre Beine loszulassen. Als sie nicht nach ihnen trat, zeigte er auf die Tür.

Libby schloss sie leise hinter sich.

»Ich lasse dich los.« Er lockerte seinen Griff um ihre Arme, war aber darauf vorbereitet, sie sofort wieder zu packen. Dann rutschte er vorsichtig von ihr herunter und setzte sich auf den Boden.

Blut klebte an ihnen beiden, aber vor allem Rowan hatte es schlimm erwischt. Es bedeckte ihr Gesicht, tropfte von ihren Haaren, klebte an ihren Armen, ihrer Bluse. Sie sah aus, als wäre jemand mit einer Axt auf sie losgegangen. Ihm wurde fast schlecht bei dem Anblick.

»Hier sieht es tatsächlich aus wie in einem Schweinestall.«

»Das ist nicht witzig.«

»Nein, aber was Besseres fällt mir nicht dazu ein.« Er musterte sie gelassen, während sie sich aufsetzte und sich ihre Rechte unwillkürlich zur Faust ballte. »Ich kann einen Fausthieb wegstecken, falls du zuschlagen musst.«

»Geh einfach!«

»Nein. Wir werden eine Weile sitzen bleiben.«

Rowan fuhr sich mit der Schulter über ihr Gesicht und beschmierte es mit noch mehr Blut. »Sie hat das eklige Zeug über mich geschüttet. Über mein Bett, den Boden, die Wände.«

»Sie ist krank und sie ist dumm. Sie hat es verdient, in

hohem Bogen rauszufliegen. Man wird sie feuern, und jeder im weiten Umkreis des Fliegerhorsts wird wissen, warum. Das dürfte noch schlimmer sein.«

»Aber nicht wirklich befriedigend.« Sie wandte einen Moment den Kopf ab. Die erste unbändige Wut war verraucht, und ihr traten Tränen in die Augen. Rowan umklammerte ihre zitternden Hände.

»Es riecht wie auf dem Schlachthof.«

»Du kannst heute Nacht bei mir schlafen.« Er zog ein Tuch aus seiner Tasche und wischte ihr damit das Blut aus dem Gesicht. »Aber jeder, der in meinem Zimmer übernachtet, muss nackt sein.«

Sie stieß einen erschöpften Seufzer aus. »Ich werde bei Janis schlafen, bis ich aufgeräumt habe. Bei ihr gilt dieselbe Regel.«

»Das war aber jetzt gemein.«

Sie sah ihn an, saß nur da und sah ihn an, während er sein Tuch ein für alle Mal ruinierte. Es tat gut, zu sehen, dass er doch nicht so gelassen war, wie er klang, denn Wut und Ekel standen ihm ins Gesicht geschrieben. Merkwürdigerweise beruhigte sie das ein wenig.

»Habe ich dir diese blutige Unterlippe verpasst?«

»Ja. Ein Schlag mit dem Handrücken. Gar nicht mal so schlecht.«

»Das wird mir wahrscheinlich irgendwann leidtun, aber noch ist es nicht so weit.«

»Wir mussten dich zu fünft zu Boden werfen.«

»Immerhin! Ich muss mich waschen.«

Sie erhob sich langsam, als L.B. an die Tür klopfte und sie aufmachte.

»Lässt du uns eine Minute allein, Gull?«

»Klar.« Bevor er aufstand, beugte Gull sich vor und

legte eine Hand auf Rowans Knie. »Leute wie sie kommen nicht gegen Leute wie dich an. Am Ende richtet sich ihre Aggression nur gegen sie selbst.« Er erhob sich und schloss beim Hinausgehen die Tür.

L. B. sah sich im Raum um und fuhr sich mit der Hand über das Gesicht. »Meine Güte, Ro! Es tut mir so leid. Ich kann dir gar nicht sagen, wie leid es mir tut.«

»Du bist nicht dafür verantwortlich.«

»Ich hätte sie nicht wieder einstellen dürfen. Das habe ich zu verantworten.«

»Es ist allein ihre Verantwortung.«

»Sie konnte nur auf dich losgehen, weil ich ihr Gelegenheit dazu gegeben habe.« Er ging in die Hocke, sodass er sich mit ihr auf gleicher Höhe befand. »Sie sitzt gerade in meinem Büro, ein paar von den Jungs passen auf sie auf. Sie wird gefeuert und bekommt Hausverbot auf dem Fliegerhorst. Ich werde die Polizei einschalten. Möchtest du Anzeige erstatten?«

»Ja, das hat sie verdient.« Die Tränen waren Gott sei Dank verschwunden. Jetzt war ihr nur noch schlecht, und sie war müde. »Aber nicht das Baby. Ich will einfach nur, dass die verschwindet.«

»Sie ist so gut wie weg«, versprach er ihr. »Komm, du musst hier raus. Wir bestellen einen Putztrupp.«

»Ich brauche dringend frische Luft. Und ich muss mich bei ein paar Leuten entschuldigen. Ich muss duschen, mir diese Sauerei abwaschen.« Sie atmete noch einmal hörbar aus, als sie an sich heruntersah. »Wahrscheinlich wird es eine lange heiße Dusche.«

»Nimm dir so viel Zeit, wie du brauchst. Du musst dich bei niemandem entschuldigen.«

»Doch, mir ist das wichtig. Aber dieses Zeug hat meine

ganzen Sachen versaut. Einen Teil davon muss ich selbst säubern.«

Sie stand auf, öffnete die Tür und drehte sich noch einmal um. »Hat sie ihn so sehr geliebt? Ist das Liebe?«

L. B. starrte auf die blutige Schrift an der Wand. »Das hat nichts mit Liebe zu tun.«

Als Rowan gerade die Dusche verließ, heulte die Sirene los.

»Perfekt«, murmelte sie, schlüpfte in ihre Unterwäsche, ohne sich die Mühe zu machen, sich auch nur abzutrocknen, zog Hemd und Hose an und zog noch im Laufen den Reißverschluss zu.

Die neun anderen Feuerspringer der Liste warteten schon im Bereitschaftsraum. Sie hörte, wie ihre Namen verlesen wurden, während sie in ihre Kombi schlüpfte. Beim Morrell Mountain hatte der Blitz eingeschlagen. Cards und sie hatten die morgendlichen Wolken richtig eingeschätzt. Der Beobachtungsposten hatte den Rauch gegen elf entdeckt, als sie Dolly gerade mit ihrem verdammten Schweineblut überrascht hatte.

Innerhalb von einer Stunde musste die Waldbrandzentrale entscheiden, ob man es einfach brennen und das Feuer ein paar Sträucher und umgestürzte Bäume verschlingen ließ oder ob man besser die Feuerspringer rief. Doch wegen weiterer Blitzeinschläge und dem ungewöhnlich trockenen Wetter war das Risiko für einen unkontrollierbaren Waldbrand einfach zu groß.

»Na, bist du bereit für einen richtigen Einsatz, Speedy?« Sie steckte ihr Kletterseil in die Tasche, während Gull weitere Ausrüstung aus dem Regal nahm.

»Meinst du damit meinen Einsatz als Feuerspringer? Oder sollen wir es auch ein bisschen knistern lassen?«

»Hör lieber auf, unerfüllbaren Träumen nachzuhängen. Das ist kein Übungssprung.«

»Gut siehst du aus.« Dobie klopfte Gull auf den Rücken. »Ich wünschte, ich dürfte auch mit.«

»Bald bist du auch wieder einsatzfähig. Reservier mir ein Stück von deinem Kuchen«, rief Rowan und lief zum Flugzeug.

Sie klemmte ihren Helm in die Ellenbeuge. »Gut, Jungs und Mädels, ich bin heute eure Einsatzleiterin. Für einige von euch ist es der erste Sprung. Macht alles nach Vorschrift, verpatzt es nicht, und alles wird gut. Und denkt daran: Wenn ihr den Bäumen nicht ausweichen könnt …«

»… dann lieber die kleinen ansteuern«, antwortete das Team.

Kaum waren sie abgehoben, setzte sie sich neben Cards. »Wenigstens hat dich deine blutige Nase nicht an den Boden gefesselt.«

Er wackelte vorsichtig daran. »Und deshalb bin ich auch gar nicht sauer auf dich. Wie bereits gesagt, Rowan: Dolly ist einfach das Letzte.«

»Ja. Aber das Thema ist abgeschlossen.« Sie griff nach dem Zettel, der ihr vom Cockpit durchgereicht wurde. »Wir werden uns zurückhalten, bis das Löschgel abgeworfen wurde. In dieser Gegend war der Winter sehr hart. Es gibt dort viele umgestürzte Bäume, die den Brand nähren. Er breitet sich schneller aus als vermutet.«

»Das ist doch fast immer so.«

Sie zog ihre Karte hervor und überflog das Gebiet. Aber bald brauchte sie nur noch aus dem Fenster zu sehen, um zu wissen, was los war. Eine riesige Rauchsäule stieg auf und trieb über die Bergkette. Stehende und umgestürzte Bäume ließen die Feuerwand immer höher lodern. Sie suchte und fand den Bach, den sie vorher auf der Karte entdeckt hatte, berechnete, wie viel Meter Schlauch sie an Bord hatten, und verließ sich darauf, auf diese Wasserquelle zurückgreifen zu können.

Das Flugzeug buckelte wegen der Turbulenzen, während die Feuerspringer den brennenden Wald aus den Fenstern musterten. Wie beim Bockspringen kreisten sie in der Warteschleife, bis Löschgel auf die Spitze des Feuers niederging, die aus bestimmt neun Meter hohen Flammen bestand. Rowan ging zu L. B. hinüber, der als Absetzer mit von der Partie war.

»Siehst du diese Lichtung?«, rief er. »Das ist unser Zielgebiet. Es liegt näher an der rechten Flanke, als mir lieb ist, aber ein besseres haben wir nicht.«

»Das erspart uns den Fußmarsch.«

»Der Wind facht den Brand zusätzlich an. Haltet euch von dem Totholz östlich vom Zielgebiet fern.«

»Worauf du dich verlassen kannst.«

Gemeinsam sahen sie zu, wie das Löschflugzeug seine Ladung niedergehen ließ. Die roten Löschgelwolken riefen ihr das Blut wieder ins Gedächtnis, das ihr Zimmer ruiniert hatte. Aber das war jetzt der falsche Moment zum Grübeln.

»Das wird den Feuerdrachen ein wenig besänftigen.« Als das Löschflugzeug abdrehte, nickte ihr L. B. zu. »Alles in Ordnung?«

»Alles bestens.«

Er drückte ihr stumm den Arm. »Geh sparsam mit deinen Kräften um«, rief er, als sie zur Tür ging.

Von seinem Platz aus ließ Gull Rowan nicht aus den Augen, während Wind und Lärm hereinfluteten. Noch vor einer Stunde hatte sie getobt, mit blutverschmiertem Gesicht und blind vor Rache. Doch jetzt, wo sie sich mit dem Absetzer über die Flugroute der ersten Winddrifter beriet, war ihr Blick wieder ganz kühl. Sie würde als Erste springen und diese Kälte mit ins Feuer nehmen. Wie sollte es da auch nur die geringste Chance haben?

Er sah aus dem Fenster, um einen Blick auf den Feind zu werfen. Zu seiner Zeit als Feuerwehrmann wären sie mit zwanzig Mann mitten hineingefahren mit ihrer sogenannten »Box«, jenem Mannschaftswagen, der ihnen in jeder Saison zur zweiten Heimat wurde. Jetzt gelangte er zum Einsatzort, indem er aus einem Flugzeug sprang. Unterschiedliche Methoden, aber ein Ziel: das Feuer einzudämmen und zu kontrollieren.

Sobald er unten war, wusste er, was er zu tun hatte. Es machte ihm auch nichts aus, Befehle anzunehmen. Sein Blick wanderte zurück zu Rowan. Sie war fraglos in der Lage, welche zu geben. Aber noch ging es ausschließlich darum, heil zu landen. Er beobachtete das nächste Set Drifter und versuchte, den Wind einzuschätzen. Da das Flugzeug unter ihnen buckelte und schwankte, war der Wind bestimmt nicht ohne.

L. B. gab den Befehl, und das Flugzeug stieg wackelnd auf Absetzhöhe. Als Rowan ihren Helm und ihre Schutzmaske aufsetzte, während Cards, ihr Sprungpartner, hinter ihr in Position ging, spürte Gull, wie sich seine Atmung beschleunigte. Die Frequenz stieg mit dem Flugzeug. Aber er ließ sich nichts anmerken, während er sich vorstellte, aus der Tür in den Luftstrom zu springen und auf das Einsatzgebiet zuzurasen.

Rowan sah kurz zu ihm hinüber, ihre Augen blitzten blau hinter der Maske auf. Dann setzte sie sich, Sekunden später war sie verschwunden. Gull schaute wieder aus dem Fenster, sah sie und gleich darauf Cards durch die Luft fallen. Als das Flugzeug eine Kurve flog, sah er aus einer anderen Perspektive, wie sich ihr Fallschirm öffnete. Sie verschwand in den Rauchwolken.

Als die nächsten Springer ihre Positionen einnahmen, setzte er seinen Helm und seine Schutzmaske auf und versuchte, sich zu beruhigen, einen klaren Kopf zu bekommen. Er erfüllte sämtliche Voraussetzungen, hatte die richtige Ausrüstung, das richtige Training, das Knowhow. Ein paar Tausend Meter unter ihm befand sich genau das, was er suchte: die Frau und die Flammen. Er ging nach vorn, spürte den Wind im Gesicht.

»Siehst du das Zielgebiet?«

»Ja.«

»Der Wind wird dich mitreißen und nach Osten drücken. Versuch, dich von diesem Totholz fernzuhalten. Siehst du den Blitz?«

Gull sah, wie er über den Himmel zuckte.

»Der war kaum zu übersehen.«

»Schau zu, dass du ihm nicht in die Quere kommst.«

»Verstehe.«

»Seid ihr so weit?«

»Wir sind so weit.«

»In die Tür!«

Den Blick auf den Horizont geheftet, setzte sich Gull und hielt die Beine in den Luftstrom. Die vom Feuer aufsteigende Hitze schlug ihm ins Gesicht, Rauchgestank hing in der Luft, die er in seine Lunge sog. Wieder streckte L. B. den Kopf aus der Tür, ließ den Blick über den Boden, die Hügel, die bewaldeten Hänge und tobenden Feuerstürme schweifen.

»Macht euch bereit!«

Als er den Klaps auf der Schulter spürte, ließ sich Gull hinausfallen. Plötzlich stand die Welt kopf, Erde, Himmel, Feuer, Rauch, während er mit hundertvierundvierzig Stundenkilometern in die Tiefe fiel. Grün, Blau, Rot, Schwarz verschwammen miteinander, während er still die Sekunden zählte. Der Lärm, eine Art fauchendes Knurren, erstaunte ihn. Der Wind drückte ihn seitwärts, brachte ihn ins Trudeln, während er sich mit aller Kraft widersetzte, bis sein Kopf nach oben und die Füße nach unten zeigten und er vom Bremsschirm stabilisiert wurde.

Mit klopfendem Herzen – Adrenalin, Ehrfurcht, Angst – entdeckte er Trigger, seinen Sprungpartner am Himmel.

Warte, befahl er sich. Warte!

Ein Blitz stand grell am Himmel, ein blau geränderter Pfeil, der die Luft mit Ozon anreicherte.

Dann ein Zerren und Rucken. Er legte den Kopf in den Nacken, sah, wie sich sein Schirm in dem reißenden Luftstrom entfaltete wie eine Blume. Er konnte einfach nicht anders und stieß einen triumphierenden Schrei aus. Dann hörte er Triggers Lachen, während Gull nach den Steuerleinen griff.

Es war ein Kampf gegen den Wind, aber er genoss ihn. Obwohl er fast an dem Rauch erstickte, den ihm der Wind frech ins Gesicht blies, und das laute Donnern hörte, das auf einen weiteren Blitz folgte, grinste er. Und während er schaukelnd an seinem Schirm hing, den Blick auf die hässlichen Baumruinen und das tobende Feuer geheftet, steuerte er das Zielgebiet an.

Kurz befürchtete er, der Wind würde am Ende den Sieg davontragen, und stellte sich den Stress, die Peinlichkeit und die verdammten Unannehmlichkeiten vor, die ihn erwarteten, wenn er in diesen Bäumen landen würde. Und das bei seinem ersten Sprung. Er zerrte heftig an seiner Steuerleine und rief: »Kommt gar nicht infrage!«

Wieder hörte er Trigger laut lachen, und wenige Sekunden vor dem Aufprall lenkte Gull nach Westen. Am östlichen Rand des Zielgebiets berührten seine Füße schließlich den Boden. Der Schwung ließ ihn fast in das Totholz taumeln, aber mit einem unbeholfenen Purzelbaum katapultierte er sich zurück auf die Lichtung. Er brauchte einen Moment, um wieder zu Atem zu kommen, sich zu seiner geglückten Landung zu gratulieren, und begann dann, seinen Schirm einzusammeln.

»Nicht schlecht, Greenhorn.« Cards hob den Daumen. »Nach der Karussellfahrt fängt der Spaß erst richtig an: Die Wikingerbraut stellt ein Team zusammen, das dort einen Feuergraben aushebt.« Er zeigte auf den tückischen, laut aufheulenden Feuersturm. »Du gehörst auch dazu. Ein anderes Team wird zur Spitze des Feuers gehen und dem Kopf des Feuerdrachen mit den Wasserschläuchen eines überbraten. Das Löschgel hat den Brand zwar etwas eingedämmt, aber der Wind facht ihn dauernd an, außerdem schlagen ständig neue Blitze ein. Du hebst mit Trigger, der Elfe, Gibbons, Southern und mir den Graben aus. Oh, Mist, da landet einer im Totholz und ein anderer in den Baumkronen. Komm, holen wir sie da raus und fangen an zu arbeiten.«

Gull lief zu Southern und half ihm, seinen ramponierten Fallschirm einzusammeln. Nachdem er seine Sprungkombi verstaut hatte, ging Gull zu Cards hinüber, der Gibbons aufzog: »Nachdem wir diesen Tarzan aus dem Baum gepflückt haben, sollten wir tun, wofür wir bezahlt werden.«

Mit seinem Team lief Gull achthundert Meter mit vollem Marschgepäck bis zu der Stelle, wo Rowan Cards befohlen hatte, den Graben auszuheben. Sie verteilten sich. Während das Feuer näher kam, erfüllte der Lärm von Schaufeln, Sägen und Äxten die verrauchte Luft. Gull stellte sich den Graben als eine unsichtbare Wand vor, als eine Art Kraftfeld, das die Flammen zurückhielt.

Das ist Schwerstarbeit, dachte er, während ihm der Schweiß in Strömen über das rußverschmierte Gesicht lief. Doch genau das erfüllte ihn mit tiefer Befriedigung.

Zweimal versuchte das Feuer, den Graben zu überspringen wie flache Steine einen See, indem es eine Flammenvorhut hinüberschickte. Die Luft füllte sich mit Funken, die ausschwärmten wie mörderische Glühwürmchen. Aber sie hielten die Stellung. Zwischen Flugasche und dichtem Rauch entdeckte Gull einen vereinzelten Sonnenstrahl. Einen kleinen Lichtstreif am Horizont, der lila aufleuchtete und wieder verschwand.

Sie erfuhren, dass die Löschwassermannschaft gezwungen war, den Rückzug anzutreten. Die Flanke hatten sie unter Kontrolle, also würden sie ihre Kollegen verstärken.

Nach mehr als sechs Stunden, die sie mit dem Ausheben von Gräben verbracht hatten, marschierten sie den Berg hoch und durchquerten die Schwärze, die das Feuer hinterlassen hatte.

Wenn der Graben eine unsichtbare Wand war, dann war die Schwärze jenes Reich, in dem die Schlacht getobt hatte und verloren gegangen schien. Der Kampf ging weiter, aber hier hatte der Feind erbarmungslos zugeschlagen und ließ, was einst grün und golden gewesen war, als qualmendes Skelett zurück.

Die schwachen Sonnenstrahlen, die durch die Rauchschwaden drangen, betonten das Ausmaß der Zerstörung nur. Leicht humpelnd lief Southern neben ihm.

»Wie geht's?«, fragte Gull.

»Es würde mir deutlich besser gehen, wenn ich nicht in diesen verdammten Baumruinen gelandet wäre«, sagte er mit jenem Südstaatenakzent, der ihm seinen Spitznamen eingebracht hatte. »Ich dachte, ich kenne mich aus. Ich habe schon zwei Jahre Einsatz hinter mir, und zwar vor unserem erbarmungslosen Rekrutentraining. Aber dieses Feuer macht einem wirklich Angst und Bange. Ich hätte mir vorhin fast in die Hose gemacht, als ich merkte, ich verfehle das Zielgebiet.«

Gull holte einen halb geschmolzenen Erdnussriegel aus dem Rucksack und brach ihn in zwei Teile.

»Teil einen Riegel, und der Tag ist dein Freund«, sagte Gull.

Grinsend biss Southern hinein. »Schön gesagt.«

Sie erreichten den Bach und gingen dann weiter nach Nordosten, immer dem Lärm der Motoren und Sägen nach. Rowan tauchte aus einer Rauchwolke auf – eine Wikingergöttin inmitten der Schlacht.

»Die Blitze spielen uns böse Streiche.« Sie schwieg kurz, um gierig etwas Wasser hinunterzustürzen. »Wir hatten die Spitze schon unter Kontrolle, den Brand fast gelöscht. Dann sind drei Blitze eingeschlagen. Es gab Kronenfeuer entlang der Bergkette im Norden, und westlich davon baut sich die Spitze erneut auf. Wir müssen verhindern, dass sich beide Brände vereinen. Wartet hier, bis es Entwarnung gibt. Sie schicken noch eine Ladung Löschgel. Eine weitere Einheit wird sich um die hinteren Flanken und die Feuerrückseite kümmern, damit es da nicht wieder auflodert. Eine Planierraupe ist durchgekommen und räumt das Unterholz und umgestürzte Bäume weg. Aber wir brauchen den Graben.«

Sie musterte ihre Gesichter. »Ihr habt noch fünf Minuten, bis das Löschgel unten ist. Nutzt sie, so gut ihr könnt. Esst und trinkt etwas, denn wir werden heute keine fünf freien Minuten mehr haben.«

Sie ging, um sich mit Cards abzusprechen. Gull wartete, bis die beiden sich trennten, und lief dann auf sie zu. Noch bevor er etwas sagen konnte, schüttelte sie nur den Kopf.

»Der Wind hat abrupt die Richtung geändert, und das Feuer ist übergesprungen. Es hat tausendfünfhundert Meter Schlauch vernichtet, bevor wir weg waren. Und dann: Peng, peng, peng! Das reinste Feuerwerk. Die Bäume haben gebrannt wie Fackeln. Der Wind hat dazu geführt, dass die Flammen von einem Baum zum anderen übergesprungen sind.«

»Wurde jemand verletzt?«

»Nein. Aber freu dich bloß nicht auf dein Bett: Wir werden hier zelten und morgen wieder auf das Feuer losgehen. Es wird sich nicht so schnell legen.« Sie sah zum Himmel auf. »Da kommt das Löschflugzeug.«

»Ich sehe nichts.«

»Noch nicht. Aber du kannst es hören.«

Er schloss die Augen und legte den Kopf schräg. »Nein. Du musst extrem gute Ohren haben. Ah ja, jetzt höre ich es auch.«

Sie zog ihr Funkgerät hervor, sprach mit dem Piloten und dann mit ihrer Mannschaft auf dem Berg.

»Auf es mit Gebrüll«, murmelte sie.

Rosa Regen fiel herab, durch kleine Regenbogen.

»Weiter geht's«, rief Rowan. »Los, Bewegung! Passt auf, wo ihr hintretet, aber nicht trödeln.« Mit diesen Worten verschwand sie im Rauch.

Sie hieben, schnitten und fällten bis tief in die Nacht. Körper, die darauf trainiert waren, sämtlichen Höllenqualen zu widerstehen, wurden langsam schwächer. Aber nicht ihre Willenskraft. Gull bekam Rowan ein paarmal zu sehen. Sie arbeitete an vorderster Front und lief hin und her, um sich mit anderen Teams und dem Fliegerhorst abzustimmen.

Irgendwann gegen eins ließ das Feuer langsam nach – mehr als zwölf Stunden, nachdem er auf der Lichtung gelandet war. Es ruht sich nur aus, dachte Gull, aber geschlagen gibt es sich noch lange nicht. Es macht nur ein kleines Nickerchen. Und das könnte ich, weiß Gott, auch gebrauchen.

Sie schufteten eine weitere Stunde, bevor sich herumsprach, dass sie achthundert Meter von der östlichen Flanke des Feuers entfernt ihre Zelte aufschlagen würden.

»Na, wie läuft es so an deinem ersten Tag?«

Er sah kurz in Cards' erschöpftes Gesicht, während sie vorantrotteten. »Ich überlege, eine Gehaltserhöhung zu verlangen.«

»Mir wäre ein Vollkornbrot mit Schinken lieber.«

»Und mir eine Pizza.«

»Du wählerischer Ire. Bist du jemals da gewesen? In Irland?«

»Ein paarmal, ja.«

»Ist es dort wirklich so grün wie auf den Fotos?«

»Noch grüner.«

Cards blickte in die verrauchte Dunkelheit. »Und kühl, oder? Kühl und feucht. Dort regnet es viel.«

»Deshalb ist es ja so grün.«

»Vielleicht fliege ich irgendwann mit Vicki und den Kindern hin. Kühl, feucht und grün klingt gut nach so einem Tag. Da wären wir.« Er wies mit dem Kinn auf die Lichter vor ihnen. »Zeit fürs Abendbrot.«

Diejenigen, die bereits angekommen waren, hatten Zelte aufgebaut oder waren gerade noch dabei. Manche saßen einfach nur auf dem Boden und schlangen ihre Verpflegung hinunter.

Rowan, die einen Felsen neben dem Lagerfeuer als Tisch benutzte, studierte zusammen mit Gibbons eine Karte und aß einen Apfel. Sie hatte den Helm abgenommen. Ihr Haar leuchtete fast weiß, so sehr hob es sich von ihrem schmutzigen Gesicht ab. Er fand sie schön so und musste zugeben, dass sie wahrscheinlich recht hatte: Insgeheim war er ein Romantiker. Er ließ seine Ausrüstung fallen und spürte, wie sein Rücken und seine Schultern erleichtert aufstöhnten, bevor sich die Muskeln wie wütende Fäuste verkrampften.

Diesmal gibt es keinen Mannschaftswagen, in den man sich zurückziehen kann, dachte er, während er sein Zelt aufstellte. Dann ließ er sich wie die anderen vor dem Lagerfeuer fallen und aß, als wäre er kurz vor dem Verhungern. Das Transportflugzeug hatte Verpflegung, Wasser, Werkzeuge, Schläuche und, einer gütigen Seele sei Dank, einen Karton mit Äpfeln und einen mit Schokoriegeln abgeworfen.

Er aß seine Einmannration, zwei Äpfel, einen Energieriegel und steckte sich noch einen in den Rucksack. Die leichte Übelkeit, die ihn auf dem Marsch zum Zeltlager gequält hatte, ließ langsam nach. Er stand auf, ging zu Rowan und legte eine Hand auf ihre Schulter. »Kann ich kurz mit dir sprechen?«

Sie stand sichtlich angezählt auf und folgte ihm in den Schatten. »Was ist? Ich muss dringend ins Bett. Wir werden …«

Er zog sie einfach an sich, presste seine Lippen auf die ihren und stillte seinen Hunger nach ihr. Und wieder ließ die Erschöpfung nach. Die Schmerzen in Rücken, Armen und Beinen wichen Lustgefühlen in der Lendenregion.

Sie reagierte ebenso impulsiv, packte seine Hüften, zerzauste sein Haar, schmiegte sich eng an ihn und ließ sich während ihrer intensiven, gierigen Küsse vollständig gehen.

Und genau das, dachte er, macht es so atemberaubend. Als er sich schließlich von ihr löste, ließ er die Hände auf ihren Schultern liegen und musterte ihr Gesicht.

»Ist das alles, was du mir zu sagen hast?«, fragte sie.

»Da wäre noch etwas, aber der Rest der Unterhaltung erfordert etwas mehr Privatsphäre. Für heute muss das genügen.«

Ihre Augen funkelten belustigt. »Ach ja?«

»Die Einsatzleitung schuftet härter als alle anderen. Deshalb wollte ich dir eine Sonderration für die Nacht mitgeben.«

»Wie aufmerksam von dir.«

»Gern geschehen.« Er sah, wie aus Belustigung Verwirrung wurde, als er sich vorbeugte und seine Lippen ihre verrußte Stirn streiften. »Gute Nacht, Chefin.«

»Du bist mir wirklich ein Rätsel, Gulliver.«

»Kann sein, aber so schwer bin ich nun auch wieder nicht zu entschlüsseln. Wir sehen uns morgen.«

Gull ging zu seinem Zelt und kroch hinein. Er schaffte es kaum, aus seinen Stiefeln zu schlüpfen, bevor er einschlief. Doch er entschlummerte mit einem Lächeln auf den Lippen.

8

Rowan wurde automatisch um kurz vor fünf wach. Sie blieb mit geschlossenen Augen liegen und machte eine Bestandsaufnahme. Alles tat weh, alles war steif, und sie hatte einen wahnsinnigen Hunger. Aber ansonsten gab es nichts Schlimmes oder Unerwartetes zu verzeichnen. Sie kroch aus ihrem Schlafsack und reckte noch im Dunkeln ihre schmerzenden Glieder. Kurz erlaubte sie sich, von einer heißen Dusche, einer eiskalten Cola und einem von Marges Omeletts zu träumen. Dann kroch sie aus ihrem Zelt, um sich der Realität zu stellen.

Die anderen schliefen und durften ruhig noch eine Stunde liegen bleiben. Im Westen tauchte das Feuer den Himmel in ein knallrotes Licht. Es wartet förmlich darauf, bis wir die Schlacht wieder aufnehmen, dachte sie. Nun, sie waren bereit.

Sie spülte sich den ausgetrockneten Mund mit Wasser aus und nahm im Schein des heruntergebrannten Lagerfeuers etwas Essbares zu sich. Die Verpflegung spülte sie mit löslichem Kaffee hinunter, den sie zwar hasste, aber brauchte, und warf einen weiteren Blick auf die Karten. Bald würde es mit der Ruhe vorbei sein, also nutzte sie diesen Augenblick der Stille, um sich eine Strategie zurechtzulegen. Sie funkte den Fliegerhorst an, um sich über die aktuelle Lage und den Wetterbericht zu informieren, machte sich Notizen und skizzierte Einsatzpläne.

Beim ersten Tageslicht legte sie ihre Werkzeuge bereit, füllte ihren Rucksack mit neuer Verpflegung und aß noch ein Sandwich und einen Apfel. Wach und energiegeladen genoss sie den kurzen Moment des Alleinseins. Sie sah zu, wie der Wald um das Zeltlager erwachte. Die aufgehende Sonne tauchte die Ostseite der Berge in ein mildes Licht, ihr schmelzendes Gold breitete sich immer weiter aus. Es sickerte nach unten bis zur Baumgrenze und ließ den Bach aufglitzern, intensivierte das Grün weiter unten im Tal. Vögel sangen ihr Morgenlied, während über ihnen ein Habicht kreischte.

Das alles, dachte sie, war ein Grund für sie, diesen Beruf auszuüben – trotz der Gefahr, der Schmerzen und des Hungers. Für sie gab es nichts Magischeres als eine Morgendämmerung in freier Natur. Sie würde bis zur Erschöpfung kämpfen, Seite an Seite mit ihren Kollegen, um diese Natur zu schützen.

Als Cards aus seinem Zelt kroch, lächelte er. Er sah aus wie ein Bär, der sich während des Winterschlafs in Ruß gewälzt hatte. Mit wild abstehenden Haaren und müden Augen grunzte er eine Art Begrüßung, bevor er in die Büsche schlurfte.

Das Lager erwachte zum Leben. Weitere Grunzer waren zu hören, noch mehr müde, glasige Augen blinzelten ins erste Tageslicht, als die Feuerspringer sich über Proviant und Kaffee hermachten. Gull kam aus dem Zelt, Gesicht und Hals rußgeschwärzt. Aber sie sah, dass sein Blick hellwach war, bevor er sich in den Wald schlug.

»Der Wind frischt auf.« Gibbons stellte sich neben sie und schlürfte gierig seinen Kaffee.

»Ja.« Sie starrte auf die zum Himmel aufsteigenden Rauchsäulen. Orange und golden flackerte es inmitten des Rots auf. Wie der Himmel, die Magie und das Zeltlager erwachte auch der Feuerdrache. »Der Wettergott ist uns heute nicht wohlgesonnen. Der Wind ist böig, Windstärke vier bis fünf, es bleibt trocken, und die Temperaturen sollen auf mindestens siebenundzwanzig Grad steigen. Der Feuerdrache wird begeistert sein.«

Rowan zog ihre Skizzen hervor. »Diese Flanke da haben wir gesichert, aber am Bach haben wir an Boden verloren. Als das Feuer übergesprungen ist, ist es hier durchgefegt. Die Bodentrupps haben dort angegriffen und das Feuer bis hierher zurückgedrängt. Aber gegen Mitternacht hat es sie zum Rückzug hinter diese Linie gezwungen.«

»Wurde jemand verletzt?«

»Leichte Verbrennungen, Prellungen und blaue Flecken. Niemand musste evakuiert werden.« Sie sah sich kurz um, als Gull näher trat, und faltete die Karte auseinander, um sie Gibbons zu zeigen. »Wenn wir von hier aus Wasser gegen den Kopf des Feuers pumpen und einen Graben in diesem Sektor ausheben, dann den niedrigsten Punkt des Einsatzgebiets der Bodentrupps erreichen und dann da rübergehen könnten. Wir könnten dann versuchen, auf die Vorderseite zu kommen, während sie den Brand einkesseln. Es ist eine ganz schöne Kletterpartie, aber so könnten wir das Feuer auf der Rückseite eindämmen, seine linke Flanke blockieren, uns dann mit dem Team an den Wasserpumpen treffen und auf die Feuerspitze losgehen.«

Gibbons nickte. »Wir müssen diese Widerstandslinie hier halten.« Er legte seinen Zeigefinger auf die Karte. »Wenn uns der Brand da durchbricht, könnte er uns einkesseln, und dann sind wir geliefert.«

»Ich habe mir das Gebiet gestern genau angesehen. Es gibt da ein paar Sicherheitszonen. Außerdem bekommen wir heute Verstärkung von weiteren Feuerspringern. Wir werden an die vierzig Leute sein. Ich will, dass zehn an die Pumpen gehen und dass du sie anleitest, Gib. Du kannst verdammt gut mit Schläuchen umgehen. Such dir neun Leute aus, die dich begleiten.«

»Gut.« Er warf erneut einen Blick auf das Feuer. »Sieht ganz so aus, als ob unsere Verschnaufpause vorbei ist.«

»In welchem Team möchtest du mich einsetzen?«, fragte Gull, als Gibbons ging, um sich seine Mannschaft zusammenzustellen.

»An der Säge, unter Yangtrees Kommando. Entweder du hältst diese Widerstandslinie, oder du wirst deinem Spitznamen Speedy Gonzalez alle Ehre machen müssen. Wenn das Feuer dich von hinten erwischt, schlägst du dir einen Pfad den Berg hoch, direkt ins Schwarze. Dorthin.« Sie sah ihm in die Augen, als sie einen Finger auf die Karte legte. »Hast du das verstanden?«

»Wir halten die Linie, und danach darfst du mich auf einen Drink einladen.«

»Halte die Linie, durchbreche sie und schlage eine Schneise bis zum Wasserteam. Unter diesen Umständen lasse ich mich vielleicht darauf ein. Pack deine Ausrüstung.« Sie ging zum Lagerfeuer und hob die Stimme: »Gut, Jungs und Mädels, es wird Zeit zu kämpfen.«

Sie fuhr ein Stück auf der Planierraupe mit und sprang dann ab, um mit dem anstrengenden Marsch zu den Bodentrupps zu beginnen und deren Fortschritte aus nächster Nähe zu begutachten.

»Winsor, oder? Ich bin's, Tripp«, rief sie dem schlanken, ernst dreinblickenden Mann zu, um das Kreischen der Sägen zu übertönen. Das Feuer knisterte bedrohlich, während seine Hitze die Haut reizte. »Mein Team arbeitet sich zu euch hoch. Mit etwas Glück trifft es kurz nach Mittag hier ein.«

Als sie die Jungs musterte, bestätigte sich ihr Verdacht. Sie hatten ihre Verletzungen heruntergespielt. Sie zeigte auf einen der Männer, der eine Pulaski schwang. Sein Gesicht glänzte verschwitzt. Dort, wo das Feuer seine Brauen versengt hatte, befanden sich rohe Fleischwunden. »Das war aber knapp.«

»So knapp, dass wir uns beinahe in die Hosen gemacht haben. Der Wind hat uns übel mitgespielt. Das Feuer hat sich plötzlich gedreht und ist direkt auf uns zugerast. Es hat uns regelrecht verhöhnt. Du kennst das Geräusch.«

»Ja.« Es war ein Geräusch, das einem das Blut in den Adern gefrieren ließ, trotz der Hitze. »Allerdings.«

»Wir haben den Rückzug angetreten. Doch bei all dem Rauch konnten wir kaum etwas erkennen. Das Feuer hat uns vor sich hergejagt, als wollte es Fangen spielen. Ich habe gerochen, wie meine Haare brannten. Wir konnten uns gerade noch rechtzeitig in Sicherheit bringen.«

»Aber jetzt dämmt ihr es ein.«

»Diese Jungs kämpfen, bis sie tot umfallen. Aber wenn wir den Kopf nicht in den Griff kriegen, wird es sich bestimmt noch einmal aufbäumen und erneut ausbrechen.«

»Wir arbeiten mit Wasser dagegen. Ich werde mich mit dem Teamleiter kurzschließen und hören, ob wir noch eine Ladung Löschgel anfordern sollten.« Sie betrachtete den Feuersturm, während Asche wie Schnee um sie herumwirbelte. »Die Brandzentrale hat das unterschätzt, aber wir werden eine Kehrtwende herbeiführen. Halte nach meinem Team Ausschau, es sollte so gegen eins zu euch stoßen.«

»Immer schön cool bleiben«, rief er ihr noch hinterher.

Sie marschierte in einem großen Bogen zurück und atmete tief durch, als sie Frischluft erreichte. Ohne auch nur einmal zu rasten, sprach sie sich mit ihren Teams ab, mit dem Fliegerhorst und der Brandzentrale. Nachdem sie über einen schmalen Bach gesprungen war, wandte sie sich wieder gen Westen. Und erstarrte, als ein Bär ihren Pfad kreuzte.

Sie unterdrückte den spontanen Impuls, einfach loszurennen, denn sie wusste es besser. Aber sie konnte die Füße kaum noch still halten. »Ach, komm schon«, flüsterte sie. »Ich tu das schließlich auch für dich. Lauf weiter.«

Das Herz schlug ihr bis zum Hals, als der Bär sie ansah. Vielleicht war der Gedanke an Flucht doch keine so schlechte Idee. Aber dann drehte das Tier den Kopf, als langweilte es sich, und trottete davon.

Ich liebe die Natur und alles, was darin kreucht und fleucht, rief sie sich wieder ins Gedächtnis, als sie endlich genug Spucke zusammenhatte, um schwer zu schlucken.

Erst nach vierhundert Metern hatte sich ihr Puls wieder einigermaßen beruhigt. Trotzdem sah sie sich in regelmäßigen Abständen um, bis sie das gedämpfte Kreischen der Kettensägen hörte. Sie beschleunigte ihre Schritte und erreichte die frisch geschlagene Schneise.

Nachdem Yangtree sie auf den neuesten Stand gebracht hatte, unterstützte sie ihre Leute. Sie würde ihnen noch eine Stunde Zeit geben, bevor sie bergauf- und dann in einem großen Bogen wieder hinuntermarschieren würden.

»Ein schöner Tag, was?«, bemerkte Gull, während sie aus einem gefällten Baum Kleinholz machten.

Sie sah auf, und durch die Lücken im Rauch sah man einen knallblauen Himmel. »Traumhaft.«

»Für ein Picknick ideal.«

Rowan trat eine tellergroße Brandinsel aus, die zu ihren Füßen züngelte. »Mit Champagner. So was habe ich mir schon immer gewünscht.«

»Zu dumm, dass ich keine Flasche dabeihabe.«

Sie gab sich mit Wasser zufrieden und wischte sich anschließend übers Gesicht. »Wir werden es schaffen, das spür ich einfach.«

»Das mit dem Picknick?«

»Das Feuer ist stärker geworden. Du kannst gut mit einer Säge umgehen. Bleib dran.« Sie beriet sich erneut mit Yangtree, las Karten, riss einen Energieriegel auf und verschwand wieder in einer dichten Rauchwolke.

Während sie den Energieriegel hinunterschlang, dachte sie an den Bären und redete sich ein, dass er bestimmt weit weggelaufen war.

Sie kletterte den Berg hoch und sah auf die Uhr, als sie auf den Bodentrupp traf. Es war erst Mittag. Sie waren bereits fünf Stunden auf den Beinen und machten gute Fortschritte.

Mühsam kämpfte sie sich zum Wasserteam durch, um auch dort nach dem Rechten zu sehen. Wasserfontänen drangen durch den Nebel, flüssige Pfeile, bereit zu töten. Rowan gab ihrer Erschöpfung nach und stützte sich mit beiden Händen auf die höllisch schmerzenden Oberschenkel. Sie wusste nicht mehr, wie viele Kilometer sie bereits gelaufen war, spürte aber jeden Millimeter davon. Sie richtete sich auf und bahnte sich ihren Weg zu Gibbons.

»Yangtree und seine Leute machen gute Fortschritte. Er sollte innerhalb der nächsten Stunde auf den Bodentrupp stoßen. Der Feuerdrache hat versucht, noch einmal mit dem Schwanz um sich zu schlagen, aber der ist bereits unter Kontrolle. Idaho hat Alarmbereitschaft, falls du Verstärkung an den Wasserpumpen brauchst.«

»Wir halten das Feuer im Zaum und werden den Drachen schon köpfen. Wenn du es schaffst, diese Schneisen zu schlagen, haben wir gewonnen.«

»Ich würde gern mit den Flammenwerfern ein Gegenfeuer entfachen.« Sie holte ihre Karte hervor. »Vielleicht zerstört es sich dann selbst, indem es sich jeglicher Nahrung beraubt.«

»Gute Idee. Aber das ist dein Job.«

»Ich kriege das schon hin.« Sie zog ihr Funkgerät hervor. »Yangtree, wir legen ein Gegenfeuer. Trommel zehn Mann zusammen und führ sie den Berg hoch. Ich laufe in einem großen Bogen wieder hinunter. Ertränk das Biest, gib's ihm!«

Rowan aß einen Energieriegel und trank Wasser, um nicht auszutrocknen. Dann trat sie den Rückweg an. Sie überquerte einen Pfad, wo noch hohe Bäume standen – die Bäume, für die sie gekämpft hatten. Wildblumen reckten ihre Köpfe in den rauchgeschwängerten Himmel. Die Vögel waren jedoch auf und davon, sodass keinerlei Gezwitscher die Stille durchbrach. Dafür murmelte und grollte das Feuer, ließ seine Flammen emporlodern wie drohende Fäuste.

Sie folgte seiner Flanke, zog Kraft aus den Gedanken an die Wildblumen und marschierte zu dem von Menschenhand gelegten Brand, den sie befohlen hatte.

Gull sägte nicht mehr, sondern kümmerte sich auf Yangtrees Anordnung hin um die Brandinseln, die das Feuer hinter den Schneisen entfachte.

Die meisten seiner Kollegen waren viel zu erschöpft,

um sich zu unterhalten. Da es auf jede Sekunde ankam, fehlte ihnen einfach die Puste dafür. Getrunkenes Wasser verwandelte sich in Schweiß, verzehrte Nahrung wurde sofort verbrannt und hinterließ ein niemals versiegendes, nagendes Hungergefühl. Der Trick bestand darin, nicht daran zu denken, das wusste er noch aus seiner Zeit bei der Feuerwehr. Man muss sich ausschließlich auf den Brand und den nächsten Schritt der Brandbekämpfung konzentrieren.

»Hol deinen Flammenwerfer.« Gibbons' Stimme war ganz heiser. »Wir werden dem Drachen Feuer unterm Hintern machen, sodass er sich selbst auffrisst.«

Gull warf einen Blick zurück auf den Schwanz des Feuerdrachen. Ihre Sägelinie hielt stand. Der Zusammenschluss ihres Teams mit den Bodentrupps hatte das Feuer am seitlichen Ausbrechen gehindert. Bisher jedenfalls. Vereinzelte neue Brandinseln loderten auf, aber das Feuer hatte schon viel von seiner Energie eingebüßt. Die Strategie, mit einem Gegenfeuer zu reagieren, war genau das Richtige. Gemeinsam mit den anderen packte er sein Werkzeug zusammen und entfernte sich von der Sägelinie.

Wie Rowan sah auch er die Wildblumen und die Löcher, die Spechte in die Rinde einer Douglasie geschlagen hatten. Er sah die Exkremente eines großen Bären, die ihn dazu veranlassten, den im Rauchnebel liegenden Wald abzusuchen. Nur für alle Fälle.

Cards, der vorneweg ging, humpelte ein wenig, während er mit Rowan und den anderen Einsatzleitern über Funk Kontakt hielt. Gull fragte sich, wie und wann er sich wohl verletzt hatte. Trotzdem liefen sie zügig weiter. Er hörte das Brummen einer Planierraupe, die sich durch die Rauchschwaden kämpfte und das Unterholz platt machte. Rowan sprang von ihr herunter, als sie gerade eine neue Schneise schlug.

»Wir werden hinter der Planierraupe bleiben. Wir haben Wasser.« Sie zeigte auf das von ihr angeforderte Versorgungsflugzeug. »Aus dem Fluss. Ich will, dass das Gegenfeuer eingedämmt wird. Ändert der Hauptbrand dann die Richtung, werden sich die Flammen gegenseitig verzehren. Achte auf kleinere Brandherde. Das Feuer wird wie wild um sich spucken.«

Ihr Blick erfasste Gull. »Kannst du mit dem Schlauch genauso gut umgehen wie mit der Säge?«

»Ich bin geradezu berühmt dafür.«

»Matt, Cards und du, ihr geht an die Pumpen. Alle anderen beseitigen Totholz.«

Ich mag Frauen, die wissen, was sie wollen, dachte Gull und machte sich an die Arbeit.

»Auf mein Kommando legen wir das Feuer.« Rowan bot Cards einen von ihren Erdnusskeksen an. »Bist du verletzt?«

»Das ist harmlos. Ich bin über meine eigenen Füße gestolpert.«

»Über meine«, verbesserte ihn Matt. »Ich bin ihm in die Quere gekommen.«

»Meine Füße sind über die seinen gestolpert. Eine Zeit lang war es an der Sägelinie ziemlich heftig.«

»Und jetzt ist es harmlos. Alles richtig schön durchnässen«, befahl sie ihnen. »Alles vor der Planierraupe durchnässen.«

Wer mit einem Pumpschlauch umgeht, braucht Muskeln und Durchhaltevermögen. Schon nach zehn Minuten – und das nach Stunden an der Säge – hörten Gulls

Arme auf zu schmerzen. Sie waren nur noch taub. Er legte sich ins Zeug, schickte Wasserfontänen über die Bäume, durchnässte den Boden und hörte über den Lärm der Pumpen, Sägen und Motoren hinweg, wie Rowan das Kommando zum Anzünden gab.

»Los!«

Er sah zu, wie die Flammenwerfer Feuer spuckten.

Was für ein Spezialeffekt, dachte er. Einfach unerreicht! Die Flammen loderten auf, setzten den Wald in Brand. Das Gegenfeuer prasselte laut und würde, wenn alles gut ging, nach dem Drachen rufen.

»Es hier eindämmen und keinen Meter weiter vorrücken lassen!«

An Rowans Stimme hörte er, dass es ihr genauso ging wie ihm: Ehrfurcht, wilde Entschlossenheit und ein neuer Energieschub versetzten ihn in einen fast rauschartigen Zustand.

Andere schrien ebenfalls, sie erlebten genau denselben Rausch. Dampf stieg vom Boden auf und mischte sich mit Rauch, während sie das Gegenfeuer vorantrieben. Funken flogen, nur um zischend auf dem nassen Boden zu verglühen. So fühlt sich der Sieg an! Nicht nur die Einleitung einer Kehrtwende, das Halten einer Stellung, sondern der Sieg. Eine Stunde inmitten von Rauch, Dampf und einer unerträglichen Hitze verging und dann noch eine, bevor sich der Feuerdrache geschlagen gab.

Rowan rannte zum Wasserteam. »Er hat den Rückzug angetreten, wurde enthauptet und ist unter Kontrolle. Die Flanken weichen zurück. Gebt ihm den Rest, er ist so gut wie erledigt!«

Der Rückzug des Feuers verlief launisch und langsam. Gegen Abend schwieg das Dröhnen der Pumpe, und Gull ließ seine schmerzenden Arme fallen. In seinem Gepäck fand er ein Sandwich, das er im Morgengrauen eingesteckt hatte. Es schmeckte nach nichts, aber da es den Hunger neu entfachte, wünschte er sich, er hätte noch mehr dabei. Dann ging er zum Bach, setzte seinen Helm ab und füllte ihn mit Wasser. Das kühl über Kopf und Schultern strömende Wasser fühlte sich fast so gut an wie Sex.

»Gut gemacht.«

Er sah zu Rowan hinüber, füllte seinen Helm erneut und zog fragend eine Braue hoch. Lachend nahm sie ihren Helm, hob das Gesicht und schloss die Augen.

»O ja«, seufzte sie, als er das Wasser über ihr ausschüttete. Sie blinzelte und öffnete die kristallblauen Augen. »Du schlägst dich ziemlich wacker für einen ehemaligen Bodentruppler.«

»Du schlägst dich ziemlich wacker für ein Mädchen.«

Sie lachte erneut. »Okay, unentschieden.«

Er zog erneut die Braue hoch und grinste immer breiter, aber sie schüttelte nur den Kopf. »Du bist mir viel zu schmutzig zum Küssen. Außerdem bin ich nach wie vor die Einsatzleiterin. Ich kann dich abklatschen, mehr aber auch nicht.«

»Gern.« Sie klatschten sich ab. »Wir konnten das Feuer im Zaum halten, es ein wenig zurückdrängen, aber besiegen konnten wir es erst, als du das Gegenfeuer angeordnet hast.«

»Vielleicht hätte ich das schon früher tun sollen.« Sie zuckte mit den Schultern. »Aber solche Gedankenspielchen helfen uns nicht weiter. Hauptsache, wir haben es besiegt.« Sie setzte ihren Helm wieder auf und hob die Stimme: »Okay, Leute, lasst uns aufräumen!«

Sie zogen Wurzelwerk aus dem Boden, traten Glut aus, fällten schwelende Baumstümpfe. Als der Kampf endlich vorüber war, packten sie zusammen und konnten sich vor lauter Müdigkeit kaum noch auf den Beinen halten. Sie schulterten ihr Werkzeug und ihre Ausrüstung. Auf dem kurzen Rückflug zum Fliegerhorst sagte niemand ein Wort, die meisten waren viel zu sehr mit Schnarchen beschäftigt. Etwa achtunddreißig Stunden, nachdem die Sirene losgegangen war, schleppte sich Gull zur Schlafbaracke und ließ seine Ausrüstung fallen. Dabei traf er Rowan.

»Wie wär's mit einem gemeinsamen Nachttrunk?«

Sie brachte nur noch ein schwaches Lachen hervor. Wahrscheinlich musste sie an der Hauswand Halt suchen, um nicht umzufallen vor lauter Müdigkeit.

»Obwohl ein kaltes Bier bestimmt nicht schlecht wäre, bedeutet das in deiner Sprache bestimmt Sex. Und selbst wenn ich in meinem Hitzedelirium Ja sagen würde, glaube ich nicht, dass du heute Nacht noch einen hochbekommst.«

»Das sehe ich anders und würde es dir nur zu gern beweisen.«

»Wie reizend.« Sie gab ihm eine angedeutete Ohrfeige. »Gute Nacht.«

Sie ging auf ihr Zimmer und er auf das seine. Kaum dass er aus seinen stinkenden Kleidern geschlüpft war, ließ er sich völlig verdreckt mit dem Gesicht nach unten aufs Bett fallen und hatte gerade noch Zeit, dem Herrgott dafür zu danken, dass sie ihn nicht beim Wort genommen hatte, bevor er von Schlaf übermannt wurde.

Auf der Liege in seinem Büro, auf der er immer übernachtete, wenn Rowan auf einem Einsatz war, hörte Lucas, wie das Flugzeug startete. Und wie es zurückkehrte. Trotzdem entspannte er sich erst, als sein Handy ihm den Eingang einer SMS meldete.

Das Feuer war widerspenstig, aber wir haben es besiegt. Es geht mir gut. Kuss, Ro

Er legte das Handy beiseite, legte sich hin und konnte zum ersten Mal seit dem Feueralarm wieder richtig schlafen.

Lucas sprang mit einer frühen Gruppe von acht Leuten, posierte für Fotos, signierte Broschüren und nahm sich Zeit, mit zwei Leuten über eine beschleunigte Freifallausbildung zu sprechen.

Als er sie wegen der Formulare zu Marcie brachte, glaubte er zu träumen. Ella Frazier mit den roten Haaren und den intensiven grünen Augen drehte sich zu ihm um. Wieder hatte sie Grübchen in den Wangen.

»Hallo, da bin ich wieder.«

»Äh, hallo«, brachte er nur heraus. »Äh, Marcie wird Ihnen alles Weitere erklären und Ihnen einen Termin nennen«, sagte er zu dem Paar in seinem Schlepptau.

»Ich habe Sie beim Sprung gesehen.« Ella schenkte den beiden ein Lächeln. »Ich hatte gestern meinen ersten Tandemsprung. Es ist ein unglaubliches Gefühl, nicht wahr?«

Er musste sich zwingen, nicht nervös von einem Fuß auf den anderen zu treten, während Ella mit seinen Schülern plauderte.

»Haben Sie kurz Zeit für mich?«, fragte sie.

»Klar. Natürlich. Mein Büro …«

»Könnten wir uns kurz draußen die Füße vertreten? Marcie hat mir erzählt, dass noch zwei Tandemsprünge auf dem Programm stehen. Dabei würde ich gern zuschauen.«

»Jederzeit.« Er hielt ihr die Tür auf und wusste nicht recht, wohin mit seinen Händen. Sollte er sie in die Hosentaschen stecken? Oder lieber seitlich herabhängen lassen? Er wünschte, er hätte ein Klemmbrett dabei, um sie zu beschäftigen.

»Sie haben bestimmt viel zu tun, ich hätte lieber vorher anrufen sollen.«

»Kein Problem.«

»Wie geht es Ihrer Tochter? Ich habe den Brand in den Nachrichten verfolgt«, fügte sie hinzu.

»Es geht ihr gut. Sie ist heil gelandet. Habe ich Ihnen von Rowan erzählt?«

»Nein, das nicht.« Sie strich sich das Haar hinters Ohr, während sie ihn anschaute. »Ich habe Sie gegoogelt, bevor ich mich angemeldet habe. Ich liebe meinen Sohn, war aber nicht bereit, aus einem Flugzeug zu springen, ohne zu wissen, mit wem.«

»Das kann ich sehr gut verstehen.« Siehst du, dachte er, eine vernünftige Frau. Jeder Mann sollte in der Lage sein, sich in Anwesenheit einer vernünftigen Frau zu entspannen. Großmutter, rief er sich wieder in Erinnerung. Lehrerin.

Es gelang ihm, seine Schultern zu entkrampfen.

»Ihre Erfahrung und Ihr guter Ruf haben mich sofort überzeugt. Und deshalb frage ich mich, Lucas, ob ich Sie wohl auf einen Drink einladen dürfte.«

Sofort verkrampften sich seine Schultern wieder, während sein Gehirn zu Brei wurde. »Wie bitte?«

»Einfach, um mich für diese Erfahrung und die Chance zu bedanken, meine Enkel zu beeindrucken.«

»Oh, verstehe.« Wieder stieg ihm die Röte ins Gesicht. »Sie müssen nicht, ich meine …«

»Ich habe Sie überrumpelt und höre mich bestimmt an wie die vielen Frauen, die Sie dauernd anmachen.«

»Nein, Sie … Sie …«

»Ich habe Sie nicht angemacht«, fügte sie mit einem breiten Lächeln hinzu, »muss Ihnen aber etwas anderes gestehen: Es gibt da ein Projekt, über das ich gern mit Ihnen reden würde. Und da habe ich gehofft, Sie bei einem Drink davon überzeugen zu können. Falls Sie liiert sind, dürfen Sie Ihre Frau gern mitbringen.«

»Nein, das nicht. Es gibt keine Frau, meine ich.«

»Hätten Sie heute Abend Zeit? Wir könnten uns gegen sieben an der Bar des Open Range treffen. Dann könnte ich mich bei Ihnen bedanken, Sie weichkochen, und Sie erzählen mir mehr von diesem AFF-Training.«

Es war also rein geschäftlich, dachte er. Er ging alle naselang mit Leuten was trinken, um Geschäftliches zu besprechen. Es sprach nichts dagegen, das auch mit ihr zu tun.

»Noch habe ich nichts vor.«

»Also abgemacht? Vielen Dank.« Sie gab ihm die Hand und schüttelte sie eifrig. »Bis um sieben.«

Er sah ihr nach und bemerkte, wie hübsch und kess sie war. Natürlich war ihre Verabredung rein geschäftlich.

9

Wieder lag Rowan mit geschlossenen Augen im Bett und machte ihre morgendliche Bestandsaufnahme. Sie fühlte sich wie eine Hundertjährige nach einer Hungersnot. Aber dafür war sie als Einsatzleiterin unversehrt aus der Schlacht zurückgekehrt, ihre Mannschaft war unverletzt geblieben und das Feuer gelöscht.

In den zwei Tagen, in denen sie das mit Schweineblut verwüstete Zimmer nicht betreten hatte, war es nicht nur geputzt und geschrubbt, sondern auch frisch gestrichen worden. Wer auch immer das getan hatte – sie war ihm etwas schuldig. Sobald sie sich in der Lage sah, sich aus dem Bett zu schleppen, würde sie ihn ausfindig machen.

Sie erhob sich, und ihre Waden und Schenkel protestierten. Bizeps und Trizeps wimmerten. Die heiße Dusche erwies sich als Wohltat, aber acht Stunden Schlaf hatten nach zwei Tagen in mörderischer Hitze nur wenig ausrichten können. Sie verordnete sich etwas zu essen und Bewegung.

Wo blieb eigentlich Gull mit dem Frühstückssandwich? Im Augenblick könnte sie dringend eines brauchen. Stattdessen musste sie mit einem Schokoriegel vorliebnehmen, sich anziehen und in Richtung Kraftraum humpeln.

Sie war nicht die Einzige, die humpelte. Gibbons grunzte ihr atemlos etwas zu, Trigger machte mit schmerzverzerrtem Gesicht ein paar Dehnübungen im Liegen. Dobie, der drahtige kleine Kerl, absolvierte sein Bankdrücken mit Gewichten, die in etwa seinem Körpergewicht entsprachen.

»Morgen stehe ich wieder auf der Sprungliste«, sagte er keuchend. »Ich bin fit – und zwar fitter als ihr, wenn ich euch so anschaue.«

Sie zielte mit dem Zeigefinger auf ihn und tat so, als würde sie abdrücken. Anschließend ging sie stöhnend mit gestreckten Beinen in eine Vorwärtsbeuge. Sie blieb unten, blieb einfach unten und atmete, so lange sie es aushielt. Anschließend berührte sie mit den Handflächen den Boden, bog ihren Rücken durch und sah nach oben.

Mit den gelben Überresten der Blutergüsse in seinem hochroten Gesicht sah Dobie aus, als hätte er Verbrennungen und eine Gelbsucht. Ohne Bart wirkte er jedenfalls nicht mehr so hinterwäldlerisch.

»Irgendjemand hat mein Zimmer geputzt und frisch gestrichen.«

»Ja.« Mit einem erneuten Keuchen stemmte er die Gewichte hoch und legte sie dann in ihre Halterungen zurück. »Stovic und ich hatten ein wenig Zeit.«

Sie richtete sich wieder auf. »Ihr beide wart das also?«

»Überwiegend ja. Marge und Lynn haben sich, so gut es ging, um deine Kleider gekümmert. Salz hilft gegen Blutflecken, so macht das auf jeden Fall meine Mutter.«

»Tatsächlich.«

»Mit den Wänden funktionierte das allerdings nicht, deshalb haben wir sie neu gestrichen. Auf diese Weise waren wir wenigstens beschäftigt, während ihr euch amüsiert habt. Das Ganze war eine Riesensauerei. Es hat gestunken, als wäre gerade eine Sau geschlachtet worden. Ich bekam regelrecht Heimweh davon«, fügte er grinsend hinzu. »Wie dem auch sei, diese Tante muss wirklich völlig durchgeknallt sein.«

Sie ging zu ihm, beugte sich vor und küsste ihn mitten auf den Mund. »Danke.«

Er wackelte mit den Augenbrauen. »Das Ganze war wirklich eine unglaubliche Sauerei.«

Diesmal bohrte sie ihm nur den Finger in den Bauch. Zurück auf ihrer Matte dehnte sie die Muskeln und entspannte sich mit Yoga. Als Gull hereinkam, machte sie gerade Bodenübungen. Er wirkte erholt. Erholt und sauber, als er mit federnden Schritten auf sie zukam.

»Du bist wieder aufgetaucht, wie ich hörte.« Er ging in die Hocke. »Du siehst ziemlich gelenkig aus für den Morgen danach.«

»Ich brauche nur ein bisschen Feintuning.«

»Und ein Picknick.«

Sie entfernte die Nase von ihrem Knie. »Ein Picknick?«

»Mit einem riesigen Fresskorb von Marge, einem guten Fläschchen und einem reizenden Menschen.«

»Soll das heißen, Janis begleitet mich?«

»Der große Fresskorb ist meiner.«

»Irgendeinen Haken gibt es immer.« Das war gefährlich, dachte sie. Der Mann war Versuchung pur. »Eine nette Idee, aber …«

»Wir stehen nicht auf der Sprungliste, L. B. hat uns freigegeben. Da wir gemeinsam durchs Feuer gegangen sind, gönnen wir uns heute einfach eine kurze Pause, essen etwas und unterhalten uns. Außer du hast Angst, deine Lust könnte bei einem kleinen Picknick derart außer Kontrolle geraten, dass du einfach über mich herfällst und mein freundliches Angebot schamlos ausnutzt.«

Er war eine Versuchung und eine Herausforderung – beides Dinge, denen sie nur schwer widerstehen konnte.

»Ich bin mir ziemlich sicher, dass ich mich beherrschen kann.«

»Also gut. Wir brechen auf, sobald du so weit bist.«

Was soll's, dachte sie. Gefährliche Herausforderungen waren schließlich nichts Neues für sie. Da würde sie ein Picknick mit einem gut aussehenden, selbstbewussten Mann bestimmt auch überstehen.

»Gib mir zwanzig Minuten. Am besten, du suchst dir ein Plätzchen in der Nähe aus, ich bin nämlich am Verhungern.«

»Wir treffen uns draußen.«

Doch zuerst hielt sie nach Stovic Ausschau und drückte ihm auch einen Kuss auf die Lippen. Sie beglich ihre Schuld. Der Brandbericht, den sie schreiben sollte, konnte warten. Die Ausrüstung müsste auch noch kontrolliert und neu gepackt werden, dachte sie, als sie in eine dreiviertellange Kakihose schlüpfte. Sie sollte sich dringend um ihren Schirm kümmern, die Fallschirmtasche neu packen. Sie knöpfte ihre Bluse zu, trug ein wenig Make-up und Sonnenmilch auf. Das musste für ein nettes Picknick mit einem Kollegen genügen. Beim Hinausgehen setzte sie ihre Sonnenbrille auf. Dann zog sie die Augen zu schmalen Schlitzen zusammen: Gull lehnte an der Motorhaube eines silbernen Cabrios und unterhielt sich mit Cards.

Sie schlenderte näher. »Wie geht's dem Bein?«, fragte sie Cards.

»Ganz gut. Mein Knie ist noch ein wenig geschwollen. Ich werde es gleich wieder mit Eis kühlen.« Er klopfte neben Gulls Hüfte auf die Motorhaube. »Nicht schlecht als fahrbarer Untersatz, Speedy. Das wird eine rasante Fahrt. Der Schlitten hat echt Power. Viel Spaß, ihr zwei!«

Er zwinkerte Rowan zu und verschwand humpelnd im Gebäude.

Mit in die Hüften gestemmten Händen lief Rowan einmal um den rasanten Schlitten herum. »So einen hat Iron Man auch.«

»Da du mich kaum beschuldigen dürftest, deinen Vater bestohlen zu haben, schließe ich daraus, dass du dich mit Superhelden und ihren Autos auskennst.«

Sie blieb vor ihm stehen. »Wo ist der Umhang?«

»An einem geheimen Ort. Das Böse lauert überall.«

»Stimmt.« Sie neigte den Kopf und strich mit einem Finger über den glänzenden Kotflügel, während sie Gull nicht aus den Augen ließ. »Iron Man ist Multimilliardär, er kann sich so einen Wagen leisten.«

»Tony Stark hat auch viele Autos.«

»Allerdings. Als Feuerspringer verdient man während der Saison nicht schlecht. Trotzdem kann ich mir nicht vorstellen, dass man sich mit einem Job in der Spielhalle so einen Wagen leisten kann.«

»Aber es macht Spaß, außerdem bekomme ich dort meine Pizza gratis. Es ist mein Auto«, sagte er, als sie ihn einfach nur anstarrte. »Möchtest du den Fahrzeugschein sehen? Mein Aktienportfolio?«

»Du hast also ein Aktienportfolio. Das dürftest du nicht am Spielautomaten gewonnen haben.« Nachdenklich schürzte sie die Lippen. »Außer, dir gehört ein Teil der Spielhalle.«

»Du kannst bemerkenswert gut logisch denken. Du könntest Iron Mans Gefährtin sein.«

Er hielt ihr die Tür auf. Sie stieg ein und sah zu ihm auf.

»Wie viel davon gehört dir?«

»Falls dich das wirklich interessiert, erzähle ich dir meine Lebensgeschichte beim Picknick.«

Sie dachte darüber nach, während er einmal um den Wagen herumging und sich ans Steuer setzte. Und stellte fest, dass sie sich sehr dafür interessierte. Er fuhr flott und schaltete geschickt in den jeweils nächsten Gang, was sie beides sehr zu schätzen wusste. Auch der tolle Wagen war nicht zu verachten.

»Muss ich mit dir schlafen, bevor ich dieses Auto fahren darf?«

Er warf ihr einen milden Blick zu. »Natürlich.«

»Das ist nur fair.« Sie genoss die Fahrt, hielt das Gesicht in den Wind und streckte dann die Hände in den Himmel. »Beifahrerin zu sein ist da ein guter Kompromiss. Wie hast du geschafft, das alles zu organisieren?«

»Ich verfüge über ein beachtliches Organisationstalent. Außerdem wollte ich meine knappe Freizeit nutzen. Der Fresskorb war noch die leichteste Übung. Ich musste Marge nur sagen, dass ich dich zum Picknicken einladen will, den Rest hat sie erledigt. Sie ist ganz vernarrt in dich.«

»Das beruht auf Gegenseitigkeit. Trotzdem, so wie ich heute früh aus dem Bett gekrochen bin, hätte ich das nicht organisieren können.«

»Ich besitze nicht nur unglaubliches Organisationstalent, sondern auch eine unglaubliche Regenerationsfähigkeit.«

Sie sah ihn über ihre Sonnenbrille hinweg an. »Ich merke sehr wohl, wann jemand übertreibt und wann nicht.«

»Dann sollte ich vielleicht lieber nicht erwähnen, dass ich mich heute Morgen gefühlt habe, als wäre ich von einem Schwertransporter überrollt worden – nach einem achtzig Kilometer Geländelauf mit hundert Kilo Ziegelsteinen im Gepäck. Durch Schlamm.«

»Ja genau, und das Anfang Juni.«

Als er von der Bass Creek Road abbog, sagte sie anerkennend: »Eine gute Wahl.«

»Es ist ein hübscher Spaziergang, außerdem soll es dort sehr schön sein.«

»Allerdings. Da kenne ich mich aus«, fügte sie hinzu, als er auf den Parkplatz am Ende der Straße fuhr. »Gewandert bin ich schon immer gern. Das hat mich in Form gehalten und mir einen guten Überblick über die Gegend verschafft, in der ich eines Tages als Feuerspringerin arbeiten würde. Außerdem wurde mir dadurch klar, wie wichtig unsere Arbeit ist.«

»Wir haben gestern viel zerstörte Natur gesehen.« Er drückte den Knopf, der das Verdeck hochfahren ließ.

»Das ist wahr, aber sie wird sich wieder erholen.« Sie stiegen aus, und er öffnete die Motorhaube mit dem kleinen Stauraum.

»Meine Güte, Gull, das ist aber ein Fresskorb!«

»Ihn da reinzukriegen war wirklich ein Kunststück.« Er wuchtete ihn heraus.

»Wir sind nur zu zweit. Was wiegt denn das Teil?«

»Mehr als meine Ausrüstung. Damit kann ich höchstens anderthalb Kilometer durchhalten.«

»Wir können uns beim Tragen abwechseln.«

Er sah sie an, während sie gemeinsam zum Wanderweg gingen. »Ich bin durchaus für gleiche Bezahlung bei gleicher Arbeit. Ich bin außerdem fest davon überzeugt, dass Geschicklichkeit, Willenskraft und Intelligenz nicht vom Geschlecht abhängig sind. Sogar Baseballerinnen stehe ich aufgeschlossen gegenüber. Aber es gibt Grenzen!«

»Ich darf also keinen Picknickkorb tragen?«

»Nein.«

Sie steckte die Hände in die Hosentaschen und summte ein wenig vor sich hin, während sie grinsend weiterlief. »Das ist ziemlich albern.«

»Kann sein. Aber es bleibt dabei.«

Sie gingen durch die bewaldete Schlucht. Jetzt hörte Rowan, was sie während des Feuers vermisst hatte: Das Singen der Vögel, das Rascheln in den Zweigen – die Musik des Lebens. Sonne fiel durch das Laub auf das schäumende Wasser des Flusslaufs, dem sie folgten. »Hast du deshalb die Karten studiert? Um nach einem Platz für ein Picknick Ausschau zu halten?«

»Das war ein angenehmer Nebeneffekt. Ich kenne mich in der Gegend nicht aus und weiß gern, wo ich mich befinde.«

»Hast du schon immer in Nordkalifornien gelebt? Gibt es irgendwelche Gründe, warum ich bis zum Picknick warten muss, bevor du mir deine Lebensgeschichte erzählst?«

»Eigentlich nicht. Nein, ich bin in L. A. geboren. Meine Eltern waren in der Unterhaltungsindustrie. Er war Regisseur und sie Kostümbildnerin. Sie haben sich am Set kennengelernt, und es hat sofort gefunkt.«

Das Wasser floss jetzt den Hang hinab, während sie sich bergauf wandten.

»Also haben sie geheiratet«, fuhr er fort, »und ein paar Jahre darauf kam ich. Ich war vier, als sie bei einem Flugzeugunglück ums Leben kamen. Sie waren mit einer kleinen zweimotorigen Maschine zu einem Drehort unterwegs.«

Ihr Herz zog sich schmerzhaft zusammen. »Das tut mir sehr leid, Gull.«

»Mir auch. Aber ich war nicht dabei wie sonst, wenn sie gemeinsame Dreharbeiten hatten. Sie ließen mich mit einer Ohrenentzündung bei meiner Nanny.«

»Es ist schlimm, die Eltern zu verlieren.«

»Furchtbar. Da ist der Bohlendamm«, rief er. »Wie auf der Karte angegeben.«

Sie vertiefte das Thema nicht weiter, als sich der Weg wieder dem Flussbett näherte. Sie konnte gut verstehen, dass er nicht daran erinnert werden wollte.

»Der Ausblick würde auch einen längeren Weg lohnen als die lumpigen zwei Kilometer«, sagte er. Das Wasser jenseits des Damms glitzerte, als wäre es mit Juwelen übersät. Hinter dem Stausee öffnete sich ein von Bergen umschlossenes Tal.

»Auf dem Rückweg wird der Fresskorb leichter sein.« Er stellte ihn am Ufer ab, und über ihnen war der Himmel wolkenlos.

»Dort im Selway-Bitterroot-Naturschutzgebiet habe ich mal einen Brand gelöscht.« Er sah in die Ferne. »An so einem Tag wie heute kann man sich das gar nicht vorstellen.«

»Als Feuerspringer darüber abzuspringen ist noch mal was ganz anderes.«

»Man ist auf jeden Fall schneller am Ziel.« Er klappte den Deckel des Fresskorbs zurück und nahm eine Picknickdecke heraus. Sie half ihm, sie auszubreiten, und nahm im Schneidersitz darauf Platz.

»Was steht auf der Speisekarte?«

Er zog eine Flasche Champagner hervor, die in einer Kühlmanschette steckte. Sie lachte überrascht und gerührt auf. »Das fängt gut an. Du lässt nichts unversucht.«

»Du hast von einem Champagnerpicknick gesprochen. Als Vorspeise gibt es das bewährte Backhuhn von Marge.«

»Das beste, das es gibt!«

»Wie ich hörte, stehst du auf Keule. Ich eher auf Brust.«

»Ich kenne kaum einen Mann, dem das anders geht.« Sie packte aus. »Oh, lecker, Kartoffelsalat mit grünen Bohnen. Und sieh dir diesen Käse und das Brot an. Es gibt Beeren, gefüllte Eier. Und Schokokuchen! Marge hat uns beinahe einen halben Schokokuchen mitgegeben.« Sie sah auf. »Vielleicht ist sie in dich vernarrt.«

»Das will ich hoffen.« Er ließ den Korken knallen. »Gib mir dein Glas.«

Sie reichte es ihm und sah das Etikett. »Dom Pérignon. Erst Iron Mans Auto und dann James Bonds Champagner!«

»Ich habe eben einen Superhelden-Geschmack.« Er schenkte erst Rowan und dann sich ein. »Auf unser Picknick in der Wildnis!«

»Gut.« Sie stießen miteinander an, dann nippte sie am Glas. »Meine Güte, das ist wirklich was anderes als der billige Fusel in der Lasso-Bar. Da verstehe ich, warum 007 darauf steht. Wie bist du da nur drangekommen?«

»Den bekommt man in der Stadt.«

»Du warst in der Stadt? Wann bist du aufgestanden?«

»Gegen acht. Ich habe es gestern Abend nicht unter die Dusche geschafft und bin von meinem eigenen Gestank aufgewacht.«

Er öffnete einen der Behälter, brach ein Stück Baguette ab, bestrich es mit cremigem Frischkäse und bot es ihr an. »Ich bin nicht reich, jedenfalls nicht nach meinem Dafürhalten.«

Sie musterte ihn, während eine Geschmacksexplosion in ihrem Mund stattfand. Ein Windstoß ließ seine goldbraunen Haare um sein Gesicht flattern.

»Ich will alles wissen, möchte aber nicht, dass dir traurige Erinnerungen unser Picknick verderben.«

»Das waren schon alle schlechten Neuigkeiten. Wären meine Tante und mein Onkel nicht gewesen, würde ich mich wahrscheinlich kaum noch an meine Eltern erinnern. Die Schwester meiner Mutter«, setzte er erklärend hinzu. »Meine Eltern hatten sie zu meinem Vormund bestimmt. Sie haben mich nach Nordkalifornien geholt und aufgezogen.« Während er weitererzählte, nahm er Teller und Besteck heraus, und sie hörte aufmerksam zu.

»Sie haben mir viel von meinen Eltern erzählt und mir Fotos gezeigt. Die vier hatten sich ausgezeichnet verstanden, und meine Tante und mein Onkel wollten die Erinnerung an sie wachhalten. Das ist ihnen auch gelungen.«

»Du hast Glück gehabt.«

Ihre Blicke trafen sich. »Großes Glück. Sie haben mich nicht nur aufgenommen, sondern behandelt wie ihren eigenen Sohn. Und das habe ich immer gespürt.«

»Es ist ein Unterschied, ob man nur eine Pflicht erfüllt oder jemandem ein echtes Zuhause bietet.«

»Meine Cousins haben mir nie das Gefühl gegeben, nicht dazuzugehören. Einer ist ein Jahr älter, der andere ein Jahr jünger als ich.«

Deshalb war er auch so ausgeglichen, dachte sie, so gelassen und selbstbewusst.

»Das scheinen großartige Menschen zu sein.«

»Ja. Nach meinem College-Abschluss konnte ich über eine ziemlich stolze Summe aus einem Treuhandfonds verfügen. Sie stammte aus dem Vermögen meiner Eltern und einer Lebensversicherung. Mein Onkel und meine Tante hatten keinen Cent davon angerührt, sondern alles für mich angelegt.«

»Und du hast eine Spielhalle gekauft.«

Er prostete ihr mit dem Champagner zu. »Ich mag Spielhallen für Familien. Aber im Grunde leitet sie mein jüngerer Cousin, und Jared, der ältere und Anwalt, kümmert sich um die juristischen Belange. Meine Tante hilft bei der Eventplanung, und mein Onkel hat sich in den letzten Jahren um die Werbung gekümmert.«

»Ein Familienbetrieb für Familienspaß. Das gefällt mir.«

»Wir sind glücklich damit.«

»Und was sagen deine Verwandten zu deinem Sommerjob?«

»Sie können damit leben. Bestimmt machen sie sich Sorgen, lassen es mich aber nicht spüren. Du aber bist mit einem Feuerspringer aufgewachsen.« Sie häuften sich Huhn und Salat auf die Teller. »Wie bist du damit zurechtgekommen?«

»Indem ich davon ausging, dass er unbesiegbar ist. Wo wir gerade von Superhelden reden«, meinte sie und stöhnte lustvoll auf, als sie in das knusprige Backhuhn biss. »Marge ist einfach unglaublich. Ich dachte wirklich, er wäre unsterblich«, fuhr Rowan fort. »Ich habe mir nie Sorgen um ihn oder mich gemacht. Er war Iron Man.«

Gull schenkte nach. »Hiermit trinke ich auf Iron Man Tripp. Seinetwegen sitzen wir beide hier.«

»Komisch, aber wahr.« Sie aß, entspannte sich und fühlte sich in seinem Beisein wohler als gedacht. »Ich weiß nicht, wie viel du von mir weißt. Von meinen Eltern.«

»Ich habe da was läuten hören.«

»Das ist mit Sicherheit untertrieben. Mein Vater sah und sieht ziemlich gut aus. Du wirst alte Fotos von ihm gesehen haben.«

»Das hast du von ihm geerbt.«

»Ich sage nur: Wikingerbraut.«

»Du bist niemand, der sich so schnell geschlagen gibt.«

»Wie dem auch sei, ein Mann wie Iron Man mit so einem Beruf zieht Frauen an wie ein Magnet.«

»Dasselbe Problem habe ich auch. Eine echte Belastung.«

Sie schnaubte und probierte von dem Kartoffelsalat. »Aber er ist nicht der Typ, der nach einem Brand oder der Saison nach einer schnellen Nummer Ausschau hält.« Sie runzelte die Stirn, als Gull bloß grinste. »Er ist nicht der Typ dazu. Genau wie ich hat er sein ganzes Leben hier verbracht. So etwas würde sich schnell herumsprechen. Er lernte meine Mutter kennen, als sie nach Missoula kam, um als Kellnerin zu arbeiten. Sie war auf der Suche nach einem Abenteuer. Eine schöne und ein bisschen verrückte Frau. Jedenfalls hatten sie eine Affäre. Sie lernten sich Anfang Juli kennen und haben Mitte September geheiratet, weil sie schwanger war. Ganz schön dumm eigentlich, aber ich sollte ihnen dankbar sein, denn sonst säße ich jetzt nicht hier.«

Er hatte sich sein Leben lang gewollt gefühlt. Wie musste es sein, die Existenz einer Art Betriebsunfall zu verdanken?

»Wir beide können ihnen dankbar sein.«

»Für sie war es bestimmt aufregend.« Rowan steckte sich eine dicke Blaubeere in den Mund und sprach weiter. »Da ist dieser toll aussehende Kerl in der Springerkombi. Er sieht aus wie ein Filmstar, ist Teil einer Eliteeinheit und davon einer der Besten. Und dieser Mann entscheidet sich ausgerechnet für sie. Gleichzeitig rebellierte sie damit gegen ihre strenge Erziehung. Sie war fast zehn Jahre jünger als Dad und hat den Sex mit ihm bestimmt sehr genossen. Im Winter gründete er die Firma und kümmerte sich um seine Frau. Das taten auch meine Großeltern. Sie bekam das Kind ihres einzigen Sohnes und stand im Mittelpunkt. Ihre Eltern dagegen hatten mit ihr gebrochen, alle familiären Bande gekappt.«

»Wie kann man nur? Wie kann man nur so leben?«

»Das hatte das Ganze bestimmt noch aufregender für sie gemacht. Und im Frühling kam ich zur Welt, und sie hatte ein Baby, mit dem sie angeben konnte. Sie hatte rührende Schwiegereltern und einen Mann, der ganz vernarrt in sie war. Es sah nicht so aus, als ob er sich vom Acker machen wollte.«

Sie nahm sich noch eine Beere und ließ sie süß und fest auf der Zunge liegen. »Einen Monat später begann die Feuerspringersaison, und er war viel unterwegs. Windeln mussten gewechselt, ein kleines Kind mitten in der Nacht getröstet werden. Das fand sie nicht mehr ganz so abenteuerlich und aufregend.« Sie griff nach einem weiteren Stück Huhn. »Er hat mir gegenüber nie, nicht ein einziges Mal, schlecht über sie geredet. Was ich über diese Zeit weiß, stammt aus Briefen, die er aufbewahrt hat, aus Dokumenten, vom Hörensagen oder aus Kommentaren meiner Großmutter, wenn sie sauer war und sich nicht beherrschen konnte.«

»Du wolltest es wissen«, sagte Gull nur.

»Ja, ich wollte es wissen. Sie hat uns verlassen, als ich fünf Monate alt war. Sie hat mich einfach zu meinen Großeltern gebracht, sie gebeten, auf mich aufzupassen, weil sie Einkäufe machen wollte, und ist nie mehr wiedergekommen.«

»Brutal.« Er konnte dieses eiskalte Vorgehen kaum fassen. Wie konnte jemand sein eigenes Kind im Stich lassen? »Und planlos«, fügte er noch hinzu. »Sie stellte fest, dass sie dieses Leben doch nicht wollte, und lief einfach davon.«

»So ähnlich. Mein Dad hat mehrmals versucht, Kontakt zu ihr aufzunehmen. Er rief sie an, schrieb ihr Briefe. Doch ihrer Meinung nach, so stand es jedenfalls in ihren Briefen, trug er allein die Schuld. Er war der kaltherzige Egoist, er hatte sie emotional zugrunde gerichtet. Daher sollte er ihr wenigstens etwas Geld schicken, bis sie sich wieder erholt hätte. Anschließend wollte sie zurückkommen. Sie behauptete auch, mich zu vermissen.«

»Ist sie zurückgekommen?«

»Ein einziges Mal, an meinem zehnten Geburtstag. Sie kam auf meine Party, strahlte mich an, brach in Tränen aus und hatte jede Menge Geschenke dabei. Und schon war es nicht mehr meine Geburtstagsparty.«

»Nein, es war ihre große Rückkehr, und sie stand erneut im Mittelpunkt.«

Rowan sah ihn lange an. »Genau. Ich hasste sie in diesem Moment, wie man als Zehnjährige nur jemanden hassen kann. Als sie versuchte, mich zu umarmen, stieß ich sie weg. Ich sagte ihr, sie solle verschwinden und bleiben, wo der Pfeffer wächst.«

»Dir konnte man schon mit zehn nichts mehr vormachen. Und wie hat sie reagiert?«

»Sie weinte dicke Tränen, war schockiert, verletzt und überhäufte meinen Vater mit bitteren Vorwürfen.«

»Von wegen, er hätte dich gegen sie aufgehetzt.«

»Du hast es erfasst. Ich stürmte aus der Hintertür und wäre so schnell nicht stehen geblieben, wenn mein Vater mich nicht eingeholt hätte. Er war total sauer über mein Benehmen. Ich sollte sofort wieder hineingehen und mich bei meiner Mutter entschuldigen. Doch ich weigerte mich. Bevor sie nicht weg wäre, würde ich keinen Fuß ins Haus setzen. Ich war viel zu wütend, um Angst zu haben. Respekt wurde bei uns zu Hause großgeschrieben. Lügen und Widerworte gab es nicht.«

»Wie hat er reagiert?«

»Er hob mich einfach hoch und trug mich zurück. Ich schlug und trat nach ihm und merkte nicht mal, dass ich weinte. Doch ich hätte mich nie im Leben bei ihr entschuldigt.«

»Denn dann hättest du gelogen.«

»Dann weiß ich erst wieder, dass wir im Garten saßen und ich weinte. Er umarmte und streichelte mich. Er sagte mir, dass ich recht hätte und es ihm leidtäte. Dann befahl er mir sitzen zu bleiben und versprach, sie zum Gehen zu bewegen.« Sie kippte ihr Glas auf einen Zug hinunter. »Und das hat er getan.«

»Du hast auch Glück gehabt.«

»Ja, ich schon. Aber sie nicht.«

Rowan schwieg und starrte auf den Teich hinaus. »Etwa zwei Jahre später wurde sie beim Einkaufen in einen Raubüberfall verwickelt. Sie war einfach zur falschen Zeit am falschen Ort und kam ums Leben. Furchtbar! Niemand verdient es, in einem Supermarkt in Houston zu verbluten. Meine Güte, wie komme ich bloß auf so was bei Schokokuchen und Champagner?«

»Erzähl weiter.«

»Da gibt es nicht mehr viel zu erzählen. Dad hatte mich

gefragt, ob ich mit ihm zur Beerdigung gehen würde. Er müsse dorthin, meinte er, aber wenn ich nicht mitwolle, sei das auch in Ordnung. Ich sagte, ich würde es mir überlegen. Später kam dann meine Großmutter ins Zimmer und setzte sich zu mir ans Bett. Sie meinte, ich solle hingehen, so schwer mir das auch fiele. Denn wenn nicht, würde ich es später bestimmt bereuen. Also bin ich hingegangen, und sie hatte recht. Ich tat, was ich tun musste. Das half meinem Vater, und ich bereue nichts.«

»Und was ist mit ihrer Familie?«

»Ihre Eltern haben uns die kalte Schulter gezeigt. So sind sie eben. Ich habe kein Wort mit ihnen gewechselt. Aber ich kenne ihre Schwester, meine Tante. Sie hat mich ein paarmal angerufen, mir geschrieben. Sie besuchte uns sogar mit ihrer Familie. Nette Leute.«

»Womit wir unsere Lebensgeschichten erzählt hätten.«

»Ich fürchte, es gibt da noch ein, zwei Kapitel, die wir uns besser für ein andermal aufheben.«

Sie sah ihn an, als er ihr nachschenkte. »Du hast aufgehört zu trinken, schenkst mir aber ständig nach. Versuchst du, mich erst betrunken und dann nackig zu machen?«

»Letzteres ist nach wie vor mein Ziel.« Er sagte es scherzhaft, weil er spürte, dass sie das Thema wechseln wollte. »Aber du verträgst so viele Tequilas, dass mir das äußerst schwerfallen dürfte. Ich dagegen muss noch fahren.«

»Du bist sehr verantwortungsvoll.« Sie prostete ihm zu. »Auf diese Weise bekomme ich mehr von dem Champagner. Weißt du eigentlich, dass Dobie und Stovic mein Zimmer geschrubbt und frisch gestrichen haben?«

»Wie ich hörte, hat Dobie es geschafft, sich an dich ranzumachen.«

Sie ließ ihr lautes, dreckiges Lachen ertönen. »Wenn er das so sieht, hat er wirklich wenig Erfahrung mit Frauen.« Sie griff zu ihrer Gabel und nahm einen großen Bissen von dem Kuchen. Ihre Augen glänzten, als sie ihn verspeiste, anschließend ließ sie ein langes, tiefes Stöhnen hören. »Das ist ein Kuchen. Solange es genug Feuer und genug Schokolade gibt, halte ich es eine ganze Saison ohne Sex aus.«

»Dann wundere dich bitte nicht, wenn bald sämtliche Schokoladenvorräte ausverkauft sind.«

»Ich mag dich, Gull.« Sie nahm einen weiteren großen Bissen. »Du siehst gut aus, bist intelligent. Du bist eine Kämpfernatur und gut im Job. Und du schaffst es, eine überzeugte Singlefrau zu beeindrucken. Aber es gibt da ein paar Probleme.« Sie nahm noch einen Bissen, doch diesmal fütterte sie ihn damit. »Zum einen weiß ich, dass du Geld hast. Würde ich mit dir schlafen, denkst du, ich tue das nur des Geldes wegen.«

»So reich bin ich auch wieder nicht.« Er grinste. »Außerdem: Damit könnte ich leben.«

»Zum anderen«, sie hielt ihm noch etwas von dem Kuchen hin, ließ ihn dann aber in ihrem Mund verschwinden, »bist du ein Feuerspringer aus meiner Einheit.«

»Du gehörst zu den Frauen, die Regeln brechen. Gesetze nie, aber Regeln schon.«

»Das ist eine interessante Unterscheidung.«

Pappsatt streckte sie sich auf der Decke aus und sah in den Himmel. »Kein Wölkchen zu sehen«, murmelte sie. »Der Wetterbericht hat heißes, trockenes Wetter angekündigt. In dieser Saison werden wir nicht mehr oft Gelegenheit für ein Champagnerpicknick haben.«

»Dann sollten wir dieses richtig auskosten.« Er beugte sich vor und küsste sie langsam. Sie schmeckte nach Champagner und Schokolade und duftete nach reifen Pfirsichen. Sie hatte zwar an Leib und Seele Narben davongetragen, blieb aber trotzdem optimistisch. Als ihre Hände sein Gesicht berührten, sog er diesen Duft in sich auf, genoss den faszinierenden Kontrast und wagte sich mit seiner Zunge ein Stück weiter vor.

Dann stieß sie seinen Kopf zurück. »Was soll das werden? Ein Double Feature?«

»Bei Spider-Man hat es funktioniert.«

»Der hing allerdings mit dem Kopf nach unten im Regen und hat vorher einen Bösewicht erledigt. Ganz davon abgesehen, dass nach dem Kuss der Abspann kam.«

»Du begeisterst mich immer mehr, weil du dich auch noch gut mit Superheldenfilmen auskennst.«

»Ich versuche nur, dich vor seinem Schicksal zu bewahren.« Sie klopfte neben sich auf die Decke. »Warum streckst du dich nicht neben mir aus, wie man das nach einem Picknick so tut, und hörst mir zu?« Gull stellte den Fresskorb beiseite und legte sich neben sie. »Wenn wir miteinander schlafen würden«, hob Rowan an, »wäre das bestimmt eine tolle Erfahrung.«

»Das wäre himmlisch!«

»Von mir aus. Aber anschließend folgt das böse Erwachen. Du würdest dich in mich verlieben. Das tun nämlich alle.«

Er hörte die Ironie in ihrer Stimme und nahm ihre Hand. »Solche Zauberkräfte besitzt du?«

»Allerdings! Und leider kann ich sie nicht kontrollieren, sosehr ich mich auch bemühe. Vor Liebeskummer könntest du weder essen noch schlafen. Du würdest dein ganzes Geld in teure Geschenke für mich investieren.«

»Das kann ich mir leisten«, sagte er. »Die Spielhalle ist doch ziemlich einträglich.«

»Trotzdem, ich bin nicht käuflich. Ich wäre gezwungen, dir eiskalt das Herz zu brechen, um dich vor weiteren Erniedrigungen zu bewahren. Allein schon, weil mich dein lächerliches Flehen wahnsinnig machen würde.«

»Und das alles, nachdem wir einmal zusammen in der Kiste waren?«

»Ich fürchte ja.«

»Danke für die Warnung, aber das Risiko gehe ich ein.«

Er drehte sich um und küsste sie. Ihr Körper brannte lichterloh, und sie konnte kaum noch klar denken vor lauter Sehnsucht nach ihm. Sie schob ihre Hände unter sein Hemd, konnte es kaum erwarten, seine Haut, seine Muskeln zu spüren. In ihr erwachte ein wildes Tier, das endlich mit ihr durchzugehen drohte.

Sie machte ihn wahnsinnig: Dieser üppige, sinnliche Mund, diese flinken, tastenden Finger, dieser Körper, der sich zielgerichtet unter ihm bewegte. Ihre prallen, straffen Brüste füllten seine Hände, und er spürte, wie ihre Lippen zitterten, während sie lustvoll stöhnte. Sie war ganz Gefühl und machte ihn verrückt. Er stellte sich vor, wie es wäre, wenn sie sich ausziehen und es tun würden – gleich hier auf dieser geliehenen Picknickdecke neben dem glitzernden Teich. Doch da stieß sie ihn von sich. Er ließ sich noch einen Moment Zeit, genoss diese Gefühlsexplosion, bevor er sich ganz von ihr löste und auf sie hinuntersah.

»Das«, sagte er, »tut man als Nächstes bei einem traditionellen Picknick.«

»Vermutlich ja. Nur gut, dass ich schon von dem Schokokuchen einen Orgasmus hatte, denn du weißt tatsächlich, wie man eine Frau ganz wild macht.« Mit diesen Worten entzog sie sich ihm, griff nach dem Rest des Kuchens und biss hinein. »Damit wäre ich versorgt.«

»Diese verdammte Marge.«

Ihre Lippen wölbten sich, als sie sich Schokolade von den Fingern leckte. »Das war köstlich!«

»Ich wüsste da noch mehr.«

»Das glaube ich dir gern, aber dann könnte ich bestimmt nicht mehr widerstehen. Und deshalb sollten wir lieber gehen.«

Ihr Mund hatte gelächelt, dachte er, während sie zusammenpackten. Aber ihre Augen hatte das Lächeln nicht erreicht. Er wartete, bis sie die Decke zusammengelegt und im gut geleerten Fresskorb verstaut hatten.

»Ich habe es immerhin geschafft, dass nach dem Abspann nicht Schluss war.«

Sie lachte wie erhofft und kicherte noch, als sie den Rückweg antraten.

10

Lucas steckte den Kopf in die Kantinenküche. »Ich habe da was von gedecktem Blaubeerkuchen läuten hören.«

Marge warf ihm einen kurzen Blick zu, nachdem sie gerade ein paar riesige Truthähne begossen hatte. »Vielleicht habe ich noch ein Stück und eine Tasse Kaffee dazu, wenn man mich nett darum bittet.« Er ging zu ihr und küsste sie auf die Wange. »Das könnte funktionieren. Setz dich.«

Er zog einen Stuhl an die Arbeitsfläche, wo Lynn gerade bergeweise Gemüse vorbereitete. »Wie läuft's, Lynn?«

»Gar nicht mal so schlecht, obwohl uns ständig die Köche davonlaufen.« Sie lächelte ihn an, und ihre tiefbraunen Augen blitzten schalkhaft. »Wenn du länger sitzen bleibst, bekommst du auch Arbeit aufgebrummt.«

»Wenn es Kuchen dafür gibt. Ich habe von dem Ärger gehört und wollte eigentlich mit Rowan sprechen. Aber die soll ja mit dem Greenhorn aus Kalifornien ein Picknick machen.«

»Mit Speedy Gonzalez«, bestätigte Lynn. »Er hat Marge beschwatzt, ihm einen Fresskorb zusammenzustellen.«

»Was heißt beschwatzt? Ich tue nur, was ich für richtig halte.« Marge stellte Lucas ein warmes Stück Blaubeerkuchen hin, auf dessen goldener Kruste eine Kugel Eis zerschmolz.

»Er ist schon ziemlich überzeugend«, bemerkte Lynn.

»Rowan kann man nicht überzeugen, außer sie will.«

Marge stellte einen großen Becher mit Kaffee neben den Kuchen.

»Ich mache mir um sie keine Sorgen.« Lucas zuckte mit den Schultern.

»Lügner!«

Er lächelte Marge an. »Und was war mit Dolly?«

»Nun, kochen kann sie, ist aber doof wie Bohnenstroh.« Marge zeigte mit einem Topfhandschuh auf ihn. »Und glaub bloß nicht, ich hätte nicht bemerkt, dass sie dich ein-, zweimal angebaggert hat.«

»Donnerwetter«, sagte Lynn, woraufhin Lucas und sie bis an die Haarwurzeln erröteten.

»Du lieber Himmel, Marge, sie ist so alt wie Rowan.«

»Ja, und du bist zum Glück vernünftig geblieben. Aber probiert hat sie es trotzdem.«

»Das war nicht der Punkt«, murmelte Lucas und konzentrierte sich auf seinen Kuchen.

»Du kannst mir dankbar sein, dass ich das unterbunden habe, bevor Rowan Wind davon bekam. Ich war auf jeden Fall nicht einverstanden, dass L. B. sie wieder eingestellt hat. Aber wir brauchten Verstärkung.«

»Zu viel Arbeit«, sagte er, woraufhin Lynn nur die Augen verdrehte und einen Riesenbottich mit den von ihr geschälten und geviertelten Kartoffeln füllte.

»Ich habe überlegt, ob wir eines von den Mädels fragen sollen, die manchmal aushelfen und sauber machen. Aber Dolly brachte Erfahrung mit, und ich wusste, was sie kann. Außerdem hatte sie ein Baby.«

»Jim Brayners Baby.« Lucas nickte und aß seinen Kuchen. »Jeder hat eine zweite Chance verdient.«

»Ja. Nur dass diese Irre Rowans Zimmer mit Schweineblut verwüstet hat. Das war echt eklig, sag ich dir.«

»Dieses Mädchen hatte schon in der Schule was gegen Rowan. Aber so etwas tun?« Lucas schüttelte den Kopf. »Das ist einfach nur dämlich.«

»Dolly hatte Glück, dass Cards Ro lange genug festhalten konnte. Sonst wäre nicht nur Schweineblut geflossen.«

»Meine Tochter hat eben Temperament.«

»In diesem Fall zu Recht, und das sehen alle so. Und was tut Dolly, als L. B. sie rausschmeißt?« Marges Augen funkelten wütend, und sie warf ein Geschirrtuch auf die Theke. »Sie kommt heulend zu mir gelaufen und bittet mich, ein gutes Wort für sie einzulegen. Ich habe ihr gehörig die Meinung gegeigt.«

Lynn kicherte. »So nach dem Motto: Sieh zu, dass du aus meiner Küche kommst.«

»Es tut mir leid für sie, aber es ist besser, dass sie nicht mehr da ist«, sagte Lucas. Für ihn war die Sache damit erledigt. »Wie findet ihr die Greenhorns von diesem Jahr?«

Marge holte ein paar tiefe Teller hervor. »Meinst du denjenigen, der mit deiner Tochter Backhuhn isst, oder alle?«

»Alle.« Lucas aß den letzten Bissen Kuchen. »Und einen ganz besonders.«

»Nicht schlecht diesmal, vor allem der eine nicht. Die meisten dürften verrückt genug sein, um durchzuhalten.«

»Wir werden sehen. Das war ein verdammt guter Kuchen, Marge.«

»Willst du einen Nachschlag?«

»Mehr schaffe ich nicht.« Er tätschelte sich den Bauch. »Die Zeiten, in denen ich gegessen habe wie ein Feuerspringer, sind vorbei. Außerdem habe ich heute noch was vor«, fügte er hinzu und stand auf, um Teller und Becher zur Spüle zu tragen. »Wenn du Ro siehst, richte ihr bitte aus, dass ich vorbeigeschaut habe.«

»Gern. Lass dich doch öfter mal blicken.«

»Die Geschäfte laufen gut, da habe ich viel zu tun. Aber ich komme wieder. Arbeite nicht so viel, Lynn.«

»Wenn du im Oktober wiederkommst und mir dasselbe noch mal sagst, höre ich vielleicht auf dich.«

Er ging hinaus zu seinem Wagen. Wie immer war er ein wenig melancholisch. Ein paar Feuerspringer trainierten auf der Laufbahn. Andere plauderten mit den Mechanikern.

Er sah Yangtree, der in seinem Uniformhemd und dem Helm sehr offiziell aussah und eine Besuchergruppe über das Gelände führte. Viele Kinder waren dabei, die Fallschirme, Kombis und die Computerzentrale zu sehen bekamen. Letztere hatte sich seit seiner Zeit technisch unglaublich weiterentwickelt. Vielleicht hatten sie ja Glück und sahen, wie jemand einen Fallschirm wartete. Der Fliegerhorst war in den Sommerferien auf jeden Fall ein nettes Ausflugsziel für Kinder. Schule fiel ihm ein und daraufhin die Schuldirektorin, die er nachher auf einen Drink treffen würde. Wahrscheinlich wäre es besser gewesen, sie einfach nur in sein Büro zu bitten. Rein geschäftlich. Doch je weiter der Tag voranschritt, desto nervöser wurde er wegen des Termins.

Ich kann mich aber schlecht davor drücken, dachte er und zog seine Autoschlüssel aus der Tasche.

Ein schnurrendes Motorengeräusch war zu hören, und er drehte sich um. Stirnrunzelnd entdeckte er seine Tochter auf dem Beifahrersitz eines Cabrios. Sie winkte ihm zu und sprang heraus, nachdem der elegante Wagen zum Stehen gekommen war.

»Hallo! Ich wollte später bei dir vorbeischauen. Aber das brauche ich ja jetzt nicht mehr.«

»Ich hätte dich fast verpasst. Das ist Gull, stimmt's?«

»Ja. Schön, Sie zu sehen.«

»Ein toller Wagen.«

»Mir gefällt er.«

»Wie viel bringt er?«

»Rein theoretisch oder praktisch mit Ihrer Tochter als Beifahrerin?«

»Keine schlechte Antwort«, beschied Lucas.

»Wollen Sie ihn ausprobieren?« Gull bot ihm den Schlüssel an.

»He.« Rowan griff danach, verfehlte ihn aber, als Gull die Hand schloss. »Wieso darf er und ich nicht?«

»Er ist Iron Man.«

Rowan steckte die Daumen in die Hosentaschen. »Er hat gesagt, dass ich mit ihm schlafen muss, bevor ich ans Steuer darf.«

Gull grinste nur und sagte bedauernd: »Sie hat abgelehnt.«

»Verstehe. Nun, ich hätte nichts dagegen, ihn auszuprobieren. Aber ein andermal, ich muss los.«

»Kannst du nicht bleiben?«, fragte Rowan. »Wir könnten gemeinsam zu Abend essen.«

»Das wäre schön, aber ich habe noch einen Termin. Ich treffe mich mit einer Kundin auf einen Drink.«

Rowan nahm die Sonnenbrille ab. »Mit einer Kundin?«

»Ja. Sie hat da so ein … äh … Projekt, über das sie mit mir reden will. Außerdem interessiert sie sich für das AFF-Training. Ich komme bald wieder mal vorbei, und dann essen wir gemeinsam zu Abend. Vielleicht probiere ich dann auch Ihren Wagen aus, Gull.«

»Gern, jederzeit.«

Lucas nahm Rowans Kinn in die Hand. »Bis später.«

Sie sah zu, wie er davonfuhr. »Ein Termin? Von wegen!«

Gull öffnete den Kofferraum, um den Fresskorb herauszuholen. »Wie bitte?«

»Er hat eine Verabredung. Mit einer Frau.«

»Wow! Schockierend. Mir bleibt fast das Herz stehen.«

»Mein Vater verabredet sich nicht. Er ist ganz unbeholfen und nervös, wenn er sich zu einer hingezogen fühlt. Hast du nicht gemerkt, wie nervös er war, als er von diesem Termin gesprochen hat? Wer zum Teufel ist sie?«

»So schwer es auch fällt, aber irgendwann muss man akzeptieren, dass die Kinder flügge werden.«

»Ach, halt die Klappe! Er kann nicht mehr klar denken, wenn er einem bestimmten Typ Frau begegnet.«

Erstaunt über ihre Reaktion lehnte sich Gull an seinen Wagen. »Warum sollte er sich nicht mit einer Frau treffen, die er attraktiv findet? Einer, die nicht vorhat, ihn zu manipulieren? Sie trinken was zusammen und unterhalten sich.«

»Du hast ja keine Ahnung«, sagte sie verstimmt und ging in Richtung Schlafbaracken.

Amüsiert brachte Gull Marge den Korb zurück. Er hatte ihn gerade auf die Theke gestellt, als jemand von draußen an die Tür klopfte. »Entschuldigen Sie bitte, sind Sie Margaret Colby?« Gull warf einen kurzen Blick auf den Mann. Er trug einen dunklen Anzug und eine streng gebundene knallrosa Krawatte. Seine Schuhe waren auf Hochglanz poliert und seine schwarzblauen Haare aus der hohen Stirn gekämmt.

Marge blieb stehen. »Ja, die bin ich.«

»Ich bin Reverend Latterly.«

»Ich erinnere mich an Sie.« Aufgrund ihres Tonfalls und der Tatsache, dass sie den Mann nicht hereinbat, beschloss Gull, noch ein bisschen zu bleiben.

»Kann ich Sie kurz sprechen?«

»Ja. Aber wenn Sie möchten, dass ich Michael Little Bear überrede, Dolly Brakeman wieder in diese Küche zu lassen, verschwenden Sie nur unsere Zeit.«

»Mrs. Colby.« Er kam ungebeten herein, lächelte und entblößte dabei eine lange Reihe großer weißer Zähne.

Gull beschloss, dass ihm die Krawatte des Kerls nicht gefiel. Er nahm sich ein kaltes Ginger Ale.

»Wenn ich Sie kurz privat sprechen dürfte.«

»Wir haben zu tun.« Marge warf Lynn einen warnenden Blick zu, bevor sie den Raum verlassen konnte. »Privater wird's nicht.«

»Ich weiß, dass Sie sehr beschäftigt sind, und für so viele Menschen zu kochen, ist harte Arbeit. Anstrengende Arbeit.«

»Ich werde dafür bezahlt.«

»Ja.« Latterly starrte Gull an, und eine Pause entstand. Doch Gull lehnte sich einfach an die Theke und trank noch etwas Ginger Ale. Marges Lippen zuckten.

»Nun, ich wollte mit Ihnen sprechen, da Sie Dollys direkte Vorgesetzte sind.«

»War«, verbesserte ihn Marge.

»Ja, ich habe mit Mr. Little Bear gesprochen und kann verstehen, dass er nicht bereit ist, Dolly ihr Fehlverhalten zu vergeben.«

»Sie nennen es Fehlverhalten. Ich nenne es einfach nur hinterhältig und verschlagen.«

Latterly spreizte die Finger und verschränkte sie dann

wie zum Gebet. »Mir ist bewusst, wie heikel die Situation ist. Es gibt keine Entschuldigung für Dollys Verhalten. Aber sie war natürlich außer sich, nachdem Miss Tripp ihr gedroht und sie wegen ihrer fragwürdigen Moral angegriffen hatte.«

»Hat Ihnen Dolly das erzählt?« Marge schüttelte halb mitleidig, halb angewidert den Kopf. »Das Mädchen lügt, sobald es den Mund aufmacht. Wenn Sie das noch nicht gemerkt haben, besitzen Sie keine große Menschenkenntnis. Was mich wundert, bei Ihrem Beruf.«

»Als Dollys Seelsorger ...«

»Bitte lassen Sie das! Dollys Seelsorge interessiert mich nur mäßig. Sie konnte Rowan noch nie ausstehen, war immer eifersüchtig und neidisch. Sie wird keine neue Chance bekommen, auf Rowan loszugehen. L. B. mag der Chef dieses Fliegerhorsts sein, aber in der Küche bin ich die Chefin. Sollte er sich in den Kopf setzen, Dolly wieder Zutritt gewähren zu wollen, muss er sich nach einer anderen Chefköchin umsehen. Und das weiß er.«

»Das ist aber ziemlich gnadenlos.«

»Das sagt mir einfach mein gesunder Menschenverstand. Das Mädchen kann kochen, ist aber launisch, unzuverlässig und sucht ständig Streit. Ich kann ihr nicht mehr helfen.«

»Dolly ist traumatisiert und weiß nicht, was gut für sie ist. Darüber hinaus ist sie eine alleinerziehende Mutter.«

»Sie ist nicht allein«, verbesserte ihn Marge. »Ich kenne ihre Mutter von Kindheit an und weiß, dass Irene und Leo tun, was sie können, um Dolly zu helfen. Und jetzt entschuldigen Sie mich bitte.«

»Würden Sie ihr zumindest ein Zeugnis ausstellen? Das dürfte ihr helfen, eine neue Stelle zu finden.«

»Nein.«

Wenn Gull sich nicht täuschte, war das Entsetzen auf dem Gesicht des Mannes nicht gespielt. Anscheinend war der Reverend eine solch unerbittliche Haltung nicht gewohnt.

»Sie als Christin …«

»Wer sagt denn, dass ich Christin bin?« Sie zeigte mit dem Finger auf ihn, sodass er einen Schritt zurücktrat. »Wissen nur Christen, was richtig und was falsch, was gut und was schlecht ist? Ich werde ihr kein Zeugnis schreiben, weil mir mein Ruf wichtig ist. Sie können sie seelsorgerisch beraten, so viel Sie wollen, aber wagen Sie es nicht, in meine Küche zu kommen und mir gute Ratschläge zu geben. Dolly hat eine Entscheidung getroffen und muss die Konsequenzen tragen.«

Sie trat einen Schritt vor, und ihre Augen sprühten Funken. »Glauben Sie, ich wüsste nicht, welche Gerüchte sie über Rowan verbreitet hat? Über mich, über L. B., sogar über unsere kleine Lynn hier? Mir entgeht nichts, Reverend Jim, und ich tue niemandem einen Gefallen, der über mich und meine Leute Lügen verbreitet. Wenn ihre Mutter nicht wäre, würde ich Dolly Brakeman höchstpersönlich in den Hintern treten.«

»Klatsch …«

»Klatsch und Lügen sind Geschwister. Wenn Sie ihr einen Gefallen tun wollen, raten Sie Dolly, ihre große Klappe zu halten. So, und jetzt habe ich zu tun. Ich habe Ihnen schon genug Zeit gewidmet.« Sie drehte sich energisch zum Herd um.

»Bitte entschuldigen Sie die Störung.« Sein Ton war nur noch höflich, sein übertriebenes Lächeln verschwunden. »Ich werde dafür beten, dass die Wut Sie verlässt.«

»Meine Wut darf bleiben, wo sie ist«, erwiderte Marge, als Latterly rückwärts hinausging. »Lynn, das Gemüse putzt sich nicht von selbst.«

»Nein, Ma'am.«

Seufzend drehte sich Marge um. »Tut mir leid, Schätzchen. Auf dich bin ich nicht sauer.«

»Ich weiß. Ich wünschte, ich hätte den Mut, so zu reden – zu sagen, was ich wirklich denke.«

»Du bist genau richtig, Lynn. Ich konnte diesen Scheinheiligen nur einfach nicht ausstehen.« Sie sah Gull an. »Und was sagst du?«

»Ich halte ihn für einen unsympathischen Schleimer mit einem gekünstelten Lächeln und einer scheußlichen Krawatte. Schade, dass du nicht gesagt hast, du seist Buddhistin oder Atheistin.«

»Ich wünschte, das wäre mir in dem Moment eingefallen.« Sie lächelte. »Möchtest du ein Stück Kuchen?«

Er wusste zwar nicht, wo der nach dem Schokokuchen noch Platz finden sollte, wollte sie aber nicht enttäuschen und nahm ihr Angebot an.

Lucas' Magen flatterte, als er die Bar betrat. Doch das würde sich bestimmt legen, wenn sie zum geschäftlichen Teil kamen. Als er sie entdeckte, schnürte sich ihm die Kehle zu. Sie las ein Buch, trug ein grünes Sommerkleid, das ihre Arme und Beine betonte, und ihr schönes rotes Haar fiel ihr in Wellen auf die Schultern. Hätte er sich lieber eine Krawatte umbinden sollen? Er trug so gut wie nie Krawatten, besaß aber ein paar.

Sie sah auf, entdeckte ihn und lächelte. Also blieb ihm nichts anderes übrig, als an ihren Tisch zu treten.

»Ich fürchte, ich habe mich verspätet. Tut mir leid.«

»Nein.« Sie klappte das Buch zu. »Ich bin etwas zu früh dran, da ich mit meinen Erledigungen schneller fertig war als gedacht.« Sie verstaute das Buch in ihrer Handtasche. »Ich habe immer ein Buch als Zeitvertreib dabei.«

»Ich kenne das Buch.« Ich kann ja doch noch reden, dachte er und setzte sich. »Doch aus irgendeinem Grund dachte ich, Sie würden ausschließlich Lehrbücher lesen.«

»Die lese ich auch, stecke sie aber nicht in meine Handtasche. Bisher gefällt es mir ausgezeichnet, allerdings mag ich fast alle Bücher von Michael Connelly.«

»Ja, der schreibt echt gut.«

Die Kellnerin kam. »Guten Abend, darf ich Ihnen etwas zu trinken bringen?«

Als sie sich bewegte, schwebte eine Wolke von Ellas warmem, würzigem Duft quer über den Tisch, sodass Lucas ganz benebelt war. »Worauf habe ich Lust?«, überlegte sie laut. »Ich glaube, ich nehme einen Bombay Tonic mit einem Scheibchen Limette.«

»Und Sie, Sir?«, wiederholte die Kellnerin, als Lucas stumm blieb.

»Oh, entschuldigen Sie. Äh, ich nehme ein Bier.«

»Kommt sofort. Sonst noch was? Etwas zum Knabbern?«

»Wissen Sie, was ich gern hätte? Süßkartoffelchips. Die sind fantastisch«, sagte sie zu Lucas. »Am besten, wir teilen uns eine Portion.«

»Klar, gern. Toll.«

»Ich komme gleich mit Ihren Getränken.«

»Ich weiß es sehr zu schätzen, dass Sie sich Zeit für mich nehmen«, hob Ella an. »Für mich ist das ein prima Vorwand, mich in eine schöne Bar zu setzen und mir einen Sommerdrink und eine köstliche Mahlzeit zu bestellen.«

»Es ist nett hier.«

»Ich komme gern hierher, wenn ich einen Vorwand dafür habe. Ich habe mich relativ schnell in Missoula eingelebt. Die Stadt gefällt mir, die Landschaft, meine Arbeit. Mehr kann man sich eigentlich nicht wünschen.«

»Sie sind von außerhalb?«

»Geboren bin ich in Virginia, ging in Pennsylvania aufs College und lernte dort auch meinen Exmann kennen.«

»Das ist aber ganz schön weit weg von Montana.«

»Im Lauf der Zeit habe ich mich immer mehr nach Norden vorgearbeitet. Als die Kinder zehn und zwölf waren und mein Mann ein Angebot bekam, das man nicht ablehnen kann, zogen wir nach Denver. Nach zwölf Jahren zogen wir wegen eines weiteren Jobwechsels nach Washington State. Mein Sohn ist dann nach Montana gegangen, hat geheiratet und eine Familie gegründet, während meine Tochter sich in Kalifornien niederließ. Nach der Scheidung wollte ich ganz von vorn anfangen. Da ich die Berge liebe, beschloss ich, mein Glück in Montana zu versuchen. Jede Menge frische Luft, die Berge, mein Sohn und seine Familie waren die Gründe dafür, und die Flugverbindungen sind so gut, dass ich meine Tochter mehrmals im Jahr besuchen kann.«

Er konnte sich so ein Wanderleben nicht vorstellen. Obwohl er durch seinen Job im gesamten Westen herumgekommen war, hatte er sein Leben lang in Missoula gelebt. »Da haben Sie viel gesehen, sind viel herumgekommen.«

»Ja, und ich bin froh, dass ich das hinter mir habe. Sind Sie von hier?«

»Ja. Ich stamme aus Missoula und war nur ein paarmal im Osten. In der Nebensaison werden wir manchmal angefordert, um Brandrodungen zu machen oder Insekten zu bekämpfen.«

»Kammerjäger?«

Er grinste. »Die Insekten, die ich meine, leben in hohen Bäumen«, erklärte er und zeigte mit dem Daumen zur Decke. »Wir Feuerspringer klettern auch auf Bäume. Aber den Großteil meines Lebens habe ich westlich von St. Louis verbracht.«

Die Kellnerin servierte die Getränke, und Ella prostete ihm zu. »Auf unsere Wurzeln – auf das Pflegen der alten und das Schlagen von neuen.«

»Washington State ist ein schöner Bundesstaat. Ich habe dort als Feuerspringer gearbeitet. Und in Colorado.«

»Sie sind auch ganz schön herumgekommen.« Ella lächelte ihn an. »Sie haben unberührte, aber auch zerstörte Natur gesehen. In Alaska waren Sie ebenfalls zur Brandbekämpfung, oder?«

»Klar.«

Sie beugte sich vor. »Ist es toll dort? Ich wollte immer mal dorthin.«

Nachdem er in ihre Augen gesehen hatte, vergaß er für einen Augenblick alles andere. »Äh, ich war nur im Sommer dort. Wirklich fantastisch: alles grün und weiß, das Wasser und das offene Meer. Das ist gefährlich für Feuerspringer, aber dafür gibt es dort keine Bäume.«

»Was ist gefährlicher? Wasser oder Bäume?«

»Wenn man mitsamt der kompletten Ausrüstung im Wasser landet, geht man unter und kommt vielleicht nie wieder hoch. Wenn man unglücklich in den Bäumen landet, erhängt man sich unter Umständen oder bricht sich den Hals. Am besten man landet weder im Wasser noch in den Bäumen.«

»Ist Ihnen das schon mal passiert?«

»Ja, beides. Das Schlimmste ist, zu wissen, was kommt, während man noch versucht, es zu verhindern. Jeder Sprung, bei dem man mit dem Leben davonkommt, ist ein guter Sprung.«

Sie lehnte sich zurück. »Wusste ich's doch. Ich bin mir sicher, dass Sie genau der Richtige für mein Projekt sind.«

»Warum?«

»Ich weiß, dass auf dem Fliegerhorst Führungen angeboten werden. Dass Besuchergruppen kommen und Fragen stellen dürfen. Doch ich habe da eine Idee speziell für Schüler. Die Kids sollen aus erster Hand erfahren, welche Voraussetzungen man für diesen Beruf mitbringen muss, worin er genau besteht. Sie sollen etwas von den mit dem Job verbundenen Risiken, aber auch von den lohnenden Momenten hören.«

»Sie möchten, dass ich vor Kindern spreche?«

»Ja. Ich möchte, dass Sie sie unterrichten. Bitte lassen Sie mich ausreden«, fügte sie hinzu, als er sie nur anstarrte. »Viele unserer Schüler stammen aus privilegierten Verhältnissen. Sie haben Eltern, die sie auf eine renommierte Privatschule schicken können. Jeder kennt die Zulies. Der Fliegerhorst liegt direkt vor der Tür. Aber was es bedeutet, ein Feuerspringer zu sein, wissen nur wenige.«

»Ich bin kein Feuerspringer mehr.«

»Lucas.« Ihr sanftes Lächeln erweckte die Grübchen zu neuem Leben. »Sie werden Ihr Leben lang Feuerspringer sein. Sie haben dieser Aufgabe Ihr halbes Leben gewidmet. Sie wissen, was sich über die Jahre geändert hat. Sie haben Waldbrände im gesamten Westen der USA bekämpft. Sie haben der Schönheit und dem Schrecken ins Auge geblickt. Sie waren mittendrin.«

Sie ballte eine Hand zur Faust und legte sie aufs Herz. »Einige dieser Kinder haben ein ziemlich festgefahrenes Weltbild: Die Drecksarbeit sollen bitte schön andere machen. Leute, die nicht Geld oder die Intelligenz haben, aufs College zu gehen und einen lukrativen Job zu bekommen. Die Umwelt? Sollen sich doch andere darum kümmern!«

Als sie gesagt hatte, dass er sein Leben lang Feuerspringer sein würde, hatte er angebissen, und das war ihr nicht entgangen. »Ich wüsste nicht, was ich daran ändern könnte.«

»Wenn sie Ihnen zuhören, Ihnen Fragen stellen dürfen, und Sie ihnen alles vom Training bis zur Brandbekämpfung erklären, werden einige anschließend etwas nachdenklicher sein.«

»Das ist Ihr Job: Auch wenn Sie als Direktorin nicht mehr selbst unterrichten, werden Sie Ihr Leben lang Lehrerin sein.«

»Ja, in diesem Punkt geht es uns beiden ähnlich.« Sie sah ihn an, während sie an ihrem Drink nippte. »Ich wollte mit dem Ablaufoffizier des Fliegerhorsts reden. Mit Erlaubnis der Eltern würde ich gern mit einer oder mehreren Gruppen ein Training machen. Ein Training in Kurzform sozusagen. Vielleicht über ein Wochenende nach der Waldbrandsaison.«

»Sie möchten sie so richtig hart rannehmen«, sagte er mit einem unmerklichen Lächeln.

»Ich möchte ihnen zeigen, dass die Männer und Frauen, die sich dem Umweltschutz verschrieben haben, sich selbst sehr hart rannehmen. Fotos und Videos könnten … mir fällt bei dem Thema jedenfalls genug ein, was man mit den Schülern tun könnte«, sagte sie lachend. »Wir hätten den ganzen Sommer Zeit, das Projekt auf die Beine zu stellen.«

»Ich finde Ihre Idee gut. Aber ich bin kein guter Redner.«

»Was das anbelangt, helfe ich Ihnen gern. Außerdem wäre es mir am liebsten, wenn Sie sich einfach so geben, wie Sie sind. Mehr ist gar nicht nötig, glauben Sie mir.«

Sie griff nach den Chips, die die Kellnerin gebracht hatte, während sie ihm ihren Plan weiter erläuterte.

Ella hatte Lucas an der Angel. Ihre Idee und die Leidenschaft, mit der sie sie vertrat, überzeugten ihn. »Ich kann es ja mal versuchen und schauen, wie es läuft.«

»Das wäre toll. Ich glaube wirklich, dass wir etwas nachhaltig damit bewegen könnten.« Sie bestellte noch einen Drink. »Doch lassen Sie mich vorab etwas klarstellen: Ich war achtundzwanzig Jahre verheiratet. Ich habe erst mich und dann meine Kinder entwurzelt, um meinem Mann zu folgen. Ich habe ihn geliebt und, bis auf das letzte Jahr, an meine Ehe, an das Leben geglaubt, das wir uns gemeinsam aufgebaut hatten. Ich habe an ihn geglaubt. Bis er mich an meinem zweiundfünfzigsten Geburtstag ins Restaurant einlud. Es war ein schönes Restaurant mit Kerzen, Blumen, Champagner. Zur Krönung des Abends hatte er sogar ein ziemlich teures Paar Diamantohrringe dabei.« Sie lehnte sich ein Stück zurück und schlug die Beine übereinander. »Aber nur, damit ich ihm keine Szene mache, weil er eine Affäre mit seiner Sekretärin hat – mit einer Frau, die seine Tochter sein könnte. Er erklärte mir, dass er sie liebe und mich verlassen werde. Natürlich hielte er nach wie vor große Stücke auf mich und hoffte, ich könne das verstehen. Er wäre seinen Gefühlen hilflos ausgeliefert.«

»Das tut mir leid. Ich weiß gar nicht, was ich sagen soll.«

»Nun, da gibt es nichts zu sagen. Ich habe den Sektkühler genommen und ihm das Eis über den Kopf geschüttet. Als ich am nächsten Tag zu einer Anwältin gegangen bin, hat sie mich gefragt, ob ich gute Miene zum bösen Spiel machen oder ihm die Eier abschneiden wolle. Ich habe mich für Letzteres entschieden. Ich hatte keine Lust mehr, gute Miene zum bösen Spiel zu machen.«

»Das kann ich verstehen.«

»Ich habe mich gefragt, ob ich das eines Tages bereuen würde. Aber das ist nicht der Fall. Ich erzähle Ihnen das nur, damit Sie wissen, dass ich durchaus hart im Nehmen bin. Meine Ehe und meine Scheidung haben mich gelehrt, meine Stärken und meine Schwächen anzunehmen. Und dass ich keine Zeit verlieren sollte, das zu tun, was ich wirklich möchte.«

»Es ist immer Zeitverschwendung, wenn man nicht tut, was man wirklich möchte.«

»Sehr schön. Womit wir beim zweiten Punkt wären: Ich habe Sie angelogen, als ich heute Vormittag sagte, ich würde Sie nicht anmachen. Genau das tue ich nämlich.«

Auf einmal war sein Kopf ganz leer. Er schaffte es kaum, zu schlucken, während er in ihre glänzenden Augen sah.

»Ich finde nicht, dass man um jeden Preis aufrichtig

sein sollte«, fuhr sie fort. »Wenn man das eine oder andere verschweigt, taucht man nicht nur manches in ein gnädigeres Licht, sondern macht es auch viel interessanter. Diesmal habe ich mich jedoch dafür entschieden, aufrichtig zu sein. Wenn Sie das verschreckt hat, sagen Sie es mir bitte gleich, solange noch nicht wirklich was auf dem Spiel steht.«

Sie nippte an ihrem Glas. »Und? Habe ich Sie verschreckt?«

»Ich bin nicht besonders gut in solchen Dingen.«

»Ich hätte vielleicht noch hinzufügen sollen, dass ich das mit dem Projekt und der AFF-Ausbildung ernst meine, und zwar ganz unabhängig davon, ob Sie Interesse an mir haben oder nicht. Sie müssen meine Gefühle nicht erwidern.« Sie seufzte. »Ich klinge wie eine Oberlehrerin, obwohl das, weiß Gott, nicht meine Absicht war. Ich bin ein wenig nervös.«

Bei diesem Satz kamen seine grauen Zellen wieder auf Touren. »Wirklich?«

»Ich mag Sie und hoffe, dass auch Sie etwas Zeit mit mir verbringen wollen. So gesehen bin ich in der Tat etwas nervös, dass ich Sie mit diesem voreiligen Geständnis verschreckt habe. Falls Sie also Interesse an mir haben oder es sich vorstellen könnten, ein solches zu entwickeln, würde ich Sie gern zum Abendessen einladen. Ein paar Häuser weiter gibt es ein nettes Restaurant. Es ist ein hübscher Spaziergang bis dorthin. Ich habe zur Sicherheit einen Tisch reserviert.«

Er dachte nach und schüttelte den Kopf. »Nein.«

»Nun, dann werden wir einfach …«

»Ich möchte Sie zum Essen einladen.« Er konnte kaum glauben, dass er das sagte, ohne ein einziges Mal ins Stocken zu geraten. »Es soll ein nettes Restaurant ganz in der Nähe geben. Falls Sie sich vorher etwas die Füße vertreten wollen?« Er liebte das Lächeln auf ihrem Gesicht.

»Das klingt großartig! Ich gehe mich nur kurz frisch machen.« Sie stand auf und lief zu den Toiletten. Sobald die Tür hinter ihr ins Schloss gefallen war, vollführte sie einen Freudentanz in ihren knalllila Peeptoes. Mit einem albernen Kichern ging sie zum Waschbecken und musterte ihre euphorische Miene im Spiegel. »Das Abenteuer kann beginnen«, verkündete sie und zog dann ihren Lippenstift hervor.

Vor wenigen Jahren hatte sie sich gefragt, ob ihr Leben vorbei wäre. Im Grunde war es auch so gewesen, doch sie war gezwungen worden, noch einmal ganz von vorn anzufangen. Und Ella Fraziers neues Leben strotzte nur so vor interessanten Möglichkeiten. Eine davon würde sie gleich zum Essen ausführen. Sie nickte ihrem Spiegelbild zu und ließ den Lippenstift wieder in ihrer Handtasche verschwinden.

»Danke, Darrin«, sagte sie in Gedanken an ihren Exmann. »Dieser Tritt in den Unterleib war anscheinend nötig, um mich aufzurütteln.« Sie brachte ihre Frisur in Ordnung und vollführte eine halbe Drehung vor dem Spiegel.

»Und jetzt sieh mich an: Ich bin hellwach.«

Rowan konnte sich gerade noch davon abhalten, ihren Vater auf dem Handy anzurufen oder ihm eine SMS zu schicken. Bei ihm vorbeizufahren ging erst recht nicht. Stattdessen wählte sie seine Festnetznummer. Sie ging davon aus, dass er drangehen würde. Sie hatte bis neun, halb zehn gewartet und sich so lange mit Papierkram abgelenkt. Oder es wenigstens versucht. Als sein Anrufbeantworter ansprang, war sie erst ratlos. Sie musste auf die Ausrede zurückgreifen, die sie sich mühsam zurechtgelegt hatte.

»Oh, hallo. Mir ist eingefallen, dass ich noch gar keine Gelegenheit hatte, dir von meinen hervorragenden Leistungen als Einsatzleiterin zu berichten. Ich werde noch etwa eine Stunde beschäftigt sein und anschließend einen Spaziergang machen, um wieder einen klaren Kopf zu bekommen. Ruf mich an! Hoffentlich ist dein Termin gut gelaufen.« Sie verdrehte die Augen und legte auf. »Termin! Dass ich nicht lache«, murmelte sie. »Wenn man mit einem Kunden was trinken geht, dauert das keine zweieinhalb Stunden.«

Sie grübelte eine Weile. Natürlich hatte ihr Vater ein Recht auf ein Privatleben. Doch Lucas Tripp sah gut aus und war ein interessanter, erfolgreicher Geschäftsmann. Also ein ideales Opfer für eine berechnende Frau. Als Tochter hielt sie es für ihre heilige Pflicht, auf ihren alleinstehenden, erfolgreichen, aber naiven und viel zu vertrauensseligen Vater aufzupassen. Sie wünschte sich sehnlichst, dass er nach Hause käme und sie anriefe, damit sie genau das tun konnte.

Vielleicht konnte sie ihn doch auf dem Handy anrufen. Nein, nein, nein, befahl sie sich. Das grenzte an Einmischung. Er war sechzig, um Himmels willen! Für ihn galt keine Sperrstunde. Sie würde einfach diesen blöden Bericht fertig schreiben und dann spazieren gehen. Bis das geschafft war, würde er bestimmt anrufen.

Sie schrieb den Bericht fertig und machte einen langen Spaziergang, bevor sie sich bettfertig machte. Verärgert über sich selbst löschte sie das Licht. Während sie noch hin- und hergerissen war, ob sie ihren Vater nach Mitternacht auf dem Handy anrufen durfte, schlief sie ein.

Stimmengewirr direkt vor ihrem Fenster und vor ihrer Tür weckte Rowan. Kurz glaubte sie, wieder von Jims tragischem Sprung zu träumen, davon, wie alle laut schreiend auf und ab gelaufen waren. Aber als sie in der Dämmerung die Augen öffnete, waren die Stimmen nach wie vor zu hören. Irgendetwas stimmt nicht, dachte sie, sprang aus dem Bett und rannte noch verschlafen auf den Flur.

»Was zum Teufel ist los?«, fragte sie, als Dobie an ihr vorbeieilte.

»Jemand hat im Bereitschaftsraum gewütet. Gibbons sagt, es sieht aus, als hätte eine Bombe eingeschlagen.«

»Was?« Aber Dobie war schon weitergeeilt, weil er es mit eigenen Augen sehen wollte. In Schlafanzughose und Trägerhemdchen rannte Rowan barfuß nach draußen. Morgendliche Kühle schlug ihr entgegen, aber als sie die Gesichter ihrer Kollegen sah, wurde ihr sofort ganz heiß. Irgendetwas stimmt nicht, dachte sie und beschleunigte ihre Schritte.

Gleichzeitig mit Dobie stieß sie die Tür zum Bereitschaftsraum auf. Eine Bombe hätte kaum größeren Schaden anrichten können. Die so mühsam und sorgfältig gepackten Fallschirme lagen wie ein unentwirrbares Knäuel auf dem Boden. Werkzeug lag wild verstreut auf der zerfetzten Fallschirmseide, während das Gurtzeug aus den Spinden hing. Anscheinend hatte jemand die sorgfältig gesäuberten und verstauten Werkzeuge benutzt, um Fallschirmtaschen, Kombis und Stiefel aufzuschlitzen. Alles, was ein Feuerspringer für seine Arbeit braucht, war beschädigt oder zerstört.

An die Wand hatte jemand mit blutroter Farbe gesprüht: *Springt und sterbt! Schmort in der Hölle!*

Rowan musste an das Schweineblut denken. »Dolly.«

Mit geballten Fäusten starrte Dobie auf das Bild der Zerstörung. »Sie muss völlig durchgeknallt sein.«

»Vielleicht ist sie das.« Rowan ging in die Hocke und steckte ihre Hand in den Schlitz in der Seide. »Vielleicht ist sie das.«

II. FLÄCHENBRAND

Leicht wird ein kleines Feuer ausgetreten,
das, erst geduldet, Flüsse nicht mehr löschen!

WILLIAM SHAKESPEARE

11

Jeder, der mit anpacken konnte, reparierte Fallschirme und packte sie neu. Während die Nähmaschinen summten und klapperten, dachten alle nur eines: Hoffentlich heult jetzt die Sirene nicht los! Da war sich Rowan sicher. Bevor sie nicht alles repariert, neu gepackt und inspiziert hatten, gab es keine Sprungliste.

Nichts im Bereitschaftsraum durfte angerührt werden, bis die Polizei da gewesen war. Also kümmerten sie sich um die Ausrüstung, die bereits zur Wartung beiseitegelegt worden war. Ein Wettlauf gegen die Zeit und die Launen der Natur begann.

»Unter Umständen könnten wir acht Mann rausschicken.« Cards arbeitete Rowan direkt gegenüber und machte akribisch einen Fallschirm gebrauchsfertig. »Acht kriegen wir zusammen.«

»Ich will gar nicht daran denken! Aber wir dürfen nichts überstürzen. Zum Glück ist sie hier nicht reingekommen. Es ist auch so schon schlimm genug.«

»Glaubst du wirklich, das war Dolly?«

»Wer sonst?«

»Das ist irgendwie total scheiße. Sie war eine von uns. Ich habe sogar mal mit ihr …«

»Das haben viele.«

»Aber vor Vicki«, fügte Cards hinzu. »Vor Jim. Trotzdem, sie hat auf dem Fliegerhorst gearbeitet, in der Kantine mit uns gescherzt und geflirtet. So wie Marge und Lynn.«

Konzentriert sortierte Rowan die Fallschirmleinen: Eine verhedderte Leine genügte, um einen normalen Sprung in einen Albtraum zu verwandeln. »Wer außer Dolly ist sonst noch wütend und gestört?«

»Und dann die Buchstaben an der Wand«, pflichtete Cards ihr bei. »Genau wie in deinem Zimmer. Ich war fast bis um eins auf und habe nichts gehört. Bei dem Ausmaß an Zerstörung muss sie doch Lärm gemacht haben.«

»Sie hat sich spätnachts eingeschlichen, als alle schon schliefen.« Rowan zuckte mit den Schultern. »So schwer ist das nicht – erst recht nicht, wenn man sich auskennt.«

»Aber es ergibt einfach keinen Sinn.« Gull trug einen reparierten Fallschirm zu einem anderen Tisch. »Wenn es brennt und wir nicht einsatzbereit sind, werden Feuerspringer eines anderen Fliegerhorsts eingesetzt. Niemand wird ohne überprüfte Ausrüstung springen. Wem wollte sie damit eines auswischen?«

»Wenn man so gestört ist wie Dolly, muss das gar keinen Sinn ergeben.«

»Da hast du recht. Das Einzige, was sie damit erreicht hat, ist eine riesige Zeit- und Geldverschwendung. Und dass alle stinksauer sind. Nachdem es letztes Mal noch relativ glimpflich abgegangen ist, wird sie jetzt garantiert von der Polizei verhört werden.«

»Wer nach Rache trachtet, denkt nicht darüber nach, was hinterher passiert.«

Gull wollte noch etwas sagen, als Gibbons Rowan ansprach. »Die Polizei will mit dir reden, Ro. Mit uns allen«, fügte er noch hinzu, als ausschließlich das Klappern der Nähmaschinen zu hören war. »Aber du kommst als Erste dran.«

»Ich packe diesen Schirm fertig. Fünf Minuten«, sagte sie.

»In L. B.s Büro. Lieutenant Quinniock wartet schon.«

»In fünf Minuten.«

»Cards, wenn du fertig bist, kannst du in die Kantine gehen. Dort wird sich Detective Rubio mit dir unterhalten.«

Cards nickte. »So wie es aussieht, hast du den Kürzeren gezogen, Ro. Dort bekomme ich wenigstens ein Frühstück.«

»Gull, Matt und Janis: Sobald uns die Polizei grünes Licht gibt, macht ihr euch zusammen mit mir an die Aufräum- und Inventurarbeiten. Alle, die was essen möchten: Marge hat ein Büfett organisiert. Esst euch tüchtig satt, denn die Sache wird uns noch eine ganze Weile auf Trab halten. Was für ein Scheißchaos«, sagte er angewidert und ging.

Cards schrieb seinen Namen, die Uhrzeit und das Datum auf den neu gepackten Schirm.

»Ich begleite dich«, sagte Gull zu Cards und strich Rowan im Vorbeigehen kurz über den Rücken.

Sie erledigte ihren Job und verdrängte alles andere. Als sie damit fertig war, beschriftete sie den Fallschirmrucksack: Fallschirm gepackt, Wikingerbraut.

Sie legte ihn ins Regal und war froh, dem Nähmaschinenlärm entkommen zu können. Auf dem Weg zur Kantine machte sie einen Abstecher zum Bereitschaftsraum, wollte ihn noch einmal sehen, musste ihn noch einmal sehen.

Zwei Polizeibeamte waren dort mit mehreren Kollegen in Zivil zugange. Bestimmt Spurensicherung, dachte Rowan. Die Frau, die gerade Fotos von der an die Wand gesprühten Botschaft machte, kannte sie. Es war Jamie

Potts, mit der sie auf der Highschool unter dem todlangweiligen Geschichtsunterricht von Mr. Brody gelitten hatte. Einen der Polizisten kannte sie ebenfalls, da sie damals kurz mit ihm zusammen gewesen war. Sie wollte etwas sagen, verzichtete jedoch darauf, als ihr klar wurde, dass sie nicht reden wollte, solange es sich irgendwie vermeiden ließ.

Der Anblick der zerfetzten, zertrampelten, zerrissenen und völlig zerstörten Ausrüstung steigerte ihre Wut zusätzlich. Sie steckte die Hände in die Taschen der Kapuzenjacke, die sie über ihren Schlafanzug gezogen hatte. Als sie das Büro fast erreicht hatte, lief Gull ihr über den Weg und gab ihr eine Cola. »Die kannst du bestimmt gebrauchen.«

»Ja, danke. Ich dachte, du wolltest was frühstücken.«

»Das tue ich auch. Es hat nichts zu bedeuten, Ro.«

»Wie bitte?«

»Das dort.« Er zeigte hinter sich auf den Bereitschaftsraum. »Es hat nichts zu bedeuten. Es ärgert einen, wirft einen aber nicht aus der Bahn. Derjenige, der das getan hat, hat rein gar nichts erreicht, außer die Leute auf dem Fliegerhorst noch viel mehr zusammenzuschweißen.«

»Für dich ist das Glas also halb voll?« Sie wusste auch nicht, warum ihr diese Einstellung so auf die Nerven ging. »Im Moment ist mein Glas nicht nur so gut wie leer, sondern es hat auch einen Sprung. Ich kann das Ganze längst nicht so optimistisch sehen – nicht, bevor diese rachedurstige Irre im Gefängnis sitzt.«

»Ich nehme an, dass sie die Ranger oder die Bundespolizei hinzuziehen müssen. Immerhin wurde Staatseigentum zerstört, also ist es vermutlich eine Straftat. Ich weiß nicht genau, wie das funktioniert.«

Sie hielt kurz inne. Daran hatte sie noch gar nicht gedacht. »L. B. hat die hiesige Polizei verständigt. Die Bundespolizei wird sich doch mit so etwas nicht beschäftigen.«

»Keine Ahnung. Aber wenn sich jemand so richtig dahinterklemmt, vielleicht schon: mutwillige Zerstörung von Staatseigentum. Das könnte sie ins Gefängnis bringen. Doch im Grunde braucht sie eine Therapie.«

Der Mann war schwer in Ordnung, dachte sie. Trotzdem wäre sie bei diesem Satz am liebsten auf ihn losgegangen. »Das sagst du nur, weil du hören willst, ob ich sie im Gefängnis sehen will.«

»Und, willst du das?«

»Im Grunde ist mir das scheißegal – Hauptsache, sie verschwindet.«

»Das kann ich gut verstehen. Egal, wer den Bereitschaftsraum so verwüstet hat: Die Person hat ein ernsthaftes Problem.«

»Du hast Dolly nur wenige Wochen gekannt. Ich kenne sie schon mein halbes Leben und habe einfach keine Lust mehr, mir von ihr Probleme machen zu lassen.«

»Auch das kann ich gut verstehen.« Er legte seine Hand um ihren Nacken und überraschte sie mit einem Kuss. »Vielleicht schaffen wir es nachher, gemeinsam laufen zu gehen. Mir würde das guttun.«

»Würdest du bitte damit aufhören, mich beruhigen zu wollen?«

»Nein! Ganz einfach deshalb, weil du nicht mit einem Polizisten reden solltest, wenn du so wütend bist. Sonst gehst du ihm gleich an die Kehle, sobald er was Falsches sagt.« Er packte sie an den Schultern, und ihr fiel auf, dass sein Blick längst nicht so gelassen und geduldig war.

»Du bist doch intelligent. Also verhalte dich auch so. Das mit dem Bereitschaftsraum war kein Angriff gegen dich. Das war eine hinterhältige Attacke gegen uns alle. Vergiss das nicht.«

»Sie ist …«

»Sie ist ein Niemand! Konzentrier dich lieber darauf, was wirklich wichtig ist. Sag dem Polizisten, was er wissen muss, und widme dich dann wieder den Aufräumarbeiten. Und anschließend gehen wir zusammen laufen.«

Er küsste sie erneut, kurz und intensiv, danach ging er.

»Laufen! Ich werd dir schon Beine machen«, murmelte sie. Sie ging zu L. B.s Büro und musste sich eingestehen, dass Gull sie genauso verunsicherte wie Dollys plötzliche Gewaltausbrüche.

Lieutenant Quinniock saß mit einem Becher Kaffee und einem Notizblock an L. B.s überfülltem Schreibtisch. Eine schwarze Brille saß ganz vorn auf einer langen, scharfkantigen Nase, und hellblaue Augen spähten darüber hinweg. Seinen rechten Wangenknochen zierte eine kleine Narbe, ein blasses U in seinem verwitterten Gesicht. Sie hatte ihn schon einmal irgendwo gesehen, dachte Rowan. In einer Bar, einem Laden oder so. Ein Gesicht, das man nicht so schnell vergisst.

Er trug einen feinen Nadelstreifenanzug wie ein Manager. Einen gebügelten Maßanzug und dazu eine perfekt gebundene knallrote Krawatte. Der Anzug stand in einem merkwürdigen Kontrast zu seinem Gesicht. Ob das wohl Absicht war? Der Lieutenant erhob sich, als sie den Raum betrat. »Ms. Tripp?«

»Ja, Rowan Tripp.«

»Danke, dass Sie sich ein paar Minuten Zeit für uns nehmen. Ich weiß, dass Sie gerade einen anstrengenden

Tag erleben. Würde es Ihnen etwas ausmachen, die Tür zu schließen?« Die sanfte, höfliche, verbindliche Stimme passte zum Anzug.

»Setzen Sie sich«, sagte er. »Ich habe ein paar Fragen an Sie.«

»Gut.«

»Ich kenne Ihren Vater. Das dürfte allerdings für die meisten hier gelten. Sie steigen da in ziemlich große Fußstapfen, und wie ich höre, gelingt Ihnen das ziemlich gut.«

»Danke.«

»Sie und Miss Dolly Brakeman hatten vor ein paar Tagen eine Auseinandersetzung?«

»So kann man das auch nennen.«

»Wie würden Sie es denn nennen?«

Sie hätte ihn am liebsten an seiner knallroten Krawatte gepackt. Verhalte dich intelligent, hatte Gull gesagt, womit er leider recht hatte. Also zwang sie sich, eine entspannte Haltung einzunehmen und sagte kühl: »Ich würde eher von unbefugtem Zutritt und mutwilliger Zerstörung von Privateigentum durch eine Irre sprechen. Aber das ist meine Privatmeinung.«

»Offensichtlich nicht nur Ihre. Andere teilen diese Meinung durchaus. Sie haben Miss Brakeman in Ihrem Zimmer dabei ertappt, wie sie Tierblut auf Ihr Bett geschüttet hat, stimmt das?«

»Ja. Nachdem sie es bereits auf den Boden, meine Kleidung und mein restliches Hab und Gut gekippt hatte und damit meine Wand beschmiert hatte. ›Schmor in der Hölle‹, stand da, um genau zu sein.«

»Ja, mir liegen Fotos von dem Schaden vor. Mr. Little Bear hatte sie gemacht, bevor der Raum gereinigt und frisch gestrichen wurde.«

»Oh.« Das nahm ihr kurz den Wind aus den Segeln. Sie wusste nicht, dass L. B. den Vorfall dokumentiert hatte. Dabei hätte sie sich das eigentlich denken können. Er war nicht umsonst der Chef.

»Und was geschah, als Sie sie auf Ihrem Zimmer entdeckten?«

»Ach, ich habe versucht, auf sie loszugehen, aber einige Kollegen haben mich dran gehindert. Was angesichts des jetzigen Vorfalls wirklich bedauerlich ist.«

»Sie haben nicht die Polizei verständigt.«

»Nein.«

»Warum nicht?«

»Einerseits, weil ich zu wütend war. Andererseits, weil ihr gekündigt wurde und sie Hausverbot auf dem Fliegerhorst bekam. Unter den gegebenen Umständen hielt ich das für ausreichend.«

»Unter welchen Umständen?«

»Nun, damals hielt ich sie einfach für dumm und dachte, sie hätte es nur auf mich abgesehen. Außerdem hat sie ein Baby. Darüber hinaus gab es eine Stunde danach Feueralarm. So gesehen war Dolly nicht gerade meine oberste Priorität.«

»Sie und Ihre Einheit haben ein paar lange, anstrengende Tage hinter sich.«

»Das ist unser Job.«

»Wir schätzen Ihre Arbeit sehr.« Er nippte an dem Kaffee und überflog seine Notizen. »Das Baby, das Sie erwähnt haben, soll von einem gewissen James Brayner sein, einem Missoula-Feuerspringer, der letzten August tödlich verunglückt ist.«

»Ja, das stimmt.«

»Miss Brakeman macht Sie dafür verantwortlich.«

Es tat immer noch weh, würde wahrscheinlich ihr Leben lang wehtun. »Ich war seine Sprungpartnerin. Sie macht die ganze Einheit dafür verantwortlich und mich im Besonderen.«

»Nur zur Information, was genau versteht man unter einem Sprungpartner?«

»Wir springen zu zweit, kurz hintereinander, nachdem uns der Absetzer grünes Licht gegeben hat. Derjenige, der zuerst springt, wie ich in diesem Fall, behält den zweiten Mann im Auge. Um ihm zu helfen, die richtige Flugroute zu wählen und ihm damit eine glatte Landung zu ermöglichen. Hat einer von beiden Probleme, sollte der andere darauf reagieren. Man passt gegenseitig auf sich auf, so gut es eben geht. In der Luft und bei der Landung.«

»Und Brayners Unfall wurde nach internen Ermittlungen eindeutig als sein Fehler bewertet.«

Sie hatte so einen Hals, sodass es ihr nicht gelang, ihre Gefühle zu unterdrücken. »Er hat nicht richtig gelenkt. Wir haben eine ungünstige Luftströmung erwischt und die hat ihn mitgerissen. Er zog an der falschen Steuerleine und flog weiter hinein statt davon weg. Ich musste das hilflos mit ansehen. Sein Schirm ist aufgegangen, aber er hat es nicht geschafft. Er ist über das Zielgebiet hinausgeschossen und im Feuer gelandet.«

»Es muss hart sein, einen Partner zu verlieren.«

»Ja, das ist es.«

»Miss Brakeman war damals Köchin auf dem Fliegerhorst.«

»Ja.«

»Hatten Sie schon vor dem Unfall Probleme miteinander?«

»Sie hat gekocht, und ich habe gegessen. Mehr war da nicht.«

»Soweit ich weiß, kennen Sie sich ziemlich lange. Sie sind zusammen zur Schule gegangen.«

»Wir waren nicht in derselben Clique. Wir kannten uns nur vom Sehen. Aus irgendeinem Grund war sie schon immer eifersüchtig auf mich. Ich kenne viele Leute. Auch Jamie und Barry, die gerade im Bereitschaftsraum ihren Dienst versehen. Mit ihnen bin ich ebenfalls zur Schule gegangen. Aber keiner von ihnen hat sich aufgeführt wie Stephen Kings *Carrie*.«

Er sah sie über seine lange, schmale Nase hinweg an. »Wussten Sie, dass sie zum Zeitpunkt von Jim Brayners Tod schwanger war?«

»Nein. Soweit ich informiert bin, wusste das niemand. Nur Jim soll es Dollys Aussage nach gewusst haben. Sie hat den Fliegerhorst gleich nach dem Vorfall verlassen. Keine Ahnung, wo sie hingegangen ist. Soweit ich weiß, kam sie mit dem Baby zurück, hatte sich zum Glauben bekehrt und bewarb sich mit ihrer Mutter, ihrem Priester und Fotos von ihrem niedlichen Baby um Arbeit. L. B. hat sie eingestellt.« Um kurz zu verschnaufen, nahm sie einen großen Schluck von ihrer Cola. »Ich habe daraufhin das Gespräch mit ihr gesucht, weil ich dachte, wir sollten uns aussprechen. Doch sie hat keinen Zweifel daran gelassen, dass sie mich abgrundtief hasst und mich zur Hölle wünscht. Sie hat mein ganzes Zimmer mit Blut besudelt. Und L. B. hat sie gefeuert.«

Sie rutschte nervös auf ihrem Stuhl hin und her, weil sie nicht mehr still sitzen konnte und keine Fragen mehr beantworten wollte, deren Antwort er wahrscheinlich sowieso schon kannte. Konzentrier dich auf das, was wirklich wichtig ist, fielen ihr Gulls Worte wieder ein. »Hören Sie, ich weiß, dass Sie Nachforschungen anstellen müssen, verstehe aber nicht, was meine Geschichte mit Dolly damit zu tun hat. Sie ist in den Bereitschaftsraum eingebrochen und hat unsere Ausrüstung beschädigt. Unverzichtbare Ausrüstung. Das ist mehr als nur lästig. Wenn wir bei einem Feueralarm nicht einsatzbereit sind, können Menschen sterben. Tiere und die Wälder, in denen sie leben, werden vernichtet.«

»Ich verstehe. Wir werden uns mit Miss Brakeman unterhalten. Bislang ist der nachgewiesene Vandalismus in Ihrem Zimmer die einzige Verbindung zwischen ihr und der mutwilligen Zerstörung im Bereitschaftsraum.«

»Sie hat uns gewünscht, dass wir alle sterben, alle verbrennen. Auch das hat sie an die Wand geschrieben. Anscheinend konnte sie sich diesmal kein Schweineblut besorgen und hat stattdessen Farbspray benutzt.«

»Ohne Ausrüstung können Sie nicht springen. Und wenn Sie nicht springen können, sind Sie nicht in Gefahr.«

»Das ist nur logisch. Aber logisches Denken ist nicht gerade Dollys Stärke.«

»Sollte sich herausstellen, dass sie dafür verantwortlich ist, muss ich Ihnen beipflichten. Danke für Ihre Zeit und Ihre offenen Worte.«

»Kein Problem.« Sie stand auf und blieb auf dem Weg zur Tür stehen. »Ich wüsste nicht, wer das sonst gewesen sein sollte. Die Leute in der Gegend kennen unsere Arbeit. Wir sind ein Team, und jeder auf dem Fliegerhorst gehört dazu. Wir tun unsere Arbeit aus Überzeugung. Und wir sind aufeinander angewiesen. Dolly ist die einzige Außenseiterin.«

»Es gibt da drei Herren, die im letzten Monat vor der Lasso-Bar ziemlich was einstecken mussten. Vielleicht haben die sich damit amüsiert, Chaos anzurichten.«

Sie fuhr herum. »Glauben Sie wirklich, dass diese Arschlöcher nach Missoula zurückgekehrt sind, sich hier eingeschlichen, den Bereitschaftsraum gefunden und verwüstet haben?«

Quinniock setzte seine Brille ab und faltete sie ordentlich auf dem Schreibtisch zusammen. »Wir müssen das zumindest in Betracht ziehen. Das ist meine Arbeit.«

Die Vernehmung ließ Rowan mit einem unguten Gefühl zurück. Obwohl sie kaum Hunger hatte, ging sie zum Büfett und machte sich ein Sandwich. Sie aß es auf dem Weg in die Fertigung.

Niemand beschwerte sich. Weder über die zusätzliche Arbeit noch über die damit verbundenen Mühen. Während sie bei Quinniock gewesen war, hatte Janis ihren MP3-Player laut gestellt, sodass R&B, Country, Rock und Hip-Hop das Rattern der Nähmaschinen dämpfte. Sie sah zu, wie Dobie zu Shania Twain über den Boden schlitterte, während er eine Ladung Rucksäcke im Arm hielt.

Es könnte schlimmer sein, dachte sie und befahl sich, das Beste aus der Situation zu machen. Als Gull Schirme hereinschleppte, die repariert werden mussten, ging sie davon aus, dass die Polizei den Bereitschaftsraum freigegeben hatte. Sie ging von der Nähmaschine zum Tresen, um die Fallschirmseide auszubreiten. »Wie schlimm ist es?«, fragte sie.

»Vermutlich nicht so schlimm, wie es aussieht. Alles wurde auf den Kopf gestellt, aber es ist weniger Schaden entstanden, als ich befürchtet habe. Vieles muss nur richtig zusammengelegt und neu gepackt werden.«

»Immerhin ein Lichtstreif am Horizont.« Sie zeigte auf Risse und Schlitze.

»Es gibt noch einen Lichtblick: Draußen werden Tische aufgestellt. Marge soll ein Barbecue vorbereiten, eine Ladung Spareribs wurde soeben geliefert.«

Rowan zeigte auf einen weiteren Riss. Männer, die an diesem Tag noch nicht mal zum Duschen oder Rasieren gekommen waren, sangen lauthals zu Musik von Taylor Swift. Das Ganze war fast schon surreal.

»Fast alle Schirme, die ohnehin gewartet und repariert werden mussten, sind fertig und fast gepackt. Jetzt geht es mit den Fallschirmtaschen weiter.« Rowan verstummte und erwiderte seinen Blick. »Sieht ganz so aus, als könnten wir zusammen laufen gehen.«

»Sag Bescheid, wenn du so weit bist.«

»Ich bin nur ungern im Unrecht.«

»Jeder, dem es anders geht, hat wahrscheinlich ein zu geringes Selbstwertgefühl. Und das kann viele Probleme verursachen, auch im sexuellen Bereich.«

»Zum Glück habe ich ein außergewöhnlich gutes Selbstwertgefühl«, konterte sie. »Aber ich dachte erst, sie hätte es auf mich abgesehen. Ich wünschte, es wäre so. Ein persönlicher Rachefeldzug wäre mir lieber als das hier.«

»Es nervt. Andererseits hat es auch was, Southern und Trigger im Duett *Wanted Dead or Alive* singen zu hören.«

»Sie waren gar nicht so schlecht. Nicht gerade Bon Jovi, aber immerhin.«

»Wenn dein Glas halb leer ist und einen Sprung hat, solltest du einfach zur Bar gehen und dir ein neues geben lassen. Ich muss zurück.«

Positiv denken. Ein Lichtstreif am Horizont. Vielleicht

brauchte sie diesmal einfach nur etwas länger dafür. Höchste Zeit, dass sie ihr blödes Glas wegwarf. Sie kontrollierte jeden Zentimeter des Fallschirms, bevor sie ihn wegbrachte und begann dann mit dem nächsten. Sie war so sehr auf ihre Arbeit konzentriert, bei der es letztlich um Leben und Tod ging, dass sie gar nicht merkte, wie L. B. neben sie trat.

Seine Hände senkten sich auf ihre Schultern wie die des Absetzers an der Flugzeugtür. »Mach eine Pause.«

»Ein paar müssen komplett neu gewartet, aber die meisten nur ausgebessert werden.«

»Ich habe Neuigkeiten. Lass uns frische Luft schnappen.«

»Gut.« Durch die gebeugte Haltung und das angestrengte Gucken war sie völlig verspannt. Sie konnte es kaum erwarten, mit Gull laufen zu gehen. Dann roch sie die Spareribs auf dem Grill und merkte, dass sie das noch weniger erwarten konnte.

»Meine Güte, riecht das appetitlich. Marge weiß genau, womit sie uns was Gutes tun kann.«

»Warte nur, bis du das Maisbrot gesehen hast. Ich hatte gerade einen Anruf von der Polizei.«

»Wurde Dolly verhaftet? Nein«, sagte sie, noch bevor er etwas erwidern konnte. »Das sehe ich dir an. Verdammt noch mal, L. B.!«

»Sie behauptet, den ganzen Abend zu Hause gewesen zu sein. Ihre Mutter stützt diese Aussage.«

»Das wundert mich nicht.«

»Man kann ihr nicht nachweisen, dass sie nicht zu Hause war. Vielleicht finden sich im Lauf der Ermittlungen Beweise. Fingerabdrücke oder so etwas.«

Er steckte sich ein Bonbon in den Mund, in dem sich

bereits eines befand, und ihr wurde bewusst, dass er aus Stress fast zu einer Zigarette gegriffen hatte.

»Sie streitet alles ab«, fuhr er mit nach Kirschen riechendem Atem fort. »Die Polizei hat mit den Nachbarn gesprochen. Niemand kann beschwören, dass sie zu Hause war, aber eben auch nicht das Gegenteil. Und da sie niemand gesehen hat, kann man ihr nichts anhängen.«

L. B. blies die Backen auf. »Quinniock hat angedeutet, sie überlege, uns wegen Rufmords anzuzeigen.«

»Das gibt's doch nicht!«

»Sie wird es schon nicht tun, Ro, aber er wollte uns wissen lassen, dass sie bei der Vernehmung ziemlich außer sich war.«

»Angriff ist die beste Verteidigung.«

»Das könnte natürlich stimmen.« Er sah zum Grill hinüber, und sie stellte sich vor, wie schwer er an seiner Verantwortung zu tragen hatte.

»Egal, sollen sich doch Polizei und Staatsanwaltschaft damit herumschlagen«, meinte Rowan.

»Hauptsache, wir sind einsatzbereit, wenn man uns anfordert. Zum jetzigen Zeitpunkt können wir zwanzig Mann losschicken.«

»Zwanzig?«

»Einige Mechaniker haben das Bereitschaftsraum-Team verstärkt. Sie haben geschuftet wie die Tiere. Wir haben genügend Ausrüstung und Verpflegung für zwanzig Personen. Ich habe bereits Ersatz für beschädigte oder zerstörte Dinge angefordert. Von so einem Zwischenfall lassen wir uns nicht kleinkriegen. Du stehst wieder auf der Sprungliste.«

»Es war also nicht so schlimm, wie es aussah.«

»Na ja, es sah schon ziemlich wüst aus.« Sie konnte

regelrecht sehen, wie ihm ein Stein vom Herzen fiel. »Wir sind Feuerspringer, Wikingerbraut. Wir können eine Schneise von hier bis Kanada schlagen, wenn es sein muss. Also dürften wir auch mit dieser Sache fertigwerden.«

»Ich will, dass sie dafür büßen muss.«

»Ich weiß, mir geht es genauso. Wenn ich auf irgendeinen Hinweis stoße, dass sie im Bereitschaftsraum war, wandert sie ins Gefängnis. Sie hat mir leidgetan«, sagte er angewidert. »Ich hatte ihr eine zweite Chance gegeben und noch eine dritte, als ich sie bloß feuerte, anstatt die Polizei einzuschalten. Niemand wünscht sich mehr, dass sie dafür büßen muss, als ich, das kannst du mir glauben.«

Das Handy in ihrer Hosentasche klingelte.

»Geh ruhig ran. Ich werde die anderen beim Mittagessen einweihen.« Er eilte von dannen, drehte sich kurz um und lief rückwärts. »Pass auf, dass du von den Jungs nicht am Grill überrannt wirst«, warnte er sie.

Lachend zog sie ihr Handy hervor. Als sie die Nummer ihres Vaters sah, fielen ihr die SMS-Nachrichten wieder ein, die sie ihm geschickt hatte. »Das wurde aber auch Zeit.«

»Tut mir leid, Schätzchen, dass ich nicht früher zurückgerufen habe. Ich bin spät nach Hause gekommen, wollte dich nicht wecken und war dann den ganzen Vormittag beschäftigt.«

»Ich auch.« Sie erzählte ihm von den Zerstörungen im Bereitschaftsraum, von der Polizei, von Dolly.

»Um Himmels willen, Ro, was ist bloß in das Mädchen gefahren? Braucht ihr Hilfe? Ich kann Termine verschieben oder ein paar Leute rüberschicken.«

»Ich glaube, wir haben es geschafft, aber ich werde L. B. fragen.«

»Quinniock, sagtest du, den kenne ich. Ich habe ihn auf einer meiner Wohltätigkeitsveranstaltungen letztes Jahr kennengelernt. Er ist mit seinen Kindern gekommen, und ich habe eine Führung für sie gemacht.«

»Daher kenne ich ihn also. Hier hat er auch eine Führung bekommen. Und, wie lief dein Termin gestern Abend?«

»Gut. Ich werde an einem Schülerprojekt mitarbeiten. Und Ella, die Kundin, meldet sich für ein AFF-Training an.«

»Mehr nicht? Und deswegen wart ihr so lange gemeinsam aus?«

»Tja, du wirst sie bestimmt kennenlernen. Sie möchte sich auch mit dem Fliegerhorst kurzschließen. Wegen des Projekts. Die nächste Gruppe wartet schon auf mich, aber sag L. B., er soll Bescheid geben, wenn er Verstärkung braucht. Dann nehme ich mir die Zeit.«

»Abgemacht, aber ich glaube, wir kommen klar. Warum schaust du nicht vorbei, wenn du fertig bist? Du kannst dir auch einfach Zeit für mich nehmen.«

»Heute Abend gehe ich mit meinem Steuerberater essen. Aber wie wär's mit morgen? Ich schaue nach der Arbeit vorbei.«

»Gut. Bis morgen also.« Sie legte auf und lief zu der langen Reihe mit Tischen hinüber. Ihre Laune hob sich schlagartig. Sie machten Fortschritte, es gab etwas zu essen, und schon bald würde sie ein Date mit ihrem Lieblingskollegen haben. Und danach, schwor sie sich, würde sie früh ins Bett gehen und etwas Schlaf nachholen. Als sie hörte, wie Matt über eine Bemerkung Libbys lachte, hob sich ihre Stimmung noch mehr. So irritierend es auch war: Gull hatte recht gehabt. Dieser Mist mit Dolly hatte rein gar nichts zu bedeuten.

Als sie an ihre Arbeitsplätze zurückkehrten, gab Rowan Gull einen Stups: »Um vier Uhr auf der Laufbahn.«

»Ich werde da sein.« Das schrie zwar förmlich nach Ärger, dachte sie, musste aber zugeben, dass sie sich darauf freute. Vielleicht sollte sie von ihrer Regel abweichen. Seinetwegen. Vielleicht sollte sie aber auch nur darüber nachdenken – so lange, bis sich das Prickeln gelegt hatte. Vielleicht würde sie sich aber einfach mitten hineinstürzen in die Flammen der Leidenschaft. Sie hoch auflodern und dann verglimmen lassen.

Sie waren schließlich beide erwachsen, und sie wusste, wie das funktionierte. Nachdem das Feuer der Leidenschaft erkaltet war, konnten sie einfach beiseitetreten, ohne Narben zurückzubehalten. Und wenn sie sich entschloss, sich hineinzustürzen: Sie waren zwei gesunde, alleinstehende Erwachsene, die Gefallen aneinander fanden und Lust auf guten, leidenschaftlichen Sex hatten.

»Du strahlst aber«, sagte Janis, als sie zu Rowan an den Tisch trat.

»Ich überlege gerade, ob ich früher oder später Sex mit Gull haben sollte.«

»Bei dem Gedanken würde ich auch strahlen. Er ist einfach zu niedlich. Und männlich. Aber wo sind deine guten Vorsätze geblieben?«

»Ich glaube, ich werde sie vorübergehend ignorieren. Soll ich mich rarmachen? Oder soll ich mich auf der Stelle in eine heiße, leidenschaftliche Sexgöttin verwandeln?«

»Beides hat seine Vorteile. Doch manchmal baut man einfach viel zu hohe Erwartungen auf, wenn man zu lange wartet. Erwartungen, die dann keiner mehr erfüllen kann.«

»Dieses Problem darf man natürlich ebenfalls nicht außer Acht lassen. Ehrlich gesagt, würde ich überhaupt nicht drüber nachdenken, zumindest noch nicht, wenn das alles nicht passiert wäre. Diese Scheiße mit Dolly. Das hat mich völlig aus dem Konzept gebracht, Janis.«

»Wenn du zulässt, dass dich diese dumpfbackige, kaltherzige, selbstmitleidige Schlampe aus dem Konzept bringt, hast du verloren. Wenn du das tust, bin ich sauer auf dich. Und wenn ich sauer auf dich werde, prügele ich dich grün und blau.«

»Puh«, machte Rowan. »Du weißt, wie du mich behandeln musst.«

»Noch wurde es nicht nötig. Ich habe diesen Winter den schwarzen Gürtel bekommen. Wenn ich erst loslege, nimmt alles Reißaus. Leg es lieber nicht drauf an!«

»Hörst du das? Meine Zähne klappern schon.«

»Zu Recht. Also mach schon, hab Spaß mit ihm und vergiss den Scheiß mit Dolly.«

»Du bist ziemlich klug für deine Größe.«

»Ich kann auch Ziegelwände mit der flachen Hand durchschlagen.« Sie betrachtete ihre fein manikürten Nägel. »Das ist praktisch, wenn du von einem Psychopathen im Keller eines verlassenen Hauses eingesperrt wirst.«

»Genau.« Sie sah auf, als Trigger auf seinen Händen zwischen den Tischen herumlief. »Ein eindeutiges Zeichen dafür, dass wir langsam alle durchdrehen. Es gibt viel zu tun, aber wir kriegen das schon hin.«

»Durch Dobie, den Helden der Nähmaschine, wird unsere Ausrüstung besser ausschauen als je zuvor.«

»Ich kann nur hoffen, dass die Cops ihr Gottesfurcht

beibringen.« Janis senkte ihre Stimme. »Matt hat Dolly fünftausend Dollar gegeben.«

»Wie bitte?«

»Für das Baby. Ich habe gehört, wie sie Matt was vorjammerte, nachdem L. B. sie vor die Tür gesetzt hatte. Krankenhausrechnungen, Kinderarzt – das übliche Blabla. Er meinte, er könne ihr fünftausend Dollar geben. Damit müsse sie über die Runden kommen, bis sie eine neue Stelle hätte. Ich kann ihn sogar verstehen, es ist schließlich das Kind seines Bruders. Aber sie wird ihn ständig um Geld anhauen. Du weißt ja, wie sie ist.«

»Warum arbeiten, wenn man den Bruder des toten Lovers bloß vollzuflennen braucht? Wenn er etwas für das Baby tun will, sollte er das Geld lieber Dollys Mutter geben oder ein paar Rechnungen direkt bezahlen.«

»Wirst du ihm das sagen?«

»Kann schon sein.« Rowan hob den Schirm hoch, um ihn zur Reparatur zu bringen. Sie überlegte, ob sie wirklich ungebetene Ratschläge erteilen sollte oder ob es besser war, sich rauszuhalten. Vielleicht hatte sie beim Laufen einen Geistesblitz. Sie zog ihre Sportklamotten an und nahm eine Flasche Wasser mit. Gull stieß zu ihr, als sie gerade die Schlafbaracke verließ.

»Perfektes Timing«, sagte er.

»Hätte ich noch eine Stunde in einem geschlossenen Raum verbringen müssen, wäre ich Amok gelaufen. Was hast du heute für Pläne?«

»Mal sehen«, erwiderte Gull. »Der Bereitschaftsraum sieht inzwischen aus, als hätte ihn Martha Stewart höchstpersönlich eingerichtet. Ich habe die Nase voll von Hausarbeit. Dafür würde ich mich gern als Rigger ausbilden lassen.«

»Damit hast du dich also auch schon befasst?«

»Nur theoretisch. Du bist zertifizierter Master Rigger. Du könntest mir beibringen, wie man die Fallschirme wartet.«

»Vielleicht.« Sie wusste, dass er eine rasche Auffassungsgabe hatte. »Willst du wirklich dieses Zertifikat haben oder einfach nur mehr Zeit mit mir verbringen?«

»Ich nenne es zwei Fliegen mit einer Klappe schlagen.«

Sie blieben neben der Laufbahn stehen, wo Rowan ihre warme Jacke auszog und die Wasserflasche darauflegte. »Laufen wir auf Distanz oder auf Zeit?«

»Wie wär's mit einem Wettlauf?«

»Du hast leicht reden, Speedy Gonzalez.«

»Ich gebe dir etwas Vorsprung. Sagen wir eine Viertelrunde.«

»Eine Viertelrunde?« Sie wippte auf den Zehenspitzen auf und ab, um ihre Muskeln und Sehnen vorzubereiten. »Und du glaubst, dass du mich bei dem Vorsprung einholen kannst?«

»Wenn nicht, genieße ich wenigstens eine schöne Aussicht.«

»Gut, Sportsfreund, wenn du mich von hinten bewundern willst – gern.« Sie nahm die Innenbahn, drückte auf die Stoppuhr und rannte los.

Wirklich eine tolle Aussicht, dachte Gull, als er auf die Laufbahn schlenderte und seine Kopfhörer aufsetzte. Er nahm sich kurz die Zeit zum Aufwärmen, schwenkte die Arme und hob die Knie. Nach einer Viertelrunde lief er los. Ach, tat das gut, sich zu bewegen, zu atmen und dazu laute Musik zu hören. Warme, trockene Luft streifte seine Haut, die Sonne fiel auf die Laufbahn, und Rowans verführerische Kurven eilten ihm voraus. Besser konnte es kaum werden.

Er steigerte langsam das Tempo, sodass sich ihr Vorsprung nach der ersten Runde halbierte. Sie trug eng anliegende Shorts und ein Oberteil, das ihre Brüste betonte. Als er näher kam, genoss er den Anblick ihrer sexy Wadenmuskeln und ihrer kräftigen Schultern, auf die die Sonne fiel. Er wollte sie berühren, begehrte ihren Körper. Gleichzeitig faszinierte ihn ihre Intelligenz. Eine unschlagbare Kombination. Nach zwei Runden war er nur noch wenige Schritte hinter ihr. Sie sah sich kurz um, schüttelte den Kopf und steigerte ihr Tempo.

Doch nach zweieinhalb Runden war er auf gleicher Höhe. Er überlegte, langsamer zu werden, da er hörte, wie sie keuchte. Doch sein sportlicher Ehrgeiz war geweckt. Drei Dutzend Schritte vor ihr lief er durchs Ziel.

»Meine Güte.« Rowan beugte sich vor, um wieder zu Atem zu kommen. »Ich sollte stocksauer sein. Das war erniedrigend.«

»Ich wollte dich schon gewinnen lassen, aber dafür respektiere ich dich viel zu sehr.«

Mühsam stieß sie ein Lachen hervor. »Danke, wie reizend!«

»Gern geschehen.«

»Trotzdem.« Sie sah auf die Uhr. »Das war meine persönliche Bestleistung. Und dazu hast du mich angespornt.« Ihr Gesicht glänzte vor Anstrengung, und sie fixierte ihn mit einem kühlen, klaren Blick.

Er war nicht lang genug gelaufen, merkte Gull, steckte die Finger in den Ausschnitt ihres Oberteils und zog sie an sich.

»Warte, ich bin noch außer Atem.«

»Eben deswegen.«

Genauso sollte es sein, dachte er, als er sie küsste. Sie war verschwitzt und atemlos, von derselben Begierde getrieben wie er. Sie schmeckte nach Zitroneneis, herb und warm. Die Hitze vom Laufen, von ihrer Lust, war mit Händen zu greifen, während ihnen das Herz bis zum Hals schlug. Zum ersten Mal zitterte sie, wenn auch nur ein bisschen. Er wusste nicht, ob vom Laufen oder von seinem Kuss, aber das war ihm auch egal. Ganz in der Nähe johlte jemand laut auf und pfiff anerkennend. Und zum ersten Mal schmolz sie dahin wie Eis in der Sonne.

Die Sirene ertönte.

Sie lösten sich voneinander und sahen atemlos zu den Baracken hinüber.

»Fortsetzung folgt«, raunte Gull ihr zu.

12

Als Lucas am Nachmittag gemeinsam mit einem Profigolfer durch die Luft schwebte, sah er, wie es unten auf dem Fliegerhorst hoch herging. Also wurde es nichts aus dem gemeinsamen Abendessen mit seiner Tochter. Enttäuscht musste er daran denken, wie oft ihnen während der Saison ein Strich durch die Rechnung gemacht wurde. Er wünschte ihr Glück, wünschte sich, dass sie unversehrt blieb.

»Das ist der beste Moment meines Lebens«, rief sein Kunde.

Du bist jung, dachte Lucas. Solche Momente kommen und gehen. Und wenn du Glück hast, kommen immer wieder neue nach.

Nachdem sie gelandet waren, die üblichen Fotos und Dankesfloskeln ausgetauscht hatten, las er seine SMS.

Sorry, kein Abendessen. Es brennt. Bis später!

»Bis später«, murmelte er.

Lucas rief beim Fliegerhorst an, um sich über den Sachstand zu informieren. Der Brand vom Vortag hatte nur das Ausrücken von vier Mann erfordert, und die waren innerhalb von zehn Stunden wieder zurück gewesen.

Dieser Brand sah heimtückischer aus. Ein außer Kontrolle geratenes Lagerfeuer, sechzehn Feuerspringer befanden sich im Einsatz, darunter seine Tochter. Obwohl er das Gebiet einigermaßen im Kopf hatte, warf er einen

Blick auf die Karte an seiner Wand. Kiefern, dachte er. Douglasien. Vielleicht half das Wasser des Lee Creek. Er musterte die Karte, suchte nach einem Zielgebiet für die Feuerspringer und sinnierte über die Landungsmöglichkeiten in dem dichten Waldgebiet.

Sie wird das schon hinkriegen, beruhigte er sich. Er würde Bürokram erledigen, etwas zu Abend essen und warten. Nachdem er ganze fünf Minuten auf den Bildschirm gestarrt hatte, gab er sich geschlagen. Er konnte sich nicht konzentrieren und überlegte, vielleicht zum Fliegerhorst zu fahren, den Kraftraum zu benutzen und dann bei Marge etwas zu essen zu schnorren. Aber das würde auch nichts an seiner Nervosität ändern.

Der Abend im Restaurant vorgestern war schön gewesen, dachte er. Ein Glas Wein trinken und sich bei einer warmen Mahlzeit unterhalten. In Rowans Abwesenheit gab es bei ihm meistens Fertigmahlzeiten. Nicht, dass sie oder er besonders gut kochen konnten, aber sie kamen zurecht. Wenn er allein war, ging er auch oft in das kleine Café neben seinem Souvenirshop, falls er rechtzeitig daran dachte, bevor es schloss. Oder er machte sich ein Sandwich. Außerdem hatte er eine gefüllte Tiefkühltruhe zu Hause. Aber er hatte sich nie daran gewöhnen können, allein zu essen.

Es hatte Zeiten gegeben, in denen er sich als Feuerspringer unheimlich einsam fühlte. Doch was Einsamkeit wirklich bedeutete, erfuhr er erst, als er das erste Mal die ganze Nacht in seinem leeren Haus saß und kein Auge zutun konnte. Er zückte sein Handy und rief Ella an, bevor er überhaupt wusste, was er ihr sagen wollte.

»Hallo?«

Ihre Stimme klang fast beängstigend fröhlich.

Von wegen Iron Man, dachte er.
»Hallo Ella, ich bin's, Lucas.«
»Hallo, Lucas.«
»Ja, hallo.«
»Wie geht es dir?«, fragte sie nach kurzem Schweigen.
»Gut. Äh, gut. Es war wirklich schön vorgestern Abend.« Meine Güte, Lucas, dachte er.
»Das fand ich auch. Ich habe oft daran gedacht.«
»Wirklich?«
»Ja. Und da du anrufst, hoffe ich, dass du mich erneut ausführen willst.«
Er spürte, wie ihm ganz warm wurde vor Freude. Verblüfft strahlte er über das ganze Gesicht. So schwer war das gar nicht. »Ich würde gern mit dir zu Abend essen.«
»Ich auch. Wann?«
»Heute Abend? Ich weiß, das ist ziemlich kurzfristig.«
»Nennen wir es spontan. Ich mag Spontaneität.«
»Prima. Toll. Ich könnte dich so gegen sieben abholen.«
»Ja. Oder wir sind beide spontan. Komm zum Abendessen, Lucas. Ich habe Lust zu kochen. Magst du Pasta?«
»Klar, aber ich will dir keine Umstände machen.«
»Keine Bange. Es soll ein schöner Abend werden, wir könnten auf der Terrasse essen. Ich habe im Garten gearbeitet, und du gibst mir Gelegenheit, damit anzugeben.«
»Das klingt nett.« Hausmannskost, ein Abend auf der Terrasse vor der Kulisse eines Gartens. Zwei Abendessen mit einer schönen Frau in drei Tagen – das klang unglaublich.
»Brauchst du eine Wegbeschreibung?«
»Ich finde dich schon.«
»Also dann bis sieben. Tschüs, Lucas.«
Ich habe eine Verabredung, dachte er verblüfft. Eine

offizielle Verabredung. Hoffentlich würde er nicht alles verderben!

Als Lucas heimfuhr, um sich zum Abendessen umzuziehen, dachte er an Rowan. Sie war mittendrin, umgeben von Rauch und Hitze. Sie musste handeln, Entscheidungen treffen. Jede Faser ihres Körpers und jeder Gedanke waren darauf ausgerichtet, das Feuer zu löschen und am Leben zu bleiben. Er betrat sein Haus, das nur wenige Minuten vom Fliegerhorst entfernt lag. Ein ziemlich großes Haus, dachte er. Aber wenn Rowan zu Hause war, brauchte sie Privatsphäre. Außerdem besuchten ihn seine Eltern mehrmals im Jahr und benötigten ebenfalls Platz. Doch in den langen Phasen dazwischen lastete diese Leere zunehmend schwerer auf ihm.

Er kümmerte sich selbst um das Haus. Die Angewohnheit, nur das Nötigste stets griffbereit zu haben, hatte er aus dem Beruf ins Privatleben übernommen. Er mochte es gern schlicht. Seine Mutter liebte es, zu dekorieren, ihn mit Dingen zu umgeben, die er sofort wegräumte, sobald sie abreiste, und erst bei ihrem nächsten Besuch wieder hervorholte. So musste er weniger abstauben. Dasselbe geschah mit den bunten Kissen, die sie auf dem Sofa und sämtlichen Sesseln verteilte. Damit er sich ungestört langlegen konnte.

In seinem Zimmer schmückte eine braune Tagesdecke sein Bett, in der Ecke stand ein Holzstuhl mit gerader Lehne. Dunkle Holzläden rahmten die Fenster. Sogar Rowan störte sich an den fehlenden Farben, dem fehlenden Stil. Aber auch sie wusste zu schätzen, wie pflegeleicht das Haus war. Seine Hemden hingen ordentlich im Schrank. Sie waren durch Regale, die er für seine Schuhe gebaut hatte, von den Hosen getrennt.

Nichts Besonderes, hatte Ella gesagt. Was meinte sie damit? Panik schnürte ihm die Kehle zu, und er griff nach seinen Standardklamotten: kakifarbene Hose mit blauem Hemd. Nachdem er sich umgezogen hatte, holte er erneut Erkundigungen über den Brand ein. Nichts Neues.

Weil Ella ihren Garten erwähnt hatte, machte er auf dem Hinweg halt, um ein paar Blumen zu besorgen. Blumen waren schließlich nie verkehrt. Er gab Ellas Adresse in das Navi ein. Aber im Grunde kannte er die Gegend, die Straße. Er überlegte, worüber sie wohl reden würden. Hätte er eine Flasche Wein mitbringen sollen? Daran hatte er gar nicht gedacht. Oder waren Wein und Blumen zu viel? Jetzt war es ohnehin zu spät, um noch Wein zu kaufen. Außerdem hätte er sowieso nicht gewusst, welchen.

Er hielt in ihrer Auffahrt, parkte vor der Garage eines hübschen mehrstöckigen Hauses in einem kräftigen Orangeton, der gut zu ihr passte. Viele Fenster gingen auf die Berge hinaus. Der Vorgarten war mit Blumen bepflanzt, weitere Pflanzen, die in großen Tontöpfen auf der Natursteinterrasse standen, sorgten für farbliche Abwechslung. Ob die gelben Rosen, die er gekauft hatte, vielleicht zu viel waren?

»Blumen sind nie verkehrt«, murmelte er vor sich hin, als er mit leicht wackeligen Beinen aus seinem Wagen stieg.

Er hätte sich lieber einen Burger und Pommes aus dem Café holen und sie in seinem Büro hinunterschlingen sollen. Er wusste gar nicht mehr, wie so etwas ging, war einfach zu alt dafür. Er hatte die Frauen noch nie verstanden, wie sollte ihn da eine Frau verstehen? Sich tapsig und unbeholfen fühlend, die Zunge wie gelähmt, klingelte er.

Ella machte die Tür auf. Ihr Haar war hochgesteckt, und in ihrem Gesicht spiegelte sich freudige Erwartung. »Du hast mich also gefunden. Oh, sind die schön.« Sie nahm ihm die Rosen ab und vergrub ihre Nase in den Knospen. »Danke!«

»Sie haben mich an deine Stimme erinnert.«

»An meine Stimme?«

»Sie sind hübsch und fröhlich.«

»Das ist aber nett. Komm rein«, fügte sie hinzu, nahm seine Hand und zog ihn mit sich.

Farben füllten das Haus, und es gab jede Menge der Dinge, die seine Mutter so liebte. Die Einrichtung war hell und fröhlich. Es gab knallige, aber auch pastellige Töne, verschiedene Texturen und Muster im Wohnbereich, wo Kerzen auf dem steinernen Kaminsims standen.

»Ein tolles Haus.«

»Ich liebe es sehr.« Sie sah sich zufrieden um. »Das ist das erste Haus, das ich selbst gekauft, möbliert und eingerichtet habe. Eigentlich ist es zu groß für mich, aber die Kinder kommen oft zu Besuch, und ich habe gern ausreichend Platz. Komm mit nach hinten, damit ich die hier ins Wasser stellen kann.«

Die einzelnen Wohnbereiche gingen nahtlos ineinander über. Lucas kannte sich nicht sehr gut mit Innenarchitektur aus, genau genommen gar nicht, aber das Ambiente fühlte sich genauso an, wie es aussah: bunt, fröhlich, lässig.

In der Küche fielen ihm beinahe die Augen aus dem Kopf. Sie ging auf der einen Seite in einen Ess- und auf der anderen in einen zweiten großen Wohnbereich über. Auch dort gab es ein Sofa, Sessel und einen riesigen Flachbildschirm. Die Küche sah professionell aus mit ihren Arbeitsflächen aus Granit, der Kochinsel, den blank polierten Edelstahlgeräten und den dunklen Holzschränken. Viele davon hatten Glastüren, durch die man Gläser und Porzellan bewundern konnte. Ein paar komplizierte Küchenmaschinen standen auf der Arbeitsplatte.

»Das ist ja eine richtige Profiküche.«

»Sie und die Aussicht haben mich sofort für das Haus eingenommen. Als ich es sah, wusste ich, das muss ich haben.« Sie nahm eine Flasche Rotwein aus einem Glasregal und stellte sie mitsamt dem Korkenzieher auf die Theke. »Wie wär's, wenn du den Wein aufmachst, während ich eine Vase hole?«

Sie öffnete eine Schranktür, überflog die Regale und entschied sich für ein großes kobaltblaues Gefäß. Er öffnete den Wein, während sie die Blumen in der Spüle anschnitt.

»Ich bin so froh, dass du angerufen hast. Ein gemeinsames Essen ist viel schöner, als an meiner Doktorarbeit zu sitzen.«

»Du schreibst eine Doktorarbeit?«

»Ich bin fast fertig.« Sie überkreuzte die Finger. »Ich habe es viel zu lange hinausgeschoben, hole aber gut auf. Rotweingläser«, befahl sie ihm. »Sie stehen im zweiten Regal, im Schrank rechts neben der Spüle. Hm, toll, wie sich die Rosen von dem Blau abheben! Wie lief es in der Arbeit?«

»Gut. Wir hatten eine große Besuchergruppe aus Kanada da und eine aus Arizona. Dazu mehrere Schüler. Viel zu tun. Doch gestern war es noch hektischer. Mir blieb kaum Zeit, zum Fliegerhorst hinüberzugehen und mir den Schaden anzusehen.«

»Schaden?« Sie sah von ihren Blumen auf.

»Ich dachte, das hätte sich längst herumgesprochen. Irgendjemand ist in der Nacht in den Bereitschaftsraum eingedrungen und hat dort alles auf den Kopf gestellt.«

»Wer tut denn so was?«

»Nun, wahrscheinlich war es Dolly Brakeman, eine junge Frau aus dem Ort. Sie hatte eine Beziehung mit dem Feuerspringer, der im letzten Sommer tödlich verunglückt ist. Im Frühling hat sie sein Baby bekommen.«

»Oje, ich kenne ihre Mutter. Wir sind befreundet. Irene arbeitet auch an der Schule. Sie ist eine unserer vier Köchinnen.«

Das hatte er doch eigentlich gewusst, dachte Lucas. Dass Irene in der Schulkantine arbeitete. »Oh, tut mir leid. Ich hätte nichts über Dolly sagen sollen.«

»Irene ist Irene, und Dolly ist Dolly. Glaub mir, ich kann das sehr wohl auseinanderhalten.« Ella steckte eine Rose, bei der sie die unteren Blätter entfernt hatte, in die Vase. »Das Mädchen macht ihrer Mutter graue Haare. Aber wie dem auch sei, das mit dem tödlich verunglückten Kindsvater ist tragisch. Doch warum sollte sie deshalb den Fliegerhorst verwüsten?«

»Wie du weißt, hat Dolly dort als Köchin gearbeitet. Sie wurde ein zweites Mal eingestellt.«

»Ich habe nicht mehr mit Irene gesprochen, seit ich ihr etwas für das Baby vorbeigebracht habe, aber ich weiß, dass sie und Leo nach Bozeman gefahren sind, um die Tochter mitsamt dem Baby nach Hause zu holen. Deshalb habe ich mich etwas zurückgenommen, damit sie Zeit für sich haben. Dass Dolly wieder auf dem Fliegerhorst arbeitete, wusste ich nicht.«

»Man hatte ihr eine zweite Chance gegeben. Ich weiß

nicht, ob du mitbekommen hast, dass sie nach Jims Tod gegangen ist. Aber vorher hatte sie Rowan angegriffen.«

»Deine Tochter? Irene hat nie erwähnt, dass … Na ja, es gibt so einiges, was sie nicht über Dolly erzählt. Aber warum?«

»Ro war damals Jims Sprungpartnerin gewesen. Es ist zwar völlig gestört, aber Dolly hat sie angegriffen. Und wenige Tage, nachdem sie wieder auf dem Fliegerhorst angefangen hatte, wurde sie von Ro dabei ertappt, wie sie ihr Zimmer von oben bis unten mit Schweineblut besudelt hat.«

»Um Himmels willen!« Wie sie die Hände in die Hüften stemmte, erkannte Lucas sofort die strenge Schuldirektorin.

Sie gefiel ihm.

»Davon weiß ich ja gar nichts.« Ihre grünen Augen funkelten, als sie den Wein einschenkte. »Ich werde Irene gleich morgen anrufen und hören, ob sie irgendetwas braucht. Ich weiß, dass Dolly, gelinde gesagt, ›schwierig‹ ist. Aber Irene war fest davon überzeugt, dass das Baby, ihr Glaube und ihre Rückkehr ins Elternhaus zu einem Umdenken bei Dolly geführt hätten. Doch anscheinend ist das nicht der Fall.« Mitleidig und besorgt sah sie ihn an. »Wie geht deine Tochter damit um?«

»Ro? Die kommt klar. Sie und ihre Kollegen waren seitdem mit der Wartung und Reparatur der Fallschirme beschäftigt. Trotzdem haben sie es geschafft, gestern vier Mann rauszuschicken.«

»Das freut mich zu hören. Vielleicht haben sie ja jetzt etwas Zeit, zu verschnaufen.«

»Heute Nachmittag gegen halb fünf gab es Feueralarm.«

»Rowan ist gerade auf einem Einsatz? Auch davon

habe ich nichts mitbekommen. Ich habe heute noch keine Nachrichten gesehen. Du machst dir bestimmt furchtbare Sorgen, Lucas.«

»Nicht mehr als sonst. Das gehört einfach dazu.«

»Dann freue ich mich umso mehr, dass du angerufen hast.«

»Nur um dich wegen Irene ganz nervös zu machen.«

»Ich bin froh, dass ich weiß, was los ist. Ich kann ihr nicht helfen, wenn ich nicht Bescheid weiß.« Sie streckte die Hand aus und legte sie auf die seine. »Warum trägst du deinen Wein und die Flasche nicht raus auf die Terrasse? Ich komme gleich nach.«

Lucas trat durch die großen Glastüren auf die Terrasse. Von dort hatte man einen herrlichen Blick auf die Berge und den schier endlosen Himmel. Auf ihren Garten natürlich auch. Er sah aus wie aus einem Hochglanzmagazin. Ein abgetrennter, mit weichem Mulch bedeckter Bereich war für die Enkel gedacht. Es gab Schaukeln, Klettergerüste, Balancierbalken, Wippen und sogar ein Häuschen mit einem kleinen Tisch und Stühlchen. Das sah genauso fröhlich aus wie ihr Haus, und er begriff, dass sie nicht nur ein Zuhause für sich, sondern auch für ihre Familie geschaffen hatte.

Trotzdem, ihre Blumen wirkten einfach überwältigend. Er erkannte Rosen, so viel verstand er von Pflanzen, und er bewunderte die prächtigen, streifen- oder kreisförmig angelegten Beete, die durch schmale Steinpfade miteinander verbunden waren. Lauschige Nischen boten Platz für Bänke, es gab eine von wildem Wein umrankte Laube und einen Kupferspringbrunnen. Während er das alles auf sich wirken ließ, flog ein Wiesenstärling zum Futterspender eines Vogelhäuschens.

Lucas drehte sich um, als sie mit einem Tablett kam. »Ella, das ist der Wahnsinn! Solche Gärten kenne ich nur aus Filmen.«

Sofort bekam sie wieder Grübchen und errötete leicht. »Der Garten ist mein ganzer Stolz und meine Leidenschaft. Schon die Vorbesitzer hatten einen grünen Daumen, insofern war meine Ausgangsbasis hervorragend. Eigentlich brauchte ich nur wenige Änderungen vorzunehmen und ein paar Dinge zu ergänzen. Doch mit der Zeit habe ich etwas ganz Eigenes daraus gemacht.« Sie stellte das Tablett auf einen Tisch zwischen zwei Stühle mit knallblauen Polstern.

»Ich dachte, es gibt nichts Besonderes.« Er betrachtete die fantasievollen Häppchen auf dem Tablett.

»Ich muss dir etwas gestehen: Ich liebe es, mir Umstände zu machen.« Sie griff nach ihrem Wein. »Ich hoffe, das macht dir nichts aus.«

»Ich bin gut erzogen.«

Ella setzte sich und beugte sich zu ihm vor, während ihre Windharfe im Sommerwind musizierte. Der Wiesenstärling zwitscherte einen Dank für sein Abendessen.

»Ich liebe es, hier draußen zu sitzen. Vor allem um diese Tageszeit oder frühmorgens.«

»Deine Enkel spielen hier bestimmt gern.«

Sie tranken Wein, aßen die leckeren Häppchen und unterhielten sich über ihre Enkelkinder, woraufhin er Anekdoten aus Rowans Kindheit zum Besten gab. Zwischendurch fragte er sich, wovor er eigentlich solche Angst gehabt hatte. Er fühlte sich so wohl in ihrer Gegenwart, dass es ihm nicht schwerfiel, unterhaltsam zu sein. Jedes Mal, wenn sie lächelte, war er gerührt. Schon bald kam es ihm überhaupt nicht mehr merkwürdig vor, an einem schönen Sommerabend draußen zu sitzen, Wein zu trinken, die Aussicht zu genießen und sich mit einer schönen Frau zu unterhalten. Darüber vergaß er beinahe, wie er die meisten anderen Sommerabende verbracht hatte, nämlich genauso wie seine Tochter gerade.

»Du denkst an sie. An Ro.«

»Ich habe sie immer im Hinterkopf. Aber Rowan versteht etwas von ihrer Arbeit und hat eine gute Truppe dabei.«

»Was sie wohl gerade tut?«

»Oh, das kommt ganz darauf an.« Das hängt von so vielem ab, dachte er, und alles war gefährlich, aber notwendig. »Vielleicht schlagen sie gerade eine Schneise. Sie bestimmen einen Ort dafür, überlegen, wie das Feuer auf Wind reagieren wird, und entfernen die Bäume mitsamt dem Unterholz.«

»Weil das das Feuer nährt.«

»Ja, genau. Es gibt dort Wasser, sie könnte also auch an der Pumpe stehen. Wahrscheinlich wurde Gel abgeworfen.«

»Warum sollte jemand Gel auf sie abwerfen?«

Er musste lange und laut lachen. »Löschgel natürlich. Auf das Feuer. Damit kommt kein Feuerspringer gern in Berührung.«

»Komm, lass uns nach drinnen gehen. Dort kannst du mir Gesellschaft leisten, während ich das Abendessen zubereite, und mir mehr über Löschgel erzählen.«

»Das wird dich bestimmt nicht interessieren.«

»Da irrst du dich«, sagte sie, als er das Tablett, die Gläser und den Wein nahm. »Das interessiert mich wirklich.«

»Das ist ein knallrosa Zeug, das aussieht wie Schlamm. Es brennt höllisch, wenn es mit Haut in Berührung kommt.«

»Warum knallrosa? Das ist doch etwas für kleine Mädchen?«

Er grinste, während sie eine Kasserolle herausnahm. »Man gibt Eisenoxid dazu, um es rot zu färben, aber wenn es runterkommt, sieht es aus wie knallrosa Regen. Die Farbe markiert die Abwurfstelle.«

Sie gab etwas Öl in die Kasserolle, würfelte Knoblauch und ein paar Eiertomaten, ohne aufzuhören, ihm Fragen zu stellen und eigene Kommentare abzugeben. Sie scheint sich tatsächlich dafür zu interessieren, dachte er. Trotzdem fiel es ihm schwer, sich zu konzentrieren. So wie sie sich bewegte, wie ihre Hände hackten und würfelten. So wie sie lächelte und duftete. Allein wie sein Name klang, wenn sie ihn aussprach.

Ihre Lippen …

Lucas hatte das eigentlich nicht vorgehabt, aber das hat man davon, wenn man handelt, ohne vorher nachzudenken: Als Ella sich von der Kochinsel abwandte, stand er ihr ein wenig im Weg, und ihre Körper streiften sich. Sie hob ihr Gesicht, lächelte, sagte vielleicht noch irgendwas, doch dann …

Stand da eine Frage in ihren Augen oder war es eine Einladung? Er überlegte nicht lange, sondern handelte einfach. Seine Hände senkten sich auf ihre Schultern, und sein Mund senkte sich auf ihre Lippen.

Was waren sie weich und süß! Sie öffneten sich, während ihre Hände über seinen Rücken strichen, ihn an sie zogen. Sie stellte sich auf die Zehenspitzen, und als er fühlte, wie ihr Körper an seinem emporglitt, wurde ihm ganz heiß. Er wollte sich an sie schmiegen wie an eine Daunendecke in einer kalten Winternacht. Doch er unterbrach seinen Kuss, lehnte einfach seine Stirn gegen die ihre.

»Es ist dein Lächeln«, murmelte er. »Wenn ich dich lächeln sehe, kann ich kaum noch einen klaren Gedanken fassen.«

Sie nahm sein Gesicht in beide Hände und hob seinen Kopf, bis sie ihm in die Augen sehen konnte. Was bist du nur für ein wunderbarer Mann, dachte sie. »Ich glaube, das Abendessen kann warten.« Sie löste sich von ihm, machte die Flamme unter dem Topf aus und drehte sich wieder zu ihm um. »Möchtest du mit mir nach oben gehen, Lucas?«

»Ich …«

»Wir sind keine Kinder mehr. Wir haben mehr Lebensjahre hinter uns als vor uns. Jede Chance, etwas Schönes zu erleben, sollten wir nutzen.« Sie streckte die Hand aus. »Komm mit.«

Er nahm ihre Hand, atmete unregelmäßig aus, als sie ihn durchs Haus führte. »Du hast nicht nur Mitleid mit mir, oder?«

»Wieso sollte ich?«

»Weil ich dich so sehr will.«

»Lucas, wenn es anders wäre, würde ich in Selbstmitleid versinken.« Sie sah schalkhaft zu ihm auf. »Seit du angerufen hast, habe ich mich gefragt, ob wir wohl heute Abend zusammen im Bett landen würden. Und dann musste ich eine halbe Stunde Yoga machen, um mich zu beruhigen.«

»Nervös? Du?«

»Ich bin kein Kind mehr«, rief sie ihm wieder in Erinnerung, als sie ihn in ihr Schlafzimmer zog, wo gedämpftes Licht durch die Fenster fiel. »Männer in deinem Alter interessieren sich mehr für Fünfunddreißigjährige als für über Fünfzigjährige. Das sind zwanzig Jahre Schwerkraft, die mir zu schaffen machen.«

»Was soll ich mit jemandem, der meine Tochter sein könnte?« Als sie daraufhin bloß lachte, grinste er. »Meine Güte! Da würde ich mich bloß alt fühlen. Ich habe sowieso Angst, alles zu verderben. Ich bin aus der Übung, Ella.«

»Ich bin auch ziemlich eingerostet. Mal sehen, ob wir in Stimmung kommen. Du könntest damit anfangen, mich zu küssen. Denn das Küssen scheinen wir noch nicht verlernt zu haben.«

Er zog sie an sich, und diesmal legte sie die Arme um seinen Hals. Er spürte, wie sie sich wieder auf die Zehenspitzen stellte, als ihre Lippen sich trafen, sich öffneten, um sich einem verführerischen Zungenkuss hinzugeben.

Er ließ zu, dass er aufhörte zu denken, und überließ sich seinem Gefühl. Seine Hände fuhren über ihren Rücken, ihre Hüften, ihre Flanken und wanderten dann nach oben, um die Haarnadeln aus ihrer Frisur zu ziehen. Sie fielen zu Boden, glitten zwischen seinen Fingern hindurch, während sie den Kopf in den Nacken legte, damit seine Lippen ihren Hals fanden.

Lucas empfand eine unbeschreibliche Mischung aus Trost und Erregung. Sie zitterte, als er sich von ihr löste, um ihre Bluse aufzuknöpfen. Sie machte sich währenddessen an seinen Hemdknöpfen zu schaffen und schlüpfte aus ihren Sandalen.

»So weit …«

»… so gut«, beendete er ihren Satz und küsste sie erneut.

Und ja, o ja, dachte sie. Küssen konnte er.

Ella öffnete sein Hemd, legte ihre Hände auf seine Brust. Sie war fest, muskulös und vernarbt, zeugte von stetiger Pflichterfüllung. Sie berührte sie mit ihren Lippen, als er ihre Bluse abstreifte und sie mit seinem Hemd zu Boden fiel. Als er ihre Brüste umfasste, dachte sie nicht mehr an Schwerkraft. Wozu sich Sorgen machen, wenn er sie ansah, als wären sie schön? Wenn er sie langsam und intensiv küsste?

Sie öffnete seinen Gürtel, konnte es kaum erwarten, ihn zu berühren, berührt zu werden, sich an all das zu erinnern, was ein Körper empfindet, wenn er begehrt wird. Das Höschen, das sie nach seinem Anruf sorgfältig ausgewählt hatte, fiel zu Boden. Und dann begann ihr Herz wie wild zu rasen, als er sie einfach hochhob.

»Lucas.« Überwältigt ließ sie ihren Kopf auf seine Schulter sinken. »Genau das habe ich mir ein Leben lang gewünscht. Dass mich jemand einfach hochhebt. Du bist der Erste, der das getan hat.« Er sah in ihre strahlenden Augen und fühlte sich wie ein König, als er sie zum Bett trug.

Im Dämmerlicht berührten und liebkosten sie sich. Sie erinnerten sich, gingen auf Entdeckungsreise, erkundeten runde Kurven, scharfe Kanten und sämtliche erogene Zonen. Als er in sie eindrang, flüsterte sie seinen Namen. Und als er sich in ihr bewegte, raste sein Herz wie verrückt. Sie kam ihm entgegen, während sich ihre Finger tief in seine Hüften gruben, um ihn anzufeuern.

Und aus dem König wurde der feurige Liebhaber, der seiner Gefährtin zu Willen war. Als sie laut aufschrie, ihn während des Höhepunkts ganz eng umschloss, geriet sein Blut in Wallung, und er kam mit ihr gemeinsam.

»Meine Güte«, sagte sie, nachdem sie eine Weile tief befriedigt dagelegen hatten. »Von wegen: ›Das verlernt man nicht, genau wie Fahrrad fahren.‹ Oder: ›Sex wird mit dem Alter immer besser, wie Wein und Käse.‹ Ich finde, das war einfach: Wow!«

Er zog sie an sich, und sie schmiegte sich an ihn, legte ihren Kopf auf seine Schulter. »Wow. Das trifft es perfekt. Alles an dir ist einfach nur wow!«

»Lucas.« Sie verbarg ihr Gesicht an seinem Hals. »Bei dir bleibt mir wirklich das Herz stehen. So etwas hat noch niemand zu mir gesagt.«

»Dann müssen viele Männer ziemlich blind gewesen sein.« Er wickelte eine Strähne von ihrem Haar um seinen Finger, überglücklich, dass er das durfte. »Wenn ich das könnte, würde ich ein Gedicht über dein Haar schreiben.«

Sie lachte und musste gleichzeitig die Tränen zurückblinzeln. »Du bist so unglaublich süß.« Sie stützte sich auf den Ellbogen, um ihn zu küssen. »Ich mach dir die beste Pasta, die du je gegessen hast.«

»Bloß keine Umstände. Wir könnten uns auch einfach nur ein Brot machen.«

»Pasta«, beharrte sie. »Mit frischen Eiertomaten und Basilikum aus dem Garten. Du musst dich stärken, für später.«

Als ihre Augen funkelten, gab er ihr einen Klaps auf den nackten Hintern. »Ja, wenn das so ist, sollten wir am besten nach unten gehen und anfangen zu kochen.«

13

Während ihr Vater in Ellas Bett den Schlaf der Gerechten schlief, ging Rowan bereits in die achte Stunde ihrer Schlacht. Sie hatten das Feuer in die Enge getrieben und fast unter Kontrolle gehabt, als Funkenflug eine Reihe neuer Brandinseln entfachte. Innerhalb kürzester Zeit war das Team zwischen dem Hauptbrand und den neuen, sich weiter ausbreitenden Feuern eingeschlossen.

Wie höllischer Hagel donnerte Flugfeuer durch den Rauchnebel, fiel krachend auf Helme und verbrannte nackte Haut. Mit lautem Getöse ging eine Goldkiefer in Flammen auf und stand wie eine brennende Fackel im dichten Rauch, von dem die Augen brannten. Der vom Feuer entfachte Wind ließ neue Glut über die Widerstandslinie fliegen und verwandelte den beinahe schon errungenen Sieg in eine verzweifelte Schlacht.

Kommandos brüllend, rannte Rowan mit der Hälfte des Teams in Richtung des neuen Feuersturms, die Ausrüstung hinter sich herschleifend. »Die Fluchtroute führt den Berg hinunter«, rief sie, wohl wissend, dass sie in der Falle säßen, wenn es der Flanke gelang, sich mit der Spitze des Feuers zu verbinden. »Wenn wir fliehen müssen, lasst alles stehen und liegen und rennt wie der Teufel.«

»Wir werden das Biest kriegen. Wir werden es zur Strecke bringen«, rief Cards im Drachenfieber.

Unterwegs löschten sie kleinere Brandinseln, schlugen darauf ein, gruben und sägten.

»Etwa fünf Meter weiter befindet sich ein Fluss«, sagte Gull, der neben ihr herrannte.

»Ich weiß.« Sie staunte, dass auch er das im Kopf hatte. »Wir bringen die Pumpe hin, schließen die Schläuche an und machen alles nass. Wir werden das Biest einfach ertränken.«

»Fast hätten wir es gehabt!«

»Gibbons und die anderen werden ihm den Kopf abschlagen.« Sie sah Gull an. Sein Gesicht glänzte im Schein der Flammen, während sie mit heiseren Schreien und lautem Lachen versuchten, das Gebrüll des Feuerdrachen zu übertönen.

Drachenfieber konnte sich wie ein Virus verbreiten, wusste Rowan. Und das konnte positiv, aber auch negativ sein. Selbst sie wurde davon erfasst, denn in Kürze würde es ums Ganze gehen. »Wenn es nicht klappt, Speedy, nimm so viel Ausrüstung mit wie möglich. So schnell, wie du rennen kannst, solltest du in der Lage sein, dem Drachen zuvorzukommen.«

»Verstehe.«

Sie schufteten in einem mörderischen Tempo, ließen Ausrüstungsgegenstände fallen, um Pumpen und Schläuche anzuschließen, während andere hastig eine Schneise schlugen.

»Auf ihn mit Gebrüll«, rief Rowan, stemmte ihre Beine in den Boden und spannte sämtliche Muskeln an, während sie nach dem Schlauch griff. Als er sich mit Wasser füllte, das in einem mächtigen Schwall hervorschoss, stieß sie einen wilden Schrei aus. Ihre von der schweren körperlichen Arbeit ohnehin schon erschöpften Arme zitterten. Aber ihr Mund verzog sich zu einem tapferen Grinsen.

»Hier, nimm das!« Rowan sah zu Gull hinüber und lachte wie eine Wahnsinnige. »Das ist nur eine laue Sommernacht von vielen. Schau!« Sie wies mit dem Kinn auf die Flammen. »Der Feuerdrache gibt auf. Der Kopf fällt. Ein herrlicher Anblick!«

Eine Stunde vor Anbruch der Morgendämmerung gab sich das Feuer geschlagen. Statt zusammenzupacken, ließ sich das erschöpfte Team am Flussufer fallen. Die Köpfe auf Rucksäcke gebettet, schliefen sie ein paar Stunden, bevor sie aufbrachen. Rowan widersprach nicht, als Gull sich neben sie fallen ließ – erst recht nicht, nachdem er ihr einen Schluck von seinem Bier anbot. »Wo hast du das denn her?«

»Ich habe da so meine Methoden.«

Sie nahm einen großen Schluck und ließ sich dann auf den Rücken fallen, um zu sehen, wie aus dem Rauchnebel ein Stern nach dem anderen auftauchte. Das ist das Beste, dachte sie. Dieser zeitlose Augenblick zwischen Tag und Nacht, inmitten der rauschenden Wälder, der Berge und unter freiem Himmel. Wer niemals in so eine Schlacht gezogen ist, kann sich diesen Triumph einfach nicht vorstellen.

»Ein harter Arbeitstag sollte stets mit einem Bier unter Sternenlicht beschlossen werden«, sagte sie.

»Wer von uns beiden ist jetzt der Romantiker?«

»Ich sage das nur, weil ich von dem vielen Rauch schon ganz benebelt bin. Wie eine Honigbiene.«

»Ich war mal mit einer Imkerin zusammen.«

»Im Ernst?«

»Mit Katherine Anne Westfield.« Bei dem Gedanken an sie seufzte er leise. »Eine langbeinige Brünette mit

Augen wie geschmolzene Schokolade. Eine Zeit lang war ich so in sie verknallt, dass ich ihr sogar mit den Bienen geholfen habe. Aber es hat nicht funktioniert.«

»Du wurdest gestochen.«

»Haha! Sie hat darauf bestanden, Katherine Anne genannt zu werden. Nicht Katherine, nicht Kathy oder Kate, Kat oder K. A. Ganz oder gar nicht. Das war mir zu anstrengend.«

»Du hast dich von einer Frau getrennt, weil ihr Vorname zu viele Silben hatte?«

»Gewissermaßen. Außerdem wurden mir ihre Bienen immer unheimlicher.«

»Ich höre sie gern summen. Ich werde schläfrig davon. Kassiopeia ist erloschen«, sagte sie, als das Sternbild verschwand. Dann schloss sie die Augen und fiel in einen tiefen Schlaf.

Eng an ihn geschmiegt wachte sie wieder auf. Normalerweise kuschle ich nicht, dachte Rowan. Sie brauchte Platz beim Schlafen, und wenn sie mit ihrer Mannschaft unter freiem Himmel übernachtete, kuschelte sie erst recht nicht.

Wie peinlich!

Sie begann, sich von ihm zu lösen, aber sein Arm hielt sie fest und zog sie noch ein wenig näher.

»Warte eine Minute«, befahl er.

»Wir müssen los.«

»Ja, ja. Wo bleibt mein Kaffee, Frau?«

»Sehr witzig.« Doch es zuckte tatsächlich um ihre Mundwinkel. »Lass mich!«

»Wie du merkst, bin ich derjenige, der an Ort und Stelle geblieben ist. Du hast dich an mich rangewanzt. Beschwere ich mich deswegen?«

»Wahrscheinlich war mir kalt.«

Er drehte den Kopf, um sie auf den Scheitel zu küssen. »Ich finde, du fühlst dich ziemlich heiß an.«

»Weißt du, Gull, das ist kein romantischer Campingtrip, und wir haben einen ganzen Tag mit Nachlöscharbeiten vor uns.«

»Dessen Beginn ich nur zu gern um ein paar Minuten nach hinten verschieben würde, während ich von einem romantischen Campingtrip in den Bergen träume, einschließlich Morgensex. Und anschließend machst du mir Kaffee, Rührei und Speck, wobei du knappe Jeans und eines von diesen hauchdünnen Hemdchen trägst. Anschließend muss ich den Bären niederringen, der ins Zeltlager eingedrungen ist. Natürlich besiege ich ihn nach einem erbitterten Zweikampf. Daraufhin versorgst du zärtlich meine Wunden und wir haben noch mehr Sex.«

Ich kuschle nicht, dachte Rowan. Aber warum kuschelte sie dann mit ihm? Und warum verfingen sich seine Sprüche bei ihr, die sie sonst nur kaltgelassen hatten? »Du hast wirklich eine äußerst lebhafte Fantasie.«

»Ohne sollte man gar nicht erst aus dem Haus gehen.«

»Und was für einen Bären ringst du nieder?«

»Einen Grizzly, natürlich, was sonst?«

»Nun, von dem vielen Gerede von Sex und Frühstück bin ich ganz hungrig geworden.« Sie löste sich von ihm und setzte sich auf. »Zwanzig Minuten in einem heißen Jacuzzi, gefolgt von einer Massage. So sieht meine Morgenfantasie aus!«

Rowan suchte in ihrem Rucksack nach einem Energieriegel. Während sie ihn hinunterschlang, konnte sie ihren Blick nicht von Gull abwenden. Er hatte versucht, sich etwas von dem Ruß aus dem Gesicht zu wischen, allerdings nur mit mäßigem Erfolg. Seine Haare sahen aus, als hätte man den Boden damit gewischt. Dann sah sie weg, genoss den Anblick von Bergen und Wald im Sonnenlicht. Wer braucht da noch Fantasie?, dachte sie.

»Los, beweg dich, Greenhorn.« Sie gab ihm einen sanften Klaps auf das Bein. »Es ist längst hell.«

Gull half, ein paar Verpflegungspakete zu öffnen, damit er sich eine Einmannration zum Frühstück gönnen konnte und – was noch wichtiger war – Kaffee. Er ließ sich neben Dobie fallen.

»Wie war's bei dir?«, fragte Gull.

»Das war der härteste Tag meines noch jungen Lebens, Kumpel.« Dobie schüttete Tabasco über Zwieback und Speck, bevor er beides in einem Affenzahn in sich hineinstopfte. »Aber auch der beste. Man denkt, man weiß Bescheid«, sagte er und fuchtelte mit dem Speck. »Aber das stimmt nicht. Das weiß man erst, wenn man es selbst erlebt hat.«

»Das Feuer hat dich geküsst.«

Dobie hob den Arm, um sich über die verbrannte Haut in seinem Nacken zu fahren. »Ja, es hat mir den einen oder anderen Zungenkuss gegeben. Als es dann anfing, Flammen zu regnen, dachte ich, wir werden bei lebendigem Leib gegrillt. Aber wir haben zurückgeschlagen. Du solltest Trigger sehen. Ein Ast ist von einem Stück Totholz abgebrochen, das er gerade umsägte. Er hat ihn genau hier erwischt.« Dobie legte einen Finger auf seinen Hals. »Als er ihn herausriss, hat er geblutet wie ein abgestochenes Schwein.«

»Davon weiß ich ja gar nichts.«

»Das ist passiert, als euer Team zu den Brandinseln auf

dem Bergrücken gegangen ist. Anschließend legte er sich eine Mullkompresse auf die Wunde, umwickelte sie mit Klebeband und sägte das nächste Totholz klein. Da dachte ich: Wenn ich schon gegrillt werde, dann mit den Besten, die es gibt.«

»Und jetzt dürfen wir vor dieser Kulisse frühstücken.«

»Das ist unschlagbar«, gab Dobie zu und griff nach einer weiteren Einmannration. »Was hast du mit der Frau vor?«

Es war sinnlos zu fragen: »Mit welcher Frau?« Gull sah zu Rowan hinüber und sagte: »Alles.«

»Dann solltest du dich lieber beeilen.« Dobie schüttelte seine unverzichtbare Tabasco-Flasche. »Der Sommer dauert schließlich nicht ewig.«

Gull dachte über Dobies Worte nach, während er bis weit in den Nachmittag hinein schuftete. Er hatte sich Rowan so genähert, als hätte er sie unter ganz normalen Umständen kennengelernt. Als bliebe ihnen noch ewig Zeit, essen oder ins Kino zu gehen, einen Ausflug zu machen oder einen gemeinsamen Tag am Strand zu verbringen. Aber ihre Welt hatte mit Normalität nicht viel zu tun. Vielleicht sollte er die Sache mit ihr angehen wie seine Arbeit. Nichts gegen ein Champagnerpicknick, aber es gibt Momente, in denen eine weniger elegante Herangehensweise gefragt war.

Als sie zusammenpackten, wünschte sich Gull nichts sehnlicher, als sich wieder sauber zu fühlen und acht Stunden lang eine richtige Matratze unter sich zu spüren. Kein Wunder, dass Frauen trotz ihres Sex-Appeals in dieser Saison so weit unten auf seiner Prioritätenliste standen, dachte er, als er sich im Flugzeug einfach auf den

Boden plumpsen ließ. Noch bevor das Flugzeug abgehoben hatte, war er auch schon eingeschlafen.

Wie der Rest seiner Truppe quälte er sich nach der Landung hinaus, kümmerte sich um seine Ausrüstung und hängte den Fallschirm auf. Er sah, wie Rowan unterwegs zu den Schlafbaracken eine SMS schrieb. Direkt hinter ihr betrat er die Unterkunft und hatte eigentlich vor, gleich auf sein Zimmer zu gehen, sich aus Hemd und Hose zu schälen und sich dieser bleischweren Stiefel zu entledigen. Alles an ihm war müde und verspannt, und er fühlte sich dementsprechend gereizt.

Wenn er müde war, dann nur, weil er zu oft nachts wach gelegen und an Rowan gedacht hatte. Doch irgendwann hatte er vor lauter Erschöpfung einfach damit aufgehört. Er hatte aufgehört, an sie zu denken. Doch als sie jetzt ihr Zimmer betrat, schlüpfte er direkt hinter ihr hinein.

»Was …«

Er verschloss ihr den Mund, indem er sie gegen die Tür drückte und küsste. Der Kuss brannte, so wild und temperamentvoll war er nach all dem aufgestauten Frust. Doch er konnte sich einfach nicht mehr zügeln. Er trat wenige Zentimeter zurück und erwiderte ihren Blick. »Ich bin müde. Ich bin genervt. Ich weiß nicht genau warum, aber das ist mir egal.«

»Aber warum …«

»Sei ruhig und hör mir zu. Ich möchte dir etwas sagen.« Er presste erneut den Mund auf ihre Lippen und packte ihre Handgelenke. »Das Ganze ist mir einfach zu blöd. Vielleicht bin ich blöd, oder du bist blöd. Das ist mir auch egal.«

»Was ist dir eigentlich nicht egal?«, fragte sie.

»Du natürlich. Vielleicht, weil du so verdammt gut

aussiehst, so intelligent und furchtlos bist. Vielleicht, weil ich einfach nur geil bin. Aber es hat gefunkt zwischen uns, und das wissen wir beide ganz genau.«

Da sie ihn nicht zur Hölle geschickt oder ihm zwischen die Beine getreten hatte, glaubte er, ein kurzes Zeitfenster für sein Plädoyer zu haben.

»Es wird Zeit, dass wir aufhören, Spielchen zu spielen, Rowan. Es wird Zeit, dass du deine bescheuerten Vorsätze über Bord wirfst. Was da auch immer zwischen uns ist – wir müssen dem nachgeben. Wenn es nur ein Strohfeuer ist, lassen wir es eben herunterbrennen und damit basta. Aber ich habe einfach keine Lust mehr, eine Brandinsel nach der anderen zu löschen. Entweder Ja oder Nein. Also, was sagst du?«

Sie hatte nicht mit so einem Temperamentsausbruch gerechnet. Doch da sie mit angesehen hatte, wie er auf drei Männer gleichzeitig losgegangen war, sollte sie eigentlich nicht überrascht sein. Sie hätte auch nicht erwartet, dass ihr Blut nach einem sechsunddreißigstündigen Einsatz als Feuerspringerin noch in Wallung geraten konnte. Aber da stand er und sah sie an, als wüsste er nicht, ob er sie küssen oder erwürgen sollte, und ihr wurde ganz anders.

»Was ich dazu sage?«

»Ja, genau.«

»Ersäufen wir das Feuer.« Sie packte seine Haare und riss ihn an sich. Jetzt war sie an der Reihe, ihn gegen die Tür zu drücken. »Ab unter die Dusche, Greenhorn.« Hastig knöpfte sie sein Hemd auf.

»Lustig, das stand ganz oben auf meiner Prioritätenliste, bevor ich sauer wurde.« Er zog ihr das Hemd aus und ging rückwärts auf ihr Bad zu. »Doch dann wollte ich einfach nur dich.« Er öffnete ihre Hose.

»Die Stiefel«, stieß sie hervor, während sie aneinander herumfummelten. Sie ließ sich auf den Toilettendeckel fallen und machte sich an ihren Schürsenkeln zu schaffen. Er ließ sich auf den Boden plumpsen und tat genau dasselbe.

»Sehr verführerisch ist das nicht gerade, aber ich bin einfach bloß geil.«

»Los, beeil dich.« Lachend riss sie ihre Hose nach unten und richtete sich wieder auf, um ihr Oberteil und den BH auszuziehen.

»Halleluja«, murmelte Gull.

»Zieh dich aus«, befahl sie ihm, schlüpfte aus ihrem Höschen und stellte das Wasser an.

Verrückt, dachte sie. Wir müssen vollkommen verrückt sein, aber ihr war einfach danach. Eine neue Art Drachenfieber, dachte sie und drehte sich um, um ihn zu sich unter die Dusche zu zerren.

»Wir sind sehr schmutzig«, sagte sie, schlang ihre Arme um seinen Hals und schmiegte sich an ihn.

»Und werden schon bald noch viel schmutziger werden. Stell das Wasser heißer.« Er griff hinter sie, drehte das warme Wasser weiter auf und machte sich dann über ihre wartenden, willigen Lippen her.

Ach, tut das gut, dachte sie. Das Wasser auf ihrer Haut, seine Hände, die die warme Nässe auf ihrem ganzen Körper verteilten. Genau danach hatte sie sich die ganze Zeit gesehnt. Sie ließ die Hände über seinen Rücken wandern, spürte festes Fleisch, kräftige Muskeln und massierte ihm die knotigen Verspannungen weg, die die stundenlangen Anstrengungen hinterlassen hatten. Als sie sich bis zu seinen Schultern vorgearbeitet hatte, stöhnte er. Er biss sie zärtlich in den Hals, ließ seine Finger ihre Wirbelsäule hinuntergleiten und dann wieder hinauf, bis er jene Stelle an ihrem Nacken fand, deren Liebkosung sie sowohl schmerzhaft als auch lustvoll aufstöhnen ließ.

»Lass mich das machen.« Sie verteilte Shampoo in ihren Händen und fuhr ihm dann mit den Fingern durchs Haar. Während sie rubbelte und massierte, goss er sich ihr Duschgel in die Hand. Die Dusche füllte sich mit dem Duft nach reifen Pfirsichen, und seine Finger beschrieben langsame Kreise auf ihren Brüsten und ihrem Bauch. Duftender Schaum bildete sich zwischen ihren Körpern, als er eine Hand nach unten wandern ließ und sie mit seinen Fingern stimulierte.

Ihr Kopf fiel in den Nacken, und ein lustvolles Stöhnen drang aus ihrer Kehle. Er sah zu, wie sie sich ganz ihren Gefühlen hingab, und hörte nicht auf, bis ihre Hüften, ihr Atem seinem Rhythmus folgten. Noch nicht, dachte er. Noch nicht. Er ließ sie stöhnen und drehte sie mit dem Gesicht zur nassen Wand.

»Gull, ich …«

»Ich muss deinen Rücken waschen. Ich liebe deinen Rücken.« An seinem unteren Ende entdeckte er eine Tätowierung. Es war ein roter Drache, aus dessen Maul eine goldene Flamme loderte. Er fuhr mit seiner eingeschäumten Hand darüber, folgte ihren Konturen mit seinen Lippen. »Deine Haut ist wie Milch.«

Er genoss den Anblick ihres gewölbten Nackens, der seinen Zähnen, seiner Zunge hilflos ausgeliefert war, und als sie ihren Arm nach hinten streckte, um ihn an sich zu ziehen, glitten seine Hände nach vorn und umfassten ihre Brüste.

Wie fest und voll sie waren! Er wirbelte sie herum und ersetzte seine Hände durch seinen Mund.

Das war das Gegenteil dessen, was sie erwartet hatte. Er ist wirklich unberechenbar, dachte sie, während sie am ganzen Körper zitterte. Der wütende Mann, der sie gegen die Tür gedrückt hatte, hätte sie im Sturm erobern müssen. Stattdessen verführte er sie.

Inmitten des Wasserdampfs, der so dicht war wie Rauch, ließ er seine Lippen über ihren Körper wandern, bis jeder ihrer Muskeln zitterte und sie es fast nicht mehr aushielt vor lauter Verlangen. Dann verwöhnte er sie mit dem Mund, bis sie kam und eine heiße Welle der Lust über sie hinwegrollte.

Im Moment ihrer größten Schwäche, in dem Körper und Geist nur noch bloße Hingabe sind, drang er in sie ein.

Jetzt war es mit der Verführung vorbei. Jetzt gab es keine sich langsam bewegenden Hände oder neckende Lippen mehr. Gull packte ihre Hüften und stieß wild in sie. Er konnte einfach nicht anders, das Geräusch von nasser Haut auf nasser Haut erregte ihn, das Rauschen der Dusche, ihre sich ihm entgegenstemmenden Hüften. Sie waren beide vollkommen entfesselt.

Inmitten der heißen Dämpfe sah er, wie ihr Blick brach. Und trotzdem feuerte er sie und sich weiter an, bis ihn eine Welle der Lust überrollte und er ebenfalls kam.

Rowan legte ihren Kopf auf seine Schulter, bis sie wieder zu Atem kam. Das kann dauern, dachte sie. Ich keuche wie eine alte Frau.

»Du brauchst eine kleine Verschnaufpause.«

Sie seufzte zustimmend.

»Wenn wir uns jetzt bewegen, geben die Beine unter uns nach und wir ertrinken – und zwar nachdem wir uns den Schädel gebrochen haben.«

»Wir können von Glück sagen, dass das nicht längst passiert ist.«

»Wahrscheinlich. Aber dann wären wir wenigstens blitzsauber und befriedigt gestorben. Ich mach die Dusche aus. Das Wasser wird langsam kalt.«

Sie selbst war noch so erhitzt, dass ihr Körper eine ganze Eisscholle zum Schmelzen hätte bringen können. Als er mit seinen Lippen ihren Scheitel berührte, konnte sie zum ersten Mal wieder richtig durchatmen. Doch wie auf sein liebevolles Verhalten reagieren?

»Tragen dich deine Beine wieder?«, fragte er.

»Ich stehe da wie eine Eins.« Hoffentlich, dachte sie.

Er ließ sie los, um nach den Handtüchern zu greifen. »Eigentlich eine Schande, dir was zu geben, mit dem du dich verhüllen kannst.« Noch bevor sie danach greifen konnte, hatte er sie schon eingewickelt und drückte ihr einen warmen, langen Kuss auf die Lippen.

»Ist irgendwas?«, fragte er.

»Nein, warum?«

Er strich ihr mit dem Zeigefinger über die Nasenwurzel. »Du runzelst die Stirn.«

»Mein Gesicht spiegelt nur die Verfassung meines Magens wider, der sich gerade fragt, warum er immer noch leer ist.« Das war nicht mal gelogen. »Ich verhungere.« Sie entspannte sich, lächelte wieder. »Nach dem Sprung ins Feuer und der Sonderbehandlung unter der Dusche bin ich fix und fertig.«

»Das kann ich gut nachvollziehen. Komm, lass uns etwas essen!«

Sie war schon halb im Schlafzimmer, als sie sich umdrehte. »Ich habe das zwar schon gesagt, aber du hast wirklich was drauf. Das schreit nach einer Wiederholung.«

»Ich kann auch in der Horizontalen arbeiten.«

Sie lachte laut auf, während sie ein T-Shirt und Jeans aus dem Schrank zog. »Das musst du mir erst noch beweisen.«

»Jetzt gleich oder nach dem Essen?«

Sie schüttelte nur den Kopf. »Später. Ich habe Lust auf … Ziehst du dich nicht an?«

»Ich werde nicht in diese stinkenden Klamotten schlüpfen. Ich muss mir kurz dein Handtuch ausleihen.«

Ihr fielen die Kleider wieder ein, die sie ausgezogen hatten. »Warte kurz, ich hol dir was Frisches zum Anziehen.«

»Echt?«

»Ich weiß, wo dein Zimmer ist.« Sie eilte in sein Zimmer.

Ziemlich aufgeräumt, dachte sie, als sie eine Schublade aufzog. Auch in den Schränken. Sie nahm, was er ihrer Meinung nach brauchen konnte, und sah sich noch einmal kurz um. Als sie das Foto bemerkte, trat sie näher. Gull, wahrscheinlich mit seiner Tante, seinem Onkel und seinen Cousins. Sie alle standen untergehakt vor einer knallroten Doppeltür.

Ein sympathischer Haufen, dachte sie, ihre Körpersprache drückte Zuneigung und Zufriedenheit aus. Sie standen vor der Spielhalle, die auf dem Foto viel größer aussah, als sie sich das vorgestellt hatte.

Sie brachte ihm die Kleider. »Beeil dich und zieh dich an, bevor ich anfange, meine Hand anzuknabbern.«

»Beeil dich und zieh dich aus. Beeil dich und zieh dich an. Befehle, nichts als Befehle!« Er warf ihr einen ironischen Blick zu. »Dominante Frauen machen mich scharf.«

»Mal gucken, ob ich meine Peitsche und meine Fesseln noch irgendwo finde.«

»Aha, noch so eine Fantasie, die es wert ist, erkundet zu werden.«

»Bitte vergiss nicht, mich ›Herrin‹ zu nennen.«

»Wenn du mir versprichst, sanft zu sein. Übrigens, mir gefällt dein Tattoo.«

»Es ist ein Glücksbringer«, sagte sie. »Der Drache auf dem Leib schützt mich vor dem Feuerdrachen im Wald. Und das da? Was hat es mit deinem auf sich?« Sie ging einmal um ihn herum, um die Buchstaben zu berühren, die sein linkes Schulterblatt schmückten. »Teine«, las sie laut.

»Das wird ›tien‹ ausgesprochen, ist Gälisch und bedeutet ›Feuer‹. Das Feuer auf dem Leib schützt mich vor dem Feuer von außen.«

»Es muss uns nur immer wieder aufs Neue herausfordern. Und woher hast du die?« Sie zeigte auf die Narbe, seitlich am linken Brustkorb.

»Von einer Kneipenschlägerei in New Orleans.«

»Das ist nicht dein Ernst!«

»Nun, sie fand eher vor als in der Kneipe statt. Ich war zum Mardi Gras in New Orleans. Warst du jemals dort?«

»Nein.«

»Das muss man gesehen haben.« Sein noch duschfeuchtes Haar lockte sich über dem Kragen des frischen Hemdes. »Ich ging damals noch aufs College und bin mit ein paar Freunden hingefahren. Nach dem Karnevalsumzug sind wir in eine Bar. Dieser Arsch hat ein Mädchen belästigt. So wie der Arsch, der dich angepöbelt hat. Nur dass der Typ noch fieser und betrunkener war, und sie sich nicht so gut zur Wehr setzen konnte wie du.«

»Das können nur wenige«, sagte sie grinsend.

»Dem kann ich nicht widersprechen. Als ich ihm also vorschlug, sie in Ruhe zu lassen, wurde er frech. Eins führte zum anderen, und da es ihm anscheinend nicht passte, in aller Öffentlichkeit bloßgestellt zu werden, zückte er ein Messer.«

Ihr Grinsen wich einem offenen Mund. Sie war schockiert. »Himmel Herrgott, er hat auf dich eingestochen?«

»Er hat es zumindest versucht. Das Messer ist an meinen Rippen abgeprallt.« Gull strich leicht über die Narbe. »Aber ich hatte das Vergnügen, ihm den Kiefer zu brechen. Das Mädchen war mir äußerst dankbar, und so habe ich eine sehr angenehme Nacht verbracht.«

Er band die Schnürsenkel seiner Turnschuhe zu. »Ich habe eine wilde, bewegte Vergangenheit.«

»Du bist mir ein Rätsel.«

»So.« Er streckte die Hand aus. »Wie wär's, wenn ich dich zum Abendessen und auf ein kaltes Bier einlade?«

»Da die Verpflegung bei uns kostenlos ist, kommst du diesmal billig davon. Aber was soll's!«

Nachdem Gull ihr später bewiesen hatte, dass er tatsächlich auch in der Horizontalen gut arbeiten konnte, gab ihm Rowan einen erschöpften Stups. »Geh nach Hause!«

»Nö.« Er zog sie einfach an sich.

»Gull, keiner von uns ist zierlich, und dieses Bett ist nicht für zwei gedacht.« Abgesehen davon, dass es eine Sache ist, mit einem Mann Sex zu haben, und eine ganz andere, in seinen Armen einzuschlafen.

»Ging doch bisher ganz gut. Wir kommen schon klar. Außerdem hast du die Sprungliste gesehen. Wir sind die ersten beiden Springer der ersten Gruppe. Wenn wir angefordert werden, müssen wir nur in die hier überall verstreuten Klamotten schlüpfen und losrennen. Das nennt man effizient.«

»Schläfst du aus Effizienzgründen immer mit deiner jeweiligen Sprungpartnerin?«

»Du bist die erste, mit der ich das ausprobiere. Und wer weiß, wenn es Zeit spart, könnte es direkt zur Angewohnheit werden. Falls wir nicht angefordert werden sollten – hast du dann Lust auf einen Morgenlauf?«

Seine Hand, die ihr sanft über den Rücken strich, fühlte sich gut an, irgendwie beruhigend. Es ist ohnehin schon spät, dachte sie. Also mache ich diesmal eine Ausnahme von der Regel.

Die Ausnahmen wurden anscheinend zur Regel, erst der Sex mit einem Feuerspringer und jetzt das. »Werden wir die Sache wiederholen?«, fragte sie sich laut.

»Einverstanden, aber bitte gib mir eine Verschnaufpause von zwanzig Minuten.«

»Nicht heute Nacht. Für heute sind wir, glaube ich, bedient.«

»Ach so, du meinst generell.« Er gab ihr einen liebevollen Klaps auf den Po. »Aber klar doch.«

»Wenn wir das wiederholen, gibt es eine Regel.«

»Klar.«

»Wenn ich mit einem Typen ins Bett gehe, bleibt er der Einzige. Ich beende die Sache sofort, sollte er eine andere vögeln. Interessiert sich einer von beiden für jemand anderen – kein Problem, Techtelmechtel beendet. Ausnahmen gibt es nicht.«

»Hört sich fair an. Trotzdem frage ich mich: Warum sollte ich Interesse an einer anderen haben, wenn ich mit dir duschen darf?«

»Weil die Leute nun mal wollen, was sie noch nicht haben.«

»Mir gefällt, was ich habe.« Er drückte sie. »Ergo erkläre ich mich voll und ganz einverstanden mit deiner Regel.«

»Ergo.« Sie kicherte und schloss die Augen. »Du bist mir vielleicht einer, Gulliver.«

Während er eng an Rowan geschmiegt im Bett lag, draußen eine Eule schrie und der Mond durchs Fenster hereinschien, dachte Gull: Ich möchte mit niemandem tauschen.

Ein Mensch geht schneller in Flammen auf als ein Wald. Er hinterlässt dabei zwar mehr Dreck, aber schneller geht es trotzdem. Gewisse Kollateralschäden lassen sich nicht vermeiden, und wer weiß, vielleicht ist es sogar ein Vorteil. Sie wog nicht viel. Insofern dürfte es kein Problem sein, sie zwischen den Kiefern den Pfad hochzutragen.

Der Mond spendete ausreichend Licht, und die Nachtgeräusche erstarben langsam. Der Weg gabelte sich, wurde steiler, aber der Aufstieg war gar nicht mal unangenehm in der von Kiefernduft erfüllten Luft. Am besten, man dachte gar nicht weiter über das Unangenehme, Entsetzliche nach. Am besten, man konzentrierte sich auf das Mondlicht, die kühle Nachtluft und die Vögel. In der Ferne heulte laut und vernehmlich ein Kojote. Ein wilder Laut, ein hungriger Laut. Das Verbrennen war human. Besser, als sie den Tieren zum Fraß vorzuwerfen.

So, diese Entfernung dürfte genügen. Es erforderte keine große Anstrengung und nur wenig Werkzeug. Man musste nur ein paar trockene Zweige, ihre Kleider und sie selbst mit Benzin überschütten.

Nicht darüber nachdenken!

Ihr nicht ins Gesicht sehen, nicht daran denken, was sie gesagt und getan hatte. An das, was passiert war. Das Unvermeidliche tun. Das Feuer entfachen. Die Hitze spüren. Sich auf seine Farben und Formen konzentrieren. Das Knistern und Knacken hören und dann das Zischen, wenn das Feuer auflodert.

Ein überwältigender Anblick: schillernd, gefährlich, zerstörerisch. Es hatte so etwas Besonderes, Wildes, sehr Persönliches, selbst Feuer zu legen. Und das war neu.

Das Feuer würde sie beseitigen, sie auslöschen. Sie zur Hölle schicken – dorthin, wo sie hingehörte. Die Tiere sollten sie nicht kriegen, so wie die Hunde, die Jezebel gerissen hatten. Aber sie hatte es verdient, zur Hölle zu fahren.

Schluss mit dem Ärger, Schluss mit den Drohungen! Im Feuer würde sie aufhören zu existieren. Zusehen zu müssen, wie das Feuer sie verschlang, war entsetzlich, aber auch unerwartet erregend. Dieses Gefühl von Macht war überwältigend. Keine Tränen, keine Reue – nichts.

Die Erregung und das immer lauter prasselnde Feuer bildeten die Kulisse für den Rückweg, während Rauch zum schimmernden Mond emporstieg.

14

Zum zweiten Mal wachte Rowan eng an Gull geschmiegt auf. Ihr Kopf ruhte auf seiner Schulter. Diesmal wunderte sie sich, wie er bloß schlafen konnte, wenn ihr Gewicht auf ihm lastete. Dann fragte sie sich, warum sie es nicht schamlos ausnutzte, so nah neben ihm im schmalen Bett zu liegen. Sie knabberte an seinem Ohrläppchen und ließ ihre Hand auf seiner Brust nach unten gleiten. Wie erwartet, war er schon bereit.

»Ich hätte darauf wetten können«, murmelte sie.

»Es reicht, wenn du deine Hand darauflegst.«

»Wie wär's damit?« Sie setzte sich auf ihn. »Das nenne ich effizient.«

Da ihm kein schönerer Start in den Tag einfiel, packte er ihre Hüften. »Ein echter Pluspunkt.«

Als sie den Rücken durchbog, die Sonne ihren Körper in Licht und Schatten tauchte und ihr Haar aufglänzen ließ, ging ihm eine Gedichtzeile von Tennyson durch den Kopf: *A daughter of the gods, divinely tall, and most divinely fair.* Genau das sah er in ihr: eine Tochter der Götter, himmlisch hochgewachsen und himmlisch blond.

Sein fester Griff wich Liebkosungen. Und sie begann, sich zu bewegen, in einem langsamen, fließenden Rhythmus. Träge und entspannt gab er sich ganz seinen Gefühlen hin. Sie schloss die Augen, berührte sich selbst, erregte sie beide.

Im Schein der Sonne griff er nach ihr. Wenn es nach ihm gegangen wäre, hätte er ewig so dahintreiben können.

Die Sirene heulte auf.

»Mist!« Sie riss die Augen auf.

»Einen Moment noch.« Er hielt sie kurz fest, doch dann lösten sie sich voneinander und suchten nach ihren Klamotten.

»Du bist schuld«, warf sie ihm vor. »Du hast es heraufbeschworen mit deinem Effizienzquatsch gestern Abend.«

»Noch zehn Minuten länger, und das wäre es wert gewesen.«

Stattdessen befanden sie sich innerhalb von zehn Minuten im Bereitschaftsraum.

»In der Morgendämmerung wurde Rauch entdeckt.« L. B. gab ihnen einen ersten Überblick. »Im Lolo-Nationalpark, zwischen Grave Creek und Lolo-Pass. Am südlichen Hang über dem Lolo Creek befindet sich der Brandherd. Das Wetter ist trocken. Rowan, du leitest den Einsatz, und Gibbons, du hast das Kommando an der Sägelinie.« Der Boden bebte, als das Flugzeug mit der ersten Ladung Löschgel abhob.

Kaum hatte sie ihr Flugzeug bestiegen, holte Rowan ihr Eiersandwich und die Cola hervor, die sie sich eingesteckt hatte. Sie aß und trank, während sie sich mit dem Piloten und dem Absetzer abstimmte.

»Da ist es.« Sie drückte sich die Nase an der Scheibe platt. »Mist, ein sehr ausgelassenes Feuerchen.«

Hundert bis hundertzwanzig Morgen undurchdringlicher kostbarer Wald des Lolo-Nationalparks standen bereits in Flammen. Ihn hatte die Lewis-und-Clark-Expedition durchquert, und jetzt wollte ihn das Feuer zum Frühstück verschlingen.

Los geht's, dachte sie und achtete auf ihren Reserveschirm, als der Wind durch die offene Tür hereinfegte.

Sie fühlte sich frisch, energiegeladen und gut vorbereitet. Der Flug mit dem Fallschirm war einfach herrlich. Sie sah sich nach Gull um und grinste breit. »Das ist zwar kein Sex, aber toll ist es trotzdem«, rief sie. Sie hörte sein Lachen, wusste genau, was er gerade empfand, während sie beide frei und stark am Himmel schwebten, durch den Rauch trieben, bis sie auf einer lieblichen Bergwiese landeten.

Kaum hatten Einheit und Verpflegung Bodenkontakt, dachte Rowan sich gemeinsam mit Gibbons eine Strategie aus. Sie beschloss, die rechte Flanke zu erkunden, während die Mannschaft begann, eine Widerstandslinie aufzubauen. Sie lief langsam, machte sich ein Bild von der Gegend, von den Windverhältnissen, und hielt etwa zwanzig Meter Abstand zur Flanke des Feuers, das eine enorme Hitze abstrahlte. Sie hörte das Brüllen der Spitze, dieses gierige Geifern, wenn Funkenflug ständig neue Brandinseln im unberührten Wald entstehen ließ.

Doch damit ist es jetzt vorbei, schwor sie sich und benutzte ihre Pulaski sowie ihre Handpumpe, um die Brandinseln auf ihrem Weg zu löschen. Die Flammen wollten sich ausbreiten wie ein Lauffeuer, suchten nach immer neuer Nahrung. Sie roch den strengen Harzgeruch, der von brennenden Bäumen herrührte, hörte sie bersten und spürte, wie die Luft von der frei gewordenen Energie erzitterte. Rauch stieg auf, wo Flugasche auf trockenen Boden fiel. Sie riss ihr Funkgerät hervor.

»Das gibt ein Lauffeuer, L. B., so schnell sind die Flammen. Wir brauchen eine neue Ladung Löschgel an der Spitze des Feuers und eine an der rechten Flanke. Dort entstehen ständig neue Brandinseln.«

»Roger. Bist du in Sicherheit?«

»Ja, ja.« Sie entfernte sich von einer Brandinsel, die Wald in der Größe eines Tennisplatzes verschlang. »Wir müssen das sofort eindämmen, L. B. Die Situation ist mehr als kritisch. Gibbons steht im Südwesten an der Sägelinie. Ich kehre um.«

»Pass auf dich auf. Eine weitere Truppe Feuerspringer wurde bereits in Alarmbereitschaft versetzt. Sag Bescheid, und wir schicken sie her.«

»Roger. Doch vorher will ich meinen Erkundungsgang beenden und mich mit Gibbons absprechen.«

»Das Löschflugzeug ist unterwegs. Lass dich nicht von dem Gel erwischen, Wikingerbraut!«

»Ich gehe schon in Deckung«, erwiderte sie. Sie rannte bergab, während sie sich mit Gibbons abstimmte und den Pfad ansteuerte, auf dem Lewis und Clark einst gewandelt waren. Als sie das Brüllen hinter sich hörte, fluchte sie laut. Sie rannte durch Flugasche, während brennende Kiefernzapfen ihr wie Geschosse um die Ohren sausten. Als die Erde unter ihren Füßen bebte, sprang sie durch die Flammen. In der Mitte des Feuers ist es sicherer, dachte sie, während Rauch von den orange emporlodernden Flammen aufstieg.

Mitten in der schwarzen Finsternis, dort, wo schon alles verbrannt war, nahm sie sich die Zeit, ihren Kompass hervorzuziehen und wieder zur Besinnung zu kommen, bevor sie ihre nächsten Schritte plante. Gibbons hatte seine Leute bestimmt schon auf den Berg geschickt, um das Feuer dort anzugreifen. Als Nächstes …

Beinahe wäre sie darüber hinweggestiegen, doch ihr Instinkt ließ sie vor den schwarz verkohlten, menschlichen Überresten zurücktaumeln. Die Leiche hatte die verschmorten Arme und Beine dicht an den Körper gezogen.

Sie waren durch die Hitze verschrumpelt, aber in diesem furchtbaren Moment sah es so aus, als hätte sich der Sterbende ganz klein gemacht, damit ihn das Feuer vielleicht übersah. Mit tauben Fingern zog sie das Funkgerät hervor. »Fliegerhorst.«

»Hier spricht der Fliegerhorst, Rowan, bitte kommen.«

»Ich habe eine Leiche gefunden.«

»Wie bitte?«

»Ich bin etwa zehn Meter vom Lobo Trail entfernt, unweit der Spitzkehre im Südosten. Dort, wo schon alles verkohlt ist. Dort liegt eine Leiche, L. B.« Sie atmete hörbar aus. »Sie ist vollkommen verkohlt.«

»Ach du meine Güte! Roger. Bist du in Sicherheit?«

»Ja.«

»Halte die Stellung. Ich werde die Ranger verständigen und melde mich dann wieder bei dir.«

»L. B.« Sie strich sich mit den Fingern über die Nasenwurzel. »Ich kann es nicht mit Sicherheit sagen, aber der Boden unter der Leiche … Es sieht ganz danach aus, als hätte jemand ihn oder sie angezündet. Und ich weiß nicht, aber so wie der Kopf abgewinkelt ist, ist vermutlich das Genick gebrochen.«

»Meine Güte! Fass nichts an, verstanden, Rowan?«

»Das habe ich nicht vor. Ich werde Gibbons anfunken, ihm Meldung machen. Herrgott, L. B., von der Größe her muss es eine Frau oder ein Kind sein.«

»Bleib dran, Rowan, ich melde mich gleich wieder.«

Sie wappnete sich innerlich. Es war nicht das erste Mal, dass sie eine verkohlte Leiche sah. Sie hatte Jim gesehen, als sie seine sterblichen Überreste endlich gefunden hatten. Aber sie war noch nie allein über eine gestolpert. Tief Luft einatmend, funkte sie Gibbons an.

Es dauerte mehr als anderthalb Stunden, um zu ihrer Mannschaft zurückzukommen. Sie musste auf zwei Ranger warten, sie zu der Stelle führen und ihre Fragen beantworten. Nach ihrer Totenwache hieß sie die Hitze, den Rauch und die Schlacht beinahe willkommen.

Wie erwartet hatte Gibbons seine Leute auf den Berg geführt, und die Widerstandslinie hielt.

»Heilige Scheiße, Ro!« Gibbons fuhr sich mit dem Unterarm über das rußgeschwärzte Gesicht. »Wie geht es dir?«

Die Totenwache hatte dazu geführt, dass ihr nach wie vor leicht übel war. »Deutlich besser als dem Brandopfer. Die Ranger sind eingetroffen, und ein Special Agent wurde angefordert. Außerdem ein Spezialist für Brandstiftung.«

»Brandstiftung?«

»Gut möglich, dass das Feuer bewusst gelegt wurde, um einen Mord zu vertuschen.« Weil sie das Gefühl hatte, ihr Kopf würde gleich platzen, rückte sie den Helm zurecht. Doch auch das konnte das Pochen hinter ihren Augen nicht lindern.

»Noch wissen wir nichts Genaues«, sagte sie, als er fluchte. »Vielleicht hat auch bloß ein dämliches Kind herumgezündelt. Meiner Meinung nach könnte das der Brandherd gewesen sein. Unsere oberste Priorität besteht darin, das Feuer zu löschen. Um den Rest kümmert sich die Bundespolizei. Wo willst du mich einsetzen?«

»Du kannst zurück zum Fliegerhorst, Ro. Dafür wird jeder Verständnis haben.«

»Lass uns erst das hier beenden.«

Sie schuftete an der Sägelinie, während ein Teil der Mannschaft jene Widerstandslinien verstärkte, die zur

Spitze des Feuers führten. Eine noch frische Truppe Feuerspringer griff die andere Flanke an. Unzählige Male zog Rowan ihr Funkgerät hervor, um zu hören, welche Fortschritte die anderen machten, dem Fliegerhorst Meldung zu machen oder sich mit Gibbons abzusprechen. In wenigen Stunden hätten sie das Feuer gelöscht und zusammengepackt, dachte sie. Und heute Nacht würden sie und ihre Leute wieder im eigenen Bett schlafen.

»Was ist?« Gull blieb neben ihr stehen. »Es gibt Gerüchte, dass irgendwas nicht stimmt.« Sie wollte ihn abwimmeln, aber er hypnotisierte sie mit seinem Blick. »Du kannst es mir jetzt oder später erzählen. Also bring es hinter dich.«

Sie hatte sich ihm hingegeben, das Bett mit ihm geteilt, dachte sie. »Wir haben den Feuerdrachen in die Enge getrieben. Wenn Gibbons dich entbehren kann, kannst du mich begleiten: Rauchsäulen ausspähen.« Gemeinsam entfernten sie sich von der Sägelinie. Rowan löschte eine basketballgroße Brandinsel und lief weiter. Anschließend erzählte sie es ihm.

»Und du glaubst, es war Mord? Und der Täter hat Feuer gelegt, um ihn zu vertuschen?«

»Ich kann es nicht beschwören.« Aber ihr Bauch sagte ihr etwas anderes.

»Es wäre klüger gewesen, die Leiche zu verscharren.« Sein sachlicher Tonfall besänftigte ihren Magen etwas. »Ein solches Feuer erregt Aufmerksamkeit. Das ist ja wohl logisch.«

»Wenn man jemanden umgebracht hat, ist man vielleicht nicht in der Lage, logisch zu denken. Vielleicht war das Feuer ein Teil der Tat. Manche Leute finden es erregend, Brände zu legen.«

»Das Feuer wurde bei Tagesanbruch entdeckt. So wie es sich ausgebreitet hat, muss es spätnachts oder im Morgengrauen gelegt worden sein. Es hatte schon sehr hoch aufgelodert und mindestens hundert Morgen verschlungen, als wir abgesprungen waren. Wann war das gleich wieder, so gegen acht?«

Komisch, dachte sie. Es tat irgendwie gut, so sachlich darüber zu sprechen. »Ja.«

»Der Campingplatz liegt gar nicht so weit westlich. Aber da schon viel von dem Gebiet zwischen Leichenfundort und Campingplatz verkohlt war, ist das Feuer nach Osten gewandert. Ein Glück für die Campinggäste.«

Das Pochen in ihrem Schädel ließ etwas nach. Nachdenken ist Handeln, wurde ihr klar. Bisher hatte sie nur reagiert, kaum gehandelt. »Vielleicht waren es Leute vom Campingplatz«, überlegte sie laut. »Sie waren wandern, haben sich gestritten. Absichtlich oder aus Versehen bringt er sie um.«

»Sie?«

»Das vermute ich nur aufgrund der Körpergröße. Ich glaube, dass es die Leiche einer Frau oder eines Kindes ist. Und da ich nicht möchte, dass es ein Kind war, gehe ich von einer Frau aus. Anschließend hat der Täter sie vom Wanderweg in den Wald hineingeschleift oder getragen. Vielleicht hat er überlegt, sie zu verscharren, und ist umgekehrt, um das Werkzeug zu holen. Aber jemanden zu verbrennen geht schneller und ist nicht so aufwendig. Der Boden war ausgetrocknet, er musste nur die Strauchschicht anzünden.«

»Wenn das Feuer gegen zwei, drei Uhr morgens gelegt wurde«, überlegte Gull laut, »dürfte es dem Täter einen Vorsprung von mehreren Stunden verschafft haben.«

Ja, dachte sie. Klar. Überleben war oberste Priorität.

»Bis zum Morgengrauen war er längst über alle Berge.«

Sie nickte. Jetzt, wo es ein Fall geworden war, der gelöst werden musste, verschwand ihre Übelkeit. »Bis die Leiche identifiziert werden kann, dauert es noch eine Weile, was dem Täter einen weiteren Vorsprung verschafft. Und hätte ich nicht ausgerechnet diesen Weg zurück zur Sägelinie genommen, hätte es vielleicht noch Stunden oder Tage bis zur Entdeckung der Leiche gedauert. Eigentlich wollte ich diese Route gar nicht nehmen, aber das Feuer hat mich dazu gezwungen.«

Sie fuhren damit fort, Brandinseln zu löschen. Dann hielt sie inne. »Ich wollte einfach nicht mehr daran denken. Ich hatte die Leiche gefunden, den Fund gemeldet und gedacht, soll sich die Forstpolizei darum kümmern. Aber seitdem hat mir die Sache keine Ruhe mehr gelassen. Sie hat mich irgendwie völlig aus der Bahn geworfen«, gestand sie ihm.

»So etwas wirft jeden aus der Bahn, Rowan.«

»Hast du schon mal eine verkohlte Leiche gesehen?«

»Ja. Das vergisst man nie mehr.« Er wusste, dass es half, darüber zu reden, sich über die Umstände Gedanken zu machen.

Sie ertränkte eine eimergroße Brandinsel, bevor sie sich vergrößern konnte. »Unsere Aufgabe im Sommer besteht hauptsächlich darin, Brände zu löschen, Totholz zu entfernen, zu trainieren und sich auf den nächsten Sprung vorzubereiten. Aber in diesem Sommer haben wir es mit der durchgeknallten Dolly zu tun, mein Vater hat eine Verabredung, und es gibt Tote im Wald.«

»Du erwähnst die Verabredung deines Vaters in einem Atemzug mit mutwilliger Zerstörung und Brandstiftung?«

»Weil es so ungewöhnlich ist. Genau wie die Tatsache, dass ich mit einem Greenhorn ins Bett gehe. Was ich übrigens nicht mehr getan habe, seit ich selbst eines war.«

»Das spricht für mich.«

Sie schlug eine andere Richtung ein, ging nach Süden. Das mochte zwar für ihn sprechen, aber aus ihrer Perspektive brachten Ausnahmen von der Regel nur Chaos in ihr wohl geordnetes Leben.

Nach beinahe zwei Stunden, in denen sie Brandinseln löschten, stießen sie wieder zur Mannschaft und begannen mit den Aufräumarbeiten. Sie zog ihr Funkgerät hervor, um einen Ruf der Zentrale entgegenzunehmen.

»Die erste Mannschaft rückt zum Fliegerhorst ein«, befahl L. B. »Die zweite beendet die Nachlöscharbeiten.«

»Roger.«

»Die Bundespolizei will mit dir reden, sobald du zurück bist.«

»Hat das nicht Zeit bis morgen? Ich habe mit den Rangern gesprochen, ihnen alles bis ins Detail erklärt.«

»Ich fürchte nicht. Du kannst zusammenpacken. Ein Fahrzeug erwartet dich am Anfang des Wanderwegs.«

»Roger.« Also gut, dachte sie. Dann würde sie es wenigstens noch heute hinter sich bringen.

Rowan wollte erst noch duschen, hatte sich jedoch gerade erst ihrer Ausrüstung entledigt, als eine Bundespolizistin sie zu sprechen wünschte.

»Rowan Tripp?«

»Ja, die bin ich.«

»Special Agent Kimberly DiCicco. Ich habe ein paar Fragen.«

»Die Ranger wissen bereits Bescheid. Aber da wir uns beide mit Bürokratie auskennen, weiß ich, wie das läuft.«

»Mr. Little Bear stellt uns sein Büro zur Verfügung. Dort können wir uns in Ruhe unterhalten.«

»Ich habe nicht vor, L. B.s Büro vollzustinken. Falls Sie es noch nicht bemerkt haben sollten: Ich rieche ziemlich streng nach Rauch und Schweiß.«

Das muss ihr aufgefallen sein, dachte Rowan. Die athletische Figur der Agentin steckte in einem klassisch geschnittenen schwarzen Hosenanzug, darunter trug DiCicco eine blütenweiße Bluse. Ihre Frisur saß perfekt, ihr glatter, tief im Nacken sitzender Knoten ließ ihr markantes, leicht milchkaffeebraunes Gesicht nackt wirken.

DiCiccos Brauen wölbten sich über bernsteinfarbenen Augen, als sie den Kopf schräg legte. »Ich weiß, dass Sie einen langen Tag hinter sich haben. Ich werde mich also so kurz fassen wie möglich.«

»Dann lassen Sie uns bei einem Spaziergang reden.« Rowan zog sich bis auf ihr Unterhemd und ihre Hose aus. »Vielleicht kann ich so ein wenig durchlüften.«

»Kopf hoch!«

Sie drehte sich um und fing die kalte Cola, die ihr Gull geschickt zuwarf. »Danke. Lass mir noch was von der Lasagne übrig.«

»Ich tue, was ich kann.«

»Gut, Agent DiCicco.« Rowan machte eine einladende Geste, und die beiden gingen hinaus. »Sie stellen die Fragen, ich antworte.«

»Erzählen Sie mir, wie Sie die Leiche gefunden haben.«

Das habe ich doch längst getan, dachte Rowan, erzählte es aber ein zweites Mal. »Weil sich das Feuer ausgebreitet hatte«, fuhr sie fort, »musste ich meinen Erkundungsgang unterbrechen und in eine Sicherheitszone fliehen. Ich bin durch die Flammen in das niedergebrannte Gebiet gelaufen, in dem das Feuer sich bereits ausgetobt hatte, und habe Kurs auf den Wanderweg genommen. Über ihn wollte ich zu meiner Mannschaft zurücklaufen. Und da habe ich sie gefunden.«

»Sie?«

»Die sterblichen Überreste waren klein für einen Mann.«

»Sie haben richtig geraten. Das Opfer ist weiblich.«

»Oh.« Rowan blieb stehen und atmete hörbar aus. »Das ist besser als die Alternative.«

»Wie bitte?«

»Es hätte von der Größe her auch ein Kind sein können.«

»Sie haben Ihre Entdeckung sofort der Brandzentrale gemeldet?«

»Ja.«

»Korrigieren Sie mich bitte, wenn ich etwas falsch verstanden habe.« DiCicco las Rowans Aussage noch einmal vor und nannte den Zeitpunkt, zu dem sie ihre Position durchgegeben und den Leichenfund gemeldet hatte. »Da haben Sie in kurzer Zeit eine beträchtliche Strecke zurückgelegt.«

»Wenn Sie ein Feuer löschen wollen, ist das kein Kinderspaziergang und auch keine Wanderung. Man muss schnell sein. Meine Aufgabe besteht darin, die Situation vor Ort richtig einzuschätzen und zusammen mit Gibbons, dem Chef der Sägelinieneinheit, eine Strategie zu entwickeln. Ich muss die Gegend erkunden, die Zentrale auf dem Laufenden halten und, falls nötig, Verstärkung anfordern.«

»Verstehe. Als Sie die Brandzentrale informiert haben,

sagten Sie, das Opfer sei Ihrer Meinung nach ermordet worden, und man habe den Brand gelegt, um das Verbrechen zu vertuschen.«

Hätte ich lieber den Mund halten sollen?, fragte sich Rowan. Wäre die Befragung längst vorbei, wenn sie ihre Überlegungen für sich behalten hätte?

Aber dafür war es jetzt zu spät.

»Ich habe nur meine Eindrücke geschildert. Ich bin seit fünf Jahren Feuerspringerin und war davor Teil eines Feuerwehr-Bodentrupps. Ich bin zwar keine Expertin für Brandstiftung, kann aber erkennen, wenn ein Feuer verdächtig aussieht. Ich bin auch keine Ärztin, doch mir fällt auf, wenn ein Kopf merkwürdig verdreht ist.« Jetzt erschien dieses Bild wieder vor ihrem inneren Auge. Verdammt! »Ich habe nur meine Beobachtungen mitgeteilt, damit die entsprechenden Behörden verständigt werden können. Ist das ein Problem?«

»Ich sammle nur die Fakten, Ms. Tripp«, antwortete DiCicco gelassen trotz Rowans schnippischem Ton. »Der Leichenbeschauer stellte fest, dass die Halswirbelsäule des Opfers gebrochen ist.«

»Sie wurde also umgebracht.« War das gut oder schlecht?

»Der Leichenbeschauer wird untersuchen, ob es sich um Mord oder einen Unfall mit Todesfolge handelt. Auch, ob die Halsverletzung die Todesursache war oder dem Opfer post mortem beigebracht wurde.«

»Haben Sie schon auf dem Campingplatz nachgefragt? Er liegt höchstens eine Tageswanderung vom Leichenfundort entfernt.«

»Wir sind noch dabei, die Leiche zu identifizieren. Sie hatten in letzter Zeit Ärger auf dem Fliegerhorst?«

»Was meinen Sie damit?« Rowan versuchte gerade, sich

vorzustellen, wie viel Kraft man benötigte, um jemandem den Hals zu brechen. Sie zwang sich dazu, sich auf die Beamtin zu konzentrieren. »Den Vandalismus?«

»Der gleich mehrfach stattfand, richtig?« DiCicco sah Rowan an, ihre Miene war undurchdringlich. »Soweit ich weiß, hat die Köchin Dolly Brakeman Ihr Zimmer verwüstet. Sie haben sie auf frischer Tat ertappt und mussten gewaltsam daran gehindert werden, auf sie loszugehen.«

Ihr Temperament ging mit ihr durch, trotz ihrer Erschöpfung. »Was würden Sie wohl tun, DiCicco, wenn Sie auf Ihr Zimmer kommen und feststellen müssen, dass jemand Tierblut über Ihr Bett gekippt hat? Wenn Sie mir versuchte Körperverletzung vorwerfen wollen – bitte sehr!«

»Ms. Brakeman wurde wegen der mutwilligen Zerstörungen im Bereitschaftsraum des Fliegerhorsts bereits von der Polizei verhört.«

»Ja, und die haben uns Stunden wertvolle Zeit gekostet. Die Zerstörungen hätten schlimme Konsequenzen haben können, wenn wir angefordert worden wären, bevor wir den Schaden behoben hatten.«

»Sie und Ms. Brakeman haben schon seit Längerem Probleme?«

»Da Sie das bereits wissen, möchte ich das Thema nicht weiter vertiefen. Dolly ist eine rachsüchtige, psychisch labile Nervensäge. Wenn die hiesige Polizei diesen Fall von Vandalismus an Sie übergeben hat, freut mich das. Hoffentlich macht sie sich richtig in die Hosen deswegen. Ich bin wirklich müde und erschöpft und möchte endlich duschen.«

»Wir sind fast fertig. Wann haben Sie Dolly Brakeman das letzte Mal gesehen?«

»Meine Güte. Als sie mein Zimmer besudelt hat.«

»Und seitdem haben Sie sie nicht mehr gesehen oder mit ihr gesprochen?«

»Nein, und ich wäre froh, wenn es dabei bliebe. Was zum Teufel hat Dolly damit zu tun, wenn ich im Lolo-Nationalpark eine bis zur Unkenntlichkeit verkohlte Tote finde?«

»Wir warten die Identifizierung ab. Aber da Dolly Brakeman letzte Nacht nicht zu ihren Eltern und ihrer kleinen Tochter nach Hause gekommen ist, das Opfer und Ms. Brakeman etwa dieselbe Größe haben und bislang niemand sonst vermisst wird, ist es sehr wahrscheinlich, dass Dolly Brakeman das Opfer ist.«

Rowan spürte, wie ihr der Magen nach unten sackte und alles Blut aus ihrem Kopf wich, während die Beamtin sie nach wie vor undurchdringlich musterte. »Es gibt viele Frauen, die so groß sind wie Dolly.«

»Aber keine von ihnen wurde in der Gegend vermisst gemeldet.«

»Sie ist wahrscheinlich bei irgendeinem Typen. Vielleicht sollten Sie sich einmal etwas näher mit diesem Teil ihrer Biografie befassen.« Aber sie hat ein Baby, dachte Rowan. Jims Baby. »Dolly würde niemals im Wald wandern gehen. Sie ist ein Stadtmensch.«

»Können Sie mir sagen, wo Sie heute Nacht waren? Seit gestern Abend zwanzig Uhr, bis Sie sich heute Morgen im Bereitschaftsraum gemeldet haben?«

»Werde ich etwa verdächtigt?« Wut und Schock lagen im Streit miteinander. Es war ein kurzer, blutiger Kampf, bei dem die Wut eindeutig den Sieg davontrug. »Glauben Sie tatsächlich, ich hätte ihr den Hals umgedreht, sie in den Wald geschleift und Feuer gelegt? Ein Feuer, das mich und meine Kollegen zu einem gefährlichen Einsatz zwingt? Glauben Sie, ich würde ihr Leben riskieren, um meine Spuren zu verwischen?«

»Sie haben versucht, Ms. Brakeman anzugreifen, ihr gedroht, sie umzubringen.«

»Na, klar doch, ich war stinksauer! Und wer wäre das nicht an meiner Stelle? Ich wünschte, ich hätte ihr eine reinhauen können. Aber deswegen bringe ich sie doch nicht um.«

»Es wäre einfacher, wenn Sie mir sagen, wo Sie letzte Nacht zwischen …«

»Ich mache es Ihnen einfach«, unterbrach Rowan sie. »Ich habe gegen sieben in der Kantine zu Abend gegessen, vielleicht war es auch schon halb acht. Ungefähr dreißig Mann und das Kantinenpersonal können das bezeugen. Wir haben bis um zehn herumgeblödelt. Dann bin ich auf mein Zimmer gegangen und dort geblieben, bis heute Morgen die Sirene losging. Ich lag mit dem scharfen Typen im Bett, der mir die Cola zugeworfen hat.«

»Und der heißt?«, fragte DiCicco völlig ungerührt.

»Gulliver Curry. Er dürfte inzwischen in der Kantine sein. Fragen Sie ihn, damit ich endlich unter die Dusche komme.«

Sie sauste mit einer Mordswut im Bauch davon, direkt in ihre Schlafbaracke. Trigger hatte das Pech, ihr in die Quere zu kommen. »He, Ro, bist du …«

»Halt's Maul und lass mich durch.« Sie schubste ihn unsanft beiseite und rannte auf ihr Zimmer. Wütend trat sie gegen die Tür, gegen die Kommode, sodass der Unterteller, auf dem sie ihr Wechselgeld aufbewahrte, zu Boden fiel und zerbrach.

Mit ihren Stiefeln trampelte sie auf den Scherben herum.

»Du hochnäsige Schlampe! Das war nicht Dolly.«

Rauchend vor Wut zerrte sie an den Schnürsenkeln ihrer Springerstiefel und schleuderte sie von sich. Dolly bringt einfach nur Unglück, dachte sie, während sie sich die Kleider vom Leib riss, sie zusammenknüllte und einfach wegwarf. Sie schafft es, dass sie den Leuten leidtut. Wenn es Männer sind, verdreht sie ihnen den Kopf, indem sie Sex mit ihnen hat oder ihnen welchen in Aussicht stellt. Sie macht einfach, was sie will, und wenn etwas schiefgeht, schiebt sie es anderen in die Schuhe. Genau wie meine Mutter, dachte Rowan. Vielleicht war das ein Grund dafür, warum sie Dolly Brakeman noch nie ausstehen konnte. Sie war selbstsüchtig, hinterhältig, wehleidig. Genau wie meine Mutter, dachte sie erneut. Ihre Mutter war verblutet. Ermordet worden. Aber das war etwas ganz anderes, ermahnte sie sich. Etwas völlig anderes.

Sie drehte die Dusche auf, stützte sich an der Wand ab und ließ sich von den Strahlen massieren. Sie sah zu, wie das Wasser erst schwarz und dann schmutziggrau in den Abfluss lief. Sie hatte die Nase voll von diesem Mist, sie hatte genug einstecken müssen. Mit welchem Recht verdächtigte sie diese Polizeischlampe? Schließlich war es Rowan zu verdanken, dass die Leiche überhaupt so schnell gefunden und die Polizei verständigt worden war.

Als sie sich fast wund geschrubbt hatte, war die Wut ein Stück weit verraucht und ihr war nur noch mulmig zumute. Ihre Hände zitterten beim Anziehen – vor Hunger, redete sie sich ein. Sie hatte seit Stunden nichts gegessen und Tausende von Kalorien verbrannt. Deshalb zitterten sie.

Als die Tür aufging, wirbelte sie herum und spürte, wie das Zittern stärker wurde, als Gull sie leise wieder hinter sich schloss. »Hast du der Schlampe gesagt, dass du mich heute Nacht gevögelt hast?«

»Ich habe ihr gesagt, dass wir die Nacht gemeinsam in einem Bett verbracht haben, das so klein ist, dass ich sofort wach geworden wäre, wenn du dich auch nur umgedreht hättest.«

»Gut. Gut. Die kann mich mal.« Sie stieß ihn weg. »Ich will keine Streicheleinheiten. Ich bin dir wirklich dankbar für das Alibi und alles. Anscheinend zahlt es sich doch aus, gegen feste Vorsätze zu verstoßen.« Sie versetzte ihm erneut einen Stoß, aber diesmal legte er die Arme so fest um sie, dass sie nur noch zappeln konnte. »Ich habe gesagt, ich will keine Streicheleinheiten! Ich habe ein Recht darauf, etwas Dampf abzulassen, nachdem man mich als Mörderin und Brandstifterin verhört hat. Als ob ich alles verraten würde, was mir wichtig ist, nur weil ich auf so eine bescheuerte kleine Pissnelke …«

Sie verstummte und brach zusammen. »O Gott, o Gott, sie glauben, es ist Dolly! Sie glauben, Dolly ist tot und ich hätte sie umgebracht.«

»Hör mir zu.« Er legte ihr die Hände fest auf die Schultern, sodass er ihr in die Augen sehen konnte. »Noch steht nicht fest, wer es ist. Aber vielleicht ist es Dolly.«

»O Gott, Gull.«

»Selbst wenn dem so sein sollte, können wir nichts daran ändern. Aber niemand wird dich damit in Verbindung bringen.«

»DiCicco.«

»Sie hat soeben erfahren, dass wir die ganze Nacht zusammen waren. Es gibt viele, die mitbekommen haben, dass wir dein Zimmer gemeinsam betreten und es heute Morgen gemeinsam wieder verlassen haben. Wenn du verdächtig bist, bin ich auch verdächtig. Ich glaube nicht, dass das für DiCicco oder sonst wen eine Rolle spielt. Sie macht einfach nur ihren Job. Die Sache ist somit ausgestanden.« Er strich ihr über die Arme. »Du bist am Ende, du zitterst ja. Wärst du fit gewesen, hätte sie dich nicht so durcheinandergebracht.«

»Gut möglich, aber durcheinandergebracht hat sie mich in der Tat.«

»Vergiss sie.« Er küsste Rowan auf die Stirn, auf den Mund. »Wir tun Folgendes: Wir essen etwas. Dabei kannst du dir anhören, was der Rest der Truppe dazu sagt, dass die Beamtin dich nach einem Alibi fragt.«

»Das dürfte mir in der Tat guttun.«

»Nichts geht über wahre Solidarität! Und nach dem Essen gebe ich dir ein Alibi für heute Nacht.«

Sie grinste kokett. »Wer weiß, vielleicht bin ich ja diejenige, die dir ein Alibi gibt.«

»So funktioniert es genauso. Los, lass uns gehen, bevor die Schweine die ganze Lasagne aufgefressen haben.« Beim Hinausgehen gab er ihr einen sanften Klaps auf den Po. »Und noch etwas, Ro: Mach dir keine Sorgen. Wenn sie dich verhaften, kaufe ich dich frei.«

Ihr Lachen überraschte sie und sorgte dafür, dass sich ihr Magen wieder ein wenig beruhigte.

15

Nach ihrem Morgentraining ging Rowan in die Kantine. Wenn jemand Bescheid wusste, dann Marge.

»Lynn füllt gerade das Büfett auf«, erzählte Marge. »Oder willst du dich lieber bedienen lassen?«

»Ich hätte nichts dagegen.«

Silberne Kreolen baumelten neben Marges knallblauem Kopftuch mit den gelben Smileys, als sie nach einem Saftkrug griff. »Willst du nicht mit deinem Freund frühstücken?«

Rowan beantwortete Marges Grinsen, indem sie bloß die Augen verdrehte. »Ich habe keinen Freund, ich habe einen Liebhaber. Und die nehme ich mir und verstoße sie anschließend wieder, wie es mir gerade so passt.«

»Haha!« Marge schenkte ihr ein Glas Saft ein. »Der wird sich nicht so leicht verstoßen lassen. Trink das.«

Gehorsam nahm Rowan einen Schluck. »Karottensaft, Cranberrysaft und …« Sie nippte erneut daran. »Das ist kein Orangensaft, sondern … Mandarine?«

»Blutorange.«

»Das klingt eklig, schmeckt aber köstlich. Gibt es schon Neues von Dolly?«

Marge schüttelte den Kopf, während sie Eier verrührte. Das war kein Nein, begriff Rowan, sondern nur ein mitleidiges Kopfschütteln. »Die Polizei hat ihr Auto gefunden, auf einem der Forstwege unweit des Highways. Mit einer Reifenpanne.«

»Nur ihr Auto?«

»Der Zündschlüssel soll noch gesteckt haben, aber ihre Handtasche war verschwunden. Vielleicht hatte sie Probleme mit dem Wagen und hat ihn stehen lassen.«

»Aber warum auf einem Forstweg?«

»Ich erzähle nur, was ich gehört habe.« Nachdem sie das Omelett in der Pfanne hatte, fügte Marge Schinkenwürfel, Käse, Tomaten und etwas Spinat hinzu. »Vielleicht ist sie zurück zum Highway gelaufen. Oder jemand ist ihr gefolgt, als sie in den Forstweg einbog, und hat sie mitgenommen.«

»Die Polizei weiß nach wie vor nicht, ob die verkohlte Leiche …?«

»Und deshalb bringt es auch nichts, sich darüber den Kopf zu zerbrechen.« Marge bemühte sich, zuversichtlich zu klingen, doch ihrem kurzen Stocken entnahm Rowan, dass sie sich große Sorgen machte.

»Ich wollte es ihr heimzahlen, hätte ihr wirklich zu gern eine reingehauen. Aber jetzt, wo ihr vielleicht etwas zugestoßen ist? Ich will kein schlechtes Gewissen haben, und erst recht nicht wegen Dolly.«

»Ich kenne niemanden, der Probleme so anzieht wie Dolly Brakeman. Hätte L. B. sie nicht gefeuert, hätte ich ihn vor die Wahl gestellt: ich oder sie. Und ich habe kein schlechtes Gewissen deswegen. Es würde mir leidtun, falls ihr etwas zugestoßen sein sollte. Aber ein schlechtes Gewissen? Nein. Auch ich wollte ihr oft genug eine reinhauen.«

Marge stellte Rowan das Omelett, Vollkorntoast und ihre selbst gemachte Pflaumenmarmelade hin. »Iss! Du hast abgenommen, dabei hat die Saison gerade erst begonnen.«

»Es ist die erste Saison, in der ich im Rahmen von Mordermittlungen ein Alibi brauche.«

»Dein Alibi hätte ich auch gern.«

Rowan machte sich über das Omelett her. »Willst du ihn haben, nachdem ich ihn abgelegt habe? Autsch.« Rowan lachte, als Marge ihr eine angedeutete Kopfnuss verpasste. »Und das, nachdem ich dir so einen Prachtkerl angeboten habe.« Sie lächelte zuckersüß.

»Wann wirst du ihn denn ablegen? Nur für den Fall, dass ich Interesse an ihm habe.«

»Keine Ahnung. Bisher bin ich noch sehr zufrieden, aber ich gebe dir Bescheid.« Als Marge eine Cola neben ihren Teller stellte, beugte sich Rowan vor. »Danke, Marge. Ehrlich.«

Anstelle einer Antwort drückte Marge fest Rowans Arm. »Iss!«, befahl sie ihr.

Nach dem Frühstück traf Rowan L. B. im Kraftraum, wo er eifrig Bankdrücken trainierte. »Ich stehe ganz unten auf der Sprungliste«, sagte sie ohne Umschweife.

Er setzte sich auf und wischte sich mit dem Handtuch über das Gesicht. Sein langer Zopf fiel auf sein verschwitztes Achselhemd. »Jawohl.« Er griff nach einer Zehn-Kilo-Hantel und begann mit Armbeugen.

»Wieso?«

»Weil ich das so entschieden habe. Ich hätte dich gern ein, zwei Tage vollständig von der Liste genommen, aber in Payette wurde ein Brand gemeldet, sodass Idaho eventuell ein paar von uns Zulies anfordert.«

»Ich bin fit, und mir geht es gut. Setz mich ganz oben auf die Liste. Mensch, L. B., sogar Stovic kommt vor mir, und der humpelt immer noch.«

»Du warst diesen Monat bei fast jedem Sprung dabei. Du brauchst eine Verschnaufpause.«

»Ich brauche keine …«

»Du hast gehört, was ich gesagt habe«, unterbrach er sie und nahm das Gewicht in die andere Hand, wobei er sie nicht aus den Augen ließ. »Und ich bin derjenige, der entscheidet.«

»Das hast du nur wegen des Vorfalls gestern getan. Und das ist einfach nicht fair! Ich muss arbeiten, ich brauche das Geld. Ich bin weder verletzt noch krank.«

»Du brauchst eine Verschnaufpause«, wiederholte er. »Arbeite im Loft. Es gibt dort genug zu tun. Morgen sehe ich mir die Liste noch einmal an.«

»Ich finde eine Leiche, melde den Fund ordnungsgemäß und muss zum Dank am Boden bleiben.«

»Du stehst nach wie vor auf der Liste«, rief er ihr wieder in Erinnerung. »Und du weißt auch, dass zur Arbeit als Feuerspringer auch andere Aufgaben gehören.«

Darüber hinaus wusste sie, dass sie genauso gut gegen eine Wand reden konnte, wenn Michael Little Bear diesen milden, sachlichen Ton anschlug. Da konnte sie schmollen oder Dampf ablassen, so viel sie wollte – nichts davon würde seine Entscheidung rückgängig machen.

»Vielleicht gehe ich kurz meinen Vater besuchen.«

»Das ist eine gute Idee. Sag mir Bescheid, wenn du dir ein paar Tage freinehmen willst.«

»Den Ton kenne ich«, knurrte sie. Sie wollte gerade die Hände in die Hosentaschen stecken, als sie erstarrte, weil Lieutenant Quinniock hereinkam. »Die Polizei ist da«, flüsterte sie.

L. B. legte die Hantel beiseite und stand auf.

»Mr. Little Bear, Ms. Tripp: Ich habe da noch ein paar Fragen.«

»Ich bin schon weg«, hob Rowan an.

»Ehrlich gesagt, möchte ich auch mit Ihnen sprechen. Gehen wir doch gemeinsam vor die Tür. Sie können Ihr Work-out ruhig beenden«, sagte er zu L. B. »Wir reden später in Ihrem Büro.«

»Ich bin in zwanzig Minuten dort.«

»Ist das so in Ordnung, Miss?« Quinniock zeigte zur Tür des Kraftraums. Seine Schuhe waren auf Hochglanz poliert, und er trug einen grauen Anzug.

»Es reicht, wenn Sie einfach nur Tripp sagen. Das mit dem ›Miss‹ können Sie sich sparen«, sagte sie und stieß die Tür auf. »Rowan oder Ro geht auch, aber bitte nicht ›Miss‹.«

Er lächelte. »Rowan, würde es Ihnen etwas ausmachen, wenn wir uns irgendwo draußen zusammensetzen? Hier ist viel los.«

»Wollen Sie mich zu meiner Auseinandersetzung mit Dolly befragen oder wie Sie das nennen?«

»Haben Sie Ihrer ursprünglichen Aussage denn noch etwas hinzuzufügen?«

»Nein.«

»Sie hat das Schweineblut von einer Ranch, falls Sie das interessiert. Von einem der Bauern, die mit ihr zur Kirche gehen.«

»Vorwärts, christliche Soldaten!« Sie ließ sich auf eine Bank vor den Baracken fallen.

»Sie hat es einen Tag, bevor sie um Arbeit nachgesucht hat, gekauft.« Als Rowan ihn fassungslos anstarrte, nickte er nur. »Daraus schließe ich, dass sie vorhatte, Ihnen Ärger zu machen, bevor Sie sich am Tag ihrer Einstellung mit ihr unterhalten haben.«

»Was ich gesagt oder getan habe, hat also nicht die geringste Rolle gespielt.«

»Sieht ganz so aus. Wie ich hörte, haben Sie mit Special Agent DiCicco gesprochen.«

»Sie weiß sich zu kleiden. Genau wie Sie.«

»Ich mag gut sitzende Anzüge. Dass ausgerechnet Sie die sterblichen Überreste gefunden haben, hat die Sache etwas verkompliziert.«

»Weil es bei einem Brand passiert ist, oder weil Dolly vermisst wird?«

»Beides. Das Schicksal der Vermissten ist Sache der Bundespolizei. Wir dagegen arbeiten mit der Forstbehörde zusammen, während die Kollegen die Leiche identifizieren. So habe ich das mit Agent DiCicco besprochen.«

»Ich hätte schon seit Längerem Probleme mit Dolly, hat sie behauptet.«

»Ja. Hinzu kommt, dass Dolly überall herumerzählt hat, Sie wären für Jim Brayners Tod verantwortlich. Sie und Ihre Kollegen. Dass sie einen Hass auf Sie hat, ist bekannt. Daraus hat sie kein Geheimnis gemacht, als sie aus Missoula weg war.«

Das überraschte Rowan nicht, ärgerte sie aber auch nicht mehr. »Ich verstehe nicht, wie sie hier arbeiten, Tag für Tag mit Feuerspringern umgehen konnte, ohne zu begreifen, was wir eigentlich tun. Wie wir es tun.« Sie warf einen Blick auf Quinniock, auf seine gepflegte Frisur, seine perfekt gebundene Krawatte. »Außerdem verstehe ich nicht ganz, warum Sie mir das alles erzählen.«

»Gut möglich, dass sie Ihnen und dem Fliegerhorst weiter Ärger machen wollte. Unter Umständen ist sie nur als Köchin auf den Fliegerhorst zurückgekehrt, um dort Zutritt zu haben. Vielleicht hat sie jemanden überredet, ihr zu helfen. Haben Sie sie vor ihrem Rausschmiss mit einem Feuerspringer oder einem der anderen Mitarbeiter gesehen?«

»Nein.«

»Mit Matthew Brayner, dem Bruder vielleicht?«

Rowan fuhr hoch. »Dolly hat Matt und die ganze Familie Brayner mit dem Baby völlig überrumpelt. Natürlich haben sich alle für das Kind interessiert. Und weil sie so warmherzige Menschen sind, würden sie alles tun, um Dolly zu helfen. Nach dem, was Jim zugestoßen ist, hat sich Matt ganz schön überwinden müssen, zurückzukommen. Dass er Dolly geholfen haben könnte, mein Zimmer oder unsere Ausrüstung zu verwüsten, ist völlig undenkbar.«

»Mochten sich die beiden, als Matts Bruder noch lebte?«

»Ich glaube nicht, dass Matt auch nur einen Gedanken an Dolly verschwendet hat. Aber er war und ist zu jedem nett. Außerdem rede ich nicht über andere Feuerspringer.«

»Ich versuche nur, mir ein Bild zu machen. Soweit ich weiß, hatten mehrere Männer auf dem Fliegerhorst eine Beziehung mit Dolly. Zumindest, bis sie sich mit Jim Brayner einließ.«

»Sex haben ist noch lange nicht dasselbe wie eine Beziehung. Erst recht nicht, wenn man nur Sex hat, um einfach Dampf abzulassen. Mit einer Frau, die bereit war, mit jedem in die Kiste zu hüpfen. Und das nicht nur auf dem Fliegerhorst, sondern auch in der Stadt.«

»Bis Jim Brayner kam.«

»Sie hatte sich letzten Sommer auf ihn eingeschossen. Soweit ich weiß, war es das erste Mal. Hören Sie, er war ein süßer Junge, unterhaltsam, charmant. Vielleicht hat sie sich in ihn verliebt, keine Ahnung. Dolly und ich pflegten keinen sehr vertrauten Umgang.«

»Sie haben bestimmt gehört, dass wir ihren Wagen gefunden haben?«

»Ja, das hat sich herumgesprochen.« Sie zog die Augen zu schmalen Schlitzen zusammen. »Die Polizei wird die Leiche als Dolly identifizieren, da bin ich mir sicher. Wenn man den Fundort des Wagens und den Fundort der Leiche miteinander in Beziehung setzt, kann kaum etwas anderes dabei herauskommen. Ich mochte sie nicht, konnte sie nicht ausstehen, aber so einen Tod hat sie nicht verdient.«

»Man bekommt immer, was man verdient. So oder so. Danke, dass Sie sich Zeit für mich genommen haben.«

»Wann ist mit einer eindeutigen Identifizierung zu rechnen?«, fragte sie, als er sich erhob.

»Ihr Zahnarzt ist aus der Gegend. Man wird einen Zahnstatus anfordern, sodass noch heute ein endgültiges Ergebnis vorliegen dürfte. Ich bin zwar nicht mit dem Fall betraut, aber aus reiner Neugier: Wie lange braucht man zu Fuß vom Beginn des Wanderwegs bis zum Leichenfundort? Wenn man berücksichtigt, dass der Täter im Dunkeln etwa fünfundfünfzig Kilo geschleppt hat?«

Auch sie stand auf, um auf Augenhöhe zu bleiben. »Das hängt ganz davon ab. Eine Stunde vielleicht. Aber wenn man fit ist, ein erfahrener Wanderer und sich in dem Gebiet auskennt, kann man es auch in der Hälfte der Zeit schaffen.«

»Interessant. Danke noch mal.«

Sie setzte sich wieder, während er zur Brandzentrale ging, und versuchte, das Gehörte zu verarbeiten. So ungern sie es auch zugab: Vielleicht hatte L. B. doch recht.

Vielleicht brauchte sie eine Verschnaufpause. Deshalb würde sie ihren Vater und sein Team besuchen. Der Spaziergang dorthin würde ihr hoffentlich einen klaren Kopf bescheren, und ein Zusammensein mit ihrem Vater tat ihr immer gut. Sie holte eine Flasche Wasser und eine Baseballmütze, als sie beim Verlassen des Gebäudes zufällig Gull traf.

»Ich habe dich mit dem Cop gesehen. Muss ich die Kaution lockermachen?«

»Noch nicht. Sie haben Dollys Wagen gefunden, Gull.«

»Ja, das habe ich schon gehört.«

»Und es gibt weitere Neuigkeiten. Ich muss alles erst mal sacken lassen. Ich gehe zur Fallschirmspringerschule hinüber und besuche meinen Vater.«

»Soll ich dich begleiten?«

»Ich möchte ein wenig allein sein.«

Er strich ihr mit dem Handrücken zärtlich über die Wange. Das brachte sie völlig aus dem Konzept.

»Melde dich, wenn du wieder da bist«, sagte er.

»Klar. Du gehörst übrigens zur zweiten Gruppe«, rief sie ihm noch nach. »Kann sein, dass Idaho ein paar Zulies braucht. Wenn du springst, dann aber richtig.«

Im Gehen betrachtete sie das Spektakel, das sich ihr bot: abhebende Flugzeuge, Fallschirmspringer im freien Fall. Westlich zogen Wolken auf, die dick und weiß über den Bergen standen. Weiter oben und im Norden waren sie kleiner und fedriger und trieben gemächlich nach Osten. Sie hörte, wie die Mechaniker in den Hangars arbeiteten. Sie vernahm Musik, das Klirren von Metall, Stimmen, schaute aber nicht auf ein Schwätzchen bei ihnen vorbei wie sonst. Sie hatte gerade keine Lust, sich zu unterhalten. Sie brauchte etwas Zeit für sich.

Der Mörder musste einen Wagen oder einen Truck besitzen, dachte sie. Niemand würde Dolly vom Fundort ihres Autos bis zum Fundort der Leiche tragen. Hatte er sie umgebracht, als sie auf dem Highway rechts rangefahren war, und ihre Leiche in den Kofferraum geworfen? Oder hatte er sie mitgenommen, am Beginn des Wanderwegs geparkt und sie dann umgebracht? Vielleicht hatte er sie auch gezwungen, den Wanderweg zu nehmen und sie anschließend … Meine Güte, egal, was passiert war. Dolly war tot und ihre kleine Tochter eine Waise.

Warum war sie überhaupt auf dem Highway in Richtung Süden gefahren? Woher kam sie? Von einem Liebhaber vielleicht? Einem, der ihr helfen sollte, Ärger zu machen? Motels gab es an dieser Strecke genug. Wenn man mit einem kleinen Kind bei den Eltern lebte, war es nicht so einfach, sich mit einem Liebhaber zu treffen. Und Dolly war bekannt dafür, Sex gegen Gefälligkeiten anzubieten.

Warum hatte sie ihr Baby nicht genug geliebt, um ein neues Leben zu beginnen? Warum hatte sie sich in Rachegelüsten verzehrt, anstatt eine gute Mutter zu sein?

Schon wieder dieses Mutterthema! Ärgerlich über sich selbst, beschleunigte Rowan ihre Schritte. Sie hatte genug Zeit allein verbracht, dachte sie. Außerdem wurde das ohnehin überschätzt. Sie hätte Gulls Angebot annehmen sollen, sie zu begleiten. Er hätte sie abgelenkt, zum Lachen gebracht oder sie wenigstens genervt, sodass sie nicht mehr traurig und wütend wäre.

Während sie zwischen den Menschen auf dem Rasen und den Picknicktischen auf dem Übungsgelände ihres Vaters hindurchging, sah sie wie die anderen nach oben.

Gleich geht es los, dachte sie und beobachtete das

Flugzeug. Sie lief zum Zaun, steckte die Hände in die hinteren Hosentaschen und beschloss, die Show zu genießen. Sie grinste breit, als sich der Fallschirmspringer hinausfallen ließ. Diese Verschnaufpause tat ihr wirklich gut. Als der zweite sprang, konzentrierte sie sich ganz auf die Formation während des freien Falls. Der erste Springer war eindeutig ein Schüler, stellte sich aber gar nicht mal so schlecht an. Er streckte die Arme aus, genoss das Panorama, spürte den Wind.

Und der zweite? Rowan legte den Kopf schräg und kniff die Augen zusammen. Noch konnte sie es nicht mit Sicherheit sagen, aber sie hätte wetten können, dass Iron Man Tripp auf den Schüler zuschoss.

Dann kam der entscheidende Moment: Die Schirme entfalteten sich, erst einer und dann der zweite. Das Publikum klatschte und johlte. Sie sah den blau-weiß gestreiften Schirm des Schülers und jenen, den sie entworfen, gewartet und ihrem Vater zum sechzigsten Geburtstag geschenkt hatte. Darauf prangte in großen roten Buchstaben der Schriftzug *Iron Man* über der Silhouette eines Feuerspringers.

Sie liebte es, ihm zuzusehen, hatte es schon immer geliebt. Er nahm eine perfekte Haltung ein, behielt alles vollkommen unter Kontrolle und raste auf die Erde zu, während die Sonne durch die dahinziehenden Wolken fiel. Es war eine gute Idee gewesen, hierherzukommen, dachte sie. Das war ihr Zuhause. Egal, was passierte, auf ihren Vater konnte sie sich verlassen. Sie verdrängte den Stress und konzentrierte sich auf das, was sie glücklich machte.

Sie würde ein wenig Zeit mit ihrem Vater verbringen, mit ihm zu Mittag essen, Neuigkeiten austauschen. Er würde ihr zuhören, sodass sie sich alles von der Seele reden und sich wieder beruhigen konnte. Nach einem Gespräch mit ihrem Vater sah sie jedes Mal klarer.

Der Schüler, sah Rowan, legte eine ganz ordentliche Landung hin. Schnell hatte er sich wieder aufgerappelt. Dann landete Iron Man sanft wie ein Schmetterling, geschmeidig wie Seide.

Sie klatschte ebenfalls und stieß einen anerkennenden Pfiff aus, bevor sie wild mit den Armen fuchtelte, um die Aufmerksamkeit ihres Vaters zu erregen.

Der Schüler löste den Fallschirm und setzte den Helm ab. Prächtiges rotes Haar schien im Sonnenlicht förmlich zu explodieren. Als die Frau auf ihren Vater zurannte, grinste Rowan. Sie konnte den Überschwang der Gefühle, die Begeisterung nachvollziehen und hatte solche Szenen zwischen Schüler und Lehrer unzählige Male miterlebt. Sie grinste auch noch, als die Frau sich in Lucas' Arme warf. Auch das hatte sie schon häufiger gesehen. Neu war jedoch, dass ihr Vater seine Schülerin wie wild herumwirbelte, während sie seinen Nacken umschlungen hielt. Ihr Grinsen verwandelte sich in ein verwirrtes Stirnrunzeln.

Und als sich Lucas vorbeugte und seiner Schülerin einen intensiven Kuss auf die Lippen drückte, während die Menge tobte, fiel Rowan die Kinnlade herunter. Hätte Lucas eine Pistole gezogen und der Rothaarigen damit eine Kugel in den Kopf gejagt, hätte Rowan kaum entsetzter sein können. Die Frau hatte Lucas' Gesicht in beide Hände genommen, eine noch intimere Geste als der Kuss. Sie zeugte von Vertrautheit und einem berechtigten Anspruch.

Wer zum Teufel war diese Tante? Und seit wann hatte es sich Iron Man angewöhnt, seine Schülerinnen zu küssen? Überhaupt jemanden zu küssen? Und das in aller Öffentlichkeit!

Die Frau drehte sich um. Ihr Gesicht, das so überhaupt nichts von einer Tussi hatte, glühte von dem Kuss. Sie strahlte und machte einen tiefen, übertriebenen Knicks vor der johlenden Menge. Zu Rowans Entsetzen stand Lucas einfach nur da und grinste wie ein Idiot. Stand er unter Drogen?

Ihre Vernunft befahl ihr den Rückzug, um diesen Schock erst einmal zu verdauen. Ihr Bauch befahl ihr den Frontalangriff, um ihn zur Rede zu stellen. Aber ihre Finger umkrallten den Zaun und wollten ihn gar nicht wieder loslassen.

Dann entdeckte ihr Vater sie. Sein breites Grinsen galt ihr, Rowan, als er die Hand der Rothaarigen nahm und sie vor- und zurückschwang. Mit seiner freien Hand winkte er Rowan zu, bevor er etwas zu der Wangenstreichlerin sagte, die doch tatsächlich die Dreistigkeit besaß, Rowan zuzulächeln. Immer noch Händchen haltend, liefen sie auf den Zaun und Rowan zu.

»Hallo, Schätzchen. Ich hatte dich gar nicht gesehen.«

»Ich stehe ganz unten auf der Sprungliste.«

»Ich freue mich, dass du vorbeigekommen bist.« Er legte seine Finger auf ihre, die nach wie vor den Zaun umklammert hielten, sodass drei Hände miteinander verschränkt waren. »Ella, das ist meine Tochter Rowan. Ro, Ella Frazier. Sie hat gerade ihre erste AFF-Stunde absolviert.«

»Wie schön, Sie kennenzulernen. Lucas hat mir viel von Ihnen erzählt.«

»Ach ja? Komisch, dass er mir nichts von Ihnen erzählt hat.«

»Du warst ziemlich beschäftigt.« Lucas schien rein gar nichts zu merken, denn er plauderte munter weiter. »Wir verpassen uns ständig. Ella ist Direktorin der Orchard Homes Academy.«

Eine Highschool-Direktorin. Von einer vornehmen Privatschule. Nicht gerade eine unterbelichtete Tussi. Mist!

»Ihr Sohn hat ihr einen Tandemsprung geschenkt«, fuhr Lucas fort. »Da hat sie Feuer gefangen. Du hättest deine Familie einladen sollen, Ella«, sagte er. »Deine Enkel wären begeistert gewesen.«

Sie war Großmutter?

»Ich will mir sicher sein, dass ich es beherrsche, bevor sie gucken kommen. Beim nächsten Mal zum Beispiel. Ich gehe zu Marcie und vereinbare einen neuen Termin. Schön, Sie kennengelernt zu haben, Rowan. Ich hoffe, wir sehen uns in Zukunft öfter.« Obwohl sie freundlich und höflich klang, brauchten sich die Frauen nur anzusehen, und alles war klar.

»Wir sehen uns dann drinnen, Lucas.«

Ja, geh du nur, dachte Rowan. Verschwinde!

»Na, was sagst du?«, fragte Lucas neugierig. »Ich habe gehofft, dass du bald freibekommst und Ella kennenlernen kannst. Toll, dass du ausgerechnet Zeugin ihrer ersten Freifallerfahrung wurdest.«

»Sie springt gar nicht so schlecht. Hör zu, Dad, wie wär's, wenn wir im Café gemeinsam was zu Mittag essen?«

»Ella und ich wollen ein Picknick machen, um ihren Sprung zu feiern. Wieso leistest du uns nicht Gesellschaft? Da lernt ihr euch gleich besser kennen.«

Sollte das ein Scherz sein? »Nein, danke, lieber nicht. Ich bin nicht gern das dritte Rad am Wagen.«

»Sei nicht albern! So wie ich Ella kenne, hat sie jede Menge zu essen dabei. Sie ist eine fantastische Köchin.«

»Nur so zu meiner Information.« Sie stockte. »Wie lange läuft das schon? Und was läuft da eigentlich? Du küsst sie im Zielgebiet, hältst Händchen und machst ein Picknick mit ihr? Meine Güte, Dad, schläfst du etwa mit ihr?«

Er erstarrte, und sie wusste, dass sie mitten ins Schwarze getroffen hatte. »Ich würde sagen, das geht nur mich etwas an. Was hast du eigentlich für ein Problem?«

»Mein Problem besteht darin, dass ich nicht nur mit ansehen musste, wie du vor allen Leuten herumknutschst und Händchen hältst. Ich muss außerdem feststellen, dass ich nicht mit meinem Vater sprechen kann, was dringend notwendig wäre. Denn er ist ja viel zu sehr mit seiner scharfen Schuldirektorin beschäftigt, um Zeit für mich zu haben.«

»Pass auf, was du sagst.« Seine Finger packten ihre Hand, bevor sie sie wegziehen konnte. »Red nicht in diesem Ton mit mir! Es ist mir egal, wie alt du bist. Wenn du mit mir reden musst, dann komm, und wir reden.«

»Nein, danke«, sagte sie kühl. »Kümmere dich um deine Privatangelegenheiten, ich komme schon klar. Und jetzt entschuldige mich bitte.« Sie entzog ihm ihre Finger. »Ich muss zurück zum Fliegerhorst.« Wut und Enttäuschung standen ihm ins Gesicht geschrieben. Doch sie ging, ließ ihn einfach stehen. Sie war innerlich wie gelähmt. Gleichzeitig traf sie sein Verrat mitten ins Herz.

Auf dem Heimweg kochte die Wut erneut in ihr hoch, und als sie dann die Sirene hörte, rannte Rowan los und sah, dass es auf dem Fliegerhorst nur so von Feuerspringern wimmelte und das Flugzeug bereitstand. Sie erreichte den Bereitschaftsraum und verdrängte die negativen Gefühle, damit würde sie sich später beschäftigen. Sie reichte Cards einen Teil seiner Ausrüstung an. »Payette?«

»Ja, genau.« Er steckte sein Kletterseil in die dafür vorgesehene Tasche. »Wir Zulies eilen zur Rettung herbei.«

Sie sah ihm direkt in die Augen. »Mach's gut.«

»Mein Schicksal steht in den Karten.« Er lachte schnaubend und ging dann zum wartenden Flugzeug.

Sie half auch Trigger, während Gull Dobie unterstützte.

Innerhalb weniger Minuten war das Flugzeug ohne sie verschwunden. »Ein Brand der Stufe zwei«, sagte Gull. »Idaho hat Personalprobleme. Einer aus der zweiten Gruppe hat sich bei der Landung den Arm gebrochen, und am Boden befinden sich noch zwei Verletzte.«

»Du bist gut informiert.«

»Ich halte mich eben gern auf dem Laufenden.« Er drehte seine Baseballkappe, um dem Flugzeug gegen die Sonne besser mit seinen Blicken folgen zu können. »In Flathead ist ein Blitz eingeschlagen. Das war aber ein kurzer Ausflug.«

»Beschattest du mich etwa?«

»Ich bin einfach nur ein guter Beobachter und sehe, dass du extrem angenervt bist.«

»Ich bleibe nur ungern am Boden, wenn ich eigentlich springen könnte.«

»Du stehst auf der Liste«, rief er ihr wieder in Erinnerung. »Und sonst?«

»Was sonst?«

»Weshalb bist du angenervt?«

»Wegen dir und deiner Beobachtungsgabe. Also konzentrier dich bitte auf etwas anderes.« Sie ließ ihn stehen, war aber so wütend, dass sie gleich wieder kehrtmachte. »Ich besuche meinen Vater, will etwas Zeit mit ihm verbringen, über den ganzen Mist mit ihm sprechen, und er gibt einer Schülerin eine AFF-Stunde. So einer Rothaarigen, die ihn gleich nach der Landung förmlich bespringt. Was macht er? Er wirbelt sie herum und küsst sie. Direkt dort vor allen Leuten gibt er ihr einen innigen Zungenkuss.«

»Zungenküsse sind doch super. Aber ich habe immer noch nicht ganz verstanden, warum du so genervt bist.«

»Habe ich dir nicht gerade erzählt, dass mein Vater diese Rothaarige geküsst hat?«

»Ja, aber was ist daran schlimm? Du tust gerade so, als ob du noch nie gesehen hättest, wie dein Vater eine Frau küsst.«

Als sie schwieg und ihm nur einen tödlichen Blick aus ihren eisblauen Augen zuwarf, lachte er aufrichtig überrascht auf. »Tatsächlich? Du hast noch nie gesehen, wie er eine Frau küsst? Der Mann muss wirklich übernatürlich diskret sein.«

Gull blieb erneut stehen und gab ihr kopfschüttelnd einen Klaps auf die Schulter. »Komm schon, Ro! Du willst mir doch nicht erzählen, dass du sauer bist, weil er eine Frau geküsst hat? Wie alt bist du eigentlich?«

»Mein Vater verabredet sich nicht mit Frauen.«

»Dasselbe hast du auch schon gesagt, als er sich mit dieser Dame auf einen Drink verabredet hatte. Aha. Wenn ich meine kombinatorischen Fähigkeiten und meine Beobachtungsgabe walten lasse, schließe ich daraus, das ist ein und dieselbe Person.«

»Sie sagt, sie ist Highschool-Direktorin. Jeder kann sehen, dass sie miteinander schlafen.«

»Ins Direktorat gerufen zu werden, hat jetzt bestimmt eine ganz neue Bedeutung für deinen Dad.«

»Fick dich!«

»Oha.« Er packte ihren Arm und wirbelte sie herum. »Bist du eifersüchtig? Du bist tatsächlich eifersüchtig, weil dein Vater sich für eine Frau interessiert.«

Ihr wurde ganz heiß vor Wut und Scham. »Das ist doch Quatsch!«

»Du bist angenervt, eifersüchtig und aufrichtig verletzt, weil dein Vater eine Beziehung hat. Das ist kein Quatsch, Rowan, sondern einfach nur kleinlich und selbstsüchtig.« In Gulls Gesicht stand eine Enttäuschung, die der ihres Vaters ziemlich nahekam. »Hat er je einen Tobsuchtsanfall bekommen, weil du mit jemandem zusammen warst?«

Jetzt fühlte sie sich tatsächlich kleinlich, was sie erst recht rasend machte. »Meine Gefühle und meine Beziehung zu meinem Vater gehen dich überhaupt nichts an. Du verstehst nicht das Geringste davon. Und weißt du was? Ich habe es satt, mir so viel Mist anzuhören. Erst von Dolly mit ihren bescheuerten Rachegelüsten, dann von einer verklemmten Polizeibeamtin und jetzt von meinem Vater und dir. Also ...«

Das Heulen der Sirene übertönte ihre Stimme.

»Sieht ganz so aus, als würde ich aufhören müssen, Mist zu reden.« Gull kehrte ihr den Rücken zu und ging zum Bereitschaftsraum.

Das war mehr, als sie ertragen konnte. Wieder blieb sie am Boden, während ein Flugzeug nach Norden flog. »Wenn das so weitergeht, müssen wir auch noch los.« Sie sah zu Matt hinüber. »Bei dem Glück, das ich gerade habe, streicht L. B. mich von der Liste und schickt stattdessen Marge los. Warum stehst du eigentlich ganz unten?«

»Er glaubt, dass ich mir zu viele Sorgen um Dolly mache, wegen meiner Nichte. Vielleicht stimmt das auch.«

»Entschuldige bitte, ich habe nicht nachgedacht.«

»Ist schon gut. Ich hoffe irgendwie immer noch, dass sie kommen und sagen, sie hätten sich geirrt.« Er drehte seine Baseballkappe nervös in den Händen, ließ sein weizenblondes Haar unbedeckt. »Dass ein Baby vor der Geburt den Vater und kurz darauf die Mutter verliert, ist einfach nicht fair.« Er drehte sich zu Rowan um, und sie hielt es kaum aus, so jung und schutzlos wirkte er auf sie.

»Nein, das ist tatsächlich nicht fair.«

»Aber im Leben geht es nicht immer fair zu, fürchte ich. Das ist so was wie Schicksal.«

Er beugte sich ein wenig vor, als sie einen Arm um seine Taille legte. »Und dir spielt es noch übler mit als mir.«

»Mir?«

»Du hast sie gefunden. Wenn sie das wirklich ist. Es ist furchtbar, dass ausgerechnet du sie finden musstest.«

»Wir werden's überleben, Matt.«

»Das sage ich mir auch immer. Ich muss ständig an Shiloh denken und mir sagen: Egal, was passiert, wir werden dafür sorgen, dass es ihr gut geht. Sie ist doch erst ein Baby.«

»Die Brakemans und deine Familie werden sich um sie kümmern.«

»Ja. Ich geh rüber ins Loft, um mich ein wenig abzulenken.«

»Gute Idee, ich komme in wenigen Minuten nach.«

Doch zuerst ging sie auf ihr Zimmer und schloss sich darin ein. Obwohl sie genau wusste, dass es überflüssiges Selbstmitleid war, warf sie sich aufs Bett und weinte sich so richtig aus.

16

Das Weinen war ein gutes Ventil für ihre Wut und ihr Selbstmitleid. Rowan bekam allerdings heftige Kopfschmerzen davon und nahm eine Tablette, bevor sie sich kaltes Wasser ins Gesicht spritzte. Das Problem einer echten hellhäutigen Blondine nach einer Heulorgie war, dass sie aussah, als hätte sie furchtbaren Sonnenbrand, dachte sie, während sie sich kritisch im Spiegel musterte. Sie spritzte sich noch mehr Wasser ins Gesicht. Dann legte sie sich mit einem nassen, kalten Handtuch über dem Gesicht aufs Bett und wartete, bis die Tablette und die Kälte ihre Wirkung taten.

Sie hatte überreagiert und würde sich bei ihrem Vater entschuldigen, dass sie sich in sein Privatleben eingemischt hatte. Denn das gehörte sich nicht. Außerdem erwartete sie von einem gewissen Feuerspringer, dass er gefälligst heil nach Hause zu kommen hatte.

Sie warf erneut einen prüfenden Blick auf ihr Gesicht. Jetzt ging es so einigermaßen. Sie war zwar nicht gerade in Topform, sah aber auch nicht aus, als hätte sie die letzten zwanzig Minuten auf dem Boden gelegen und geheult wie ein kleines Kind. Als sie zur Brandzentrale hinüberging, um sich über den Stand der Dinge zu informieren, kam Special Agent DiCicco auf sie zu.

»Ms. Tripp.«

»Hören Sie, ich weiß, Sie tun nur Ihre Arbeit. Aber wir haben zwei Einheiten da draußen, und ich bin auf dem Weg in die Zentrale. Ich habe keine Zeit, noch einmal zu wiederholen, was ich längst gesagt habe.«

»Es tut mir leid, aber ich werde Sie trotzdem sprechen müssen. Sie sowie alle anderen Kollegen und Angestellten des Fliegerhorsts. Die sterblichen Überreste, die Sie gestern gefunden haben, wurden als Dolly Brakeman identifiziert.«

»Verdammt!« Rowan verspürte eine heftige Übelkeit und presste ihre Fingerspitzen gegen die Schläfen. »Verdammt! Wie ist es passiert? Wie ist sie gestorben?«

»Da einige Details bereits in den Abendnachrichten verbreitet werden, kann ich Ihnen sagen, dass ein Genickbruch die Todesursache war. Wahrscheinlich infolge eines Sturzes.«

»Ein Sturz? Da muss man aber schon ziemlich dumm stürzen. Das war bestimmt kein Unfall. Nicht, wenn sie weit weg von ihrem Fahrzeug gefunden wurde.«

DiCiccos Miene blieb undurchdringlich. »Wir ermitteln wegen Mordes und Brandstiftung. Ihre spontane Einschätzung hat sich in beiden Punkten als absolut richtig erwiesen.«

»Und genau das macht mich verdächtig.«

»Ich streiche niemanden vorschnell von der Verdächtigenliste, aber Sie haben für den entsprechenden Zeitraum ein Alibi. Andererseits gab es zwischen Ihnen und dem Opfer Probleme. In dieser Richtung muss ich weiterermitteln.«

»Nur zu! Ich habe nie Streit mit ihr gesucht. Hätte ich ihr an dem vermaledeiten Tag, an dem sie Schweineblut verschüttet hat, eine reinhauen können, hätte ich es auch getan. Sie hatte es verdient. Und für das mit unserer Ausrüstung hätte sie angeklagt werden und eine Zeit im Gefängnis verbringen müssen. Aber deswegen hat sie nicht den Tod verdient.«

Rowan verstummte, als ein Truck schlingernd auf sie zuschoss. Sie packte DiCicco am Arm, um sie zurückzureißen, und diese tat bei Rowan genau dasselbe. Der Truck kam mit quietschenden Bremsen zum Stehen. Roter Dreck wirbelte auf.

»Meine Güte! Was zum Teufel …?« Als sie den Mann erkannte, der aus dem Truck sprang, verstummte sie. Es war Leo Brakeman, Dollys Vater. »Meine Tochter ist tot.« Er stand da und hatte die fleischigen Hände so fest zu Fäusten geballt, dass seine Knöchel weiß hervortraten. Er zitterte am ganzen Körper, sein breites, verhärtetes Gesicht war puterrot.

»Mr. Brakeman, es tut mir leid.«

»Sie sind dafür verantwortlich. Bis auf ein paar verkohlte Knochen ist nichts mehr von ihr übrig, und Sie sind dafür verantwortlich.«

»Mr. Brakeman.« DiCicco trat zwischen Rowan und Brakeman, aber Rowan trat zur Seite und verzichtete auf ihren Schutz. »Ich habe Ihnen bereits erklärt, dass wir alles Menschenmögliche unternehmen werden, um den Mörder Ihrer Tochter zu fassen. Sie sollten lieber zu Ihrer Frau und Ihrer Enkelin nach Hause gehen.«

»Sie werden alles vertuschen. Ihr steckt doch alle unter einer Decke. Ohne sie wäre meine Tochter noch am Leben.« Als er mit dem Finger auf sie zeigte, spürte Rowan die entsetzliche Trauer hinter seiner Wut, die sich ihr wie ein Dolch ins Herz bohrte.

»Sie haben dafür gesorgt, dass Dolly gefeuert wurde, weil Sie einfach nicht an Jim Brayners Tod erinnert werden wollten. Sie haben dafür gesorgt, dass Dolly gekündigt wurde. Und wenn Sie meine Tochter nicht eigenhändig umgebracht haben, dann haben Sie den Mord in

Auftrag gegeben. Sie halten sich wohl für ganz was Besonderes?«, schrie er Rowan an. »Sie bilden sich ein, in die Fußstapfen Ihres Vaters treten und die Leute herumschubsen zu können, nur weil Sie eine Tripp sind. Sie waren eifersüchtig auf meine Tochter, eifersüchtig, dass Jim Sie ihretwegen verlassen hat, und das konnten Sie einfach nicht ertragen. Sie haben ihn verrecken lassen, damit Dolly ihn auch nicht haben konnte.«

»Leo.« Das war L. B., der ein paar Männer dabeihatte. »Das mit Dolly tut mir leid. Wir möchten dir unser Beileid aussprechen. Trotzdem bitte ich dich, den Fliegerhorst zu verlassen.«

»Warum kündigst du ihr nicht? Warum feuerst du sie nicht genauso wie meine Tochter? Meine Tochter ist tot, und sie steht da, als ob nichts wäre!«

»Das ist kein guter Moment für einen Besuch auf dem Fliegerhorst, Leo.« L. B.s Stimme war weiterhin leise und ruhig. »Du solltest zu Irene nach Hause gehen.«

»Erzähl mir nicht, was ich zu tun habe. Da ist ein Baby, das seine Mutter braucht. Aber das interessiert euch ja einen feuchten Dreck. Ihr werdet noch dafür büßen, was ihr meiner Dolly angetan habt. Ihr alle werdet noch bitter dafür büßen.«

Er spuckte vor ihnen aus und stieg wieder in seinen Truck. Rowan sah, wie ihm die Tränen nur so übers Gesicht liefen, als er das Lenkrad herumriss und davonsauste.

»Ro.«

»Nicht jetzt, L. B., bitte.« Sie schüttelte den Kopf.

»Doch, genau jetzt.« Er legte ihr fest den Arm um die Schultern. »Komm mit in mein Büro. Agent DiCicco, wenn Sie mit Rowan sprechen möchten, dann später.«

DiCicco sah, dass die Männer eine Mauer um Rowan

bildeten und sie hineinbegleiteten. L. B. führte Rowan direkt in sein Büro und sperrte die anderen Männer aus. »Setz dich«, befahl er. Als sie gehorchte, fuhr er sich mit der Hand durchs Haar und lehnte sich an seinen Schreibtisch. »Du weißt, wie stur Leo Brakeman sein kann.«

»Ja.«

»Nach allem, was vorgefallen ist.«

»Ich verstehe das schon. Irgendjemand muss Schuld haben, und da mich Dolly für alles verantwortlich gemacht hat, muss ich es gewesen sein. Ich verstehe das. Wenn sie ihm erzählt hat, ich hätte was mit Jim gehabt, glaubt ihr Vater natürlich, ich hätte es auf seine Tochter abgesehen gehabt. Nur um das klarzustellen: Jim und ich waren nie …«

»Glaubst du, ich kenne dich so schlecht? Ich werde mit DiCicco reden und die Sache klarstellen.«

Rowan zuckte mit den Schultern. Komischerweise fühlte sie sich nach Brakemans Attacke gestärkt. »Entweder sie glaubt mir oder eben nicht. Das spielt keine Rolle. Es geht mir gut, oder wenigstens einigermaßen. Du hast keine Zeit, auf mich aufzupassen, L. B. Nicht jetzt, mit zwei Einheiten da draußen. Brakeman tut mir leid«, sagte sie, »aber noch einmal mache ich für ihn nicht den Prügelknaben. Dolly war eine Lügnerin, und ihr Tod ändert nichts daran.« Sie stand auf. »Ich habe dir heute Morgen gesagt, dass ich fit und okay bin. Das war nicht gelogen, aber auch nicht ganz die Wahrheit. Aber jetzt ist es so. Niemand wird mich je wieder behandeln wie Dolly und ihr Vater und mir ein schlechtes Gewissen einreden. Ich bin nicht für den Mist verantwortlich, den sie sich eingebrockt hat. Ich habe auch so schon genügend Probleme am Hals.«

»Das klingt wirklich so, als wärst du fit und okay.«

»Ich kann in der Brandzentrale aushelfen, wenn du willst. Oder ich gehe rüber ins Loft und schaue, ob ich mich dort nützlich machen kann.«

»Dann sieh nach, was unsere Jungs und Mädels so treiben.«

DiCicco bahnte sich ihren Weg zur Kantine und fand sie leer vor. Leer bis auf eine Reihe tröstlicher, höchst verführerischer Düfte. Sie betrat gerade den Speisesaal, als eine Bewegung vor dem Fenster ihre Aufmerksamkeit erregte. Die Chefköchin Margaret Colby jätete Unkraut in einem beeindruckenden Garten. Marge hörte, wie die Hintertür aufging, und schob ihren breitkrempigen Strohhut zurecht, den sie über dem Kopftuch trug.

»Das ist aber ein prächtiger Oregano«, sagte DiCicco.

»Er gedeiht gut. Suchen Sie nach mir, oder machen Sie bloß einen Spaziergang?«

»Ich würde gern kurz mit Ihnen sprechen. Auch mit der anderen Köchin, Lynn Dorchester.«

»Ich habe Lynn über Mittag freigegeben, weil sie mit den Nerven völlig am Ende war. Gegen vier kommt sie zurück.« Marge warf Unkraut in den Plastikeimer zu ihren Füßen und wischte sich dann die Hände ab. »Ich könnte eine Limonade vertragen. Möchten Sie auch eine?«

»Wenn Ihnen das nicht zu viele Umstände macht.«

»Nein, denn ansonsten würde ich keine holen. Nehmen Sie doch dort drüben Platz. Ich verbringe genug Zeit in der Küche, also genieße ich das schöne Wetter, wenn ich kann.«

DiCicco setzte sich in einen der Liegestühle, bewunderte den Garten und die Aussicht: Die Hangars und die Außengebäude, dahinter die Laufbahn und die zackigen

Gipfel der wolkenverhangenen Berge in der Ferne. Marge kam mit der Limonade und einem Teller Schokoladencookies heraus.

»Oh, für die habe ich eine Schwäche!«

»Jeder hat so seine Schwächen.« Marge stellte das Tablett ab, machte es sich ebenfalls bequem und schlüpfte aus ihren gummibesohlten Gartenschuhen.

»Wir haben gehört, dass es Dolly war. Ich habe Lynn freigegeben, weil die Nachricht sie so aus der Bahn geworfen hat. Sie waren nicht gerade befreundet, denn Dolly hatte keine Freundinnen. Aber sie haben eine ganze Weile zusammengearbeitet und sich einigermaßen vertragen. Lynn hat ein gutes Herz, und das war ein schwerer Schlag für sie.«

»Auch Sie haben lange mit Dolly zusammengearbeitet. Sie waren ihre Vorgesetzte.«

»Ja. Sie konnte kochen, hat sich wirklich geschickt angestellt und mir in der Küche nie Schwierigkeiten gemacht. Eines ihrer Probleme war wohl, dass sie in Sex Bestätigung suchte, ihn als Druckmittel benutzte.«

Marge nahm ein Cookie und biss hinein. »Die Männer auf dem Fliegerhorst müssen stark und tapfer sein. Sie haben Rückgrat. Dolly hatte das nicht. Viele der jungen Kerle sind weit weg von zu Hause«, fuhr sie fort. »Sie riskieren ihr Leben und ihre Gliedmaßen, schuften wie Tiere, manchmal tagelang und unter schlimmsten Bedingungen. Wenn sie die Chance haben, mit einer Frau in die Kiste zu hüpfen, sagen nicht viele Nein. Dolly hat ihnen so manche Chance gegeben.«

»Gab es Animositäten? Wenn eine Frau erst dem einen und dann dem anderen Chancen einräumt, muss es doch zu Auseinandersetzungen kommen.«

»Ich kenne keinen, der Dolly ernst genommen hätte. Auch Jim nicht. Ich weiß, sie hat behauptet, er habe sie heiraten wollen. Aber ich weiß auch, dass sie gelogen oder sich das nur eingebildet hat. Sagen wir, sie hat es sich eingebildet.«

L. B. hatte genau dasselbe gesagt, wenn auch mit anderen Worten. »Hatte Jim ein ernsthaftes Interesse an Rowan Tripp?«

»Ro? Nun, sie war seine Ausbilderin und hat mit ihm zusammengearbeitet.« Als Marge begriff, worauf DiCicco hinauswollte, verstummte sie. Dann ließ sie sich in ihrem Stuhl zurückfallen und lachte, bis sie Seitenstechen bekam. Sie winkte ab und nahm einen Schluck Limonade, um sich wieder zu beruhigen. »Keine Ahnung, wie Sie darauf kommen, Agent DiCicco. Aber sogar wenn Jim sich ernsthaft für Ro interessiert hätte, wäre das nicht aussichtsreich gewesen. Jim war hinter jedem Rock her, auch hinter mir. Da hat er nie einen Hehl daraus gemacht. Zwischen ihm und Ro gab es nie mehr als kameradschaftliche Gefühle. Außerdem hat Rowan sich aus Prinzip nicht mit jemandem aus ihrer Einheit eingelassen. Bis Gulliver Curry kam. Ich freue mich zu sehen, wie sich die Beziehung zwischen den beiden entwickelt.«

»Leo Brakeman behauptet, Rowan und Jim wären zusammen gewesen, bevor er sich für Dolly entschied.«

Marge trank von ihrer Limonade und betrachtete die Berge, so wie DiCicco zuvor. »Leo trauert, und ich fühle mit ihm und Irene. Aber in diesem Punkt täuscht er sich. Das klingt mir eher nach einer von Dollys Lügengeschichten.«

»Warum sollte sie so etwas erzählen?«

»Um Rowan zu schaden. Wie ich schon sagte, Dolly hatte keine Freundinnen. Sie kam mit Lynn aus, weil die keine Konkurrenz darstellte. Lynn ist glücklich verheiratet, die Männer sehen eher eine Art Schwester oder Tochter in ihr. Dolly hat Rowan stets als Bedrohung empfunden. Außerdem wusste sie, dass Rowan sie für ein Flittchen hielt.«

»Sie kamen eindeutig nicht miteinander aus.«

»Bis zu Jims Tod haben sie sich toleriert, so gut es ging. Ich kenne beide von klein auf. Rowan hat Dolly kaum je eines Blickes gewürdigt. Aber Dolly hat Ro nie aus den Augen gelassen. Wenn Sie glauben, Rowan hätte irgendwas mit dem Mord zu tun, verschwenden Sie Ihre Zeit. Stattdessen sollten Sie sich lieber auf die Suche nach Dollys wahrem Mörder machen.«

Solange sie etwas herausfand, war ihre Zeit nicht verschwendet, dachte DiCicco. »Wussten Sie, dass Dolly in Florence eine neue Stelle angetreten hatte?«

»Nein. Ich verstehe auch nicht, warum sie das getan hat. In der Umgebung gibt es jede Menge Betriebe, die sie eingestellt hätten, zumindest während der Hauptsaison. Auch ohne Zeugnis.« Marge seufzte laut. »Ich war nicht bereit, ihr ein gutes Zeugnis zu schreiben. Ihr Pfarrer ist zu mir gekommen, um mich dazu zu überreden. Zugegeben, der Mann gefiel mir nicht, aber ich hätte es sowieso nicht getan. Sie hatte es nicht verdient. Wenn sie deshalb das Gefühl hatte, Montana den Rücken kehren zu müssen, um Arbeit zu finden, tut mir das leid.« Marge schwieg eine Weile und saß einfach nur da. Sie musterte die Berge. »Ist sie von dort nach Hause gefahren, als es passiert ist? Von ihrer Stelle in Florence?«

»Das müssen wir erst herausfinden. Ich übertreibe nur

ungern, aber das ist die Wahrheit: Ich habe noch nie bessere Cookies gegessen.«

»Ich gebe Ihnen ein paar mit.«

»Dazu kann ich nicht Nein sagen.«

Das Team in Idaho hatte das Feuer gegen Sonnenuntergang eingedämmt. Aber weiter im Norden war die Schlacht noch in vollem Gange.

Als Rowan hinaustrat, um frische Luft zu schnappen, konnte sie das Feuer und den Rauch sehen sowie die Gestalten in ihren gelben Hemden, die Äxte schwangen wie Schwerter. Sollte eine weitere Einheit, Ersatz oder Verstärkung, angefordert werden, würde L. B. sie losschicken. Und sie würde bereit sein.

Dann sah sie Scheinwerfer und die Umrisse eines nahenden Pick-ups und erstarrte. Doch als sie merkte, dass es nicht Leo Brakeman war, entspannte sie sich wieder ein wenig.

Lucas stieg aus dem Truck. Sie sah, dass er immer noch wütend, immer noch sauer war. Und sie spürte es auch, als er seine Hände fest auf ihre Schultern legte und sie kurz durchschüttelte.

»Warum zum Teufel hast du mir nicht gesagt, was passiert ist? Dass du eine Leiche gefunden hast und dass Dolly verschwunden ist?«

»Ich dachte, du wüsstest Bescheid.«

»Nein, verdammt noch mal!«

»Du warst beschäftigt.«

»Hör auf mit dem Mist, Rowan! In deiner SMS stand, dass du heil gelandet bist.«

»Das stimmte ja auch. Ich war nicht verletzt.«

»Rowan.«

»Ich wollte dir das nicht in einer SMS oder am Telefon mitteilen. Und dann hatte ich alles Mögliche um die Ohren. Heute Vormittag habe ich dich besucht, um dir alles zu erzählen, aber …«

Er zog sie einfach an sich und umarmte sie.

»Ich zähle zu den Verdächtigen.«

»Hör auf«, murmelte er und küsste ihren Scheitel.

»Die Ranger haben mich zweimal verhört. Nach mehreren Auseinandersetzungen mit Dolly stolpere ausgerechnet ich über ihre sterblichen Überreste. Auch Leo Brakeman ist heute hier aufgetaucht.« Sie redete sich alles von der Seele, denn jetzt war er da und hörte ihr zu.

»Leo ist halb wahnsinnig vor Schmerz. Ich wüsste auch nicht, was ich an seiner Stelle täte.«

»Er hat geweint, als er weggefahren ist. Ich glaube, in diesem Moment verflog mein Selbstmitleid schlagartig.«

»In dem du dich regelrecht gesuhlt hast.«

»Ja. Dad, das mit vorhin tut mir leid.«

»Mir auch.« Er winkte ab, eine vertraute Geste.

»Alles wieder gut?«

»Alles wieder gut.«

»Wo ist der Kerl, mit dem du ständig zusammensteckst?«

»Er bekämpft das Flatland-Feuer.«

»Dann lass uns zur Brandzentrale gehen und hören, wie sie sich so schlagen.«

»Ich will, dass er heil zurückkommt, dass alle heil zurückkommen. Obwohl ich sauer auf ihn bin. Wahnsinnig sauer, weil er in einigen Dingen recht hatte.«

»Ich kann das auch nicht ausstehen. Außerdem: Wofür hält der sich eigentlich, dass er alles besser weiß?«

Sie lachte und lehnte ihren Kopf an seine Schulter. »Danke.«

Rowan blieb in der Brandzentrale und half dabei, die Karte zu aktualisieren, die den Fortschritt der Mannschaft und den Verlauf des Brandes verzeichnete. Auf dem Radarschirm sah sie, wie weitere Blitze einschlugen.

Irgendwann gegen zwei fiel sie ins Bett, als ein heftiger Gewittersturm über dem Fliegerhorst tobte und Gull und seine Mannschaft weiter nördlich in ihre Zelte krochen. Und sofort hatte sie wieder einen Albtraum.

Aus dem Gewitterdonner wurde Motorenlärm, aus dem Sturm der Wind, der zur offenen Flugzeugtür hereinfegte. Sie sah in Jims Augen, sah, wie nervös er war, hörte es an seiner Stimme. Sie wälzte sich im Bett hin und her, befahl sich, ihn zurückzuhalten, den Fliegerhorst zu kontaktieren, den Absetzer zu warnen, mit dem Einsatzleiter in der Zentrale zu sprechen. Sie musste etwas tun, egal was!

»Es ist, wie es ist«, sagte er, den Blick voller Reue. »Das ist mein Schicksal.« Dann sprang er, genau wie immer. Hinein in das aufgerissene Maul des Feuerdrachen und schrie laut, als er von seinen Zähnen zerfleischt wurde.

Diesmal landete sie allein, während hinter ihr der Drache die Zähne fletschte und heiser knurrte, während die Erde bebte. Sie rannte den Berg hinauf. Das Herz schlug ihr bis zum Hals, sie bahnte sich einen Weg durch dichte Rauchwolken. Sie rief nach Jim und suchte planlos nach ihm. Feuer loderte an den Bäumen empor, fegte wie bei einem Totentanz über den Waldboden. Und über das Toben der Flammen hinweg rief jemand ihren Namen. Sie folgte der Stimme, antwortete ihr, bis ihre Kehle brannte, stolperte mitten ins Reich der Finsternis hinein. Verkohlte Äste ragten aus Brandinseln, winkten sie heran wie knochige Finger. Totholz ragte vor ihr auf und schien sich hinter einer Wand aus Rauch hin und her zu wiegen, während die verbrannte Erde unter ihren Füßen zerbarst.

Dann wurde es plötzlich ganz still, so als hielte alles den Atem an. Sie stand in dieser Lautlosigkeit, entsetzt und desorientiert. Kurz war ihr, als sei sie in einem Schwarz-Weiß-Foto gefangen. Nichts bewegte sich, auch nicht, als sie weiterrannte. Der Boden schwieg unter ihren Füßen. Sie sah ihn am Boden liegen, dort, wo das Feuer bereits alles verbrannt hatte. Er sah nach Westen, als wollte er den Sonnenuntergang beobachten. Ihre Stimme hallte in ihrem Kopf wider, als sie seinen Namen rief. Schwindelig vor Erleichterung ließ sie sich neben ihn fallen.

Jim, Gott sei Dank!

Sie zog ihr Funkgerät hervor, aber wie alles um sie herum schwieg es. Ich habe ihn gefunden! Wieso antwortet denn niemand? Warum hilft mir niemand?

»Mir kann niemand mehr helfen.«

Sie fuhr entsetzt zurück, als Jims Stimme die Stille durchbrach, er hinter seiner Schutzmaske die Augen aufschlug und den Mund zu einem grausigen Grinsen verzerrte.

»Wir werden verbrennen. Wir werden alle verbrennen.«

Flammen züngelten unter seiner Maske hervor. Als sie tief Luft holte, um laut zu schreien, griff er nach ihrer Hand. Feuer verschmolz ihre Haut mit der seinen. Sie schrie und schrie, während die Flammen sie beide verschlangen.

Rowan stieg mühsam aus dem Bett und stolperte zum Fenster. Sie schob es auf und rang gierig nach frischer Luft. Das Gewitter war nach Osten abgezogen und hatte Regen und Donner mitgenommen. Irgendwann während ihres furchtbaren Albtraums hatten sich die Wolken aufgelöst. Sie betrachtete die Sterne und fand Trost in ihrem klaren Funkeln.

Das war ein schlimmer Tag, dachte sie. Ein schlimmer Tag, gefolgt von einer schlimmen Nacht. Aber es war vorbei.

Trotzdem ließ sie das Fenster offen stehen. Der sanfte Wind strich durchs Zimmer. Sie kehrte ins Bett zurück, starrte hinaus und betrachtete die Sterne.

Als sie gerade eindösen wollte, sprang sie ein Gedanke aus ihrem Albtraum an. Sie wollte ihn verdängen, sich stattdessen auf die Sterne konzentrieren, und prägte sich ihr kühles, klares Funkeln ein, bevor sie in einen ruhigen, traumlosen Schlaf fiel.

Am nächsten Vormittag sprang Rowan mit einem Aufräumteam über dem Flathead ab. Obwohl dankbar für den Einsatz und die damit verbundene Routine, war sie doch enttäuscht, dass Gull und sein Team schon zusammenpackten, als sie landete.

In der Zwischenzeit war Special Agent DiCicco nicht untätig. Sie traf sich mit Quinniock in einem Diner an der Autobahn. Er nahm ihr gegenüber Platz und nickte: »Agent.«

»Lieutenant. Danke, dass Sie mich treffen.«

»Kein Problem. Für mich bitte nur einen Kaffee«, sagte er zu der Kellnerin.

»Wenn Sie nichts dagegen haben, möchte ich direkt zur Sache kommen«, hob DiCicco an, nachdem die Kellnerin die bereits auf dem Tisch stehende Tasse umgedreht, Kaffee eingeschenkt und sie wieder verlassen hatte.

»Das spart Zeit«, bemerkte Quinniock.

»Sie kennen die Gegend und die Leute besser als ich. Sie kennen ihre Beziehungen zueinander und die aktuellen Auseinandersetzungen. Außerdem haben Sie das Opfer erst kürzlich zu dem Vandalismus auf dem Fliegerhorst befragt. Ich brauche Ihre Hilfe.«

»Unser Department hilft gern, zumal mich Ihre direkte Bitte nicht zwingt, mich aktiv einzumischen. Oder hinter Ihrem Rücken zu agieren, falls Sie das abgelehnt hätten.«

»Das spart Zeit«, wiederholte sie. »Und Ärger. Sie haben einen guten Ruf, Lieutenant.«

»Danke, gleichfalls. Und laut Rowan Tripp kleiden wir uns beide makellos.«

DiCicco lächelte beinahe unmerklich. »Dann haben wir ja etwas gemeinsam.«

»So wie es aussieht, haben wir beide bereits Nachforschungen angestellt. Meiner Meinung nach ist das Ihr Fall, Agent DiCicco, aber das Opfer ist einer meiner Leute. Wir kommen schneller zum Ziel, wenn sich jeder auf seine Stärken konzentriert. Warum sagen Sie mir nicht, wonach Sie suchen? Vielleicht kann ich Ihnen ja behilflich sein.«

»Zunächst einmal möchte ich auf das Opfer zu sprechen kommen: Ich konnte mir inzwischen ein gewisses Bild von Dolly machen und bin zu dem Schluss gekommen, dass Dolly Brakeman eine zwanghafte Lügnerin war. Und dass sie sich, wenn man so will, auch selbst belogen hat.«

»Dem kann ich nicht widersprechen. Sie war sehr impulsiv, wollte immer gleich mit dem Kopf durch die Wand. Sie neigte dazu, Ärger in sich aufzustauen und zu explodieren, sobald jemand einen falschen Knopf drückte.«

»So wie nach Jim Brayners Tod«, sagte DiCicco. »Damals wäre sie doch zu Hause, bei ihrer Familie, am besten aufgehoben gewesen.«

»Sie hatte Streit mit ihrem Vater.«

DiCicco lehnte sich zurück. »Ich habe mir so etwas gedacht.«

»Mrs. Brakeman hat mir das erzählt, als ich nach dem Vorfall auf dem Fliegerhorst mit ihr gesprochen habe. Dolly war nach dem Unfall völlig außer sich gewesen. Sie gestand ihren Eltern, schwanger zu sein und ihren Job verloren zu haben. Brakeman war alles andere als begeistert. Die beiden bekamen Streit, und er hat sie mehr oder weniger unmissverständlich aufgefordert, ihren Arsch zurück zum Fliegerhorst zu bewegen oder sich von jemand anderem aushalten zu lassen. Da hat Dolly ihre Sachen gepackt und ist verschwunden. Als ich etwas nachbohrte, erfuhr ich, dass sie fünfhundert Dollar mitgenommen hat, die Notreserve ihrer Eltern.«

»Mit fünfhundert Dollar kommt man nicht weit.«

»Ihre Mutter hat ihr hin und wieder Geld geschickt. Und als Dolly aus Bozeman anrief und in den Wehen lag, sind die Brakemans hingefahren und haben sich mit ihr ausgesöhnt.«

»Babys sind der ideale Kitt für angeknackste Beziehungen.«

»Dolly hat behauptet, zu Gott gefunden zu haben, und ging nach ihrer Rückkehr immer mit ihrer Mutter in die Kirche.«

»In die von Reverend Latterly. Mit ihm habe ich bereits gesprochen. Er hat mir gesagt, dass Leo Brakeman nicht zum Gottesdienst kommt.« Ihr fiel wieder ein, was Marge ihr bei Cookies und Limonade über den Reverend gesagt hatte. »Ich kann nicht behaupten, dass mir der Mann sympathisch ist. Er ist auf eine unterschwellige Weise aggressiv«, fügte sie hinzu, als Quinniock zustimmend nickte. »Er scheint zu glauben, dass Little Bear, Rowan Tripp und die anderen keinerlei Mitgefühl für eine verirrte Seele haben. Ehrlich gesagt, sind mir da Leo Brakemans aufrichtiger Schmerz und seine unverstellte Wut lieber.«

»Irene Brakeman behauptet, er habe ihr, ihrem Mann und Dolly geholfen, mit der neuen Situation fertigzuwerden. Dolly verschwieg nämlich ihren Eltern bei dem telefonischen Hilferuf, dass sie das Baby in Bozeman zur Adoption freigegeben hatte. Die Vermittlungsagentur sei für die Krankenhauskosten aufgekommen.«

»Sie wollte das Baby weggeben?«

»Nur Dolly weiß, was sie wirklich vorhatte. Aber als die Wehen begannen, hat sie sich jedenfalls weder mit den Adoptiveltern noch mit der Vermittlungsagentur in Verbindung gesetzt. Stattdessen ging sie in die Notaufnahme eines Krankenhauses am anderen Ende der Stadt und gab ihre Adresse in Missoula an. Bis die Adoptiveltern merkten, was los war, war sie längst über alle Berge. Ist das Kind erst einmal auf der Welt, kann die Mutter ihre Meinung ändern. So gesehen konnten die Leute nicht viel ausrichten.«

DiCicco schlug ihr Notizbuch auf. »Wissen Sie ihren Namen?«

»Ja. Ich gebe ihn Ihnen. Trotzdem glaube ich nicht, dass einer von ihnen Dolly verfolgt, sie ermordet und den Wald angezündet hat.«

»Wahrscheinlich nicht, aber es ist ein starkes Motiv.«

»Haben Sie noch immer Rowan Tripp in Verdacht?«

DiCicco lehnte sich zurück, als die Kellnerin vorbeieilte und ihr Kaffee nachschenkte. »Ich sage Ihnen, was ich von Rowan Tripp halte: Das Mädel hat Temperament. Sie ist ziemlich stark, körperlich wie geistig, und sie konnte Dolly noch nie ausstehen. Ihr Alibi ist ein Mann, mit dem sie derzeit ins Bett steigt. Männer lügen, wenn man ihnen Sex dafür anbietet.« DiCicco schwieg, um einen winzigen Teelöffel Zucker in ihren Kaffee zu rühren. »Dolly sagt, Rowan habe sie gehasst, weil Brayner sie fallen gelassen und stattdessen was mit ihr angefangen hätte. Aber sie hat gelogen«, fügte DiCicco hinzu, noch bevor Quinniock etwas sagen konnte. »Rowan Tripp dagegen hat nicht gelogen. Im Gegenteil, sie ist fast schon beleidigend ehrlich. Hätte man Dolly die Fresse poliert, würde ich sofort mit dem Finger auf Tripp zeigen. Aber sie fern der Straße zu ermorden, ihr das Genick zu brechen und einen Brand zu legen? Das passt nicht zu meinen Beobachtungen. Wer auch immer Dolly ermordet und sie in den Wald geschleppt hat, der dachte, das Feuer würde nur ein Häuflein Asche von ihr übrig lassen. Oder ihm zumindest einen großen Vorsprung verschaffen, bevor die Leiche entdeckt wird. Es wäre unglaublich dumm von Tripp gewesen, die Polizei zu rufen. Und dumm ist sie mit Sicherheit nicht.«

»Dann wären wir uns ja einig.«

»Noch einmal zum Opfer: Ich habe versucht herauszubekommen, wo sie in Florence gearbeitet hat. Bisher ist mir das nicht gelungen. Ich habe am Highway mit den Motels angefangen, aber niemand kannte sie. Es kann sich auch keiner erinnern, dass sie nach Arbeit gefragt hätte. Nicht weiter verwunderlich, da sie erst kurz zuvor zweimal fünftausend Dollar auf ein Konto bei einer Bank in Lolo eingezahlt hatte. Geld, das ich zu Matthew Brayner zurückverfolgen konnte. Und die Bank in Lolo ist nicht gerade ihre Hausbank«, fügte DiCicco hinzu. »Deshalb gehe ich davon aus, dass die Zahlungen geheim bleiben sollten. Nicht einmal ihre Eltern sollten etwas davon erfahren.«

Er selbst hatte das Thema Geld noch nicht angesprochen, und Geld spielte doch immer eine Rolle. »Vielleicht plante sie, erneut abzuhauen?«

»Gut möglich. Aber sie hat eine Schwäche: Männer. Und deshalb werde ich mich in allen Motels entlang der Strecke Florence – Missoula nach ihr erkundigen. Vielleicht hat sie versucht, was mit Jim Brayners Bruder anzufangen.«

»Sex, Geld und Schuld.« Quinniock nickte. »Die drei wichtigsten Motive. Wann legen wir los?«

17

Gull saß mit seinem Notebook auf dem Bett. Er hatte E-Mails beantwortet und ein paar Bilder verschickt, die er frühmorgens im Zeltlager von den Bergen gemacht hatte. Dann hatte er sich kurz um seine Geschäfte gekümmert und gerade die Webseite seiner Heimatzeitung aufgerufen, um die Sportnachrichten zu überfliegen. Er wusste, dass das Flugzeug mit den Feuerspringern zurückgekehrt war, und fragte sich, wie lange es wohl dauern würde, bis Rowan an seine Tür klopfte. Denn das würde sie zweifellos tun, und sei es nur, um ihren Streit fortzusetzen. Sie war nicht der Typ, der Konflikten aus dem Weg ging. Und selbst wenn sie das gewollt hätte: Es war fast unmöglich, sich auf dem Fliegerhorst aus dem Weg zu gehen.

Doch er konnte warten.

Aus reiner Neugier googelte er ›Brandstiftung‹. Noch während er sich die Ergebnisse ansah, überlegte er, im Aufenthaltsraum vorbeizuschauen. Vielleicht hatte Dobie Lust, mit ihm in die Stadt zu fahren? Wenn man sich ablenkt, fällt das Warten leichter, dachte er. Dann erregte ein Artikel sein Interesse. Gedankenverloren sagte er: »Ja«, als es klopfte. »Die Tür ist offen.«

»Nur weil sie nicht abgesperrt ist, ist sie noch lange nicht offen.« Er sah zur Tür. Rowan lehnte im Türrahmen.

»Jetzt ist sie offen.«

Sie ließ die Tür auf, als sie das Zimmer betrat, und stellte sich so, dass sie auf den Bildschirm seines Notebooks schauen konnte. »Du recherchierst zum Thema Brandstiftung?«

»Ja, insbesondere zum Legen von Waldbränden. Das fand ich naheliegend. Wie sind die Aufräumarbeiten gelaufen?«

»Ihr habt ein ziemliches Chaos hinterlassen.« Sie hob den Blick und sah ihm ins Gesicht. »Wie ich hörte, war der Einsatz ganz schön haarig.«

»Teilweise ja.« Er grinste. »Ich habe dich vermisst.«

»Weil ich so gut bin oder weil ich so gut aussehe?«

»Beides.« Er fuhr den Computer herunter. »Wie wär's mit einem Spaziergang? Wir können uns den Sonnenuntergang ansehen.«

»Gut, von mir aus.« Als sie hinausgingen, zog sie ihre Sonnenbrille aus der Tasche. »Nur weil ich so überrascht war und nicht in Freudenschreie ausgebrochen bin, dass mein Vater eine Beziehung hat, bin ich noch lange nicht eifersüchtig.«

»Ach, so nennst du das jetzt? Du warst überrascht und bist nicht gerade in Freudenschreie ausgebrochen? Ich hätte eher gesagt, du warst außer dir vor Wut.«

»Weil ich so überrascht war.«

»Das glaube ich dir sogar«, meinte Gull. »Wenn du deinen Vater noch nie im Leben beim Küssen gesehen hast.«

»Ich finde nicht, dass ich überreagiert habe. Zumindest nicht extrem.«

»Wozu über solche Kleinigkeiten streiten?«

»Es tut mir nicht leid, dass ich dich zur Hölle geschickt habe.«

»Dann muss ich auch keine Entschuldigung annehmen. Auch ich entschuldige mich nicht dafür, dir zu deiner kein bisschen extremen Überrektion die Meinung gegeigt zu haben.«

»Damit wären wir quitt.«

»Dann passt ja alles. Was für ein Sonnenuntergang!«

Sie stand neben ihm und sah zu, wie die Sonne über den westlichen Gipfeln unterging und in einem Meer aus Rot- und Goldtönen versank.

»Ich muss sie nicht mögen. Und trauen muss ich ihr erst recht nicht.«

»Du stellst dich an wie ein Hund, der seinen Knochen nicht hergeben will, Rowan.«

»Vielleicht. Aber es ist und bleibt nun mal mein Knochen.«

Manchmal ist Schweigen auch eine Antwort, dachte Gull. »Wie ich hörte, ist Dollys Vater auf dich losgegangen.«

»Das ist längst vergeben und vergessen.«

»Wohl kaum.«

»Mischst du dich etwa schon wieder in meine Angelegenheiten ein, Gull?«

»Wenn du es so nennen willst. Du hast Mitleid mit einem Mann, der gerade eine schwere Zeit durchmacht. Von mir aus kommt er diesmal noch damit davon. Aber ansonsten legt sich niemand mit meiner Freundin an.«

»Mit deiner Freundin? Ich bin nicht deine Freundin.«

»Bewundern wir nicht gerade gemeinsam den Sonnenuntergang? Und werden wir nicht mit großer Wahrscheinlichkeit später zusammen im Bett landen?«

»Mal ganz abgesehen davon, dass …«

»Hör auf damit.« Er nahm ihr Kinn und zog sie an sich, um sie zu küssen. »Damit bist du meine Freundin.«

»Meine Güte, Gull!«

Wortlos legte er ihr den Arm um die Schultern und lief weiter. »Apropos Bett: Gehen wir zu dir oder zu mir?«

Als es dämmerte, setzte sie die Sonnenbrille ab und ließ sie am Bügel hin- und herbaumeln. »Manche Leute lassen sich von so viel Selbstbewusstsein einschüchtern.«

»Aber du gehörst nicht dazu.«

»Nein, da hast du Glück gehabt. Mir gefällt das. Lass uns …« Als es plötzlich laut knallte, zuckte sie zusammen. »Meine Güte, was ist denn?« Sie keuchte vor Schreck, als Gull sie zu Boden riss und sich auf sie warf.

»Unten bleiben«, befahl er und sah, wie sich in knapp drei Metern Entfernung eine Kugel in den Boden bohrte. »Halt dich an mir fest. Wir rollen uns über den Boden.« Sobald sie ihre Arme um ihn geschlungen hatte, rollten sie sich unbeholfen hinter einen der vor dem Hangar geparkten Wagen.

Ein drittes Mal zerriss ein Knall die Luft, und es pfiff über ihre Köpfe.

»Woher kommt der Schuss? Kannst du das sagen?«

Gull schüttelte nur den Kopf und schützte sie nach wie vor mit seinem Körper, während er auf den nächsten Schuss wartete. Aber die Sekunden verstrichen, und es blieb still, bis Schreie und eilige Schritte laut wurden.

»Um Himmels willen, runter auf den Boden. Geh in Deckung«, rief Gull. »Da ist ein Scharfschütze unterwegs.«

Dobie schoss auf den Wagen zu und ließ sich zu Boden fallen. »Wurdest du getroffen? Wurdest du – Gull, Scheiße, du blutest!«

Rowan zuckte unter ihm zusammen. »Geh runter! Geh runter! Lass mich gucken!«

»Ich habe mir nur die Haut am Asphalt aufgeschrammt. Ich wurde nicht angeschossen. Unten bleiben!«

»Ein Gewehr.« Dobie ging auf alle viere. »Ich kann das hören. Der Schuss kam vermutlich aus den Bäumen da drüben. Nur gut, dass der Kerl ein lausiger Schütze ist, denn ihr beide habt wirklich ein ideales Ziel abgegeben.«

»He«, rief Trigger vom anderen Ende des Hangars aus. »Wurde jemand verletzt?«

»Es geht uns gut«, rief Rowan. »Bleib, wo du bist. Vielleicht wartet er nur darauf, dass ihm jemand vor die Flinte läuft.«

»L. B. hat bereits die Polizei verständigt. Bleibt, wo ihr seid.«

»Verstanden. Geh von mir runter, Gull.«

»Er hat dich genau im richtigen Moment erwischt«, bemerkte Dobie anerkennend, als Gull von ihr herunterrollte. »Er hat nämlich Football auf der Highschool gespielt – Quarterback.«

»Tatsächlich?«, murmelte Rowan, als sie Gulls Arm umdrehte, um die blutigen Schrammen an Ellbogen und Unterarm zu inspizieren. »Du hast echt Kraft in den Armen.«

»Basketball hat mir besser gefallen«, sagte Gull im Plauderton. »Leider war ich dafür nicht groß genug. Ich war schnell, aber einfach zu klein, bis ich im Abschlussjahr richtig in die Höhe geschossen bin. Heute ist Baseball mein Lieblingssport. Damals war ich ein ziemlich guter Werfer.«

Vielleicht lenkt ihn das Reden von seinen Schrammen ab, dachte sie. Die mussten höllisch brennen.

»Ich dachte, du warst ein Leichtathletik-Crack.«

»Ja, aber ich mag auch andere Sportarten.«

Rowan musterte ihn im Dämmerlicht. »Wir sitzen hinter einem verdammten Auto, verstecken uns vor einem bewaffneten Irren, und dir fällt nichts Besseres ein, als von deiner Highschool-Zeit zu schwärmen?«

»So vergeht die Zeit schneller. Außerdem hatte ich wirklich eine tolle Highschool-Zeit.« Er wischte ihr Schmutz von der Backe. »Uns fehlt nichts.«

»Wenn ihr beide unanständige Sachen macht, schaue ich nicht in die andere Richtung.« Dobie lehnte sich an einen Reifen. »Ich wünschte, ich hätte ein Bier.«

»Sobald dieses kleine Intermezzo vorbei ist«, sagte Gull, »geht die erste Runde auf mich.«

»Ich war gerade unterwegs in den Aufenthaltsraum und wollte mir einen Film und ein Bier gönnen. Ich bin nur kurz vor die Tür, als es geknallt hat.«

»Und dann bist du rausgerannt statt nach drinnen?«, fragte Rowan.

»Ich wusste nicht, ob einer von euch getroffen wurde. So schnell, wie ihr zu Boden gegangen seid.«

Rowan beugte sich über Gull und küsste Dobie mitten auf den Mund. »Danke.«

»Aber ich küsse dich nicht. Er ist weg«, setzte Gull nach. »Er ist nach dem dritten Schuss abgehauen.«

»Wahrscheinlich«, pflichtete ihm Dobie bei. »Es ist dunkel. Er konnte nichts mehr erkennen, außer er hatte ein Infrarotgewehr.«

»Kommt, gehen wir.« Rowan ging in die Hocke. »Wenn er uns erschießen will, kann er sich auch im Dunkeln an uns heranschleichen.«

»Wo sie recht hat, da hat sie recht. Aber nicht geradeaus rennen, sondern Haken schlagen. Zumindest machen die das im Kino immer so«, meinte Gull. »Zu den Baracken?«

»Zu den Baracken«, pflichtete ihm Dobie bei.

Bevor sie einer der Männer daran hindern konnte, sprang Rowan auf und sprintete los.

»Verdammt!« Gull rannte ihr nach. Er hätte sie packen, sie einholen können, und das wusste sie auch. Aber er blieb hinter ihr, und beide schlugen Haken.

»Wir kommen«, rief Rowan und drückte die Tür auf.

»Was ist nur in dich gefahren?« Gull packte sie und wirbelte sie herum. »Einfach so loszurennen?«

»Ich wollte nicht, dass du dich meinetwegen ein zweites Mal in die Schusslinie wirfst. Fürs erste Mal bin ich dir natürlich sehr dankbar. Ich bin schließlich nicht blöd.«

»Was ich tue, entscheide immer noch ich.«

»Dasselbe gilt auch für mich.«

Sie schrien sich an, während um sie herum ebenfalls Geschrei laut wurde. Libby stieß einen gellenden Pfiff aus.

»Ruhe! Haltet die Klappe. Alle!« Sie fuhr sich mit den Händen durch das klatschnasse Haar, da sie soeben erst aus der Dusche gekommen war. »Gull, du blutest. Los, holt einen Verbandskasten und verarztet ihn. Die Polizei ist unterwegs. Ah, sie ist bereits eingetroffen«, verbesserte sie sich, als Polizeisirenen laut wurden. »L. B. will, dass wir alle drinbleiben, bis wir mehr wissen.«

»Komm schon, Gull.« Janis gab ihm einen leichten Klaps auf den Hintern. »Ich bin Schwester Betty.«

»Sind alle unverletzt?«, fragte Rowan.

»Hier, in der Kantine und in der Brandzentrale sind alle okay.« Yangtree trat einen Schritt nach vorn und zog sie so fest an sich, dass er ihr fast die Rippen brach. »Ich habe ferngesehen und dachte, das sei ein kaputter Auspuff. Dann kam Trigger angerannt und meinte, da draußen würde geschossen. Und du warst draußen.« Er zog sie noch einmal an sich. »Was soll das alles, Ro?«

»Das frage ich mich auch. Warum sollte jemand auf uns schießen?«

»Manche Leute sind eben durchgeknallt.« Dobie zuckte mit den Schultern. »Vielleicht irgendwelche Anarchisten. Oder politische Extremisten.«

»Drei Schüsse sind nicht gerade eine politische Aussage.«

»O doch«, sagte Trigger. »Wenn einer davon dich oder Gull getroffen hätte, schon.«

»Dein Vater wird davon erfahren, Ro«, gab Yangtree zu bedenken. »Ruf ihn lieber gleich an und sag ihm, dass es dir gut geht.«

»Du hast recht.« Sie warf einen Blick in Gulls Zimmer, bevor sie auf ihr eigenes ging, um den Anruf zu machen.

Mit einem wutverzerrten Gesicht ließ Gull Janis gewähren, die seine Schrammen desinfizierte. »Was hat sie bloß?«

»Da das Blut an ihr überwiegend von dir stammt, gar nichts. Ich weiß, du meinst etwas anderes, aber dann drück dich bitte etwas genauer aus.«

»Wie kann jemand, der Teamgeist verbreitet und überwiegend im Team arbeitet, privat so ein Einzelgänger sein?«

»Zunächst einmal arbeiten Feuerspringer zwar im Team, aber dass jeder von uns selbst nachdenken, handeln und reagieren muss, weißt du ja. Bei Rowan kommen ihr ausgeprägter Abwehrmechanismus, ihr Stolz und ihr mangelndes Vertrauen hinzu.«

»Wozu der Abwehrmechanismus?«

»Sie hat Angst, dass ihr Stolz mit Füßen getreten und

ihr Vertrauen enttäuscht wird. Dafür, dass sie als Kleinkind von ihrer Mutter im Stich gelassen wurde, kommt sie eigentlich erstaunlich gut zurecht. Aber spurlos geht so etwas natürlich nicht an einem vorbei. So, ich werde die Pinzette benutzen, um den gröbsten Schmutz zu entfernen. Du darfst mich gern verfluchen, wenn du willst.«

»Verdammt«, zischte er zwischen zusammengebissenen Zähnen hindurch. »Man muss jedes Mal vertrauen können, wenn man sich in die Tür stellt. Man muss dem Absetzer, dem Piloten, sich selbst vertrauen. Ja, man muss seinem Schicksal vertrauen, dass man nicht vom nächsten Bus überfahren wird. Wenn man anderen nicht vertrauen kann, endet man äußerst einsam.«

Ein kleines Steinchen fiel klirrend in die Schale. »Ich arbeite schon lange mit Rowan zusammen. Meist ist sie stark und optimistisch, glaubt fest daran, dass sie einen Ausweg finden wird. Aber privat neigt sie zum Pessimismus. Sie lebt lieber ganz im Moment, weil sie meint, dass nichts von Dauer ist.«

»Da irrt sie sich.«

»Noch hat ihr niemand das Gegenteil bewiesen.« Sie sah auf. »Bist du dazu in der Lage?«

»Wenn ich nicht an deinen sadistischen Doktorspielchen verblute, dann schon.«

»Dabei habe ich noch gar nicht richtig angefangen. Du könntest tatsächlich der Erste sein, der sie vom Gegenteil überzeugt. Also versau es bitte nicht. So.« Sie ließ weitere Steinchen in die Schale fallen. »Ich glaube, das war's. Du hast ziemlich großflächige Abschürfungen, Gull«, sagte sie und trug eine entzündungshemmende Salbe auf. »Deine Ellbogen sind gehörig aufgeschrammt. Aber es hätte schlimmer kommen können.«

Er sah auf, als es klopfte. Genau wie zuvor lehnte Rowan im Türrahmen, nur dass sie diesmal zwei Bier dabeihatte. »Ich habe dem Patienten ein Bier mitgebracht.«

»Das kann er bestimmt gut gebrauchen.« Janis verband die Wunde an seinem rechten Ellbogen. »Gibt es schon Neuigkeiten?«

»Die Polizei hat alles auf den Kopf gestellt. Wenn sie etwas gefunden hat, hat sie nichts verlauten lassen.«

»Gut. Mehr kann ich nicht für dich tun.« Janis nahm die Schale mit den Steinchen, die blutigen Mullbinden und Wattepads. »Nimm zwei Schmerztabletten und lass dich morgen wieder bei mir blicken.«

»Danke, Janis.«

Sie tätschelte sein Bein und erhob sich. »Gelobt sei, was hart macht«, sagte sie und ging.

Rowan bot ihm ein Bier an. »Willst du mit mir streiten?«

Er musterte sie über die Flasche hinweg und nahm einen langen Schluck. »Ja.«

»Das ist zwar reine Zeitverschwendung, aber von mir aus. Spuck's aus!«

»Beginnen wir mit deinem jüngsten Coup – alte Kamellen können wir hinterher aufwärmen. Damit, dass du allein die Deckung verlassen hast.«

»Wir haben beschlossen, zu den Baracken zu rennen, also habe ich das getan.«

»Von uns dreien bin ich der Schnellste und somit derjenige, der bei Beschuss am besten hätte ausweichen können.«

»Ich mag selbstbewusste Männer, aber dass du dir eine Kugel einfängst, die eigentlich für mich bestimmt ist, geht mir zu weit. Ich kann auf mich selbst aufpassen,

Gull. Ich bin das gewohnt und möchte das auch in Zukunft tun.«

Im Grunde war Gull ein sehr geduldiger, vernünftiger Mensch, aber in diesem Augenblick stand er kurz davor, durchzudrehen. »Dass du auf dich selbst aufpassen kannst, gefällt mir durchaus. Beim Fallschirmspringen, bei der Brandbekämpfung und auch sonst: von mir aus gern. Aber das war eine Ausnahmesituation.«

»Inwiefern?«

»Wurde schon einmal auf dich geschossen?«

»Nein. Auf dich?«

»Dann war das für uns beide das erste Mal und damit eine Ausnahmesituation. Du hättest mir vertrauen müssen, dass ich dir helfe.«

»Ich brauche niemanden, der mir hilft.«

»Du weißt selbst, dass das Unsinn ist. Janis hat mir gerade geholfen, ohne dass mein Stolz und mein Selbstwertgefühl darunter gelitten hätten.«

»Jemanden zu verbinden ist etwas ganz anderes, als jemanden zu Boden zu reißen und sich als menschlicher Schutzschild herzugeben. Sieh dich doch an, Gull: Deinetwegen habe ich kaum einen Kratzer abbekommen.«

»Wenn mir jemand etwas bedeutet, beschütze ich ihn. Wenn dir das nicht passt, haben wir ein Problem.«

»Und wenn mir jemand etwas bedeutet, beschütze ich ihn auch«, erwiderte sie.

»Hast du einen Kollegen beschützt oder mich?«

»Du bist ein Kollege.«

Er trat näher. »Geht es dir nur um das, was ich tue, oder um mich? Und jetzt komm mir bitte nicht damit, dass ich bin, was ich tue. Ich bin nämlich viel mehr als nur das. Genau wie du. Du bist mir wichtig, Rowan. Weil du so herrlich lachen kannst wie ein Saloongirl. Weil du mir die Sterne erklärst und nach Pfirsich duftest. Du bist mir genauso wichtig wie die furchtlose, intelligente unermüdliche Kollegin, die ihr Leben aufs Spiel setzt, sobald die Sirene losheult.«

Sie wurde misstrauisch. »Ich weiß gar nicht, was ich sagen soll, wenn du solches Zeug daherredest.«

»Ist das alles, was du in mir siehst? Einen weiteren Feuerspringer, mit dem du diese Saison zusammenarbeitest?«

»Nein.« Sie atmete hörbar. »Nein, das nicht.«

»Belass es bei Nein.« Er legte ihr die Hand in den Nacken. »Tu uns beiden einen Gefallen und belasse es bei Nein. Denn das genügt.«

Sie schmiegte sich an ihn und schlang die Arme um seine Taille, als sie sich küssten. Sie spürte, wie der Boden unter ihr nachgab, so als wäre sie soeben ins Leere gesprungen. Gleichzeitig spürte sie ein Flattern im Magen und in der Kehle. Sie hielt ihn ganz fest, wollte ihn spüren – spüren, dass sie beide unverletzt und noch am Leben waren.

»Manchmal genügt es nicht, sich in einen Raum zurückzuziehen«, sagte Trigger von der Tür her. »Manchmal muss man die Tür auch zumachen.«

»Tu dir keinen Zwang an«, befahl ihm Gull und küsste sie ausgiebig.

»Tut mir leid, aber ihr werdet im Aufenthaltsraum erwartet.«

»Von wem?«, fragte Rowan und knabberte an Gulls Unterlippe.

»Vom Lieutenant und drei Cops. Aber wenn ihr nicht wissen wollt, wer zum Teufel auf euch geschossen hat, sage ich, ihr seid beschäftigt.«

Gull hob den Kopf. »Wir kommen gleich.« Dann sah er Rowan an, strich ihr über die Schultern und Arme. »Wir gehen zu mir«, sagte er. »Um auf unser ursprüngliches Thema zurückzukommen, bevor wir so unsanft unterbrochen wurden. Wir gehen zu mir, weil mein Zimmer näher am Aufenthaltsraum liegt.«

»Kein schlechtes Argument.« Sie nahm beide Biere und reichte ihm seines. »Komm, bringen wir es hinter uns, damit wir endlich die Tür hinter uns zumachen können.«

DiCicco saß mit Quinniock und L. B. im Aufenthaltsraum. Normalerweise lungerten die Leute um diese Zeit auf Sofas und Sesseln herum, sahen fern oder spielten Karten. Manche aßen Pizza oder Popcorn aus der Mikrowelle. Und einer sprach immer über Feuer. Aber im Augenblick war der Fernsehschirm schwarz und das Sofa leer.

L. B. erhob sich von einem Tisch, ging zu ihnen und legte je einen Arm um Rowan und Gull. »Ihr seid unverletzt, und das ist die Hauptsache. Nun müssen wir nur noch den Mistkerl finden, der das getan hat.«

»Wurden Spuren gesichert?«, fragte Rowan.

»Wenn wir zuerst die Zeugenaussagen aufnehmen könnten.« DiCicco zeigte auf den Tisch. »Damit wir einen besseren Überblick bekommen.«

»Die Sache dürfte ziemlich eindeutig sein«, erwiderte Rowan. »Jemand hat auf uns geschossen. Er hat sein Ziel verfehlt.«

»Wenn Sie einen Brandbekämpfungsbericht schreiben, steht darin dann auch nur: Das gemeldete Feuer wurde gelöscht?«

»Am besten, wir fangen ganz von vorn an.« Quinniock

hob beschwichtigend die Hände. »Der Zeuge, Dobie Karstain, sagt, er habe die Baracke gegen halb zehn verlassen. Wenige Minuten später sah er Sie beide zwischen dem Trainingsgelände und den Hangars spazieren gehen. Sie seien etwa dreißig Meter von den Bäumen entfernt gewesen. Ist das korrekt?«

»Ja, das könnte hinkommen.« Gull ergriff als Erster das Wort, da Rowan sich von DiCicco eindeutig provoziert fühlte. »Wir haben einen Spaziergang gemacht, ein Bier getrunken, den Sonnenuntergang bewundert. Wenn Sie die Flaschen finden, wissen Sie auch, wo wir gestanden haben. Wir haben sie sofort fallen lassen, als die Schießerei losging.«

Schritt für Schritt erzählte er, was vorgefallen war.

»Dobie meint, es hätte sich angehört wie Gewehrfeuer«, fuhr Gull fort. »Und dass die Schüsse aus den Bäumen gekommen sind. Er ist in Kentucky auf dem Land aufgewachsen und ein erfahrener Jäger, also neige ich dazu, ihm zu glauben. Wir konnten niemanden entdecken. Der erste Schuss wurde zu Beginn des Sonnenuntergangs abgegeben. Das Ganze hat höchstens zehn Minuten gedauert, kam uns aber länger vor.«

»Hatte einer von Ihnen beiden Streit mit jemandem? Hat man Ihnen gedroht?« Als Rowan nur die Brauen hob, legte DiCicco den Kopf schräg. »Damit meine ich nicht Leo Brakeman.«

»Wir sind viel zu beschäftigt, um uns mit Einheimischen oder Touristen anzulegen.«

»Soweit ich weiß, waren Sie, Mr. Curry, sowie Ms. Tripp und Mr. Karstain im Frühling in eine Rauferei verwickelt.«

»Rowan hatte sich gegen drei unverschämte Vollidioten zur Wehr gesetzt. Woraufhin diese Kerle ihr Mütchen an Dobie gekühlt haben, als er die Kneipe verließ.«

»Und du hast es ihnen so richtig gezeigt«, fuhr Rowan fort. »Ach, waren das Zeiten.«

»Rein theoretisch könnten sie auch für die mutwillige Zerstörung der Ausrüstung verantwortlich gewesen sein«, fuhr Gull fort. »Aber ich kann mir kaum vorstellen, dass die sich noch einmal hier hergetraut haben. Erst recht nicht, um uns im Wald aufzulauern und auf uns zu schießen. Außerdem sind wir die meiste Zeit unterwegs, mal zusammen und mal getrennt. Dass diese Idioten den weiten Weg von Illinois gekommen sind und sofort das Glück hatten, Ro und mich direkt vor die Flinte zu bekommen, ist mehr als unwahrscheinlich.«

»Woher wissen Sie, dass die Männer aus Illinois stammen?«, fragte DiCicco.

»Ihr Autokennzeichen. Ich habe ein paar Nachforschungen angestellt.«

»Davon hast du mir gar nichts erzählt.«

Gull sah Rowan achselzuckend an. »Ich habe nichts Erwähnenswertes herausgefunden. Der Anführer besitzt eine Autowerkstatt in Rockford. Er ist ein Arschloch und hat bereits mehrere Anzeigen wegen Körperverletzung – in erster Linie Kneipenschlägereien. Das ist auch schon alles.« Als DiCicco ihn musterte, zuckte er nur erneut mit den Schultern. »Im Internet findet man so manches, wenn man sich nur ein bisschen anstrengt.«

»Verstehe. Sie beide sind seit Kurzem ein Paar«, sagte DiCicco. »Gibt es jemanden, der etwas dagegen haben könnte? Irgendein oder eine Ex?«

»Ich habe keine Exfreundinnen, die auf mich schießen würden.« Er zwinkerte Rowan zu. »Zumindest noch nicht.«

»Ich erschieße alle meine früheren Liebhaber. Dein Schicksal ist also bereits besiegelt.«

»Nur, wenn wir uns trennen.« Er legte seine Hand auf die ihre. »Es war ein Einheimischer, der was gegen uns oder den Fliegerhorst hat. Oder aber ein Irrer, der ein paar Beamte abknallen wollte.«

»Ein Terrorist?«

»Ein Terrorist hätte mehr Munition dabeigehabt«, sagte Gull zu DiCicco. »Jedenfalls war der Kerl ein miserabler Schütze. Oder er wollte uns nur einen gehörigen Schrecken einjagen.«

Rowan war auf einmal hellwach. »Daran habe ich noch gar nicht gedacht.«

»Ich kann es zwar nicht beschwören, aber der nächste Einschlag dürfte etwa drei Meter von der Stelle entfernt gewesen sein, wo wir uns zu Boden fallen ließen«, sagte Gull. »Das ist kein ausreichender Sicherheitsabstand, wenn Kugeln im Spiel sind, aber besser als nichts. Eine andere Kugel scheint dem Geräusch nach Metall getroffen zu haben. Den Hangar, weit über unseren Köpfen. Vielleicht haben sich auch nur ein paar Kinder einen Spaß erlaubt. Die Feuerspringer tun immer so cool, denen jagen wir mal einen gehörigen Schrecken ein. Das ist nur eine Theorie«, sagte er, als Rowan die Augen verdrehte.

»Lieutenant.« Ein uniformierter Beamter trat näher.

»Hallo, Barry.«

»Ro, schön, dass du unverletzt bist. Wir haben die Tatwaffe gefunden, Sir, oder zumindest die vermutliche Tatwaffe.«

»Wo?«

»Etwa zwanzig Meter tief in den Bäumen. Es ist ein Repetiergewehr vom Typ Remington 700. Eine typische Scharfschützenwaffe. Das Gewehr war mit Laub bedeckt.«

»Wie dumm«, murmelte Rowan. »Wie dumm, es dort liegen zu lassen.«

»Erst recht, wenn es mit einer Namensplakette versehen ist«, sagte L. B. »Ich war im letzten Herbst mit Leo Brakeman auf der Jagd, und er besitzt eine solche Remington 700 und ist sehr stolz darauf.«

Rowans Hand ballte sich unter der von Gull zur Faust. »So viel zu Theorien!«

Als DiCicco und Quinniock hinausgingen, um die Waffe zu inspizieren, lief L. B. zum Kaffeeautomaten.

»Weißt du«, sagte Ro. »Sie hat ihrem Vater jede Menge Lügengeschichten aufgetischt, und die haben ihn dazu gebracht, mit seiner Waffe auf mich zu schießen.«

»Vielleicht hast du recht.« L. B. setzte sich mit seinem Kaffee hin und seufzte. »Ihre Lügen haben ihn hierher getrieben. Aber wie gesagt, ich war mit ihm auf der Jagd. Ich habe gesehen, wie er einen Bock in vollem Lauf geschossen hat. Aus dreißig Metern Entfernung. Hätte er dir eine Kugel verpassen wollen, würdest du nicht auf diesem Stuhl sitzen.«

»Dann war wohl heute mein Glückstag.«

»Es muss eine Sicherung bei ihm durchgebrannt sein. Ich will ihn nicht in Schutz nehmen, Ro. Dafür gibt es keine Entschuldigung. Was soll Irene jetzt bloß machen? Ihre Tochter wurde umgebracht, ihr Mann kommt wahrscheinlich ins Gefängnis, und sie muss sich um das Baby kümmern. Sie konnte noch nicht mal Dolly beerdigen.«

»Die Familie tut mir leid. Sie alle tun mir leid.«

»Ja, eine tragische Geschichte. Ich werde mal hören, was die Polizei als Nächstes vorhat.« Er ging und ließ seinen Kaffee unangetastet stehen.

18

Rowan war viel zu aufgedreht, um stillzusitzen. Sie lief auf und ab, sah aus dem Fenster und machte wieder kehrt. Gull hatte die Füße auf den Sessel gelegt, den sie frei gemacht hatte, und trank L. B.s verwaisten Kaffee.

»Ich möchte etwas tun«, beschwerte sich Rowan. »Ich will nicht einfach nur herumsitzen. Wie kannst du das bloß?«

»Ich tue doch etwas.«

»Kaffeetrinken zählt nicht.«

»Ich trinke Kaffee und denke nach. Wenn das Gewehr Brakeman gehört und Brakeman damit geschossen hat – hat er sich hinter den Bäumen versteckt und gewartet, bis du irgendwann vor die Tür trittst?«

»Ich bin mir nicht sicher, ob er es unbedingt auf mich abgesehen hatte. Er ist auf uns alle sauer, am meisten allerdings auf mich.«

»Gut möglich.« Der Kaffee schmeckte bitter, und er wünschte, es wäre Zucker darin. Aber Gull war zu faul aufzustehen und sich welchen zu holen. »Brakeman wartet also mit seinem Gewehr im Wald und beobachtet den Fliegerhorst. Er hat Glück, denn wir kommen des Wegs. Wenn er wirklich so ein guter Schütze ist wie behauptet, warum hat er dann danebengeschossen?«

»Weil es etwas anderes ist, auf einen Menschen zu schießen als auf einen Rehbock. Die Nerven sind ihm durchgegangen. Oder er konnte sich doch nicht überwinden, mich oder uns umzubringen, und hat stattdessen beschlossen, uns zu Tode zu erschrecken.«

»Auch möglich. Aber warum lässt er die Waffe liegen? Warum lässt er eine Waffe liegen, die eine Spezialausführung und damit bestimmt teuer war? Eine Waffe, die ihm so wichtig war, dass er eine Namensplakette daran befestigen ließ? Warum bedeckte er sie mit Laub? Warum lässt er sie überhaupt liegen, wo er doch wissen muss, dass die Cops alles auf den Kopf stellen werden?«

»Panik. Das war eine impulsive Tat. Anscheinend konnte er nicht mehr klar denken. Los, versteck sie! Hau ab, komm ein andermal wieder und versuch's erneut!, hat er sich vielleicht gedacht.« Sie verstummte, massierte sich den verspannten Nacken und musterte Gull. »Du glaubst nicht, dass Leo Brakeman auf uns geschossen hat.«

»Ich wüsste zu gern, wer noch Zugang zu seiner Waffe hat. Wer ihm Schwierigkeiten einbrocken will und keine Skrupel hatte, dich in Todesangst zu versetzen, um das zu erreichen.« Er nippte an seinem Kaffee. »Aber vielleicht hat Brakeman wirklich spontan gehandelt, und wir hatten Glück, dass er so nervös war und in Panik geriet.«

»Wenn das stimmt, ist das ziemlich starker Tobak.«

Sie ließ sich in L. B.s Sessel fallen. Gull hatte sie zum Nachdenken gebracht. Und nachdenken heißt handeln, rief sie sich in Erinnerung.

»Seine Frau dürfte ebenfalls Zugang zu der Waffe gehabt haben. Aber ich kann mir kaum vorstellen, dass sie es gewesen ist. Außerdem wüsste ich, wenn sie jemals auf die Jagd gegangen wäre oder Schießübungen gemacht hätte. Sie ist mehr der Typ wohltätige Kirchgängerin. Dass sie in Panik geriet, ist schon eher vorstellbar, da sie sonst eher schüchtern ist. Wenn sie die Nerven besessen hätte, mit einem Gewehr hierherzukommen, könnte der Rest auf sie passen. Aber vielleicht will man uns doppelt an der Nase herumführen«, überlegte sie laut. »Er hat das Gewehr mit Absicht liegen lassen, damit er sagen kann: ›He, so doof kann doch niemand sein!‹ Aber ob er wirklich so gerissen ist? Ich kenne die Brakemans nicht sehr gut. Wir hatten nie viel miteinander zu tun, auch nicht, als Dolly noch hier gearbeitet hat. Deshalb weiß ich nicht, ob Brakeman Feinde hat oder ob jemand ihn gut genug kennt, um ihn als Sündenbock zu benutzen. Mir wäre lieber, Brakeman war der Schütze. Dann wäre das Thema erledigt, und wir müssten uns keine Sorgen mehr machen.«

»Sollen sich doch die Cops darum kümmern.«

»Aber das bedeutet, passiv zu bleiben, und das macht mich wahnsinnig. Die erste Frage lautet doch: Wer hat Dolly umgebracht? Meine Güte, Gull! Wenn es ihr Vater war?«

»Aber warum denn?«

»Keine Ahnung.« Sie schlang die Füße um die Stuhlbeine und beugte sich vor. »Angenommen, sie hatten Streit. Angenommen, sie kehrte aus Florence zurück und hatte einen Platten. Sie rief ihren Vater an, damit er kommt und ihn repariert. Ich kann mir Dolly schlecht mit Wagenheber und Schraubenschlüssel vorstellen. Er fuhr raus zu ihr, und sie gerieten in Streit: Weil sie das Baby einfach bei ihrer Mutter abgeladen hatte. Weil sie überhaupt ein uneheliches Kind bekommen hatte. Oder weil sie ihn mitten in der Nacht aus dem Bett geholt hatte. Der Streit eskalierte, sie stürzte, landete ungünstig und brach sich das Genick. Er wurde fast wahnsinnig vor Angst, bugsierte ihre Leiche in den Truck. Dann musste er sich was überlegen und beschloss, sämtliche Beweismittel zu vernichten. Der Rest ergibt sich von selbst. Er kennt sich in der Gegend aus, er kennt die Wanderwege und ist kräftig genug, um sie in die Berge zu tragen.«

»Klingt plausibel«, sagte Gull. »Vielleicht beichtete er es seiner Frau, womit auch der Rest erklärt wäre. Doch ich habe noch eine Hypothese.«

»Schieß los.«

»Du sagst, du würdest die Familie Brakeman viel zu wenig kennen. Über Dolly hast du jedoch ein sehr hartes Urteil gefällt. Jim ist letzten August verunglückt, und wir haben fast Juli. Ist Dolly der Typ, der ein Jahr ohne Mann bleibt?«

Rowan öffnete den Mund, schloss ihn sofort wieder und lehnte sich zurück. »Nein. Warum ist mir das nicht schon früher eingefallen? Nein, niemals würde sie es so lange ohne Mann aushalten. Zumal ich weiß, dass ihr ganzes christliches Gequatsche nur gelogen war.«

»Vielleicht lebte ihr derzeitiger Freund in Florence. Vielleicht hatte sie sich deswegen dort Arbeit gesucht oder es zumindest behauptet. Vielleicht hatten sie sich auch einfach nur in einem Motel am Highway getroffen.«

»Paare streiten sich. Und wenn es da jemanden gab, hat er sie umgebracht. Und so, wie ich Dolly kenne, hat es bestimmt jemanden gegeben. Vielleicht hat ihr Vater das rausgefunden und so. Aber wenn sie in Florence jemanden hatte, warum ist sie dann zurückgekommen? Warum nicht einfach dorthin ziehen, bei ihm wohnen? Weil er verheiratet ist!«, sagte Rowan, noch bevor Gull etwas sagen konnte. »Sie hatte ständig was mit verheirateten Männern.«

»Aber in diesem Fall ist es aber eher einer aus Missoula. Sie kehrte zurück, suchte sich Arbeit auf dem Fliegerhorst. Sie wollte in der Nähe ihres Lovers sein. Angenommen, er ist verheiratet oder musste die Beziehung aus anderen Gründen geheim halten. Sie mussten sich irgendwo treffen, wo sie keiner kennt.«

»Du kannst sehr gut schlussfolgern.«

»Das ist eine Art Spiel, bei dem man sich von einem Level zum nächsten vorarbeitet.«

Er nahm erneut ihre Hand. »Nur, dass es nicht um Spielfiguren geht, sondern um echte Menschen.«

»Es fühlt sich trotzdem besser an, es durchzuspielen. Und noch etwas: Dolly war längst nicht so clever, wie sie immer dachte. Kaum hatte sie eine Affäre, hat sie sich damit gebrüstet. Vielleicht bei Marge, aber wahrscheinlich eher Lynn gegenüber. Dolly ging in die Kirche. Vielleicht hatte sie jemandem aus ihrer Gemeinde etwas davon erzählt.«

»Dem sollte man nachgehen.«

»Ja.« Sie brauchte dringend Bewegung, musste mehr tun, als nur nachzudenken. »Warum gehen wir nicht nach draußen und schauen, was dort los ist?«

»Gute Idee.«

»Ich glaube, Quinniock mag mich. Vielleicht gibt er uns den einen oder anderen Tipp.« Beim Hinausgehen sahen sie, wie Barry zu seinem Streifenwagen ging. »Hallo, Barry! Ist Lieutenant Quinniock in der Nähe?«

»Er ist gerade mit Agent DiCicco gegangen. Kann ich dir irgendwie helfen, Ro?«

Sie warf Gull einen kurzen Blick zu. »Ich könnte ein wenig Trost gebrauchen. Damit ich heute Nacht besser schlafen kann.«

»Ich kann dir sagen, dass die Waffe, die wir gefunden haben, Leo Brakeman gehört. Der Lieutenant und DiCicco sind gerade zu ihm gefahren, um mit ihm zu reden.«

»Reden?«

»Das ist der erste Schritt. Ich muss Little Bear recht geben, wenn er sagt, dass Leo ein verdammt guter Schütze ist. Ich weiß nicht, ob dir das was hilft, aber ich glaube nicht, dass er auf dich gezielt hat.«

»Nach dieser Information geht es mir zumindest nicht schlechter.«

»Er hatte unrecht, dir die Schuld an Dollys Schicksal zu geben. Manche Leute bekommen ihr Leben einfach nicht auf die Reihe.«

»Ich wollte Lieutenant Quinniock fragen, ob man weiß, wo Dolly gearbeitet hat. Vielleicht hat sie ihren Mörder dort kennengelernt.«

Barry zögerte und zuckte dann mit den Schultern. »Wir haben keinerlei Anhaltspunkte dafür, dass sie überhaupt gearbeitet hat. Aber mach dir darüber keine Gedanken, Ro.«

»Barry.« Sie legte eine Hand auf seinen Arm. »Komm schon! Ich bin in die Sache verwickelt, ob ich das will oder nicht. Was hatte sie in Florence zu suchen, wenn sie nie dort gearbeitet hat?«

»Ich weiß nichts Genaues und darf dir das eigentlich gar nicht erzählen.« Er blies die Backen auf, während sie ihn mit ihrem Blick hypnotisierte. »Ich weiß nur, dass morgen ein Phantombild angefertigt wird. Mithilfe eines Zimmermädchens aus einem Highway-Motel. Sobald wir wissen, um welchen Mann es sich handelt, wird der Lieutenant mit ihm reden wollen.«

»Danke, Barry.« Sie umarmte ihn. »Erin hat wirklich Glück mit dir gehabt. Bitte richte ihr das von mir aus.«

»Gern. Und mach dir bitte keine Sorgen. Wir passen auf dich auf.«

Gull steckte die Hände in die Hosentaschen, als Barry in seinen Wagen stieg.

»Dolly hat nie in Florence gearbeitet«, sagte Rowan in seine Richtung. »Unsere Gedankenspielchen haben voll ins Schwarze getroffen. Ein Mann, ein Motel, wahrscheinlich der Mörder.« Sie legte den Kopf in den Nacken und sah zum Himmel empor. »Jetzt fühle ich mich weniger hilflos, weniger als Opfer. Ich werde mich mit Lynn unterhalten, um herauszufinden, ob Dolly Andeutungen gemacht hat.«

Höchste Zeit, das Thema für heute auf sich beruhen zu lassen, fand Gull und legte ihr einen Arm um die Schulter. »Zeig mir ein Sternbild. Aber nicht den Großen oder den Kleinen Wagen. Die kann sogar ich erkennen. Normalerweise.«

»Gut. Dann zeige ich dir den Kleinen Bären.« Sie nahm seine Hand und fuhr damit die Umrisse des Sternbilds nach. »Diese Sterne leuchten nicht sehr hell, aber wenn du weiter nach Westen und dann nach Süden schaust und die Punkte miteinander verbindest … Siehst du, wie sie sich um den Kleinen Bären herumwinden? Da. Das ist der Drache. Der passt doch zu uns Feuerspringern.«

»Ja, jetzt habe ich ihn. Cool! Unser Sternbild haben wir also gefunden, dann müssen wir uns nur noch auf einen gemeinsamen Song einigen.«

Er wollte sie eindeutig ablenken, das begriff Rowan. »Du bist wirklich unglaublich, Gulliver.«

»Aber nur, weil ich so ein tiefgründiger Mensch bin.«

»Na gut.« Sie drehte sich zu ihm um und verwöhnte sie beide mit einem intensiven Kuss. »Lass uns ins Bettchen hüpfen.«

»Du kannst Gedanken lesen.«

»Habt ihr herausgefunden, wer meine Tochter umgebracht hat?«, fragte Leo, während er die Tür aufmachte.

»Am besten, wir gehen hinein und setzen uns«, schlug Quinniock vor. Er und DiCicco hatten das gemeinsame Vorgehen während der Fahrt besprochen und sich darauf geeinigt, dass Quinniock die Vernehmung übernahm. »Mrs. Brakeman, wir würden gern mit Ihnen beiden sprechen.«

Irene Brakeman faltete die Hände vor der Brust. »Es geht um Dolly. Sie wissen, wer Dolly das angetan hat.«

»Wir ermitteln in mehrere Richtungen.« DiCicco fasste sich bewusst kurz. »Wir müssen noch ein paar Punkte klären. Zunächst zu Ihnen, Mr. Brakeman.«

Quinniock legte ihr eine Hand auf den Arm. »Warum setzen wir uns nicht? Ich weiß, es ist spät, aber ich würde es begrüßen, wenn wir das in Ruhe besprechen könnten.«

»Wir haben bereits alles gesagt. Wir haben Ihnen erlaubt, Dollys Zimmer auf den Kopf zu stellen und ihre Sachen zu durchwühlen.« Leo wich nicht von der Tür, seine Fingerknöchel waren ganz weiß, so fest umklammerte er den Türknauf. »Wir wollten gerade zu Bett gehen. Wenn Sie keine weiteren Neuigkeiten für uns haben, lassen Sie uns bitte in Frieden.«

»Wir werden keinen Frieden finden, bis wir nicht wissen, wer Dolly das angetan hat.« Irenes Stimme wurde ganz schrill und brach. »Geh du nur ins Bett«, sagte sie fast angewidert zu ihrem Mann. »Ich rede mit der Polizei. Geh nach oben und hadere mit Gott, falls dir das weiterhilft. Bitte kommen Sie herein.«

Sie trat vor, eine zierliche Frau, die ihren bulligen Mann zur Seite schubste. Er gab den Weg frei und ließ den Kopf hängen wie ein ungezogenes Kind. »Ich bin einfach nur müde, Reenie, so was von verdammt müde. Und du wirst auch immer dünner vor lauter Sorgen, vor lauter Arbeit mit dem Baby.«

»Uns wird nicht mehr auferlegt, als wir tragen können. Also werden wir auch das schultern. Möchten Sie einen Kaffee, einen Tee oder etwas anderes?«

»Machen Sie sich unseretwegen keine Umstände, Mrs. Brakeman.« Quinniock nahm auf einem geblümten Sessel im Wohnzimmer Platz. »Ich weiß, wie schwer das für Sie sein muss.«

»Wir können sie noch nicht einmal beerdigen, unserer Tochter kein christliches Begräbnis zukommen lassen.«

»Wir werden die Leiche so bald wie möglich freigeben. Bei unserem letzten Gespräch, Mrs. Brakeman, sagten Sie, Dolly habe in Florence als Köchin gearbeitet.«

»Das stimmt.« Sie rang die Hände in ihrem Schoß. Es waren von harter Arbeit gezeichnete Hände, die ein schlichter Ehering zierte. »Nach dem Vorfall auf dem Fliegerhorst wollte sie sich keinen Job in Missoula suchen. Ich glaube, sie hat sich geschämt. Sie hat sich geschämt, Leo«, sagte Irene streng, als er etwas darauf erwidern wollte. »Zumindest hätte sie sich schämen müssen.«

»Man hat sie dort nie anständig behandelt.«

»Du weißt, dass das nicht stimmt.« Sie sprach ganz leise und berührte kurz seine Hand. »Du kannst ihre Worte nicht für bare Münze nehmen, nur weil sie tot ist. Du weißt genau, dass Dolly immer nur die halbe Wahrheit gesagt hat, wenn überhaupt. Man hatte ihr dort eine zweite Chance gegeben«, sagte sie zu Quinniock, während Leo verstockt schwieg. »Und Reverend Latterly und ich haben ein gutes Wort für sie eingelegt. Mit ihrem Verhalten hat sie sich selbst, aber auch uns beschämt. Sie hatte eine Stelle in Florence gefunden«, fuhr Irene fort, nachdem sie ihre bebenden Lippen kurz aufeinandergepresst hatte. »Unsere Tochter war eine gute Köchin. Kochen hat ihr immer Spaß gemacht, schon als kleines Mädchen. Sie konnte hart arbeiten, wenn sie wollte. Die Schichten waren anstrengend, erst recht mit dem Baby. Aber die Bezahlung schien gut zu sein. Außerdem meinte sie, sie könnte es dort zu was bringen.«

»Bei unserem letzten Gespräch konnten Sie sich nicht mehr an den Namen des Restaurants erinnern«, unterbrach DiCicco Ms. Brakeman.

»Ich glaube, den hat sie nie erwähnt.« Irene presste erneut die Lippen zusammen. »Ich war wütend auf sie wegen Rowan Tripp und was sie ihr angetan hat. Ja, ich schämte mich für sie. Es ist nur schwer zu ertragen, dass Dolly und ich uns vor ihrem Tod stritten.«

»Ich muss Ihnen beiden sagen, dass Agent DiCicco und ich jedes Restaurant, jede Imbissbude und jeden Coffeeshop zwischen Missoula und Florence abgeklappert haben. Dolly hatte in keinem davon gearbeitet.«

»Das verstehe ich nicht.«

»Sie hatte in keinem der Restaurants gearbeitet«, sagte DiCicco knapp. »Sie hatte sich keine Arbeit gesucht, sie kam in der Nacht, in der sie starb, nicht von der Arbeit.«

»Aber sicher tat sie das«, protestierte Leo.

»In der Nacht, in der sie starb, und am Nachmittag beziehungsweise am Abend zuvor, hatte Dolly mehrere Stunden in einem Zimmer des Big Sky Motel am Highway verbracht.«

»Das ist eine Lüge.«

»Pst, Leo.« Irene verschränkte die Hände so fest, dass ihre Knöchel weiß hervortraten.

»Mehrere Zeugen erkannten sie auf Fotos wieder«, fuhr Quinniock fort. »Es tut mir leid, aber sie hatte diese Stunden nicht allein verbracht. Sie traf sich dort mit einem Mann und das zum wiederholten Mal. Wir haben eine Zeugin, mit deren Hilfe wir ein Phantombild des Mannes anfertigen lassen.«

Irene nickte tränenüberströmt. »Ich hatte schon so etwas befürchtet. Ich habe gespürt, dass sie lügt, und mich über sie aufgeregt. Aber irgendwann war es mir egal. Soll sie doch gehen, habe ich gedacht. Soll sie gehen und machen, was sie will, ich kümmere mich schon um das Baby. Und dann, nachdem das passiert war, habe ich dieses Gefühl wieder verdrängt. Ich habe mir eingeredet, dass ich streng sei und voller Vorurteile, eine kaltherzige Mutter. Ich wusste, dass sie lügt«, sagte sie an ihren Mann gewandt. »Ich habe es ihr angesehen. Aber nachdem sie tot war, wollte ich es einfach nicht wahrhaben. Ich ertrug diesen Gedanken einfach nicht.«

»Haben Sie eine Ahnung, mit wem sie zusammen war?«

»Nein, wirklich nicht, das schwöre ich Ihnen. Kann sein, dass das schon länger ging. Wie gesagt, ich habe ihr das angesehen. Und dann dieses Geflüster am Telefon. Oder sie sagte, sie müsse eine Runde mit dem Wagen drehen, um wieder einen klaren Kopf zu bekommen. Einkäufe machen. Ob ich mich so lange um Shiloh kümmern könne. Und wenn sie zurückkam, hatte sie diese Glitzern in den Augen.« Sie atmete stoßweise. »Sie hatte nie vorgehabt, sich zu ändern.« Völlig aufgelöst verbarg Irene ihr Gesicht an Leos Schulter. »Vielleicht konnte sie einfach nicht anders.«

»Warum müssen wir das wissen? Warum erzählen Sie uns das alles? Sie machen nur alles kaputt.«

»Es tut mir leid, aber Dolly war in der Mordnacht mit einem Mann zusammen. Wir müssen herausfinden, wer er ist, und ihn vernehmen.«

»Er hat sie umgebracht? Der Mann, dem sie sich hingegeben hat, den sie vor uns verheimlicht hat?« Leo geriet wieder außer sich.

»Wir müssen ihn vernehmen«, wiederholte Quinniock. »Wenn Sie auch nur die leiseste Ahnung haben, wer das gewesen sein könnte, müssen wir das wissen.«

»Sie hat uns angelogen. Wir wissen gar nichts. Wir haben gar nichts mehr. Lassen Sie uns allein.«

»Da wäre noch etwas, Mr. Brakeman, worüber wir reden müssen«, ergriff Agent DiCicco das Wort. »Heute Abend wurde gegen halb zehn auf Rowan Tripp und Gulliver Curry geschossen. Die beiden machten einen Spaziergang über den Fliegerhorst.«

»Was hat das mit uns zu tun?«

»Nun, eine Remington 700 in der Scharfschützenausführung wurde im Waldstück neben dem Fliegerhorst gefunden. In die Metallplakette am Schaft ist Ihr Name eingraviert.«

»Sie beschuldigen mich eines Mordversuchs an dieser Frau? Sie kommen zu mir nach Hause, erzählen mir, dass meine Tochter eine Lügnerin und Hure war, und behaupten, ich wäre ein Mörder?«

»Es ist Ihr Gewehr, Mr. Brakeman, und Sie haben Ms. Tripp neulich bedroht.«

»Meine Tochter wurde ermordet, und Sie … Mein Gewehr steht im Waffenschrank. Ich habe es seit Wochen nicht mehr hervorgeholt.«

»Wenn das so ist, würden wir es gern sehen.« DiCicco erhob sich.

»Ich zeige es Ihnen, und dann verlassen Sie sofort mein Haus.« Er sprang auf, polterte durch die Küche und riss eine Tür auf, die in den Keller führte.

Oder in eine Höhle, dachte DiCicco. Tote Tierköpfe schmückten die holzgetäfelte Wand. Über einem breiten Liegesessel und dem alten Sofa schwebte eine regelrechte Menagerie. Der Tisch, der vor dem Sofa stand, hatte Kratzer vom jahrelangen Ablegen der Stiefel, dahinter befand sich ein riesiger Flachbildfernseher. Der Raum verfügte zudem über einen alten Kühlschrank, in dem bestimmt harte Drinks aufbewahrt wurden. Es gab einen Arbeitstisch für das Nachladen der Schrotkugeln, ein einfaches Regal, in dem Schachteln mit Tontauben, Jägerwesten und Jagdkappen untergebracht waren, merkwürdigerweise auch mehrere gerahmte Familienfotos. Darunter auch ein großes, das ein hübsches kleines Mädchen mit einem knallrosa Plastikhaarreif auf dem kahlen Köpfchen zeigte. Auf einem grauen Metallschreibtisch in einer Ecke befanden sich eine Lampe, ein Computer und jede Menge Papierkram. Darüber hing ein Bild von Leo und einigen anderen Männern, die neben einem Düsenjet standen. DiCicco fiel wieder ein, dass er als Flugzeugmechaniker arbeitete.

An der Längswand stand ein großer Waffenschrank mit orangen Türen. Wutschnaubend marschierte Leo darauf zu, stellte die richtige Zahlenkombination ein und riss die Tür auf.

DiCicco hatte kein Problem mit Waffen, hielt im Gegenteil sogar große Stücke auf sie. Aber angesichts dieses Waffenarsenals riss sie doch die Augen auf: Repetiergewehre, Schrotflinten, Handfeuerwaffen, Halbautomatikwaffen, Revolver, Bockflinten und die Zielfernrohre dazu.

Sie alle glänzten, wie es nur gut gereinigte, geölte und gepflegte Waffen tun. Aber das fragliche Gewehr befand sich nicht darunter, und als sich Leo Brakemans Atmung hektisch beschleunigte, wanderte ihre Hand zu ihrer eigenen Waffe.

»Sie haben da eine beeindruckende Waffensammlung, Mr. Brakeman, aber eine Remington 700 ist nicht dabei.«

»Jemand hat sie gestohlen.«

Ihre Hand schloss sich um den Schaft ihrer Waffe, als er mit hochrotem Kopf und geballten Fäusten herumwirbelte.

»Jemand hat eingebrochen und sie gestohlen.«

»Soweit wir wissen, haben Sie keinerlei Einbruch gemeldet.« Quinniock trat näher.

»Weil ich es nicht gemerkt habe. Jemand schiebt uns das in die Schuhe. Sie müssen herausfinden, wer das ist.«

»Mr. Brakeman, Sie müssen uns leider begleiten.« Sie wollte keine Gewalt anwenden und hoffte, dass das nicht nötig würde. Trotzdem war DiCicco vorbereitet.

»Ich gehe nirgendwohin.«

»Leo.« Quinniock sprach ruhig auf ihn ein. »Mach es nicht noch schlimmer, als es ist. Komm einfach mit, und wir reden darüber. Sonst muss ich dir Handschellen anlegen und dich gewaltsam abführen.«

»Leo.« Irene brach auf der Treppe zusammen. »Mein Gott, Leo.«

»Ich habe nichts getan, Irene, Gott ist mein Zeuge. Ich habe dich in meinem ganzen Leben nicht einmal angelogen, Reenie. Ich habe nichts getan.«

»Dann lass uns gehen und die Sache klären.« Quinniock trat einen Schritt näher und legte eine Hand auf Leos bebende Schulter. »Lass uns der Sache auf den Grund gehen.«

»Jemand will uns das in die Schuhe schieben. Ich habe noch nie auf einen Menschen geschossen, weder auf dem Fliegerhorst noch woanders.« Er zuckte vor Quinniocks Hand zurück. »Ich komme freiwillig mit.«

»Gut, Leo. Das ist sicherlich das Beste.«

Steifbeinig lief er die Treppe hinauf, blieb stehen und ergriff die Hände seiner Frau. »Irene, so wahr mir mein Leben lieb ist: Ich habe auf niemanden geschossen, das musst du mir glauben.«

»Ich glaube dir.« Aber sie senkte den Blick, als sie das sagte.

»Du musst abschließen. Bitte schließ das Haus sorgfältig ab. Ich komme nach Hause, sobald das geklärt ist.«

Rowan erfuhr davon, als sie am nächsten Morgen in die Kantine kam. Lynn stellte die heiße Platte mit Pfannkuchen ab, die sie gerade in der Hand hatte, und umarmte Rowan. »Bin ich froh, dass du unverletzt bist. Dass ihr alle unverletzt seid.«

»Ich auch.«

»Ich weiß gar nicht mehr, was ich denken oder was ich sagen soll.« Kopfschüttelnd griff sie wieder nach der Platte. »Ich muss die hier nur schnell zum Büfett bringen.«

Marge stand am Herd, nahm Speck vom Grill und ließ ihn abtropfen, bevor sie Rowan ein Glas Saft einschenkte. »Trink das«, befahl sie und holte dann ein Blech mit Keksen aus dem Ofen. »Leo Brakeman wurde gestern Abend verhaftet.«

Rowan trank den Saft. »Weißt du, was er gesagt hat?«

»Viel weiß ich nicht, aber sie müssen wohl lange mit ihm geredet haben und halten ihn nach wie vor fest. Ich weiß nur, dass er alles abstreitet. Mir geht es genauso wie Lynn. Ich weiß gar nicht mehr, was ich denken soll.«

»Es war dumm, das Gewehr zurückzulassen. Andererseits werden die Cops die Kugeln von der Spurensicherung untersuchen lassen. Bei seinen Fähigkeiten und aus der Entfernung hätte er mich eigentlich mit allen drei Kugeln treffen müssen.«

»Red nicht so einen Mist.«

Als Marges Stimme brach, ging Rowan zu ihr und strich ihr über den Rücken. »Aber er hat mich nicht getroffen, und deswegen kann ich einen Saft aus Karotten, Äpfeln, Birnen und Sellerie trinken.«

»Du hast die Rote Bete vergessen.«

»Aha, das ist es also. Als Saft schmeckt sie mir deutlich besser.«

Marge trat zur Seite, um einen Karton Eier aus dem Kühlschrank zu nehmen. »Geh rein und frühstücke! Ich muss ein paar hungrige Mäuler füttern.«

»Ich wollte dich etwas fragen. Euch beide eigentlich«, sagt Rowan, als Lynn mit einer leeren Schüssel zurückkehrte. »War Dolly mit jemandem zusammen? Hat sie von einem Freund erzählt?«

»Sie war so klug, dieses Thema in meiner Gegenwart nicht anzuschneiden«, hob Marge an. »Schließlich hat sie mir die trauernde Witwe vorgespielt, die allein Trost in Gott und ihrem Baby findet. Aber mir ist nicht entgangen, wie sie rausgegangen ist und am Handy geschäkert hat.«

»Sie hat mir nichts Genaues erzählt«, warf Lynn ein. »Aber sie sagte mehrmals, welches Glück ich hätte, einen Vater für meine Kinder zu haben. Und dass ihr Kind auch dringend einen Vater bräuchte. Sie meinte, sie würde oft dafür beten, und Gott würde ihr dann schon einen schicken.«

Lynn trat nervös von einem Bein aufs andere. »Ich rede nur ungern schlecht über sie, aber das hat sie bestimmt nicht ohne Hintergedanken gesagt. Ich habe mir gedacht, dass sie bestimmt schon ein Auge auf jemanden geworfen hat. Das war zwar nicht sehr nett von mir, aber genau das ist mir durch den Kopf gegangen.«

»Hast du das der Polizei erzählt?«

»Die hat mich nur gefragt, ob sie einen Freund hatte und so. Ich habe gesagt, ich wisse nichts. Ich fand es nicht richtig zu sagen, dass sie bereits nach jemandem Ausschau hielt. Meinst du, ich hätte was sagen sollen?«

»Du hast nur gesagt, was du weißt. Ich werde eine Runde laufen gehen, um meinen Magen auf Trab zu bringen.« Rowan sah, wie Lynn sich auf die Unterlippe biss. »Die Polizei hat das Gewehr, und sie hat Brakeman. Ich kann mein Leben nicht hinter verschlossenen Türen verbringen. Ich bin gleich wieder da und bringe einen Bärenhunger mit.«

Rowan ging hinaus. Als sie zu den Bäumen hinübersah, bekam sie eine Gänsehaut und wurde stocksteif. Doch sie konnte es sich nicht erlauben, sich von ihren Ängsten beherrschen zu lassen. Sie hatte noch etwas vor, setzte ihre Sonnenbrille auf und ging zur Laufbahn hinüber. Sie könnte auch auf der Landstraße trainieren, überlegte sie. Aber sie stand auf der Sprungliste, war Teil der ersten Gruppe. Die Wolken über den Bergen bestätigten den Wetterbericht. Quellwolken, dachte sie, wohl wissend, dass sie Gewitter ankündigten. Mit hoher Wahrscheinlichkeit würde sie heute als Feuerspringerin zum Einsatz kommen und jede Menge Überstunden machen müssen.

Aus diesem Grund war es besser, auf dem Gelände des Fliegerhorsts zu bleiben.

»Hallo.« Gull holte sie joggend ein. »Laufen wir?«

»Ich dachte, du wolltest etwas erledigen.«

»Ich sagte, ich will einen Kaffee trinken, vielleicht noch was essen. Aber nur, damit du dich ungestört mit Marge und Lynn unterhalten kannst. Wie wär's mit drei Runden?«

»Ich …« Sie sah, wie hinter ihm Matt, Cards und Trigger die Kantine verließen und auf sie zukamen. Sie kniff die Augen zusammen. »Hat Lynn denen gesagt, dass ich laufen gehen will?«

»Na, was denkst du denn?«

Dann kamen Dobie, Stovic und Gibbons angelaufen.

»Hat sie die Marines verständigt? Ich brauche keine Leibwächter.«

»Das sind alles nur Leute, die sich Sorgen um dich machen. Willst du dich darüber etwa beschweren?«

»Nein, aber ich wüsste nicht, warum …« Yangtree, Libby und Janis verließen den Kraftraum. »Du lieber Himmel, wenn das so weitergeht, steht gleich das gesamte Personal Spalier.«

»Das würde mich nicht wundern.«

»Die Hälfte von euch hat keine Laufklamotten an«, rief sie ihren Kollegen entgegen.

Trigger, der Jeans und Stiefel trug, erreichte sie als Erster. »Wir tragen auch keine Laufklamotten, wenn es brennt.«

Sie musterte ihn. »Gut gekontert.«

»Wenn du läufst, laufen wir auch«, verkündete Cards. »Zumindest diejenigen, die nicht gerade anderweitig beschäftigt sind. Wir haben abgestimmt.«

»Ich wurde nicht gefragt.« Sie zeigte mit dem Finger auf Gull. »Und du hast auch abgestimmt?«

»Ich habe mich dem einstimmigen Ergebnis angeschlossen. Du hast also nicht das Geringste zu melden.«

»Na toll. Prima. Laufen wir.« Kaum hatte sie die Laufbahn betreten, sprintete sie sofort los. Nur um zu sehen, wer außer Gull noch mit ihr Schritt halten konnte. Sie hörte das Scharren und Klatschen von Füßen sowie das Johlen und die anfeuernden Rufe, als Libby nach vorn schoss.

»Hab doch ein Herz, Ro«, rief sie. »Wir haben so alte Herren wie Yangtree dabei.«

»Wer ist alt?« Er steigerte sein Tempo und löste sich von der Gruppe.

»Und Krüppel wie Cards, der in seinen Stiefeln rennt.«

Ro sah sich amüsiert um, woraufhin Cards ihr den Stinkefinger zeigte. Dobie begann rückwärts zu laufen, um ihn zu ärgern. Sie drosselte ihr Tempo, weil er ein wenig humpelte, und lachte sich beinahe halb tot, als Gibbons mit Janis auf den Schultern vorbeikam, die mit den Armen flatterte.

»Lauter Irre«, sagte Rowan.

»Ja. Die besten, die ich kenne.« Gulls Grinsen wurde breiter, als Southern mit Dobie auf den Schultern vorbeikam. »Darf ich dir auch eine Mitfahrgelegenheit anbieten?«

»Ich erspar dir lieber mein Gewicht. Los, zeig ihnen, wie es richtig geht, Speedy! Ich sehe doch, dass du es kaum erwarten kannst.«

Er gab ihr einen Klaps auf den Po und schoss unter lautem Johlen, Schimpfen und Pfeifen davon.

Als sie ihre drei Runden gelaufen war, lag Gull schon

im Gras. Er hatte den Ellbogen aufgestützt und schaute sich das Spektakel an. Amüsiert tat sie es ihm gleich. Bis sie ihren Vater sah, der im Wagen vorfuhr.

»Gut, dass er nicht vorher gekommen ist«, bemerkte sie. »Sonst hätte er auch mitlaufen müssen.«

»Ich wette, er ist ziemlich fit.«

»O ja.« Sie rannte auf ihn zu, zwang sich zu einem entspannten Lächeln. Aber als sie in sein Gesicht sah, wusste sie, dass das nichts nützen würde. Er packte sie, riss sie geradezu an sich. »Es geht mir gut. Ich habe dir doch gesagt, dass es mir gut geht.«

»Ich bin bloß deshalb nicht gleich losgefahren, weil du mich darum gebeten hattest. Weil du mit der Polizei reden musstet und anschließend schlafen wolltest.« Er hielt sie auf Armeslänge von sich ab und musterte sie. »Aber ich musste mich mit eigenen Augen davon überzeugen.«

»Du kannst aufhören, dir Sorgen zu machen. Die Polizei hat Brakeman festgenommen. Ich habe dir eine SMS geschickt und dir geschrieben, dass seine Waffe gefunden wurde und dass man ihn verhaften wird. Das ist inzwischen geschehen.«

»Ich will ihn sehen. Ich will ihm in die Augen sehen und ihn fragen, ob er glaubt, dass seine Tochter dadurch wieder lebendig wird. Das möchte ich ihn fragen, bevor ich ihn zu Brei schlage.«

»Danke für deine mitfühlenden Äußerungen. Aber im Ernst: Er hat mir nichts getan und wird mir auch nichts mehr tun. Sieh dir nur diesen Haufen an.« Sie zeigte zur Laufbahn. »Ich bin laufen gegangen, und schon sind alle aus ihren Löchern gekrochen.«

»Alle für einen«, murmelte er. »Ich muss mit deinem Freund reden.«

»Er ist nicht mein Freund. Dad, ich bin keine sechzehn mehr.«

»Ich nenne ihn trotzdem so. Hast du schon gefrühstückt?«

»Noch nicht.«

»Dann geh rein, und ich überrede Marge, mich zu verköstigen. Doch vorher rede ich mit deinem Freund.«

»Sag einfach seinen Namen. Das dürfte genügen.«

Lucas lächelte unmerklich und küsste sie auf die Stirn. »Ich bin gleich wieder da.« Er ging zu Gull hinüber, gab Gibbons die Hand und tätschelte Yangtree den Rücken, der gerade vornübergebeugt nach Luft rang.

»Ich will kurz mit dir reden«, sagte er zu Gull.

»Klar.« Gull stand auf und hob die Brauen, als Lucas sich von der Gruppe entfernte. Aber er folgte ihm.

»Ich habe gehört, was du für Rowan getan hast. Du hast sie beschützt.«

»Bitte sagen Sie ihr das bloß nicht.«

»Ich bin schließlich nicht blöd. Aber Ihnen möchte ich sagen, dass ich Ihnen sehr dankbar bin. Sie bedeutet mir alles. Wenn Sie jemals etwas brauchen oder …«

»Mr. Tripp …«

»Lucas.«

»Lucas, zunächst einmal hätte das jeder getan. Es war also keine große Sache. Hätte Rowan schneller reagiert, wäre ich unter ihr zu liegen gekommen. Außerdem habe ich das nicht getan, damit du mir einen Gefallen schuldig bist.«

»Du hast dir ziemliche Schürfwunden zugezogen.«

»Die werden verheilen, und von der Sprungliste wurde ich auch nicht gestrichen. Es ist keine große Sache.«

Lucas nickte und sah zu den Bäumen hinüber. »Darf

ich fragen, welche Absichten du bei meiner Tochter verfolgst?«

»Äh, lieber nicht.«

»Denn selbst wenn du nur so mit ihr zusammen bist, stehe ich tief in deiner Schuld. Ob dir das nun gefällt oder nicht.« Er sah Gull direkt in die Augen. »Aber wenn du es ernst mit ihr meinst, lass dich nicht von ihr zurückweisen. Du darfst nicht lockerlassen, bis sie dir glaubt. Sie ist schwer zu überzeugen, aber wenn sie Vertrauen gefasst hat, ist es für immer. Also abgemacht.« Lucas streckte die Hand aus und schüttelte die von Gull. »Ich gehe mit meiner Tochter frühstücken. Kommst du mit?«

»Ja, gleich«, erwiderte Gull.

Er blieb noch einen Moment stehen und konnte es kaum fassen, dass Iron Man Tripp ihm gerade seinen Segen gegeben hatte. Das musste er erst einmal verdauen.

Er dachte darüber nach und ließ sich bewusst Zeit, als er zur Kantine hinüberging. Noch bevor er sie erreicht hatte, ging die Sirene los. Laut fluchend, dass ihm sein Frühstück entging, machte Gull auf dem Absatz kehrt und rannte zum Bereitschaftsraum.

19

Nachdem Rowan achtundvierzig Stunden lang einen großen Brand im Beaverhead-Nationalpark bekämpft hatte, waren die Schüsse auf sie fast vergessen. Sie schlang ihr letztes Sandwich hinunter und schuftete weiter gemeinsam mit ihrem Team. Mithilfe von Flammenwerfern versuchte sie verzweifelt, das wütende Feuer zurückzudrängen, bevor es sich weiter ausbreiten konnte. Die Spitze des Feuers änderte in zwei Tagen dreimal die Richtung, ging brüllend auf das Löschgel los und spuckte es wieder aus. Der erste Angriff, bei dem sie kläglich versagten, ging über in eine schier endlose Schlacht.

»Gull, Matt, Libby: Ihr kümmert euch um Brandinseln. Cards und Dobie: Wir gehen nach Westen und entfernen Totholz. Wir heben Gräben aus, schlagen Schneisen und ersticken Flammen. An diesem Punkt halten wir das Feuer auf.«

Niemand sprach, während sie das Gegenfeuer vor sich hertrieben. Die Welt bestand nur noch aus Rauch, Hitze und Lärm, und jeder Zentimeter, den sie vorwärtskamen, war ein kleiner Sieg.

Wurde aber auch Zeit, dass uns das Glück endlich wieder hold ist, dachte Rowan. Das Totholz, das sie umsägte, fiel krachend zu Boden. Sie begann, Kleinholz daraus zu machen.

Sie schaufelten, schleppten Stämme und Holzkohle weg, trugen sie in das schwarze, bereits abgebrannte Gebiet und häuften sie zu einem riesigen Berg auf.

Wir müssen das Feuer aushungern, dachte Rowan. Es einfach aushungern. Sie richtete sich kurz auf, um ihren Rücken zu strecken. Da sah sie es kommen, aber es ging so schnell, dass sie weder einen Warnschrei ausstoßen noch einen Satz nach vorn machen konnte. Ein messerscharfer Ast schoss Cards, der gerade eine Schneise schlug, mitten ins Gesicht.

Rowan ließ ihre Säge fallen und rannte auf ihn zu, während er vor Schreck und Schmerz aufschrie und die Balance verlor.

»Wie schlimm ist es? Wie schlimm ist es?«, rief sie und packte ihren taumelnden Kollegen. Sie sah selbst, dass der Ast in seiner Wange steckte, anderthalb Zentimeter unter seinem rechten Auge. Blut lief ihm das Kinn herunter.

»Verdammt«, stieß er mühsam hervor. »Zieh ihn raus.«

»Warte. Warte bitte!«

Dobie stieß zu ihnen. »Was macht ihr denn da? Meine Fresse, Cards, wie hast du das bloß angestellt?«

»Halte seine Hände fest«, befahl Rowan, während sie in ihren Rucksack griff.

»Wie bitte?«

»Stell dich hinter ihn und halte seine Hände fest. Ich fürchte, es wird wehtun, wenn ich das Ding rausziehe.« Sie platzierte ihre Füße links und rechts neben Cards Beinen und zog ihren rechten Handschuh aus. Dann krallte sie die Finger um das spitze Stück Holz, das aus seiner Wange ragte. »Auf eins, zwei, drei. Wappne dich! Eins, zwei …«

Bei zwei zerrte sie daran, sah, wie das Blut hervorschoss und sein Auge ein wenig glasig wurde. Schnell presste sie den Druckverband aus ihrem Rucksack auf die Wunde.

»Du hast ein Riesenloch im Gesicht«, sagte sie zu Cards.

»Du hast nicht bis drei gezählt.«

»Ja, da muss ich wohl was vergessen haben. Dobie, drück ihm die Kompresse aufs Gesicht, auf keinen Fall nachlassen! Ich muss die Wunde säubern.«

»Dafür haben wir keine Zeit«, widersprach Cards. »Mach einfach ein Pflaster drauf, wir kümmern uns später darum.«

»Zwei Minuten. Lehn dich gegen Dobie!«

Sie warf das blutige Pad beiseite, goss Wasser über die Wunde in der Hoffnung, damit winzige Splitter auszuschwemmen. »Versuch jetzt, nicht zu kreischen wie ein Mädchen«, fügte sie noch hinzu, als sie einen großen Schwall Wasserstoffperoxid hinterherschüttete.

»Ro, verdammt! Verdammte Scheiße!«

Erbarmungslos wartete sie, bis das Desinfektionsmittel Schmutz und Holz zutage förderte, und spülte dann mit Wasser nach. Sie bestrich eine neue Mullkompresse mit entzündungshemmender Salbe, dann noch eine und klebte beide über das murmelgroße Loch in seiner Wange.

»Wir evakuieren dich Richtung Westen.«

»Vergiss es! Ich packe nicht meine Sachen. Das war bloß ein dämlicher Splitter.«

»Ja.« Dobie hielt das zehn Zentimeter lange Aststück hoch. »Aber nur, wenn du fünfzehn Meter groß bist. Ich habe ihn für dich aufgehoben.«

»Heiliger Bimbam, das ist ja ein Geschoss! Ein Holzpflock mitten im Gesicht. Diese Saison bin ich wirklich ein Glückspilz«, sagte er angewidert und löste sich von seiner Helferin. Rowans ausgestreckte Hand lehnte er ab.

»Ich kann allein stehen.« Er schwankte kurz, fand aber sofort wieder das Gleichgewicht.

»Nimm etwas von dem Schmerzmittel aus deinem Rucksack. Wenn du wirklich glaubst, fit zu sein, möchte ich, dass du nach Brandinseln Ausschau hältst. An der Säge arbeitest du nicht mehr, Cards. Los, zieh Leine, sonst bin ich gezwungen, deine Verletzung der Zentrale zu melden.«

»Ich gehe nicht eher, bis der Brand gelöscht ist.«

»Dann zieh Leine! Wenn die Pads durchgeblutet sind, lass sie von deinem Team austauschen.«

»Ja, ja.« Er berührte das Pad. »Du tust ja gerade so, als hätte ich mir das Bein amputiert«, murmelte er, brach aber folgsam auf. Als er weit genug entfernt war, zog sie ihr Funkgerät hervor und setzte sich mit Gull in Verbindung. »Cards ist unterwegs zu dir. Er hat eine leichte Verletzung. Ich will, dass einer von euch zu mir kommt, Cards wird ihn ersetzen.«

»Roger.«

»Gut. Dobie, nimm die Säge. Und pass auf Holzsplitter auf. Ich will nicht noch so ein Drama erleben.«

Das Gegenfeuer hielt stand. Es dauerte jedoch weitere zehn Stunden, bis das Feuer eingedämmt war.

Als Rowan zum Zeltlager zurückging, schien die Sonne. Sie musste daran denken, wie sie gemeinsam mit Gull den Sonnenuntergang bewundert hatte. An die Gewehrkugeln, den blinden Hass. Sie ließ sich fallen, um etwas zu essen, und wünschte sich, etwas von der Euphorie zu spüren, die sie sonst erfasste, sobald ein Feuer besiegt war.

Yangtree setzte sich neben sie. »Wir sollten zusehen, dass wir was in den Magen kriegen, bevor wir mit den Aufräumarbeiten beginnen. Die Zentrale hat acht Mann dafür vorgesehen. Da Cards in deinem Team war, musst du das entscheiden. Aber ich würde sagen, er sollte einrücken und die Wunde fachgerecht behandeln lassen.«

»Einverstanden. Ich werde ihn begleiten. Wenn die Zentrale acht Mann schickt, können acht von uns einrücken.«

»Das sehe ich auch so, denn eines kann ich dir sagen, Ro: Ich habe immer Witze darüber gemacht, dass ich langsam zu alt für diesen Job werde. Aber inzwischen ist das mein voller Ernst. Vielleicht bewerbe ich mich gegen Ende der Saison tatsächlich bei deinem Vater.«

»Meine Güte, Cards ist derjenige mit dem Loch im Gesicht.«

Er sah nach Westen, betrachtete die untergehende Sonne, den dunklen Berg. »Ich glaube, ich wüsste gern, wie es sich anfühlt, an einem Sommerabend mit einer Frau auf meiner Veranda zu sitzen, ein Bier zu trinken und mir keine Gedanken mehr über Feuer machen zu müssen.«

»Du wirst dir immer Gedanken über Feuer machen. Wenn du auf deiner Veranda sitzt, wirst du dir wünschen, hier zu sein.«

Er tätschelte ihr Knie und stand auf. »Vielleicht wird es Zeit, genau das herauszufinden.«

Sie musste Cards gehörig Druck machen, damit er seine Sachen packte. Feuerspringer betrachteten Verletzungen als eine Art Auszeichnung, dachte sie. Als eine Herausforderung.

Er schmollte auf dem Heimflug.

»Warum Cards schlechte Laune hat, kann ich gut verstehen.« Gull setzte sich neben sie. »Aber du?«

»Vielleicht, weil ich seit sechzig Stunden im Einsatz bin?«

»Nein. Deshalb bist du fix und fertig und mit den Nerven am Ende. Aber nicht schlecht gelaunt.«

»Eines verstehe ich nicht, Gull: Nur weil du mich ein paar Monate kennst, bildest du dir ein zu wissen, was in mir vorgeht? Wieso verschwendest du deine Zeit damit, andere Leute zu analysieren?«

»Beide Fragen sind leicht zu beantworten. Erstens: Kann sein, dass ich dich erst wenige Monate kenne. Aber wenn man mit jemandem auf so engem Raum lebt und arbeitet und das unter so extremen Umständen, lernt man sich in der Regel schneller kennen als normal. Wenn man miteinander schläft, steigt die Lernkurve weiter an. Zweitens«, er zog eine Tüte mit Erdnüssen hervor, bot ihr welche davon an und bediente sich schulterzuckend selbst, als sie ihn nur wütend anstarrte. »Zweitens«, wiederholte er, »interessiere ich mich für Menschen. Also analysiere ich sie auch gern.«

Er kaute auf seinen Nüssen herum. Warum auch immer sie schlechte Laune hatte – er hatte nicht vor, sich davon anstecken zu lassen. Schließlich erwarteten ihn eine heiße Dusche und ein warmes Abendessen, gefolgt von einer heißen Nacht im eigenen Bett. Was wollte er mehr?

»Du fragst dich, was dich auf dem Fliegerhorst erwartet. Du machst dir Sorgen über den ganzen Mist, den du während des Einsatzes verdrängen konntest. Du fragst dich, was wohl passiert ist, während wir den Brand bekämpft haben. Ob Brakeman angeklagt, Dollys Mörder gefasst wurde. Denn wenn nicht, was dann?« Er warf einen Seitenblick auf Cards, der den Kopf auf seinen

Rucksack gebettet hatte und schnarchte. Ein neuer schneeweißer Verband hob sich von seinem rußverschmierten Gesicht ab. »Außerdem machst du dir Sorgen um Cards. Hinzu kommt dein Gespräch mit Yangtree, denn das hat dir den Rest gegeben.«

Sie schwieg einen Moment. »Besserwisser.« Dann legte sie den Kopf zurück und schloss die Augen. »Ich schlaf eine Runde.«

»Komisch, ich dachte immer, es ist tröstlich, wenn einen jemand versteht.«

Sie schlug ein Auge wieder auf. »Ich habe nicht gesagt, dass du ein Besserwisser bist.«

»Ertappt.« Gull schloss ebenfalls die Augen und döste ein.

Nachdem sie ihre Ausrüstung abgelegt hatte, ging Rowan direkt zur Schlafbaracke.

Sie braucht Ruhe und will sich sicherlich frisch machen, dachte Gull. Sich etwas verwöhnen, wie es so schön heißt. Zu schade, dass er seine Pläne verschieben musste, aber dafür konnte er L. B. aufsuchen. Er wartete in der Brandzentrale, während L. B. die Aufräumarbeiten koordinierte.

»Hast du einen Moment Zeit?«

»Zum ersten Mal seit drei Tagen, ja.« L. B. wies mit dem Kinn zur Tür. »Was liegt dir auf dem Herzen?«

»Erklärst du mir den Stand der Dinge, damit ich Rowan einweihen kann?«

»Setz dich bitte.«

Als Rowan in ein Handtuch gewickelt aus dem Bad kam, saß ein nach wie vor verdreckter Gull auf ihrem Fußboden.

»Ist deine Dusche kaputt?«

»Keine Ahnung, ich habe sie noch nicht ausprobiert.«

»Ich bin noch lange nicht fertig, deshalb müssen wir den heißen Sex auf ein andermal verschieben.«

»Du denkst auch immer nur an das eine, Wikingerbraut! Genau wie ich, aber manchmal muss man sich auf andere Dinge konzentrieren.«

Sie zog eine Schublade auf, holte eine Yogahose und ein passendes Oberteil heraus.

»Ich gebe dir eine kurze Zusammenfassung«, hob Gull an. »Trigger hat Cards zur Krankenstation geschleift. Die Wunde ist sauber. Keinerlei Entzündung, aber sie ist verdammt tief. Die Ärzte haben ihm empfohlen, einen plastischen Chirurgen aufzusuchen, morgen hat er einen Termin. Er möchte sein schönes Gesicht behalten.«

»Gut zu hören.« Sie schlüpfte in Hose und Oberteil, ohne sich die Mühe zu machen, vorher Unterwäsche anzuziehen, was Gull durchaus zu schätzen wusste. »Ich freue mich schon darauf, ihn mit seiner Schönheits-OP aufzuziehen«, fügte sie hinzu und ging zurück ins Bad, um das Handtuch aufzuhängen. »Wir sollten die Sache lieber mit Humor betrachten.«

»Trigger hat bereits vorgeschlagen, das Loch mit Fett aus seinem Hintern zu stopfen.«

»Das wäre eine Möglichkeit.«

»Leo Brakeman wurde angeklagt.«

Er sah, wie sie unmerklich zusammenzuckte und sich aufs Bett setzte. »Okay. Verstehe.«

»Weil es sein Gewehr ist, weil er dich vorher verbal bedroht hat und weil er kein Alibi für den Zeitpunkt der Schießerei hat. Er hat zugegeben, sich mit seiner Frau gestritten zu haben und stundenlang mit dem Auto herumgefahren zu sein. Er war erst kurz vor dem Eintreffen der Polizei zurückgekehrt.«

»Seine Frau hätte für ihn lügen können.«

»Er hat sie nicht darum gebeten. Das meiste weiß ich von der Polizei, anderes von Marge. Ich könnte beides auseinanderdividieren, aber als alter Besserwisser gehe ich davon aus, dass Marges Aussagen genauso zuverlässig sind wie die der Cops.«

»Das sehe ich auch so.«

»Sie haben gestritten, weil er auf dich losgegangen ist. Sie haben wegen Dolly gestritten. Wenn man ein Kind verliert, schweißt einen das entweder zusammen, oder die Ehe zerbricht.«

»Mein Vater hatte einen Bruder. Einen jüngeren Bruder. Aber das weißt du wahrscheinlich schon, wenn du dich ausgiebig mit Iron Man befasst hast.«

Gull sagte nichts, ließ sie einfach erzählen.

»Der ist im Alter von drei Jahren an einer blöden Infektion gestorben. Ich glaube, das hat meine Großeltern zusammengeschweißt. Hat er gestanden? Brakeman?«

»Nein. Er behauptet, ziellos durch die Gegend gefahren zu sein, auf Seitenstraßen. Dass jemand bei ihm eingebrochen ist, sein Gewehr gestohlen hat und ihn reinlegen will. Seine Frau konnte ihn überreden, sich einen Anwalt zu nehmen. Heute Morgen wurde er gegen Kaution entlassen. Sie hat eine Hypothek auf das Haus aufgenommen, um das Geld dafür zusammenzukratzen.«

»Puh.«

»Er wird nicht wieder herkommen, Ro.«

»Das meinte ich nicht. Sie muss so viel ertragen und

kann überhaupt nichts dafür. Ich weiß nicht, wie sie das aushält.«

»Sie muss noch mehr aushalten. Der Mann, mit dem Dolly sich in der Mordnacht getroffen hat, konnte identifiziert werden. Der, den sie in den letzten Monaten mehrmals getroffen hat. Es ist Reverend Latterly.«

»Ihr Pfarrer? Um Himmels willen.« Sie verstummte und ließ sich rücklings aufs Bett fallen. »Dolly hat es mit dem *padre* ihrer Mutter getrieben und gleichzeitig behauptet, bekehrt worden zu sein? Das kann ich mir sehr gut vorstellen«, setzte sie sofort nach. »Das macht Sinn: Gott wird es schon richten. So was in der Art hat sie zu Lynn gesagt. Ihr Baby brauchte einen Vater, und Gott würde ihr einen schicken.«

»Ich glaube nicht, dass Gott Dolly einen verheirateten Mann mit drei Kindern geschickt hat. Latterly streitet alles ab. Er ist außer sich vor Empörung, und noch hält seine Frau zu ihm. Die Polizei versucht gerade, ihn auseinanderzunehmen.«

»Er hat sich mit ihr in der Mordnacht getroffen. Sie wollte einen Vater für ihr Kind, und wenn Dolly sich einmal etwas in den Kopf setzte, ließ sie sich so schnell nicht mehr davon abbringen. Vielleicht hatte sie ihm gedroht, seiner Frau alles zu sagen, seine Laufbahn als Pfarrer zu ruinieren. Und da hat er sie umgebracht.«

»Das klingt logisch«, pflichtete Gull ihr bei.

»Aber das erklärt nicht, warum er Dolly nicht einfach liegen ließ. Warum er sie in den Wald geschleppt und einen Brand gelegt hat. Aber wahrscheinlich war es sein erster Mord. Und nach so etwas kann man nicht mehr klar denken. Gull, wenn er und Dolly eine Affäre hatten und wenn er seit Jahren Mrs. Brakemans Seelsorger war, konnte er sich auch problemlos Zutritt zu ihrem Haus verschaffen.« Sie legte den Kopf schräg. »Aber das ist dir natürlich schon längst klar.«

»Bisher ist alles bloße Spekulation. Er war bestimmt ein-, zweimal sonntags zum Abendessen eingeladen. Also wusste er, wie man ins Haus, und auch, wie man an die Zahlenkombination des Waffenschranks kommt.«

»So hat er erreicht, dass die Polizei Brakeman verdächtigt. Dieser Hitzkopf hatte seine Tochter schon einmal vor die Tür gesetzt, und seine heftigen Auseinandersetzungen mit ihr sind bekannt.«

»Gut möglich. Siehst du, und schon hast du keine schlechte Laune mehr.«

Sie lächelte fast unmerklich. »Besserwisser! Vielleicht habe ich mich einfach nur hilflos gefühlt, nachdem ich drei Tage gehandelt und Entscheidungen gefällt hatte. Hier kann ich auf einmal gar nichts mehr tun. Mir sind die Hände gebunden. So gesehen hilft es mir, darüber nachzudenken, was ich tun würde, wenn ich könnte. Vor allem, wenn ich laut darüber nachdenke, in Gegenwart eines Menschen, der mich versteht.« Sie grinste. »Zumindest ansatzweise.«

»Am liebsten würde ich den Blick gar nicht mehr von dir abwenden. Du duftest wie ein ganzer Obstgarten. Ein schöner Kontrast zu den letzten Tagen! Aber wie wär's, wenn ich mich kurz frisch mache und wir uns ein spätes Abendessen gönnen?«

»Das klingt vielversprechend.«

»Prima.« Er sprang auf. »Darf ich deine Dusche benutzen?«

Sie lachte und zeigte nur auf das Bad. Da sie noch

etwas Zeit hatte, beschloss sie, den anderen Mann anzurufen, der sie verstand.

»Hallo, Dad.«

Ella drehte sich um, als Lucas die Terrassentür öffnete. Sie war schnell hinausgegangen, als sein Handy klingelte, um ihn in Ruhe telefonieren zu lassen und die Lichterkette zu bewundern, die sie in die schlanken Zweige ihrer Kirsche gehängt hatte.

»Alles in Ordnung?«

»Ja. Rowan wollte mich nur auf dem Laufenden halten.«

»Gibt es Neuigkeiten?«

»Eigentlich nicht.« Während er an dem Wein nippte, den sie schon zum Abendessen getrunken hatten, strich er mit seinen Fingerspitzen über ihren Arm.

Sie liebte seine Berührungen, weil sie ihr in Erinnerung riefen, dass sie ein Paar waren.

»Sie klang ausgeglichen, also bin ich etwas beruhigter. Wenn Ro Probleme hat, frisst sie die nämlich gern in sich hinein. Und grübelt darüber nach, wie sie sie hätte vermeiden können, wie sie sie lösen könnte.«

»Keine Ahnung, woher sie das hat. Wer versucht denn dauernd, sämtliche Probleme für mich zu lösen? Wer hat meinen tropfenden Wasserhahn im Haushaltsraum repariert, die klemmende Schublade des Flohmarkttisches?«

»Ich muss mich schließlich irgendwie für deine vielen Einladungen zum Abendessen und zum Frühstück erkenntlich zeigen.« Seine Hand wanderte bis zu ihrer Taille.

»Es tut gut, einen Mann im Haus zu haben.«

»Du tust mir gut.« Er legte den Arm um ihre Taille, und gemeinsam bewunderten sie den Garten, die bunten Lichter, die weichen Schatten.

»Ich bin glücklich«, sagte sie. »Ich bin von Natur aus ein glücklicher Mensch und habe gelernt, auch allein glücklich zu sein. Das hat mir gutgetan. Ich habe viel über mich erfahren und darüber, was ich brauche und was ich nicht brauche. Aber mit dir bin ich glücklicher.« Auch sie legte den Arm um seine Taille. »Bevor du kamst, stand ich hier und habe mir gedacht, welches Glück ich doch habe. Ich hatte eine Familie, die ich liebte und die mich liebte. Ich hatte einen Beruf, auf den ich stolz sein konnte, ein Zuhause, gute Freunde. Und dann kam die Krönung: du.«

Lichter funkelten – nicht nur in ihrem Garten, sondern auch in ihrem Herzen. Und das, während ihre Freundin von Unglück verfolgt war.

»Ich habe vorhin mit Irene gesprochen.«

»Sie hat eine unglaubliche Last zu tragen.«

»Ich habe sie besucht, wollte ihr helfen. Dabei kann ich ihren Verlust nicht einmal ansatzweise nachfühlen. Den schlimmsten Verlust überhaupt für eine Mutter. Wer weiß, was sie noch alles verlieren wird. Sie muss ihre Tochter begraben, Lucas. Sie muss damit rechnen, dass ihr Mann ins Gefängnis kommt. Und ihr Seelsorger, dem sie in Glaubensdingen vertraute, hat sie ganz furchtbar betrogen. Jetzt hat sie nur noch ihre Enkelin. Sich um sie zu kümmern muss Irene unglaublich schmerzen und sie gleichzeitig trösten. So wie Rowan und du wünsche ich mir auch, eine Lösung für ihre Probleme zu finden. Ich wünschte, ich wüsste, was ich tun oder sagen könnte, um Irene zu helfen.«

»Du hilfst ihr, die Beerdigung zu organisieren, du bist für sie da. Darauf kommt es an. Soll ich dich begleiten?«

»Ich fände das schön, aber ich glaube, Irene wäre es unangenehm.«

Er nickte, er hatte schon so etwas vermutet. »Wenn du das für richtig hältst, kannst du ihr mein Beileid übermitteln. Und ihr sagen, dass ich schlimm finde, was sie alles durchmachen muss.«

»Jetzt habe ich uns beide traurig gemacht, dabei wollte ich doch nur sagen, wie glücklich ich bin.«

»Ein Paar steht in Freud und Leid zusammen. Ich möchte beides mit dir teilen.«

Es war schon fast so weit, dachte sie mit Schmetterlingen im Bauch. Fast konnten sie beide es aussprechen. Sie hatte wirklich unverschämtes Glück gehabt.

»Lass uns einen Mondspaziergang machen«, schlug sie vor. »Draußen im Garten. Wir trinken den Wein aus, und dann küssen wir uns.«

»Du hast einfach immer die besten Ideen.«

Das Handy einer Toten zu benutzen, um einen Mann in den Tod zu locken, fühlte sich fair an. Ein Mann Gottes sollte das eigentlich verstehen, denn wie heißt es so schön? Auge um Auge, Zahn um Zahn. Dabei war Latterly gar kein Mann Gottes, sondern ein Betrüger, ein Lügner, ein Ehebrecher und Hurenbock. Wenn man so wollte, hatte Latterly Dolly umgebracht. Er hatte sie in Versuchung geführt, sie vom Pfad der Tugend abgebracht. Und selbst wenn es andersherum gewesen war und sie ihn in Versuchung geführt hatte, war er zumindest auf ihre Avancen eingegangen.

Dabei hätte er sie beraten, ihr zur Seite stehen, ihr helfen müssen, ein anständiger Mensch, eine ehrbare Frau und eine gute Mutter zu werden. Stattdessen hatte er seine Frau, seine Familie, seinen Gott, seine Kirche betrogen, um Sex mit der Tochter einer seiner Gemeindeglieder zu haben.

Sein Tod wäre nur eine gerechte Strafe, göttliche Vergeltung. Die SMS hatte ihren Zweck erfüllt, es war ganz einfach gewesen.

ich wars nicht, komm und bring geld. sag nichts, lass uns erst reden. um 1 vor dem lolo-pass-Besucherzentrum. DRINGEND. kann dir helfen, dolly

Natürlich rief der Todgeweihte die Tote an. Als der Anruf unbeantwortet blieb, kam eine SMS, der zu entnehmen war, wie schockiert und panisch er war und wie viele Fragen er hatte. Doch die ließen sich leicht umgehen.

muss dich unter 4 augen sprechen. tue, was du sagst, nachdem du weißt, was ich weiß. kann nicht mehr schreiben, fliege sonst auf

Er würde kommen. Und wenn nicht, gab es bestimmt einen anderen Weg. Ein vorsätzlicher Mord war etwas vollkommen anderes als ein Unfall mit Todesfolge. Wie würde sich das anfühlen?

Der Wagen erreichte sein Ziel zehn Minuten zu früh, obwohl er so langsam fuhr, die Forsttrasse entlangkroch. Im Grunde war es einfach, ganz einfach. Sollte man erst noch miteinander reden, damit der Todgeweihte begriff, warum er sterben, in der Hölle schmoren musste?

Latterly rief leise nach Dolly, seine Stimme war kaum

mehr als ein raues Flüstern in der Stille der Nacht. Am Tor wartete er im Wagen, im Mondlicht sah man nur seine Silhouette.

Der Tod ist geduldig.

Latterly stieg aus, wandte den Kopf erst nach rechts und dann nach links, während er weiterhin Dollys Namen rief und die Straße entlanglief.

Ja, im Grunde war es ganz einfach.

»Auge um Auge.«

Latterly sah sich um. Das Entsetzen stand ihm ins Gesicht geschrieben, als sich ein Schatten im Mondlicht bewegte.

Die erste Kugel traf ihn mitten in die Stirn und hinterließ ein kleines schwarzes Loch, verwandelte Entsetzen in heillosen Schrecken. Die zweite traf sein Herz, woraufhin langsam Blut hervorsickerte, das schwarz im fahlen Licht schimmerte.

Ganz einfach. Eine ruhige Hand, das Herz auf dem rechten Fleck. Keinerlei Schock, keine Trauer, kein Zittern, nicht diesmal.

Der Körper musste ziemlich weit geschleift werden, aber was man angefangen hatte, musste man auch ordentlich zu Ende bringen. Außerdem war der Wald nachts schön und geheimnisvoll. Friedlich. Ja, für eine Weile sogar friedlich.

So lange, bis die Leiche auf dem schon vorbereiteten Scheiterhaufen lag.

Reverend Latterly sah gar nicht mehr so gut, nicht mehr so fromm aus – jetzt, wo seine Kleidung zerrissen, seine Haut aufgeschürft und schmutzig war.

Ein kurzes Aufflammen des Feuerzeugs genügte, und schon fuhr er zur Hölle.

Flammen loderten zischend empor, verschlangen gierig das Benzin und den Sauerstoff aus der Luft. Der Körper würde genauso verbrennen wie die Seele. Während das Feuer immer höher schlug, sich weiter ausbreitete, senkte sich erneut so etwas wie Frieden herab.

Wie fühlt es sich an, zu morden und zu brennen?

Fair.

20

Das Feuer fraß sich nach Osten, verschlang Wälder und Wiesen. Seine Spitze glich einem hungrigen Maul, das ebenso gierig wie heimtückisch alles verschlang, was auf seinem Weg hinweg über die Grenze des Bundesstaats lag.

Gull bohrte seine Steigeisen in eine Kiefer und kletterte an ihrem Stamm in den rußig-roten Himmel empor. Schweiß tropfte von seinem Gesicht und durchweichte das Tuch, das er sich um Mund und Nase gebunden hatte wie ein Räuberhauptmann, während er seine Säge durch Rinde und Holz zog. Äste fielen mit einem dumpfen Knall zu Boden, als er wieder herunterkletterte.

Der Feuersturm, den sie eindämmen wollten, tanzte und sprang behände die Bäume hoch. Er setzte ihre Zweige in Brand, während er sein Lied brüllte.

Gull bekam wieder festen Boden unter den Füßen, hängte das Kletterseil aus und ging zur Sägelinie. Er wusste, dass Rowan sich um die Spitze des Feuers kümmerte. Und er wusste, dass die Feuerspringer aus Idaho zweimal den Rückzug hatten antreten müssen, weil der Wind so tückisch gewesen war. Er hörte das Grollen des Donners, sah, wie das Löschflugzeug durch den dichten Rauch stieß. Bislang schien der Feuerdrache das Löschgel zu verschlingen, als wäre es Wackelpudding.

Er wusste nicht mehr, wie viele Stunden sie im Bauch der Bestie verbracht hatten, seit die Sirene am frühen Morgen losgegangen war. Seit jenem Morgen, an dem er in Rowans Augen geschaut hatte, während sie sich unter ihm bewegte, sich ihr Körper unter dem seinen aufbäumte und wieder in die Laken zurücksank. Noch heute Morgen hatte er den Geschmack ihrer schlafwarmen Haut auf der Zunge gespürt.

Jetzt schmeckte er Rauch und spürte, wie die Erde bebte, als ein weiterer Baum geopfert wurde. Er sah dem Feind ins Auge, kannte seine unstillbare Gier. Tag oder Nacht waren eins geworden. Aber im Grunde war das egal. Alles, was zählte, spielte sich in diesem ewigen roten Zwielicht ab.

Dobie trat aus dem Rauch, seine Augen über dem Mundschutz waren rot gerändert. »Gibbons führt uns nach Osten, während wir die Schneise verlängern. Das Team an den Pumpen kontrolliert die rechte Flanke des Feuers beim Pack Creek. Das Löschgel hat ihm einen Dämpfer verpasst.«

»Gut.« Gull griff nach seiner Ausrüstung.

»Ich habe angeboten, gemeinsam mit dir durch den verbrannten Teil zu gehen, um nach Brandinseln Ausschau zu halten und Totholz zu entfernen. Anschließend gehen wir in einem großen Bogen zur Spitze des Feuers.«

»Wie nett von dir, dass du mich mit eingeplant hast.«

»Irgendjemand muss es ja tun, Kumpel.« Die rot geränderten Augen lachten. »Es ist ein Umweg, aber ich wette, wir sind schneller an der Spitze des Feuers als die anderen. Dort gibt es dann richtig Action!«

»Kann sein. Ich stehe auch lieber an vorderster Front.«

»Dort kannst du Seite an Seite mit deiner Süßen kämpfen. Los geht's!«

Brandinseln erblühten wie Blumen, explodierten wie Granaten, brodelten wie flache Pfützen. Der Wind frischte auf, verdichtete den Rauch und sorgte für Flugfeuer.

Gull rang nach Luft, während Dobie anfing, den Brandinseln Namen zu geben.

»Scheiß Co-Rektor Brewster.« Dobie trampelte auf den leckenden Flammen herum. »Er hat mich der Schule verwiesen, weil ich auf der Toilette geraucht habe.«

»Highschool kann echt scheiße sein.«

»Mittelschule. Ich habe früh angefangen zu arbeiten.«

»Und dich auf deinen Traumjob vorbereitet«, sagte Gull, während er auf die nächste Brandinsel losging.

»Und das hier ist die bescheuerte Gigi Japper. Sie hat mich für einen Softballspieler sitzen lassen.«

»In der Mittelschule?«

»Letztes Jahr. Ausgerechnet Softball! Wie kann man so was nur ernst nehmen.«

»Sei froh, dass du sie los bist.«

»Recht hast du! Nun, Käpt'n, diese Verteidigungslinie dürfte gesichert sein. Ich schlage vor, wir gehen weiter nach Norden. Ich bin nämlich nach wie vor auf der Suche nach dem alten Mr. Cotter. Er hat auf meinen Hund geschossen, bloß weil es dem als Welpe gefiel, seine Petunien zuzuscheißen.«

»Wir werden Mr. Cotter gemeinsam durchprügeln.«

»Du bist wirklich ein treuer Freund.«

Sie legten eine gemeinsame Mittagspause ein, verschlangen Energieriegel, Erdnusscracker und teilten sich den Apfel aus Gulls Rucksack.

»Ich liebe diese Arbeit«, sagte Dobie. »Dabei war ich mir anfangs gar nicht so sicher. Ich dachte zwar, dass es ganz okay sein würde. Aber nicht, dass es mein Traumjob ist.«

»Wenn man so richtig besessen von etwas ist, weiß man, dass man seinen Traumjob gefunden hat.«

Tote Bäume standen wie schwarze Skelette im dünner werdenden Rauch. Wind pfiff zwischen ihnen hindurch und ließ sie laut ächzen, als Asche aufwirbelte wie Feenstaub.

»Ich komme mir vor wie in einem dieser Endzeit-Filme«, sagte Dobie. »Wo ein Meteorit alles zerstört und nur noch aasfressende Mutanten und ein Haufen tapferer Krieger übrig bleiben, um die Unschuldigen zu retten. Wir sind die Krieger.«

»Ich wollte eigentlich einer der Mutanten sein, aber von mir aus. Schau dir das an!« Gull zeigte nach Osten, wo der Himmel rot über den Feuersäulen stand. »Ich weiß nicht, wie ich das hassen, aber gleichzeitig schön finden kann.«

»Genauso ging es mir mit Gigi Japper.«

Lachend und glücklich darüber, dass er schwitzend und verdreckt mit seinem rührenden Freund zusammenarbeiten konnte, ließ Gull das Feuer während ihres Fußmarsches nicht aus den Augen. Er beobachtete seine Ausdehnung, seine Farben und Formen. Spontan holte er seinen Fotoapparat aus dem Rucksack. Ein Foto konnte die gefährliche Pracht zwar nicht wiedergeben, ihn aber im Winter daran erinnern. Dobie trat ins Bild, posierte mit seiner Pulaski und einem grimmigen Gesichtsausdruck. »So, und jetzt mach ein Foto: Der Drachenkämpfer.«

Keine schlechte Bildunterschrift, dachte Gull, als er durch den Sucher sah. Er drückte zweimal auf den Auslöser. »Das wird dir das Herz brechen, Gigi!«

»Und ob! Los, Kumpel, wir haben keine Zeit zu verlieren.«

Er stolzierte davon, während Gull seinen Fotoapparat verstaute. »Gull.«

»Ja.« Gull sah von seinem Rucksack auf und merkte, wie Dobie erstarrte. Er hatte ihm den Rücken zugekehrt.

»Komm mal und sieh dir das an.«

Alarmiert durch seinen Tonfall rannte Gull vorwärts und folgte Dobies Fingerzeig. »Ist es das, wofür ich es halte?«

»Oh, Mist.«

Die Leiche lag wie eine gruselige Wegmarkierung auf dem verkohlten Pfad.

»Verflucht, Gull. Sieht ganz so aus, als wären die Mutanten tatsächlich da gewesen.« Dobie stolperte zurück, stützte sich vorgebeugt auf die Oberschenkel und erbrach seine Energieriegel.

»Genau wie Dolly«, murmelte Gull.

»Meine Güte, ich stelle mich an wie ein kleines Mädchen. Und mein Mittagessen ist auch dahin.« Kreidebleich unter der Rußschicht nahm Dobie einen Schluck Wasser und spuckte ihn gleich wieder aus. »Das Arschloch hat den Brand gelegt. Genau wie bei Dolly.« Er spülte sich erneut den Mund aus, spuckte aus und trank. »Der Mörder hat das alles angerichtet.«

»Ja, nur dass er diesmal nicht versucht hat, die Leiche zu verstecken oder sie zu vernichten. Vielleicht wurde das Feuer nur gelegt, damit wir sie finden. Oder aber der Typ steht auf Feuer. Die Leiche sieht allerdings anders aus als Dolly, denn sie hat ein Loch in der Stirn, das vermutlich von einer Kugel herrührt.«

Innerlich gewappnet trat Dobie erneut näher. »O Gott, ich glaube, du hast recht.«

»Die Wette hätte ich lieber nicht annehmen sollen.« Gull zog sein Funkgerät hervor. »Denn so wie es aussieht, werden wir wohl in nächster Zeit kaum an vorderster Front des Feuers mitkämpfen.«

Während sie warteten, zog Dobie zwei winzige Whiskeyfläschchen aus seinem Rucksack und nahm einen großen Schluck. »Wer kann nur so etwas tun?«, fragte er und reichte Gull das zweite Fläschchen.

»Vielleicht haben wir es mit einem mörderischen Brandstifter zu tun, der sich rein zufällig Leute herauspickt. Aber wahrscheinlich hat es schon etwas mit Dolly zu tun.«

»Großer Gott, hoffentlich ist es nicht ihre Mutter. Es darf auf keinen Fall ihre Ma sein. Jemand muss sich schließlich um das Baby kümmern.«

»Ich habe ihre Mutter gesehen, als sie mit dem Pfarrer bei uns war und sich bei L. B. bedankt hat, dass er Dolly wieder eingestellt hat. Sie ist klein, genau wie Dolly. Diese Leiche ist zu groß. Ziemlich groß sogar.«

»Ihr Vater vielleicht.«

»Vielleicht.«

»Hätte ich mich nicht freiwillig für den Fußmarsch gemeldet, hätte sie jemand anders gefunden. Sie liegt quer über dem Wanderweg. Die Ranger hätten sie gefunden. Wenn man so etwas sieht, weiß man, was einem das Feuer antun kann, wenn es die Chance dazu bekommt.«

Gull sah in die Ferne, betrachtete das Rot, das Schwarz, das emporlodernde Gold. Und nahm einen großen Schluck Whiskey.

Die Ranger erlaubten ihnen, zu ihrer Truppe zurückzukehren. Unterwegs zum fauchenden Kopf des Feuerdrachen machte sich Gull seine aufgestaute Wut für die Arbeit zunutze. Sein Kampf galt nicht Gott, der Natur oder dem Schicksal, sondern der Person, die den Brand absichtlich gelegt hatte.

Doch den Rest der Schlacht dachte er nicht mehr über

ihre Beweggründe nach, sondern nur noch daran, das Feuer zu stoppen.

»Mach eine Verschnaufpause«, befahl Rowan ihm. »Wir haben den Feuerdrachen fast im Griff. Mach eine Pause, Gull. Du bist hier nicht der einzige Feuerspringer.«

»Ich lege erst eine Pause ein, wenn das Feuer besiegt ist.«

»Hör mal, ich weiß, wie es dir geht.«

»Ich bin nicht in der Stimmung, um vernünftig zu sein.« Er stieß ihre Hand weg, die sie auf seinen Arm gelegt hatte, und seine Augen funkelten wütend. »Ich habe große Lust, den Feuerdrachen eigenhändig zu erwürgen. Unsere Traumata können wir später diskutieren. Lass mich meine Arbeit machen.«

»Ganz wie du willst. Wir brauchen Männer, die oben auf dem Berg einen Graben ausheben, bevor das Feuer mithilfe des Windes neue Nahrung findet und wieder aufflammt.«

»Gut.«

»Nimm Dobie, Matt, Libby und Stovic mit.«

Es war Nacht oder vielmehr früher Morgen, als sich Gull zum Bach schleppte. Der Drache lag in den letzten Zuckungen. Er hustete und spuckte. Über ihm standen die Sterne am Himmel und blinzelten ihm durch den dünnen Rauch aufmunternd zu. Gull zog seine Stiefel und Socken aus und ließ seine malträtierten Füße ins herrlich kühle Wasser hängen. Hinter ihm plauderten die Kollegen, ihre Stimmen waren rauch- und adrenalingeschwängert. Witze, Beleidigungen, Schilderungen des langen Kampfes. Und entsetzte Fragen nach dem, was Dobie und er da gefunden hatten.

Es wartete noch Arbeit auf sie, aber das hatte Zeit bis Tagesanbruch. Der Drache hatte sich nicht zum Ausruhen hingelegt, sondern zum Sterben.

Rowan setzte sich neben ihn, warf ihm eine Einmannration in den Schoß und drückte ihm ein Getränk in die Hand. »Sie haben jede Menge Verpflegung für uns abgeworfen, und so habe ich dir Abendessen gemacht.«

»Frauen hören wirklich nie auf zu arbeiten.«

»Wie ich sehe, hast du wieder Vernunft angenommen.«

»Ich musste einfach meine Wut loswerden.«

»Ich weiß.« Sie berührte kurz seine Hand und griff dann zur Gabel, um sich den Rindfleischeintopf einzuverleiben. »Ich habe ein paar Spritzer von Dobies berühmtem Tabasco reingetan. Eine nette Abwechslung.«

»Ich hatte ihn gerade fotografiert. Er stand da inmitten der Schwärze, hinter ihm das Feuer und der Himmel. Total surreal! Dann haben wir die Leiche gefunden. So richtig habe ich das gar nicht an mich rangelassen. Und dann wurde ich immer wütender. So wütend, dass mir gar nicht mehr bewusst war, dass da ein Mensch verbrannt wurde, nachdem man ihm eine Kugel in den Kopf gejagt hat.«

»Er wurde erschossen?«

Gull nickte. »Ja, aber an ihn habe ich gar nicht gedacht. Ich konnte nur an das Feuer, an uns denken. An all die Zerstörung, all die Verschwendung! An das Risiko, den Schweiß und das Blut – und wofür das alles, Ro? Da ich nicht auf den Mörder und Brandstifter einprügeln konnte, der für all das verantwortlich ist, musste ich wie wild aufs Feuer losschlagen.«

»Matt ist beim Springen in den Bäumen hängen geblieben. Er ist aber heil runtergekommen, es hätte schlimmer enden können. Ein Witwenmacher, der so dick war wie mein Arm, hätte beinahe unsere Elfe getroffen, als wir gezwungen waren, uns zurückzuziehen. Und Yangtree hat sich mit der Pulaski eine Schnittwunde an der Wade beigebracht. Einer von den Idaho-Leuten hat sich beim Landen das Bein gebrochen. Du hattest recht, wütend zu sein.« Eine Weile aßen sie schweigend weiter. »Dobie und du, ihr sollt morgen früh einrücken, damit DiCicco und Quinniock mit euch reden können. Wenn du willst, begleite ich euch.«

Er sah sie dankbar an, war aber schlau genug, seine Dankbarkeit nicht laut zu äußern. »Das wäre toll.«

»Ich nehme an, du bist ganz schön k.o. Du kannst in meinem Zelt schlafen.«

»Das ist noch toller. Ich liebe diese Arbeit«, sagte er kurz darauf beim Gedanken an Dobie. »Keine Ahnung, warum, aber nach dem, was dieser Mistkerl getan hat, liebe ich sie sogar noch mehr. Die Cops müssen ihn finden, ihn verhaften, ihn aufhalten. Aber wir sind diejenigen, die hinter ihm aufräumen. Wir sind diejenigen, die tun, was wir können, damit er nicht noch größeren Schaden anrichtet. Die Natur ist ihm scheißegal, die Tiere. Aber uns ist das alles nicht egal.« Er sah sie an und beugte sich langsam vor, um sie überraschend sanft zu küssen. »Ich habe dich mitten in der Wildnis gefunden, Rowan. Und das ist wirklich etwas Besonderes.«

Sie lächelte verunsichert. »Ich hatte mich nicht gerade darin verirrt.«

»Ich auch nicht. Aber auch ich wurde gefunden, genau wie du.«

Auf dem kurzen Weg zum Zelt begegneten sie Libby.

»Wie geht es dir, Gull?«

»Ganz gut. Erst recht, seit ich weiß, dass ich um die

Nachlöscharbeiten herumkomme. Hast du Dobie gesehen?«

»Ja, er ist vorhin eingetroffen. Er fühlt sich … na ja, du weißt, wovon ich rede. Matt und ich sind eine Weile mit ihm wach geblieben. Es geht ihm gut.«

»Du hast heute so richtig was geleistet, Barbie«, sagte Rowan lobend.

»Etwas anderes hatte ich auch nicht vor. Gute Nacht.«

Rowan ging gähnend zum Zelt. Sie spürte ihren Körper kaum noch, als sie sich aus den Stiefeln schälte. »Bitte nicht wecken, außer ein Bär greift uns an. Ach Quatsch, auch dann nicht.« Sie zog sich bis auf die Unterwäsche aus. Während sie in ihren Schlafsack kroch, dachte Gull nach.

»Weißt du was? Es ist noch keine Minute her, da war ich sogar zu müde, um mich am Hintern zu kratzen. Doch jetzt fühle ich mich auf einmal wieder richtig energiegeladen.«

Sie öffnete ein Auge und schloss es wieder. »Tu, was du nicht lassen kannst. Hauptsache, du weckst mich nicht.«

Er kroch neben ihr in den Schlafsack, lächelte und zog ihren schlaftrunkenen Körper an sich. Als er die Augen schloss, dachte er nur an sie und dämmerte langsam weg.

Gull wurde davon wach, dass sich ihr Knie fest in seinen Schritt bohrte. Als er sich zurücklehnte, ließ das Pochen in seinen Hoden etwas nach. Hatte sie gezielt? Oder war das Zufall gewesen? Sie hatte jedenfalls mitten ins Schwarze getroffen.

Rowan rührte sich nicht, als er aus dem Schlafsack kroch, um seine Hose, frische Strümpfe und seine Stiefel anzuziehen. Er ließ Hose und Stiefel offen und kroch hinaus ins Dämmerlicht.

Nichts rührte sich. Aber soweit er informiert war, schlief in den anderen Zelten immer nur eine Person. Bis auf ihn hatte keiner einen Tritt in die Eier bekommen.

Er stand auf, sah nach, ob noch alles dran war, und verließ das Zeltlager, um seine Blase zu entleeren. Als Nächstes standen Kaffee und eine Mahlzeit ganz oben auf seiner Liste. Wer als Erster wach wurde, hatte die größte Auswahl an Einmannrationen. Er würde sich unten an den Bach setzen, Rowan schlafen lassen und seine einsame, wenig schmackhafte Mahlzeit einnehmen.

Auf einmal blieb Gull stehen und staunte. Vor ihm lag eine Wiese voller wilder königsblauer Lupinen. Bodennebel ließ sie wie auf einem schmalen, weißen Fluss dahintreiben, während Dutzende dunkelblaue Schmetterlinge über ihren Blüten tanzten.

Wie unberührt sie aussehen, dachte er. Das Feuer hatte sie verschont. Weil sie es aufgehalten hatten. Und nun blühten die Wildblumen, und Schmetterlinge tanzten im Morgennebel.

Was für ein Anblick! Ein Kunstwerk, dachte er. Er hatte dazu beigetragen, es zu retten, genauso wie die Bäume dahinter und alles, was sie umgab.

Inmitten von Rauch und glutroter Hitze hatte er gekämpft. Er war durch das Reich der Finsternis gewandert, das Reich des Todes. Und jetzt stand er mitten im blühenden Leben.

Dieser Anblick beantwortete alle Fragen nach dem Sinn seiner Arbeit.

Gull brachte Rowan zu den Lupinen, bevor sie zusammenpackten, er musste sie regelrecht vom Zeltlager wegschleifen.

»Wir müssen los«, protestierte sie. »Wenn wir es bis runter zum Besucherzentrum schaffen, können wir mit dem Bus zum Fliegerhorst fahren. Eine Dusche und saubere Klamotten warten auf uns. Wenn du wüsstest, wie ich mich nach einer kalten Erfrischung sehne.«

»Das ist besser als jedes Erfrischungsgetränk.«

»Nichts ist besser als eine kalte Cola auf nüchternen Magen. Ihr Kaffeesüchtigen kapiert rein gar nichts.«

»Schau nur.« Er zeigte mit dem Finger auf die Wiese. »Das ist das Beste überhaupt.«

Sie hatte in ihrem Leben genügend Wiesen mit wilden Lupinen und Schmetterlingen gesehen. Sie wollte gerade eine entsprechende Bemerkung machen, als sie merkte, wie überwältigt er aussah.

Und sie verstand. Natürlich verstand sie. Wer sonst konnte ihn in diesem Moment verstehen?

Trotzdem musste sie ihm einen Stoß zwischen die Rippen verpassen. »Da kommt wieder der Romantiker zum Vorschein.«

»Rühr dich nicht von der Stelle. Ich werde ein Foto machen.«

»Vergiss es! Meine Güte, Gull, sieh mich doch nur an.«

»Eine Lieblingsbeschäftigung von mir.«

»Wenn du eine Frau vor einer Blumenwiese fotografieren willst, solltest du dir eine mit frisch gewaschenem, glänzendem Haar in einem weißen, fließenden Kleid suchen.«

»Sei nicht albern, du siehst genau richtig aus. Denn du hast dazu beigetragen, dass diese Wiese überhaupt noch existiert. Das Bild ist das Pendant zu dem, das ich von Dobie im Reich der Finsternis gemacht habe. Es zeigt, dass wir die Verbindung zwischen diesen beiden Extremen sind.«

»Du bist wirklich ein hoffnungsloser Romantiker«, wiederholte sie. Aber seine Worte rührten sie. Also steckte sie die Daumen in die Hosentaschen, schob eine Hüfte vor und grinste breit in die Kamera.

Er machte sein Foto, ließ den Fotoapparat langsam sinken und starrte sie genauso an wie die Wiese. Überwältigt.

»So, und jetzt lass uns tauschen. Jetzt mache ich ein Bild von dir.«

»Nein. Du gehörst auf dieses Foto. Und Dobie, umgeben von Finsternis, während das Feuer hinter ihm tobt und er mir sagt, wie sehr er diesen Job liebt. Aber vor allem du, Rowan, im Sonnenlicht, die bewahrten Naturschätze im Hintergrund. Du bist das andere Ende des Regenbogens.«

»Komm schon.« Verlegen lief sie auf ihn zu. »Du kannst dich wirklich ausdrücken.«

»Du bist die Antwort auf eine Frage, die ich noch nicht mal gestellt habe.«

»Gull, du machst mir regelrecht Angst, wenn du so redest.«

»Ich fürchte, daran wirst du dich gewöhnen müssen. Ich habe mich ziemlich heftig … Aber das muss für heute genügen. Trotzdem glaube ich, dass es da noch so einiges zu entdecken gibt.«

Panik verdrängte jede Verlegenheit. »Gull, wer sich heftig in Leute wie uns, Leute wie mich … Das hat keine Zukunft.«

»Das sehe ich anders. Außerdem schließe ich gern Wetten auf die Zukunft ab.«

»Du musst verrückt sein.«

»Wer diesen Job macht, muss tatsächlich verrückt sein.«

Dem konnte sie schlecht widersprechen. »Wir müssen los.«

»Nur eines noch.«

Er packte sie an den Schultern und zog sie an sich. Seine Finger wanderten zu ihrem Gesicht empor, als er sie küsste – und die Wiese, den Sonnenschein, die Schmetterlinge und das Vogelgezwitscher gleich mit.

Weil sie sich nirgendwo festhalten konnte, ließ sie sich fallen, verlor sich in der Süße dieses Kusses, in dem Versprechen, das sie so angestrengt ignorierte. Ihr Herz klopfte so laut in ihrer Brust, dass es wehtat. Und zum ersten Mal in ihrem Leben spürte sie eine noch nie gekannte Sehnsucht.

Noch ganz wackelig auf den Beinen trat sie einen Schritt zurück. »Das ist die Hitze.«

»Ja, ja, wer's glaubt.« Er legte den Arm um ihre Schultern und war wieder einfach nur ein guter Freund.

Bei diesem Mann kann einem wirklich schwindelig werden, dachte sie.

DiCicco und Quinniock verließen gerade die Brandzentrale, als die Busse den Fliegerhorst erreichten.

»Es wäre nett, wenn wir zuerst duschen dürften«, sagte Gull. Seufzend stieg er aus und nickte den Polizisten zu. »Wo wollen wir die Sache durchziehen?«

»L. B. stellt uns sein Büro zur Verfügung«, sagte Quinniock.

»Hören Sie, vor der Kantine stehen Tische. Ich würde gern ein bisschen frische Luft schnappen und etwas essen, während wir reden. Dobie geht es mit Sicherheit genauso.«

»Und ob, Kumpel, und ob. Wissen Sie schon, wer der Tote ist?«, fragte Dobie.

»Wir reden gleich darüber«, sagte DiCicco.

»Wir kümmern uns um eure Ausrüstung.« Rowan zeigte auf Matt und Janis. »Macht euch darüber keine Gedanken.«

»Danke.« Gull warf ihr einen kurzen Blick zu.

»Stehen wir unter Verdacht?«, erkundigte sich Dobie, während sie auf die Kantine zuliefen.

»Noch ist nichts entschieden, Mr. Karstain.«

»Keine Sorge«, sagte Quinniock. »Wir haben keinerlei Veranlassung, Sie zu verdächtigen. Aber Sie dürfen uns trotzdem gern sagen, wo Sie zwischen elf und drei Uhr morgens waren, bevor sie zum Einsatz gerufen wurden.«

»Ich? Ich habe mit Libby, Yangtree und Trigger bis gegen Mitternacht Karten gespielt. Trig und ich haben dann noch ein letztes Bierchen getrunken. Ich denke, dass wir so gegen eins ins Bett sind.«

»Ich war mit Rowan zusammen«, sagte Gull und beließ es dabei.

»Ich hätte nichts gegen ein kühles Getränk einzuwenden«, meinte Quinniock. DiCicco, der die Limonade wieder einfiel, nickte.

»Das wäre toll. Also, Mr. Karstain …«

»Nennen Sie mich einfach Dobie.«

»Dobie.«

Der Mann aus Kentucky fasste die Ereignisse noch einmal zusammen, schilderte, was er gesehen und getan hatte, genau wie vorher bei den Rangern.

»Inmitten dieser Schwärze kommt man sich ohnehin schon vor wie in einem Horrorfilm, und dann auch noch das. Gull meinte, es müsse was mit Dolly zu tun haben.«

»Ach ja?«, sagte DiCicco.

»Das ist doch nur logisch, oder?« Dobie sah von einem zum anderen.

»Dobie, wie kommt es, dass nur Sie und Mr. Curry in dem Fundgebiet unterwegs waren?«

Dobie zuckte einfach nur mit den Schultern. In diesem Moment kamen Gull und kurz hinter ihm Lynn aus der Kantine. Beide trugen ein Tablett.

»Die meisten von uns werden an der Feuerfront benötigt. Dort wird eine Schneise geschlagen. Trotzdem müssen andere die Brandinseln entlang der Flanke bekämpfen. Also haben Gull und ich uns freiwillig für diese Aufgabe gemeldet.«

»Haben Sie die Route vorgeschlagen?«

»Ja. Sie ist zwar ein Umweg, aber es gefällt mir, Brandinseln zu löschen. Gull und ich sind ein eingespieltes Team. Danke.« Er lächelte Lynn zu, die einen vollgetürmten Teller vor ihm abstellte. »Das sieht aber gut aus.«

»Marge meinte, ihr sollt euch ein bisschen Platz für den Kirschkuchen aufheben. Sagt Bescheid, wenn ihr noch etwas braucht.«

»Gib uns etwas Zeit.« Gull setzte sich. »Wir haben die bewusste Route genommen, weil wir nach Brandinseln Ausschau gehalten haben. Wenn man eine entdeckt, löscht man sie und geht weiter. Darin bestand unsere Aufgabe, während wir nach Osten gingen, um dort mit dem Rest der Mannschaft zusammenzutreffen. Das Feuer hatte sich nach Osten ausgedehnt, aber da der Wind ständig drehte, haben sich die Flanken verschoben. Wir fanden die Leiche, weil wir unterwegs zur anderen Flanke mitten durch das verbrannte Gebiet gegangen waren, um zu sehen, ob es Flugfeuer gibt und um sie einzudämmen. Ansonsten hätte Gefahr für das Besucherzentrum bestanden.«

»Genau.« Dobie zog seine Tabasco-Flasche aus der Tasche, hob die obere Hälfte seines Baguettes an und schüttete etwas von der scharfen Soße auf den Meerrettich, den Marge auf sein Roastbeef getürmt hatte.

Als er Gull die Flasche hinhielt, schüttelte dieser nur den Kopf. »Ich esse mein Baguette lieber ohne. Und ja, ich habe tatsächlich gesagt, die Leiche müsse etwas mit Dolly zu tun haben. Vielleicht treibt ein Serienmörder sein Unwesen, ein Brandstifter, der sich wahllos Opfer herausgreift. Aber für sehr wahrscheinlich halte ich das nicht.«

»Diesmal wurde das Opfer erschossen«, sagte Dobie mit vollem Mund. »Das Einschussloch war nicht zu übersehen.«

»Bei diesem Einsatz wurden Feuerspringer verletzt. Ich habe gesehen, wie Morgen um Morgen unberührte Natur in Flammen aufging. Ich will, dass der Verantwortliche dafür zur Rechenschaft gezogen wird, und ich möchte wissen, warum es ihm nicht genügt hat, einen Menschen einfach zu ermorden. Wahrscheinlich, weil die Brandstiftung genauso wichtig für ihn ist wie das Morden selbst. Das Feuer an sich muss eine Bedeutung haben.«

»Ein interessanter Gedanke«, bemerkte DiCicco.

»Da wir Ihnen bereits alles gesagt haben, was wir wissen, bleibt uns nichts anderes übrig, als ein wenig zu spekulieren. Und da Sie auch nicht gerade auf den Kopf gefallen sind, haben Sie sich bestimmt auch schon Gedanken gemacht.«

»Er ist ein bisschen genervt, weil er immer noch hier sitzt, anstatt mit Rowan duschen zu können.«

»Halt den Mund, Dobie.« Gull musste lachen. »Ja, das stimmt. Können Sie uns denn wenigstens sagen, ob die Leiche bereits identifiziert wurde?«

DiCicco fing Quinniocks Blick auf und seufzte. »Noch während wir auf das Ergebnis des Leichenbeschauers warteten, fanden wir Reverend Latterlys Wagen auf dem Forstweg neben dem Besucherzentrum. Seine Frau weiß nicht, wo er steckt. Er war weder zu Hause noch in seiner Kirche, als sie heute Morgen aufgewacht ist.«

»Der Mörder hat einen Pfarrer erschossen?«, fragte Dobie.

»Den Pfarrer der Brakemans«, fügte Gull hinzu. »Und zwar ausgerechnet denjenigen, mit dem Dolly was gehabt haben soll. Wie ich hörte, wurde Leo Brakeman auf Kaution entlassen.«

»Der Mistkerl sollte sich lieber nicht mehr blicken lassen.«

DiCicco warf Dobie einen strafenden Blick zu, konzentrierte sich aber hauptsächlich auf Gull. »Wir werden uns noch heute mit Mr. Brakeman unterhalten. Aber erst, nachdem die Beerdigung seiner Tochter stattgefunden hat. Sie ist heute Nachmittag.«

»Ich lasse ihn bereits beschatten«, sagte Quinniock. »Wir haben eine Liste der auf ihn zugelassenen Waffen, und wir werden noch einmal einen Blick in seinen Waffenschrank werfen.«

»Es wäre ziemlich dumm, eine seiner eigenen Waffen zu benutzen, erst recht eine registrierte, um den Mann zu töten, der seine Tochter gefickt und seiner Frau gleichzeitig fromme Predigten gehalten hat.«

»Trotzdem, wir müssen in alle Richtungen ermitteln. Auch wir dürfen spekulieren, Mr. Curry«, fügte DiCicco hinzu. »Mit dem Unterschied, dass wir uns an die Fakten, an die Beweismittel halten müssen. Zwei Menschen wurden ermordet, und das steht für uns im Vordergrund.

Trotzdem dürfen wir die Brandstiftung nicht außer Acht lassen. Auch ich arbeite für die Forstbehörde. Glauben Sie mir, ich nehme das sehr ernst.« Sie stand auf.

»Danke, dass Sie sich die Zeit genommen haben.« Sie schenkte Gull ein angedeutetes Lächeln. »Das mit der Dusche tut mir leid.«

»Was ist mit Ihnen los, Agent DiCicco?«, sagte Quinniock, nachdem sie sich ein paar Meter entfernt hatten. »Sie haben gerade eine sehr amüsante, schlagfertige Bemerkung gemacht. Das finde ich richtig herzerwärmend.«

»Nun, die Wärme sollten Sie für nachher speichern. Beerdigungen verpassen einem so manch kühlen Dämpfer.«

III. FEUERSTURM

Immer mit einer harten,
edelsteinartigen Flamme zu brennen,
diese Verzückung beizubehalten,
das ist der Erfolg des Lebens.

WALTER PATER

21

Rowan trödelte herum. Sie blieb lange unter der Dusche und nahm sich endlos Zeit, eine Unterhose und ein Hemd herauszusuchen, so als gäbe es nichts Wichtigeres. Sie legte sogar etwas Make-up auf und freute sich, endlich wieder auszusehen wie eine richtige Frau.

So, das dürfte genügen, dachte sie und machte sich eilig auf die Suche nach Gull.

Als sie ihr Zimmer verließ, kam Matt gerade aus seinem.

»Wow!« Angesichts seines dunklen Anzugs und der Krawatte hob sie beeindruckt die Brauen. »Und ich dachte schon, ich sehe gut aus.«

»Das tust du auch.«

»Was ist mit dir, hast du eine heiße Verabredung? Gehst du auf eine Hochzeit, eine Beer …« Sie verstummte und ohrfeigte sich insgeheim für ihre Dummheit. »O Gott, Matt, ich habe nicht nachgedacht. Du gehst auf Dollys Beerdigung.«

»Ich dachte, ich sollte hingehen, zumal wir nicht auf der Sprungliste stehen.«

»Aber du gehst doch nicht ganz allein? Ich würde dich ja begleiten, aber ich fürchte, ich bin die Letzte, die die Brakemans heute sehen wollen.«

»Ist schon in Ordnung. Ich habe nur das Gefühl, hingehen zu müssen. Als Vertretung für Jim sozusagen. Eigentlich will ich gar nicht, aber … das Baby.« Er fuhr sich mit den Fingern durch das von der Sonne gebleichte Haar.

»Fast wünschte ich, wir wären noch draußen im Einsatz, damit ich nicht hinmuss.«

»Nimm jemanden mit. Janis ist mit uns zurückgekehrt. Cards kommt bestimmt auch mit, wenn seine Gesundheit ihm das erlaubt.«

»L. B. kommt mit.« Matt steckte die Hände in die Hosentaschen und zog sie wieder hervor, um mit den Fingern auf seinen Oberschenkel zu trommeln.

Rowan fühlte sich schmerzlich an Jim erinnert.

»Und Marge und Lynn«, sagte Matt.

»Dann ist ja alles in Ordnung.« Sie ging zu ihm und machte sich an seiner Krawatte zu schaffen, obwohl das gar nicht nötig war. »Es ist vollkommen richtig, dass du hingehst. Wenn du anschließend reden willst – ich bin für dich da.«

»Danke.« Er legte eine Hand auf die ihre, und ihre Blicke trafen sich. »Danke, Rowan. Ich weiß, wie viel Ärger sie dir eingebrockt hat.«

»Das spielt keine Rolle, Matt, wirklich nicht. Für viele Menschen ist heute ein trauriger Tag. Und nur das zählt.«

Er drückte ihre Hand. »Ich muss dann mal los.«

Nachdem er gegangen war, änderte sie ihre Pläne und betrat den Aufenthaltsraum. Cards lag quer auf dem Sofa und sah sich eine Seifenoper im Fernsehen an.

»Die Frau da erzählt ihrem Typen, dass sie schwanger ist, obwohl das gar nicht stimmt. Nur, weil er in ihre Schwester verknallt ist, aber mit ihr im Bett war – also mit der, die jetzt schwanger ist. Sie hat ihm was in den Drink getan, als sie bei ihm war, um ihm zu sagen, ihre Schwester würde ihn betrügen, was gar nicht gestimmt hat. Frauen sind doch wirklich das Letzte!«

»He!«

»Aber wenn es nun mal die Wahrheit ist«, sagte er grimmig. »Die Geschichte fesselt mich total. Ich muss den ganzen Nachmittag damit verbringen, weil der Arzt mir gesagt hat, dass ich liegen soll. Und dann darf ich noch einen Tag lang krankfeiern und etwas für meine Schönheit tun.«

Sie setzte sich und musterte den Verband über seiner Wange. »Ich weiß nicht recht. Das Loch in deinem Gesicht verleiht dir ein sehr interessantes Aussehen. Außerdem lenkt es von deinen eng zusammenstehenden Augen ab.«

»Ich habe Augen wie ein Engel. Und wie ein Habicht. Himmlische Habichtsaugen also!«

»Matt ist gerade zu Dollys Beerdigung aufgebrochen.«

»Ja, ich weiß. Er trät Yangtrees Krawatte.«

»Ich finde, es sollten ein paar Leute mehr von uns hingehen. Libby ist noch mit Aufräumarbeiten beschäftigt, aber Janis ist ebenfalls wieder da.«

»Lass es so, wie es ist, Rowan. Du kannst nicht alles wieder einrenken.«

Als sie schwieg, pfiff er leise durch die Zähne. »Hör mal, L. B. repräsentiert den Fliegerhorst, zusammen mit Marge und Lynn, Dollys direkten Kolleginnen. Und Matt gehört mehr oder weniger zur Familie. Wegen Jims Baby und so. Ich habe bereits mit L. B. darüber gesprochen. So, wie sich Dolly verabschiedet hat, sollten wir lieber nicht zu zahlreich auftreten. Das macht es bestimmt auch für Dollys Mutter leichter.«

»Kann sein«, pflichtete sie ihm bei, sah ihn aber trotzdem fragend an. Sie kannte dieses Gesicht, mit und ohne Loch, seine großen braunen Augen. »Was hast du?«

»Nichts, außer, dass du mich bei meiner Seifenoper störst.«

Sie merkte sehr wohl, wenn jemand etwas auf dem Herzen hatte. Erst recht, wenn dieser Jemand direkt neben ihr saß. »Du hast schlechte Laune.«

»Ich habe verdammt noch mal ein Loch im Gesicht und in aller Ruhe ferngesehen, als du kamst und mir was von der toten Dolly und ihrer Beerdigung vorgelabert hast.« Er sah sie böse an. »Geh damit woanders hausieren.«

»Wenn du meinst.«

Rowan stand auf.

»Frauen sind doch wirklich das Letzte«, wiederholte Cards mit einer gespielten Bitterkeit, wodurch Rowan sich wieder entspannte. »Ohne sie wären wir deutlich besser dran.«

Sie beschloss, ihn nicht daran zu erinnern, dass sie ebenfalls eine Frau war. »Frauen im Allgemeinen oder eine ganz bestimmte?«

»Du weißt doch, mit wem ich seit letztem Winter zusammen bin.«

Da er sie bereits hundertmal erwähnt hatte, allen ihr Foto gezeigt hatte, wusste Rowan tatsächlich Bescheid. »Mit Vicki natürlich.«

»Sie wollte in ein paar Wochen mit den Kindern herkommen. Und ich wollte mir freinehmen, um ihr alles zu zeigen. Die Kinder waren schon ganz aufgeregt.«

Wollte, dachte Rowan. »Was ist passiert?«

»Das ist es ja gerade! Ich habe nicht die leiseste Ahnung. Sie hat es sich einfach anders überlegt. Sie findet, es sei keine gute Idee. Sie habe ihr Leben, und ich habe meines. Sie hat mich verlassen. Sie will mir nicht einmal sagen, warum. Sie müsse auch an die Kinder denken, und sie brauche eine stabile, aufrichtige Beziehung und so.«

Er drehte sich um und sah Rowan ebenso wütend wie fassungslos an. »Dabei habe ich sie niemals belogen. Ich hatte ihr erzählt, wie es ist, und sie war damit einverstanden. Ja, sie war sogar stolz auf meine Arbeit. Und jetzt will sie von heute auf morgen nichts mehr von mir wissen. Sie ist sauer auf mich. Sie hat geweint. Was zum Teufel habe ich ihr bloß getan?«

»Nun, theoretisch mit unserer Arbeit klarzukommen ist eine Sache. Aber die Realität eine ganz andere. Leider.«

»Heißt das, ich soll meinen Job hinschmeißen? Mir eine andere Arbeit suchen? Ein anderer Mensch werden? Das kann es doch nicht sein!«

»Nein, das kann es wirklich nicht sein.«

»Ich wollte ihr einen Heiratsantrag machen, wenn sie kommt.«

»Ach herrje. Das tut mir leid.«

»Sie will nicht einmal mehr mit mir reden. Ich hinterlasse ihr Nachrichten, aber sie reagiert nicht darauf. Sie erlaubt auch nicht, dass ich mit den Kindern spreche. Ich bin ganz vernarrt in die Kinder.«

»Schreib ihr einen Brief.«

»Wie bitte?«

»Heute schreibt kaum noch jemand Briefe. Schreib ihr einen Brief. Schreib ihr, was in dir vorgeht.«

»Scheiße, so was kann ich nicht.«

»Das macht es ja zu etwas Besonderem. Wenn du so von ihr überzeugt bist, dass du sie heiraten willst, kannst du ihr auch einen Brief schreiben.«

»Ich weiß nicht. Mal sehen. Zum Teufel noch eins!«

»Frauen sind wirklich das Letzte.«

»Du sagst es. Ich soll einen Brief schreiben«, wiederholte er und starrte in seine Limonade. »Themawechsel!

Denn wenn ich noch länger über sie rede, werde ich wieder versuchen, sie anzurufen. Und das ist erniedrigend.«

»Wie läuft's mit den Cubs?«

Er schnaubte. »Baseball wird nicht reichen, um mich von meinem Liebeskummer abzulenken. Zumal die Chicago Cubs in dieser Saison noch unterirdischer spielen, als Frauen mit mir umgehen. Dafür haben wir Feuerspringer es mit Mord und Brandstiftung zu tun. Wie ich hörte, wurde noch eine Leiche gefunden. Und derjenige, der sie dort abgelegt hatte, hat auch das Feuer gelegt. Die Polizei sollte diesen Mistkerl lieber fassen, bevor er halb Montana niederbrennt. Wir alle können das Geld gut gebrauchen, aber auf diese Art möchte es sich niemand verdienen.«

»Der Täter hat zudem Teile von Idaho vernichtet. Das ist wirklich beängstigend«, sagte sie, weil sie allein waren. »Wir wissen, dass Feuer lebensgefährlich ist, wenn wir ausrücken. Wir wissen, wie unerbittlich die Natur sein kann. Aber sich vorzustellen, dass da draußen einer rumläuft, der mordet und Brände legt, vielleicht sogar uns brennen sehen will oder unseren Tod zumindest billigend in Kauf nimmt, das ist beängstigend. Zumal wir nicht wissen, ob es schon zu Ende ist. Oder ob er erneut dafür verantwortlich sein wird, wenn die Sirene das nächste Mal losheult.«

Sie drehte sich um, weil Gull hereinkam. »Was sagt die Polizei?«, fragte sie.

»Es ist zwar noch nicht offiziell, aber anscheinend haben wir Reverend Latterlys sterbliche Überreste gefunden.«

Cards sprang auf. »Der Pfarrer?«

»Vermutlich ja.« Gull ließ sich in einen Sessel fallen. »Sein Wagen wurde da draußen entdeckt, aber von ihm selbst fehlt jede Spur. Also entweder wir haben ihn gefunden, oder er ist verschwunden. Die Polizei will nach der Beerdigung mit Brakeman reden.«

»Sie glauben, dass er ihn umgebracht und verbrannt hat?«, sagte Cards. »Aber das würde doch bedeuten … Glauben die etwa, dass er auch Dolly umgebracht hat? Der eigene Vater? Quatsch!«

»Keine Ahnung, was die glauben.«

»Und was meinst du?«, fragte Rowan.

»Das weiß ich nicht. Ich glaube, wir haben es mit jemandem zu tun, der einen Riesenhass hat und das Feuer liebt. Ich muss mich waschen.«

Rowan folgte ihm auf sein Zimmer. »Warum sagst du, dass er das Feuer liebt? Nur weil er es sich zunutze macht, muss er es noch lange nicht lieben.«

»Da du bereits angezogen bist, wirst du mir wahrscheinlich nicht den Rücken schrubben. Du siehst übrigens gut aus.«

»Danke. Warum sagst du, dass er das Feuer liebt?«

Gull zog sein Hemd aus. »Nach Dollys Tod habe ich meine Kenntnisse zum Thema Brandstiftung noch etwas vertieft.«

»Wissbegierig wie du bist.«

»Ich lerne nun mal gern dazu.« Er zog seine Stiefel aus. »Wie dem auch sei, Brandstifter lassen sich normalerweise in Kategorien einteilen. Einige tun es des Geldes wegen. Sie legen Feuer, um die Versicherungssumme zu kassieren, oder sie lassen sich für Brandstiftung bezahlen. Aber unser Mann fällt nicht in diese Kategorie.«

»Vielleicht hat er das Feuer nur gelegt, um die Morde zu vertuschen«, rief sie ihm in Erinnerung. »Mord ist ein Kapitalverbrechen.«

»Bei Dolly vielleicht.« Nachdem sich Gull die Hose ausgezogen hatte, ging er nackt ins Bad und stellte die Dusche an. »Vielleicht war es ein Unfall, vielleicht aber auch heimtückischer Mord. Dann bekam er Panik, wollte es vertuschen. Aber gleich zweimal? Nachdem es einmal schiefgegangen war?«

Er trat unter die Wasserstrahlen und stöhnte genüsslich auf. »Ein Hoch auf den Wassergott.«

»Vielleicht war es ein Trittbrettfahrer. Jemand, der Latterly umbringen wollte. Brakeman hat ein Motiv. Dasselbe gilt für Latterlys Frau, nachdem sie das mit Dolly erfahren hat. Oder aber es war jemand aus Latterlys Gemeinde, der ganz außer sich ist vor Empörung, sich betrogen fühlt. Und der hat es dann genauso gemacht wie bei Dolly. Das Motiv ist dasselbe.«

»Gut möglich.«

Sie riss den Duschvorhang zurück. »Das würde wenigstens einen Sinn ergeben.«

»Entweder du kommst ganz rein, oder du bleibst draußen, Schätzchen.« Er verschlang sie mit seinen Blicken. »Mir wäre es am liebsten, du kämst ganz rein.«

Sie zog den Duschvorhang wieder zu. »Und ein Brandstifter, den es sexuell erregt, Feuer zu legen und dem Toben der Flammen zuzusehen, kommt in unserem Fall auch nicht infrage, Gull. Die Morde sprechen dagegen.«

»Vielleicht steht er auf beides.«

»Selbst wenn er es nur tut, um die Morde zu vertuschen, ist das schon schlimm genug. Deine Theorie macht es noch schlimmer.«

»Ich weiß. Wenn ich die Cops richtig verstanden habe, ermitteln sie auch in diese Richtung.«

Sie stützte sich mit beiden Händen aufs Waschbecken

und starrte ihr Spiegelbild an. »Ich will nicht, dass es jemand ist, den ich kenne.«

»Du kennst schließlich nicht jeden hier, Ro.«

»Nein, das nicht.« Auf einmal war sie unglaublich erleichtert, dass sie nur wenige aus Dollys und Latterlys Umfeld kannte. Doch was, wenn es einer von ihnen war, von den Feuerspringern?

»Dollys Beerdigung. Wo die wohl stattfindet?«, überlegte sie laut. »Bestimmt nicht in Mrs. Brakemans Kirche.«

»Marge meinte, der Gottesdienst findet im Bestattungsinstitut statt. Es werden nicht viele Trauergäste erwartet.«

»O Gott.« Sie schloss die Augen. »Ich habe sie wirklich gehasst, aber das ist echt deprimierend.«

Er stellte die Dusche aus und zog den Vorhang zurück. »Weißt du, was du brauchst?« Er griff nach einem Handtuch.

»Was ich brauche? Puh, lass mich raten.«

»Dummerchen! Einen Ausflug mit dem Cabrio und ein Eis.«

»Ach ja?«

»Jawohl! Wir sind die dritte Gruppe auf der Sprungliste, also können wir in die Stadt fahren und nach einer Eisdiele Ausschau halten.«

»Ich kenne zufällig eine.«

»Perfekt! Außerdem siehst du fantastisch aus. Ich sollte meine Freundin also auf ein Eis einladen.«

»Hör auf damit, Gull.«

»Nö.« Er wickelte sich ein Handtuch um die Taille und zog sie an sich, tropfnass wie er war.

»Du machst mich ganz feucht.«

»Sex, Sex, Sex. Gut, wenn dir das lieber ist.«

Damit schaffte er es, die dunklen Wolken am Horizont

zu vertreiben und sie zum Lachen zu bringen. Sie schubste ihn weg.

»Ich will ein Eis.« Da er ihre Bluse ohnehin durchnässt hatte, packte sie sein Gesicht und küsste ihn erneut. »Los, zieh dich an, mein großzügiger Held! Ich schau schnell in der Brandzentrale vorbei und sorge dafür, dass wir die nächsten Stunden freibekommen.«

Fotos von Dolly Brakeman von ihrer Geburt bis zu ihrem Tod standen auf einer Anrichte, umrahmt von rosa Rosen und weißem Schleierkraut. Den geschlossenen Sarg schmückten eine rosa Decke und weiße Chrysanthemen.

Da sie Irene bei der Auswahl der Blumen geholfen hatte, bestand Ellas Gebinde aus rosa und weißen Lilien. Sie sah noch ein paar andere Sträuße, und obwohl es so wenige waren, erfüllten sie den winzigen Raum mit ihrem Duft.

Irene saß blass, übermüdet und in Trauerkleidung auf dem düsteren weinroten Sofa, zusammen mit ihrer Schwester und deren Mann, die eigens aus Billings hergekommen waren. Ella kannte sie nur flüchtig. Der Mann saß ihnen steif und mit finsterer Miene zusammen mit Leo gegenüber, auf einem Zweiersofa. Kirchenmusik tröpfelte aus den Lautsprechern. Niemand sagte etwas. So einen traurigen Nachruf auf ein kurzes, gewaltsam beendetes Leben hatte Ella noch nie erlebt.

Sie ging quer durch den Raum, ergriff die Hände ihrer Freundin. »Irene.«

»Die Blumen sehen hübsch aus.«

»Ja.«

»Ich bin dir sehr dankbar, dass du mich beraten hast, Ella.«

»Das war doch selbstverständlich.«

Irenes Schwester nickte Ella zu, stand dann auf und setzte sich neben ihren Mann. »Die Fotos sind schön. Du hast eine gute Auswahl getroffen.«

»Dolly hat sich immer gern fotografieren lassen, schon als Baby«, sagte Irene, während Ella neben ihr Platz nahm. »Sie hat immer direkt in die Kamera geschaut. Ich weiß nicht, wie das geht, meine Tochter zu beerdigen.«

Was gab es darauf schon zu sagen? Stumm umarmte Ella Irene.

»Jetzt habe ich nur noch die Fotos. Sie sind alles, was mir von ihr geblieben ist. Das da hinten von Dolly und dem Baby wurde zuletzt gemacht. Meine Schwester Carrie wird das Baby gleich abholen. Sie war mir eine große Hilfe, ist extra aus Billings gekommen. Sie bringt Shiloh her. Natürlich wird das arme Kind nichts von alledem begreifen und sich später auch nicht mehr daran erinnern. Aber ich fand, dass sie trotzdem dabei sein sollte.«

»Natürlich. Du weißt, dass du mich jederzeit anrufen kannst. Wenn du irgendetwas brauchst.«

»Ich weiß nicht, was ich mit Dollys Sachen, ihren Kleidern machen soll.«

»Ich werde dir damit helfen, wenn du so weit bist. Schau nur, da ist Reverend Meece.«

Irenes Hand umklammerte Ellas. »Ich kenne ihn nicht. Danke, dass du ihn gebeten hast, den Trauergottesdienst abzuhalten.«

»Er ist nett, Irene. Er wird nett über Dolly sprechen.«

»Leo wollte keinen Pfarrer. Nicht nach dem, was …« Ihre Augen füllten sich erneut mit Tränen. »Ich darf nicht daran denken, denn sonst werde ich noch verrückt.«

»Lass es! Denk an das hübsche Mädchen auf den Fotos. Komm, ich stelle dir Reverend Meece vor. Er wird dir Halt geben, das verspreche ich dir.«

Obwohl sie nicht gern zur Kirche ging, mochte Ella Meece und seine liebevolle Art. Genau das brauchte Irene: jemanden der sich liebevoll um sie kümmerte.

»Vielen Dank, dass du das übernimmst, Robert.«

»Gern geschehen. Es ist ein trauriger Tag«, sagte er und warf einen Blick auf den Sarg. »Ein Tag, der den Glauben einer Mutter erschüttert. Hoffentlich kann ich ihr helfen.«

Als sie den Pfarrer zu Irene führte, sah sie drei Kollegen aus ihrer Schule. Gott sei Dank ist noch jemand gekommen, dachte Ella. Dann ließ sie Irene mit Meece allein und übernahm die offizielle Begrüßung der Trauergäste, da Irenes ältere Schwester nicht dazu willens oder imstande zu sein schien.

Sie entschuldigte sich, als Irenes jüngere Schwester mit dem Baby, ihrem Mann und ihren zwei Kindern kam. »Carrie, soll ich das Baby nehmen? Irene braucht dich jetzt bestimmt.«

Während sich Grüppchen bildeten und man sich in gedämpftem Ton unterhielt, knuddelte Ella das propere Waisenkind mit den großen Augen.

Leo sprang auf. »Ihr habt hier nichts zu suchen. Ihr habt kein Recht, hier zu sein.«

Sein aggressiver Ton führte dazu, dass Shilohs Unterlippe zitterte und ein Wimmern laut wurde. Ella murmelte beruhigend auf sie ein, während sie sich umdrehte und die Abgesandten des Fliegerhorsts entdeckte.

»Nach dem, was ihr getan habt? So wie ihr mein Mädchen behandelt habt? Raus hier! Sofort raus hier!«

»Leo.« Irene ließ sich wieder aufs Sofa sinken. »Hör auf damit. Hör auf!« Sie schlug die Hände vors Gesicht und schluchzte laut.

Marge ignorierte Leo, marschierte schnurstracks auf Irene zu, setzte sich und umarmte die Frau, bot ihr eine Schulter, an der sie sich ausweinen konnte.

»Mr. Brakeman.« Irene sah, wie ein rotgesichtiger, flachsblonder junger Mann vortrat. Er war genauso angespannt wie Leo. »Dieses Baby ist mit mir genauso verwandt wie mit Ihnen, und Dolly war seine Mutter. Es ist noch kein Jahr her, dass ich meinen Bruder beerdigt habe. Wir beide haben jemanden verloren, uns ist nur noch Shiloh geblieben. Wir sind gekommen, um Shilohs Mutter die letzte Ehre zu erweisen.«

Leos ohnehin schon hochroter Kopf wurde noch röter. Einen furchtbaren Moment lang rechnete Ella mit dem Schlimmsten. Mit einer blutigen Schlägerei. Doch dann trafen Lieutenant Quinniock und eine Frau ein, und so etwas wie Angst flackerte in Leos Augen auf.

»Kommen Sie mir bloß nicht zu nahe«, sagte er zu dem jungen Mann. Matt, fiel Ella wieder ein, Matt Brayner.

»Das ist dein Onkel«, flüsterte Ella. »Onkel Matt. Beruhige dich wieder, alles ist gut.«

Leo drehte sich um, ging so weit weg, wie es der kleine Raum erlaubte, und verschränkte die Hände vor der Brust.

Ella trat auf Matt zu. »Würden Sie sie kurz halten? Ich möchte gern mit Irene vor die Tür gehen, damit sie durchatmen kann.«

»Gern.« Matts Augen füllten sich mit Tränen, als das Baby nach seinem Gesicht griff.

»Sie sieht Jim ein wenig ähnlich.« Lynn sprach ganz leise. »Findest du nicht, Matt? Dass sie Jim ähnlich sieht?«

Matt schluckte und nickte, dann senkte er den Kopf und presste seine Wange gegen die Shilohs.

»Komm mit uns mit, Irene.« Mit Marges Hilfe brachte Ella Irene dazu, aufzustehen. »Komm kurz mit nach draußen.«

Während sie die schluchzende Frau hinausführten, hörte Ella, wie Meeces sanfte Stimme die angespannte Atmosphäre durchbrach.

Rowan leckte an ihrem Erdbeersorbet und genoss das bunte städtische Treiben, als sie mit Gull umherschlenderte.

»Das ist kein richtiges Eis«, sagte sie.

»Walnusseis ist nicht nur richtiges Eis, sondern genau das richtige Eis für Männer.«

»Walnusseis mit Ahornsirup. Das ist wie eine Art Soße. Wie Senfsoße. Würdest du Senfeis essen?«

»Ich bin offen für jede Geschmacksrichtung, selbst für dein mädchenhaftes Erdbeersorbet.«

»Das ist erfrischend.« So wie die Fahrt, dachte sie. Eine lange, ziellose Fahrt über gewundene Straßen, während sie nun durch den grünen Schatten der Allee auf einen der Stadtparks zuschlenderten.

Endlich konnte sie loslassen, sich entspannen. Nur die Handys in ihren Taschen konnten sie wieder zum Fliegerhorst zurückbeordern. Doch bis es so weit war, genoss sie die Verschnaufpause, das Eis, Gulls Gesellschaft und das seltene Glück eines freien Sommernachmittags.

»Ich ignoriere dein Sorbet, weil du eine echt gute Idee

hattest. Es ist noch keine vierundzwanzig Stunden her, da steckten wir noch im Bauch des Feuerdrachen. Und jetzt schlendern wir herum wie ein Touristenpärchen.«

»Das eine lässt einen das andere erst so richtig schätzen.«

»Weißt du was? Wenn wir nicht ausrücken müssen, könnten wir heute Abend unser Tequila-Wetttrinken wiederholen. Wir können einen guten Tequila kaufen, bevor wir zurückfahren.«

»Du willst mich bloß betrunken machen, damit du über mich herfallen kannst.«

»Dafür muss ich dich nicht erst betrunken machen.«

»Auf einmal fühle ich mich billig und leicht zu haben. Aber das gefällt mir.«

»Vielleicht laden wir Cards dazu ein. Er könnte etwas Ablenkung gebrauchen.«

Sie schilderte Gull seine Lage.

»Der Brief ist eine gute Idee. Er sollte die Sache weiterverfolgen«, meinte er.

»Vielleicht könntest du ihm dabei helfen.«

»Ich?«

»Du kannst dich gut ausdrücken.«

»Ich glaube nicht, dass Cards will, dass ich für seine Roxanne den Cyrano gebe.«

»Siehst du?« Sie stupste ihn an und sagte gespielt primitiv: »Boah, 'n echta Büchawurm.«

»Rowan?«

Als sie ihren Namen hörte, drehte sie sich um. Leicht verärgert und verunsichert, weil sie nicht wusste, was als Nächstes kam, ließ Rowan ihr Eis sinken. »Ah ja, hallo.«

Ella blieb auf der Bank sitzen. »Schön, Sie zu sehen. Wie ich hörte, sind Sie heute Morgen zurückgekommen.«

Ella schenkte Gull ein Lächeln. »Ich bin Ella Frazier, die Freundin von Rowans Vater.«

»Gulliver Curry.« Er trat auf sie zu und gab ihr seine freie Hand. »Wie geht es Ihnen?«

»Wollen Sie das wirklich wissen? Nicht sehr gut. Ich komme gerade von Dollys Beerdigung. Sie war genauso schlimm, wie ich mir das vorgestellt habe. Ich wollte eigentlich einen Spaziergang machen, um die traurigen Gedanken zu vertreiben, aber dann habe ich mich auf eine Parkbank gesetzt. Es ist so schön. Leider funktioniert es nicht.«

»Warum waren Sie dort? Ach so, Mrs. Brakeman arbeitet an Ihrer Schule«, erinnerte sich Rowan.

»Ja. Wir haben uns im letzten Jahr angefreundet.«

»Wie geht es … Was für eine dumme Frage! Wie soll es ihr schon gehen.«

»Nicht gut, ich fürchte sogar, das Schlimmste kommt erst noch. Die Polizei war da und hat Leo nach dem Trauergottesdienst verhört. Irene erlebt einen furchtbaren Albtraum. Es fällt mir schwer, mit ansehen zu müssen, wie meine Freundin so sehr leidet, ohne dass ich ihr groß helfen kann. Oh, tut mir leid.« Sie verstummte kopfschüttelnd. »Sie haben eine Ihrer seltenen Pausen, und ich rede nur von traurigen Dingen.«

»Sie sollten ein Eis essen«, schlug Gull vor. »Welche Sorte?«

»Oh, nein, ich …«

»Eis«, sagte er, »hilft hervorragend gegen Traurigkeit. Was möchten Sie?«

»Sie sollten sich lieber für eine Sorte entscheiden«, riet Rowan ihr. »So schnell gibt der nämlich nicht auf.«

»After Eight. Danke.«

»Bin gleich wieder da.«

Als Gull zur Eisdiele zurückjoggte, wurde Rowan noch verlegener. »Sie haben bestimmt meine Kollegen gesehen.«

»Ja. Leo hat eine Szene gemacht, die fast eskaliert wäre. Aber dann hat sich Matt eingeschaltet, die Polizei kam … Trotzdem war die Atmosphäre furchtbar angespannt. Hass, Trauer, unterdrückte Wut – das alles war mit Händen zu greifen. Na ja. Genug davon!« Sie schloss die Augen. »Genug von diesem Thema. Möchten Sie sich setzen? Ihr reizender Freund ist nämlich nicht nur verschwunden, um mir ein Eis zu holen, sondern auch, damit wir ein bisschen ungestört sind.«

»Gut möglich. Er liebt es, Dinge anzustoßen.«

»Er ist ganz reizend. Taff, aber liebevoll. Eine unwiderstehliche Kombination.« Ella setzte sich schräg, sodass sie Rowan ins Gesicht sehen konnte. »Sie fühlen sich in meiner Gegenwart unwohl, weil ich mit Ihrem Vater zusammen bin.«

»Ich kenne Sie doch gar nicht.«

»Nein. Ich habe das Gefühl, Sie wenigstens ein bisschen zu kennen, weil Lucas ständig von Ihnen erzählt. Er liebt Sie so sehr, ist so stolz auf Sie. Es gibt nichts, was er nicht für Sie tun würde.«

»Das beruht auf Gegenseitigkeit.«

»Ich weiß. Würde er gezwungen, sich zwischen Ihnen und mir zu entscheiden, hätte ich nicht die geringste Chance.«

»Ich habe nicht vor …«

»Bitte lassen Sie mich ausreden, denn Sie kennen mich nicht und sind nicht sehr überzeugt von mir. Warum sollten Sie? Aber da sich die Gelegenheit ergeben hat, möchte ich Ihnen sagen, dass Ihr Vater der tollste, rührendste, aufregendste Mann ist, den ich jemals kennengelernt habe. Ich habe den ersten Schritt gemacht, weil er so schüchtern war.« Sie legte eine Hand aufs Herz, und ihr Gesicht, auf dem die Sonne tanzte, begann zu strahlen. »Ich habe mir so sehr gewünscht, dass wir uns besser kennenlernen, uns verabreden, etwas gemeinsam unternehmen. Und so ist es dann auch gekommen. Nie hätte ich jedoch damit gerechnet, mich in ihn zu verlieben.«

Rowan kämpfte mit ihren widerstrebenden Gefühlen und starrte auf ihr schmelzendes Sorbet.

»Sie sind noch so jung und sehen das natürlich anders. Für Sie ist nur schwer vorstellbar, wie sich jemand meines Alters so beängstigend heftig verlieben kann. Aber genau das ist mir passiert, Rowan. Ich hoffe sehr, dass Sie mir eine Chance geben.«

»Er war nicht mehr mit jemandem zusammen, seit meine Mutter uns verlassen hat.«

»Ich weiß. Das macht mich zu einer sehr, sehr glücklichen Frau. Da kommt Gull. Aus meiner Sicht können wir uns beide sehr glücklich schätzen.«

Gull musterte kurz Rowans Gesicht, bevor er sich an Ella wandte. »Bitte sehr.«

»Das ging aber schnell.«

»Er heißt nicht umsonst Speedy.« Rowan wusste nicht recht, was sie denken sollte, und leckte hastig an ihrem tropfenden Eis.

»Danke.« Nach der ersten Kostprobe lächelte Ella und kostete erneut. »Sie hatten recht, das hilft gegen die Traurigkeit. Setzen Sie sich«, sagte sie und erhob sich. »Ich werde meinen Spaziergang fortsetzen. Schön, dass wir geredet haben, Rowan.«

»Ja, das finde ich auch.« Mehr oder weniger, dachte Rowan, als Ella ging.

Gull setzte sich und sah ihr nach. »Sie ist scharf.«

»Meine Güte, sie könnte deine Mutter sein!«

»Meine Tante ist auch scharf. Man muss nicht gleich mit einer Frau ins Bett gehen wollen, nur weil sie scharf ist.«

»Sie behauptet, in meinen Vater verliebt zu sein. Was sagt man dazu?«

»Vielleicht hat sie einen guten Männergeschmack.« Er tätschelte ihren Oberschenkel. »Sollen das die Kinder doch unter sich ausmachen. Mein erster, wenn auch kurzer Eindruck ist auf jeden Fall der, dass ich sie sympathisch finde.«

»Weil sie scharf ist.«

»Das ist wieder ein anderes Thema. Sie saß hier und trauerte mit einer Freundin, machte sich Sorgen, was der alles noch bevorsteht. Sie ist mitfühlend und kümmert sich um die Menschen, die sie mag. Auf Leo Brakeman ist sie sauer, was zeigt, dass sie einen gesunden Menschenverstand besitzt und keine Heuchlerin ist. Sie hat dir gesagt, was sie für deinen Vater empfindet, obwohl du offensichtlich nicht sehr glücklich über diese Verbindung bist. Dazu braucht man Mut. Mut zur Aufrichtigkeit.«

»Vielleicht solltest du ihr Werbemanager werden.« Rowan lehnte sich zurück. »Jetzt hat sie mir den Ball zugespielt, was ziemlich clever ist. Nun bin ich an der Reihe. Köpfchen hat sie also auf jeden Fall.«

»Wäre es dir lieber, dein Vater wäre mit einer dämlichen, egoistischen, kaltherzigen Heuchlerin zusammen?«

»Du bist auch nicht gerade auf den Kopf gefallen. Los, kaufen wir zwei Flaschen Tequila. Ich habe Lust, mir heute so richtig die Kante zu geben.«

Kaum war Rowan auf den Fliegerhorst zurückgekehrt, schaute sie bei Matt vorbei. Er saß gerade auf dem Bett und band sich die Laufschuhe zu.

»Wie ich hörte, war es ziemlich schlimm.«

»Ja, aber es hätte noch schlimmer kommen können. Warum macht Leo mich, L. B., Marge und Lynn für Dollys Entlassung verantwortlich? Die hat sie sich ganz allein eingebrockt.«

Puh, dachte sie. Er war wütend, nicht melancholisch. »Weil die Leute nun mal doof sind und ihre Schuld gern anderen in die Schuhe schieben.«

»Ausgerechnet auf einer Beerdigung? Der Typ brüllt uns an, bedroht uns – und das auf der Beerdigung seiner eigenen Tochter?«

»Auf der Beerdigung meiner Mutter haben ihre Eltern nicht einmal mit mir geredet. Geschweige denn gebrüllt.«

»Du hast recht. Die Leute sind doof.«

»Heute Abend setzen wir im Aufenthaltsraum unseren Tequila-Wettbewerb fort. Auch du gehörst erst zur dritten Gruppe. Betrachte dich als eingeladen.«

Sie erntete ein Lächeln. »Auf diesem Gebiet kann ich nicht mit dir mithalten, und das weißt du auch. Ich gehe lieber laufen. Es hat sich draußen ein wenig abgekühlt.« Er setzte seine Baseballmütze auf. »Ich habe das Baby gesehen, durfte es sogar kurz halten. Meine Eltern sollten mit einem Anwalt sprechen. Über das Sorgerecht und so.«

»Das ist eine schwierige Entscheidung, Matt.«

Er rückte seine Baseballmütze zurecht und sah Rowan stirnrunzelnd an. »Shiloh ist auch mit den Brakemans verwandt. Ich möchte mich nur ungern mit Mrs. Brakeman anlegen. Ich halte sie für einen guten Menschen. Aber wenn dieser Sturkopf, mit dem sie verheiratet ist, in den Knast wandert, wie soll sie sich dann allein um Shiloh kümmern? Wie soll sie mit ihrem Gehalt als Schulköchin für Shilohs Bedürfnisse aufkommen?«

»Ihre Situation ist schwierig, zumal du Dolly bereits Geld für das Baby gegeben hast.«

Seine blassblauen Augen blitzten wütend auf. »Es ist mein Geld, meine Familie.«

»Ich weiß. Ich finde es gut, dass du etwas zu Shilohs Unterhalt beitragen wolltest. Dass du sozusagen für Jim eingesprungen bist.«

Er entspannte sich ein wenig. »Es war das einzig Richtige.«

»Und es ist nicht immer leicht, in so einer schwierigen Situation das Richtige zu tun. Ich befürchte nur, dass das Einschalten eines Anwalts die Situation nur noch verkomplizieren würde. Zumindest zum jetzigen Zeitpunkt.«

»Man kann ja mal reden. Letzten Endes zählt doch nur das, was für das Baby am besten ist, oder?«

»Ja. Ich bin allerdings bestimmt die Falsche, die du so etwas fragen solltest. Vielleicht … Ich weiß auch nicht, Matt, aber vielleicht wäre es besser, deine Mutter würde herkommen, sich mit Mrs. Brakeman zusammensetzen und die Sache in aller Ruhe besprechen. Dann könnten sie gemeinsam entscheiden, was das Beste für Shiloh ist.«

»Vielleicht. Es sieht aus wie eine von den Brayners, weißt du? Das Baby. Lynn hat das auch gesagt. Ich muss darüber nachdenken.«

Das mussten sie allerdings, fand Rowan, als er zum Laufen aufbrach: Matt, seine Familie, die Brakemans – sie alle.

Aber sie wusste, wie es sich anfühlt, das Kind zu sein, über das alle reden.

Angenehm war das nicht.

22

Rowan sah zu, wie Dobie mit verzerrtem Gesicht seinen zehnten Kurzen trank. Seine Augen waren bereits beim Achten glasig geworden, und sein Gesicht hatte eine ungesunde, grüne Farbe angenommen.

»Das war der Zwanzigste.«

»Wir sind beim Zehnten, Dobie«, rief Cards, der offizielle Schiedsrichter, ihm wieder ins Gedächtnis.

»Ich sehe alles doppelt, also war es mein Zwanzigster.« Er lachte wie irre und fiel beinahe vom Stuhl.

Janis, die offizielle Barfrau, schenkte Yangtree den elften Kurzen ein. »Erfahrung«, sagte er und kippte ihn, ohne auch nur eine Miene zu verziehen. »Allein darauf kommt es an.«

Rowan grinste, leckte das Salz vom Handrücken und kippte sich dann ihren Tequila hinter die Binde. »Ich möchte mich schon mal beim Verlierer dafür bedanken, dass er uns diesen edlen Tropfen spendiert hat.«

»Gern geschehen.« Gull stemmte den Kurzen Nummer elf.

»Ich nehme auch noch einen.« Stovic hob sein Glas und glitt wie eine Gummipuppe zu Boden.

»Der wäre hinüber.« Cards strich Stovic von der Tafel.

»Von wegen.« Der auf dem Boden liegende Stovic gab ein Handzeichen. »Ich bin noch klar.«

»Wer seinen Stuhl verlässt, ohne vorher eine Pinkelpause anzumelden, ist ausgeschieden.«

»Wer hat seinen Stuhl verlassen?«

»Komm schon, Mr. Kettensägenmassaker.« Gibbons griff Stovic unter die Arme und zog ihn unter dem Tisch hervor.

Dobie schaffte dreizehn Schnäpse, bevor er aufgab. »Das liegt an diesem ausländischen Zeug. Mit einheimischem Whiskey wäre mir das nicht passiert.« Er ging zu Boden, krabbelte auf allen vieren neben den schnarchenden Stovic und legte sich dazu.

»Anfänger.« Yangtree kippte Nummer vierzehn und ließ dann stöhnend den Kopf auf die Tischplatte fallen. »Mama.«

Rowan und Gull lieferten sich ein Kopf-an-Kopf-Rennen, bis Janis den letzten Kurzen zwischen ihnen aufteilte. »Mehr haben wir nicht.«

»Ich hätte drei Flaschen kaufen sollen.« Rowan schloss ein Auge, um sich zu konzentrieren, und stieß dann mit Gull an. »Auf drei?«

Diejenigen, die noch klar bei Bewusstsein waren, zählten laut mit und feuerten sie beide an, während die letzten Tropfen in ihren Kehlen verrannen.

»Unentschieden«, verkündete Cards.

»Ich bin stolz auf euch.« Janis legte beiden die Hand auf die Schulter. »Viel Spaß mit eurem Kater morgen.«

»Gull bekommt generell keinen Kater.«

»Keine Regel ohne Ausnahme. Los, komm, lass uns jede Menge Sex in volltrunkenem Zustand haben, bevor der Kater zuschlägt.«

»Gut. Betrunkener Sex für alle.« Sie reckte triumphierend die Faust und traf Yangtree aus Versehen mitten ins Gesicht. »Huch.«

»Nein, nein, das habe ich gebraucht. Sind alle noch am Leben?«

»Wer so laut ist, kann gar nicht tot sein.« Rowan zeigte auf Stovic und Dobie, die im Chor schnarchten, und kam schwankend zum Stehen. »Komm mit, Loverboy.«

»Ich nehme die Blondine.« Gull taumelte hinter ihr her.

»Wir schaffen das.« Sie fummelte an seinem Hemd, nachdem er es beim dritten Anlauf geschafft hatte, die Tür zu schließen. »Sobald das Zimmer aufhört, sich zu drehen.«

»Stell dir vor, wir würden es auf einem Karussell treiben.«

Laut lachend gewann sie den Kampf mit seinem Hemd, geriet dann aber ins Taumeln. Als er sie auffangen wollte, riss sie ihn mit sich zu Boden.

»Oh, das hat wehgetan. Aber hier unten gefällt es mir viel besser. Allein schon wegen der Schwerkraft.«

»Gut.« Er rollte von ihr herunter und machte sich an seiner Kleidung zu schaffen. »Der nächste Tequila-Wettbewerb findet nackt statt. Dann müssen wir uns anschließend nicht mehr ausziehen.«

»Wenn du meinst. Allez-hopp!« Sie streckte die Arme aus, um ihm aus seinem Hemd zu helfen. »Los, komm, komm schon!« Sie schlang die Beine um seine Taille, ihre Arme um seinen Hals und presste ihre Lippen auf seinen Mund.

Verlangen siegte über den Tequila-Nebel, ließ all ihre Sinne explodieren. Die Welt drehte sich, und trotzdem ließ sie nicht locker. Dermaßen in die Enge getrieben, reagierte er auf ihren fordernden Kuss, ihr forderndes Drängen, bis er glaubte, den Verstand zu verlieren. Beide waren vollkommen entfesselt. Sie wälzte sich auf ihn, biss ihn, packte ihn, leckte ihn, und rollte dann wieder von ihm herunter.

»Zieh dich aus«, befahl sie. »Ich bin schneller.«

In wilder Hast zerrten sie an Schuhen und Kleidern, stürzten sich aufeinander. Gemeinsam kugelten sie über den Boden, stießen sich Knie und Ellbogen, wobei sie laut lachte. Das Mondlicht tauchte ihre schweißperlenbenetzte Haut in ein silbernes Licht und ließ sie kostbar und unwiderstehlich wirken. Atemlos vor Lust, getrieben von einem drängenden Verlangen, ließ sie ihren Kopf in den Nacken fallen, während er in sie eindrang.

»Nimm mich, aber richtig.«

Er gehorchte, füllte sie ganz aus, während sie gar nicht genug von ihm bekommen konnte. Sie entzündete sich an ihrer Leidenschaft, sprang gewissermaßen direkt ins Herz des Feuersturms und ritt die Welle ihrer Lust, bis sie über ihr zusammenschlug.

»Das Karussell«, murmelte sie, »dreht sich immer noch. Bleib!« Diesmal zog sie ihn an sich, bevor sie einschliefen.

Ein Feuer ließ Rowan aufschrecken, ein mörderisches, zerstörerisches Feuer. Es brüllte hinter ihr auf und ließ die Erde erbeben, während sie vor ihm floh. Sie sprang hinein in das schwarze, verbrannte Gebiet, doch das Feuer verfolgte sie nach wie vor, verfolgte sie bis zu jenem Friedhof, auf dem die Toten unbestattet auf der Erde lagen und auf sie warteten.

Jims Augen rollten in den Höhlen seines verkohlten Schädels hin und her. »Es hat mich umgebracht.«

»Es tut mir leid. Es tut mir so leid.«

»Es ist ansteckend, das Drachenfieber. Es ist noch nicht vorbei. Es tobt weiter. Kein Feuer kann es löschen, aber einen Versuch ist es wert.«

Sie spürte den heißen Atem des Feuers in ihrem Nacken, und er setzte sie in Brand wie dürre Reiser.

»He, he!« Gull riss sie hoch und schüttelte sie. »Wach auf!«

Rowan stieß ihn weg, rang nach Luft, doch er ließ nicht locker. Er konnte sie in der Dunkelheit nicht richtig erkennen, aber sie fühlen, sie hören. Das Zittern und Zucken, den kalten Schweiß, ihren pfeifenden Atem.

»Du hattest einen Albtraum.« Er sprach beruhigend auf sie ein. »Einen schlimmen Albtraum. Es ist vorbei.«

»Ich bekomme keine Luft mehr.«

»O doch. Du atmest zu schnell. Du hyperventilierst noch, wenn du so weitermachst. Langsam, Rowan, langsam durchatmen.«

Obwohl sie den Kopf schüttelte, massierte er ihre Schultern und ihren Nacken, der vollkommen verspannt war. »Du hast eine Panikattacke. Komm wieder zur Besinnung. Mach langsam, ganz langsam.«

Als sich seine Augen an die Dunkelheit gewöhnt hatten, sah er ihre schreckensgeweiteten Augen. Sie legte eine Hand auf ihre Brust, dort wo der Alb auf ihr lastete.

»Ausatmen, langsam ausatmen. So ist es gut. Lass alles los. Und jetzt noch mal ausatmen. Alles bestens. Weiter so, ein- und ausatmen. Ich hole dir ein Glas Wasser.«

Er ließ sie los, drehte sich zu ihrem Kühlschrank um und griff nach einer Flasche. »Ganz ruhig.«

»Gut.« Sie nahm einen vorsichtigen Schluck. Dann konzentrierte sie sich auf ihre Atmung, und das Zittern ließ nach. »Puh!«

Er berührte ihr Gesicht, lehnte seine Stirn an die ihre und schauderte. »Du hast mir einen Riesenschrecken eingejagt.«

»Damit bist du nicht allein. Ich habe geschrien, stimmt's?« Sie warf einen Blick zur Tür.

Typisch Rowan, dachte Gull. Jetzt hat sie auch noch Angst, sich vor ihren Kollegen blamiert zu haben. »Nein, du wolltest vielleicht schreien, bekamst aber keinen Ton heraus.«

»Ich habe gebrannt. Ich konnte spüren, wie meine Haut brennt, riechen, wie meine Haare in Flammen aufgehen. Es war furchtbar.«

»Wie oft hast du solche Albträume?« Da die Attacke vorbei war, konnte er sie ein bisschen knuddeln, was auch ihn beruhigte. Er küsste sie auf die Stirn und fuhr damit fort, ihren Rücken und ihre Schultern zu massieren.

»Ich hatte nie Albträume. Höchstens den von dem Monster unter meinem Bett, als ich noch klein war. Die Albträume haben erst nach der Sache mit Jim angefangen. Ich sehe seinen Sprung vor mir, erlebe aufs Neue, wie wir ihn finden. Im Winter wurde es besser, aber zu Saisonbeginn kamen die Träume wieder. Sie werden immer schlimmer.«

»Du hast ein weiteres Opfer der Flammen gefunden. Jemanden, den du kanntest. Kein Wunder.«

»Jim redet in meinen Träumen mit mir und versucht, mich auf eine kryptische Art zu warnen. Ich weiß, dass ich ihm die Worte unbewusst in den Mund lege, werde aber einfach nicht schlau aus ihnen.«

»Was hat er heute Nacht gesagt?«

»Dass es noch nicht vorbei ist. Dass es weitergeht. Wahrscheinlich, weil ich mich davor fürchte.«

»Warum fürchtest du dich?«

»Meine Güte, Gull, wer fürchtet sich nicht?«

»Weich mir nicht aus, werde etwas genauer.«

»Ich soll genau werden, um diese Uhrzeit, nachdem ich soeben eine Panikattacke hatte?«

Ihre gereizte Stimme beruhigte ihn. »Ja.«

»Aber wenn ich es doch nicht weiß! Es ist total unwahrscheinlich, dass Dolly und Latterly beide einem mordlüsternen Brandstifter zum Opfer gefallen sind. Würde es sich um wahllose Morde handeln, müssten wir uns aber erst recht Sorgen machen. Dem ist nicht so, und wahrscheinlich wird Brakeman für die Sache verknackt. Trotzdem …«

»Aber du kannst dir nicht vorstellen, dass er die Leiche seiner eigenen Tochter angezündet hat. Ich mir ehrlich gesagt auch nicht.«

»Ja, aber das ist die einzig logische Erklärung: Brakeman findet heraus, dass Dolly nicht nur lügt, sondern auch mit dem Pfarrer ins Bett geht. Sie bekommen deswegen Streit, und er bringt sie um – blind vor Wut, aus Versehen, warum auch immer. Dann gerät er in Panik, und den Rest kennen wir. Da muss irgendetwas in ihm kaputtgegangen sein.«

Tränen waren ihm übers Gesicht gelaufen, fiel ihr wieder ein.

»Er schießt auf uns, tötet Latterly. Der Fall ist klar.«

»Nur dass dich das nicht überzeugt. Folglich …«

»Folglich«, wiederholte sie und kicherte.

»Ja, genau. Folglich hast du diese Albträume von Jim. Er spricht nur aus, was du in deinem Unterbewusstsein bereits denkst.«

»Danke, Dr. Freud.«

»Ihre fünfzig Minuten sind um. Sie sollten jetzt schlafen, denn die Nacht ist so gut wie vorbei.«

»Wir liegen immer noch auf dem Boden. Auf dem Boden hat es mir gut gefallen, aber zum Schlafen bevorzuge ich das Bett.«

»Also dann ab ins Bett.« Er stand auf, nahm ihre Hand und zog sie hoch. Um sie zum Lachen zu bringen, hob er sie hoch.

Sie lachte tatsächlich. »Ich habe in dieser Saison zwar abgenommen, aber ein Leichtgewicht bin ich nicht.«

»Stimmt« Er ließ sie aufs Bett fallen. »Nächstes Mal trägst du mich.« Er streckte sich neben ihr aus. »Dein Albtraum scheint sämtliche Kater verscheucht zu haben.«

»Du bist und bleibst eben ein Optimist.«

Er zog sie an sich und strich ihr sanft über den Rücken, bis er spürte, dass sie eingeschlafen war.

Nach der Morgenbesprechung ging Rowan laufen, suchte den Kraftraum auf und machte gemeinsam mit Gull Power-Yoga. Sie musste zugeben, dass das mehr Spaß machte mit jemandem, der ihr sportlich das Wasser reichen, ja sie sogar übertrumpfen konnte.

Gemeinsam gingen sie in die Kantine, wo Dobie sich über einen Teller mit einer Scheibe Toast und über ein Glas beugte, das Rowan als Marges Katerfrühstück identifizierte.

»Hmm, sieh dir nur diese großen, fetten Würste an.« Rowan legte den Deckel zurück auf die Warmhalteplatte. »Nichts ist leckerer als fettes Schweinefleisch zum Frühstück.«

»Sobald ich mich wieder bewegen kann, ohne dass mein Kopf explodiert, hau ich dir eine rein.«

»Hast du einen Kater?«, fragte sie zuckersüß. »Also, ich fühle mich großartig.« Sie spürte zwar ein dumpfes Pochen im Hinterkopf, aber das ließ sich verschmerzen.

»Ich werde dir und deiner gesamten Bagage eine reinhauen. Auch deinen Haustieren.«

Sie grinste nur und setzte sich mit einem vollen Teller neben ihn. »Hast du heute Morgen keinen Appetit?«

»Ich bin auf dem Boden neben Stovic aufgewacht. Vielleicht esse ich nie wieder etwas.«

»Wie geht es Stovic?«, fragte Gull.

»Als ich ihn das letzte Mal gesehen habe, waren seine Augen blutunterlaufen, und er ist auf allen vieren in sein Zimmer gekrochen. Sollte ich jemals wieder ein Glas Tequila in die Hand nehmen wollen, gebt mir bitte den Gnadenschuss.«

»Trink das«, riet ihm Rowan. »Danach bist du zwar nicht fit wie ein Turnschuh, aber es geht dir deutlich besser.«

»Die Flüssigkeit ist braun, und darin scheint sich etwas zu bewegen.«

»Vertrau mir.«

Als er nach dem Tabasco griff, den Lynn schon für ihn bereitgestellt hatte, wollte Rowan ihn vorwarnen. Doch stattdessen grinste sie nur in sich hinein und schnitt ein Stück von ihrem Würstchen ab.

Dobie gab einen großzügigen Spritzer in das Getränk und nickte tapfer. »Runter damit«, verkündete er, schloss die Augen und trank alles auf einmal aus.

Als sich sein graues, verkatertes Gesicht auf einmal hummerrot verfärbte, riss er die Augen auf. »Heilige Scheiße!«

»Das brennt wie eine Feuerwalze, stimmt's?« Rowan konnte sich ihr Lachen nur mühsam verkneifen und aß mehr von ihrer Wurst. »Kann sein, dass es ein paar Gehirnzellen verschmort, aber es entschlackt. Jetzt bist du gereinigt, mein Sohn.«

»Er wird aber nicht gleich anfangen, in Zungen zu reden, oder?«, fragte Gull.

»Heilige Scheiße! Das nenne ich einen Drink. Fehlt nur noch ein guter Schuss Whiskey. Mann, der bringt sogar mich ins Schwitzen.«

Fasziniert sah Gull zu, wie sich Schweißperlen auf Dobies Gesicht bildeten. »Das nennt man entgiften, nehme ich an. Was zum Teufel ist da drin?«

»Das ist ein Geheimnis. Bis zum Mittagessen fühlst du dich wieder halbwegs wie ein normaler Mensch und kannst sogar etwas essen. Jemand sollte Stovic herschleifen – und Yangtree. He, Cards!«, sagte sie, als ihr Kollege hereinkam. »Wie wär's, wenn du die beiden bemitleidenswerten Kerle herschaffst, damit wir ihnen etwas von Marges Katerfrühstück einflößen können?«

Cards schwieg, bis er sich neben ihr niedergelassen hatte. »L.B. hat soeben erfahren, dass die Ranger eine Waffe gefunden haben. Sie war nur wenige Meter vom Wagen des Pfarrers entfernt vergraben worden. Sie gehört Brakeman.«

»Hm.« Sie bestrich ein Stück Zwieback sorgfältig mit Heidelbeergelee. »Dann dürfte der Fall geklärt sein.«

»Die Polizei wollte ihn heute Morgen abholen. Doch er ist weg. Sein Truck ist weg.«

Gelee tropfte von ihrem Messer, als sie ihn mit offenem Mund anstarrte. »Du meinst, er ist abgehauen?«

»Ja. Er hat seine Campingausrüstung, ein Gewehr, eine Flinte, zwei Handfeuerwaffen und jede Menge Munition mitgenommen. Seine Frau sagt, sie wisse nicht, wo er sei, sie habe nicht einmal mitbekommen, dass er gepackt hatte. Ich weiß nicht, ob die Polizei ihr glaubt oder nicht. Aber wenn das stimmt, was L. B. sagt, hat keiner die leiseste Ahnung, wo er steckt.«

»Ich dachte, er sollte gestern nach der Beerdigung verhaftet werden.«

»Er sollte befragt werden, das schon. Aber er hat einen Anwalt und so. Bis sie die Waffe gefunden hatten, Ro, konnten sie ihn nicht mit dem zweiten Mord in Verbindung bringen.«

»Meine Güte.« Gull explodierte förmlich. »Wurde er denn nicht beschattet?«

»Keine Ahnung. Wirklich keinen blassen Schimmer, Gull. Aber L. B. will, dass du auf dem Fliegerhorst bleibst, Ro. Außer wir müssen ausrücken. Er möchte, dass du möglichst nicht vor die Tür gehst, bis wir mehr wissen. Und er will kein Gejammer darüber hören.«

»Ich werde im Loft arbeiten.«

»Sie werden ihn kriegen, Ro. Es wird nicht lange dauern.«

»Klar.«

Er tätschelte unbeholfen ihren Arm. »Ich werde Yangtree und Stovic wecken. Das wird lustig, wenn ihnen der Rauch aus den Ohren kommt, nachdem sie vom Katerfrühstück probiert haben.«

Nach Cards' Aufbruch herrschte Schweigen. Dann stand Dobie auf und schenkte sich Kaffee ein. »Ich sage das nur, weil ich dich sehr respektiere. Und weil Gull viel für dich empfindet: Wenn ich mich zu Hause mit der richtigen Ausrüstung in die Berge schlagen würde, mit einem guten Gewehr, einem guten Messer, könnte ich dort monatelang überleben, ohne dass mich jemand findet.«

Rowan zwang sich, weiterzuessen. »Vielleicht finden sie seinen Truck, aber ihn bestimmt nicht. Er wird irgendwo in den Bitterroots oder den Rockies untertauchen. Seine Frau wird ihr Zuhause verlieren. Sie hat für ihn gebürgt, und er hat ihr Vertrauen enttäuscht. Nie hätte ich gedacht, dass er es ist. Dass er Dolly umgebracht hat! Jetzt ist er auf der Flucht und lässt seine Frau und seine Enkelin einfach hängen, lässt sie im Stich. Hoffentlich hat er sich da gehörig verrechnet. Hoffentlich kriegen sie ihn und werfen ihn für den Rest seines Lebens ins Gefängnis. Ich bin im Loft und nähe beschissene Fallschirmtaschen.«

Während sie hinausstürmte, schaufelte Dobie drei gehäufte Löffel Zucker in seinen Kaffee. »Was hast du vor, Kumpel?«, fragte er.

»Rein vom Verstand her glaube ich nicht, dass Brakeman wieder herkommt und dass wir uns Sorgen um Rowan machen müssen.«

»Hm. Und?«

Gull sah ihn an. Manchmal ist derjenige, von dem man es am wenigsten erwartet hätte, dein bester Freund. »Auf dem Fliegerhorst lassen wir sie keine Sekunde allein. Wir sorgen dafür, dass sie beschäftigt ist. Aber irgendwann muss sie auch mal raus. Wenn wir sie einsperren, flippt sie aus. Wir sollten unseren Tagesablauf ändern. Normalerweise gehen wir frühmorgens laufen. Von nun an werden wir abends trainieren.«

»Wenn alle Baseballmützen und Sonnenbrillen tragen, kann man uns aus der Ferne schlecht unterscheiden. Dumm nur, dass die Frau so eine unverwechselbare Figur hat. Wahrscheinlich wird sie nicht einwilligen, sich vorübergehend nach Yellowstone oder Idaho versetzen zu lassen.«

»Nein, denn das wäre für sie gleichbedeutend mit Flucht. Mit Aufgeben.«

»Wahrscheinlich. Aber wenn du mitgingest?«

»So weit ist sie noch nicht, Dobie.«

Dobie schürzte die Lippen und sah zu, wie Gull seinen Kaffee trank. »Aber du schon?«

Gull starrte auf sein erst zur Hälfte gegessenes Frühstück. »Diese verdammten Lupinen.«

»Was haben Lupinen damit zu tun?«

Gull schüttelte nur den Kopf. »Ja, ich bin so weit«, sagte er und stand auf.

In dem Moment, in dem Gull hinausstürmte, kamen Southern, Gibbons und Janis herein. Sie waren noch ganz verschwitzt vom Training im Kraftraum.

»Was ist denn?«, fragte Gibbons.

»Setzt euch, Kumpels, dann erzähle ich euch alles.«

Außer sich vor Wut entdeckte Gull L. B. vor einem Hangar. Er unterhielt sich mit einem der Piloten.

»Wie zum Teufel konnte das passieren?«

»Glaubst du, ich habe die Polizei nicht dasselbe gefragt?«, erwiderte L. B. »Glaubst du, ich bin nicht stinksauer?«

»Es ist mir egal, ob du stinksauer bist oder nicht. Ich will eine Antwort auf meine Frage.«

L. B. machte ihm ein Zeichen und ging auf eine der Forststraßen zu. »Wenn du dich mit jemandem anlegen willst, dann bitte mit der Polizei. Sie ist schuld, sie hat es versaut.«

»Ich möchte wissen, wie das passieren konnte.«

»Das kann ich dir sagen.« L. B. hob einen großen Stein auf und prüfte sein Gewicht. »Sie haben zwei Cops vor dem Haus der Brakemans abgestellt. Scheiße noch mal, wahrscheinlich haben sie Pornohefte angeschaut und Donuts gefressen.«

Er fand noch einen Stein, hob auch ihn hoch. »Mein Bruder ist Bulle, drüben in Helena, und ich weiß, dass er so etwas nie machen würde. Trotzdem, verdammt!«

Gull beugte sich vor, hob noch einen Stein auf und gab ihn L. B. »Erzähl weiter.«

»Danke.« Nachdem er ihn geworfen hatte, ließ L. B. die Schultern kreisen. »Sie standen vor dem Haus, haben es beobachtet. Brakemans Truck war seitlich davon geparkt. Der Kerl belädt ihn mitten in der Nacht, schiebt ihn über den Hof, schneidet ein Loch in seinen verdammten Zaun und schiebt seinen Truck dann weiter über den Hof des Nachbarn auf die Straße. Keine Ahnung, wo er dann hin ist.«

»Und die Cops merken erst heute Morgen, dass der Truck weg ist.«

»Nein, nicht mal das.«

»Verstehe.«

»Verstehe? Mehr hast du dazu nicht zu sagen?«

»Das ist immerhin eine Antwort. Ich mag Antworten. Rowan ist in der dritten Gruppe. Kannst du sie in der Zentrale einsetzen, wenn Gruppe eins und zwei ausgerückt sind?«

»Ja.« L. B. nahm einen anderen Stein, starrte ihn kurz an und ließ ihn dann wieder fallen. »Das habe ich mir auch schon überlegt. Ich wollte nur warten, bis sie sich wieder beruhigt hat, bevor ich ihr Bescheid gebe.«

»Ich informiere sie.«

»Sie ist dafür bekannt, dass sie den Überbringer schlechter Nachrichten umbringt. Deshalb habe ich Cards vorgeschickt«, sagte L. B. lächelnd. »Er steht im Moment nicht auf der Sprungliste, also habe ich gehofft, dass sie glimpflich mit ihm umgeht.«

»Du bist nicht umsonst der Chef.«

Gull schaute bei den Baracken vorbei, um sich eine Cola zu holen, überlegte kurz und nahm noch eine Baseballmütze und eine Sonnenbrille mit, obwohl er das für eine genauso alberne Verkleidung hielt wie einen Schnurrbart. Auf dem Weg zum Loft zog er sein Handy hervor und rief Lucas an.

Da die meisten Feuerspringer im Kraftraum trainierten oder noch frühstückten, arbeiteten nur wenige Kollegen mit Rowan im Loft. Sie inspizierte sorgfältig einen von der Decke hängenden Fallschirm.

»Ich habe zu tun«, sagte sie kurz angebunden.

Er ließ die Cola in der Dose hin und her schwappen. »Du weißt, dass du übertreibst.«

»Ich bin einfach sehr beschäftigt.« Mit einer Pinzette entfernte sie Kiefernnadeln, die sich in die Seide gebohrt hatten.

»Gut, dann trink ich sie eben selbst.« Er riss die Lasche auf. »L. B. will, dass du in der Brandzentrale arbeitest, wenn wir ausrücken müssen.«

Sie fuhr herum. »Der lässt mich nicht am Boden!«

»Das habe ich nicht behauptet. Du gehörst zur dritten Gruppe, aber wenn nicht gerade die ganze Welt in Flammen aufgeht, wirst du beim ersten Feueralarm wahrscheinlich nicht zum Einsatz kommen. Du bist doch eine qualifizierte Einsatzleiterin oder etwa nicht?«

Sie riss ihm die Cola aus der Hand und trank. »Ja.« Sie gab sie ihm zurück und fuhr mit ihrer Inspektion fort. »Danke, dass du mir Bescheid gesagt hast.«

»Kein Problem. Zu deiner Situation …«

»Ich möchte weder getröstet, beschützt, gegängelt noch …«

»Hör endlich auf damit.« Kopfschüttelnd sah er zur hohen Decke empor und nahm noch einen Schluck.

»Hör du doch auf!«

Er musste grinsen. »Was ist denn das für ein dämlicher Schlagabtausch? Ich glaube übrigens nicht, dass du von Brakeman etwas zu befürchten hast.«

»Ich mache mir keine Sorgen wegen Brakeman. Ich kann auf mich selbst aufpassen, und dämlich bin ich erst recht nicht. Ich habe jede Menge zu tun, in der Wartung und im Kraftraum, wenn ich gerade nicht ausrücken muss.«

Behutsam entfernte sie einen Zweig, markierte einen zwei Zentimeter langen Riss für die Reparatur. Dann ließ sie die Fallschirmkappe herunter, um den oberen Bereich unter die Lupe zu nehmen.

»Heute Nacht hat Brakeman zwei Cops reingelegt, indem er seinen Truck über den Hof geschoben, ein Loch in den Zaun geschnitten und ihn über einen weiteren Hof auf die Straße gebracht hat. Er hat alles mitgenommen, was er braucht, um draußen in der Wildnis zu überleben. Er ist also auch nicht dämlich.«

»Wie schön für ihn.«

»Aber er lässt zweimal hintereinander seine Waffen so liegen, dass sie gefunden werden. Eine Handfeuerwaffe, die auf ihn zugelassen ist, und ein Gewehr mit seiner Namensplakette. Das ist wirklich dämlich.«

»Du glaubst nicht, dass er es war.«

»Nein. Andersherum wäre es mir lieber, denn sonst stehen wir mit leeren Händen da. Wir wissen nicht das Geringste. Nichts von Bedeutung. Andererseits glaube ich nicht, dass jemand dich oder den Fliegerhorst als Zielscheibe benutzen wird. Das ist unwahrscheinlich. Viel ist das nicht, aber immerhin etwas.«

»Es wäre wirklich blöd, auf mich zu schießen, während Brakeman auf der Flucht ist, und die Cops wissen, welche Waffen er dabeihat.«

Nein, sie war alles andere als dämlich, sagte sich Rowan. Aber sie war zu wütend, um noch klar denken zu können. Gull schien es genauso zu gehen.

»Aber wenn es nicht Brakeman ist, Gull, warum macht sich dann jemand die Mühe, ihn als Sündenbock hinzustellen?«

»Weil er ein Arschloch ist? Weil das plausibel wirkt? Weil er ihn fertigmachen will? Vielleicht alles drei. Aber du musst dich clever verhalten, was dir nicht schwerfallen sollte. Du darfst nicht in Panik geraten.«

Sie nickte, inspizierte die Hilfsschirmverbindungsleine, dann die Taschen am Bremsschirm.

»Ich gerate nicht in Panik. Ich bin nur stinksauer.«

»Aber dein Unterbewusstsein hat Panik.«

»Okay, okay.« Sie inspizierte den oberen Bereich des Bremsschirms und dann das Netzgewebe, das verhindert, dass sich der Bremsschirm auf links dreht. Dort markierte sie eine kaputte Naht. Gull wartete, bis sie die Prüfkarte am Haupttragegurt der Fallschirmkappe befestigt hatte.

»Ich fürchte, ich muss meinen Vater anrufen. Die Sache wird sich herumsprechen, und dann macht er sich Sorgen.«

»Ich habe schon mit ihm gesprochen. Wir sind alles durchgegangen.«

»Er war hier? Warum hat er mich nicht …?«

»Ich habe ihn angerufen.«

Sie wirbelte herum. »Du hast was? Was fällt dir ein, meinen Vater anzurufen?«

»So etwas nennt man Verbrüderung, aber das wirst du nie verstehen. Frauen sind genauso fähig wie Männer und sollten auch die gleiche Bezahlung erhalten. Eines Tages – und wenn es nach mir geht, eher früher als später – sollte die richtige Frau auch die Vereinigten Staaten regieren. Aber Verbrüderungsrituale unter Männern wirst du niemals verstehen. So wie ich niemals verstehen werde, warum die meisten Frauen so versessen auf Schuhe sind.«

»Ich bin nicht versessen auf Schuhe, also versuch nicht, eine kulturelle oder genetische Prägung daraus zu machen.«

»Du besitzt drei paar Springerstiefel. Zwei reichen. Du hast vier Paar Laufschuhe. Zwei sind mehr als genug.«

»Ich kaufe das dritte Paar Springerstiefel, kurz bevor ich das erste Paar wegwerfen muss. Vier Paar Laufschuhe habe ich nur, weil … du lenkst vom Thema ab.«

»Ja, aber ich bin noch nicht fertig. Du hast auch zwei Paar Wanderstiefel, drei Paar Sandalen und drei Paar sehr erotische Schuhe mit hohen Absätzen. Und das nur auf dem Fliegerhorst. Weiß der Himmel, was bei dir zu Hause noch alles im Schrank steht.«

»Du hast meine Schuhe gezählt? Wer ist wovon besessen, frage ich mich.«

»Ich bin nur ein guter Beobachter. Lucas will, dass du ihn so bald wie möglich anrufst. Hinterlass ihm eine Nachricht, falls er gerade in der Luft ist, dann kommt er dich heute Abend besuchen. Er ist froh, dass ich auf dich aufpasse. Du würdest schließlich auch auf mich aufpassen, oder?«, fragte er, bevor sie ihn anblaffen konnte.

Also seufzte sie nur. »Ja. Du hast mich in Grund und Boden geredet wegen meiner Schuhe. Von denen ich ganz und gar nicht besessen bin!«

»Du besitzt auch ein gutes Dutzend Ohrringe, obwohl du selten welche trägst. Aber das können wir gern ein andermal vertiefen.«

»Ach, verschwinde! Geh was lernen.«

»Du könntest mir eine Rigger-Lektion geben. Ich möchte das Zertifikat erwerben.«

»Vielleicht. Komm in einer Stunde wieder, dann können wir …«

Die Sirene heulte auf. Sie trat einen Schritt zurück. »Anscheinend doch nicht. Ich gehe in die Brandzentrale.«

»Ich begleite dich. Nimm das!«

Er reichte ihr ihre Baseballmütze und ihre Sonnenbrille und setzte dann seine auf, während sie ihn stirnrunzelnd ansah.

»Was soll denn das?«

»Das ist eine Art Verkleidung.« Er grinste sie an. »Dobie will, dass du sie aufsetzt. Tun wir ihm den Gefallen, bevor er falsche Schnauzbärte oder Clownsnasen aus dem Internet bestellt.«

Sie verdrehte die Augen, tat ihm aber den Gefallen. »Und jetzt? Sehen wir etwa aus wie Zwillinge? Wo sind deine Titten?«

»Die hast du, und ich kann nur sagen, dass sie dir hervorragend stehen.«

»Dem möchte ich nicht widersprechen. Trotzdem, hört auf, euch um mich zu kümmern, und tut lieber eure Arbeit.«

Gegen vier Uhr nachmittags war sie dann auch dran. Sie rückte aus.

23

Der Juli war sengend heiß. Weil es so trocken war, entstand ein Brand nach dem anderen, ausgelöst durch Blitzschlag, Nachlässigkeit oder einen verirrten Funken, den ein Windstoß zu einem Feuer entfachte.

Achtzehn Tage hintereinander waren die Zulies im Einsatz. In Montana, Idaho, Colorado, Kalifornien, Nord- und Süddakota und New Mexico. Sie verloren Pfunde, erduldeten Schmerzen, Entbehrungen, Verletzungen, kämpften in Canyons, auf Bergrücken, in weiten Ebenen.

Die anhaltende Schlacht ließ ihnen nur wenig Zeit, über die sonstigen Ereignisse nachzudenken. Die Jagd auf Leo Brakeman, die nun in die dritte Woche ging, spielte kaum noch eine Rolle, da der Feind mit riesigen Brandfackeln drohte oder Feuerstürme entfachte, die über mühsam errichtete Verteidigungslinien einfach hinwegrasten.

Gemeinsam mit ihrem Team eilte Rowan den Mount Blackmore hinauf wie ein Bataillon auf dem Weg in die Hölle. Neben ihr brannte ein Baum lichterloh und spuckte Flugfeuer wie brennendes Konfetti. Sie sägten die tief hängenden Zweige ab, damit das Feuer nicht an ihnen emporklettern konnte.

Es darf nicht die Höhe erreichen, dachte Rowan, während sie Schneisen schlugen und Gräben aushoben. Sonst gibt es Wipfelfeuer. Das Feuer darf auf keinen Fall den Sieg davontragen!

Und so kämpften sie sich den brennenden Berg hinauf, während die heiße Luft ihnen den Schweiß aus allen

Poren trieb. Als Gull sie erreichte, zog sie ihr Halstuch tiefer, um sich Wasser in die schmerzende Kehle zu schütten.

»Die Verteidigungslinie hält.« Er zeigte mit dem Daumen nach hinten. »Ein paar Brandinseln sind übergesprungen, aber wir haben sie ersäuft. Gibbons lässt noch ein paar Leute dort, die weiter Ausschau halten, der Rest der Truppe schließt zu dir auf.«

»Gut.« Sie nahm noch einen Schluck und zählte die gelben Hemden und Helme im dichten Rauch. Zu ihrer Linken glühte die Welt in einem unheimlichen Orange. Die eine oder andere Flamme ließ ein verwittertes, erschöpftes Gesicht reliefartig aufleuchten.

In diesem Moment liebte sie sie alle mit einer fast religiösen Inbrunst. Jeden Hintern und jeden Ellbogen, dachte sie. Jede Blase und jede Brandwunde.

Mit funkelnden Augen sah sie Gull an. »Wir haben den tollsten Job der Welt.«

»Falls es einem nichts ausmacht, zu hungern, zu schwitzen und Rauch zu fressen.«

Grinsend schulterte sie ihre Pulaski. »Wen stört das schon? Los, setzen wir den Anstieg fort. Wir verlängern die Verteidigungslinie.« Sie verstummte, packte seinen Arm.

Er kam aus einer hellorangen Feuerwand, vom Wind aufgepeitscht: Der Feuertrichter wirbelte und tanzte, loderte dreißig Meter hoch auf. Innerhalb weniger Sekunden entwurzelte er zwei Bäume.

»Ein Feuertornado. Lauf!« Sie zeigte auf die Feuerfront, während ihr die sengende Hitze ins Gesicht wehte. Nach ihrem Funkgerät greifend sah sie zu, wie sich die Feuersäule drehte, und rief ihrer Mannschaft zu: »Weiter nach oben, nach oben! Los, bewegt eure Hintern! Gibbons, ein Feuertornado an der Südflanke. Bleibt weg davon.«

Er raste brüllend auf die Verteidigungslinie zu, ein goldener Trichter, der einen ebenso überwältigenden wie furchterregenden Anblick bot, Flammen spuckte und glühendes Flugfeuer mit sich führte. Die Luft schien förmlich zu explodieren und ihre Lunge zu versengen.

Sie sah, wie Matt stürzte, wie Gull ihm aufhalf, ihn mitschleifte. Während sie den Feuertornado nicht aus den Augen ließ, stützte sie Matt auf der anderen Seite.

»Es ist nur mein Knöchel. Es geht mir gut.«

»Lauf weiter, lauf!«

Der Tornado raste auf sie zu. Sie würden ihm nicht entkommen, nicht mit Matt, der zwischen ihnen stolperte und humpelte. Hinter Matts Rücken packte Gull ihren Ellbogen, dankbar tat sie dasselbe.

Das war's, dachte sie, quälte sich aber weiter den Berg hinauf. Es blieb keine Zeit mehr für die Notausrüstung, für Schutzzelte.

»Da.« Gull zerrte Matt und sie nach rechts, rettende anderthalb Meter nach rechts. Er schubste erst sie und dann Matt unter den riesigen Felsbrocken, bevor er ebenfalls daruntérkroch.

»Und los geht's«, keuchte Gull und starrte in Rowans Augen, während die Welt um sie herum explodierte.

Gestein barst und regnete auf sie herab. Durch den pechschwarzen Rauch konnte Rowan kaum etwas sehen.

»Kurz und flach atmen, Matt.« Sie drückte seine Hand. »Hier sind wir geschützt.«

»War das Jims Schicksal?« Tränen und Schweiß rannen über seine Wangen. »War das sein Schicksal?«

»Kurz und flach atmen«, wiederholte sie. »Durch dein Halstuch, wie durch einen Mundschutz.«

Kurz erreichte die Hitze solch unglaubliche Temperaturen, dass sie sich fragte, ob sie ebenfalls gleich in Flammen aufgehen würden. Sie suchte Gulls Hand und hielt sie fest.

Dann verstummte der brüllende Wind.

»Es kühlt sich ab. Wir sind unverletzt. Sind wir unverletzt?«, fragte sie.

»Was siehst du?«, fragte Gull.

»Der Rauch dünnt ein wenig aus. Es gibt viele Brandinseln. Brandinseln, aber keine Feuerwand, keinen Feuertornado.« Sie rutschte so weit wie möglich nach vorn. »Setz dich hinter mich, Matt, damit ich hinausschauen kann.« Sie drängte sich neben Gull, streckte vorsichtig ihren Kopf hervor und sah nach oben. »Kein Wipfelfeuer, keine Feuerwand. Nur Brandinseln. Meine Güte, Gull, deine Jacke raucht.« Sie schlug darauf ein, während er versuchte, sie auszuziehen. »Hast du Brandwunden?«, fragte sie. »Hat dich das Feuer erwischt?«

»Ich glaube nicht.« Er kroch auf allen vieren rückwärts. »Der Boden ist noch heiß, passt auf!«

Rowan kroch hinaus und griff nach ihrem Funkgerät. Gibbons schrie ihren Namen.

»Ro hier, zusammen mit Gull und Matt. Es geht uns gut. Wir sind in Sicherheit. Seid ihr okay? Sind alle vollzählig?«

»Jetzt ja.« Erleichterung schwang in seiner Stimme mit. »Wo zum Teufel steckt ihr?«

Sie stand auf, überflog das Gebiet, um ihm einen Anhaltspunkt zu geben. »Matt hat sich den Knöchel verstaucht. Gull und ich werden mit den Brandinseln fertig, aber wir haben den Großteil unserer Ausrüstung auf der Flucht verloren. Egal«, sagte sie, als sie die Rufe hörte, die gelben Hemden durch den Rauch erkennen konnte. »Wir bekommen gerade Verstärkung.«

Dobie kam herbeigerannt, Trigger im Schlepptau. »Meine Güte, so langsam wünsche ich mir, wir hätten euretwegen einen Herzinfarkt bekommen. Dann wäre wenigstens alles vorbei.«

Er packte Gull und klopfte ihm auf den Rücken. »Was zum Teufel war denn das?«

»Ein kleiner Tanz mit dem Tod. Los, lasst uns die Brandinseln löschen, bevor wir wieder fliehen müssen.«

Trigger ging neben Matt in die Hocke und hielt ihm einen rauchgeschwärzten, verschmorten Helm hin. »Ich habe deine Melone gefunden. Du hast echt Glück gehabt. Hier, zur Erinnerung.«

Er legte den Helm neben Matt, bevor er zu Dobie lief, um ihm beim Löschen der Brandinseln zu helfen.

»Zeig mir deinen Knöchel.« Rowan kniete sich hin und zog Matt den Stiefel aus.

»Ich dachte, wir wären geliefert. Ich wäre geliefert gewesen, wenn Gull und du mich nicht mitgeschleift hättet. Ihr habt mir das Leben gerettet. Ihr hättet dabei sterben können.«

Sie drückte sanft auf seinen geschwollenen Knöchel. »Wir sind Zulies. Wenn einer von uns zu Boden geht, helfen wir ihm wieder auf. Ich glaube nicht, dass dein Knöchel gebrochen ist. Nur böse verstaucht. Du hast dir also eine kurze Verschnaufpause verdient.«

Sie sah auf, lächelte ihn an und begann, ihn zu bandagieren. »Glückspilz.«

Obwohl er protestierte, wurde Matt evakuiert, während die anderen das Feuer zurückdrängten und in den frühen Morgenstunden schließlich niederkämpften. Die Nachlöscharbeiten dauerten noch einen ganzen Tag, an dem sie Gräben aushoben, letzte Brandinseln niederschlugen und ertränkten.

»Du hast freiwillig angeboten, zu bleiben. Ist das noch aktuell?«, wollte Rowan von Gull wissen.

»Ich sollte mit dieser Freiwilligenarbeit aufhören.«

»Ja, ich auch. Die anderen packen schon zusammen.«

»Aber ganz so schlecht ist das auch nicht.«

»Wir haben jede Menge Einmannrationen, eine kühle Bergquelle, in der die Bierfee einen Sechserpack hinterlegt hat.«

»Ich dachte, die gibt es gar nicht.«

»Hast du eine Ahnung. Ich will bis zum bitteren Ende bleiben und dann verschnaufen. Du also auch?«

»Ja, was denkst du denn?«

»Dann lass uns losmarschieren und die Lage erkunden, bevor die Sonne untergeht.«

Sie liefen durch das verbrannte Gebiet und hielten nach Rauch und Glut Ausschau.

»Ich wollte warten, bis es endgültig vorbei ist, bevor ich darüber rede«, hob Rowan an. »Ich dachte nicht, dass wir es schaffen würden, als der Feuertornado kam. Hättest du diese Felsbrocken nicht entdeckt und wärst so geistesgegenwärtig gewesen, hätten wir dasselbe Schicksal erlitten wie Matts Helm.«

»Ich habe nicht vor, dich zu verlieren. Wärst du auf meiner Seite gestanden, hättest du die Felsbrocken auch gesehen.«

»Hoffentlich! Doch sie war schön«, sagte sie nach einem kurzen Schweigen, und Ehrfurcht schwang in ihrer Stimme mit. »Ich weiß, das klingt verrückt, aber sie war schön. Diese sich drehende Feuersäule, die aussah wie nicht von dieser Welt.«

»Wenn man so etwas erlebt hat, sieht man hinterher alles mit ganz anderen Augen. Weil man weiß, dass man gegen die Natur keine Chance hat. Man flieht, rennt um sein Leben, und wenn man überlebt, sind die Sorgen vergessen.«

»Nur vorübergehend. Wahrscheinlich wollte ich deshalb hierbleiben. Da draußen warten so viele Sorgen. Leo Brakeman treibt sich nach wie vor irgendwo herum. Er ist zwar kein Feuertornado, aber immer noch auf freiem Fuß.« Sie atmete hörbar aus. »Jedes Mal, wenn wir angefordert werden, habe ich Angst, über eine weitere Leiche zu stolpern. Über seine oder die eines anderen. Denn Leo ist da draußen. Und wenn er nicht der Brandstifter ist, dann ist auch der Täter noch da draußen.«

»Das Ganze ist drei Wochen her.«

»Aber noch fühlt es sich nicht so an, als wäre es vorbei.«

»Nein.«

»Dieses verdammte Warten.« Sie zeigte geradeaus. »Warum gehst du nicht dort entlang, und ich nehme die andere Richtung? So können wir ein größeres Gebiet kontrollieren. Anschließend treffen wir uns im Zeltlager.« Sie sah auf die Uhr. »Sagen wir so gegen halb sieben.«

»Die beste Zeit für Cocktails und etwas zum Knabbern.«

Sie erreichte die Lichtung am plätschernden Fluss zuerst. Das Zeltlager, in dem es in der Nacht zuvor zugegangen war wie in einem geschäftigen Bienenstock, umgab nun eine fast heilige Stille. Es schimmerte in den letzten Strahlen der Sonne. Sie verstaute ihre Ausrüstung und holte den Sechserpack Bier und die Cola, die sie von L.B. hatte abwerfen lassen.

Selbst wenn sie die Wahl zwischen dem Lager und einer schicken Champagnerbar in Montana gehabt hätte, würde sie sich für das Bier und die Cola entscheiden, für diesen einsamen Fleck in den Bergen.

Sie ging zurück zu ihrem Rucksack, holte die kleinen Fläschchen mit Duschgel und Shampoo. In der Abendsonne zog sie ihre Stiefel und Socken aus, schälte sich aus ihrer Arbeitskleidung. Der Fluss reichte ihr kaum bis zu den Knien, aber das kühle, fließende Wasser fühlte sich himmlisch an. Sie setzte sich, ließ es über ihre Haut sprudeln, während sie zu den Bäumen, zum Himmel aufsah.

Rowan wusch sich gründlich wie andere Frauen in einem heißen, duftenden Schaumbad, genoss das frische, klare Wasser. Dann zog sie die Knie an, legte die Arme darum und ihre Wange darauf, schloss die Augen.

Als ein Schatten auf sie fiel, öffnete sie sie erneut und lächelte Gull verträumt an. Bis sie die Kamera sah.

»Du hast mich doch hoffentlich nicht so fotografiert. Muss ich das Ding demolieren?«

»Das ist für meine private Fotosammlung. Du bist ein Traum, Rowan. Eine Flussgöttin. Wie ist das Wasser?«

»Kalt.«

Auch er zog seine Stiefel aus. »Ich könnte etwas Kälte vertragen.«

»Du bist spät dran. Es muss fast sieben sein.«

»Ich habe einen kleinen Umweg gemacht.«

»Hast du neue Brandinseln entdeckt?«

»Nein, alles in bester Ordnung. Dafür habe ich die hier

entdeckt.« Er nahm eine Wasserflasche, füllte sie mit Wildblumen.

»Du weißt schon, dass man im Nationalpark keine Blumen pflücken darf?« Trotzdem konnte sie sich ein Lächeln nicht verkneifen.

»Da wir sie gerettet haben, dachte ich, der Berg kann ein paar davon entbehren. Puh, es ist tatsächlich verdammt kalt«, sagte er, als er ins Wasser ging. »Fühlt sich toll an.«

Sie zog das Duschgel hervor, das sie mit zwei Steinen beschwert hatte, und warf es ihm zu. »Bedien dich. Man könnte meinen, wir wären ganz allein auf der Welt. Lange wäre mir dieser Zustand allerdings nicht recht. Denn wer kocht dann? Aber im Moment ist es perfekt.«

»Ich habe Vögel mitten im Reich der Finsternis gehört. Sie kehren schon wieder zurück – und sei es nur, um nach dem Rechten zu schauen. Und auf der Wiese, wo ich die Blumen gefunden habe, sah ich eine Herde Elche. Wir mögen die einzigen Menschen sein, aber das Leben geht weiter.«

»Ich zieh mich lieber an, bevor ich erfriere.« Sie stand auf, während das Wasser an ihr abperlte und in der Sonne funkelte wie winzige Diamanten.

»Wow«, sagte Gull.

»Dafür und für den Strauß Wildblumen hast du dir ein Bier verdient.« Sie verließ fröstelnd den Fluss und rubbelte sich trocken. »Wir haben Spaghetti mit Hackfleischsoße, Obstsalat, Cracker, Frischkäse und Sandkuchen zum Abendessen.«

»Im Moment könnte ich auch Pappe essen und wäre zufrieden. Aber das klingt fantastisch!«

»Ich entzünde das Lagerfeuer«, sagte sie, während sie

sich anzog. »Und du holst das Bier, sobald du fertig bist. Unsere Cocktails und Knabbereien werden wohl aus … Heilige Scheiße!«

»Die würde ich eher ungern essen. Nicht einmal jetzt.«

»Rühr dich nicht von der Stelle. Oder lieber doch, und zwar dalli!«

»Warum?«

»Das Leben geht weiter. Dazu gehört auch dieses Ungetüm von einem Bären am anderen Ufer.«

»Ach du Schande!« Gull drehte sich langsam um und sah, wie ein riesiger Bär auf den Fluss zutrottete.

»Sieht ganz so aus, als würde aus deiner Fantasie Wirklichkeit. Trotzdem solltest du aus dem Wasser kommen.«

»Mist. Wirf etwas nach ihm«, schlug Gull vor, während er gebückt und ganz langsam durchs Wasser watete.

»Was denn bitte schön? Böse Worte? Scheiße, Scheiße, er sieht uns an!«

»Hol eine Pulaski. Ich werde nicht zulassen, dass ich nackt von einem Bären verspeist werde.«

»Für ihn dürfte das angenehmer sein, als wenn du angezogen wärst. Er wird uns nicht fressen. Die fressen Beeren und Fische. Geh aus dem Wasser, damit er dich nicht für einen dicken Fisch hält.«

Gull zog sich an Land, stand tropfend am Ufer, beäugte den Bären und wurde von ihm beäugt. »Tritt langsam den Rückzug an. Wahrscheinlich ärgert er uns nur und wird gleich wieder verschwinden, aber trotzdem. Für alle Fälle«, sagte er.

Als Rowan nach der Ausrüstung griff, kehrte der Bär ihnen den Rücken zu. Er ging in die Hocke, setzte Kot ab und trottete dann wieder dorthin, wo er hergekommen war.

»Ich fürchte, er hat uns gezeigt, was er von uns hält.« Rowan ließ sich zu Boden fallen und brach in schallendes Gelächter aus. »Ein echter Mann hätte ihn verfolgt, ihn für diese Beleidigung büßen lassen – damit ich anschließend seine Wunden versorgen kann.«

»Zu dumm, dass du mit mir vorliebnehmen musst.« Gull fuhr sich mit beiden Händen durchs tropfnasse Haar. »Ach, freue ich mich auf das Bier.«

Gull fand die Fertigmahlzeit und das Bier am Lagerfeuer mitten in den Bergen genauso romantisch wie Kerzenlicht und Wein aus Kristallgläsern. Aber tausendmal lustiger.

Zum ersten Mal seit Wochen entspannt sich Rowan wieder, dachte er. Nach einem anstrengenden Job, inmitten der von ihnen geretteten Natur.

»Geht deine Familie zelten?«, fragte sie.

»Eher selten. Meine Tante will in der Regel eher wissen, ob es Zimmerservice gibt. Ich war früher mit Freunden zelten. Wir sind die Küste raufgefahren und haben uns ein schönes Fleckchen gesucht. Ich wollte schon immer mal weiter nach Osten vordringen, auf dem Appalachian Trail wandern. Aber mit dem Job und der Spielhalle habe ich es einfach nicht geschafft.«

»Das klingt toll. Wir haben unseren Urlaub meist in Montana verbracht. Dort gibt es so viel zu erleben. Mein Vater hat sich im Sommer stets bemüht, zwei Tage hintereinander freizubekommen. Und dann hat er mich mitgenommen. Wir wussten nie, wann es so weit ist, also war es immer recht spontan.«

»Cool«, sagte Gull, und sie strahlte ihn an.

»Ja, das stimmt. Dass Zelten in der freien Natur vielleicht nicht gerade seine erste Wahl war, habe ich erst gemerkt, als ich zu den Feuerspringern kam. Er hätte bestimmt auch nichts gegen Zimmerservice gehabt.«

»Aber die Kinder gehen vor, stimmt's?«

»Wahrscheinlich. Zumindest sollte es so sein. Ich habe vorhin an Dolly und ihren Vater gedacht, daran, wie sie sich bekriegt haben. Lag es an der Familiendynamik, dass sie so geworden ist? Oder hat Dolly diese zerstörerische Familiendynamik erst in Gang gesetzt?«

»Das Leben ist nur selten ausschließlich schwarz oder weiß.«

»Eher grau«, pflichtete sie ihm bei. »Ein bisschen von allem. Fragst du dich nicht auch, was sie an Latterly gefunden hat? Es gibt so viele unverheiratete Männer, mit denen sie hätte rummachen können. Außerdem war er bestimmt fünfzehn Jahre älter als sie und nicht gerade superattraktiv.«

»Vielleicht war er eine Granate im Bett.«

»Ja, stille Wasser sind tief und so. Aber um das herauszufinden, muss man erst mal zusammen im Bett landen. Ein verheirateter Mann mit drei Kindern. Ein Gottesmann. Wenn sie wirklich vorhatte, ihn vor den Traualtar zu schleifen, hat sie sich dann nicht überlegt, wie ihr Leben anschließend aussehen würde? Pfarrersfrau und Stiefmutter von drei Kindern? Sie hätte es gehasst.«

»Vielleicht wollte sie sich nur etwas beweisen. Sie lernt einen verheirateten Gottesmann mit drei Kindern kennen und denkt: Den kann ich haben, wenn ich nur will.«

»Ich verstehe das nicht«, sagte sie. »Als One-Night-Stand vielleicht. Man ist geil, tobt sich in einer Bar aus und greift sich einen aus der Masse der Verehrer heraus.

Aber warum eine Familie zerstören, um den persönlichen Rekord zu verbessern?«

»Das verstehst du nicht.« Gull öffnete das vorletzte Bier. »Er war älter, hat sie bestimmt verwöhnt. Aus Dankbarkeit dafür, dass eine Frau ihres Alters, mit ihrem Aussehen, mit ihm ins Bett geht. Das ist ein ziemlich bewährtes Konzept.«

Sie legte den Kopf schräg. »Wahrscheinlich hast du recht. Ein Typ, der sich in seiner Ehe langweilt, und eine bedürftige, alleinerziehende Mutter. Aber wer weiß? Vielleicht war Latterly auch ein geiler Bock, der die Hälfte seiner weiblichen Gemeindeglieder genagelt hat. Und Dolly war nur die letzte in seiner Sammlung.«

»Wenn dem so war, wird es die Polizei früher oder später herausfinden. So etwas bleibt nicht unbemerkt.«

»Vielleicht ist der Fall schon aufgeklärt, wenn wir zurückkommen.« Sie brach ein Stück vom Sandkuchen ab. »Niemand redet groß darüber, aber alle sind ins Grübeln geraten. Vor allem L. B., weil er an alle denken, alle auf den Prüfstand stellen, sich um alle Sorgen machen muss.«

»Ja, der hat ein schweres Päckchen zu tragen. Aber er kriegt das schon hin.«

»Als ich neu zur Truppe stieß, war ein gewisser Bootstrap der Chef. Er war okay, aber jeder Anfänger konnte sehen, dass er mit seinen Gedanken längst in Rente war. Er besaß eine Blockhütte oben in Washington State, und dort hielt er sich am liebsten auf. Jeder wusste, dass das seine letzte Saison war. Er blieb auf Distanz, wenn du verstehst, was ich meine. Vor allem zu den Anfängern.«

Gull nickte und probierte den Sandkuchen. Köstlich! »Er wollte keine neuen Freundschaften mehr schließen.«

»Wahrscheinlich nicht. Und dann kam L. B. Du kennst ihn ja. Er ist zwar der Chef, aber auch einer von uns. Wer streiten, jammern oder einfach nur Dampf ablassen will, kann zu ihm gehen.«

»Auf L. B.!«

»Worauf du einen lassen kannst!« Sie legte den Kopf schräg, während sie sich zuprosteten. »Ich habe gern Sex mit dir.«

Seine Katzenaugen funkelten im Schein des Lagerfeuers. »Das gilt auch für mich.«

»Im Ernst. Die halbe Saison ist schon vorbei, und so eine hatte ich noch nie: Mord, Brandstiftung, Katastrophen – und ich habe regelmäßig Sex.«

»Hoffentlich gibt es in der zweiten Hälfte nur Letzteres.«

»Unbedingt! Trotzdem, Gulliver, auch wenn ich gern Sex mit dir habe, ist mir auch klar, dass ich ohne den Sex …«

»Beiß dir sofort auf die Zunge!«

»Dass ich auch ohne den Sex gern mit dir am Lagerfeuer sitze und rede. Egal, worüber.«

»Das geht mir genauso. Nur dass ich auf den Sex nicht verzichten möchte.«

»Wie praktisch. Du wünschst dir nicht insgeheim, ich wäre anders, das finde ich gut: nicht weniger besessen von meiner Arbeit, dafür mehr versessen auf Reizwäsche.«

Er zog eine Zigarre hervor und zündete sie an, stieß eine große Rauchwolke aus. »Ich mag Reizwäsche. Nur damit du das weißt.«

»Es stört dich nicht, dass ich dich ausgebildet habe und dir bei einem Einsatz unter Umständen Befehle gebe.«

Sie nahm die Zigarre, die er ihr anbot, und genoss ihren Geschmack. »Weil du weißt, wer du bist, und nur darauf kommt es an. Ich kann dich nicht herumkommandieren, und auch das ist wichtig. Hinzu kommt noch etwas, das ich nie für wichtig hielt. Ist es aber, wenn es mit den bereits erwähnten Dingen einhergeht. Du schenkst mir Wildblumen in einer Wasserflasche.«

»Ich denke eben an dich«, sagte er nur.

Sie zog erneut an der Zigarre, wartete, bis sie sich wieder gefasst hatte, und gab sie ihm zurück. »Ich weiß, und auch das ist neu in dieser Saison. Auch ich denke viel an dich, Gull. Mir liegt viel an dir.«

Er griff nach ihrer Hand. »Ich weiß. Aber schön, dass du das sagst.«

»Besserwisser.« Nach wie vor seine Hand haltend, legte sie den Kopf in den Nacken und schaute zum sternenübersäten Himmel empor. »Es wäre schön, noch ein paar Tage bleiben zu können. Frei von allen Sorgen.«

»Wenn die Saison vorbei ist, kommen wir zurück.«

So weit konnte sie noch gar nicht denken. Was kam nächsten Monat, was nächstes Jahr? Beides kam ihr so unendlich weit weg vor wie die Sterne. So flüchtig wie Rauch.

Aus ihrer Sicht war es das Beste, sich ganz auf das Hier und Jetzt zu konzentrieren.

Als der Morgen heraufdämmerte, träumte Gull, er würde unter einem Wasserfall schwimmen. Er tauchte tief in das kristallblaue Nass ein und sah, wie die Sonne den Boden golden aufleuchten ließ. Das Wasser prasselte herab, während Rowan mit goldglänzender Haut und ihren klaren, kühlen Augen auf ihn zuschwamm. Ihre Arme umschlangen sich, ihre Münder trafen sich, und sein Herz klopfte im Rhythmus des Wasserfalls.

Als er sich an sie schmiegte, träge über ihre Hüfte strich, glaubte er nach wie vor zu träumen. Er ließ sich zurück an die Oberfläche treiben, in den Traum hinein und wieder hinaus, während das Wasser weiter auf ihn einprasselte.

Es hallte im Zelt wider, als er die Augen öffnete. Er lächelte in der Dunkelheit und schüttelte Rowan vorsichtig.

»He, hörst du das?«

»Was?«

Ihr genervter, verschlafener Tonfall passte zu dem Stoß, den sie ihm versetzte. »Was ist?«, wiederholte sie schon etwas wacher. »Ist der Bär zurückgekommen?«

»Nein, hör doch mal!«

»Ich will nicht … Es regnet.« Sie stieß ihn heftig von sich und setzte sich auf. »Es regnet!«

Sie kroch aus dem Zelt. »O ja, mein Schatz! Bleib, lieber Regen, bleib! Hörst du das?«

»Ja, nur dass mich dein Anblick gerade etwas ablenkt.«

Er sah, wie ihre Augen funkelten, als sie sich grinsend zu ihm umsah. Dann verließ sie das Zelt und stieß einen langen Freudenschrei aus.

Was soll's, dachte er und krabbelte ebenfalls hinaus.

Sie warf die Arme hoch, hob ihr Gesicht. »Das ist kein Gewitter und auch kein kurzer Sommerregen. Das ist ein echter Platzregen. Das wurde aber auch Zeit.«

Sie schwang die Arme und Hüften, hob die Knie. »Gib's auf, Gulliver! Tanz! Tanz zu Ehren des Regengottes!«

Also tanzte er mit ihr, nackt im regenfeuchten Nebel der Morgendämmerung, und zerrte sie dann zurück ins Zelt, um den Regengöttern auf seine Art zu huldigen.

Der stetig fallende, heftige Regen durchweichte die durstige Erde und sorgte für ein recht feuchtes Zusammenpacken. Doch auch das konnte Rowans überschwängliche Freude nicht trüben. »Vielleicht ist das ein Zeichen«, sagte sie, während der Regen auf ihre Umhänge prasselte, von ihren Kapuzen tropfte. »Vielleicht ist das der Wendepunkt, und wir haben das Schlimmste hinter uns.«

Das war ganz schön viel verlangt von ein bisschen Regen, dachte Gull, vor allem in so einem trockenen Sommer. Aber man durfte die Hoffnung nie aufgeben.

24

Rowan ließ sich von der Nachricht nicht entmutigen, dass Leo Brakeman immer noch auf freiem Fuß war. Stattdessen betrachtete sie lieber wie Gull das Glas als halb voll. Schließlich hatte es seit einem Monat keine Brandstiftung und keinen Mord mehr gegeben. Vielleicht würden ihn die Cops niemals finden, die Verbrechen niemals aufklären. Aber auch das würde ihr Leben nicht beeinträchtigen.

Während Gull und sie zusammenpackten, sprangen zwölf Feuerspringer über Shoshone ab, wodurch sie beide schon wieder auf der Sprungliste standen, kaum dass sie eingerückt waren.

Das ist mein Leben, dachte Rowan, während sie auspackte und ihre Ausrüstung neu zusammenstellte: trainieren, mich auf einen neuen Einsatz vorbereiten, das Feuer bekämpfen, aufräumen und dann alles wieder von vorn.

Im Großen und Ganzen konnte sie sich wirklich nicht beklagen. Es war fast schon August, sie hatte sich nicht verletzt und nur fünf Kilo verloren, ein gutes Kampfgewicht. Sie rechtfertigte L. B.s Vertrauen dadurch, dass sie eine verlässliche Einsatzleiterin draußen an der Feuerfront war. Außerdem hatte sie unzählige Quadratkilometer unberührte Natur gerettet.

Dass sie es so weit geschafft und sogar so etwas wie eine ernst zu nehmende Beziehung hatte, waren durchaus Gründe zum Feiern. Sie beschloss, sich mit einer süßen Köstlichkeit aus der Kantine zu verwöhnen.

Vor dem Gebäude traf sie Marge, die in der kühlen, nebelfeuchten Luft Kräuter erntete.

»Wir haben Regen mitgebracht«, sagte Rowan. »Er ist uns den ganzen Weg gefolgt und hat nicht nachgelassen, als wir Missoula überflogen haben.«

»Zum ersten Mal seit Wochen musste ich den Garten nicht gießen. Aber der Boden hat schon wieder alles aufgesaugt, sodass wir noch mehr Regen bräuchten. Leider sind jetzt auch die Mücken da.« Marge schlug nach ihnen, während sie ihren Korb hob. Sie sprühte sich mit ihrem selbst gemachten Insektenschutzmittel ein, verteilte etwas davon auf ihrem Gesicht und duftete nach Eukalyptus und Frauenminze. »Ich nehme an, du hältst nach etwas Essbarem Ausschau.«

»Hauptsache, es ist süß.«

»Da werden wir schon etwas finden.« Marge legte den Kopf schräg. »Du siehst ziemlich gut aus für eine Frau, die stundenlang durch den Regen marschiert ist.«

»Ich fühle mich auch so, eben deswegen.«

»Das hat doch nicht auch etwas mit einem gewissen gut aussehenden, grünäugigen Feuerspringer zu tun?«

»Nun, er hat mich begleitet, und ich kann nicht klagen.«

»Das freut mich.« In der Kantine stellte Marge ihren Kräuterkorb auf die Theke. »Mit ansehen zu dürfen, wie du dich verliebt hast. Und wie dein Vater sich verliebt hat.«

»Ich weiß nicht, ob ich … Mein Vater?«

»Ich habe Lucas und seine Freundin beim Feuerwerk getroffen und dann noch einmal vor wenigen Tagen in der Gärtnerei. Sie hat ihm geholfen, Pflanzen auszusuchen.«

»Pflanzen? Mein Vater und Pflanzen?«

»Ja, genau.« Marge schnitt ein großes Stück Schwarzwälder Kirschtorte ab. »Ella hilft ihm dabei, ein Beet anzulegen. Nur ein kleines, für den Anfang. Er hat sich für eine Gartenlaube interessiert.«

»Für eine Laube? Du meinst so was?« Rowan malte mit dem Zeigefinger einen Bogen in die Luft. »Vergiss es! Dads grüner Daumen reicht gerade fürs Rasenmähen.«

»Dinge ändern sich.« Marge stellte Rowan die Torte und ein großes Glas Milch hin. »Zum Glück, denn sonst würde Stillstand herrschen. Es freut mich zu sehen, dass er sich für etwas begeistern kann, was keinen Fallschirm und keinen Motor hat. Du solltest dich auch darüber freuen, Rowan. Zumal es sonst wenig Grund zur Freude gibt.«

»Ich weiß nicht so recht. Was ist so schlecht daran, wenn etwas, das funktioniert hat, bleibt, wie es ist?«

»Weil das irgendwann zur langweiligen Routine wird. Vor allem, wenn einer dabei einsam bleibt. Iss deinen Kuchen.«

»Ich wüsste nicht, dass Dad einsam wäre. Er hat ständig was um die Ohren und viele Freunde.«

»Aber abends, wenn das Licht ausgeht, ist er allein. Zumindest war das bis vor Kurzem so. Wenn du nicht merkst, wie er aufgeblüht ist, seit er mit Ella zusammen ist, kennst du ihn schlecht.«

Rowan wollte etwas entgegnen, sah dann aber Marges Gesicht, bevor sie sich abwandte, um die Kräuter in der Spüle zu waschen. Anscheinend hatte sie tatsächlich etwas verpasst, denn warum war Marge so traurig?

»Was ist, Marge?«

»Ach, nichts, wir erleben nur gerade harte Zeiten. Für manche sind sie besonders hart. Dir wäre es sicherlich recht, wenn Leo Brakeman spurlos verschwunden bliebe. Und das nehme ich dir auch gar nicht übel. Aber Irene ist fix und fertig.«

»Wenn er zurückkommt oder gefasst wird, landet er höchstwahrscheinlich im Gefängnis. Ich weiß nicht, ob das besser für sie wäre.«

»Gewissheit ist immer besser. Sie musste einen zusätzlichen Job annehmen, weil ihr Gehalt von der Schule nicht ausreicht. Erst recht nicht, da sie mit dem Haus für Leos Kaution gebürgt hat. Und wegen der vielen Arbeit kann sie sich nicht um das Baby kümmern.«

»Kann ihre Familie ihr nicht helfen?«

»Anscheinend nicht genug. Nicht nur ihr Geld, sondern auch ihre Zeit und ihre Kräfte reichen hinten und vorn nicht. Als ich sie das letzte Mal sah, war sie vollkommen ausgelaugt. Sie steht kurz davor, alles hinzuwerfen. Keine Ahnung, wie lange sie das noch durchhält.«

»Das tut mir leid, Marge. Ehrlich. Wir könnten für sie sammeln. Das wäre zwar nur ein Tropfen auf dem heißen Stein, aber das Baby ist schließlich Jims Kind. Da gibt bestimmt jeder, was er kann.«

»Ich glaube nicht, dass sie das Geld annehmen würde, Ro. Zu allem Überfluss schämt sich die arme Frau in Grund und Boden. Was ihr Mann und ihre Tochter getan haben, macht ihr schwer zu schaffen. Ich glaube nicht, dass sie Geld von uns nehmen würde. Ich kenne Irene von klein auf, trotzdem schafft sie es kaum, mir in die Augen zu sehen. Das bricht mir das Herz.«

Rowan stand auf, schnitt ein kleineres Stück Kuchen ab und schenkte sich Milch nach. »Setz dich. Iss auch etwas Kuchen. Wir kriegen das schon hin«, fügte sie hinzu. »Es gibt immer eine Lösung.«

»Schön wär's. Aber ich weiß nicht, ob sie für Irene noch rechtzeitig kommt.«

Als Ella wieder herunterkam, saß Irene nach wie vor zusammengesunken und mit gesenktem Blick auf dem Sofa. Ella setzte ein entspanntes Lächeln auf.

»Sie schläft. Ach, Irene, das ist wirklich das süßeste Baby, das ich je gesehen habe. Der reinste Sonnenschein.« Dass sie auch noch die Wäsche zusammengelegt und weggeräumt hatte, die im Korb neben der Wiege lag, erwähnte sie nicht. Auch nicht die Unordnung in Irenes einst so gepflegtem Haushalt.

»Wenn ich Shiloh so sehe, wünsche ich mir noch mehr Enkel«, fuhr Ella betont fröhlich fort. »Ich mache uns einen Tee.«

»In der Küche herrscht das reinste Chaos. Ich weiß gar nicht, ob ich überhaupt Tee im Haus habe. Ich habe es nicht mehr geschafft, einkaufen zu gehen.«

»Ich schau mal nach.«

In der Spüle der kleinen Küche, die Ella stets gemütlich und charmant gefunden hatte, türmten sich die Teller. Die beinahe leeren Schränke und der sehr übersichtliche Kühlschrankinhalt mussten dringend aufgefüllt werden.

Wenigstens das konnte sie für Irene tun.

Sie fand eine Schachtel mit Teebeuteln, setzte den Wasserkessel auf. Als sie begann, die Spülmaschine einzuräumen, kam Irene hereingeschlurft.

»Ich bin so müde, dass ich mich nicht mal mehr für meine unaufgeräumte Küche schäme. Und auch nicht dafür, dass du meinen Abwasch machst.«

»Du brauchst dich nicht zu schämen. Wozu bin ich deine Freundin?«

»Ich war einmal stolz auf mein Zuhause, aber es ist nicht mehr mein Zuhause. Es gehört der Bank. Es ist nur noch der Ort, an dem ich lebe, solange es eben geht.«

»Hör auf, so zu reden. Du wirst es schaffen. Du bist nur vollkommen erschöpft. Wie wär's, wenn ich dir das Baby ein, zwei Tage abnehme, damit du richtig durchatmen kannst? Du weißt, wie gern ich das tun würde. Dann könnten wir uns hinsetzen und uns gemeinsam einen Überblick über deine Finanzen verschaffen, wenn dir das recht ist.«

Als sie sich umdrehte und sah, wie Tränen über Irenes Gesicht liefen, verstummte sie.

»Oh, es tut mir leid, es tut mir so leid.« Sie ließ die Teller stehen, lief zu Irene und schloss sie in die Arme.

»Ich kann das nicht, Ella. Ich habe einfach keine Kraft mehr. Mich hat jeder Mut verlassen.«

»Du bist einfach nur erschöpft.«

»Ja, das bin ich auch. Das Baby zahnt, und wenn es nachts schreit, wünsche ich mir einfach nur, dass es aufhört. Dass es ruhig ist, mich etwas schlafen lässt. Ich bin bereit, es wegzugeben, damit ich arbeiten kann. Aber selbst mit meinem zweiten Job kann ich die Raten für das Haus nicht bezahlen.«

»Lass mich dir helfen.«

»Wie denn? Willst du meine Rechnungen bezahlen, meine Enkelin großziehen, meinen Haushalt führen?«

Selbst diese brutalen Worte klangen kraftlos. »Wie lange soll das so weitergehen, Ella? Bis Leo zurückkommt, falls er überhaupt jemals wieder zurückkommt? Bis er aus dem Gefängnis entlassen wird, falls er ins Gefängnis kommt?«

»Solange du mich brauchst, Irene.«

»Ich weiß, du meinst es nur gut, aber ich sehe nicht, wie das funktionieren kann. Ich wollte ihm glauben. Er ist mein Mann, und ich wollte ihm glauben, als er gesagt hat, dass er unschuldig ist.«

Weil sie nicht wusste, was sie darauf erwidern sollte, schwieg Ella, während Irene die Küche in sich aufnahm.

»Und dann hat er mich im Stich gelassen und das Geld, das ich so dringend brauche, aus dem Automaten gezogen. Was soll ich nur denken?«

»Setz dich. Ein Tee ist zwar nichts Besonderes, aber immerhin etwas.«

Irene setzte sich, sah aus dem Fenster in den Garten hinaus, in dem sie einst so gern herumgewerkelt hatte. In jenen Garten, den ihr Mann als Fluchtweg benutzt hatte.

»Ich weiß, was die Leute hintenherum reden: Leo hat Reverend Latterly umgebracht, und wenn er ihn umgebracht hat, muss er auch Dolly umgebracht haben. Sein eigen Fleisch und Blut.«

»Die Leute reden viel, wenn der Tag lang ist, Irene.«

Irenes Gesicht war ganz eingefallen, in den letzten zwei Monaten schien sie um zehn Jahre gealtert zu sein. »Ich selbst bin auch nicht besser. Ich spreche es zwar nicht laut aus, denke aber genauso. Ich denke daran, wie Dolly und er sich gestritten, sich angeschrien und sich furchtbare Dinge an den Kopf geworfen haben. Trotzdem hat er sie geliebt. Das weiß ich.«

Irene starrte in den Tee, den Ella vor sie hingestellt hatte. »Vielleicht hat er sie zu sehr geliebt. Mehr als ich. Deshalb hat ihn das, was sie gesagt und getan hat, ganz besonders getroffen. Mehr als mich. Liebe kann in Hass umschlagen, nicht wahr? Einfach so, von einer Sekunde auf die andere.«

»Ich weiß nicht. Ich weiß nur, dass dir Verzweiflung auch nicht weiterhilft. Du solltest dich auf dein Leben und das Baby konzentrieren. Tu, was du tun musst, um euer Leben so erträglich wie möglich zu gestalten, bis du mehr weißt.«

»Das tue ich bereits. Bevor ich heute Morgen zur Arbeit ging, habe ich Mrs. Brayner angerufen, Shilohs andere Großmutter. Sie und ihr Mann kommen aus Nebraska und nehmen Shiloh mit zu sich.«

»Oh, Irene!«

»Das ist das Beste für das Baby.« Sie wischte sich eine Träne ab. »Es hat mehr verdient als das, was ich ihm geben kann. Shiloh ist unschuldig, die Einzige, die wirklich unschuldig ist. Sie hat etwas Besseres verdient, als bei Freundinnen und Nachbarn abgestellt zu werden, während ich arbeite. Und wenn ich dann zu Hause bin, bin ich auch kaum in der Lage, mich richtig um sie zu kümmern. Ich weiß nicht mal, wie lange ich ihr noch ein Dach über dem Kopf bieten, geschweige denn, wie lange ich ihre Kleider und den Kinderarzt bezahlen kann.«

Ihre Stimme brach. Sie hob die Teetasse, nippte daran. »Ich habe gebetet und mit Reverend Meece darüber gesprochen. Er ist nett, Ella, genau wie du gesagt hast.«

»Er und seine Kirche könnten dir helfen«, schlug Ella vor, doch Irene schüttelte nur den Kopf.

»Ich weiß einfach, dass ich Shiloh unter den gegebenen Umständen kein schönes Leben bieten kann. Außerdem darf ich ihr nicht die Familie vorenthalten, die dazu sehr wohl in der Lage ist. Ich kann nicht zulassen, dass sie sich eines Tages fragen muss, ob ihr Großvater ihr die Mutter genommen hat.«

Ella nahm Irenes Hand. »Ich weiß, dass dir diese Entscheidung nicht leichtgefallen ist. Ich weiß, wie sehr du dieses Kind liebst. Gibt es irgendetwas, das ich für dich tun kann? Egal was?«

»Du sagst nicht, dass es die falsche Entscheidung ist, dass es egoistisch oder schwach von mir ist. Allein das ist mir eine große Hilfe.« Irene atmete tief durch und trank noch einen Schluck Tee. »Ich glaube, das sind nette Leute. Sie heißt Kate, und sie hat gesagt, dass sie ein paar Tage in Missoula bleiben wollen, damit Shiloh sich an sie gewöhnen kann. Dass wir zusammenhalten werden, damit Shiloh uns als Bezugspersonen behält. Ich habe gesagt, dass sie ihr ganzes Spielzeug, ihre Wiege und so mitnehmen können. Aber sie meinte, ich solle das doch behalten, damit Shiloh, wenn sie mich später besuchen kommt, alles wieder genauso vorfindet.«

Ella drückte Irenes Hand, während Tränen in den Tee fielen. »Das scheinen wirklich nette Leute zu sein. Trotzdem ist in mir etwas innerlich abgestorben. Ich weiß nicht, wie lange ich das noch aushalte.«

Das Gespräch mit Marge hatte Rowan zum Umdenken bewegt. Es wurde höchste Zeit, dass sie ein ernstes Wort mit ihrem Vater redete. Da sie das nicht auf dem Fliegerhorst tun wollte, ging sie zu L. B.s Büro.

Sie sah Matt herauskommen. »Hallo, ist er da?«

»Ja, ich habe ihn gerade gebeten, mir gegen Ende der Woche ein paar Tage freizugeben.« Er strahlte, so wie er seit Jims Unfall nicht mehr gestrahlt hatte.

»Meine Eltern kommen mich besuchen.«

»Das ist toll. Dann sehen sie auch Jims Baby.«

»Es kommt noch besser: Sie nehmen Shiloh mit nach Hause.«

»Haben sie das Sorgerecht bekommen? Das ging aber schnell. Ich hätte nicht gedacht, dass das so flott entschieden wird.«

»Sie brauchten sich gar keinen Anwalt zu nehmen. Mrs. Brakeman hat meine Ma heute Morgen angerufen und ihr gesagt, sie wolle ihnen das Kind übergeben.«

»Oh.« Das war viel zu schnell gegangen, dachte Rowan. Irene tat ihr leid. »Das ist natürlich toll für deine Familie, Matt, ehrlich. Aber für Mrs. Brakeman muss es unglaublich brutal sein.«

»Ja, und es tut mir auch leid für sie. Sie ist eine gute Frau. Das hat sie allein schon dadurch bewiesen, dass sie zuerst an Shiloh denkt. Sie werden einige Tage zusammen verbringen, damit sie sich aneinander gewöhnen können und so. Ich dachte, ich helfe ihnen dabei. Shiloh kennt mich, und das macht es leichter. Ich springe gewissermaßen für Jim ein.«

»Ja. Das ist ganz schön heftig. Für alle Betroffenen.«

»Nachdem Brakeman einfach abgehauen ist?« Seine Miene verdüsterte sich schlagartig. »Der Kerl ist ein Feigling. Er verdient es nicht, das Kind jemals wiederzusehen. Mrs. Brakeman wird seinetwegen höchstwahrscheinlich ihr Zuhause verlieren.«

»Das ist einfach nicht fair«, stimmte Rowan zu. »Dass ein einzelner Mensch so viel ertragen muss.«

»Sie könnte nach Nebraska ziehen, dann wäre sie näher bei Shiloh. Ich hoffe, dass sie das tut. Hier hat sie ohnehin nichts mehr verloren. Sie sollte nach vorn schauen und nach Nebraska gehen, dann hat das Baby beide Großmütter um sich. Aber wie dem auch sei, ich muss meiner Familie Bescheid sagen, dass ich Urlaub bekommen habe.«

Das Unglück der einen Familie ist das Glück der anderen, dachte Rowan, während Matt davonsauste. Wie brutal das Leben doch sein konnte. Sie klopfte an L. B.s Tür und steckte den Kopf in sein Büro.

»Hast du eine Minute Zeit für mich? Hier ist noch jemand, der Urlaub braucht.«

»Meine Güte, dann müssen wir das nächste Feuer wohl auspusten und auspinkeln.«

»Eine interessante Strategie, aber ich möchte mir nur ein paar Stunden freinehmen.«

»Wann?«

»Möglichst sofort. Ich möchte mit meinem Vater sprechen.«

»Plötzlich sind alle ganz wild auf Familienzusammenkünfte. Du kannst dir gern den Abend freinehmen«, sagte er schulterzuckend. »In Pyette und Alaska wurde Rauch gesichtet. Und im Bereich des Denali schlägt ein Blitz nach dem anderen ein. Im Yellowstone-Park wird es bald ganz genauso aussehen. Du solltest dich aber darauf gefasst machen, morgen springen zu müssen.«

»Kein Problem.« Sie ging, bevor er seine Meinung ändern konnte, zögerte dann noch einmal kurz. »Ich nehme an, Matt hat dir erzählt, warum er Urlaub braucht.«

»Ja.« L. B. rieb sich die Augen. »Ich weiß auch nicht, was ich davon halten soll. Letztlich ist es sicherlich das Beste. Trotzdem fühlt es sich an, als würde man auf eine Frau eintreten, die ohnehin schon am Boden liegt.«

»Und von Leo fehlt nach wie vor jede Spur?«

»Soweit ich weiß, ja. Was für ein Arschloch! Allein wenn ich daran denke, was er getan hat, wird mir ganz schlecht. Ich war mit dem Mistkerl jagen, habe sogar mal mit ihm und anderen einen Ausflug nach Kanada gemacht.«

»Hast du der Polizei gesagt, wo er sich gern aufhält?«

»Natürlich, und zwar ohne jedes schlechte Gewissen. Was für ein Arschloch«, wiederholte er. »Irene ist eine anständige Frau. Sie hat das wirklich nicht verdient. Jetzt verschwinde lieber, solange es geht. Sollten wir aus Alaska angefordert werden, musst du noch heute Nacht ausrücken.«

»Ich bin schon weg.« Noch im Gehen zog Rowan ihr Handy hervor und schickte eine SMS an ihren Vater.

Ich habe ein paar Stunden frei. Wir treffen uns bei dir zu Hause. Ich koche! Muss dringend mit dir reden.

Nun konnte sie nur noch hoffen, dass er ein paar Lebensmittel im Haus hatte. Sie schaute noch schnell bei den Baracken vorbei, griff nach ihrem Schlüssel und stellte sich dann in die offene Tür von Gulls Zimmer.

»Ich habe mir ein paar Stunden freigenommen, um meinen Vater zu besuchen.«

Gull schob sein Notebook zur Seite. »Gut.«

»Es gibt da ein paar Dinge, die ich mit ihm bereden will. Unter vier Augen.« Sie klapperte mit ihren Wagenschlüsseln. »Wir müssen damit rechnen, für den Yellowstone und von Wyoming bis hoch nach Alaska angefordert zu werden. Vielleicht geht es schon vor morgen früh los. Ich werde nicht lange fortbleiben.«

»Erwartest du, dass ich mich beschwere, weil du den Fliegerhorst ohne mich verlässt?«

»Vielleicht ja.«

»So bin ich aber nicht. Trotzdem hätte ich nichts dagegen, irgendwann einmal mit dir und deinem Vater Abendessen zu gehen. Vielleicht, wenn sich die Lage etwas beruhigt hat.«

»Schon notiert. Bis später.« Sie klapperte erneut mit den Wagenschlüsseln. »He, mir ist gerade eingefallen, dass ich kaum noch Benzin habe. Kann ich mir dein Auto ausleihen?«

»Du weißt ja, wo unser Treibstofflager ist.«

»Ich musste das einfach fragen.«

Sie musste ihn unbedingt überreden, sie seinen Wagen fahren zu lassen, bevor die Saison vorbei war. Das schwor sie sich, während sie auf ihr weitaus weniger aufregendes Auto zulief. Sie musste sich nur eine geeignete Strategie zurechtlegen.

Kaum hatte sie den Fliegerhorst verlassen, fiel eine Riesenlast von ihr ab. Sosehr sie ihren Beruf auch liebte, war es doch eine Erleichterung, ihn vorübergehend hinter sich zu lassen. Endlich konnte sie etwas in sich gehen.

Sie kannte ihre widersprüchlichen Gefühle: Hätte L. B. darauf bestanden, dass sie sich freinahm, hätte er sie von der Sprungliste gestrichen, würde sie sich mit Zähnen und Klauen dagegen wehren. Aber die paar Stunden Freizeit, die vor ihr lagen, waren wie ein Geschenk. Eines, bei dem sie sowohl Verpackung als auch den Inhalt selbst bestimmte.

Sie musste wieder an die Campingausflüge mit ihrem Vater denken: Sie würden den Abend zu zweit verbringen, und sie würde kochen – in dem Haus, das sie die Hälfte des Jahres gemeinsam bewohnten. Nur sie beide, ein gutes Essen, gute Gespräche.

In letzter Zeit war einfach zu viel passiert. So vieles an diesem Sommer erinnerte sie wieder an ihre Mutter, an all den Hass. Sie hatte ihn zwar zum größten Teil überwunden, aber ein kleiner Rest war zurückgeblieben. Den wurde sie nicht los.

Vielleicht half ihr das ja, taff zu sein. Trotzdem hatte es sie auch ein Stück weit verhärtet. Benutzte sie ihre Vergangenheit als Vorwand, als Entschuldigung? Und wenn ja, war das dann klug oder dumm?

Darüber wollte sie nachdenken. Am besten in Gegenwart des einzigen Menschen auf der Welt, der sie in- und auswendig kannte und dennoch liebte.

Als sie vor dem schlichten weißen, zweigeschossigen Haus mit der großen Veranda hielt, blieb sie sitzen und starrte es mit offenem Mund an. Der Rasen war gelb von der langen Trockenheit, sogar im Schatten des großen alten Ahornbaums an der östlichen Grundstücksgrenze. Aber zu beiden Seiten der Verandatreppe wuchsen Blumen in einem braunen Mulchbeet. Blumenampeln hingen an den Verandapfosten und stellten rote und weiße Blüten sowie rankenden Wein zur Schau.

»Ich sehe es zwar mit eigenen Augen«, sagte Rowan laut, während sie aus dem Wagen stieg. »Aber ich kann es trotzdem kaum fassen.«

Ihr fielen die Sommer in ihrer Jugend wieder ein, in denen ihre Großmutter Töpfe bepflanzt, ja hinter dem Haus sogar einen kleinen Gemüsegarten angelegt hatte. Die Rehe und Kaninchen, die sie verflucht hatten, weil sie ihn jedes Jahr aufs Neue kahl fraßen.

Ihr fiel auch ein, dass ihr Vater in dem Ruf stand, jede noch so robuste Topfpflanze umzubringen. Jetzt hatte er sogar ein Beet angelegt. Wie die Blumen hießen, wusste sie nicht, aber sie hatten tiefrote und violette Blüten. Ein paar weiße Akzente waren auch dabei. Rowan musste zugeben, dass sie sich gut machten, auch wenn sich diese Kombination bestimmt nicht Iron Man Tripp ausgedacht hatte.

Sie ließ den Anblick auf sich wirken und sperrte die Haustür auf. Auch drinnen hatte sich einiges verändert.

Blumen? Seit wann stellte ihr Vater Blumenvasen auf? Und Kerzen, dicke weiße Kerzen, die leicht nach Vanille dufteten. Außerdem lag ein neuer bunt gemusterter Teppich auf den blank polierten Dielen im Wohnzimmer. Sie musste zugeben, dass er gut aussah. Trotzdem …

Die Hände in die Hüften gestemmt, machte sie eine Runde durchs Wohnzimmer, wo ihr die Kinnlade erneut herunterfiel. Hochglanzzeitschriften lagen auf dem alten Couchtisch. Wohn- und Gartenmagazine. Seit wann las ihr Vater?

Was für eine dumme Frage, dachte sie. Seit er mit Ella zusammen war natürlich.

Leicht beunruhigt, was sie wohl als Nächstes erwartete, ging sie in die Küche und warf einen Blick ins Arbeitszimmer ihres Vaters. Bambusrollos in kräftigen Farben hatten die beigen Vorhänge ersetzt, die zugegebenermaßen scheußlich gewesen waren.

Die Gästetoilette war die reinste Offenbarung: Keine gewöhnliche Flüssigseife stand am Waschbeckenrand, keine beigen Handtücher hingen am Handtuchhalter. Stattdessen gab es einen chromglänzenden Seifenspender, aus dem eine nach Zitrone duftende Flüssigkeit kam. Verblüfft wusch sie sich die Hände und trocknete sie mit einem flauschigen marineblauen Handtuch ab, das zusammen mit bordeauxroten Waschlappen im Regal lag. Er hatte eine Potpourrischale aufgestellt und ein Bild von einer Bergwiese aufgehängt. An eine frisch gestrichene Wand, die zur Farbe der Waschlappen passte.

Ihr Vater hatte bordeauxrote Wände in der Toilette! Sie wusste nicht, wie sie sich von diesem Schock erholen sollte.

Wie benebelt ging sie weiter zur Küche und blinzelte.

Sauber und praktisch, darauf war es den Tripps immer angekommen. Doch seit ihrem letzten Besuch war jede Menge Deko dazugekommen.

Eine große ovale Bambusschale, die sie noch nie zuvor gesehen hatte, enthielt frisches Obst. Kräuter wuchsen in kleinen roten Tontöpfen auf der Fensterbank über der Spüle. Ein geschmiedetes Weinregal – mitsamt Flaschen – schmückte den Kühlschrank. Die ausgeblichenen Kissen auf den Hockern vor der Frühstückstheke hatte er auch ausgetauscht, ihre jetzige Farbe wurde von den Hochglanzzeitschriften im Wohnzimmer bestimmt als Kürbisorange bezeichnet.

Im Essbereich lagen bereits zwei Sets bereit, auch sie aus Bambus, daneben Stoffservietten, die von einem Serviettenring zusammengehalten wurden. Und als ob das alles noch nicht genügte, gab es noch einen Übertopf mit weißen Margeriten und Teelichter in bernsteingelben Schälchen.

Rowan wollte in den ersten Stock gehen, beschloss aber, dass sie erst einen Drink und eine Verschnaufpause brauchte, um die Eindrücke zu verarbeiten. Eine Verschnaufpause, die gut und gern ein Jahr dauern kann, dachte sie, als sie den Kühlschrank aufmachte.

Gut, es gab Bier, wenigstens das war geblieben. Aber da auch eine bereits geöffnete Flasche Weißwein mit einem witzigen Verschluss im Kühlschrank stand, bediente sie sich davon. Sie nippte am Wein und musste zugeben, dass er ausgezeichnet war. Dann warf sie einen Blick auf die Lebensmittelvorräte.

Mit der Zeit fühlte sie sich immer mehr zu Hause und weniger wie ein Eindringling. Sie marinierte Hühnerbrüste, wusch Kartoffeln. Und sie schüttelte den Kopf angesichts der Liegestühle vor dem Küchenfenster, die ihr Vater zwar jedes zweite Jahr strich, aber noch nie zuvor in einem Chilischotenrot.

Als sie ihn kommen hörte, brutzelte das Abendessen bereits in der großen Pfanne, und sie schenkte ein zweites Glas Wein ein.

Zumindest er war noch ganz der Alte.

»Hm, wie das duftet.« Er zog sie an sich, drückte sie fest. »Das ist ja eine tolle Überraschung.«

»Ich habe auch so manche Überraschung erlebt. Hier, dein Wein.« Sie reichte ihm das zweite Glas. »Jetzt, wo du dich mit Wein auskennst.«

Grinsend prostete er ihr zu. »Ziemlich gut, das Zeug. Haben wir Zeit, uns kurz rauszusetzen?«

»Ja, das wäre schön. Du hast einiges verändert«, bemerkte sie, als sie auf die Terrasse hinaustraten.

»Ich habe etwas Schwung in die Bude gebracht. Na, was sagst du?«

»Schön bunt.«

»Ich bin ein bisschen über meinen Schatten gesprungen.« Er ließ sich in einen der knalligen Liegestühle fallen und seufzte glücklich.

»Dad, du hast Blumen gepflanzt. Das ist weitaus mehr, als nur über deinen Schatten zu springen.«

»Und bisher haben alle überlebt. Automatische Bewässerung.«

»Wie bitte?«

»Ich habe eine Bewässerungsanlage installiert. Damit sie nicht verdursten.«

Der Wein, die automatische Bewässerungsanlage, die bordeauxroten Wände. Wer war dieser Mann?

Aber als er sie ansah, seine Hand auf die ihre legte, erkannte sie ihn wieder. »Was bedrückt dich, Schätzchen?«

»So einiges.«

»Dann erzähl mir davon.«

Sie gehorchte.

»Ich habe das Gefühl, dass mir alles entgleitet. Heute Morgen dachte ich, ich hätte alles im Griff, aber dann … Ich träume wieder von Jim, nur noch schlimmer. Bei dem, was in dieser Saison schon alles vorgefallen ist, weiß ich nicht, wie ich diese Albträume verdrängen soll. Erst das, was Dolly getan hat. Dann, was ihr widerfahren ist. Als Nächstes ihr durchgeknallter Vater. Und wenn es tatsächlich stimmt, dass er den Pfarrer umgebracht und das Feuer gelegt hat – warum regt es mich dann so wahnsinnig auf, dass er abgehauen und seine Frau im Stich gelassen hat?«, sagte sie und sprang auf.

»Ich weiß warum. Aber dass meine Mutter uns verlassen hat, darf nicht mein ganzes weiteres Leben bestimmen. Zumindest will ich das nicht, denn dafür bin ich eigentlich viel zu intelligent.«

»Allerdings«, sagte er, als sie sich zu ihm umdrehte. »Intelligent warst du schon immer.«

»Ich bin mit Gull zusammen und weiß nicht, ob ich überhaupt noch klar denken kann. Wohin soll das führen? Warum denke ich überhaupt darüber nach? Warum sollte ich wollen, dass es zu irgendwas führt? Und du pflanzt Blumen, trinkst Wein, stellst Potpourrischalen auf.«

Er musste lächeln. »Das riecht besser als künstlicher Duft aus der Steckdose.«

»Mit Beeren und kleinen weißen Blüten drin. Und dann gibt Dollys Mutter das Baby den Brayners, weil sie sich nicht mehr darum kümmern kann. Wahrscheinlich ist es das Beste so, das einzig Richtige. Aber mir wird ganz schlecht davon. Es macht mich traurig, sodass ich wieder wütend werde, weil ich erneut nur meine eigenen Erfahrungen auf Shiloh projiziere. Die Situation dieses

Babys ist aber ganz anders als meine damals. Gut möglich, dass ich morgen zu einem Einsatz nach Alaska muss. Ich sitze auf kürbisorangen Kissen, rede von einem Baby, das ich nie gesehen habe, und von einem Mann, der über diese Saison hinaus mit mir zusammenbleiben möchte. Wie konnte es nur so weit kommen?«

Lucas nickte bedächtig und trank ein wenig Wein. »Das ist ganz schön viel, was du da verarbeiten musst. Aber eines nach dem anderen: Dass du wieder Albträume hast, gefällt mir gar nicht. Aber es wundert mich auch nicht. Der Stress im Job belastet dich, außerdem ist diese Saison ganz anders als die vergangenen. Wahrscheinlich bist du nicht die Einzige, die Albträume hat.«

»Daran hatte ich noch gar nicht gedacht.«

»Hast du schon mit L. B. geredet?«

»Nicht darüber. Wenn ich meinen Stress bei ihm ablade, hilft das niemandem weiter. Ich lade ihn lieber bei dir ab.«

»Ich kann dir nur sagen, was ich dir direkt nach dem Unfall auch schon gesagt habe: Wir alle leben mit Risiken. Wir trainieren, um sie zu minimieren. Lässt sich ein Feuerspringer ablenken, kann er Glück haben. Aber manchmal hat er eben kein Glück. Jim hatte kein Glück, und das ist eine Tragödie. Für seine Familie ist das ein schwerer Schlag. Auch für seine Kollegen, die irgendwie mit zur Familie gehören.«

»Ich habe noch nie zuvor jemanden verloren. Nicht auf diese Weise. Sie zählt nicht«, sagte sie und meinte ihre Mutter.

»Ich weiß. Du willst ihn retten, willst den Sprung noch einmal absolvieren. Aber das geht nicht, Schätzchen. Hast du das begriffen, werden auch die Albträume aufhören.«

Er stand auf, legte den Arm um sie. »Ich weiß nicht, ob du jemals zur Ruhe kommen wirst, solange die Sache mit Leo nicht geklärt ist. Du bist betroffen, also kannst du nicht vergessen. Dolly hat versucht, dir die Schuld an Jims Tod in die Schuhe zu schieben. Aber anscheinend war es das Geständnis ihrer Schwangerschaft, das Jim abgelenkt hat. Und dann ist Leo wegen Jim, wegen Dolly, auf dich losgegangen. Die Polizei hält ihn für ihren Mörder. Es wird Zeit, dass du dich von deiner Vernunft leiten lässt, Ro.« Er küsste ihren Scheitel. »Lass nicht zu, dass Menschen, die Schuld auf sich geladen haben, sie auf dich abwälzen. Dass du mit Irene Brakeman Mitleid hast, ist einfach nur menschlich. Vielleicht sind wir beide in diesem Punkt besonders sensibel. Ella ist gerade bei ihr, um ihr zu helfen, und das beruhigt mich.«

»Ich bin froh, dass sie jemanden hat. Mrs. Brakeman, meine ich.«

»Ich hatte deine Großeltern und habe mich sehr auf sie verlassen. Ich hatte meine Freunde, meine Arbeit. Aber vor allem hatte ich dich. Wenn jemand geht, hinterlässt er eine offene Wunde. Manche Menschen drücken sie zu und leben einfach weiter. Manche lassen sie heilen. Wieder andere bohren darin herum, sodass sie sich nicht mehr richtig schließen kann. Ich sage das nur ungern, aber ich glaube, wir beide gehören zur letzten Kategorie.«

»Meist verdränge ich das.«

»Ich auch. Meistens. Aber jetzt hast du diesen Freund. Den ersten übrigens, den du mir gegenüber überhaupt erwähnst, deshalb glaube ich, dass du Dinge für ihn empfindest, denen du bisher bewusst aus dem Weg gegangen bist. Liebst du ihn?«

»Woher soll ich das wissen?«, fragte sie. »Liebst du Ella?«

»Ja.«

Verblüfft trat Rowan einen Schritt zurück. »Einfach so? Du kannst einfach so sagen: Peng! Ich bin verliebt?«

»Sie hat die Wunde geschlossen, Schätzchen. Ich weiß auch nicht, wie ich dir das erklären kann. Ich kann schlecht über solche Dinge reden, und vielleicht habe ich diesbezüglich bei dir versagt. Aber sie hat die Wunde geschlossen, jene Wunde, die ich nie ganz verheilen ließ. Aber das Risiko gehe ich gern ein, denn sonst müsste ich mir all die wunderbaren Dinge entgehen lassen. Ich wünschte, du würdest sie besser kennen.«

Er hob hilflos die Hand.

»Sie ist witzig und intelligent. Sie sagt, was sie denkt, ohne andere Menschen zu verletzen. Sie ist so was von begabt. Du solltest sie mal im freien Fall erleben. Es ist eine Freude, das mit anzusehen, wirklich! Sie kocht besser als Marge, aber bitte verrate das niemandem, denn sonst werde ich alles abstreiten. Sie kennt sich mit Wein, Büchern und Blumen aus. Sie kann mit Werkzeug umgehen. Sie hat tolle Kinder, die selbst schon Kinder haben. Sie ist eine gute Zuhörerin und offen für Neues. Mit ihr fühle ich mich so … so …«

Genau das war es, begriff Rowan. Genau das war Liebe. Sie stand ihrem Vater ins Gesicht geschrieben.

»Ich muss jetzt das Essen auf den Tisch bringen.« Sie wandte sich zur Tür und drehte sich um, sah, wie er ihr traurig nachblickte. »Bittest du mich mehr oder weniger um meinen Segen?«

»Ich denke schon.«

»Jeder, der dich so glücklich macht und dich überreden

konnte, die hässlichen Vorhänge in deinem Arbeitszimmer wegzuwerfen, hat meine volle Sympathie. Du kannst mir noch ein bisschen von ihr erzählen, während wir essen.«

»Ro, das bedeutet mir mehr, als ich dir sagen kann.«

»Du hast aber noch keine herzförmigen Kissen auf dem Bett liegen, oder?«

»Nein, warum?«

»So etwas kommt mir nicht ins Haus. An den Rest kann ich mich durchaus gewöhnen. Und noch etwas: Bitte keine umhäkelten Klopapierrollen. Das wäre definitiv das Aus.«

»Ich werd's mir merken.«

»Gut, denn mir fällt bestimmt noch das ein oder andere in dieser Richtung ein.«

Rowan ging zum Herd und freute sich, dass das Strahlen in sein Gesicht zurückgekehrt war.

25

Gull ging mit seinem Buch in den Aufenthaltsraum, weil er nicht allein sein wollte. So konnte er sich ab und an in Gespräche einmischen, die Sportsendungen im Fernsehen und den Verlauf des Pokerturniers mitverfolgen, zu dessen Teilnahme er sich nicht hatte aufraffen können. Oder aber er genoss einfach nur die Geräuschkulisse.

Da er das Gefühl hatte, jederzeit ausrücken zu müssen, entschied er sich für ein Ginger Ale und eine Tüte Chips. Beides würde ihm während der nächsten beiden Kapitel Gesellschaft leisten.

»Hast du Angst, deinen Lohn zu verspielen?«, rief Dobie vom Pokertisch aus.

»Eine Wahnsinnsangst.«

»Aus?« Ein erboster Trigger sprang aus seinem Sessel. »Das gibt's doch nicht. Von wegen aus! Habt ihr das gesehen?«, fragte er.

Gull hatte nichts gesehen, sagte aber gutmütig: »Na klar! Der Schiedsrichter ist ein Arschloch.«

»Hat der Tomaten auf den Augen? Wo ist eigentlich deine Alte?«

Amüsiert blätterte Gull um. »Die hat mich wegen eines anderen sitzen lassen.«

»Frauen! Die sind schlimmer als Schiedsrichter. Man kann unmöglich mit ihnen zusammenleben, ohne sie so richtig windelweich zu prügeln.«

»He!« Janis legte zwei Karten ab. »Nur, weil ich Titten habe, heißt das nicht, dass ich taub bin, Kumpel.«

»Ach, du bist doch keine Frau. Du bist eine Feuerspringerin.«

»Eine Feuerspringerin mit Titten.«

»Außer du verspielst sie als Einsatz«, meinte Cards.

»Dafür sind sie mir viel zu schade.«

Tolle Geräuschkulisse, dachte Gull. Sie gefiel ihm jedenfalls deutlich besser als seine Lektüre.

Ihm gegenüber spielten Yangtree – mit einem Eisbeutel auf dem Knie – und Southern eine intensive, mehr oder weniger stumme Partie Schach. Libby hatte Kopfhörer auf und wippte mit dem Kopf hin und her, während sie ein Kreuzworträtsel löste.

Fast die Hälfte der Feuerspringer war im Aufenthaltsraum. Einige bildeten Grüppchen, andere blieben allein, und wieder andere lagen auf dem Boden und konzentrierten sich auf das Baseballspiel im Fernsehen.

Alle warteten, dachte Gull. Alle wussten, dass die Sirene jederzeit aufheulen und sie in alle vier Himmelsrichtungen losschicken konnte. Dorthin, wo es viel Kameradschaft, aber wenig Freizeit gab. Dann war keine Zeit mehr, Schiedsrichter zu beleidigen oder sich einen neuen Schachzug zu überlegen. Statt Geld zu schaufeln, wie Cards beim Pokern, würden sie Glut und Asche schaufeln.

Er sah, wie Trigger triumphierend die Hände in die Höhe riss, als seine Mannschaft einen Punkt machte. Wie Yangtree Southerns Läufer schlug und Dobie Chips in die Mitte warf, um den Einsatz zu erhöhen, woraufhin Stovic angewidert grunzte.

»Ein Wort mit fünf Buchstaben für Langeweile?«, fragte Libby laut.

»TV-Spots«, schlug Trigger vor. »Die sollten verboten werden.«

»Das sind sieben Buchstaben. Außerdem gibt es auch witzige Werbung.«

»Witzig – dass ich nicht lache!«

»Ennui«, sagte Gull.

»Mist, das hätte ich eigentlich wissen müssen.«

»Der kennt jedes Fremdwort«, bemerkte Dobie.

Gull lächelte nur. Langweilig war ihm im Moment definitiv nicht. Er war zufrieden, dachte er. Er war zwar bereit, jederzeit auszurücken, aber im Moment genoss er es, mit Kollegen zusammenzusitzen und herumzuwitzeln, bis seine Freundin zurückkam.

Er wusste, wo er hingehörte. Keine Ahnung, wann ihm das zum ersten Mal klar geworden war. Vielleicht, als er Rowan zum ersten Mal gesehen hatte. Vielleicht bei seinem ersten Sprung. Vielleicht an dem Abend in der Bar. Oder als er vor der Wiese mit wilden Lupinen gestanden hatte. Im Grunde war das auch egal.

Er war auch gern Teil des Feuerwehrbodentrupps gewesen. Er hatte seine Kollegen gemocht, zumindest die meisten. Dabei hatte er gelernt zu warten, zu handeln, durchzuhalten und zu kämpfen. Er liebte das Ringen mit den brutalen Urgewalten und den Einsatz technischen Know-hows. Aber was er bei den Feuerspringern gefunden hatte, ging tiefer und hatte eine unwiderstehliche Liebe und Leidenschaft in ihm entfacht.

Er wusste, dass er so lange wie möglich im Aufenthaltsraum sitzen und mit seinen Kollegen herumalbern würde. Auf seine Frau warten würde, die nicht da war. Genau in dem Moment, als er das dachte, kam Rowan herein.

»Meine Güte, heutzutage darf wirklich jeder in diesen exklusiven Club.« Sie ließ sich neben Gull fallen und griff in seine Chipstüte. »Na, wie steht's?«

»Unentschieden«, sagte Trigger. »Wegen eines Schiedsrichters mit Tomaten auf den Augen.«

Sie griff nach Gulls Ginger Ale, doch es war bereits leer. »Hast du etwa gewartet, bis ich komme und dir ein neues Getränk bringe?«

»Ertappt!«

Sie stand auf, holte eine Cola. »Hier, entweder das oder gar nichts.« Sie trank zuerst davon und reichte sie dann weiter.

»Danke. Und, wie geht's meiner Alten?«

»Wie hast du mich gerade genannt?«

»Er hat dich so genannt.« Gull zeigte erbarmungslos auf Trigger.

»Du texanischer Vollpfosten!«

Sie neigte den Kopf, um den Titel des Buches zu entziffern, das Gull beiseitegelegt hatte. »*Ethan Frome?* Wenn du das gelesen hast, wundere ich mich, dass du nicht sabbelnd im Koma liegst.«

Er gab ihr die Cola zurück. »Ich dachte, es würde mir besser gefallen. Da ich inzwischen älter, weiser und gebildeter bin. Aber es ist immer noch genauso langweilig wie damals mit zwanzig. Zum Glück bist du wieder zurück, sonst wäre ich bald völlig gelähmt gewesen vor lauter Ennui.«

»Hä?«

»Dieses Wort war vorhin bei einem Kreuzworträtsel gefragt. Wie geht es deinem Dad?«

»Er ist verliebt.«

»In den scharfen Feuerkopf.«

Rowans Augen funkelten. »Ich wünschte, du würdest sie nicht so nennen.«

»Ich nenne die Dinge gern bei ihrem Namen. Und wie geht es dir?«

»Ich muss mich erst mal von den Blumenbeeten, den Blumenvasen, den Kerzen und der Potpourrischale auf der Toilette erholen.«

»Um Himmels willen! Ein Potpourri auf der Toilette. Wir müssen uns so schnell wie möglich zusammentun, um ihn aus ihren Klauen zu befreien. Noch kann er gerettet werden, du darfst die Hoffnung nicht aufgeben.«

Da er seine Beine auf ihren Schoß gelegt hatte, bog sie energisch seinen Zeh um. »Plötzlich ist bei ihm alles bunt. Ella! Ich würde gern sagen, dass es kitschig aussieht. Aber das stimmt nicht. Es sieht gut aus, charmant. Sie hat ein wenig Farbe in den Einheitsbrei aus Beige, Elfenbein und Braun gebracht. Und er ist glücklich. Sie macht ihn glücklich. Sie hat die Wunde geschlossen, jene Wunde, die nicht heilen durfte. So in etwa hat er sich ausgedrückt. Und ich habe noch etwas gelernt. Nämlich dass sie recht hatte, als wir uns damals in der Stadt getroffen haben. Als wir Eis essen waren. Wenn er zwischen mir und ihr wählen müsste, hat sie gesagt, hätte sie nicht die geringste Chance. Aber wenn ich ihn zwingen würde, auf sie zu verzichten, wäre ich genauso wie meine Mutter: entweder – oder, Kumpel, beides geht nicht.«

»Aber du bist nicht so wie deine Mutter.«

»Nein. Ich muss mich erst noch daran gewöhnen, an sie gewöhnen. Aber er strahlt so, seit er sie kennt, also werde ich mich bestimmt mit ihr anfreunden.«

»Das ist wahre Tochterliebe, Rowan.«

»Wenn sie ihm wehtut, werde ich ihr den Arsch aufreißen.«

»Klar.«

»Und noch etwas: Ich will mir das gar nicht mal schlechte Abendessen abtrainieren, das ich heute zubereitet habe. Und dann gehe ich ins Bett.«

»Moment mal, du hast gekocht?«

»Ich kann ein Dutzend Vorspeisen zubereiten. Vier davon sind Variationen des Schinken-Käsetoast-Klassikers.«

»Da haben wir ein ganz neues Gesprächsthema. Ich hol nur schnell meine Schuhe.«

Gibbons kam herein, und Gull ließ den Roman von Edith Wharton für einen anderen Leser liegen.

»Vielleicht lasst ihr das Kartenspielen lieber sein. Wir wurden in Alarmbereitschaft versetzt. Es ist zwar nicht offiziell, aber wahrscheinlich rücken wir mit zwei Teams nach Fairbanks aus. Vielleicht auch gleich zum Einsatzgebiet. L. B. ist noch mit der Planung beschäftigt. Und wie es aussieht, braucht Bighorn morgen auch Verstärkung.«

»Dabei habe ich gerade so gute Karten«, beschwerte sich Dobie.

»Das sind neue Schuhe für das Baby«, rief Cards ihm in Erinnerung. »Wenn ich so weitermache, kann ich neue Schuhe kaufen, ohne Rauch fressen zu müssen.«

»Alle, die zu den ersten beiden Gruppen gehören, sollten ihre Ausrüstung kontrollieren, solange noch Zeit dazu ist«, sagte Gibbons.

»Ich war noch nie in Alaska«, meinte Gull.

»Das ist ein Naturschauspiel.« Rowan schubste seine Füße von ihrem Schoß.

»Ich liebe Naturschauspiele.«

Rowan steckte noch ein paar Energieriegel in ihren Rucksack und nach kurzer Überlegung auch zwei Dosen Cola. Lieber schleppte sie sie mit sich herum, als darauf verzichten zu müssen. Sie schlüpfte aus den Freizeitklamotten, die sie bei ihrem Vater getragen hatte, und schloss gerade den Gürtel, als die Sirene losheulte. Zusammen mit den anderen eilte sie in den Bereitschaftsraum.

Sobald sie das Flugzeug bestiegen hatte, streckte sie sich auf dem Boden aus und bettete den Kopf auf ihren Rucksack. Sie wollte den ganzen Flug über schlafen.

»Wie ist es dort?« Gull stupste sie mit dem Fuß an.

»Unendlich weit und leer.«

»Echt? Im Winter soll es dort kalt und dunkel sein. Stimmt das?«

Sie ließ sich vom Motorenlärm einlullen, während weitere Feuerspringer einstiegen. »Um diese Jahreszeit ist es lange hell. Wenn man springt, muss man sich weniger Sorgen um die Bäume machen, sondern um das Wasser. Davon gibt es ziemlich viel, man sollte also den Zielpunkt möglichst nicht verfehlen. In Alaska gibt es von allem viel: viel Wasser, viel Landschaft und viele Berge. Aber nur wenige Menschen, und das ist ein Vorteil.«

Sie drehte sich um, suchte nach einer bequemeren Lage. »Die Feuerspringer in Alaska verstehen ihren Job. In dieser Saison war es sehr trocken, wahrscheinlich brauchen sie deshalb Verstärkung. Zur Saisonmitte sind sie erschöpft.«

Sie schlug die Augen auf und sah ihn an. »Es ist wunderschön dort: der Schnee auf den riesigen Berggipfeln, der niemals schmilzt. Die Seen und Flüsse, die Mitternachtssonne. Es gibt faustgroße Moskitos und Bären so groß wie ein Lieferwagen. Aber das Feuer ist mehr oder weniger wie bei uns. Man muss es löschen, am Leben bleiben und alle wieder heil nach Hause bringen.« Sie schloss die Augen. »Du solltest schlafen, solange es noch geht.«

Sie schlief wie ein Stein, und als sie aufwachte, war sie steif wie ein Brett. Gott sei Dank landeten sie zunächst in Fairbanks, wo die Mannschaft sich erholen und stärken konnte, während die Einsatzleiter eine Strategie entwickelten.

Da ein riesiges Gebiet betroffen war und der Wind das Feuer ständig anfachte, mussten sie sich sorgfältig mit dem Team aus Alaska abstimmen. Es gelang ihr, sich eine weitere Cola zu organisieren, sodass die beiden Dosen in ihrem Rucksack unangetastet blieben. Dann machten sie eine Partnerkontrolle und bestiegen das Flugzeug erneut.

»Du hast recht«, sagte Gull, als sie Fairbanks in südwestlicher Richtung verließen. »Es ist wunderschön. Es ist kurz vor Mitternacht und trotzdem so hell wie nachmittags.«

»Lass dich davon nicht verzaubern, denn das macht unkonzentriert. Und dann wird man schnell vom Feuerdrachen verschlungen.«

Er musste eine andere Position einnehmen, um einen ersten Blick auf den Brand zu erhaschen. Dann versuchte er, das Gleichgewicht zu halten, weil das Flugzeug in Turbulenzen geriet und bockte.

»Das ist ein Feuer wie alle anderen auch. Und ich bin konzentriert«, fügte er hinzu, als sie ihn missbilligend ansah.

Durch den Rauch sah er die weißen Berggipfel. Den Denali, den heiligen Berg. Nördlich von ihm lag unberührte Wildnis, östlich loderten grell die Flammen.

Er verschaffte sich einen Überblick, während sie nach hinten ging, um sich mit Yangtree und Cards, dem Absetzer, zu besprechen. Die Kollegen schauten aus den Fenstern, um zu sehen, was sie erwartete.

»Wir versuchen, eine Birkenlichtung am Osthang zu erreichen. Das Team aus Alaska hat sie als Zielgebiet benutzt. Cards wird ein paar Winddrifter abwerfen. Mal sehen, wie sie fliegen.«

»Meine Güte, habt ihr das gesehen?«, fragte jemand.

»Sah aus wie eine Explosion«, meinte Gull.

»Das liegt aber ziemlich weit westlich von unserem Zielgebiet. Bleibt cool«, rief sie. »Bleibt ganz ruhig, konzentriert euch.«

»Passt auf eure Reserveschirme auf.« Cards zog die Tür auf.

Gull sah, wie die Drifter vorbeiflogen. Der Wind trieb stinkenden rauchigen Nebel herein, ein kleiner Vorgeschmack auf das, was nun kam.

Rowan trat in die Tür, grinste ihn ein letztes Mal an. Dann katapultierte sie sich hinaus, dicht gefolgt von Stovic.

Als Gull an der Reihe war, beruhigte er seine Atmung und hörte auf das, was Cards ihm über die Strömung erzählte. Er rief sich die Lichtung vor Augen, und als er seine Hand auf der Schulter spürte, sprang er.

Herrlich, dachte er, während ihm der Wind ins Gesicht peitschte: die hoch aufragenden weißen Gipfel, das glitzernde, wirbelnde, unglaublich blaue Wasser, das sommerliche Grün und der starke Kontrast zu dem heimtückischen Schwarz, Rot und Orange des Feuers.

Sein Schirm entfaltete sich, verwandelte den freien Fall in einen Gleitflug. Er sah sich nach Gibbons, seinem Sprungpartner, um und hob den Daumen. Ein starker Windstoß erfasste ihn und versuchte, ihn nach Süden zu drücken. Doch Gull kämpfte dagegen an und schwebte durch den Rauch, der ihn umhüllte.

Der Wind erfasste ihn erneut, zerrte an ihm. Wieder sah er das tiefe, verträumte Blau durch den Rauchnebel. Verdammt, kommt gar nicht infrage, dachte er. Er würde nicht im Wasser landen, vor dem ihn Rowan gewarnt hatte.

An den Steuerleinen zerrend, sah und akzeptierte er, dass der Zielpunkt nicht mehr zu erreichen war. Fluchend flog er zwischen den Birken hindurch und landete fast in einem See.

Leicht verärgert sammelte er seinen Schirm ein, während Rowan und Yangtree auf ihn zueilten.

»Ich dachte, du säufst ab.«

»Ich habe eine blöde Bö erwischt.«

»Ich auch. Ich musste beinahe tauchen gehen. Sei froh, dass du nicht nass bist oder humpelst.«

»Mein Fallschirm ist an einigen Stellen eingerissen.«

»Das kann ich mir vorstellen.« Dann grinste Rowan wieder so wie vor dem Sprung. »Was für ein Flug!«

Sobald alle Feuerspringer gelandet waren, beriet sich Yangtree mit Rowan und Gibbons, während sich die anderen um die Verpflegung und die Ausrüstung kümmerten.

»Sie dachten, sie würden es schaffen, ließen vierzig Mann ausrücken. Und in den ersten beiden Tagen sah es auch ganz danach aus. Doch dann hat das Feuer zurückgeschlagen. Es gab mehrere Explosionen, Schäden an der Ausrüstung und ein paar Verletzte.«

»Der übliche Mist«, meinte Gibbons.

»Das kann man wohl sagen. Ich koordiniere den Einsatz mit dem Chef der Alaska-Truppe, den Forstleuten und den Rangern. Ich werde einen Hubschrauberrundflug machen, damit ich einen besseren Überblick bekomme, bevor es richtig losgeht.«

Er griff nach einem Stock und zeichnete eine grobe Landkarte in den Torfboden. »Gibbons, du brichst mit einem Team zur linken Flanke auf. Dort wurde bereits eine Schneise geschlagen. Und dort triffst du dich mit dem Alaska-Team. Und da ist eine Wasserquelle für die Pumpen. Wikingerbraut, du gehst zur rechten Flanke und bekämpfst sie, brennst sie nieder, ertränkst sie.«

»Wir greifen das Feuer von der Rückseite an«, sagte sie und betrachtete die Karte. »Wir hungern das Biest aus.«

»Zeig ihnen, wozu wir Zulies in der Lage sind. Nimm dich gut vor dem Feuerdrachen in Acht, pack ihn erst am Schwanz und greif dann seinen Kopf an.« Er sah auf die Uhr. »Wenn wir uns beeilen, sollten wir den Kopf in fünfzehn, sechzehn Stunden erreicht haben.«

Sie besprachen Strategie, Details, Richtungen, gingen auf der Birkenlichtung in die Hocke und holten Kettensägen, Flammenwerfer, Pumpen und Schläuche hervor.

Gibbons ging voraus und streckte seine Pulaski in den Himmel. »Los geht's«, rief er.

»Bildet Gruppen zu zehn Mann.« Yangtree klatschte in die Hände wie ein Mannschaftskapitän vor dem Spiel. »Legt los, Zulies!«

Gesagt, getan.

Wie geplant verwendeten Rowan und ihr Team Flammenwerfer, um das Gebiet zwischen der tobenden rechten Flanke und der Forststraße kontrolliert niederzubrennen. Sie entfernten Totholz und verbreiterten die Verteidigungslinie, während sie weiter nach Norden marschierten. Sollte der Drache versuchen, sich nach Osten zu wenden und die Straßen zu überspringen, auf menschliche Siedlungen und Blockhäuser überzugreifen, wurde er vorher ausgehungert.

Sie arbeiteten die ganze Nacht durch, bis weit in den nächsten Tag hinein. Währenddessen knisterte und fauchte die Flanke und spie Flugfeuerfunken, die der Wind in die trockene Tundra blies.

»Essen fassen«, rief Rowan. »Ich gehe durch das verbrannte Gebiet und schaue nach Gibbons und seinem Team.«

Dobie zog ein zerdrücktes Sandwich aus seinem Rucksack und sah zu den turmhohen Feuer- und Rauchsäulen empor. »Das ist der größte Brand, den ich je gesehen habe.«

»Ein ziemlicher Brummer«, pflichtete Rowan ihm bei. »Aber du weißt ja, was man so über Alaska sagt. Dort ist alles riesig. Tank Energie! Wir haben jede Menge Arbeit vor uns.«

Sie konnte ihnen keine lange Pause gönnen, dachte sie, während sie davonmarschierte. Der richtige Zeitpunkt war ebenso entscheidend wie die Pulaskis und die Kettensägen. Dobie hatte recht: Dieser Brand war wirklich gewaltig, viel größer als erwartet.

Der Duft von Kiefernharz lag in der Luft, überdeckt vom beißenden Rauchgestank, der grau vom Torfboden des einst unberührten Waldes aufstieg. Dort lagen die übel zugerichteten, verkohlten Bäume wie gefallene Soldaten auf dem Schlachtfeld.

Sie konnte keine Sägen, keine Rufe hören. Gibbons war nicht so nahe, wie erhofft, und sie kehrte um. Auf dem Rückweg zu ihren Männern aß sie eine Banane und einen Energieriegel.

Gull kam ihr mit einem Energydrink entgegen.

»Wie sieht's aus, Chefin?«

»Wir haben den Drachen am Schwanz gepackt, wie befohlen. Aber sein Schwanz ist verdammt lang. Wir müssen uns ganz schön beeilen, wenn wir Yangtrees Leute zum geplanten Zeitpunkt erreichen wollen. Bald kommen wir zu einem Wasserlauf, etwa hundert Meter weiter westlich. Wir werden dem Feuerdrachen einen Eimer Wasser überschütten.«

Sie griff nach seinem Getränk und nahm einen Schluck. »Das Feuer schlägt ganz schön hoch, Gull. Irgendein Schreibtischhengst hat zu lange gewartet, bevor er weitere Mannschaften losgeschickt hat, und jetzt breitet es sich mithilfe des Windes weiter aus. Es kann uns einschließen. Wir müssen schleunigst zur Wasserquelle vorstoßen, ihm eine kalte Dusche verpassen und uns zurückziehen.«

»Dann mal los!«

Trotzdem dauerte es verdammt lange, bis sie den rauschenden Bergbach erreicht hatten.

»Dobie und Mr. Kettensägenmassaker, schlagt auf die Brandinseln ein. Libby, Trigger, Southern: Ihr entfernt Totholz sowie die Kraut- und Strauchschicht. Der Rest installiert die Pumpen.«

Sie griff nach einer der Pumpen, verband sie mit dem Schlauch. Sie eilte schwitzend hin und her, schloss das Fußventil an, überprüfte den Saugkorb.

Sie mussten das Feuer eindämmen, denn sonst wären sie gezwungen, sich nach Osten zurückzuziehen und Hunderte von Morgen aufzugeben – mit dem Risiko, dass sie das Feuer immer weiter vom Kopf, von Gibbons abdrängten und damit der endgültige Sieg in weite Ferne rückte.

Sie steckte die Gewindekupplung auf den Schlauch und begann, sie festzuschrauben. Ohne Erfolg.

»Komm schon, komm schon.« Sie fing von vorn an, verfluchte ihre Hast, doch das Ergebnis blieb dasselbe. Also sah sie sich die Kupplung näher an.

»Scheiße, die Gewindekupplung dieser Pumpe ist kaputt.«

Gull sah sie an. »Die von meiner auch.«

»Bei mir ist alles in Ordnung«, rief Janis, die an der dritten Pumpe stand. »Sie saugt schon Wasser an.«

»Dann mach los!«

Eine Pumpe wird nicht reichen, dachte Rowan. Genauso gut konnte man versuchen, das Feuer mit einer Rucksackpumpe zu bekämpfen.

»Wir sind am Arsch.« Wütend versetzte sie der nutzlosen Pumpe einen Fausthieb.

Gull fing ihren Blick auf. »Dass gleich bei zwei Pumpen die Gewindekupplungen kaputt sind, ist doch kein Zufall.«

»Darüber kann ich mir im Augenblick keine Gedanken machen. Wir gehen mit einer Pumpe auf das Feuer los, solange wir können, und heben einen Feuergraben aus. Dann kehren wir zur alten Verteidigungslinie zurück und weichen nach Osten aus. Meine Güte, so viel Wald, der da verloren geht. Wir haben aber keine Zeit, weitere Pumpen oder Verstärkung anzufordern. Wenn ich wenigstens etwas Isolierband hätte, könnten wir Pumpe und Schlauch notdürftig verbinden.«

»Isolierband. Warte mal.« Gull richtete sich auf und rannte zu Dobie, der gerade Erde über eine ersterbende Brandinsel schaufelte.

Rowan staunte, als er mit einer Rolle Isolierband zurückkehrte. »Für Dobie ist Isolierband genauso wichtig wie Tabasco. Ohne geht er nie aus dem Haus.«

»Das könnte klappen.«

Sie umwickelten die defekte Schlauchkupplung fest mit Isolierband, zur Sicherheit gleich mehrmals.

»Drück mir die Daumen«, sagte Rowan zu Gull und betätigte die Saugpumpe.

»Sie saugt«, murmelte sie, als Wasser aus den Öffnungen schoss. »Los, kommt, weitermachen. Drückt mir die Daumen!«

Sie schloss die Verbindung zur Pumpe und öffnete die zum Schlauch. »Das muss funktionieren. Es funktioniert tatsächlich«, korrigierte sie sich und warf den Motor an. »Trigger, an die Pumpe! Und wir sehen zu, dass wir die andere zum Laufen bringen«, sagte sie zu Gull.

»Zwei. Das kann kein Zufall sein«, wiederholte Gull, während sie sich an die Arbeit machten.

»Nein, nicht bei zwei Pumpen. Entweder hat jemand ziemlich geschlampt oder …«

»Das war Absicht.«

Rowan sah ihn nur an. »Komm, beeilen wir uns. Darum können wir uns kümmern, nachdem wir dieses Chaos hinter uns haben.«

Sie dämmten das Feuer ein, hielten die Verteidigungslinien aufrecht, schaufelten Kohle und Glut zurück in den Rachen des Feuerdrachen. Doch unter Rowans Erleichterung mischte sich kochende Wut. Egal, ob Zufall oder Absicht, Nachlässigkeit oder Sabotage: Sie hatte ihr Team großer Gefahr ausgesetzt, weil sie sich auf die Ausrüstung verlassen hatte.

Als die von Yangtree genannten fünfzehn, sechzehn Stunden um waren, befanden sie sich einen knappen Kilometer südlich vom Kopf des Feuerdrachen. Sie hatte den Großteil ihres Teams nach Norden geschickt und zwei Mann abkommandiert, das verbrannte Gebiet zu kontrollieren.

Sie nahm sich Zeit, sich zu beruhigen, die Brandzentrale anzufunken, die defekte Ausrüstung und ihre Fortschritte zu melden. Aber als sie diesmal durchs Reich der Finsternis lief, hörte sie den Lärm von Motorsägen. Ermutigt folgte sie dem Geräusch, bis sie Gibbons' Sägelinie erreichte.

»Habe ich nicht gesagt, dass das ein Fiasko wird?« Er schwieg lange genug, um sich mit dem Unterarm über das Gesicht wischen zu können. »Was kommt als Nächstes?«

»Was auch immer. Bei diesem Einsatz hatte ich so gut wie mit allem zu kämpfen. Fehlt nur noch, dass wir Bigfoot persönlich begegnen. Ich hatte zwei Pumpen mit defekten Schlauchkupplungen.«

»Und ich drei kaputte Kettensägen. Bei zweien waren die Zündkerzen kaputt und bei einer das Starterkabel. Es ist beim ersten Versuch gerissen. Wir mussten ...« Er verstummte. In seinem Gesicht war derselbe Schock, dasselbe Misstrauen wie bei Rowan zu sehen. »Was zum Teufel ist da los, Ro?«

»Wir müssen das besprechen, aber ich muss zurück zu meinen Leuten. Wenn das so weitergeht, können wir froh sein, wenn wir in drei Stunden beim Kopf des Feuerdrachen sind.«

»Wie weit musstet ihr nach Osten ausweichen?«

»Etwas mehr als einen halben Kilometer. Wir reden darüber, sobald wir im Zeltlager sind. Vielleicht umzingeln wir es heute Nacht, aber besiegt ist es noch lange nicht.«

»Die Leute werden sich ausruhen müssen. Mal sehen, wie es läuft. Lass dich gegen zehn noch mal blicken, falls wir nicht vorher Schluss machen.«

»Ich melde mich.«

Sie kehrte zu ihren Männern zurück, folgte erneut dem Motorsägenlärm, nur diesmal in die andere Richtung. Sie sah, wie ihr Team eine Sägelinie anlegte.

Die Leute waren seit achtzehn Stunden im Einsatz. Sie konnte die Erschöpfung sehen, die tief in den Höhlen liegenden Augen, die schlaffen Kiefer. Sie legte eine Hand auf Libbys Arm und wartete, bis die Frau ihre Ohrenschützer abgesetzt hatte. »Eine Stunde Pause. Zeit für ein Schläfchen. Bitte weitersagen.«

»Gelobt sei Jesus Christus.«

»Ich gehe weiter bis zum Kopf, mal schauen, was der Drache für uns in petto hat.«

»Ich trete ihm nach meinem Schläfchen auf jeden Fall gehörig in den Hintern.«

Rowan gab Gull ein Zeichen. »Ich gehe zum Kopf. Du kannst mitkommen, aber dann entgeht dir eine Stunde Schlaf.«

»Ich mache lieber einen Spaziergang mit meiner Liebsten durch die Wildnis.«

Sie bahnten sich einen Weg durch die Strauchschicht, während um sie herum sämtliche Feuerspringer ihr Werkzeug fallen ließen, sich auf den Boden legten oder auf Felsen ausstreckten.

»Gibbons hatte drei defekte Kettensägen – zwei mit kaputten Zündkerzen, eine mit einem defekten Starterkabel.«

»Ich würde sagen, das war eindeutig Sabotage.«

»Das sehe ich auch so.«

»Cards war Absetzer. Und damit auch Lademeister.«

»Ja, aber das heißt nicht, dass er jede Schlauchkupplung und jede Zündkerze kontrolliert. Er sorgt nur dafür, dass alles vollständig und korrekt eingeladen wird.«

»Ja, das stimmt. Hör mal, ich mag Cards. Ich will niemanden beschuldigen, aber es muss einer von uns gewesen sein.«

Sie wollte nichts davon wissen. »Viele Leute haben Zugang zur Ausrüstung. Mechaniker, Piloten, Putztrupps. Die Frage ist nicht nur, wer es war, sondern auch warum.«

»Da hast du recht.«

Weil ihr ganz schwindelig war, holte sie eine ihrer kostbaren Colas heraus, um etwas Koffein und Zucker zu sich zu nehmen. Danach gönnte sie sich einen Energieriegel.

»Wir wären so oder so nicht in der Falle gesessen«, fügte sie hinzu. »Wir hatten genug Zeit, eine Sicherheitszone aufzusuchen. Selbst wenn wir die Schläuche nicht repariert, die Verteidigungslinie nicht gehalten hätten, wären wir heil aus der Sache rausgekommen.«

»Aber …«, warf er ein.

»Ja, unter anderen Umständen wären wir auf die Schläuche angewiesen gewesen.«

»Die Antwort könnte lauten: Ärger machen. Dem Feuer einen Vorsprung verschaffen. Oder aber dafür sorgen, dass jemand von uns verletzt wird oder Schlimmeres.«

»Mir gefällt keine dieser Antworten.« Sie waren alle gleich abartig. »Aber so wie der Sommer bisher verlaufen ist, fürchte ich, es ist Letzteres. L. B. hat eine Komplettinspektion unserer Ausrüstung angeordnet bis hin zu den Stiefelschlaufen.« Sie zog die Handschuhe aus, um sich die müden Augen zu reiben.

»Ich will meine Energie nicht damit verschwenden, wütend zu sein«, sagte sie. »Nicht, bevor wir wieder eingerückt sind. Großer Gott, Gull! Schau dir nur dieses Feuer an!«

Sie blieben kurz stehen und starrten auf die hoch auflodernde Feuerwand.

Rowan hatte schon an so mancher Feuerfront gestanden. Aber noch nie hatte sie gegen zwei Feinde gleichzeitig antreten müssen.

26

Ella musterte Lucas, der ihr auf der Terrasse gegenübersaß. Sie hatte sich extra viel Mühe mit dem Frühstück gegeben: Es gab Crêpes und gebackene Eier auf ihrem feinsten Porzellan, Beeren mit Sahnejoghurt in hübschen Glasschälchen und Sekt mit Orangensaft in hohen Kristallgläsern. Eine ihrer Hyazinthen in einem flachen, viereckigen Gefäß diente als Tafelaufsatz.

Von Zeit zu Zeit machte es ihr Spaß, so einen Aufwand zu betreiben, und Lucas war ein dankbarer Gast. Selbst wenn es nur Frühstücksflocken mit kalter Milch und eine Tasse schwarzen Kaffee gab, bedankte er sich überschwänglich.

Aber heute Morgen war er äußerst schweigsam und schob die Köstlichkeiten, die sie so sorgfältig zubereitet hatte, nur auf dem Teller hin und her. Sie fragte sich, ob er es bereute, sich den Tag freigenommen zu haben, um mit ihr durch die Montana Antique Mall zu schlendern. Das war ihre Idee gewesen – und welcher Mann geht schon gern bummeln?

»Weißt du, Lucas, vielleicht möchtest du doch etwas anderes unternehmen«, sagte sie, als er nicht reagierte.

»Wie bitte?« Er sah von seinem Teller auf. »Entschuldige.«

»Wenn du tun könntest, was du wolltest – was würdest du dann heute machen?«

»Ganz ehrlich? Dann wäre ich bei Rowan in Alaska.«

»Du machst dir wirklich Sorgen um sie.« Sie griff nach

seiner Hand. »Ich weiß, dass du dir jedes Mal Sorgen machst, aber diesmal ist es schlimmer, oder?«

»Ich habe mit L. B. telefoniert, als du das Frühstück zubereitet hast. Er fand, ich solle wissen, dass … Nein, es geht ihr gut. Es geht ihr gut«, sagte er, als sie fest seine Hand drückte. »Aber der Brand ist hartnäckiger und größer als gedacht. So etwas kommt vor«, sagte er achselzuckend. »Sorgen macht mir nur, dass sie anscheinend mit defekter Ausrüstung abgesprungen sind.«

»Wird die nicht ständig inspiziert und gewartet? Das dürfte eigentlich nicht passieren.«

»Ja, alles wird kontrolliert und getestet. Aber anscheinend wurde das Werkzeug manipuliert, Ella.«

»Du meinst … Ach, du lieber Himmel, Lucas, kein Wunder, dass du dir Sorgen machst. Und was jetzt?«

»Die Ausrüstung wird genauestens untersucht. L. B. hat auf dem Fliegerhorst bereits eine komplette Inspektion angeordnet.«

»Gut, aber das hilft Rowan und ihrer Mannschaft im Moment auch nicht weiter.«

»Wenn man einen Brand bekämpft, ist man auf sich allein gestellt, auf die Kollegen und die Ausrüstung angewiesen. Das hätte eine Katastrophe für meine Tochter werden können.«

»Aber es geht ihr gut? Bist du sicher?«

»Ja. Sie haben fast vierundzwanzig Stunden geschuftet, bevor sie ein Zeltlager errichtet haben. Sie schläft gerade. Sie werden bis spät in die Nacht weitermachen müssen, Licht gibt es ja genug. Sie haben per Flugzeug neue Ausrüstungsteile bekommen. Ein weiteres Team Feuerspringer und noch mehr Bodentruppen rücken aus. Ein zweites Löschflugzeug wurde auch angefordert.« Er verstummte, lächelte ein wenig und machte eine wegwerfende Geste. »Aber genug von diesem Thema.«

Sie schüttelte den Kopf. »Nein. Sprich mit mir. Ich will, dass du mit mir darüber reden kannst.«

»Es war ein totales Fiasko. Verstärkung und die bessere Ausrüstung wurden zu spät angefordert, und es gab unberechenbaren Wind. Das Feuer schafft sein eigenes Wetter«, fuhr er fort, und sie war froh, dass ihn das Reden so weit entspannte, dass er von ihren Crêpes probierte. »Dieses Feuer hat einen richtigen Sturm entfacht. Der Wind half ihm, sämtliche Verteidigungslinien zu überspringen. Das erschwert es zusätzlich, den Brand einzudämmen. Es gibt Explosionen und vierundzwanzig Meter hohe Flammen an der Feuerfront.«

»O Gott!«

»Ein gewaltiges Feuer«, sagte er, lächelte aber zu Ellas Überraschung.

»Du wärst gern dabei.« Sie kniff die Augen zusammen und zeigte auf ihn. »Nicht nur wegen Rowan.«

»Das wird sich wahrscheinlich nie ändern. Aber unterm Strich haben sie gute Fortschritte gemacht. Sie haben einen höllischen Tag vor sich, aber heute Abend wird das Feuer um Gnade winseln.«

»Weißt du, was du tun solltest, wenn du schon nicht nach Alaska fliegen und über Rowans Zeltplatz abspringen kannst? Du solltest zum Fliegerhorst gehen.«

»Die warten da bestimmt nicht auf mich.«

»Du magst zwar in Rente sein, aber du bist immer noch Iron Man Tripp. Ich bin mir sicher, dass sie von deinem Fachwissen und deiner Erfahrung profitieren können. Außerdem fühlst du dich Rowan und den Feuerspringern dann näher.«

»Wir hatten aber heute etwas vor«, rief er ihr wieder ins Gedächtnis.

»Lucas, kennst du mich immer noch so schlecht?«

Er sah sie an und führte dann ihre Hand an seine Lippen. »Nein. Ich glaube, ich kenne dich ziemlich gut. Und du kennst mich auch sehr gut.«

»Das will ich doch hoffen.«

»Was würdest du denn davon halten, wenn … Ich wüsste gern, ob ich zu dir ziehen darf. Mit dir leben darf.«

Für einen Moment verschlug es ihr die Sprache. Dann sagte sie: »Du willst mit mir zusammenleben? Hier?«

»Ich weiß, dass in diesem Haus alles so ist, wie du dir das wünschst. Außerdem sind wir erst seit wenigen Monaten zusammen. Vielleicht möchtest du dir die Sache noch …«

»Ja.«

»Ja?«

»Ich meine, wenn du zu mir ziehst, ist tatsächlich alles so, wie ich es mir wünsche. So gesehen: Ja, ja und nochmals ja!« Entzückt über seinen verwirrten Blick lachte sie laut auf. »Wann ziehst du ein?«

Er atmete hörbar aus, griff nach dem Sekt mit Orangensaft und nahm einen großen Schluck. »Ich dachte, du würdest Nein sagen. Oder dass wir uns Zeit lassen sollten.«

»Dann hättest du mich nicht fragen dürfen. Jetzt sitzt du in der Falle.«

»Bei einer schönen Frau, die mich kennt und mich trotzdem um sich haben will. Irgendwas muss ich da absolut richtig gemacht haben, ich weiß nur nicht so genau was.« Er stellte das Glas wieder ab. »Aber ich habe das Pferd von hinten aufgezäumt, denn zuerst hätte ich sagen sollen: Ich liebe dich, Ella. Ich liebe dich.«

»Lucas.« Sie stand auf, ging um den Tisch herum und setzte sich auf seinen Schoß. Nahm sein Gesicht in ihre Hände. »Ich liebe dich auch.« Sie küsste ihn ausgiebig. »Bin ich froh, dass mein Sohn mich aus einem Flugzeug springen ließ. Ich bin so glücklich«, seufzte sie, als er seine Wange an die ihre schmiegte.

Nachdem Lucas gegangen war, schmiedete Ella neue Pläne für den Tag. Sie musste Platz für einen Mann schaffen. Für ihren Mann. Platz in Schränken und Schubladen. Platz für Männersachen. Das Haus, das sie ganz nach ihren Bedürfnissen eingerichtet hatte, würde eine Mischung aus ihren und seinen Sachen beherbergen. Sie staunte selbst, wie sehr sie sich das wünschte, wie gespannt sie darauf war.

Sie musste eine Liste machen, sich notieren, was es alles zu erledigen gab. Bestimmt braucht er einen Arbeitsraum, dachte sie und zog ein Notizbuch und einen Stift hervor. Dann klopfte sie mit dem Stift auf den Tisch und überlegte, wo Platz dafür war.

»Ach, was soll's!« Lachend ließ sie den Stift fallen und führte einen Freudentanz in der Küche auf. Sie musste ihre Kinder anrufen und ihnen davon erzählen. Allerdings erst, wenn sie sich wieder etwas beruhigt hatte, damit sie nicht klang wie ein alberner Teenager beim Abschlussball. Genauso fühlte sie sich nämlich.

Als das Telefon klingelte, tanzte sie darauf zu, wurde jedoch schlagartig ernst, als sie Irenes Nummer auf dem Display erkannte. Sie atmete zweimal tief durch. »Hallo.«

»Ella, Ella, kannst du kommen? Leo. Leo hat angerufen.«

»Langsam, langsam«, unterbrach sie Irene. »Leo hat angerufen?«

»Er hat sich gestellt. Er ist auf dem Polizeirevier und will mit mir reden. Er durfte mich anrufen, weil er nichts sagen will, bevor er nicht mit mir gesprochen hat. Ich weiß nicht, was ich tun soll.«

»Am besten gar nichts. Ich bin gleich bei dir.« Sie riss ihr Handy aus der Ladestation, griff im Gehen nach ihrer Handtasche. Auf dem Weg nach draußen rief sie Lucas an.

»Ich bin unterwegs zu Irene. Leo hat sich gestellt.«

»Wo?«, fragte Lucas. »Wo ist er?«

»Er hat vom Polizeirevier aus angerufen.« Sie knallte die Autotür zu und hielt sich das Handy ans andere Ohr, um sich anzugurten. »Er will mit niemandem reden, bevor er nicht mit ihr gesprochen hat. Ich werde sie begleiten.«

»Geh nicht in seine Nähe, Ella.«

»Nein, aber ich möchte nicht, dass sie allein dorthin geht. Ich rufe dich an, sobald ich wieder zu Hause bin.«

Sie beendete die Verbindung, warf das Handy in ihre Handtasche und fuhr rückwärts aus der Ausfahrt.

Als Rowan mit Blick auf die Alaska-Kette und den Denali erwachte, besserte sich ihre Laune schlagartig. Sie spürte, dass der Berg auf ihrer Seite war.

Die Mannschaften hatten geschuftet bis zum Umfallen, Verbrennungen und Prellungen davongetragen. Kein Wunder, dass ihnen alles wehtat. Noch hatten sie den Feuerdrachen nicht erledigt, aber er war mit Sicherheit schwer angeschlagen. Und heute, das spürte sie einfach, würden sie ihm das Schwert ins Herz rammen. Sie wusste, dass ihre Leute fix und fertig waren, aber sie hatten vier Stunden durchschlafen können und sich die Bäuche vollgeschlagen. Mit mehr Ausrüstung, mehr Männern, einem zusätzlichen Löschfahrzeug und zwei Planierraupen würden sie es bestimmt schaffen, abends nach Hause zu fliegen und den Rest dem Alaska-Team zu überlassen.

Schlaf ist die Mutter des Optimismus, dachte sie. Sie zog ihr Funkgerät hervor, das sich meldete. »Ro im Zeltlager, bitte kommen.«

»L. B., Brandzentrale. Da ist jemand, der mit dir reden möchte.«

»Wie geht es meiner Tochter?«

»Hallo, Dad. Ich stehe gerade vor diesem riesigen Berg und denke nach. Ich wünschte, du wärst da. Ende.«

»Roger. Schön, deine Stimme zu hören! Du sollst gestern ganz schön Ärger gehabt haben. Ende.«

»Nichts, was wir nicht mit ein paar Kaugummis und Isolierband reparieren konnten. Wir haben den Feuerdrachen gestern ganz schön geschwächt.« Sie sah zu, wie sich Wolken über dem Nationalpark bildeten. Rauch stieg von den grünen Inseln auf. Warte nur, bis wir kommen, dachte sie. »Heute machen wir den Feuerdrachen fertig. Ende.«

»Roger, Ro. Es gibt etwas, das du wissen solltest«, hob ihr Vater an und erzählte ihr von Leo.

Gleich nach dem Gespräch ging Rowan zu Gull und setzte sich. »Was für eine Aussicht«, bemerkte er. »Libby ist ganz hin und weg davon. Sie will umziehen, uns im Stich lassen und sich dem Alaska-Team anschließen.«

»Alle Leute sind wie hypnotisiert von diesem Berg. Gull, Leo hat sich heute Morgen gestellt. Er ist in Haft.«

Gull musterte sie und trank noch mehr Kaffee. »Was für ein wunderbarer Tag!«

»Allerdings.« Sie atmete erleichtert auf. »Allerdings. Sorgen wir dafür, dass er noch wunderbarer wird, und schlagen wir dem Feuerdrachen den Kopf ab.«

»Machen wir«, erwiderte Gull, beugte sich vor und küsste sie.

Irene war tief erschüttert, als sie den Raum betrat und sah, dass Leo mit Handschellen an den Tisch gefesselt war. Er hatte abgenommen, sein verstrubbeltes, ausgedünntes Haar reichte über den Kragen des orangen Gefängnisoveralls. Er hatte sich eine Ewigkeit nicht mehr rasiert, und der Bart war irritierend grau in seinem eingefallenen Gesicht.

Er sah wild aus. Wie ein Verbrecher. Wie ein Fremder.

War es wirklich erst einen Monat her, dass sie ihn das letzte Mal gesehen hatte?

»Irene.« Seine Stimme brach, als er ihren Namen sagte, und die Handschellen rasselten obszön in ihren Ohren, als er ihre Hand nehmen wollte.

Sie musste kurz wegsehen, sich zusammenreißen. Die Luft kam ihr stickig vor, die Beleuchtung zu grell. Sie sah sich im großen Spiegel. Ein Detektivspiegel, dachte sie. Sie verfolgte die Gerichtsserie *Law & Order* im Fernsehen, wusste also, wie so etwas funktionierte.

Aber ihr Spiegelbild verblüffte sie. Wer war diese Frau? Diese alte, knochige Frau mit dem strähnigen, straff aus dem verhärmten Gesicht gekämmten Haar?

Das bin ich, dachte sie. Auch ich bin eine Fremde. Wir sind nicht mehr die Alten. Wir sind nicht mehr so wie früher.

Wurden sie durch den Spiegel beobachtet? Bestimmt. Sie wurden beobachtet, beurteilt, verurteilt. Wie wenig Stolz mir geblieben ist, dachte sie, erstickte diesen Gedanken jedoch noch im Keim. Sie straffte die Schultern, hob das Kinn und sah ihrem Mann in die Augen. Sie ging zum Tisch, setzte sich, weigerte sich aber, seine ausgestreckte Hand zu ergreifen.

»Du hast mich im Stich gelassen.«

»Es tut mir leid. Ich dachte, das wäre besser für dich. Man wollte mich verhaften, Irene. Wegen Mordes. Ich dachte, du bist ohne mich besser dran. Wäre der wahre Mörder erst einmal gefasst, wollte ich zurückkehren.«

»Wo warst du?«

»In den Bergen. Ich war ständig unterwegs. Ich hatte das Radio dabei, um zu hören, ob schon jemand verhaftet worden ist. Aber dem war nicht so. Irgendjemand hat mir das eingebrockt, Reenie.«

»Dir? Dir, Leo? Ich habe für dich gebürgt, mit unserem Haus für deine Kaution gebürgt. Du hast mich im Stich gelassen. Und nun werde ich mein Zuhause verlieren, weil ich es trotz meiner zwei Jobs nicht schaffe, die Schulden zu bezahlen.«

Schmerz, aufrichtiger Schmerz stand ihm ins Gesicht geschrieben. »Daran habe ich erst gedacht, als ich schon weg war. Ich konnte nicht mehr klar denken. Ich dachte nur, dass es für dich und das Baby besser ist, wenn ich gehe. Ich habe nicht damit gerechnet, dass …«

»Dass ich allein zurückbleibe, ohne zu wissen, wo mein Mann steckt? Ohne zu wissen, ob er überhaupt noch lebt oder schon tot ist? Dass ich mich um ein Baby kümmern, Rechnungen bezahlen, Fragen beantworten muss – und all das kurz nach der Beerdigung meiner Tochter?«

»Unsere Tochter, Reenie.« Das Gesicht unter dem Bart rötete sich, als er mit der Faust auf den Tisch schlug. »Die denken, dass ich meine eigene Tochter ermordet habe. Dass ich ihr das Genick gebrochen und sie angezündet habe wie Müll in einer Tonne. Glaubst du das auch? Sag, glaubst du das auch?«

»Ich glaube gar nichts mehr, Leo.« Sie hörte ihre eigene Stimme, die genauso kraftlos war wie ihr Haar, so ausdruckslos wie ihr Gesicht. »Ich lebe von einem Tag auf den nächsten, von einer Pflicht, von einer Rechnung zur nächsten. Ich habe mein Kind verloren, meinen Mann, meinen Glauben. Und jetzt werde ich auch noch mein Haus und meine Enkelin verlieren.«

»Ich habe gelebt wie ein Tier«, hob er an, verstummte dann aber und sah sie mit zusammengekniffenen Augen an. »Was redest du da? Die dürfen uns Shiloh nicht wegnehmen.«

»Ich weiß nicht, ob sie das dürfen. Ich weiß nur, dass ich sie nicht allein großziehen kann. Nicht ohne ein richtiges Zuhause, ohne genug Zeit, mich um sie zu kümmern. Morgen kommen die Brayners und nehmen sie mit nach Nebraska.«

»Nein.« Das Gesicht des Fremden loderte vor Zorn. »Nein, Irene, du wirst mir verdammt noch mal zuhören.«

»Red nicht in diesem Ton mit mir«, sagte sie scharf. So scharf, dass er zusammenzuckte. »Ich tue, was für das Baby das Beste ist, Leo. Du hast da kein Wort mitzureden. Du hast uns im Stich gelassen.«

»Du machst das nur, um mich zu bestrafen.«

Sie lehnte sich zurück. Komisch, dachte sie. Auf einmal fühlte sie sich gar nicht mehr so müde, so erschöpft und traurig. Seit Dollys Tod hatte sie sich nicht mehr so stark, so entschlossen und so klar im Kopf gefühlt.

»Ich soll dich bestrafen? Schau dich doch an, Leo! Selbst wenn ich dich bestrafen wollte, was nicht der Fall ist, hast du dich selbst schon genug bestraft. Du sagst, du hättest gelebt wie ein Tier – das war deine Entscheidung.«

»Ich habe es deinetwegen getan.«

»Vielleicht glaubst du das tatsächlich. Vielleicht kannst du gar nicht anders, und das ist mir egal. Ein unschuldiges Baby ist in die Sache verwickelt, und um das geht es hier. Zum ersten Mal in meinem Leben nehme ich mich wichtiger als dich, Leo. Wichtiger als alles andere.« In ihr gärte es. Das war aber keine Wut, dachte sie. Sie war es leid, wütend und verzweifelt zu sein. Vielleicht war es der Glaube – ihr Glaube an sich selbst.

»Ich werde tun, was ich für richtig halte. Ich muss nachdenken, aber wahrscheinlich werde ich wegziehen, um näher bei Shiloh zu sein. Nach diesem Gespräch nehme ich alles mit, was mir zusteht, und lasse dir deinen Teil.«

Er zuckte zurück, als hätte sie ihn geschlagen. »Du verlässt mich? Einfach so, wo ich im Gefängnis sitze und deinen Beistand brauche?«

»Was du brauchst«, sagte sie kopfschüttelnd, »ist nicht mehr wichtig. Daran wirst du dich leider gewöhnen müssen. Zuerst kommt Shiloh und dann ich. Ich habe zu dir gehalten, Leo, habe dir beigestanden. Aber als sich gezeigt hat, dass du in der Stunde der Not nicht zu mir stehst, war es damit vorbei.«

»Hör mir gut zu, Irene, hör mir zu! Jemand hat dieses Gewehr, diese Pistole gestohlen, aus meinem Haus gestohlen. Um mich fertigzumachen.«

»Ich kann nur hoffen, dass das wahr ist. Aber du und Dolly – ihr habt unser Haus in einen Kriegsschauplatz verwandelt. Und keiner von euch beiden hat sich bemüht, diesen Krieg mir zuliebe zu beenden. Dolly ist einfach verschwunden, und als wir sie wieder aufgenommen haben, weil wir ihre Eltern sind, hat sie uns weiterhin belogen und betrogen. Und ihr seid aufeinander losgegangen, während ich zwischen euch beiden stand.«

So wahr mir Gott helfe, dachte Irene. Ich werde für den Rest meines Lebens um mein Kind trauern, nicht aber um diesen Kleinkrieg.

»Dolly ist tot, und ich bin vom Glauben abgefallen. So sehr, dass ich keinen Trost mehr in Gott finde. Du hast mich im Stich gelassen, als ich dich am dringendsten gebraucht habe. Ich weiß nicht, was du verbrochen hast oder nicht. Ich weiß nur, dass ich mich in der Stunde der Not nicht auf dich verlassen kann. Also muss ich mich auf mich selbst verlassen, und das wurde auch höchste Zeit.« Sie stand auf. »Du solltest deinen Anwalt anrufen. Den brauchst du jetzt wirklich.«

»Ich weiß, du bist außer dir, bist wütend auf mich. Wahrscheinlich mit Recht. Aber bitte lass mich nicht allein, Irene, ich flehe dich an.«

Sie versuchte ein letztes Mal, so etwas wie Liebe für ihn zu empfinden oder wenigstens Mitleid. Vergebens.

»Ich komme wieder, sobald ich kann, und bringe dir, was ich dir bringen darf. Aber nun muss ich in die Arbeit. Ich kann es mir nicht leisten, mir länger freizunehmen. Falls ich jemals wieder die Kraft zum Beten finde, werde ich für dich beten.«

L. B. passte Matt ab, der gerade vom Laufen zurückkam.

»Bist du mit dem Training für heute fertig?«

»Ja, ich wollte gerade duschen und etwas frühstücken gehen. Kann ich etwas für dich tun?«

»Wir könnten deine Hilfe beim Vervollständigen der Ausrüstung gebrauchen, die gerade inspiziert wird. Eine Mannschaft ist soeben aus Wyoming zurückgekehrt.«

»Ich habe das Flugzeug gesehen. Gab es dort auch Probleme?«

»Eine defekte Pumpe.«

»Verdammter Mist!«

»Unsere Mechaniker überprüfen alles Millimeter für Millimeter, auch die Sägen und so. Wir nehmen alle Fallschirme auseinander, die Master Rigger kontrollieren sie. Iron Man ist auch gekommen und hilft.«

»Du glaubst doch nicht etwa, dass sich jemand an den Fallschirmen zu schaffen gemacht hat?«

»Würdest du das Risiko eingehen?«

Matt nahm seine Baseballkappe ab und fuhr sich durchs Haar. »Natürlich nicht. Aber wer zum Teufel tut so was?«

»Das werden wir schon noch herausfinden. Iron Man brachte Neuigkeiten mit: Leo Brakeman hat sich heute Morgen gestellt.«

»Er ist zurück? In Missoula? In Polizeigewahrsam?«

»Ja, genau. Ich frage mich, wie lange er sich hier herumgetrieben hat.«

»Vielleicht war er das. Vielleicht hat er uns diesen heimtückischen Streich gespielt.« Matt sah weg, starrte kopfschüttelnd in die Ferne. »Erst bedroht er Ro und schießt auf sie. Und dann sabotiert er unsere Ausrüstung. Dabei haben wir weder ihm noch seiner Familie etwas getan.«

»Im Moment kümmern wir uns um unsere Leute. Also geh duschen, iss etwas und melde dich anschließend im Bereitschaftsraum.«

»Gut. Soll ich wieder auf die Sprungliste?«

»Noch lassen wir dich außen vor.«

»Ich weiß das sehr zu schätzen. Meine Eltern kommen am späten Nachmittag. Sie werden schon verstehen, dass ich nicht viel Zeit für sie habe. Ich möchte nicht, dass mich jemand ersetzen muss, nicht jetzt, wo so ein Chaos herrscht. Ruf mich, wenn du mich brauchst.«

»Verstanden.« L. B. klopfte Matt auf die Schulter.

Dann kehrte er in die Brandzentrale zurück. Einundzwanzig Feuerspringer waren noch in Alaska und würden bestimmt nicht vor dem nächsten Tag zurückkehren. Ein weiteres Team war soeben erst gelandet, außerdem brannte es in Kalifornien. Gut möglich, dass Zulies dort zur Verstärkung gerufen wurden. Das Wetter sollte in den nächsten beiden Wochen trocken bleiben.

Aber nur über seine Leiche würde er ein neues Team ausrücken lassen, ohne vorher kontrolliert zu haben, dass jede Leine, jede Schließe, jeder verdammte Reißverschluss und jeder Schalter in Ordnung waren.

Er musste an Jim denken und verspürte einen Stich. Manchmal lassen sich Unfälle nicht vermeiden, aber gegen diese Sabotage konnte und würde er etwas unternehmen.

Am Ende eines sehr langen Tages fuhr Lieutenant Quinniock zum Fliegerhorst. Dabei wollte er nur nach Hause zu seiner Frau und den Kindern, mit ihnen zu Abend essen wie ein ganz normaler Familienvater. Aber noch mehr wünschte er sich, Leo Brakeman zu knacken. Der Mann blieb undurchdringlich, gab keinen Millimeter nach. Jede Strategie, die DiCicco und er angewandt hatten, hatte sich als erfolglos erwiesen.

Brakeman saß einfach nur mit verschränkten Armen da, bekam die Zähne nicht auseinander und versteckte sich hinter seinem ungepflegten Waldschratbart. Er hatte fünf Kilo abgenommen, war um zehn Jahre gealtert und blieb nach wie vor bei seiner Aussage, dass er reingelegt worden war. Außerdem verlangte er über seinen Anwalt einen Lügendetektortest. Auch das noch!

Wenn der Lügendetektor dann zu dem Ergebnis kam, dass Brakeman log wie gedruckt, würde er bestimmt behaupten, auch vom Lügendetektor reingelegt worden zu sein. Dabei hatten sie jede Menge Indizienbeweise. Leo hatte ein Motiv, die Waffen und die Gelegenheit gehabt. Hinzu kam seine Flucht. Das Einzige, was fehlte, war sein Geständnis.

Aber der Staatsanwalt wollte Leo Brakeman, einen Ex-Footballspieler ohne jede Vorstrafen, der tief in Missoula verwurzelt war, nicht ohne Geständnis des Mordes an seiner Tochter anklagen. Und auch nicht wegen des Mordes an Latterly, da jedes Indiz dafür sprach, dass die beiden Taten zusammenhingen.

Er brauchte eine Pause, dachte Quinniock. Eine kurze Verschnaufpause, bevor er sich am nächsten Tag wieder mit dem Staatsanwalt anlegte. Aber vorher musste er noch in Erfahrung bringen, was L. B. von ihm wollte.

Kaum hatte Quinniock den Fliegerhorst betreten, eilte er auch schon zu Little Bears Büro.

»Suchen Sie L. B.?«

Quinniock blieb stehen und nickte dem Mann zu, der ihn angesprochen hatte. »Ja, genau.«

»Er ist gerade zum Loft rübergegangen. Wissen Sie, wo das ist?«

»Ja, danke.«

Quinniock änderte seine Marschroute. Ihm fiel auf, wie ruhig es war. Niemand eilte zwischen den Gebäuden hin und her, obwohl er Leute mit Jeeps auf den Forststraßen gesehen hatte. Entweder war das ein Test oder eine Vergnügungsfahrt, dachte er.

Als er zum Loft hinüberging und am sogenannten Bereitschaftsraum vorbeikam, begriff er, warum. Dort ging es zu wie in einem Bienenstock. Männer und eine Handvoll Frauen überprüften Werkzeuge, nahmen sie auseinander oder setzten sie wieder zusammen. Andere zogen Ausrüstungsgegenstände aus den Regalen und tauschten sie aus.

Eine Routineinspektion?, dachte er.

Im Loft sah er, wie Fallschirme auf Tischen ausgebreitet und sorgfältig neu gepackt wurden. Andere hingen von der hohen Decke, um inspiziert und weiter zur Reparatur oder zum Packen geschickt zu werden. Er entdeckte Little Bear, der neben Lucas Tripp an einem der Tische stand.

»Iron Man.« Quinniock gab ihm aufrichtig erfreut die Hand. »Hat man Sie überredet, wieder zurückzukommen?«

»Ich helfe nur aus. Wie geht's, Lieutenant?«

»Es könnte schlechter sein. Sie wollten mich sprechen?«, sagte er zu L. B.

»Ja. Wo ist Special Agent DiCicco?«

»Warum, sollte sie auch kommen?«

»Nicht unbedingt. Ich habe Mannschaften in Alaska, eine andere ist erst heute Morgen aus Wyoming zurückgekehrt.«

»Ich habe von den Bränden in Alaska gehört. Sie bedrohen den Denali-Nationalpark. Und, wie ist die Lage?«

»Sie hoffen, das Feuer in den nächsten Stunden eindämmen zu können. Es war ein langer, harter Kampf, und meine Leute sind mit defekter Ausrüstung über dem Feuer abgesprungen.«

»Wollten Sie mich deshalb sprechen?« Quinniock sah sich erneut im Loft um. »Sie inspizieren die gesamte Ausrüstung?«

»Die Ausrüstung wurde sabotiert. Es gab drei Pumpen mit kaputten Schlauchkupplungen, eine davon ist in Wyoming gelandet. Zwei Kettensägen hatten defekte Zündkerzen und eine ein kaputtes Starterkabel.«

»Könnten das nicht auch Abnutzungserscheinungen sein, die in so einer hektischen Saison übersehen wurden?«

L. B.s Gesicht verhärtete sich. »Wir übersehen nichts. Sobald Ausrüstung von einem Einsatz zurückkommt, wird sie genauestens überprüft. Und gleich bei drei Pumpen soll dieselbe Schlauchkupplung kaputtgegangen sein? Und zwei davon wurden nach Denali verladen?«

»Hm, das wäre allerdings ein großer Zufall.«

»Das sehe ich auch so. Deshalb inspizieren wir alle Ausrüstungsgegenstände und haben bereits zwei weitere defekte Sägen gefunden sowie vier Rucksackpumpen, die zugekittet waren. Wir sind nicht nachlässig, denn das können wir uns einfach nicht leisten. Wir übersehen nichts.«

»Verstehe.«

»Wir müssen jeden Schirm, jeden Bremsschirm und jeden Reserveschirm kontrollieren. Gott sei Dank konnten wir bisher wenigstens da keine mutwilligen Beschädigungen feststellen. Aber wissen Sie, wie lange es dauert, einen einzigen Fallschirm neu zu packen?«

»Ungefähr fünfundvierzig Minuten. Ich habe die Führung mitgemacht«, sagte Quinniock und zog sein Notizbuch hervor. »Haben Sie eine Liste mit den Namen derjenigen, die die Ausrüstung freigegeben haben?«

»Ja, natürlich, und ich habe sie mir genau angesehen. Ich werde Ihnen die Namen geben, auch die Namen der Mechaniker, die Reparatur- und Reinigungsarbeiten vorgenommen haben. Es kommt nicht nur eine Person infrage.«

»Steht einer aus dem Team unter besonderem Stress?«

»Meine Leute in Alaska. Die waren gezwungen, die Pumpen mit Isolierband zu reparieren, denn sonst hätten sie den Rückzug antreten müssen.«

Da auch er Untergebenen Einsatzbefehle gab und die Last der Verantwortung kannte, begriff Quinniock L. B.s schwelende Wut. Er fasste sich kurz. »Mussten Sie jemanden disziplinieren, jemanden vom aktiven Dienst suspendieren?«

»Nein. Glauben Sie etwa, das war einer von uns? Unsere Leute wissen im Vorfeld nie, wann sie springen müssen oder unter welchen Umständen. Warum sollte das einer von uns tun, wenn ihm am Ende selbst das Starterkabel reißt oder er dem Feuer mit einer nutzlosen Pumpe gegenübertreten muss?«

»Was ist mit dem übrigen Personal? Mit den Mechanikern, den Piloten und allen anderen, die nicht springen müssen.«

»Leo Brakeman ist heute Morgen wieder aufgetaucht. Er hat uns schon genug Ärger gemacht, und Brandstiftung wäre ihm auch zuzutrauen. Derjenige, der unsere

Ausrüstung sabotiert hat, verfügt über ein gewisses technisches Know-how.«

»Und davon hat Brakeman mehr als genug.« Quinniock atmete scharf aus. »Ich werde der Sache nachgehen. Sollte er das gewesen sein, wird er nicht so bald freikommen, das verspreche ich Ihnen.«

»Seine Frau verlässt ihn«, mischte sich Lucas ein. Er hatte den Schirm fertig gepackt und beschriftet und drehte sich zu Quinniock um. »Sie gibt das Baby in die Obhut der Brayners, den Eltern des Vaters. Sie kommen heute aus Nebraska. Außerdem will sie das Haus verkaufen. Sie überlegt, in die Nähe der Brayners zu ziehen, damit sie für das Baby da sein und es aufwachsen sehen kann.«

»Sie sind ja bestens informiert.«

»Meine …« Kann ein Sechzigjähriger noch eine Freundin haben?, überlegte Lucas. »Meine Lebensgefährtin ist eine enge Freundin von Irene.«

»Ella Frazier. Auch ich bin bestens informiert«, fügte Quinniock hinzu. »Ich habe sie auf der Beerdigung getroffen.«

»Sie hilft Irene, so gut sie kann. All das hat Irene Leo heute Morgen gesagt, als sie ihn auf der Wache besucht hat.«

Quinniock strich sich über das erschöpfte Gesicht. »Ich war nicht die ganze Zeit dabei, deswegen habe ich das nicht mitbekommen. Aber es erklärt jedenfalls, warum er kein Wort mehr sagen will.«

»So wie es aussieht, hat er nichts mehr zu verlieren.«

»Er will einen Lügendetektortest, aber vielleicht war das auch die Idee seines Anwalts. Leo bleibt jedenfalls bei seiner Aussage, und je mehr wir ihn unter Druck setzen, desto sturer wird er. Vielleicht gibt er auf, wenn wir ihn mit dem Sabotagevorwurf konfrontieren. Ich brauche die genauen Daten, will wissen, was wann zuletzt verwendet und kontrolliert wurde und von wem. Geht das? Vorher muss ich einen Anruf machen.«

Er zog sein Handy hervor, rief den diensthabenden Sergeant an und befahl, Leo Brakeman wegen Selbstmordgefahr unter Sonderbeobachtung zu stellen.

27

Das Flugzeug landete kurz nach zehn Uhr vormittags in Missoula. Über Kanada waren sie in heftige Turbulenzen geraten. Der Hagel pfiff ihnen nur so um die Ohren, während das Flugzeug im Gewittersturm durch ein Luftloch nach dem anderen taumelte. Die Hälfte der Mannschaft fühlte sich bei der Landung ganz mulmig, den anderen war vorher schon schlecht geworden.

Da sie den Rest des Fluges über geschlafen hatte, fühlte sich Rowan fast schon wieder wie ein Mensch. Menschlich genug, um ein Jahr lang zu duschen und zu futtern wie ein Scheunendrescher. Während sie mit Gull zu den Baracken ging, sah sie L. B. und Cards, die das Entladen überwachten. Wahrscheinlich hatte L. B. seine Schlacht geschlagen, während sie mit der ihren beschäftigt gewesen waren. Doch im Moment wollte sie weder an die eine noch an die andere denken.

Sie ließ sich aufs Bett in ihrem Zimmer fallen und zog die Stiefel aus. »Ich will jede Menge Sex.«

»Du bist wirklich die Frau meiner Träume.«

»Die erste Runde besteht aus Sex unter der Dusche. Nachdem wir dann einige Schichten Alaska-Tundra von uns abgekratzt haben, legen wir ein ausgiebiges Mittagsmahl ein.« Sie öffnete ihre Gürtelschnalle und ließ die Hose herunter. »Anschließend folgt noch eine Runde matratzenstrapazierender Sex.«

»Dankbarkeit und Ehrfurcht treiben mir die Tränen in die Augen. Verachte mich deshalb bitte nicht.«

O ja, der Mann wusste wirklich, wie er sie nehmen musste! Selbst mit dem schmutzverkrusteten Gesicht und den platt gedrückten Haaren machte er sie noch ganz kirre.

»Als krönender Abschluss folgt dann ein Quickie, bevor ich meinen Bericht schreiben muss. Denn irgendwann muss ich L. B. Rapport erstatten und eine Trainingseinheit einschieben, bevor ich dann wieder jede Menge esse.«

»Unbedingt.«

»Darauf könnte noch einmal Sex folgen, bevor wir genüsslich einschlafen.«

»Ich notier mir das eben mal, damit wir auch ja nichts vergessen.«

»Das ist alles hier gespeichert.« Sie tippte sich an die Schläfe und lief nackt ins Bad. »Lasst die Spiele beginnen.«

Doch schon nach der ersten Runde war Rowan vollkommen hinüber. Sie verließ das Bad, um sich anzuziehen, während Gull sich immer noch den Dreck abschrubbte.

Sie griff nach der Nachricht, die ihr jemand in den letzten vierzig Minuten unter der Tür durchgeschoben hatte: *Allgemeine Lagebesprechung. Alle Mann um 13 Uhr in die Brandzentrale.*

»Na gut, Runde zwei werden wir wohl verschieben müssen.« Sie hielt Gull die Nachricht hin. »Vielleicht gibt es Neuigkeiten.«

»Wohl eher einen Haufen Fragen. Wie dem auch sei, wir sollten uns lieber beeilen, wenn wir vor eins noch was zu essen bekommen wollen.«

»Vielleicht weiß Marge mehr.«

»Daran habe ich auch schon gedacht.« Da Marge ihn mochte, ging Gull mit Rowan zu ihr in die Küche.

Kein besonders günstiger Moment, dachte er, als sie in die Hitze und die Hektik eintauchten. Marge, Lynn und die neue Köchin Shelley eilten perfekt aufeinander eingespielt hin und her, dass er sich an einen kulinarischen Hochseilakt erinnert fühlte.

»Hallo.« Lynn füllte einen Bottich mit Nudelsalat. »Shelley, wir brauchen noch mehr Baguettes, und der Hühnersalat geht auch langsam zur Neige.«

»Bin schon dabei.«

»Bring die leere Grillpfanne mit, wenn du zurückkommst«, befahl Marge Lynn und wischte sich mit einem Geschirrtuch über das erhitzte Gesicht. »Die freuen sich bestimmt über Nachschub. Ich weiß doch, wie sie über das Zeug herfallen.«

»Allgemeine Lagebesprechung um eins«, maulte sie und fuchtelte mit einem Löffel vor Rowan herum. »Zur Stoßzeit sozusagen, damit wir hier schon vor zwölf regelrecht überrannt werden.«

»Ich könnte beim Schneiden helfen«, bot Rowan an.

»Bloß nicht! Sobald wir die zweite Ladung Grillfleisch draußen haben, können wir kurz verschnaufen.«

»Du hattest recht.« Lynn kam mit einer fast leeren Pfanne zurück. Gemeinsam mit Marge füllte sie sie erneut.

»Damit hätten wir alles bis auf das Nachspeisenbüfett. Shelley und ich können uns darum kümmern.«

»Braves Mädchen.« Marge holte zwei Teller, warf die aufgeschnittenen Baguettes darauf, belegte sie mit Grillfleisch und gab einen Klecks Nudelsalat und Kürbisgemüse dazu. Sie zeigte auf Gull. »Hol drei Bier und trag das zu meinem Tisch. Hier.« Sie schob Rowan einen Teller zu, bevor sie zum Besteck griff. Dann eilte Marge nach draußen und stemmte ihre Hände in den unteren Rücken. »Puh!«

»Setz dich, Marge.«

»Erst muss ich mich mal so richtig strecken. Los, esst schon.«

»Willst du nichts?«

Marge winkte ab. »Ich bin nur darauf scharf«, sagte sie und griff nach dem Bier, das Gull ihr hinhielt. »Ich habe die Klimaanlage auf fast schon arktische Temperaturen eingestellt, aber sobald es Zeit zum Mittagessen wird, herrscht da drin eine Hitze wie in Nairobi. Esst, aber schlingt nicht.«

Gull nahm das Baguette und biss hinein. Es war warm und saftig, das Schweinefleisch zerging ihm zusammen mit der würzigen Soße förmlich auf der Zunge. »Marge, was muss ich dir bieten, damit du bei mir einziehst?«

»Jede Menge Sex.«

»Darin bin ich gut«, sagte er nach einem weiteren Bissen und zeigte auf Rowan, so als könnte sie das bezeugen. »Wirklich.«

»Tja, jeder hat so seine Qualitäten«, bemerkte Rowan. »Was ist los, Marge?«

»L. B.s Nerven liegen blank. So aufgebracht sieht man ihn selten, und deshalb ist er ja so gut in seinem Job. Aber in den letzten Tagen stand er wirklich unter Strom. Er hat jeden Schirm, jeden Rucksack, jede Kombi kontrolliert. Fehlt nur noch, dass er sie mikroskopisch untersuchen lässt. Jeder Ausrüstungsgegenstand, jedes Werkzeug wird inspiziert, einfach alles. Er lässt sogar die Jeeps, die Planierraupen und die Flugzeuge untersuchen.«

Sie nahm einen großen, genüsslichen Schluck Bier, stellte die Flasche ab und ging zu Gulls Erstaunen in den Herabschauenden Hund. »Ah, tut das gut. Er hat Quinniock kommen lassen.«

»Er will die Polizei einschalten?«, fragte Rowan.

»Er hat sich in den Kopf gesetzt, dass Leo für all das verantwortlich ist. Vielleicht hat er recht.« Sie lief mit den Füßen nach vorn in die Vorwärtsbeuge und streckte sich anschließend wieder. »Irene verlässt ihn. Sie packt bereits ihre Sachen. Die Brayners nehmen das Baby morgen mit, und ich glaube, Irene wird ihnen folgen. Sie zieht für ein paar Wochen zu deinem Dad, bis sie ihre Angelegenheiten geregelt hat.«

»Sie zieht mit Dad zusammen?«

»Nein, nur in sein Haus. Er hat es ihr angeboten, denn er wohnt bei Ella.«

»Ach?«

»Schau mich nicht so an. Das musst du mit deinem Vater besprechen. Leo steht mittlerweile wegen Selbstmordgefahr unter Sonderbeobachtung. Er bekommt die Zähne nicht auseinander und möchte einen Lügendetektortest. Der soll heute oder morgen stattfinden. Das war's. Ich muss zurück.«

Gull wartete kurz und kostete von dem Nudelsalat. »Trotz des Chaos denkst du bestimmt nur daran, dass dein Vater mit dem scharfen Rotschopf zusammenzieht.«

»Halt's Maul! Außerdem tut er Mrs. Brakeman nur einen Gefallen.«

»Ja, er opfert sich förmlich für sie auf. Weißt du, was ich glaube?«

Sie starrte bewusst Löcher in die Luft. »Mir doch egal.«

»Von wegen! Ich glaube, ich sollte zu dir ziehen. Dann

bin ich nämlich näher an Marge dran und bekomme mehr von ihrem Grillfleisch ab.«

»Ich finde das gar nicht witzig.«

»Schätzchen, ich mache keine Witze über Grillfleisch.« Er leckte Soße von seinem Daumen. »Ich frage mich, wie sich wohl meine Spielhalle in Missoula machen würde.«

Rowan versuchte Stress abzubauen, indem sie sich in die Nasenwurzel kniff. »Mir vergeht der Appetit.«

»Zu schade. Kann ich den Rest von deinem Sandwich haben?«

Sein schnaubendes Gelächter überraschte sie. »Verdammt! Jedes Mal, wenn ich sauer auf dich bin, schaffst du es, mich wieder umzustimmen. Die Antwort lautet Nein.« Grinsend stopfte sie sich den Rest ihres Sandwiches in den Mund.

»Ich hole mir ein süßes Teilchen. Dir bringe ich keines mit.«

»Dafür bleibt keine Zeit.« Sie tippte auf ihre Uhr. »Allgemeine Lagebesprechung.«

»Ich werde es im Gehen essen.«

Er brachte ihr kein Teilchen mit, dafür ein Stück Schokotorte. Sie aßen den Kuchen aus der Hand, während sie zur Brandzentrale liefen. Die Feuerspringer strömten aus dem Wald, vom Trainingsgelände, von der Laufbahn, aus den Baracken und aus dem Loft. Ein grimmiger Cards, die Hände tief in die Hosentaschen gesteckt, verließ gerade den Bereitschaftsraum.

Rowan versetzte Gull einen Stoß in die Seite und stellte sich Cards in den Weg. »Du siehst aus, als hätte man dir die Spielkarten geklaut«, sagte sie.

»Glaubst du, ich habe versagt? Glaubst du, ich achte nicht auf das, was ich lade?«

»Ich weiß, dass du das nicht warst.«

»Die Ausrüstung war bereits geprüft und kontrolliert. Ich habe Unterlagen, die das belegen. Ich habe aufgepasst.«

»Regst du dich deswegen so auf?«, fragte Rowan.

»Der Vorfall wird Kreise ziehen, und wenn etwas Kreise zieht, braucht man einen Schuldigen. Was sollen wir denn jetzt tun? Jede Kupplung, jedes Ventil, jedes Kabel und jede Leine kurz vor dem Einladen noch einmal kontrollieren, obwohl das Zeug vor der Ausgabe bereits geprüft wurde? Sollen wir es ausprobieren, bevor wir es in das Scheißflugzeug wuchten? Ich weiß nicht, warum ich diesen verdammten Job überhaupt noch mache.«

Er trollte sich, während Rowan ihm mit einer Handvoll Krümel und Schokoglasur in der Hand hinterhersah. »Er sollte das nicht persönlich nehmen. Schuld ist nur der Saboteur.«

»Aber er hat recht. Auf irgendjemanden wird das Ganze zurückfallen. Selbst wenn man die Sache Brakeman oder einem anderen nachweisen kann, könnte an Cards etwas hängen bleiben.«

»Das ist nicht fair! L. B. wird sich für ihn einsetzen. Das ist alles schon schlimm genug, ohne dass einer von uns bestraft wird.« Sie starrte auf ihre schokoladenverschmierte Hand. »Mist!«

»Da, nimm.« Gull holte ein paar feuchte Tücher aus seiner Tasche. »Für manche Sachen gibt es eine einfache Lösung.«

»Cards ist ein verdammt guter Feuerspringer.« Sie wischte die Schokolade ab. »Einer der besten Absetzer überhaupt. Er kann manchmal nerven mit seinen Kartentricks, aber er ist wahnsinnig engagiert. Mehr als die meisten von uns.«

Gull hätte darauf hinweisen können, dass Cards dadurch regelmäßig Zugriff auf die gesamte Ausrüstung hatte und als Absetzer nicht über Alaska abgesprungen war. Aber das verkniff er sich lieber. Dafür war Rowan Cards viel zu sehr verbunden.

»Er wird sich schon wieder beruhigen.«

Sie betraten die Zentrale, wo es von Leuten nur so wimmelte. Lautes Murmeln erfüllte den Raum.

Gull sah, wie Yangtree sein Knie massierte, wie Dobie mit geschlossenen Augen an der Wand lehnte und im Stehen zu schlafen schien. Libby spielte mit ihrem Handy, während Gibbons mit einer Arschbacke auf dem Schreibtisch saß und die Nase in ein Buch steckte.

Einige tranken Kaffee, andere unterhielten sich über Feuer, Sport und Frauen, denn das waren die drei beliebtesten Gesprächsthemen. Oder sie spekulierten über die allgemeine Lagebesprechung.

Sie alle hatten seit Saisonbeginn abgenommen, und viele hatten wie Yangtree mit Knieproblemen zu kämpfen. Das Knie ist gewissermaßen die Achillesferse der Feuerspringer. Üblich waren außerdem Verspannungen, Muskelzerrungen, Verbrennungen, Prellungen. Manche Männer hatten das Rasieren aufgegeben und trugen Bärte, jeder in seinem persönlichen Stil.

Alle wussten, was Erschöpfung, Hunger, Todesangst wirklich bedeuteten. Und alle würden sofort wieder ausrücken, sobald die Sirene losheulte. Manche würden gegen Schmerzen anzukämpfen haben, aber kämpfen würden sie.

Gull kannte sonst nur wenige Menschen, die so belastbar und Tag für Tag bereit waren, Kopf und Kragen zu riskieren. Und das auch noch mit Begeisterung.

»L. B. hat ja noch gar nicht angefangen.« Matt stellte sich neben Gull. »Dabei dachte ich, ich bin spät dran.«

»Nein, noch nicht. Ich dachte, du hättest die nächsten Tage frei?«

»Ich bin nur zur Lagebesprechung gekommen. L. B. wollte, dass alle anwesend sind. Was gibt's Neues?«

»Soweit ich weiß, wird die Ausrüstung noch inspiziert. Weitere Teile sollen mutwillig beschädigt worden sein.«

»Was für ein Schweinehund!«

»Sind deine Eltern gut angekommen?«, erkundigte sich Rowan.

»Ja, sie besuchen gerade Shiloh. Später gehen wir mit ihr ein paar Stunden weg, damit sie sich an uns gewöhnt. Sie hat bereits einen Narren an meiner Mutter gefressen.«

»Und wie geht es Mrs. Brakeman?«

Er zuckte mit den Schultern und starrte auf den Schreibtisch. »Sie schlägt sich tapfer. Das beweist nur, wie sehr sie das Baby liebt.« Er seufzte kurz. »Meine Mutter und sie haben gemeinsam geweint. Ah, da kommt ja L. B.«

»So, alle Mann hinsetzen«, rief L. B. »Ich habe euch etwas zu sagen, also hört gut zu. Jeder weiß, dass bei den Sprüngen über Alaska und Wyoming fehlerhafte Ausrüstungsgegenstände aufgetaucht sind. Ich möchte euch mitteilen, dass wir mit der Gesamtinspektion fortfahren. Was nicht kontrolliert und freigegeben wurde, bleibt im Lager. Ich habe ein paar zusätzliche Master Rigger angefordert, die uns helfen, jeden Schirm auf diesem Fliegerhorst erneut zu inspizieren, freizugeben und zu packen. Niemand soll sich Sorgen um seine Ausrüstung machen müssen.«

Er schwieg einen Moment.

»Wir haben ein gutes Kontrollsystem, das Fehler durch Nachlässigkeiten minimiert. Jeder von uns weiß, dass das nicht nur notwendig, sondern verdammt noch mal unerlässlich ist: Wir Feuerspringer müssen uns auf die Ausrüstung verlassen können, mit der wir springen und mit deren Hilfe wir die Brände bekämpfen. Bei den letzten Einsätzen war das nicht der Fall, und dafür übernehme ich die Verantwortung.«

Er erstickte jeden Protest mit seinen Blicken.

»Ich habe mit der Branddirektion gesprochen. Die hiesige Polizei und die Ranger sind ebenfalls alarmiert und führen eigene Ermittlungen durch.«

»Dabei weiß doch jeder, dass es Leo Brakeman war«, rief jemand, und erneut machte sich Unruhe breit.

»Er hätte nicht die Möglichkeit haben dürfen.« L.B. brüllte über das Gemurmel hinweg und sorgte sofort für Schweigen. »Es hätte ihm nicht gelingen dürfen, uns so auszutricksen. Dass er in Haft sitzt, ist gut und schön, aber wir müssen unsere Sicherheitsvorkehrungen deutlich erhöhen. Wir werden spontane Kontrollen und regelmäßige Patrouillengänge einführen. Könnte ich die Fliegerhorstführungen abblasen, würde ich das tun. Aber da das leider nicht geht, werden zwei von uns jede Touristengruppe begleiten. Bis die Ermittlungen und die Inspektion abgeschlossen sind, gehen wir keinerlei Risiko ein.« Er verstummte erneut und holte tief Luft. »Und ich kann nur jedem empfehlen, beim Einsatz eine Rolle Isolierband einzustecken.«

Das brachte ihm einen Lacher ein, und die Atmosphäre entspannte sich ein wenig.

»Ihr sollt wissen, dass ich auf dem Fliegerhorst, in der Luft und bei der Brandbekämpfung voll hinter euch stehe. Ich habe eine neue Sprungliste zusammengestellt, eine Rotationsliste. Wem das nicht passt, kommt in mein Büro, damit ich ihm die Meinung geigen kann. Falls ihr Fragen, Vorschläge oder Beschwerden habt, ist das der richtige Zeitpunkt, sie vorzubringen.«

»Übernimmt der Staat die Kosten für das Isolierband?«, fragte Dobie, was lautes Gejohle und Applaus zur Folge hatte.

Gull sah seinen Freund anerkennend an. Genau so muss man reagieren, dachte er. Unbeschwert, unbeirrt. Hauptsache, wir halten zusammen. Denn egal, ob der Saboteur aus ihren Reihen stammte oder von außen kam – nur gemeinsam waren sie stark.

Er hatte tatsächlich Fragen, wollte aber keine davon öffentlich stellen. »Ich muss noch etwas erledigen«, sagte er zu Rowan. »Wir sprechen uns später.«

Er registrierte ihr missbilligendes Stirnrunzeln, ging aber trotzdem direkt auf sein Zimmer. Dort fuhr er sein Notebook hoch und machte sich an die Arbeit.

Die Sirene ertönte, als er gerade seine Recherchen mit einem Passwort gesichert hatte und das Gerät ausschaltete. Er gehörte weder zur ersten noch zur zweiten Gruppe, rannte aber trotzdem in den Bereitschaftsraum, um seinen Kollegen zu helfen. Er legte Ausrüstungsgegenstände in Regale, schleppte bereits gepackte Verpflegungspakete zum Lieferkarren.

Er hörte zu, beobachtete.

Gemeinsam mit Rowan und Dobie sah er das Flugzeug in den blauen Himmel aufsteigen.

»Gut, dass L. B. vor dem Einsatz zur Lagebesprechung gerufen hat.« Rowan legte die Hand schützend über die

Augen, damit die Sonne sie nicht blendete. »Das sieht nicht gut aus, da im Osten.«

»Wahrscheinlich müssen wir auch bald ausrücken.«

Als sie die Begeisterung in Dobies Stimme hörte, sagte sie: »Du hast Drachenfieber. Sieh zu, dass du es schleunigst kurierst!«

»Ich muss was tun. Ich kümmere mich mit dem Lademeister um die Verpflegung«, sagte er. »Und du hilfst mir, Gull. Die Wikingerbraut ist im Loft gefragt.«

»Ja, ich weiß. Ich weiß aber auch, dass eigentlich allen, die in Alaska waren, noch eine zweistündige Verschnaufpause zusteht. Aber was soll's.« Gull beugte sich vor und küsste Rowan. »Unsere Verabredung holen wir später nach.«

»Worauf du dich verlassen kannst.«

»Ich finde es einfach nicht fair, dass du eine Freundin auf dem Fliegerhorst hast«, sagte Dobie, während sie zum Raum des Lademeisters gingen. »Wir anderen müssen uns erst mühsam eine ausgucken und können von Glück sagen, wenn wir in der Bar einen Treffer landen.«

»Das Leben ist nicht fair. Ansonsten würde ich mit besagter Freundin längst an einem weißen Sandstrand liegen und einen postkoitalen Mai-Tai trinken.«

»Postkoital.« Dobie kicherte wie ein Zwölfjähriger. »Du schießt wirklich den Vogel ab, Gull!«

Da Rowan nicht auf ihrem Zimmer war, ging Gull davon aus, dass er vor ihr fertig geworden war. Also ging er auf sein Zimmer, um mit den Recherchen fortzufahren. Er setzte sich aufs Bett, ließ aber die Tür absichtlich offen stehen. Ab und zu ging jemand vorbei, doch im Grunde hatte er seine Ruhe.

Da er auch das Fenster aufgelassen hatte, hörte er Gesprächsfetzen. Ein Grüppchen, das nicht auf der Sprungliste stand, plante, in die Stadt zu fahren. Eine Männerstimme redete über Frauen, während es draußen dämmerte.

Er sah kurz aus dem Fenster und merkte, dass Rowan recht gehabt hatte: Im Osten waren dicke Wolken aufgezogen, die aussahen wie dickbäuchige Schlachtschiffe. Ein Gewitter war im Anmarsch. Er überlegte, vorher noch laufen zu gehen, beschloss dann aber, auf Rowan zu warten.

Als sie kam, donnerte es gerade zum ersten Mal.

»Überall schlagen Blitze ein«, sagte sie und ließ sich aufs Bett fallen. »Ich bin zur Zentrale gerannt und habe mir die Situation auf dem Radar angesehen. In Süd-Dakota gibt es zudem einige Tornados.«

Sie ließ den Kopf kreisen und massierte sich die linke Schulter. »Und wir sitzen hier fest. Wie ich das hasse.«

Gull legte seine Finger auf die Stelle, die sie massierte. »Grundgütiger, Rowan, das ist ja bretthart.«

»Kein Wunder, denn ich habe heute noch gar nicht trainieren können. Ich muss dringend laufen gehen, ein paar Yoga-Übungen machen oder mich massieren lassen.« Seufzend drückte sie ihre Finger in die verspannten Muskeln.

»Sobald das Gewitter vorbei ist, gehen wir laufen«, sagte er. »Auf der Laufbahn.«

Ein Blitz zuckte grell über den Himmel, und der Wind rüttelte an den Rollos seines Fensters. Aber es fiel kein Regen.

»Sobald sich die Lage etwas beruhigt hat, nehmen wir uns beide frei und verbringen die Nacht in einem schicken Hotelzimmer. Mit Whirlpool im Bad. Und darin planschen wir dann die halbe Nacht herum.«

»Hm«, seufzte sie genüsslich angesichts des von ihm heraufbeschworenen Szenarios. »Zimmerservice, ein dickes, saftiges Steak und ein Riesenbett als Spielwiese. Ein Partner mit Geld, der es noch dazu gern ausgibt, hat was für sich.«

»Wenn man Geld besitzt, es aber nicht ausgibt, bekommt man nicht viel Spaß im Leben.«

»Die Einstellung gefällt mir. Schreibst du nach Hause?«

»Nein, ich war mit etwas anderem beschäftigt. Mit etwas, das dir gar nicht gefallen wird.«

»Wenn du eine E-Mail an deine schwangere Ehefrau geschrieben und sie nach euren entzückenden Kindern und dem süßen Welpen gefragt hast, gefällt mir das tatsächlich nicht.« Sie drehte sich zu ihm. »So wie du das gerade gesagt hast, muss ich mich wohl auf das Schlimmste gefasst machen?«

»Meine Frau ist nicht schwanger, und wir haben eine Katze.« Er massierte noch einmal kurz ihre Schultern und stand dann auf, um die Tür zu schließen.

»Das machst du aber nicht, um unsere Verabredung von heute Morgen abzuhaken?«

»Nein. Es geht um die Sabotage, Rowan. Dass Brakeman sich das alles ausgedacht, es anschließend in die Tat umgesetzt und es geschafft hat, die Polizei an der Nase herumzuführen, will mir einfach nicht einleuchten.«

»Er kennt sich auf dem Fliegerhorst besser aus als die meisten. Er ist Mechaniker, und er hat was gegen uns. Ich finde das sehr wohl einleuchtend.«

Oberflächlich gesehen vielleicht, dachte er. Aber bei näherer Betrachtung?

»Wozu die Ausrüstung sabotieren?« Gull ging einen Punkt nach dem anderen durch. »Er weiß nicht, wer wann wie eingesetzt wird, und er versteht nichts von Brandbekämpfung.«

»Seine Tochter hat drei Jahre hier gearbeitet«, gab Rowan zu bedenken. »Sie wusste, wie wir vorgehen, und verbrachte viel Zeit auf dem Fliegerhorst.«

»Wenn er uns was antun wollte, gäbe es einfachere Methoden. Er besitzt Waffen und hätte sie benutzen können. Natürlich hätte er herausfinden können, wo wir unsere Ausrüstung aufbewahren«, gab Gull zu. »Und hätte sich Zugang verschaffen können. In der Hochsaison könnte eine Bombe neben uns explodieren, ohne dass wir davon aufwachen. Die Sirene hören wir, wie eine Mutter ihr weinendes Kind. Darauf sind wir gepolt, aber ansonsten schlafen wir tief und fest. Hier ist jemand mit äußerster Vorsicht und ziemlich heimtückisch vorgegangen. Jemand, der weiß, welche Folgen eine defekte Ausrüstung für uns haben kann. Ganz einfach, weil er die Arbeit aus eigener Erfahrung kennt.«

Da hat er recht, dachte Rowan, obwohl ihr das kein bisschen gefiel. »Du meinst also, es war einer von uns?«

»Ich sage nur, dass das möglich wäre. Wir alle haben Zugang zur Ausrüstung, wissen, wie wir sie beschädigen können und welche Folgen das bei einem Einsatz haben kann.«

»Aber das ist doch dumm. Schließlich könnte derjenige selbst davon betroffen sein.«

»Das stimmt. Sehen wir uns diesen Punkt näher an. Wer ist weder beim einen noch beim anderen Feuer gesprungen?« Er rief die Liste wieder auf, an der er vorhin gearbeitet hatte.

»Du hast recht. Das gefällt mir gar nicht. Erstens Yangtree. Aber der ist mit uns abgesprungen!«

»Aber er hat den Einsatz hauptsächlich koordiniert, Erkundungsflüge mit dem Helikopter gemacht.«

»Quatsch! Und dann L. B. – das ist doch nicht dein Ernst?«

»Er ist nicht gesprungen. Cards war der Absetzer, L. B. war also nicht dabei. Genauso wenig wie die anderen hier. Das sind über zwanzig Personen, sechs davon standen aus privaten Gründen oder aufgrund von Verletzungen nicht auf der Sprungliste.«

»Yangtree ist seit dreißig Jahren Feuerspringer. Und nun soll er plötzlich ausprobieren wollen, was passiert, wenn er die Ausrüstung sabotiert? Cards ist seit zehn Jahren dabei und L. B. mehr als zwölf.«

»Hör zu, ich weiß genau, was du empfindest. Das sind Freunde, Familienangehörige. Mir geht es genauso.«

»Da, wo ich herkomme, setzt man Freunde und Verwandte nicht auf eine Verdächtigenliste.«

»Wie oft wurden da, wo du herkommst, Ausrüstungsgegenstände mutwillig beschädigt?« Er legte eine Hand auf ihr Knie, um seinen Worten den Stachel zu nehmen. »Für dich ist es natürlich schlimmer, weil du sie so lange kennst. Aber auch ich habe mit vielen von ihnen trainiert, und du weißt, wie sehr einen das zusammenschweißt.«

»Ich verstehe nicht, warum du das überhaupt machst.«

»Verdammt noch mal, Rowan! Was, wenn es nicht Brakeman war? Dann können wir so viele Patrouillen gehen, wie wir wollen, die Ausrüstung x-mal angekündigt und unangekündigt durchchecken. Wenn du heute Nacht in den Bereitschaftsraum, den Raum des Lademeisters oder irgendwo anders hingehen willst, kannst du das?«

Sie schwieg einen Moment. »Ja, natürlich. Aber warum sollte ich? Warum sollte einer von uns so etwas tun?«

»Das ist wieder eine ganz andere Frage. Es könnte aber auch einer gewesen sein, der ganz oben auf der Sprungliste stand. Einer, der dabei sein und es miterleben will. Wir stehen bei unserer Arbeit sehr unter Stress. Manchmal zerbrechen Leute daran oder gehen zu weit: Ein Feuerspringer legt Feuer und bringt damit sich und seine Kollegen in Gefahr. Das gibt es.«

»Ich weiß.«

Er drückte auf eine weitere Taste, zeigte ihr ein anderes Dokument. »Ich habe mir notiert, wie wir an jenem Tag eingeteilt waren.«

»Einige Namen fehlen.«

»Ich glaube, uns beide können wir außen vor lassen.«

»Dobie steht auch nicht auf der Liste.«

»Er hatte Isolierband dabei.«

»Ja, das war echt praktisch.«

»Er hat immer … Gut, du hast recht.« Es tat ihm in der Seele weh, trotzdem setzte Gull auch Dobie auf die Liste. »Ich sollte uns ebenfalls auf die Liste setzen, denn du hast dir dieses doofe Isolierband gewünscht. Und mir ist eingefallen, dass er welches hat.«

»Was ist dein Motiv?«

»Vielleicht will ich dich vom Fliegerhorst vergraulen, damit du zu Haue bleibst und mir jeden Abend ein warmes Essen auf den Tisch stellst.«

»Als ob ich das jemals tun würde. Aber im Ernst: Was ist das Motiv?«

»Also gut, fangen wir von vorn an. Yangtree.« Er klickte wieder die erste Liste an. »Er redet davon, aufhören zu wollen. Seine Knie sind kaputt. Er ist seit dreißig Jahren dabei, hast du gesagt. Hat sein halbes Leben als Feuerspringer gearbeitet und weiß, dass er nicht mehr mithalten kann. Jüngere, Stärkere kommen nach. Das packt er nicht.«

»So ist er nicht«, sagte sie empört, doch ein Blick von Gull brachte sie zum Verstummen. »Gut. Das ist Unsinn, aber trotzdem.«

»Cards? Er hatte in dieser Saison extrem viel Pech. Verletzungen, Krankheit. So etwas hinterlässt Spuren. Die Frau, die er heiraten wollte, hat ihn verlassen. Und er war Absetzer, als Jim Brayner letzten Sommer tödlich verunglückt ist.«

»Das war nicht seine Schuld.«

»Das sehe ich auch so. Aber deine war es auch nicht, Rowan. Trotzdem hast du Albträume.«

»Gut, gut, ich hab's begriffen. Wenn wir so weitermachen, finden wir für jeden ein Motiv. Aber das hilft uns auch nicht weiter. Außerdem: Wenn deine Vermutung richtig wäre, würde die Polizei auch schon in diese Richtung ermitteln.«

»Wer sagt denn, dass sie das nicht längst tut?«

Das gab ihr zu denken. »Das ist eine furchtbare Vorstellung. Dass sie uns beobachtet, gegen uns ermittelt, unsere Schwächen, unsere Geheimnisse auskundschaftet. Ebenso, wie wir es gerade tun, aber zielgerichteter.«

»Ja, schön ist das nicht. Aber ich sehe lieber genau hin, statt betriebsblind zu sein.«

»Ich will, dass es Brakeman war.«

»Ich auch.«

»Aber wenn nicht«, sagte sie und kam ihm damit zuvor, »muss die Sicherheit der Einheit an erster Stelle stehen. L. B. kann es nicht sein.«

Er wollte ihr widersprechen, überlegte es sich jedoch anders. »Was bringt dich zu dieser Ansicht?«

»Er hat schwer geschuftet, um den Posten zu bekommen. Und er ist sehr stolz darauf. Er liebt die Einheit, liebt ihren guten Ruf. Alles, was ihn schädigt oder bedroht, fällt auf ihn zurück. Er hätte die Schotten dichtmachen, die Vorfälle geheim halten können. Aber er ist an die Öffentlichkeit getreten, hat alles gemeldet, obwohl er unter Umständen die Konsequenzen tragen muss.«

Das waren gewichtige Argumente, dachte Gull. »Dem kann ich nur zustimmen.«

»Und Dobie ist es auch nicht. Der Kerl ist einfach viel zu gutmütig. Außerdem liebt er seine Arbeit und alles, was damit zusammenhängt. Vor allem liebt er dich. Er würde nie im Leben etwas tun, das dich in Gefahr bringt.«

»Danke.«

»Ich sage das nicht dir zuliebe.«

»Ich weiß.« Dennoch war es Balsam für seine Seele. »Trotzdem danke.«

Sie sah aus dem Fenster, wo es blitzte und der Donner über den düster umwölkten Gipfeln widerhallte. »Der Wind drückt die Regenwolken nach Süden. Anscheinend ist uns keine Pause vergönnt.«

»Wir müssen nicht jetzt darüber nachdenken. Wir können die Sache auch auf sich beruhen lassen und in den Kraftraum gehen.«

»Ich kneife nicht. Lass uns die Liste durchgehen. Ich kann dir auch erklären, warum Janis nicht infrage kommt.«

»Gut.« Er nahm ihre Hand und führte sie kurz an seine Lippen. »Ich bin ganz Ohr.«

28

Gull ging davon aus, dass ihm maximal eine Stunde Zeit blieb, denn so lange war Rowan bestimmt noch mit ihrem Bericht über das Feuer in Alaska beschäftigt. Er hatte seine Pflichten im Loft erledigt und sah kurz auf die Uhr, während er gemächlich den Versorgungsweg entlangjoggte.

Niemand würde sich wundern, ihn beim Lauftraining zu sehen. Und niemand würde vermuten, dass er abseits von neugierigen Blicken ein Treffen vereinbart hatte. Am allerwenigsten Rowan.

Er genoss es, draußen an der frischen Luft zu sein, laufen und wieder richtig zu sich kommen zu können.

Der Gewittersturm von vergangener Nacht hatte nur wenige Tropfen Regen gebracht, trotzdem war die Temperatur gefallen. Am frühen Morgen brach eine Mannschaft nach Osten auf, um dort einen Brand zu löschen. Für den Fall, dass es erneut Alarm gab, wollte er sich nicht weit vom Gelände entfernen.

Aber das musste er auch nicht.

Nach etwa achthundert Metern stand Lucas in Jogginghose und T-Shirt auf dem Weg und telefonierte. »Klar, das wäre toll.« Er nickte Gull zu. »Perfekt. Bis dann.« Er kappte die Verbindung und steckte das Handy in die Tasche seiner Jogginghose. »Gull.«

»Danke für das Treffen.«

»Kein Problem. Ich drehe hier öfter meine Runden. Ich nehme an, unser Treffen hat etwas mit Rowan zu tun. Weil du nicht auf dem Fliegerhorst mit mir sprechen wolltest.«

»Mit ihr, mit allen. Niemand kennt die Leute besser als du, Lucas: das Fliegerhorstpersonal, die Feuerspringer, die Brakemans, die Polizisten. Vielleicht mit Ausnahme der neuen Feuerspringer. Aber da sie mit deiner Tochter zusammenarbeiten, hast du dich bestimmt schon über sie informiert.« Lucas zog eine Braue hoch, doch Gull zuckte nur mit den Schultern. »Du siehst sie dir an, stellst ihnen ein paar Fragen und weißt Bescheid.«

»Ich weiß zum Beispiel, dass du schnell laufen kannst, einen guten Ruf bei deinen Kollegen von der Bodentruppe hast und dass L. B. dich als große Bereicherung betrachtet. Du gehst einer Rauferei nicht aus dem Weg, magst schnelle Autos, hast einen guten Geschäftssinn und einen guten Frauengeschmack.«

»Letzteres kann ich nur zurückgeben. Ich möchte dir eine ganz konkrete Frage stellen: Besitzt Leo Brakeman die Intelligenz, die Verschlagenheit und überhaupt die Fähigkeit, all das zu tun, was ihm zur Last gelegt wird? Von dem Motiv, der Gelegenheit und dem Indizienkram ganz abgesehen. Ist er der Typ für eine solche Tat?«

Lucas schwieg einen Moment und nickte nachdenklich, als hätte er sich das auch schon gefragt. »Er ist nicht dumm und ein verdammt guter Mechaniker. Er wäre durchaus in der Lage, die Ausrüstung so zu beschädigen, dass man den Defekt erst bemerkt, wenn es bereits zu spät ist. Aber dass er Latterly umbringt?«

Lucas steckte die Hände in die Hosentaschen und starrte auf die Berge. »Ich kann mir vorstellen, dass er auf den Mistkerl losgegangen wäre, nachdem er erfahren hatte, dass Latterly was mit seiner Tochter hat. Ich kann mir vorstellen, dass er den Mann zu Brei geschlagen hätte, vor allem, wenn man bedenkt, wie tief verwurzelt Irene in seiner Gemeinde war. Aber dass Leo ihn erschossen hat, kann ich mir nur schwer vorstellen. Aber ausgeschlossen ist es nicht.« Er seufzte. »Nein, das nicht. Dass er den Fliegerhorst beschießt, wäre auch möglich. Aber dass er auf x-beliebige Personen losballert? Und wenn, hätte er bestimmt nicht danebengeschossen. Darüber habe ich lange und intensiv nachgedacht, seit ich weiß, dass er Rowan aufs Korn genommen haben soll. Und Dolly? Die beiden sind aufeinander losgegangen wie zwei Rottweiler. Leo ist leicht reizbar, das ist allgemein bekannt. Und Dolly hat ihn stets aufs Neue enttäuscht und beschämt.«

»Aber?«

»Ja, aber. Wenn überhaupt, hat er sie meiner Meinung nach höchstens aus Versehen umgebracht. Unterm Strich kann ich mir also schon vorstellen, dass er das alles war. In blinder Wut. Er geht schnell an die Decke, ist ein Choleriker. Aber wenn er Dampf abgelassen hat, ist alles wieder gut.«

»Du hast dir viele Gedanken gemacht.«

»Rowan ist schließlich darin verwickelt.«

»Ja. Brakeman ist also heißblütig und schreckt unter Umständen auch vor Gewaltanwendung nicht zurück.« Etwas Ähnliches hatte sich Gull auch ausgemalt. »Aber der Mord an Latterly und vor allem die Sabotage waren eiskalt geplant.«

»Du glaubst, dass jemand vom Fliegerhorst für all das zumindest teilweise verantwortlich ist? Vielleicht sogar einer deiner Kollegen?«

Gull dachte an die Männer und Frauen, mit denen er trainiert, mit denen er Brände bekämpft hatte. »Bisher habe ich diesen Gedanken einfach nicht zugelassen.«

»Ich auch nicht. Aber nachdem L. B. mir das von der Sabotage erzählt hat, wurde ich misstrauisch. Wir haben zwar nicht über die Möglichkeit gesprochen, aber ich bin mir sicher, dass L. B. dasselbe denkt«, meinte Lucas.

»Hast du irgendeinen konkreten Verdacht?«

»Ich habe mit einigen von diesen Menschen zusammengearbeitet und zwar unter Extrembedingungen. Es fällt mir schwer, Kollegen mit solchen Augen zu sehen. Aber das muss nicht heißen, dass sie unschuldig sind.«

Lucas schwieg einen Moment und musterte Gull aufmerksam. »Du hast Rowan noch nichts von deinen Vermutungen erzählt?«

»Doch.«

Anerkennung, aber auch Belustigung standen Lucas ins Gesicht geschrieben. Er lächelte. »Mumm hast du also auch.«

»Ich tue nichts hinter ihrem Rücken.« Gull fiel ein, wo er sich gerade befand und mit wem er es gerade zu tun hatte. »Oder zumindest fast nichts«, sagte er grinsend. »Ich habe eine Tabelle gemacht. Ich mag das«, setzte er nach, als Lucas verblüfft auflachte. »Weil sie hilfreich und übersichtlich sind. Rowan will nichts von meiner Theorie wissen, aber sie hat mir zugehört.«

»Wenn sie dir zugehört und dir anschließend nicht in die Eier getreten hat, muss es mit euch beiden wirklich was Ernstes sein.«

»Ich liebe sie. Und sie liebt mich auch. Sie weiß es nur noch nicht.«

»Nun ja.« Lucas sah Gull lange an und seufzte. »Sie hält nicht viel von Beziehungen, glaubt nicht an ihre Dauer. Das ist meine Schuld.«

»Quatsch, das liegt eher an den Umständen. Sie mag

zwar dickköpfig sein und nur wenige wirklich an sich heranlassen. Aber vollkommen unzugänglich ist sie nicht. Dafür ist sie viel zu klug und kennt sich selbst zu gut. Und hat sie sich erst einmal etwas in den Kopf gesetzt, lässt sie so schnell nicht locker. Sie wird schon noch darauf kommen, dass sie mich will.«

»Dir mangelt es wirklich nicht an Selbstbewusstsein, was? Du gefällst mir.«

»Das freut mich. Sonst würde sie mich nämlich sofort abservieren und das dann für den Rest ihres Lebens bereuen.«

Als Lucas kurz hilflos auflachte, sah Gull auf die Uhr. »Ich muss zurück.«

»Ich begleite dich«, sagte er. »Außerdem gibt es da etwas, das ich Rowan gern persönlich sagen würde.«

»Dass du mit Ella zusammenziehst? Das weiß sie bereits.«

»Oje, Mist.« Lucas fuhr sich mit der Hand über den Nacken. »Ich hätte mir denken können, dass sich das sofort auf dem Fliegerhorst herumspricht. Aber bei dem Chaos im Moment hätte ich nicht gedacht, dass mein Privatleben auf so großes Interesse stößt. Und?« Lucas versetzte Gull einen Stoß zwischen die Rippen. »Wie hat sie es aufgenommen?«

»Sie war etwas geschockt. Aber sie wird sich daran gewöhnen. Ganz einfach, weil sie dich liebt und Ella respektiert. Außerdem ist sie nicht dumm. Eines noch, bevor wir zurückkehren: Falls Rowan fragt, sagen wir, dass wir uns zufällig begegnet sind.«

»Das ist sicherlich das Beste.«

»Normalerweise macht es mir nichts aus, wenn sie wütend auf mich ist. Aber sie hat schon Sorgen genug.

Und noch etwas wollte ich dich fragen, bevor wir wieder auf dem Fliegerhorst sind: Darf ich dir meine Tabelle mailen?«

»Du mit deiner Tabelle!«

»Ich habe die Namen unter verschiedenen Gesichtspunkten aufgelistet, ihnen alle möglichen Informationen zugeordnet und meine Sicht der Dinge vermerkt. Rowans Sicht der Dinge. Wenn du deine Schlussfolgerungen ebenfalls hinzufügst, können wir die Zahl der Verdächtigen vielleicht eingrenzen.«

»Also gut, schick sie mir.« Lucas ratterte seine E-Mail-Adresse herunter. »Soll ich sie dir aufschreiben?«

»Nein, die merke ich mir auch so.«

»Selbst wenn es Brakeman nicht war: Solange er hinter Gittern sitzt, dürfte eigentlich nichts passieren. Schließlich kann man ihm schlecht etwas in die Schuhe schieben, wenn er sich rund um die Uhr in Polizeigewahrsam befindet. Wir sollten uns also fragen, wer einen Hass auf Leo hat«, meinte Lucas und runzelte fragend die Stirn, als Gull schwieg. »Oder siehst du das anders?«

»Nein. Wegen seines aufbrausenden Temperaments und seiner schwierigen Beziehung zu Dolly ist Leo ein idealer Sündenbock. Doch wer auch immer für diese Taten verantwortlich ist, der ist schwer gestört. Und solche Menschen hören nicht einfach auf, nur weil das klüger wäre.«

»Ich wünschte, du hättest das nicht gesagt. Denn jetzt bin ich genauso beunruhigt wie du. Am liebsten wäre mir, Rowan würde sich den Rest der Saison freinehmen und den Fliegerhorst verlassen.«

»Ich werde nicht zulassen, dass ihr etwas zustößt.« Gull sah Lucas direkt in die Augen. »Ich weiß, das klingt abgeschmackt, aber ich werde es wirklich nicht zulassen. Normalerweise kann sie sich prima selbst verteidigen. Aber was sie nicht schafft, erledige ich.«

»Ich werde dich an dein Versprechen erinnern. Jetzt mach dich lieber rar, wenn ich mit ihr spreche. Aber bitte nicht zu rar«, setzte Lucas nach. »Nachdem ich ihr von meinen Plänen erzählt habe, wird sie sich an jemandem abreagieren müssen. Am besten an dir.«

Rowan schrieb ihren Bericht fertig und kontrollierte die Liste mit den Verpflegungs- und Ausrüstungsgegenständen, die sie am zweiten Tag angefordert und erhalten hatte. Sie hatte nichts vergessen. War der Bericht erst einmal abgegeben, konnte sie endlich rausgehen.

»Es ist offen«, rief sie, als es zweimal an ihrer Tür klopfte. »Hallo.« Strahlend stand sie auf, um ihren Vater zu begrüßen. »Perfektes Timing! Gerade habe ich meinen Bericht fertig geschrieben. Warst du laufen?«

»Ich dachte, ich lauf zum Fliegerhorst und schlage zwei Fliegen mit einer Klappe.«

»Weißt du was? Ich spendiere dir ein kaltes Getränk, und du überfliegst kurz meinen Bericht.«

»Wenn du eine Zitronenlimo da hast, gern.«

»Für meinen Liebsten habe ich immer eine im Kühlschrank«, sagte sie, während er sich auf ihren Schreibtisch stützte und ihren Bericht auf dem Notebook überflog.

»Du bist sehr gründlich und hast alles auf den Punkt gebracht«, sagte Lucas. »Bist du etwa scharf auf L. B.s Job?«

»O nein, Gott bewahre! Es macht mir nichts aus, Berichte zu schreiben, aber wenn ich mich um den ganzen

Papierkram, das Personalwesen und so kümmern müsste wie L. B., würde ich mich gleich erschießen. Aber du könntest doch seinen Job übernehmen«, schlug sie vor. »Und ein paar Jahre dranhängen.«

»Wenn ich schon Verwaltungskram machen muss, dann lieber meinen eigenen«, erwiderte Lucas.

»Das kann ich gut verstehen. Wollen wir in den Aufenthaltsraum gehen? Oder vielleicht in die Kantine? Marge hat bestimmt noch ein Stück Kuchen, das wir ihr abschwatzen können.«

»Ich habe leider nicht so viel Zeit. Ella holt mich gleich ab.«

»Ach so.«

»Ich wollte dich sehen, ein paar Dinge mit dir besprechen.«

»Ich habe gehört, dass Irene Brakeman ihr Haus aufgibt und nach Nebraska ziehen will. Du stellst ihr dein Haus zur Verfügung, bis sie hier alles erledigt hat? Das ist wirklich nett von dir, Dad. Es muss schwer für sie gewesen sein, allein mit all den Erinnerungen in dem Haus zurückzubleiben, obwohl es ihr gar nicht mehr gehört.«

»Morgen zieht sie bei mir ein. Ich muss noch ein paar Sachen packen. Ella hat Irene geholfen.«

»Dass sie wegzieht, ist ein ziemlich schwerwiegender Einschnitt. Im Grunde hat sie gleich mehrere grundsätzliche Entscheidungen gefällt: Sie verlässt Missoula, ihren Mann und ihren Job.«

»Es scheint ihr gutzutun, denn sie macht einen viel besseren Eindruck. Als sie endlich entschieden hatte, was für sie und das Baby am besten war, ist eine schwere Last von ihren Schultern gefallen.«

Er nahm einen großen Schluck Limonade. »Apropos schwerwiegende Entscheidungen: Ich werde nicht mehr in unser Haus zurückkehren und auf Dauer mit Ella zusammenleben.«

»Meine Güte, willst du sie heiraten?«

Er verschluckte sich nicht, aber fast. »Eines nach dem anderen, irgendwann vielleicht schon.«

»Ich habe mich gerade erst daran gewöhnt, dass du eine Freundin hast. Und nun zieht ihr schon zusammen.«

»Ich liebe sie, Rowan. Wir lieben uns.«

»Gut, ich glaube, ich muss mich kurz setzen.« Sie ließ sich aufs Bett fallen. »Du ziehst zu ihr?«

»Sie hat ein tolles Haus, viel Platz und einen wunderschönen Garten. Sie hat alles nach ihrem Geschmack eingerichtet, und das Haus bedeutet ihr viel. Unser Haus dagegen ...« Er zuckte mit den Schultern. »Im Grunde schlafe ich bloß dort.«

»Hm.« Sie wusste nicht, was sie denken sollte, da sie von ihren Gefühlen regelrecht überrollt wurde. »Wenn ich gewusst hätte, dass das unser letztes gemeinsames Abendessen in dem Haus wird, hätte ich etwas Festlicheres zubereitet als gebratene Hähnchenbrust.«

»Ich werde das Haus nicht verkaufen, Ro.« Er setzte sich neben sie und legte eine Hand auf ihr Knie. »Außer, du möchtest das gern. Ich dachte, du könntest es übernehmen. Wir können jemanden damit beauftragen, während der Saison den Rasen zu mähen und so.«

»Ich möchte gern in Ruhe darüber nachdenken.«

»Lass dir so viel Zeit, wie du brauchst.«

»Das sind große Veränderungen«, würgte sie hervor. »Du weißt ja, wie schwer ich mich mit Veränderungen tue.«

»Wenn du als Kind krank warst, mussten wir immer denselben Schlafanzug hervorkramen.«

»Den mit den blauen Hundebabys.«

»Ja, den mit den blauen Hundebabys. Als du aus ihm herausgewachsen bist, war die Hölle los.«

»Du hast ihn aufgetrennt und mir aus dem Stoff ein kleines Kissen genäht. Damit war alles wieder gut. Meine Güte, Dad, du siehst so glücklich aus.« Sie nahm sein Gesicht in beide Hände. »Und ich habe nicht mal gemerkt, dass du unglücklich warst.«

»Ich war nicht unglücklich, mein Schatz.«

»Im Moment bist du jedenfalls glücklicher. Aber sie ist nicht die Einzige, die dich liebt«, sagte sie und küsste seine Wangen. »Aber da ich mein Kissen mit den blauen Hundewelpen habe, geht das in Ordnung.«

»Wirst du dir die Zeit nehmen, sie besser kennenzulernen, sobald das möglich ist?«

»Ja. Gull findet sie scharf.«

Lucas zog die Brauen hoch. »Ich auch. Aber dass er ja nicht auf falsche Gedanken kommt.«

»Dafür werde ich schon sorgen.«

»Du hast dich auch verändert, seit du ihn kennst.«

»Wahrscheinlich. Das ist wirklich eine furchtbare Saison. Gull glaubt, jemand vom Fliegerhorst könnte der Täter sein, nicht Brakeman.«

»Ach ja?«

»Ja. Und gründlich wie Gull ist, hat er eine Tabelle mit Namen, Fakten und Vermutungen angelegt. Ich finde das krank, aber als ich sie mir angesehen habe, wurde ich doch nachdenklich. Und nun weiß ich gar nicht mehr, was ich glauben soll. Ich hasse das.«

Sanft strich Lucas ihr über den Scheitel. »Am besten,

du hältst Augen und Ohren offen und bleibst aufmerksam.«

»Ersteres ist einfach, Letzteres schon schwieriger. Alle sind ziemlich nervös, und keiner will sich was anmerken lassen. Wir hatten schon doppelt so viele Einsätze wie letztes Jahr zur selben Zeit. Die Erfolgsquote ist hoch, es gab auch keine gravierenden Verletzungen bisher. Aber sonst? Diese Saison ist einfach völlig verkorkst, und das geht an niemandem spurlos vorbei.«

»Tu mir einen Gefallen und bleib in der Nähe deines Feuerwehrmannes. Tu es mir zuliebe«, fügte Lucas hinzu, bevor sie protestieren konnte. »Nicht, weil ich glaube, dass du nicht selbst auf dich aufpassen kannst. Aber ich mache mir weniger Sorgen, wenn ich weiß, dass du Rückendeckung hast.«

»Er ist ohnehin schwer abzuschütteln.«

»Gut.« Er tätschelte ihr Bein. »Begleite mich nach draußen.«

Sie stand mit ihm auf und ließ sich ihr Gespräch durch den Kopf gehen. »Ist es anders mit Ella als mit meiner Mutter? Und damit meine ich nicht die äußeren Umstände, die persönliche Reife oder so.« Sie legte eine Hand aufs Herz. »Ich kann mit jeder Antwort leben, aber ich möchte es einfach wissen.«

Er überlegte kurz, und sie wusste, dass er nach den richtigen Worten suchte.

»Deine Mutter hat mich völlig umgehauen, mich regelrecht überwältigt. Ich fand sie wahnsinnig aufregend. Als sie mir erzählt hat, dass sie schwanger ist, habe ich sie geliebt. Weil ich geliebt habe, was in ihr heranwuchs, obwohl wir im Grunde eine ganz unverbindliche Beziehung hatten. Vielleicht hat sie das lange vor mir gespürt. Das muss wehgetan haben. Ich habe mich um sie gekümmert, Rowan, mein Bestes gegeben. Im Grunde habe ich aber eher dich geliebt. Ella hat mich auch umgehauen, mich überwältigt. Ich finde sie aufregend, aber auf eine andere Art. Heute weiß ich, was ich für deine Mutter nie empfinden konnte. Bei Ella empfinde ich es.«

»Was denn?«, fragte sie. »Ich kann mir einfach nichts darunter vorstellen.«

Er räusperte sich. »Vielleicht solltest du lieber eine Frau danach fragen.«

»Aber ich frage dich.«

»Puh.« Iron Man, der große Held, scharrte verlegen mit den Füßen. »Ich werde nicht mit dir über Sex reden, denn das habe ich bereits. Und das war furchterregender als jedes Feuer, in das ich gesprungen bin.«

»Und peinlicher. Ich will nichts über Sex wissen, Dad, damit kenne ich mich aus. Du sagst, dass du sie liebst, und das sieht man dir auch an. Ich weiß nur nicht, wie sich das anfühlt. Wie es sich anfühlen sollte.«

»Dazu gehört vieles: Vertrauen, Respekt.« Er räusperte sich erneut. »Dass man sich zueinander hingezogen fühlt, sich mitsamt seinen Stärken und Schwächen annehmen, Hoffnungen und Träume miteinander teilen kann. Und dann springt ein Funke über und entzündet ein Feuer. Manchmal lodert es hell auf, und manchmal glimmt es nur. Aber es spendet Wärme und Licht, außerdem sind da die vielen Farben, all das, was dieses Feuer nährt. Feuer ist nicht nur zerstörerisch, Rowan. Manchmal erschafft es auch Dinge. Wenn die Liebe brennt oder glimmt wie ein Feuer, sollte sie etwas Neues erschaffen, etwas zum Vorschein bringen, das vorher nicht da war.«

Er verstummte und wurde rot. »Ich weiß auch nicht, wie ich das erklären soll.«

»Das ist das erste Mal, dass mir das jemand verständlich erläutert, Dad.« Sie nahm seine Hände, sah ihm in die Augen. »Ich freue mich aufrichtig für dich. Wirklich!«

»Das bedeutet mir mehr, als ich dir sagen kann.« Er zog sie an sich und hielt sie fest, als Ella vorfuhr. »Du warst meine erste Liebe«, flüsterte er Rowan ins Ohr. »Und das wirst du immer bleiben.«

Weil sie das wusste, durfte er auch eine andere lieben. Sie nickte Ella zu, die aus dem Wagen stieg. »Hallo.«

»Hallo.« Ella lächelte Lucas an. »Bin ich zu spät?«

»Du kommst gerade richtig.« Mit Rowans Hand in der seinen beugte sich Lucas vor und küsste Ella. »Wie war's mit Irene?«

»Zu entscheiden, was mit den Dingen geschehen soll, mit denen man fünfundzwanzig Jahre lang gelebt hat, ist eine Riesenaufgabe. Gleichzeitig hilft ihr das, die Sache durchzustehen.«

»Haben Jims Eltern …?« Rowan verstummte.

»Sie fahren heute Nachmittag. Ich habe sie kennengelernt, sie sind sehr sympathisch. Kate hat Irene eingeladen, bei ihnen zu wohnen, wenn sie nach Nebraska kommt. So lange, bis sie etwas Eigenes gefunden hat. Ich glaube nicht, dass sie ihr Angebot annehmen wird, aber es hat sie sehr gerührt.«

»Sei nicht traurig«, sagte Lucas und legte einen Arm um Ellas Schultern, während sich ihre Augen mit Tränen füllten.

»Ich weiß auch nicht, was mit mir los ist.« Sie blinzelte die Tränen weg. »Aber ich habe meinen Sohn angerufen und ihn gebeten, mir später die Kinder vorbeizubringen. Denn nach ein paar Stunden mit meinen Enkeln weiß ich genau, wie ich mich fühle: glücklich und erschöpft.«

Enkel, dachte Rowan. Das hatte sie ganz vergessen. Wurde ihr Vater damit indirekt Opa? Wie ging er damit um?

»Oh, Mist, ich habe ganz vergessen, etwas bei L. B. abzugeben. Ich bin in zwei Minuten wieder da«, versprach Lucas Ella und eilte davon.

»Und?«, fragte Ella. »Alles in Ordnung?«

»Ja. Es fühlt sich merkwürdig an, ist aber in Ordnung. Ich nehme an, du hast deinem Sohn und deiner Tochter bereits Bescheid gesagt?«

»Ja. Meine Tochter ist begeistert. Das kann allerdings auch an ihren Hormonen liegen, sie ist nämlich gerade wieder schwanger. Für sie waren es tolle Neuigkeiten.«

Noch ein Kind?, dachte sie. »Ich gratuliere.«

»Danke. Mein Sohn ist noch etwas peinlich berührt. Wahrscheinlich tut er sich schwer mit der Vorstellung, dass Lucas und ich mehr tun, als nur Händchen zu halten und gemeinsam fernzusehen. Aber er wird schon darüber hinwegkommen. Ich würde euch gern zum Abendessen einladen. Alle Kinder sozusagen. Nichts Besonderes, ein ganz normales Familienessen.«

»Das klingt toll.« Zumindest machbar, dachte Rowan. Und wer weiß? Vielleicht wurde es sogar wirklich toll. »Eines solltest du von vornherein wissen: Ich brauche keine Mutter.«

»Aber natürlich brauchst du die. Jeder braucht eine Mutter, eine Frau, die zuhört, für dich Partei ergreift, dir die Wahrheit sagt – oder auch nicht, ganz wie du willst.

Eine Frau, auf die du dich in jeder Lebenslage verlassen kannst und die dich auch noch liebt, wenn du etwas angestellt hast. Aber da du bereits Marge hast, gebe ich mich mit der Rolle der Freundin zufrieden.«

»Wir werden sehen.«

Die Sirene ertönte.

»Mist, ich muss los.«

»O Gott, du musst zu einem Einsatz. Darf ich zuschauen? Lucas hat mir erzählt, wie das funktioniert, aber ich würde es gern mit eigenen Augen sehen.«

»Gern. Aber dann musst du dich beeilen.« Ohne auf sie zu warten, rannte Rowan zum Bereitschaftsraum. Sie sauste an Cards vorbei, der schneller wurde, um nicht von ihr abgehängt zu werden.

»Was ist los?«, fragte sie.

»Ein mühsamer Einsatz wartet auf uns: Am Flathead brennt es, das Feuer wälzt sich durch den Canyon. Mehr weiß ich auch nicht.«

»Bist du Absetzer?«

»Ich springe.«

Sie stürzten sich in das kontrollierte Chaos des Bereitschaftsraums und rissen Ausrüstungsgegenstände aus den Spinden. Rowan schlüpfte in ihre Kombi, kontrollierte Taschen, Reißverschlüsse, Haken, nahm ihre Handschuhe, ihr Kletterseil. Sie schlüpfte in ihre Stiefel und sah, wie Matt dasselbe tat.

»Wieso stehst du wieder auf der Liste?«

»Glück gehabt. Ich habe mich erst vor zwanzig Minuten wieder zurückgemeldet.« Kopfschüttelnd nahm er seinen Schirm und den Reserveschirm aus dem Regal. »Anscheinend findet der Feuergott, dass ich lange genug freihatte.«

Rowan nahm ihre Schirme, ihren Rucksack. »Wir sehen uns im Flugzeug«, sagte sie und klemmte sich ihren Helm unter den Arm. Sie schlurfte zur Tür und war überrascht, Gull schon in voller Montur zu sehen. Er stand neben ihrem Vater und Ella.

»Das ging aber schnell.«

»Ich war praktischerweise beim Lademeister, als die Sirene losging. Bist du so weit?«

»Na klar.« Rowan salutierte und grinste ihren Vater an. »Bis später.«

»Bis später«, wiederholte er den Abschiedsgruß, den sie seit Ewigkeiten benutzten.

»Ich habe Lucas gefragt, ob das erlaubt ist, und da es erlaubt ist, sage ich: Komm heil wieder zurück.«

Rowan nickte Ella zu. »Das werde ich. Wir müssen.«

»Ich weiß, dass alles ganz schnell gehen muss«, sagte Ella, während Rowan mit Gull zum wartenden Flugzeug ging. »Aber so schnell? Da bleibt gar keine Zeit zum Nachdenken. Die Sirene geht los, und innerhalb weniger Minuten ist man unterwegs zu einem Einsatz, obwohl man vorher Kaffee getrunken oder Päckchen gepackt hat.«

»Das ist alles Routine, wie das allmorgendliche Aufstehen und Anziehen. Nur im Schnelldurchlauf. Und nachdenken tut man immer. Mach den Feuerdrachen fertig«, rief Lucas Yangtree zu. Er sprach mit anderen, die auf das Flugzeug zueilten. Mit einigen hatte er gearbeitet, andere kamen ihm noch reichlich grün hinter den Ohren vor. Als sich die Flugzeugtür schloss, nahm er Ellas Hand. Einer von ihnen konnte ein Mörder sein.

»Sie wird heil zurückkehren.« Sie erwiderte seinen Händedruck. »Und zwar schon bald.«

»Ja.« Es tröstete ihn, ihre Hand zu spüren, während er zusah, wie sich das Flugzeug in Bewegung setzte und abhob.

Nach dem ersten Briefing im Flugzeug beugten sich Rowan, Yangtree und Trigger über verschiedene Karten und entwickelten eine Strategie.

Gull machte seinen MP3-Player an und setzte seine Sonnenbrille auf. Die Musik schirmte ihn vom Motorenlärm ab, half ihm beim Nachdenken. Durch seine dunkle Sonnenbrille musterte er die Gesichter und achtete auf die Körpersprache seiner Kollegen. Es war kein schönes Gefühl, sie zu verdächtigen, aber lieber hatte er ein schlechtes Gewissen, als mit den Folgen einer erneuten Sabotage konfrontiert zu werden.

Cards und Dobie spielten eine Runde Mogeln, während Gibbons ein zerfleddertes Exemplar von Kurt Vonneguts *Katzenwiege* las. Libby hockte mit Matt zusammen und versetzte seinem Knie einen Stoß, um ihn auf etwas hinzuweisen. Der Absetzer erhob sich von seinem Platz hinter dem Cockpit und ging zu Yangtree.

Als zur Partnerkontrolle aufgerufen wurde, lief Gull nach hinten und führte sie an Rowan durch.

»Yangtree verlässt uns«, sagte Rowan.

Yangtree schüttelte lächelnd den Kopf. »Ich werde ab nächstem Jahr für Iron Man arbeiten. Den Herbst nehme ich mir frei. Dann kaufe ich mir ein Haus, lasse mein anderes Knie operieren und gehe angeln. Dafür bleibt dann deutlich mehr Zeit, wenn ich euch nicht jeden Sommer beaufsichtigen muss.«

»Du willst dieses abenteuerliche, glamouröse, romantische Leben aufgeben?«, fragte Gull.

»Glamour hatte ich bereits genug. Und vielleicht erlebe ich ja etwas Romantik, wenn ich keinen Rauch mehr fressen muss.«

»Vielleicht solltest du anfangen zu stricken«, schlug Trigger vor.

»Gut möglich.« Er stieg über Männer und Ausrüstungsgegenstände hinweg, um sich erneut mit dem Absetzer und dem Piloten zu beratschlagen.

»Er ist knapp fünfzig.« Trigger steckte sich einen Kaugummi in den Mund. »Meine Güte, ich werde auch bald fünfzig. Warum will er bloß aufhören?«

»Ich glaube, er ist einfach nur müde, und sein Knie bringt ihn um.« Rowan sah nach vorn. »Nach der Operation ändert er seine Meinung bestimmt noch.«

Dann stand der Absetzer neben der Tür. »Passt auf eure Reserveschirme auf.«

Heiße Sommerluft und Rauch drangen herein. Rowan sah noch einmal aus dem Fenster, auf die lodernden Flammen, die aus den Wipfeln mächtiger Kiefern und Fichten schlugen. Rote Feuerbälle aus explodierenden Gasen zischten durch die Luft wie Flakfeuer.

»Das Feuer ist wahnsinnig schnell«, sagte Rowan. »Der Wind in der Schlucht entfacht es zusätzlich. Wir werden mit ziemlichem Seitenwind zu kämpfen haben.«

Das erste Set Winddrifter bestätigte ihre Einschätzung.

»Siehst du den Zielpunkt?«, fragte sie Gull. »Dort, diese Lichtung, auf acht Uhr. Am besten, man nähert sich ihr von Süden aus, allerdings ohne vor die Felswand zu knallen. Du bist der zweite Mann der dritten Gruppe.«

»Nein, ich bin der erste der zweiten Gruppe.« Er zuckte nur mit den Schultern, als sie ihn stirnrunzelnd ansah.

Also hatte Lucas L. B. gebeten, Gull zu ihrem Sprungpartner zu machen.

»Anscheinend wurde die Reihenfolge geändert, als L. B. Matt auf die Sprungliste gesetzt hat.«

»Gut, ich werde also den Luftstrom hinter dir abfangen.« Sie wies mit dem Kinn auf das nächste Set Winddrifter. »Sieht so aus, als bräuchten wir dreihundert Meter.«

Auch er musterte die Drifter, die Rauchsäulen, das silbrige Ende der Flammen und die schwarzen Sprenkel in Bodennähe.

Als es dann so weit war, schloss Trigger den Kinnriemen seines Helms und setzte die Schutzmaske auf, bevor er nach dem Stahlseil griff und zur Tür watschelte. Matt, der als Zweiter springen würde, folgte ihm.

Rowan musterte das Feuer, den Boden und sah zu, wie sie sprangen. Fallschirme öffneten sich vor dem Schwarz und dem Blau, während das Flugzeug zur nächsten Runde ansetzte.

»Wir sind so weit«, sagte Gull beim Ruf des Absetzers. Rowan hinter sich, stellte er sich in die Tür, wappnete sich gegen das Brüllen des Windes und des Feuers. Ein Schlag auf seine Schulter schickte ihn hinaus. Er fiel durch die Luft, wurde hin und her geworfen. Er fand den Horizont und brachte sich in die richtige Position, während der Bremsschirm ihn stabilisierte und der Hauptschirm für einen Gleitflug sorgte.

Er entdeckte Rowan und sah, wie sich ihr Fallschirm öffnete, wie die Sonne durch den Rauch drang und kurz ihr Gesicht beleuchtete. Dann hatte er mit heftigen Seitenwinden zu kämpfen, die versuchten, ihn ins Trudeln zu bringen. Eine Bö drückte ihn unangenehm nah an die Felswand heran. Er lenkte gegen, allerdings ein wenig zu viel, während der Wind an ihm zog und zerrte. Er trieb ab vom Zielpunkt, korrigierte seine Flugrichtung und ließ sich dann vom Wind mitnehmen, bis er am Rande der Lichtung landete. Im Abrollen sah er, wie Rowan drei Meter zu seiner Linken herunterkam.

»Du hast da ja wilde Flugmanöver gemacht«, rief sie.

»Aber es hat funktioniert.«

Während sie ihre Schirme einsammelten, stießen sie am Rand des Zielgebiets auf Matt und Trigger. »Gleich kommt die dritte Gruppe runter«, bemerkte Trigger. »Verdammt, Cards landet in den Bäumen. Er hat diese Saison einfach kein Glück.«

Rowan hörte, wie Cards laut fluchte, als der Wind ihn in die Kiefern drückte. »Komm schon, Matt, schau nach, ob er sich was gebrochen hat.« Da sie Cards nach wie vor fluchen hörten, war er zumindest nicht bewusstlos. Rowan schaute nach oben.

»Yangtree und Libby«, sagte sie, als das Flugzeug zu einer weiteren Runde ansetzte. »Janis und Gibbons.« Sie zählte die übrigen Feuerspringer auf. »Wenn alle gelandet sind, kümmert euch bitte um die Verpflegung und die Ausrüstungsgegenstände.«

Sie stemmte die Hände in die Hüften und sah zu, wie sich der Nächste aus dem Flugzeug katapultierte. Yangtree, dachte sie. Als Fallschirmspringlehrer würde er auch weiterhin aus Flugzeugen springen. Aber mit Touristen zu üben, war etwas ganz anderes.

»Sein Bremsschirm. Sein Bremsschirm ist nicht aufgegangen.« Sie rannte los und alarmierte die anderen am Boden. »Bremsschirm im Lee! O mein Gott, mach schon! Zieh den Reserveschirm. Komm schon, Yangtree, um Himmels willen!«

Gulls Magen rebellierte, und das Herz schlug ihm bis zum Hals, als er sah, wie sein Freund, sein Kollege durch die verrauchte Luft fiel. Andere schrien ebenfalls, und Trigger rief etwas in sein Funkgerät.

Der Reserveschirm öffnete sich mit einem ruckartigen Flattern und blähte sich – allerdings zu spät. Yangtrees Fall wurde kaum gedämpft, bevor er in die Bäume stürzte.

29

Rowan rannte, brach durchs Gebüsch, sprang über umgestürzte Bäume, Felsen – über alles, was ihr im Weg war. Als Gull sie überholte, fühlte sie sich wie gelähmt vor Angst. Trotzdem zwang sie sich, nachzudenken, zu handeln.

Yangtrees Reserveschirm war in letzter Minute aufgegangen. Es gab eine Chance, es gibt immer eine Chance! Kurz bevor Rowan Cards erreichte, wurde sie langsamer. Er seilte sich von einer Kiefer ab, und sein Gesicht blutete.

»Bist du sehr verletzt?«

»Nein. Nein, lauf weiter, mein Gott, lauf!«

Matt stolperte hinter ihr durch den Wald. Seine Wangen waren aschfahl, seine Augen ausdruckslos. »Bleib bei Cards. Kümmere dich um ihn.« Ohne seine Antwort abzuwarten, rannte Rowan weiter.

Als sie Gull rufen hörte, wandte sie sich nach links. Trockene Kiefernnadeln knirschten unter ihren Füßen wie Muscheln. Sie sah den Reserveschirm, ein zerfetztes weißes Etwas, das weit oben in den Zweigen hing. Und das Blut, das wie aus einem lecken Wasserhahn auf den Waldboden tropfte.

Yangtrees regloser Körper hing zwanzig Meter über ihr in den knorrigen Ästen. Ein sechzig Zentimeter langer dürrer Zweig hatte sich in seine Seite gebohrt, sodass er aussah wie ein aufgespießter Falter. Gull kletterte mit angeschnallten Steigeisen den Baum hinauf. Rowan ließ ihre Ausrüstung fallen, schnallte ihre eigenen Eisen um und folgte ihm.

Yangtree hatte sich offensichtlich einiges gebrochen. Sein Bein, seinen Arm und wahrscheinlich noch ein paar Sachen mehr. Aber das musste nicht heißen, dass er tot war.

»Kommst du zu ihm hin? Lebt er noch?«

»Ich schaff das schon.« Gull kletterte, sicherte sich mit dem Seil und robbte auf den Ast mit dem Zweig, der Yangtree durchbohrte. Nicht ohne vorher zu überprüfen, ob dieser sein Gewicht auch aushielt. Er streckte die Hand aus, um Yangtrees Kinnriemen zu lösen, legte seine Finger auf die Halsschlagader seines Kollegen.

»Ich kann den Puls spüren, allerdings nur sehr schwach. Er hat mehrere Brüche erlitten und eine tiefe Schnittwunde am rechten Oberschenkel. Aber der Oberschenkelhals ist nicht gebrochen.« Fluchend rückte er näher. »Dieser verdammte Zweig nagelt ihn förmlich an den Ast. Ich kann ihn nicht bewegen.«

»Dann sichern wir ihn mit Seilen.« Rowan beugte sich so weit vor wie möglich und versuchte, sich ebenfalls einen Überblick zu verschaffen. »Schneid den Ast ab und nimm ihn mit nach unten.«

»Mein Gewicht und die Kreissäge wird er nicht aushalten.« Er robbte zurück. »Er ist bereits angeknackst. Ich weiß nicht, ob er dich aushält.«

»Wir werden sehen.«

»Dobie oder Libby. Die sind leicht genug.«

»Aber ich bin schon oben. Yangtree verliert Blut. Lass es mich versuchen. Hol mir noch ein Seil, eine Säge und einen Verbandskasten.«

»Wie schlimm ist es?«, rief Trigger zu ihnen hoch.

»Er atmet.«

»Gott sei Dank! Ich habe einen Ambulanzhubschrauber angefordert. Ist er bei Bewusstsein?«

»Nein.« Rowan und Gull tauschten die Plätze. »Wir brauchen ein Seil, einen Verbandskasten und eine Kettensäge. Gull ist auf dem Weg nach unten.«

Rowan hängte sich in ihr Gurtzeug, zog ihr Hemd aus und schnitt es mit ihrem Taschenmesser in Streifen. Sie löste das Seil und robbte vorsichtig auf den Ast. Er würde halten, er musste einfach halten.

»Yangtree, kannst du mich hören?« Sie begutachtete die tiefe Wunde an seinem Oberschenkel. »Halte durch, verdammt! Wir holen dich da runter.«

Sie benutzte ihr Seil, wickelte es um seine Taille und robbte dann rückwärts, um ihn damit zu sichern. Gull war bereits zurück, reichte ihr ein weiteres Seil.

»Ich werde es am Ast über uns befestigen und versuchen, es unter seinen Armen hindurchzuführen.« Sie sah, wie Trigger und Matt den Nachbarbaum hochkletterten, und nickte.

»Bringt ihnen weitere Seile, dann können wir Yangtree daran herunterlassen, nachdem ich sein Gurtzeug durchtrennt und den Ast abgesägt habe.«

Angstschweiß lief in ihre Augen, während sie sich abmühte. Da sie Yangtrees gebrochenes Bein bewegen musste, flehte sie insgeheim, er möge bewusstlos bleiben. Sie polsterte die Wunde um den Zweig mit den Stoffstreifen ihres Hemds, so gut sie konnte, und benutzte ihren Gürtel, um ihn noch fester an den Ast zu binden.

Kurz hielt sie inne. Wenn ihr Versuch scheiterte, konnte sie Yangtree umbringen. Aber sein Puls wurde schwächer, ihr blieb also keine andere Wahl.

»Ich werde das Gurtzeug durchtrennen. Macht euch bereit.«

Nachdem sie Yangtree vom kaputten Fallschirm befreit hatte, griff sie nach der Säge. »Es klappt«, sagte sie zu Gull.

»In zehn Minuten müsste der Ambulanzhubschrauber da sein.«

Sie suchte Halt mit den Füßen, riss am Starterkabel. Die Wucht der Motorsäge ließ sie erzittern. Sie sah, wie Trigger und Matt sich darauf vorbereiteten, Yangtrees Gewicht abzufangen, und wusste, dass Gull und Dobie dasselbe taten.

Nun hing ihrer beider Leben von dem Seil ab. Zentimeter um Zentimeter robbte sie auf dem Ast nach vorn und trieb die Säge vor sich und so nah wie möglich an Yangtrees Körper durch das Holz.

»Haltet ihn«, rief sie. »Lasst ihn nicht fallen.«

Sie sägte drauflos und spürte schließlich, wie der Ast bebte. Dann hing Yangtree in der Luft, während der Zweig samt dem abgesägten Astteil aus seiner Seite herausragte wie ein Korkenzieher. Sein Körper schaukelte hin und her, während sie ihn langsam hinabließen. Unten warteten bereits Libby und Stovic, um sein Gewicht aufzufangen.

»Wir haben ihn. Wir haben ihn. O Gott.« Stovics Stimme zitterte. »Meine Güte, ist der zugerichtet!«

Er atmet noch, dachte Rowan, als sie den Lärm des Hubschraubers hörte. Er musste einfach weiteratmen.

Es brach Rowan das Herz, vom sicheren Boden aus mit ansehen zu müssen, wie der Ambulanzhubschrauber ihren Freund mitnahm. Jede Menge Trümmerbrüche, dachte sie, als der von den Rotorblättern erzeugte Wind sie streifte. Seine Arme, seine Beine und Gott weiß was noch waren zerschmettert, und es gab nichts, was sie im Augenblick für ihn tun konnte.

Sie schrie etwas in ihr Funkgerät, informierte den Fliegerhorst und erläuterte ihre neue Strategie, während Cards auf dem Boden saß und die Hände vor sein verletztes Gesicht geschlagen hatte. Trigger sah dem Hubschrauber nach und drehte sich dann langsam zu ihr um. Schock, Trauer und eine unfassbare Wut standen ihm ins Gesicht geschrieben – genau das, was auch sie empfand.

»Die Verpflegung. Die Ausrüstung«, hob sie an, und Gull drückte ihren Arm.

»Verstanden. Ich habe verstanden«, wiederholte er, als sie ihn einfach nur anstarrte. »Dobie, Matt, helft ihr mir bitte?«

Reiß dich zusammen, befahl sich Rowan. »Trig.« Sie atmete tief durch und ging dann zu ihm, zeichnete etwas auf den Waldboden. »Das Feuer wandert nach Nordosten, und die Flammen werden höher. Ich brauche dich, Kumpel«, sagte sie leise, als ihr Kollege einfach nur dastand und den Kopf schüttelte.

»Gib mir eine Sekunde, einverstanden? Eine verdammte Sekunde.«

Sie ging in die Hocke, legte eine Hand auf seinen Stiefel. »Wir müssen diesem Drachen den Kopf abschlagen und dann zu Yangtree zurückkehren. Wir haben kostbare Zeit verloren.« Rowan versagte fast die Stimme. »Zeit, die sich das Feuer zunutze gemacht hat. Es ist riesig, Trig. Trotz Löschgel konnte es der Wind weiter anfachen und dafür sorgen, dass es die Verteidigungslinie auf dem Berg übersprang. Er drückt es immer weiter nach oben.«

»Gut.« Trigger fuhr sich mit dem Handrücken über die Nase und ging neben ihr in die Hocke. »Ich übernehme die linke Flanke, lege mit fünf Mann eine Sägelinie an und dämme das Feuer dort ein.«

»Nimm sieben Mann mit. L. B. schickt uns noch ein Team, mit dem arbeite ich dann. Da hast du eine Wasserquelle.« Sie zeichnete ein X in den Waldboden. »Also nimm Pumpen und Schläuche mit. Ich werde mit ein paar Mann rechts aufsteigen und die Lage erkunden.«

Als er nach ihrer Hand griff, verschränkte sie die Finger mit den seinen. »Wir werden den Drachen besiegen«, sagte er. »Und dann finden wir heraus, was da schiefgelaufen ist.«

»Worauf du dich verlassen kannst.«

Sie sprachen über Verteidigungslinien, Sicherheitszonen, zwei mögliche Plätze für Zeltlager.

Als er seine sieben Mann samt Ausrüstung zusammenhatte, wandte sich Rowan an den Rest der Mannschaft. »Cards, du bleibst hier.«

»Vergiss es.« Während er das zischte, tropfte Blut von seiner aufgeplatzten Lippe. »Ich bleibe nicht zurück.«

»Das sollst du auch gar nicht. Du sollst auf die nächste Mannschaft warten, die Hälfte davon mit zur linken Flanke nehmen und Trigger verstärken. Den Rest schickst du zu mir. Ich brauche Gibbons und Janis. Sag ihnen, dass sie sich gefälligst beeilen sollen. Ich verlasse mich diesbezüglich ganz auf dich«, sagte sie, noch bevor er etwas erwidern konnte. »Und Trigger braucht dich an der Sägelinie.«

Als er nickte, wandte sie sich ab. »Gull, Dobie, Libby und Stovic, nehmt eure Ausrüstung.«

Sie hatten keine Zeit zu verlieren, keine Zeit, über das Feuer hinauszudenken. Alles andere war nebensächlich.

Sie hoben Gräben aus und schlugen Schneisen. Jeder Hieb mit der Pulaski, jedes Aufheulen der Motorsäge schrie in Rowans Ohren nach Vergeltung. Doch währenddessen bäumte sich der Feuerdrache auf und schnappte nach ihnen.

»Du musst bleiben, bis Gibbons kommt«, befahl sie Gull. »Er ist gerade gelandet. Alle anderen auch. Ich werde einen Bogen um den Kopf des Drachen machen, damit ich mir einen besseren Eindruck verschaffen kann. Wenn die Pumpen eingetroffen sind, bevor ich zurück bin, gib mir Bescheid.«

»Gut.«

»Fünfzig Meter weiter oben befindet sich eine Wasserquelle. Wenn wir sie nutzen, wird die Verteidigungslinie zwar länger, und Gibbons wird mehr Zeit brauchen, es ist aber trotzdem sicherer so. Wenn du vor ihm dort ankommst, lass Stovic und Libby an den Schlauch. Sollte sich der Wind drehen oder …«

»Ich habe dich schon verstanden, Rowan. Mach deine Arbeit, und wir machen die unsere. Melde dich.«

»Verbiete ihnen, darüber nachzudenken. Sie müssen konzentriert bleiben. Bis später.« Sie marschierte flott drauflos, stieg zwischen den Bäumen hindurch bergauf und verschwand im Rauch.

Sie hörte nichts außer dem Feuer, sein munteres Knistern und Prasseln, während es trockenes Holz verschlang. Hier und da löschte sie eine Brandinsel, schlug so lange auf die Flammen ein, bis sie sich ergaben. Bis zur Unkenntlichkeit verkohlte Leichen schlichen sich in ihre Gedanken.

Als sie den nächsten Bergkamm erreichte, blieb sie kurz stehen, um wieder zu Atem zu kommen. Sie konnte das orangerote Wüten vor sich sehen. Das Feuer hatte einen gehörigen Vorsprung, der Drache stürmte energisch und ungehindert vorwärts.

Rowan forderte ein weiteres Löschflugzeug an und erhielt eine kurze, nicht sehr vielversprechende Nachricht über Yangtrees Zustand. Man verarztete ihn.

Sie spürte, wie sich der Wind fast unmerklich drehte, und sah, wie der Feuerdrache nach seinem Schwanz schnappte. Er schlug einen Bogen in Richtung Triggers Mannschaft. Sie funkte ihn an. »Das Feuer hat sich gedreht, es kommt auf dich zu.«

»Wir haben eine breite Schneise angelegt. Ich glaube nicht, dass es die überspringen kann.«

»Ein Löschflugzeug ist unterwegs. Ich habe gerade angeordnet, eine Ladung auf deine Flanke abzuwerfen. Also geht in Deckung.«

»Roger. Cards ist gerade mit Verstärkung eingetroffen. Wir werden die Verteidigungslinie halten, Rowan.«

»Nachdem das Löschgel abgeworfen wurde, gehen vier von deinen und ein paar von meinen Leuten zum Kopf des Drachen. Schlagt ihm den Schädel ein. Aber haut sofort ab, falls er die Schneise überspringt.«

»Logisch. Pass auf dich auf.«

In ihrem Kampf gegen das Feuer sprach sie sich mit Gibbons und mit dem Fliegerhorst ab, hielt Augen und Ohren nach Löschflugzeugen offen.

Sie ging weiter, und ihre Augen brannten vom Rauch. Als direkt vor ihr ein brennender, oberschenkeldicker Ast zu Boden fiel, zuckte sie zurück und fiel auf den Rücken. Das Holz gab dem Feuer weitere Nahrung, entzündete den Waldboden mit einem lauten Zischen, sodass die Flammen nach ihren Stiefeln griffen, bevor sie sich in Sicherheit bringen konnte.

»Ein Witwenmacher«, meldete sie Gibbons. »Es geht mir gut, aber die nächsten Minuten werde ich schwer beschäftigt sein.«

Sie schlug auf die Flammen ein und versuchte, sie mit Erde zu ersticken. Sie hörte das Donnern des Löschflugzeugs und fluchte laut vor sich hin, während sie ihre eigene kleine Schlacht schlug.

»Ich bin in Sicherheit.« Schaufelnd und stampfend gab sie erst Gibbons und dann dem Löschflugzeugpiloten ein Signal. »Ich gehe in Deckung.«

Knallrosa Regen ging hernieder, erstickte Flammen und Rauch, klatschte geräuschvoll auf Boden und Bäume. Rowan suchte Schutz, als Spritzer des Gels auf ihrem Helm, auf ihrer Jacke landeten. Flugfeuer jagte sie vor sich her, und sie rannte, Haken schlagend, weiter bergauf.

Dann hörte sie hinter sich ein verräterisches Brüllen und spürte, wie die Erde unter ihren Füßen erbebte. Instinktiv sprang sie durch die Flammenwand, bevor es zur Explosion kam. Felsgestein bebte unter ihren Füßen, während sie den nächsten Hang hochhastete, während unter ihr das hungrige, mörderische Feuer wütete.

»Ich bin in Sicherheit«, schrie sie in ihr Funkgerät, aus dem ein wildes Stimmengewirr drang. »Ich muss einen kleinen Umweg machen.« Ihr Atem ging keuchend. »Gebt mir eine Minute Zeit, mich zu orientieren.«

Eine Feuerwand, undurchdringlich wie eine Stahlwand, schnitt ihr den Rückweg zu ihrer Mannschaft ab. Rowan zog ihren Kompass hervor, wobei ihre Hand leicht zitterte. Sie musste zu Trigger vorstoßen, eine neue Mannschaft zusammenstellen und dann mit ihr in einem großen Bogen zu ihrer eigenen zurückkehren. Während sie Gibbons ihren Plan schilderte, nahm sie sich kurz Zeit, etwas zu trinken und sich wieder zu beruhigen.

An der Sägelinie suchte Gull Gibbons' Blick. »Ist Rowan verletzt?«

»Sie sagt Nein. Sie spielt den Vorfall herunter. Ich würde sagen, das war ganz schön knapp.« Er wischte sich den Schweiß ab. »Sie schlägt sich bis zu Trig durch und kommt dann in einem großen Bogen zu uns zurück. Das Löschgel hat die Flanke etwas zurückgedrängt, und vorn gehen sie mit Pumpen auf den Kopf des Feuerdrachen los. Ihre Position ist günstig.« Er schüttelte den Kopf. »Was man von uns nicht gerade behaupten kann. Der Wind treibt das Feuer direkt auf uns zu. Elfe, nimm Gull, Stovic und Dobie und bringt die Pumpen da hoch. Folgt der Schneise. Fangt an, den Drachen zu ertränken. Sobald Verstärkung eingetroffen ist, schicke ich euch weitere vier Mann.«

»Eine Brandinsel«, schrie Libby, und zwei von ihnen traten sofort in Aktion.

»Wir werden so richtig fertiggemacht«, gab Gibbons per Funk an Trigger durch. »Kannst du noch jemanden entbehren?«

»Zwei Mann. Wenn Rowan zu euch stößt, sind es drei.«

»Sag ihnen, sie sollen sich beeilen.«

Gull hielt den Schlauch und hätte schwören können, dass die Wassermassen das Feuer erst recht zum Tanzen brachten. Der Wind hatte sich eindeutig auf die Seite des Drachen geschlagen und vereinte die Flammen zu riesigen Feuerwänden.

»L. B. schickt eine weitere Mannschaft. Feuerspringer aus Idaho wurden ebenfalls angefordert«, erzählte ihm Janis.

»Hat Rowan es bis zu Trigger geschafft?«

»Rowan hat ihre Taktik geändert. Sie geht zurück zu Gibbons. Wir müssen das Feuer zurückdrängen, oder wir sind gezwungen, uns zurückzuziehen.« Sie riss ihr Funkgerät hervor. »Gibbons, wir brauchen Verstärkung.«

»Ich warte auf Matt und Cards aus Triggers Mannschaft. Und auf Rowan. Es kommen neue Feuerspringer. In etwa dreißig Minuten.«

»Das ist zu spät. Ich brauche mehr Leute, oder wir müssen den Rückzug antreten.«

»Das ist deine Entscheidung, Elfe. Ich höre mal nach und melde mich wieder. Wenn ihr fliehen müsst, flieht.«

»Verdammte Scheiße, verdammt! Stovic, mach das Totholz da weg. Wenn es Wipfelfeuer gibt, sind wir erledigt.« Während das Wasser in hohem Bogen zischend ins Feuer fiel, sah sie zu Gull hinüber. »Ohne Verstärkung können wir das Feuer keine dreißig Minuten mehr aufhalten.«

Gull hatte ein ungutes Gefühl. »Rowan, Cards und Matt müssten sich längst bis zu uns durchgeschlagen haben. Funk sie an, sag, sie sollen ihre Position durchgeben.«

»Gibbons ist …«

»Funk sie an, Janis«, unterbrach er sie. »Hier läuft etwas ganz gehörig schief.« Vielleicht war nicht nur die Natur ihr Gegner.

Gull hörte zu, wie Janis versuchte, Rowan zu erreichen, einmal, zweimal, ein drittes Mal. Mit jedem Misserfolg gefror ihm das Blut mehr in den Adern. Sie versuchte Matt und Cards zu erreichen und reagierte sofort, als Gibbons sich meldete.

»Ich kann über Funk keinen erreichen«, sagte Gibbons. »Ich schicke jemanden zum letzten Standpunkt.«

Janis ließ Gull nicht aus den Augen. »Vergiss es! Gull wird nach ihnen suchen. Er ist von uns allen der Schnellste. Schick mir Ersatz, wir werden versuchen, das Feuer aufzuhalten.«

»Libby kommt. Ich werde noch einmal Löschgel anfordern. Wenn ihr fliehen müsst, dann in Richtung Südwesten.«

»Roger. Finde sie«, befahl sie Gull.

»Worauf du dich verlassen kannst.« An Dobie gewandt sagte er: »Halte das Feuer auf, solange du kannst.«

»Bis du wieder da bist«, schwor Dobie und griff nach dem Schlauch.

Gull rannte los, orientierte sich mithilfe seines Kompasses und der von ihm verinnerlichten Karte. Rowan war abgedrängt worden, bevor sie zur linken Flanke aufbrach. Er versuchte ihre Geschwindigkeit und ihre Route abzuschätzen.

Unter Umständen war sie auf Matt und Cards gestoßen, dachte er. Gewartet hatte sie allerdings bestimmt nicht auf sie. Nicht, wenn ihre Mannschaft dringend Hilfe brauchte.

Zu seiner Linken explodierte eine Brandinsel, Flammen griffen auf einen Baum über. Er ignorierte sein Bedürfnis, sie zu löschen, und rannte weiter. Genau das würde sie niemals tun. Sie würde unterwegs ein Feuer nach dem anderen bekämpfen und dadurch ständig die Richtung ändern. Und sollte ein anderer Feind ihren Weg gekreuzt haben, würde sie ihn nicht als solchen erkennen, sondern einen Kollegen, einen Freund in ihm sehen. Jemanden, dem sie vertraute, den sie liebte.

Gull sprang über einen schmalen Bach, kämpfte gegen Hitze und Rauch, gegen seine zunehmende Angst. Sie war intelligent, sie war stark und umsichtig. Sie würde sich wehren, beruhigte er sich. Vielleicht sogar besonders heftig, wenn sich ein Freund als Feind entpuppte.

Er zwang sich, stehen zu bleiben, auf seinen Kompass

zu schauen, sich neu zu orientieren. Und um mitten im Gebrüll des Feuers auf Stimmen zu lauschen.

Ich muss weitergehen, beschloss er. Nach Nordosten. Er konnte nur beten, dass ihn sein Gespür nicht trog. Ein Baum zerbarst und spuckte Funken, die auf seiner nackten Haut brannten, als hätte ihn ein Schwarm Bienen gestochen.

Das nächste Geräusch war eindeutig gefährlicher. Er rannte in die Richtung, aus der der Schuss gekommen war, während sein Herz schmerzte, als wäre es von einer Kugel getroffen worden.

30

Rowan legte ein stolzes Tempo vor. Sie hatte sich die Hüfte geprellt, als sie dem Witwenmacher ausgewichen war, bekam den Schmerz aber gar nicht richtig mit, sondern spürte nur ein dumpfes Pochen.

Wir verlieren die Schlacht, dachte sie. Wir verlieren sie, seit Yangtrees Schirm nicht aufgegangen ist. Alles fühlte sich verkehrt, irgendwie falsch an. Die Lage entglitt ihnen zunehmend. Der Wind frischte auf, wurde böig, verstärkte das Tempo und die Vehemenz, mit denen das Feuer sich ausbreitete. Hie und da entstanden kleine, heimtückische Tornados. Die Luft knisterte, so trocken war sie.

Sie würde es nicht bis zu Trigger und seiner Mannschaft schaffen. Nein, nicht jetzt, wo sie die Dringlichkeit in Gibbons' Stimme wahrgenommen hatte. Es blieb ihr nichts anderes übrig, als umzukehren. Sie würde durch das Feuer gehen, um den Weg abzukürzen. Vielleicht würde sie dabei sogar auf Matt und Cards treffen.

Brandinseln bildeten sich so schnell und so oft, dass sie sich vorkam wie bei einer tödlichen Partie Topfschlagen. Im Laufen trank sie gierig ein paar Schluck Wasser, spritzte sich etwas davon ins verschwitzte Gesicht. Gleichzeitig widerstand sie dem Drang, den Fliegerhorst erneut anzufunken, um zu hören, wie es Yangtree ging.

Es war besser, sie glaubte daran, dass er lebte, um sein Leben kämpfte. Doch da war diese nagende Angst, dass das kein Unfall, sondern Sabotage gewesen war. Wie viele ihrer Kollegen befürchteten genau dasselbe? Wie sollten sie sich mit diesem furchtbaren Verdacht konzentrieren? Und wie sollte sie sich auf die Brandbekämpfung konzentrieren, wenn ihr jede Minute im Bereitschaftsraum, im Flugzeug, beim Springen wieder durch den Kopf ging? War da schon etwas verkehrt gelaufen? Hätte sie es bemerken müssen?

Später!, befahl sie sich. Jetzt galt es erst einmal zu überleben.

Rowan strauchelte und zog einen Energieriegel aus ihrem Rucksack, begann die Verpackung aufzureißen. Und ließ ihn fallen, als sie den Schrei hörte. Sofort rannte sie los. Rauch vernebelte ihr die Sicht, und sie verlor die Orientierung. Sie zwang sich, stehen zu bleiben, die Augen zu schließen, nachzudenken.

Dort hinüber. Ja, dort hinüber, dachte sie und eilte vorwärts.

Sie sah das geschmolzene, qualmende Funkgerät auf dem Boden, das Blut an einem abgestorbenen Baumstumpf, der hell aufloderte wie eine Fackel. Ganz in der Nähe ließ ein in Brand stehender Ast Flammen über den Boden schlagen. Aus Angst um ihre Freunde bildete sie mit ihren Händen einen Trichter und rief nach ihnen. Doch dann ließ sie die Hände wieder fallen, und aus Übelkeit wurde Angst. Sie sah die Blutspur und folgte ihr, während sie langsam das Funkgerät aus ihrem Gürtel zog.

Denn in diesem Augenblick hatte sie etwas begriffen und fragte sich insgeheim, ob sie es nicht unterbewusst schon lange gewusst oder zumindest vermutet hatte. Aber ihre Loyalität hatte diesen Gedanken nicht zugelassen, ihr verboten, diese Grenze zu überschreiten. Nur in ihren Träumen war das anders gewesen. Doch jetzt war sie schweren Herzens auch in der Realität dazu bereit.

Noch bevor sie ihr Funkgerät in Betrieb nehmen konnte, stand er vor ihr. Er hatte einen Flammenwerfer in der Hand und sah sie an wie ein Häuflein Elend. Dann hob er ihn hoch, und schon brannte eine Schwarzfichte lichterloh.

»Ich will dir nichts tun. Nicht dir.«

»Warum solltest du?« Sie erwiderte seinen traurigen Blick. »Wir sind Freunde.«

»Ich will das nicht.« Matt zog die Waffe aus seinem Gürtel. »Aber ich muss. Wirf das Funkgerät weg.«

»Matt.« Als Gibbons' Stimme aus dem Funkgerät drang und ihren Namen sagte, zuckte sie kurz zusammen.

»Wenn du antwortest, erschieße ich dich. Es wird mir leidtun, aber ich werde nicht zögern. Ich werde tun, was getan werden muss.«

»Wo ist Cards?«

»Wirf das Funkgerät weg, Rowan. Wirf es weg«, zischte Matt. »Oder aber ich benutze diese Waffe, jage dir eine Kugel ins Bein und lass das Feuer entscheiden.«

»Gut. Einverstanden.« Sie öffnete die Hand und ließ es fallen, aber er schüttelte nur den Kopf.

»Kick es weg. Spiel keine Spielchen mit mir.«

»Das habe ich nicht vor.« Sie hörte Janis' Stimme, als sie es wegkickte. »Wir müssen weg von hier, Matt! Um uns herum gerät alles aus den Fugen. Wir sind nicht mehr sicher.«

Sie bemühte sich, seinen Blick zu halten, aber sie hatte die Pulaski an seinem Gürtel gesehen, und ihre Klinge glänzte blutverschmiert. Cards.

»Du solltest nicht draufgehen. Es war nicht deine

Schuld. Außerdem warst du auf der Beerdigung. Du hast dich um meine Mutter gekümmert.«

»Niemand ist schuld an dem, was Jim zugestoßen ist.«

»Dolly hatte ihn nervös gemacht, ihn manipuliert. Sie hatte uns beide manipuliert, sodass wir uns die scheußlichsten Dinge an den Kopf geworfen haben, bevor er starb. Und Cards war sein Absetzer. Er hätte merken müssen, dass Jim gar nicht in der Lage ist, zu springen. Und das weißt du auch.«

»Wo ist Cards?«

»Er ist mir entkommen, aber vielleicht hat ihn das Feuer erwischt. Das ist eben Schicksal. Ich hätte ihn erschießen müssen, um auf Nummer sicher zu gehen, aber es ist Schicksal, Vorsehung. Vielleicht auch Glück. Ich bin nicht derjenige, der das entscheidet. Dolly ist gestürzt. Ich habe sie nicht umgebracht, sie ist gestürzt.«

»Ich glaube dir, Matt. Wir müssen nach Norden gehen. Dort können wir reden.«

»Ich habe ihr Geld gegeben, weißt du. Für das Baby. Aber sie wollte noch mehr. Ich wollte bloß mit ihr reden, die Sache klären, als ich bei ihr vorbeigeschaut habe. Doch sie fuhr gerade ohne das Baby los. Sie war eine schlechte Mutter.«

»Ich weiß.« Sie gab sich ruhig, verständnisvoll. »Matt, wer weiß das besser als ich? Ich weiß auch, dass Shiloh ohne sie viel besser dran ist. Ich bin auf deiner Seite.«

»Sie ist zu diesem Motel gefahren, wie eine Nutte. Ich habe ihn gesehen, diesen Pfarrer. Ich habe gesehen, wie er ihr aufgemacht hat. Mein Bruder ist tot, und sie vögelt diesen Pfarrer in einem Motelzimmer. Ich wollte gleich zu ihnen reingehen, hatte aber Angst, völlig auszuflippen. Also habe ich gewartet, bis sie wieder herauskam und wegfuhr.«

Sie hörte, wie ein weiterer Baum abfackelte. »Matt?«

»Sie hatte eine Reifenpanne. Das war Schicksal, nicht wahr? Sie war überrascht, mich zu sehen, hatte sichtlich ein schlechtes Gewissen, als ich hinter ihr hielt. Ich habe ihr befohlen, in diese Forststraße einzubiegen. Ich wollte nur mit ihr reden. Aber was sie dann alles gesagt hat … Hätte sie nicht wild in der Gegend herumgevögelt, nicht gelogen und betrogen, wäre sie nicht so egoistisch gewesen, hätte ich ihr nicht diesen tödlichen Stoß versetzt. Sie wollte das Baby im Stich lassen, wusstest du das? Welche Mutter tut denn so was?«

»Wir müssen weiter«, forderte sie ihn ruhig, aber bestimmt auf. »Ich will, dass du mir alles erzählst, Matt. Ich will dir zuhören, aber wir werden vom Feuer eingeschlossen, wenn wir nicht sofort verschwinden.«

»Shiloh – sie ist vielleicht mein Baby.«

Er fuhr sich mit der freien Hand über den Mund, während Rowan ihn einfach nur anstarrte. »Es ist nur einmal passiert, als ich mich so einsam gefühlt, Annie so vermisst habe. Außerdem hatte ich getrunken. Nur einmal!«

»Ich verstehe.« Ihr wurde ganz schlecht vor Mitleid mit allen Beteiligten. »Ich fühle mich auch manchmal einsam.«

»Red keinen Quatsch. Sie hat mir erzählt, das Kind sei von mir. Und Jim hat sie genau dasselbe gesagt. Dann meinte sie, es sei wahrscheinlich doch mein Kind. Ganz einfach, weil sie wusste, dass Jim kein Kind wollte, sie nicht wollte. Aber sie wusste, dass ich meine Pflicht tun und es Annie beichten würde. Jim und ich haben uns deswegen gestritten, kurz bevor die Sirene losging. Er stand auf der Sprungliste. Ich nicht. Er ist tot. Und ich bin noch am Leben.«

»Es ist nicht deine Schuld.«

»Du hast doch überhaupt keine Ahnung. Ich habe ihm gesagt, er soll zur Hölle fahren, und genau das hat er getan. Das ist die Hölle! Ich wollte nur dafür sorgen, dass Cards nicht mehr springen kann, weil er das Springen so liebt. So wie ich meinen Bruder geliebt habe. Also habe ich Cards was ins Essen getan, ihm ein Bein gestellt. Und ich wollte mir Dollys Baby holen, damit meine Mutter sich darum kümmern kann. Denn das ist das einzig Richtige. Aber Dolly ist gestürzt, und da musste ich mir wohl oder übel was einfallen lassen.«

»Ja.«

»Ich habe sie zur Hölle geschickt. Und dabei begriffen, was ich als Nächstes tun sollte, nämlich dafür sorgen, dass das Baby zu meiner Mutter kommt. Also musste ich Leo aus dem Weg räumen. Ich wollte dafür ihn büßen lassen, denn er hat nie ein gutes Wort für Jim übriggehabt.«

»Also hast du das Gewehr aus Leos Waffenschrank genommen und auf mich geschossen. Du hast auf Gull und mich geschossen.«

»Nicht auf dich. Ich wollte dich nicht verletzen. Dolly hat Jim die Zahlenkombination verraten, und er hat sie mir verraten. Fast so, als wollte er mir sagen, was ich tun muss. Leo sollte dafür büßen, und das hat er auch getan. Ich habe dafür gesorgt, dass das Baby zu meiner Mutter kommt. Jim hätte das so gewollt.«

»Gut.« Flugfeuer zischte ihnen nur so um die Ohren. »Du hast Jim gerächt, du hast alles für deine Familie getan. Ich bin bereit, dir zuzuhören und alles zu tun, was du von mir verlangst. Erzähl mir alles, aber nicht hier. Der Wind hat sich gedreht. Um Himmels willen, Matt, wir werden vom Feuer eingeschlossen, wenn wir nicht sofort verschwinden.«

Er schlug seine traurigen Augen kein einziges Mal nieder. »Wie ich bereits sagte: Das Schicksal entscheidet. Es hat auch entschieden, wer die kaputten Pumpen und Sägen, wer den kaputten Fallschirm erwischt.«

»Du hast mit unseren Fallschirmen russisches Roulette gespielt?« Sie bereute ihren Satz sofort, konnte aber nicht an sich halten vor lauter Wut. »Dabei hat Yangtree dir nie etwas getan. Vielleicht liegt er im Sterben.«

»Ich hätte den Schirm genauso erwischen können. Es war also nur fair. Denn letzten Endes haben wir Jim alle umgebracht, Rowan. Weil wir diesen Beruf ausüben und Jim dazu gebracht haben, ihn ebenfalls auszuüben. Jeder von uns hatte dieselbe Chance. Ich wollte nicht, dass es dich trifft. Ich habe aber gesehen, wie du mich angeschaut hast, als ich sagte, dass ich mir wegen des Babys einen Anwalt nehmen will. Dass meine Mutter das Baby großziehen soll. Ich habe gesehen, wie ihr mich alle angeschaut habt, weil ich lebe, aber Jim tot ist.«

Einer Kugel kann ich nicht entkommen, dachte Rowan, während ihr das Herz bis zum Hals schlug. Aber wenn das so weiterging, konnte sie dem Feuer auch nicht mehr entkommen. Sie hörte, wie es immer lauter brüllte und zischte, wie die Walze auf sie zurollte. »Wir müssen los, damit du dich um das Baby kümmern kannst, Matt. Shiloh braucht ihren Vater.«

»Sie hat meine Eltern. Die werden sich gut um sie kümmern.« Das Feuer spiegelte sich rotgolden in seinem schweißglänzenden Gesicht. Nun stand keine Trauer mehr in seinen Augen, sondern nur noch nackter Wahn.

»Ich habe mich gestern Abend von Annie getrennt. Ich habe ihr nichts zu bieten. Und als ich heute durch die Tür trat, wusste ich, dass es das letzte Mal sein würde. So oder so. Ich dachte, es würde mich treffen, genau wie Jim. Das Feuer ist alles, was mir bleibt.«

»Du hast das Baby.«

»Jim ist tot. Ich sehe ihn tot vor mir, wenn ich sie anschaue, sehe ihn brennen. Ich will nur noch das Feuer. Es gefällt mir. Nicht das Morden, aber das Feuer. Es gefällt mir, es zu legen, es zu beobachten und zuzusehen, was es anrichtet. Das gefällt mir viel besser, als es zu bekämpfen. Vielleicht gefällt es mir in der Hölle.«

»Ich bin nicht bereit, dir dorthin zu folgen.« Rowan spannte alle Muskeln. Keinen Meter von ihnen entfernt fiel krachend ein Baum zu Boden. Sie sprang nach rechts, rannte blind geradeaus. Dann hörte sie den Schuss, spürte, wie sich ihre Rückenmuskeln gegen die Kugel wappneten.

Ein Summen wie eine wütende Hornisse schoss an ihr vorbei, während zu ihren Füßen ein Flugfeuer explodierte. Wenn Matt sie nicht umbrachte, würde es das Feuer tun. Sie bevorzugte das Feuer und stürzte sich wie eine Motte in die Flammen.

Die Feuerwand umhüllte Rowan, die Flammen umfingen sie in einer feurigen Umarmung, die ihr den Atem raubte. Ihr Schrei hallte laut in ihrem Kopf wider und entlud sich in einem wilden Angst- und Triumphgeheul, als sie sich befreite. Der Schwung riss sie nach vorn, sodass sie auf Händen und Knien weiterschlitterte. Ihr Rucksack war bleischwer, doch sie rappelte sich mühsam auf und spuckte Rauch. Um sie herum brannte der Wald. Der Feuerdrache stieß ein tiefes Brüllen aus, das direkt aus seinen Eingeweiden kommen musste, schien und schien genauso verrückt zu sein wie der Mann, der sie verfolgte.

Als Rowan einen weiteren Schuss hörte, floh sie noch tiefer in den Bauch des Feuerdrachen hinein. Sie hörte Matt hinter sich, trotz des Lärms. Sie hörte seine Schritte, näher, als ihr lieb war. Angestrengt suchte sie den Rauch und die Flammen nach ihm ab.

Kampf oder Flucht.

Ihre Flucht war zu Ende, sie war nicht mehr bereit, sich von ihm wie ein Vieh zur Schlachtbank treiben zu lassen. Inmitten der sengenden Hitze suchte sie mit beiden Füßen festen Halt und riss ihre Pulaski hervor. Sie umklammerte sie mit beiden Händen und bereitete sich auf den Kampf vor.

Vielleicht würde er sie töten. Verdammt, bestimmt würde er sie töten! Aber vorher würde sie ihm noch gehörig zu Leibe rücken. Um sich und Yangtree zu rächen. Und sogar die bemitleidenswerte Dolly.

Du wirst bluten, schwor sie sich. Du wirst bluten, bevor du mich kriegst!

Sie sah das gelbe Hemd durch den Rauch kommen, sah, wie die Gestalt schnell näher kam.

Rowan atmete bewusst rasch ein und aus, pumpte das Adrenalin durch ihren Körper. Ihr blieben höchstens noch ein, zwei Sekunden Zeit, die Waffe nach ihm zu werfen und zu hoffen, dass sie ihr Ziel nicht verfehlte. Oder aber sie zu schwingen. Sie beschloss, die Axt lieber in den Händen zu behalten, sog noch mehr rußige Luft in ihre Lunge, holte weit mit der Pulaski aus und biss die Zähne zusammen, während sie versuchte einzuschätzen, wie weit er noch weg war.

Der ist aber ganz schön schnell, dachte sie erneut, und ihre Arme zitterten.

Wahnsinnig schnell. O Gott!

»Gull.« Sie würgte seinen Namen hervor, während er durch den Rauch auf sie zupreschte. Sie rannte zu ihm, spürte, wie er sie an den Schultern packte. Keine Zärtlichkeit, keine Umarmung, nichts hatte sich jemals so herrlich angefühlt.

»Matt.«

»Ich weiß.«

»Er hat eine Pistole.«

»Ja, ich weiß. Bist du verletzt?« Er musterte ihr Gesicht, während sie den Kopf schüttelte, wie um sich selbst davon zu überzeugen. »Kannst du rennen?«

»Na, was denkst du denn?«

»Dann sollten wir das tun, denn Matt ist nicht unser einziges Problem.«

Sie wollte zustimmen, erstarrte dann aber. »Warte! Hörst du das?«

»Du bist diejenige mit Ohren wie ein … Ja. Jetzt höre ich es auch.«

»Er kommt. Da entlang«, sagte sie. »Er scheint zu weinen.«

»Er tut mir echt leid. Am besten, wir rennen nach Süden.«

»Hoffentlich erreichen wir das verbrannte Gebiet. Und wenn wir das können, kann er es auch.«

»Na hoffentlich! Dort werden wir ihn überwältigen. Los, lauf, reden können wir später.«

»Warte nicht auf mich«, hob sie an.

»Hör auf mit dem Quatsch.« Er nahm ihre Hand und riss sie mit sich.

Rowan gab alles. Ihretwegen durfte er auf keinen Fall langsamer werden. Auch wenn ihre Lunge schmerzte, ihre Beine wehtaten und ihr der Schweiß in den Augen brannte wie Säure.

Wenn sie es schafften, ins Reich der Finsternis vorzustoßen, würden sie kämpfen. Sie würden einen Weg finden.

Sie riskierte einen Blick auf Gull. Schweiß rann über sein rußverschmiertes Gesicht. Im Laufen hatte er seinen Helm verloren, und sein Haar war grau vor lauter Asche.

Aber seine Augen, dachte sie, während sie sich zur Eile antrieb. Seine Augen waren ganz klar und konzentriert. Er hatte Augen, denen sie vertrauen konnte. Denen sie vertraute.

Sie würden es schaffen.

Hinter ihnen gab es einen lauten Knall. Sie schnappte nach Luft, drehte sich um und sah eine orange Stichflamme auflodern.

»Gull.«

Er nickte nur. Er hatte sie ebenfalls gesehen.

Ihnen blieb keine Zeit, zu reden, zu planen oder nachzudenken. Der Boden unter ihren Füßen bebte, der Wind peitschte und heulte. Die Feuerwand trieb Brandinseln und verkohlte Holzstückchen vor sich her. Brennende Kiefernzapfen explodierten um sie herum wie Granaten. Der Rauch wurde dick wie Watte, Funken tanzten wie Glühwürmchen. Eine Fontäne aus gelben Flammen schoss vor ihnen in die Höhe und zwang sie, ihrer grausamen Hitze auszuweichen.

Gull stöhnte, als ein brennender Ast seinen Rücken traf, verlangsamte sein Tempo aber nicht. Gemeinsam rannten sie den Berghang hinauf. Geröll polterte ihnen entgegen, und nach wie vor verfolgte sie das Höllenfeuer. Hinter ihnen erklang immer noch das kehlige Kriegsgebrüll des Drachen.

Ein Feuertornado wirbelte aus dem Rauch. Und schnitt ihnen jeglichen Fluchtweg ab.

»Das Schutzzelt.« Gull riss Rowan ihr Halstuch über ihren Mund und tat bei sich dasselbe.

Das Feuer schreit, dachte Rowan, als sie das Zelt auffaltete. Oder war es Matt, der da schrie?

Doch im Moment war ein Verrückter mit einem Gewehr ihr geringstes Problem. Sie trat auf die Eckpunkte der Bodenfolie und griff nach der Plane, um sie über ihren Rücken zu ziehen. Gull ahmte ihre Bewegungen nach, sah sie noch ein letztes Mal an und schenkte ihr ein Grinsen, das ihr direkt ins Herz ging.

»Bis später«, sagte er.

»Bis später.«

Rowan ließ sich nach vorn fallen, verkroch sich in ihrem Kokon. Rasch grub sie ein Loch für ihr Gesicht, tief unten, wo es kühle Luft gab. Mit geschlossenen Augen atmete sie schnell und flach in ihr Halstuch. Ein normaler Atemzug außerhalb des Schutzzelts würde ihre Lunge versengen, sie vergiften.

Das Feuer donnerte über sie hinweg wie ein brüllender Güterzug, ein Tsunami aus Glut und Hitze. Der Wind zerrte am Schutzzelt, versuchte, es hochzuheben, es wegzudrücken wie ein Segel. Funken umtosten sie, aber sie hielt die Augen geschlossen.

Sie sah ihren Vater, der Fisch über dem Lagerfeuer grillte. Tanzende Flammen spiegelten sich in seinen Augen, als er gemeinsam mit ihr lachte. Sie sah, wie sie bei ihrem ersten gemeinsamen Tandemsprung die Arme ausbreitete. Wie er die seinen ausbreitete, wenn sie nach einem Feuerspringereinsatz auf ihn zulief.

Sie sah, wie ihn ein inneres Feuer erleuchtete, wenn er von Ella erzählte. Bis später, dachte sie, während die Hitze immer schlimmer wurde.

Sie sah Gull, sein selbstbewusstes Grinsen, seinen forschen Gang. Gull, der ihr Wasser über den Kopf schüttete. Sie sah, wie er ein eiskaltes Bier aufmachte und einen Haufen Randalierer verjagte – genauso fuchsteufelswild wie ein Feuertornado.

Sie spürte, wie er sie in die Arme nahm, sich nachts zu ihr umdrehte und tagsüber mit ihr diskutierte. Mit ihr laufen ging. Auf sie zulief.

Er war für sie durchs Feuer gegangen.

Angst rumorte in ihren Eingeweiden. Sie hatte vorher schon Angst gehabt, aber nur, weil sie noch nicht sterben wollte. In diesem Augenblick hatte sie Angst um ihn. Er war ganz in ihrer Nähe, während das Feuer brüllte, tobte, explodierte. Und doch meilenweit von ihr entfernt. Sie konnten nichts füreinander tun, nur warten. Warten.

Bis später!

Sie hielt durch. Dachte an Yangtree, an Jim. An Matt.

Cards. O Gott, Cards! Hatte Matt auch ihn umgebracht?

Rowan wollte ihn wiedersehen, wollte sie alle wiedersehen. Sie wollte ihrem Vater sagen, dass sie ihn liebte, nur noch ein einziges Mal. Sie wollte Ella sagen, wie sehr sie sich freute, dass ihr Vater jemanden gefunden hatte, der ihn glücklich machte. Sie wollte mit Trigger herumalbern, Cards aufziehen, mit Marge in der Kantine sitzen. Sie wollte mit ihnen allen zusammen sein, mit ihrer Familie.

Aber am meisten wünschte sie sich, Gull wieder in die Augen zu sehen, zu sehen, wie er seinen Mund zu einem breiten Grinsen verzog. Sie wollte ihm alles sagen, alles.

Warum, zum Teufel, hatte sie es noch nicht getan? Warum war sie zu stur, zu dumm oder einfach nur zu feige dafür gewesen?

Ihr wurde schwindelig, übel. Die Hitze überwältigte sie. Ich darf nicht bewusstlos werden, dachte Rowan. Ich werde nicht bewusstlos.

Während sie ihre Atmung in einen gleichmäßigen Takt zwang, fiel ihr auf einmal etwas auf.

Die Stille.

Sie hörte das Feuer, aber es war nur noch ein entferntes Zischen und Singen. Der Boden unter ihr war ruhig, das Düsenjägergedonner war verstummt.

Sie lebte.

Sie streckte den Arm aus, legte eine Hand auf das Schutzzelt. Noch war es zu heiß, um es richtig anzufassen. Aber sie konnte warten. Sie hatte Geduld. Und wenn sie lebte, hatte er gefälligst ebenfalls zu leben!

»Rowan?«

Tränen brannten in ihren ohnehin schon schmerzenden Augen, als sie seine raue, spröde Stimme hörte.

»Ich lebe noch.«

»Und sonst?«

»Alles okay, und du?«

»Bei mir auch. Die Temperatur sinkt schon.«

»Aber geh noch nicht raus, Greenhorn!«

»Ich kenne die Regeln. Ich funke den Fliegerhorst an. Soll ich irgendetwas ausrichten?«

»Sag L. B. und meinem Dad, dass es mir gut geht. Was

mit Cards ist, weiß ich nicht. Da war Blut. Sie sollen nach ihm suchen. Und nach Matt.«

Sie schloss erneut die Augen, überließ sich ihren Gedanken und träumte die nächste Stunde davon, in einer mondbeschienenen Lagune zu schwimmen, kühles Wasser direkt aus einem Gartenschlauch zu trinken und mit Gull einen Schneemann zu bauen.

»Cards hat es geschafft, sich bis zur Truppe durchzuschlagen«, rief Gull. »Er hat viel Blut verloren und musste mit dem Ambulanzhubschrauber ausgeflogen werden.«

»Er lebt.« Allein in ihrem Schutzzelt, gestattete sie sich zu weinen.

Als sich die Zeltplane so weit abgekühlt hatte, dass man sie anfassen konnte, rief sie Gull zu: »Ich gehe jetzt raus.«

Sie streckte ihren Kopf in die verrauchte Luft und sah zu Gull hinüber. Bestimmt sahen sie aus wie zwei geröstete Schildkröten in ihrem Panzer.

»Hallo, schöne Frau.«

Sie lachte. Ihr Hals schmerzte, aber sie lachte. »Hallo, schöner Mann.«

Sie krochen aufeinander zu, krochen über den schwarzen, aschebedeckten Boden. Ihre Lippen berührten sich, und sie wusste nicht, ob sie lachen oder weinen sollte.

»Wenn du gestorben wärst, wäre ich echt sauer auf dich gewesen.«

»Gut, dass wir das vermeiden konnten.« Gull berührte ihr Gesicht. »Was für ein Abenteuer.«

»Allerdings.« Sie beugte den Kopf, sodass ihre Stirn an der seinen lag. »Vielleicht lebt er noch.«

»Ich weiß. Wir sollten uns zuerst orientieren. Anschließend können wir uns immer noch Gedanken über ihn machen.«

Sie holte ihren Kompass hervor, bestimmte ihre Position und trank den Rest des leider heißen Wassers aus ihrer Flasche.

»Wenn wir nach Osten gehen, laufen wir durch verbranntes Gebiet. Das ist der kürzeste Weg zum Zeltlager. Wir brauchen Wasser.«

»Ich fordere welches an.«

Obwohl sie recht wackelig auf den Beinen war, stand Rowan auf, um die Schutzzelte zu mustern.

»Die Innenhaut ist geschmolzen«, sagte sie zu Gull. »Wir haben über dreihundert Grad gehabt. Im Zelt hatte es bestimmt achtzig Grad.«

»Mein Energieriegel ist geschmolzen, und das ist wirklich eine Schande.« Er nahm ihre Hand. »Wie wär's mit einem Waldspaziergang?«

»Gern.«

Sie gingen durch die Schwärze, noch immer wirbelte Asche durch die Luft. Ihr Training half ihnen, die Erschöpfung zu überwinden.

»Du hast mich gerettet.«

Gull sah auf. »Klar. Du hättest für mich dasselbe getan.«

»Ja. Aber ich war so gut wie tot. Ich hätte mich zwar nicht kampflos ergeben, trotzdem hielt ich mich schon für so gut wie tot. Du hast mich gerettet. Das hat so einiges verändert.«

»Bekomme ich dafür Pluspunkte? Habe ich gewonnen?«

»Gull.« Diesmal lachte sie nicht, nicht bei dem, was sie gerade empfand. »Ich muss dir etwas sagen«, meinte sie heiser, verstummte aber gleich wieder und griff nach seinem Arm. »Ich habe ein Geräusch gehört.«

Rowan schloss die Augen, konzentrierte sich, zeigte in eine bestimmte Richtung. Dann suchte sie erneut seinen Blick. Sollten sie auf das Geräusch zugehen oder davor weglaufen? Er nickte, und sie gingen darauf zu.

Sie fanden ihn zusammengerollt neben ein paar Felsbrocken. Sie hatten ihn ein wenig geschützt, aber nicht ausreichend. Blutgefüllte Augen starrten aus einem zerstörten Gesicht. Sie musste an ihren Albtraum von Jim denken, seinem Bruder. Das Feuer hatte sie gleichgemacht.

Er stöhnte, versuchte zu sprechen. Sein Körper zitterte heftig, und sein Atem ging stoßweise. Seine linke Körperhälfte war nur noch rohes Fleisch, die Haut hatte Blasen geworfen. Dort war er am wenigsten geschützt gewesen, und das Feuer hatte die Schutzkleidung versengt.

Beinahe hätte er es geschafft, dachte Rowan. Fünfzig Meter, und er wäre in Sicherheit gewesen. Hatte er geglaubt, sich retten zu können? Oder hatte er sein Leben lieber dem Schicksal anvertraut, statt sein Schutzzelt hervorzuholen?

Gull reichte ihr das Funkgerät.

»Mach Meldung«, forderte er sie auf und ging in die Hocke. Behutsam nahm er eine von Matts verbrannten Händen in die seine.

Er kann das, dachte Rowan. Einem Sterbenden beistehen, auch wenn dieser ein Mörder war.

»Zentrale, bitte melden, hier spricht Rowan. Wir haben Matt gefunden.«

Sein Blick suchte sie, als sie seinen Namen sagte. Konnte er noch klar denken? Kurz sah sie so etwas wie Reue in seinen Augen aufscheinen. Dann wurde sein Blick starr, und das Keuchen verstummte.

»Er hat es nicht geschafft«, sagte sie mit ruhiger Stimme und gab Gull das Funkgerät zurück. Dann setzte sie sich neben dem Mann, der einmal ein Freund gewesen war, auf den Boden und weinte um ihn.

Rowan bestand darauf, zu bleiben und weiterzukämpfen. Für sie war es eine Frage der Ehre, eine Frage des Stolzes, beim Töten des Feuerdrachen dabei zu sein. Sie führte ihrem Körper Flüssigkeit und Kalorien zu, ersetzte die verlorene und beschädigte Ausrüstung. Und hörte nicht auf, sich zu beschweren, als ihr befohlen wurde, einzurücken.

»Wir sind nicht verletzt«, beharrte sie stur.

»Du klingst wie ein Frosch«, meinte Gull, als er im Hubschrauber Platz nahm. »Zwar wie ein sexy Frosch, aber doch wie ein Frosch.«

»Wir haben also Rauch gefressen. Na und?«

»Deine Augenbrauen sind fast weggesengt.«

Verblüfft legte sie die Finger über die Augen. »Mist! Warum hast du mir das nicht schon früher gesagt?«

»Das ist heutzutage modern«, beruhigte er sie und sah nach unten, als sie abhoben.

»Wie schrecklich es ist, nicht dabei zu sein, wenn dieses Biest besiegt wird. Schließlich hat es versucht, uns umzubringen.«

»Keine Sorge, Schätzchen.« Er tätschelte ihr Knie. »Es wird andere Feuer geben, die versuchen werden, uns umzubringen.«

»Hör auf, es schönzureden. L. B. lässt zu, dass die Polizei uns herumkommandiert. Was bringt unsere Zeugenaussage denn noch? Matt ist tot.« Sie wandte den Kopf ab und starrte in den Himmel. »Im Grunde ist der alte Matt schon letztes Jahr gestorben, als Jim umkam. Du hast seine Hand gehalten, als er starb, er war also nicht allein.«

Obwohl Gull nichts darauf erwiderte, spürte sie, wie unwohl er sich bei ihren Worten fühlte. Deshalb fügte sie noch hinzu: »Und das ist wichtig. Du hast heute wirklich ganz schön viele gute Taten vollbracht.«

»Auch wenn das Schicksal zuschlägt: Man hat immer eine Wahl. Er hatte die falsche Wahl getroffen, mehrmals.«

»Aber du nicht. Wir nicht«, gab Rowan ihm zu denken. »Zum Glück.«

»Hör auf zu weinen. Das halte ich nicht aus.«

»Meine Augen tränen, das ist alles. Das kommt vom vielen Rauch.«

Es konnte nicht schaden, wenn sie beide so taten, als glaubten sie das. Aber er nahm ihre Hand. »Ich wünsche mir ein Bier. Ein großes, eiskaltes Bier. Und Sex unter der Dusche.«

Bei dem Gedanken daran musste sie lächeln. »Und ich mir neue Augenbrauen.«

»Du kannst meine haben.« Er legte den Kopf in den Nacken und schloss die Augen.

Rowan sah aus dem Fenster, betrachtete die Landschaft, die Berge. Sie waren auf dem Weg nach Hause. Aber das hatte eine ganz andere Bedeutung als früher. Höchste Zeit, dass sie all ihren Mut zusammennahm und ihm das sagte.

»Ich möchte dir ein paar Dinge sagen«, hob sie an. »Ich weiß aber nicht, wie du das aufnehmen wirst.«

Sie lehnte sich zurück und schloss die Augen. Es war sinnlos, Seelenstriptease vor einem Mann zu betreiben, der tief und fest schlief.

Das kann warten, dachte sie und sah zu, wie die Sonne hinter den Gipfeln im Westen versank.

Rowan sah, wie ihr Vater auf den Landeplatz zueilte, sie sah L. B. und Ellas wehendes Haar. Marge rannte aus der Kantine. Lynn hörte auf, ihr Gesicht in der Schürze zu verbergen. Mechaniker und Feuerspringer, die nicht auf der Sprungliste gestanden hatten, strömten aus den Hangars, Lofts und Baracken. Quinniock und Special Agent DiCicco standen in ihren schicken Anzügen vor der Brandzentrale.

Rowan versetzte Gull einen Stoß mit dem Ellbogen. »Guck mal, ein richtiges Empfangskomitee.«

Kaum hatte der Hubschrauber Bodenkontakt, stieg sie auch schon aus und rannte geduckt unter den Rotorblättern hindurch auf ihren Vater zu, warf sich in seine Arme.

»Da ist ja mein Mädchen.«

»Mir geht es prima.« Sie sog seinen Duft tief in sich ein, drückte ihn ganz fest. Und als sie Ella hinter ihm entdeckte, sah, wie ihr die Tränen über das Gesicht liefen, streckte sie die Hand aus. »Schön, dich zu sehen.«

Ella nahm ihre Hand, presste sie an ihre Wange und legte dann die Arme, so gut sie konnte, um Lucas und Rowan.

»Du bleibst da«, befahl Lucas seiner Tochter und ging zu Gull. »Du hast dich um mein Mädchen gekümmert.«

»Das ist mein Job. Aber im Grunde kommt Rowan hervorragend allein klar.«

Lucas umarmte ihn und klopfte ihm auf den Rücken. »Weiter so!«

Beide fuhren herum, als Rowan einen lauten Schrei ausstieß, sich von Marge löste und auf den Mann zurannte, der langsam auf den Landeplatz zulief.

»Ich habe dem Kerl gesagt, dass er nur aus dem Krankenhaus darf, wenn er Bettruhe hält.« L. B. sah Cards kopfschüttelnd an.

»Und Yangtree?«, fragte Gull.

»Seine Überlebenschancen liegen bei fünfzig Prozent. Und allein das ist schon ein Wunder. Insofern glaube ich fest daran, dass er es schafft. Ich habe ein kaltes Bier für euch.«

»Her damit!«

»Soll ich der Polizei sagen, dass sie noch warten soll, bis Rowan und du richtig angekommen seid?«

»Bringen wir es lieber gleich hinter uns. Sie will, dass es vorbei ist, und mir geht es genauso.«

»Plötzlich hat er angefangen, wirres Zeug zu reden«, sagte Cards zu Rowan. »Von wegen, dass ich Jims Tod billigend in Kauf genommen hätte. Und dann fing er an, von Dolly zu faseln. Dass sie Vicki angerufen und ihr gesagt hätte, ich würde mit ihr vögeln. Dass sie ein Kind von mir erwarte. Und dass das seine Idee gewesen wäre. Stell dir das nur mal vor!«

»Du kannst dich mit Vicki versöhnen.«

»Ich werd's versuchen. Er ist auf mich losgegangen, Ro. Und wie!« Er berührte seine Schulter, dort, wo ihn das Beil getroffen hatte. »Matt hat mich angegriffen. Ich habe ihm einen Stoß versetzt, ihn zu Boden geworfen. Dann bin ich losgerannt, und er hat mich verfolgt. Zumindest dachte ich das, aber auf einmal war er weg. Ich bin einfach weitergerannt. Es hat eine Ewigkeit gedauert, bis ich die Sägelinie gefunden habe. Ich bin ihr gefolgt.«

»Gut gemacht.«

»Ich verstehe einfach nicht, wie er das tun konnte, Rowan. Wir haben Seite an Seite gearbeitet. Wir alle – und Yangtree.« Seine Augen füllten sich mit Tränen. »Und dann hat er dich verfolgt, ist diesen furchtbaren Tod gestorben. Das will mir einfach nicht in den Kopf.«

»Du bist erschöpft. Leg dich wieder hin. Ich sehe nachher nach dir.«

»Ich habe den Mistkerl geliebt.«

»Das haben wir alle«, sagte Rowan, während Cards zu den Baracken ging.

»Wenn du willst, reden wir gleich mit der Polizei«, schlug Gull vor. »Marge wirft gerade ein paar Steaks auf den Grill.«

»Es gibt doch einen Gott!«

»Wir können das Reden erledigen, während wir essen.«

Sie setzten sich an einen der Picknicktische.

»Zunächst einmal möchte ich Ihnen sagen, wie froh ich bin, dass Sie beide wieder wohlbehalten zurück sind.« Quinniock faltete die Hände auf dem Tisch. »Das kommt vielleicht etwas spät, trotzdem sollten Sie wissen, dass Agent DiCicco dank ihrer Hartnäckigkeit herausgefunden hat, dass Matthew Brayner sich erst vor Kurzem von seiner Verlobten getrennt und jeden Kontakt zu ihr abgebrochen hatte. Und dass er gekündigt hat. Ich selbst habe vor wenigen Tagen erfahren, dass er ein hochdekorierter Scharfschütze gewesen ist. Aber da ist er nicht der Einzige in Ihrer Einheit.«

Rowan nickte DiCicco zu. »Sie haben gegen uns alle ermittelt.«

»Das ist mein Job. Wir wollten Mr. Brayner gerade befragen, als er ihren Kollegen angegriffen hat«, fuhr DiCicco fort. »Wir konnten Mr. Little Bear überzeugen, uns Brayners Zimmer durchsuchen zu lassen. Er hat Tagebuch geführt, und da steht alles drin. Was er getan hat. Warum er es getan hat.«

»Er hat getrauert«, sagte Rowan.

»Ja.«

Sie sah Quinniock an. »Im Grunde hat er sich selbst die Schuld an Jims Tod gegeben. Weil er so schwach war, mit Dolly zu schlafen. Weil er sich vor dem verhängnisvollen Sprung mit seinem Bruder gestritten hat. Damit konnte er nicht leben, also musste er Cards die Schuld geben. Dolly. Uns allen.«

»Wahrscheinlich.«

»Das war noch nicht alles.« Sie sah Gull an. »Er hat sich in das Feuer verliebt. Er hat eine Art höheren Sinn darin gesehen, der alles andere rechtfertigt. Er hat gesagt, er wolle das Schicksal entscheiden lassen. Aber auch in diesem Punkt hat er sich selbst belogen. Er hat sich ganz dem Feuer anheimgegeben, hat alles, was er jemals geliebt und gelernt hatte, seinem Rachefeldzug geopfert. Vielleicht glaubte er, seine Schuld und die Trauer ausbrennen zu können, aber das funktionierte nicht. Er ist gestorben und musste vorher um alles trauern, was er verloren hatte.«

»Es wäre hilfreich, wenn Sie uns genau schildern würden, was passiert ist. Was er im Einzelnen gesagt und getan hat«, meinte DiCicco.

»Ja, gern. Aber anschließend möchte ich nie wieder darüber reden, denn er hat für seine Taten gebüßt. Man kann ihm nichts mehr entlocken und auch nichts von alledem ungeschehen machen.«

Rowan erstattete Bericht, als wäre es ein ganz normaler Einsatz gewesen. Sie schilderte kurz die Fakten und schwieg, um sich an Marge zu lehnen, die brutzelnde Steaks servierte. Dann aß sie, während Gull das Ganze aus seiner Perspektive erzählte.

»Du wusstest, dass es Matt war, als du mich gerettet hast«, unterbrach Rowan ihn.

»Cards war diese Saison regelrecht vom Pech verfolgt. Und Cards war Jims Absetzer. Man muss sein Schicksal annehmen, im Guten wie im Schlechten, aber irgendwann kam mir diese Pechsträhne doch reichlich merkwürdig vor. Und dann hat es Matt nicht geschafft, Yangtree anzusehen, als wir ihn vom Baum geholt haben. Du warst zu beschäftigt, deshalb ist dir das gar nicht aufgefallen«, fügte Gull an Rowan gewandt hinzu. »Aber Matt war der Einzige, dem es so ging. Und als Janis dann sagte, dass keiner von euch dreien per Funk erreichbar ist, war mir alles klar.« Er sah wieder zu DiCicco hinüber. »Das war's. Mehr habe ich Ihnen nicht zu erzählen.«

»Ich werde mich bemühen, Sie nicht noch einmal zu belästigen«, sagte DiCicco zu Rowan. »Und ich drücke für Yangtree die Daumen.«

»Danke. Was passiert mit Leo Brakeman?«

»Die Mordanklage wurde zurückgezogen. Und da Brayner die Schüsse auf Sie beide in seinem Tagebuch vermerkt hat und auch, wie er an die Zahlenkombination des Waffenschranks gekommen ist – nämlich über Jim und Dolly –, wurde dieser Anklagepunkt ebenfalls fallen gelassen. Er hat zwar Kautionsflucht begangen, aber angesichts der Umstände lassen wir Nachsicht walten.«

»Matt hat ihn zwar nicht umgebracht«, murmelte Rowan. »Aber er hat Leos Leben zerstört. Nur damit er ihm das Baby wegnehmen und es in die Obhut der anderen Großeltern geben konnte.«

Quinniock erhob sich. »Ein kluger Mann würde nach Nebraska fahren und versuchen, alles wiedergutzumachen. Aber das bleibt Brakeman überlassen. Trotz der Umstände war es mir ein Vergnügen, Sie beide kennengelernt zu haben. Ich weiß Ihre Arbeit sehr zu schätzen.«

»Das kann ich nur zurückgeben.«

Rowan kaute noch an einem Bissen Steak, als die beiden gingen. »Das war echt schräg.«

»Nur das?«

Sie lachte. »Du weißt schon, was ich meine. Ich würde gern ein wenig Zeit mit meinem Vater verbringen. Möchtest du mich begleiten?«

»Klar. Vor oder nach dem Sex unter der Dusche?«

»Danach, und zwar aus mehreren Gründen. Als Erstes möchte ich einen Spaziergang machen. Der Mond geht gerade auf.«

»Na gut.« Er erhob sich und nahm ihre Hand.

Wahrscheinlich wäre es passender, sich erst zu waschen, dachte sie. Zu warten, bis alle auf dem Fliegerhorst schliefen und sie allein waren.

Aber war es nicht typisch für sie, dass sie rußbedeckt waren, nach Rauch stanken und schwitzten?

»Ich habe im Schutzzelt gründlich nachgedacht«, hob sie an, während sie in Richtung Laufbahn gingen. »Ich habe an meinen Vater gedacht. An uns beide. An ihn und Ella. Ich werde dir das nur einmal sagen, aber du hattest recht mit dem, was du über meine spontane Reaktion auf sie beide gesagt hast. Zu meinen Beweggründen. Aber damit ist Schluss.«

»Du musst es mir kein zweites Mal sagen, aber vielleicht kannst du es mir aufschreiben? Nur damit ich es schriftlich habe.«

»Maul halten.« Sie gab ihm einen Stups mit der Hüfte. »Ich habe über Jim und Matt nachgedacht, über unsere Jungs. Über Yangtree.«

»Er wird durchkommen, da bin ich mir sicher.«

»Weil er so taff ist. Und weil wir in dieser Saison schon

genug Verluste erlitten haben. Ich habe über dich nachgedacht.«

»Das habe ich gehofft.«

»An die Zeit, die wir zusammen verbracht haben. Ich habe festgestellt, wie wichtig mir diese Zeit war.« Sie verstummte, sah ihn nur an. »Und deshalb will ich heiraten.«

»Mich?«

»Nein, Bruce Willis, du Dummkopf! Aber zur Not gebe ich mich auch mit dir zufrieden.«

»Okay.«

»Mehr hast du dazu nicht zu sagen?«

»Ich muss erst noch das mit Bruce Willis verdauen, also gib mir bitte etwas Zeit zum Durchatmen. Dabei finde ich eigentlich, dass ich besser aussehe als er.«

»Logisch.«

»Nein, im Ernst. Ich habe viel mehr Haare. Aber egal.« Gull zog sie an sich und hob sie hoch. Sein Kuss war nicht beiläufig, sondern wild, intensiv und echt. »Ich wollte dich zum Picknick einladen und dir dann einen Heiratsantrag machen. Aber so ist es viel besser.«

»Ich gehe gern picknicken.«

Er nahm ihr Gesicht in beide Hände. »Ich liebe dich. Ich liebe alles an dir. Deine Stimme, dein Lachen. Deine Augenbrauen, wenn sie wieder nachgewachsen sind. Dein Gesicht, deinen Körper, deine Dickköpfigkeit und dein scheues Herz. Ich möchte dich für den Rest meines Lebens ansehen, dir zuhören, mit dir arbeiten, einfach nur mit dir zusammen sein. Mit Rowan, der Königin der lila Lupinen.«

»Wow.« Das hatte ihr im wahrsten Sinne des Wortes die Sprache verschlagen. »Du kannst dich wirklich ausdrücken.«

»Ich habe geübt.«

»Ich hatte nie vor, mich in jemanden zu verlieben. Dieses Gefühlschaos! Aber ich bin sehr froh, dass ich mich in dich verliebt habe. Ich bin glücklich darüber, Gulliver. Weil ich weiß, dass wir unser Leben gemeinsam verbringen, zusammenleben und eine Familie gründen werden.« Sie küsste ihn. »Aber ich wünsche mir ein größeres Bett.«

»Einverstanden. Sag einfach, wie groß du es haben willst.«

»Wo sollen wir es hinstellen? Nach der Saison meine ich.«

»Darüber habe ich bereits nachgedacht.«

Natürlich, dachte sie. »Ach ja?«

»Zunächst einmal möchte ich den Pilotenschein machen. Wir werden viel zwischen Montana und Kalifornien hin und her fliegen.« Er nahm ihre Hand und schwenkte sie, so wie ihr Vater das bei Ella gemacht hatte. »Vielleicht treffen wir uns irgendwo auf halbem Weg, aber von mir aus können wir auch den Großteil des Jahres hier verbringen.«

Sie legte den Kopf schief. »Weil Missoula eine Spielhalle braucht?«

Er grinste und küsste ihre Hand, während sie ihren Spaziergang fortsetzten. »Ich habe schon in dieser Richtung recherchiert.«

»Ich liebe dich wirklich«, sage sie. »Du verblüffst mich immer wieder.«

»Ich bin eine verdammt gute Partie. Eine viel bessere als Bruce Willis. Alles andere ist nebensächlich, und darum kümmern wir uns später.«

Rowan blieb stehen und schlang die Arme um seinen

Hals. »Jawohl«, sagte sie voller Vertrauen auf eine gemeinsame Zukunft.

»He«, rief L. B. ihnen über die Laufbahn hinweg zu. »Ich dachte, das interessiert euch vielleicht: Der Feuerdrache ist umzingelt. Sie haben ihn gestellt und ringen ihn gerade nieder.«

»Ein Hoch auf die Zulies«, rief Gull zurück.

Sie grinste ihn an. Noch mehr gute Neuigkeiten, dachte sie. Nach ihrem Spaziergang würden sie ihrem Vater, ihrer Familie alles erzählen.

Rowan war glücklich, dass sie endlich selbst Feuer gefangen hatte. Und im Augenblick wollte sie sich nur an seiner sanften Glut wärmen, gemeinsam mit Gull im Schein des aufgehenden Mondes.